Les Éditions du Boréal
4447, rue Saint-Denis
Montréal (Québec) H2J 2L2
www.editionsboreal.qc.ca

Montcalm,
général américain

Dave Noël

Montcalm, général américain

Boréal

Dépôt légal : 4e trimestre 2018
Bibliothèque et Archives nationales du Québec

Diffusion au Canada : Dimedia
Diffusion et distribution en Europe : Interforum

Catalogage avant publication de Bibliothèque et Archives nationales du Québec et Bibliothèque et Archives Canada

Noël, Dave, 1981-, auteur

Montcalm, général américain / Dave Noël.

Comprend des références bibliographiques et un index.

ISBN 978-2-7646-2532-3

1. Montcalm de Saint-Véran, Louis-Joseph, marquis de, 1712-1759. 2. Bataille des plaines d'Abraham, Québec, 1759. 3. Généraux – France – Biographies. 4. Canada – Histoire – 1713-1763 (Nouvelle-France) – Biographies. I. Titre.

FC384.1.M6N63 2018 971.01'88092 C2018-942217-3

ISBN PAPIER 978-2-7646-2532-3

ISBN PDF 978-2-7646-3532-2

ISBN EPUB 978-2-7646-4532-1

À mon neveu, Antoine Noël-Dupuis

Introduction

Treize septembre 1759 : le général Louis-Joseph de Montcalm chevauche sur les plaines d'Abraham en longeant une armée hétéroclite de soldats français et de miliciens canadiens. Devant lui se déploient les forces britanniques du général James Wolfe débarquées dans la pénombre à l'anse au Foulon. Parti du camp de Beauport au lever du jour, Montcalm occupe les buttes à Neveu d'où l'on aperçoit les ruines de Québec, dévasté par huit semaines de bombardement. Tournant le dos aux remparts de la ville, l'officier français scrute l'horizon dans l'attente des troupes d'élite du colonel Louis-Antoine de Bougainville, qui doivent tomber sur les arrières de Wolfe en débouchant de la forêt de Sillery. Les tirailleurs des deux armées s'affrontent déjà dans les broussailles du champ de bataille tandis que les canons crachent leur mitraille sous une pluie intermittente. « Est-il possible que Bougainville n'entende pas cela ? » demande Montcalm avant d'ordonner aux tambours de battre la charge. Emportés par leur élan, les soldats du marquis dévalent les buttes à Neveu au pas de course en lançant de grands cris. Ils déchargent leurs armes à quelques reprises sur les « habits rouges », qui répliquent à bout portant par une salve dévastatrice. Décimés, les bataillons français se replient vers la ville sous le regard affligé des citoyens et du gouverneur de la Nouvelle-France, Pierre de Rigaud de Vaudreuil. Québec capitule cinq jours plus tard.

Bien que le Canada ait survécu pendant un an à la chute de sa capitale, c'est la bataille des plaines d'Abraham qui incarne la Conquête britannique dans la mémoire collective[1]. L'affrontement frappe l'imagination : repoussé sur les battures du Saint-Laurent tout au long de l'été, le corps expéditionnaire du général Wolfe est sur le point de regagner l'Angleterre lorsqu'il effectue un dernier débarquement au Foulon. La descente exécutée sous le nez des sentinelles françaises est suivie de l'escalade des falaises du cap Diamant donnant accès aux plaines d'Abraham. L'aura miraculeuse de la manœuvre est mise en valeur par la consonance biblique de la toponymie du champ de bataille. Ce pâturage se distingue également par sa proximité de l'enjeu disputé : Québec, à la fois capitale et métropole de la Nouvelle-France[2]. C'est dans ce cadre exceptionnel que se déroule la première grande bataille rangée de l'histoire de l'Amérique du Nord. La théâtralité de ce type de combat rythmé au son des tambours est rehaussée par la mort des deux généraux ennemis, Wolfe et Montcalm, dont les noms sont devenus indissociables.

Pour atténuer l'humiliation de la défaite, les nationalistes québécois ont mis en avant la bataille-revanche de Sainte-Foy remportée en 1760 par le successeur de Montcalm, le chevalier François-Gaston de Lévis. Les pertes plus importantes enregistrées au cours du second combat justifieraient à elles seules la relégation de la bataille des plaines d'Abraham au rang de grosse escarmouche sans conséquence. Les tenants de cette thèse soulignent à gros traits la brièveté de l'affrontement du 13 septembre 1759, dont la durée est passée, en un siècle d'historiographie, d'une demi-heure à une dizaine de minutes. Malgré leurs efforts, le choc des armées de Wolfe et de Montcalm demeure le principal, pour ne pas dire l'unique point d'ancrage mémoriel du conflit qui a déchiré le nord-est du continent entre 1754 et 1760. Au-delà des symboles, la bataille des plaines porte un coup fatal à l'armée française, qui n'est pas en mesure de combler ses pertes à cause du resserrement du blocus britannique des ports de France et de l'estuaire du Saint-Laurent. Les premiers historiens de la Conquête ne se sont pas trompés en lui accordant la primauté sur les autres affrontements du conflit.

En dépit de sa célébrité, la défaite de Montcalm devant Québec n'a fait l'objet que d'un nombre restreint d'analyses dans l'historiographie canadienne-française et dans son prolongement québécois. En 1848, François-Xavier Garneau ne lui consacre que quelques pages dans le troisième tome de son *Histoire du Canada*. Les choses demeurent ainsi jusqu'à la parution du *Montcalm et Lévis* (1891) de l'abbé Henri-Raymond Casgrain, première étude originale des événements[3]. Les auteurs du début du XXe siècle, pourtant considéré comme l'âge d'or de l'histoire-bataille, ne s'attardent guère à l'état d'esprit du marquis de Montcalm à son arrivée sur les plaines d'Abraham. C'est le cas de Philippe Baby Casgrain, le frère de l'abbé, pour qui il est « inutile de chercher ce qu'il aurait pu ou dû faire[4] ». La question est également laissée sans réponse par Thomas Chapais, l'auteur de la dernière biographie étoffée du général, en 1911 : « Commit-il en ce moment l'erreur de sa vie ? Nous n'entendons point trancher ce débat, reconnaissant volontiers notre incompétence dans une matière aussi épineuse[5]. »

Guy Frégault ne partage pas les scrupules de ses prédécesseurs dans *La Guerre de la Conquête* (1955), laquelle n'offre cependant qu'un récit superficiel de la bataille, condensé en quelques paragraphes[6]. Les failles de son analyse tactique sont relevées dès la parution de l'ouvrage par Charles Perry Stacey : « [Frégault] raconte avec force détails la prise d'Oswego [...], mais les opérations beaucoup plus importantes qui se sont déroulées autour de Québec en 1759 ne font l'objet d'aucune analyse complète, écrit l'historien canadien-anglais. Le désir évident que l'auteur éprouve de présenter le combattant canadien [...] sous le meilleur jour possible l'induit peut-être quelquefois en erreur[7]. » Se portant à la défense de Frégault, l'abbé Lionel Groulx soutient qu'« on ne saurait exiger de l'historien qu'il se comporte en spécialiste de la stratégie ou de la tactique[8] ». Cette complaisance n'est visiblement tolérée que pour les questions d'ordre militaire, confinées aux marges de la production historiographique québécoise dans la foulée de la Révolution tranquille.

Le vide qui perdure depuis plus d'un demi-siècle au Québec sur ce sujet a surtout été comblé par la traduction des auteurs canadiens-anglais William J. Eccles et Peter MacLeod. Le premier rédige les notices de Montcalm (1974), de Vaudreuil (1980) et de Lévis (1980) parues dans le *Dictionnaire biographique du Canada*, dont la mise en ligne sur Internet assure la pérennité. Quant au second, il s'impose en 2008 avec *La Vérité sur la bataille des plaines d'Abraham*, qui reprend les grandes lignes de l'analyse tactique de Frégault et d'Eccles[9]. La diffusion massive de cet ouvrage à l'aube du 250e anniversaire de l'affrontement écrase l'œuvre posthume de Louise Dechêne parue la même année, *Le Peuple, l'État et la guerre au Canada sous le Régime français*. Elle laisse aussi dans l'ombre le *Québec, 1759* de Stacey, traduit un demi-siècle après sa parution originale. La réédition du classique de Frégault en 2009 ne contribue pas au renouvellement de l'historiographie de la bataille[10]. Il en est de même des colloques tenus en marge des commémorations, où l'on s'est principalement intéressé aux conséquences sociopolitiques de la Conquête.

Ce désintérêt pour les questions militaires favorise le maintien d'un récit caricatural de la bataille des plaines d'Abraham. L'analyse du combat est polluée par un mythe tenace, celui de la supériorité martiale du milicien canadien formant la plus grande partie de l'armée de Montcalm. Habitué à la chasse dès son jeune âge, l'« habitant-soldat » serait invincible lorsqu'il est déployé en ordre dispersé à l'abri de la végétation. Son potentiel aurait toutefois été anéanti au matin du 13 septembre 1759 par l'ineptie d'un général incapable d'apprécier les tactiques irrégulières de la « petite guerre » à l'américaine. Emporté par son caractère sanguin typique des Méridionaux français, Montcalm se serait lancé à l'aveuglette dans une bataille rangée à l'européenne avec tambours et drapeaux.

Le héros tragique

Montcalm est aujourd'hui tenu pour l'unique responsable de la déroute des plaines d'Abraham. Il n'en a pas toujours été ainsi, comme en témoigne la place qu'on a faite au marquis dans la toponymie québécoise. Originaire du Languedoc, ce général ne demeure qu'un peu plus de trois ans au Canada. Il y débarque en 1756, dans les jours précédant le déclenchement officiel de la guerre de Sept Ans qui oppose notamment la France à la Grande-Bretagne. Montcalm y est chargé de l'exécution tactique des ordres du gouverneur de la Nouvelle-France, le Canadien Pierre de Rigaud de Vaudreuil. À ses deux premières campagnes américaines, le général s'empare des forts Oswego (1756) et William-Henry (1757), aux portes de la province britannique de New York. Il repousse ensuite une armée quatre fois supérieure à la sienne à la bataille de Carillon (1758) sur le lac Champlain.

Le marquis semble gagner l'estime des couches populaires du Canada : « Montcalm possédait toutes les qualités d'un grand capitaine, lit-on dans les annales de l'Hôtel-Dieu de Québec. Il réunissait dans sa personne la bravoure du soldat et la grandeur d'âme du héros[11]. » En 1759, le général est acclamé par les habitants de Québec à son arrivée dans la capitale menacée par une escadre britannique[12]. « Dans toutes les armées, les soldats s'attachent facilement au chef de guerre qui marche à leur tête, rappelle Louise Dechêne, surtout s'il les mène à la victoire[13]. » Campé à Beauport avec son armée, Montcalm est battu sur les plaines d'Abraham au 79e jour du siège. Mortellement blessé, il est ramené dans Québec, où il décède le lendemain à l'âge de quarante-sept ans. Son corps est encore chaud lorsque les premières critiques fusent parmi les troupes. « De toutes parts, j'entends dire que l'armée [de Montcalm] marchait sans découvreurs, quoiqu'on sût l'ennemi débarqué, écrit son ami, le brigadier François-Charles de Bourlamaque. Je respecte la mémoire d'un homme que je regretterai toute ma vie, et je crains qu'on ne cherche à la ternir [...]. J'ai été bien vivement touché de sa catastrophe ; je serais inconsolable qu'on eût réellement quelque chose à lui imputer[14]. »

Les camarades de combat de Montcalm lui reprochent essentiellement d'avoir précipité son attaque sans attendre les renforts de Vaudreuil, demeurés au camp de Beauport, en aval, et ceux de Bougainville, postés à l'embouchure de la rivière du Cap-Rouge, en amont. Sa mort au champ d'honneur le préserve toutefois des accusations de couardise et de trahison qui circulent au sein de l'armée à propos de certains officiers. Les critiques les plus virulentes visent le capitaine Louis de Vergor, qui s'est laissé surprendre à l'anse au Foulon[15]. On attribue également la défaite à la supériorité numérique des assiégeants, que les contemporains ont tendance à surestimer. Pour les Canadiens de l'époque, le combat des plaines d'Abraham semble former un tout avec la retraite humiliante de l'armée ordonnée par Vaudreuil le soir même et la reddition de Québec signée cinq jours plus tard par son commandant, Jean-Baptiste-Nicolas-Roch de Ramezay. Cette pièce en trois actes permet de mieux répartir les responsabilités.

En France, la valeur de Montcalm est ouvertement mise en cause par Bigot. Enfermé à la Bastille dans l'attente de son procès pour corruption, le dernier intendant de la Nouvelle-France laisse entendre que la promotion du marquis au grade de lieutenant-général, l'année précédant sa mort, serait attribuable à ses activités de « délateur », Montcalm ayant régulièrement dénoncé les malversations de l'administration coloniale dans ses lettres à la cour. Le général aurait agi par vengeance personnelle, suggère Bigot dans un mémoire publié en 1763. Ce document controversé est rapidement « supprimé comme calomnieux et injurieux » par les autorités françaises à la demande de la veuve et de la mère du défunt[16].

Sur le plan militaire, c'est l'ancien aide de camp du marquis, James Johnstone, qui répond aux détracteurs. Dans son *Dialogue des morts*, le vétéran d'origine écossaise présente une analyse de la campagne de 1759 par l'entremise d'une discussion fictive entre Montcalm et Wolfe réunis dans l'au-delà. « On me reproche d'avoir été la cause de votre réussite, lance le général français à son homologue trépassé. On m'accuse d'avoir sacrifié les intérêts de mon roi et de ma patrie [...] par pique et jalousie. Et ceux qui me traitent le plus humainement me font passer pour un étourdi et pour un ignorant, poursuit le Montcalm imaginé par Johnstone. Tous ces bruits injurieux, toutes ces calomnies atroces qui ont été répandus partout, tirent leur source d'une classe d'homme qui pour leurs intérêts, et par leur désir immodéré de richesses, auraient trahi leur Dieu comme ils ont trahi leur roi et leur patrie. » Johnstone rappelle que « les morts ont toujours tort, et ne trouvent guères d'avocats assez désintéressés pour plaider gratuitement leur cause[17] ».

S'il est critiqué dans son pays natal, Montcalm ne subit pas le sort réservé à son homologue des Indes, le lieutenant-général Thomas-Arthur de Lally-Tollendal, qui sera décapité à Paris en 1766 pour la perte de Pondichéry. Le vaincu des plaines d'Abraham fait plutôt l'objet d'une notice élogieuse parue dans le *Mercure de France* de janvier 1760. Le texte nécrologique est vraisemblablement composé par Bougainville ou par un des proches de cet officier[18]. À son retour en France, l'ancien protégé de Montcalm, qui deviendra bientôt célèbre en faisant le tour du monde, planche sur un projet de plaque commémorative devant marquer l'emplacement du tombeau de Montcalm à Québec[19]. Rédigé par l'Académie royale des Inscriptions et Belles-Lettres, le texte destiné à être gravé dans le marbre présente le marquis en martyr tombé sous le poids du nombre au terme d'un baroud d'honneur. En 1761, le transport de la stèle funéraire dans la colonie conquise est autorisé par le ministre britannique William Pitt.

La figure de héros tragique associée au général est reprise dans les décennies suivant sa mort par Voltaire et par l'abbé Raynal[20]. On la retrouve encore au début de la Révolution française dans un recueil de portraits des « grands hommes » de l'histoire de France où Montcalm côtoie Richelieu, Vauban et... Louis XVI[21]. Ce thème est alimenté par la martialité de l'inhumation du général, à la lueur des flambeaux, sous le plancher de la chapelle des Ursulines de Québec. Selon la tradition, la dépouille de Montcalm aurait été déposée dans un trou creusé par un obus ou par une bombe tombée sur le couvent situé à proximité de la rue Saint-Louis. Ce détail est rapporté par le *Boston Post Boy & Adverti-*

La mort de Montcalm est illustrée vingt ans après les faits par l'artiste François Watteau. Sous un palmier ajouté par le graveur, on aperçoit un général idéalisé agonisant sous les regards de Montreuil et de Bougainville qui lui tient le bras. Source : Collection Yves Beauregard.

ser du 3 décembre 1759. On le voit de nouveau ensuite dans le *Mercure de France* de janvier 1760, puis dans le projet d'épitaphe élaboré par Bougainville. « [Un projectile] ayant fait une large ouverture dans le plancher de bas, assez près de la grande grille, on en profita pour creuser la fosse du général, indiquent les annales du monastère des Ursulines. De là sans doute l'opinion si généralement reçue que M. de Montcalm fut enterré dans un trou de bombe[22]. »

L'anecdote est immortalisée vingt ans après les faits par le peintre François Watteau, qui présente le général à l'agonie sur un lit de camp installé sur les plaines d'Abraham. Aux pieds du héros, on aperçoit deux hommes qui s'affairent à vider le contenu d'un trou creusé par une bombe pour y déposer la dépouille du général. Bougainville lui tient le bras tandis que l'aide-major général Pierre-André de Montreuil observe la scène debout derrière l'oreiller. À l'arrière-plan, on transporte les corps des deux seconds de Montcalm, le brigadier Étienne de Senezergues et le lieutenant-colonel Louis de Fontbonne. *La Mort du marquis de Montcalm* est diffusée par l'entremise des gravures de Chambers et de Chevillet, lequel lui ajoute un palmier au passage et transforme les fossoyeurs en Amérindiens afin de rehausser l'exotisme associé aux colonies. Réalisée à l'époque de la Révolution américaine, l'œuvre de Watteau est une réplique patriotique à *La Mort du général Wolfe* (1770), du peintre anglo-américain Benjamin West, dont la popularité rejaillit sur celle de Montcalm[23].

En Grande-Bretagne, la réputation du marquis est d'abord assombrie par le massacre d'une partie des prisonniers britanniques du fort William-Henry par les guerriers autochtones de l'armée de Montcalm en 1757. Elle est réhabilitée à titre posthume dans la foulée de son duel final avec Wolfe, dont il devient le digne adversaire. La renommée de Montcalm permet au jésuite Pierre Roubaud de publier un recueil de ses lettres à Londres en 1777. Il s'agit cependant de missives apocryphes dans lesquelles le général se voit attribuer des visions prémonitoires sur sa mort et sur la révolte des colonies britanniques de l'Amérique du Nord. Ces documents sont commentés jusqu'au Parlement britannique, où leur authenticité est remise en question, ce qui ne les empêchera pas de circuler jusqu'à la fin du XIXe siècle[24]. On les retrouve notamment au Canada, où les autorités coloniales encouragent le culte de Montcalm dans le cadre d'une politique de bonne entente entre les « races » française et anglaise. En 1828, le gouverneur Dalhousie fait d'abord ériger l'obélisque Wolfe-Montcalm dédié aux deux généraux ennemis à proximité de sa résidence du château Saint-Louis, à Québec. Trois ans plus tard, c'est au tour de son successeur, Aylmer, d'installer une plaque marquant l'emplacement approximatif du tombeau du marquis aux Ursulines, le projet de stèle de Bougainville n'ayant pas été concrétisé[25].

Au-delà des commémorations, le souvenir de Montcalm est assuré par la tradition orale. Les chansons populaires composées par ses soldats circulent encore dans la vallée du Saint-Laurent au début du XIXe siècle. Le général y est présenté en héros digne d'Alexandre le Grand et de César. Il est également comparé à Napoléon Bonaparte pour son fait d'armes de Carillon[26]. Le souvenir de Montcalm est transmis aux nouvelles générations par les derniers contemporains de la Conquête, qui s'éteignent au début des années 1830. Le patriote Louis-Joseph Papineau évoque ainsi les « pieux souvenirs » laissés par « l'immortel Montcalm », tandis que François-Xavier Garneau le dépeint en héros populaire « s'exposant aux plus grands dangers comme le moindre soldat » dans une série d'articles parus à l'aube des rébellions de 1837. S'il déplore la précipitation du général sur les plaines d'Abraham, le père de l'historiographie québécoise critique d'abord son supérieur, le gouverneur Vaudreuil, un « homme sans talent ni fermeté [...] que le génie seul de Montcalm pouvait faire plier[27] ». Garneau change radicalement d'avis dix ans plus tard dans son *Histoire du Canada.* Il y soutient désormais que Montcalm « avait tous les défauts des généraux de son temps : il était à la fois rempli de feu et de nonchalance, timide dans ses mouvements stratégiques et audacieux au combat jusqu'à négliger les règles de la plus commune prudence[28] ».

La volte-face de Garneau découle notamment de la découverte du *Journal tenu à l'armée que commandait feu M. le marquis de Montcalm* dont l'auteur, demeuré anonyme, n'est pas tendre envers le vaincu des plaines d'Abraham :

> Plein d'esprit, mais d'une ambition démesurée, plus brillant par les avantages d'une mémoire ornée que profond dans les sciences relatives à l'art de la guerre dont il n'avait même pas les premiers éléments, ce général était peu propre au commandement des armées. Il était d'ailleurs sujet à des emportements[29].

Le *Journal tenu à l'armée* présente surtout une liste détaillée des fautes qu'aurait commises Montcalm le 13 septembre 1759. Son auteur déplore que le général n'ait pas attendu les renforts et qu'il n'ait pas su utiliser les miliciens canadiens placés sous son commandement. L'analyse de Garneau est également influencée par la relation du notaire Louis de Courville publiée à titre posthume en 1838. S'il reconnaît la bravoure de Montcalm, ce contemporain du marquis, dont l'identité ne sera révélée qu'en 1940, estime qu'il « n'avait point encore acquis l'expérience qu'il faut pour commander en chef[30] ».

Paraphrasés par Garneau, les griefs de ces auteurs sont repris dans la seconde moitié du siècle par les historiens Jean-Baptiste Ferland et Benjamin Sulte ; pour celui-ci, Montcalm « n'avait aucune des qualités du stratégiste[31] ». L'influence des pionniers de l'historiographie québécoise est atténuée par les auteurs français dont les écrits sont diffusés des deux côtés de l'Atlantique. Au XIXe siècle, Montcalm est le personnage le plus populaire de l'histoire canadienne en France. Dès 1839, son buste est intégré à la galerie des batailles du château de Versailles inaugurée deux ans plus tôt par le roi Louis-Philippe[32]. Son souvenir est évoqué par François-René de Chateaubriand dans ses *Mémoires d'outre-tombe.* L'écrivain romantique y dépeint le destin tragique du général luttant « contre des forces souvent rafraîchies et le quadruple des siennes » jusqu'à la défaite finale : « Son noble ennemi Wolfe meurt en face de lui. Il paie de sa vie celle de Montcalm et la gloire d'expirer sur quelques drapeaux[33]. »

En 1859, c'est un jésuite français, Félix Martin, qui préside la commémoration du centenaire de la mort de Montcalm organisée par la Société littéraire et historique de Québec. La cérémonie tenue dans la chapelle des Ursulines rend hommage à l'un des saints de la « martyrologie du Canada », pour reprendre l'expression d'un journaliste du *Canadien* présent sur les lieux[34]. On peut d'ailleurs y apercevoir le crâne du général exhumé en 1833 lors de la réfection du couvent. En creusant le long d'un mur, un ouvrier a découvert le cercueil de planches contenant les restes de Montcalm. Son coup de pelle a défoncé le couvercle de la modeste boîte pour terminer sa course sur la mâchoire du général, qui sera recollée avec de la cire. La dépouille s'est désagrégée au contact de l'air, à l'exception du crâne, de sa mandibule et d'un humérus rassemblés dans une boîte en verre offerte par le gouverneur Aylmer. Ce reliquaire est d'abord conservé dans les appartements de l'abbé Thomas Maguire, qui le montre à ses visiteurs de marque. Ce n'est que plus tard que les ossements seront exposés au Musée des Ursulines, où ils demeureront visibles jusqu'à la fin du XXe siècle. Jacques Godbout tentera en vain de les filmer au milieu des années 1990 pour son docufiction *Le Sort de l'Amérique*[35].

À son retour en France, le père Félix Martin publie la première véritable biographie de Montcalm. L'ouvrage paru en 1867 s'appuie sur le *Dialogue des morts* de Johnstone, dont la découverte permet de dynamiser le culte du héros tragique. Le biographe y relate deux anecdotes associées à l'agonie du général. La première est une bravade de Montcalm à l'intention du chirurgien lui annonçant qu'il ne survivra pas plus d'une douzaine d'heures à ses blessures : « Au moins, je ne verrai pas les Anglais à Québec. » La répartie est plausible, étant rapportée sous une forme légèrement différente par un officier britannique ayant côtoyé les membres de la garnison française après la mort du général : « Tant mieux [...], je ne verrai pas la reddition de Québec[36]. » Il en va autrement de la lettre que Montcalm aurait adressée au successeur du général Wolfe pour lui recommander la protection des Canadiens : « Qu'ils ne s'aperçoivent pas qu'ils ont changé de maître, je fus leur père, soyez leur protecteur. » La missive apocryphe reproduite dans l'ouvrage de Martin va circuler jusqu'à la fin du XIXe siècle et même au-delà[37]. S'il fait l'éloge du marquis, le biographe ne répond pas aux principaux griefs relayés par Garneau. Pour le jésuite français, il s'agit là de « questions insolubles » sur lesquelles planera toujours « un impénétrable mystère[38] ».

Vers l'apothéose

La victoire improbable de Carillon est essentielle au culte du vaincu des plaines d'Abraham puisqu'elle lui confère une aura de compétence. Le souvenir de cet affrontement refait surface au milieu du XIXe siècle avec la découverte d'un étendard brodé de fleurs de lys qui aurait flotté au-dessus du champ de bataille. Selon la tradition, cette bannière ramenée du front par l'aumônier Berey aurait été suspendue dans l'église des Récollets de Québec jusqu'à son incendie en 1796. Sauvée miraculeusement des flammes, on la retrouve dans le grenier du frère Martinet, qui la cède à l'avocat Louis de Gonzague Baillargé en 1848. L'étendard est redéployé pour la première fois en public cette année-là à l'occasion de la Saint-Jean-Baptiste. Enroulée dans un fourreau de toile, la relique « trouée de balles » est au cœur des processions nationalistes organisées dans la capitale jusqu'au début du XXe siècle. Elle sert alors de modèle au drapeau de Carillon-Sacré-Cœur, l'ancêtre du fleurdelisé québécois, lui-même adopté en 1948 par le gouvernement unioniste de Maurice Duplessis[39]. La mystérieuse bannière inspire Octave Crémazie, qui lui consacre son plus célèbre poème en 1858 : « Ô radieux débris d'une grande épopée ! Héroïque bannière au naufrage échappée ! » écrit-il à l'occasion du centenaire de la bataille. Louis Fréchette évoque également ce drapeau à la fin du siècle dans un poème où il présente Montcalm en « aigle qu'un éclat de foudre a terrassé[40] ».

En 1863, le petit-fils de l'un des vétérans de Carillon, Philippe Aubert de Gaspé, se porte à la défense du général écorché par Garneau. Dans son roman à succès *Les Anciens Canadiens,* il s'exclame : « Malheur aux vaincus ! Si le marquis de Montcalm eût remporté la victoire sur l'armée anglaise, on l'aurait élevé jusqu'aux nues, au lieu de lui reprocher de n'avoir pas attendu les renforts [...] ; on n'aurait point attribué au général Montcalm des motifs de basse jalousie, indignes d'une grande âme[41]. » L'écrivain James MacPherson Lemoine va plus loin l'année suivante en soutenant « [qu']il n'y a pas dans l'histoire militaire de l'Amérique et de la France des pages plus brillantes que celles où sont enregistrés ses hauts faits et sa mort héroïque ». Lemoine réplique ainsi aux allégations du général George McClellan, de l'armée nordiste du Potomac, qui accuse Montcalm d'avoir encouragé le massacre de William-Henry immortalisé dans *Le Dernier des Mohicans* du romancier américain James Fenimore Cooper[42]. Vingt ans plus tard, c'est au tour de l'historien Francis Parkman de prendre la défense du marquis dans *Montcalm and Wolfe*[43].

Les journaux canadiens de la seconde moitié du XIXe siècle alimentent le culte du général en diffusant son portrait et des scènes de son agonie chrétienne. Ils publient des pièces de théâtre et des romans à feuilleton où Montcalm est habituellement dépeint en officier incorruptible exerçant un parrainage chaleureux auprès des militaires canadiens. Leur intrigue tourne le plus souvent autour de la trahison de l'intendant Bigot, qui aurait révélé aux Britanniques l'existence d'un sentier menant au sommet du cap Diamant[44]. L'abbé Henri-Raymond Casgrain identifie un autre bouc émissaire dans son *Montcalm et Lévis* de 1891. Il s'agit du colonel Bougainville, dont le retard sur les plaines d'Abraham est vivement dénoncé. Casgrain est un peu plus clément envers Montcalm, dont les fautes sont excusées par « ses vertus et son héroïsme ». Il lui préfère néanmoins son second et successeur, le chevalier de Lévis : « Quoique né dans le Midi comme Montcalm, [il] n'avait rien de son impétuosité ni de sa loquacité, il était calme, froid, sobre de paroles [...]. Lévis seul, s'il eût été présent, aurait pu par son sang-froid calmer l'agitation du général[45]. »

Ébranlé par Casgrain, le piédestal du marquis est rétabli par Thomas Chapais, qui publie son *Montcalm* en octobre 1911, le jour de l'inauguration d'une statue du général sur la Grande Allée, à Québec. Chapais en profite pour féliciter le sculpteur, qui n'a pas représenté le vainqueur de Carillon comme l'a fait Louis-Philippe Hébert sur la façade du parlement québécois mais plutôt comme « le vaincu de l'honneur [...], le martyr du devoir [...], le héros blessé à mort ». Pour Chapais, « le Montcalm vers qui montent [...] notre enthousiasme et nos vivats, ce n'est pas le vainqueur, c'est le vaincu ! Ce qui nous paraît beau et grand dans Montcalm, c'est qu'il a été par-dessus tout le héros du sacrifice et de l'immolation[46] ». Le thème du martyr inspire également le peintre Suzor-Côté lors d'un concours visant à orner les murs de la salle de l'Assemblée législative québécoise. Parmi ses esquisses, qui ne seront pas retenues, se démarque un Montcalm représenté sous les traits d'une femme blessée, figure allégorique de la chute de la Nouvelle-France[47].

Propulsé par l'œuvre de Chapais, le culte du général atteint son zénith dans la première moitié du XXe siècle. Son nom est alors attribué au lotissement bourgeois aménagé sur le champ de bataille des plaines d'Abraham. Le patronyme du héros est également évoqué lors du premier conflit mondial par la propagande de l'armée canadienne pour favoriser l'enrôlement des francophones[48]. Jusqu'à l'entre-deux-guerres, des passionnés d'histoire organisent des pèlerinages dans le midi de la France, au « pays de Montcalm[49] ». « Aucun Canadien [...] n'a le droit de marchander son admiration à Montcalm, prévient l'historien et archiviste Ægidius Fauteux au milieu des années 1920. Quoique né Français, il nous appartient à un titre encore plus haut que celui de la naissance[50]. » Les rééditions de l'*Histoire du Canada* de François-Xavier Garneau parues à cette époque sont mises au goût du jour par son petit-fils Hector. « Il ne fait plus de doute aujourd'hui [que Vaudreuil] était un faible et un incapable et que c'est Montcalm, la figure dominante de l'époque », affirme-t-il en 1945, dix ans seulement avant le ressac historiographique qui emportera le héros[51].

Le général aristocrate

Le culte de Montcalm s'effondre à compter de 1955 avec la parution de *La Guerre de la Conquête* de Guy Frégault, qui dépeint le général en « impérialiste attardé » incapable d'apprécier les stratégies offensives de Vaudreuil, un Canadien de naissance. Cette dichotomie n'est pas surprenante de la part de l'historien montréalais, qui oppose systématiquement les fonctionnaires incompétents de l'ancienne France aux officiers dynamiques de la nouvelle. « Depuis son premier livre, [Frégault] ne cesse d'avoir des mots impitoyables pour les fonctionnaires d'outre-Atlantique, constatera l'historien Alain Duchesneau ; par ailleurs, il loue avec une emphase non dissimulée le travail et surtout la justesse de vue des politiques canadiens. Aussi n'est-il pas étonnant qu'il en soit venu à surévaluer ceux-ci et à dénigrer de plus en plus fiévreusement ceux-là[52]. »

Frégault critique notamment Montcalm pour le système défensif qu'il met en place dans le bassin de Québec en 1759. Il dénonce la rigidité de ses lignes fortifiées établies sur la côte de Beauport au détriment de la pointe de Lévis, dont l'abandon favorise la destruction de la capitale par les batteries britanniques et le passage des navires de la Royal Navy en amont, jusqu'à l'anse au Foulon. « La partie est-elle perdue ? » demande Frégault en évoquant l'arrivée de Montcalm sur les plaines d'Abraham le 13 septembre 1759. « Non, pourvu qu'on la joue bien. Bougainville est derrière l'envahisseur avec un corps d'élite. Vaudreuil s'en vient avec des renforts. Il y a dans la ville une garnison et des canons. Montcalm pourrait attendre deux ou trois heures et avoir sous la main près de 10 000 hommes appuyés par une redoutable artillerie. En coordonnant ses mouvements avec ceux de Bougainville, il aurait l'avantage de prendre Wolfe entre deux feux et de hacher sa ligne. » Le général se lance plutôt dans une charge désordonnée qui, sous la plume de Frégault, s'apparente à un acte de démence : « Un triomphe possible s'est changé en revers[53]. »

Pour Lionel Groulx, « la cause est jugée, l'idole ne peut plus cacher ses pieds d'argile[54] ». Le héros tragique se transforme en aristocrate borné. « Montcalm, c'est le petit Français qui est débarqué, un peu prétentieux, un peu arrogant, un peu maniéré », soutient l'historien Denis Vaugeois. L'officier n'aurait que du mépris pour les Canadiens, qui « se salissent » au combat, tandis que les Français « se battent avec des habits tout propres[55] ». Laurier Lapierre partage cet avis dans le film *Le Sort de l'Amérique*, où il s'époumone contre les officiers métropolitains qui se font transporter au-dessus des rivières par les coloniaux[56]. En parallèle, Vaudreuil, « l'homme faible » de Garneau, est transfiguré en *self-made man* américain et en stratège visionnaire. Le natif du pays aurait compris, lui, la supériorité de la « petite guerre » américaine sur la grande importée d'Europe. Acquise au contact des alliés amérindiens, cette tactique « populaire » serait imparable peu importe la taille et la nature de l'armée qui lui est opposée. Elle aurait toutefois heurté le sens de l'honneur de Montcalm, ce gentilhomme « né avec une épée d'argent entre les dents ». « Vaudreuil voyait juste en soutenant [qu'il] fallait tirer parti de la tradition guerrière des Amérindiens devenue largement celle des

Canadiens, explique l'historien Denys Delâge. Montcalm méprisait [toutefois] les uns et les autres, convaincu de l'efficacité supérieure de la manière européenne de faire la guerre[57]. »

Selon un chroniqueur du quotidien *Le Soleil*, Louis-Guy Lemieux, « il est impossible de trouver à [Montcalm] un seul côté attachant. L'intrigue lui sert de stratégie militaire. La médisance et la calomnie s'attachent à chacun de ses pas[58] ». En 2001, Lemieux assiste à la translation des restes du marquis du couvent des Ursulines vers un « mausolée » inauguré dans le cimetière de l'Hôpital général par le premier ministre québécois Bernard Landry. La procession organisée par la Commission de la capitale nationale du Québec détonne dans le nouveau contexte mémoriel de la Conquête. « Laissons ce piètre soldat et ce malheureux général y reposer en paix sans plus insister, écrit le chroniqueur. Il porte des habits trop grands pour lui. Les vrais héros se trouvent dans le mémorial voisin. Ce sont ces centaines de jeunes gens morts pour avoir obéi à des officiers incompétents. » L'historien Jacques Lacoursière en vient à la conclusion que Montcalm aurait été traduit devant un tribunal militaire s'il avait survécu à ses blessures[59]. On va jusqu'à prétendre qu'il aurait été tué par un milicien canadien « écœuré » par la façon dont ses semblables avaient été menés au combat[60].

La décadence de Montcalm n'est pas un cas isolé. Elle touche l'ensemble des officiers européens de la guerre de la Conquête, qui seraient tous plus incompétents les uns que les autres à l'exception notable de Lévis[61]. « Le 13 septembre devrait être connu sous le nom de la Journée des fautes, écrit Frégault, le demi-succès de Wolfe tient à ce que Montcalm commet encore plus d'erreurs que lui[62]. » Pour Laurier Lapierre, le commandant britannique « était incompétent, pour ne pas dire dément ». Quant à Montcalm, « il se laissa abattre par son pessimisme, sa paranoïa et son incapacité d'agir avec fermeté[63] ». Pour le dramaturge et historien Jean-Claude Germain, les deux hommes sont « des perdants nés, dépressifs et paranoïaques. Deux médiocres qui ont atteint leur degré d'incompétence[64] ».

Ce jugement est cautionné par la frange nationaliste de l'historiographie canadienne-anglaise. Pour Eccles, Wolfe est un « piètre stratège », tandis que Montcalm n'est ni plus ni moins que la « personnification » de la désuétude militaire de l'Ancien Régime. Il n'était « nullement obligé de forcer Wolfe à engager le combat ». Les Britanniques étant « virtuellement à sa merci », il a pourtant choisi « la seule ligne de conduite qui lui garantissait la défaite[65] ». L'exaspération d'Eccles est partagée par l'un de ses anciens assistants, l'historien Peter MacLeod, dont les travaux se démarquent par la valeur défensive exceptionnelle qu'il accorde aux buttes à Neveu, qui longent les remparts de Québec et que Montcalm aurait bêtement abandonnées pour se jeter « dans la zone d'abattage de Wolfe[66] ». L'étoile du marquis a également pâli de l'autre côté de la frontière, chez les historiens américains. Dans *Crucible of War* (2000), Fred Anderson délaisse le portait favorable de Montcalm brossé par son lointain prédécesseur Parkman pour se coller à la vision du Canadien Eccles. William M. Fowler reprend lui aussi la dualité opposant le général aristocrate au gouverneur « créole[67] ».

Les colloques tenus à l'occasion du 250e anniversaire de la bataille des plaines d'Abraham en 2009 ont consolidé le renversement historiographique amorcé sous Frégault. « L'extrême précipitation de Montcalm est de nature à faire s'interroger sur ses capacités à commander en chef », avance le Français Jean-Pierre Poussou en se basant sur le « remarquable article » d'Eccles du *Dictionnaire biographique du Canada* (paru en 1974). Son avis est partagé par son compatriote Edmond Dziembowski, qui relate « l'état de surexcitation extrême » du général à son arrivée sur les plaines : « [Montcalm] tient enfin sa bataille, une bonne et vraie bataille à l'européenne, livrée dans les règles de l'Art[68] ». L'hypothèse d'un général en décalage tactique permet de simplifier le récit du combat. Dans un épisode de la populaire émission radiophonique *Aujourd'hui l'histoire,* Laurent Turcot réitère en 2016 que Montcalm n'aimait pas la petite guerre, contrairement à Vaudreuil et à Lévis « qui eux comprennent qu'on est en Amérique ! ». Le marquis paie le prix de son purisme en recevant « une balle en plein cœur », nous dit l'historien, pour qui Montcalm s'est vraisemblablement lancé à l'attaque de Wolfe parce qu'il se percevait en « sauveur du Canada[69] ».

La cause est jugée, pour reprendre l'expression de Lionel Groulx. Avec Louis XV, le monarque mercantiliste, et François Bigot, l'administrateur corrompu, Montcalm forme désormais une sorte de trinité de la décadence française de l'Ancien Régime en Nouvelle-France. L'évocation des membres de ce triumvirat toxique alimente la thèse de la Conquête providentielle du Canada par une Grande-Bretagne moderne et démocratique. Elle nourrit également son antithèse nationaliste, selon laquelle la colonie aurait résisté plus longtemps sans la présence des représentants d'une métropole indifférente.

Entre le héros tragique des historiens romantiques et l'aristocrate borné de leurs successeurs iconoclastes se détache un troisième Montcalm dont la fermeté est tempérée par le doute. C'est à ce général et à son état-major que nous consacrons cette mise en perspective des opérations militaires ayant mené à la chute de la Nouvelle-France. La bataille des plaines d'Abraham étant indissociable du siège de Québec, nous aborderons d'abord le système défensif de la capitale élaboré par le marquis et par ses collaborateurs. Nous nous intéresserons ensuite au chevalier de Lévis en tant que héros de substitution. Mais auparavant, il nous faut revenir aux campagnes américaines d'un général dont le nom est devenu synonyme de défaite.

Prélude

Louis-Joseph de Montcalm naît le 28 février 1712 au château de Candiac, dans une famille de la petite noblesse du Languedoc. Il a neuf ans lorsqu'il amorce sa carrière militaire à titre d'enseigne dans le régiment de Hainaut où son père est lieutenant-colonel. Capitaine à dix-sept ans, il reçoit son baptême du feu sur le Rhin au cours de la guerre de Succession de Pologne (1733-1738). On le voit notamment à la prise du fort de Kehl et de la ville fortifiée de Philippsbourg. Entre deux campagnes, il épouse à Paris Angélique-Louise Talon de Boulay, avec qui il aura dix enfants, dont la moitié seulement atteindra l'âge adulte. Cette union consolide l'ascension du jeune officier, qui peut désormais compter sur les contacts et les ressources financières de sa femme issue de la noblesse de robe et du Parlement de Paris[1]. C'est néanmoins sur les champs de bataille que Montcalm se fait un nom.

Le marquis intègre l'armée du maréchal de Belle-Isle au déclenchement de la guerre de Succession d'Autriche (1740-1748). Son régiment n'étant pas appelé à combattre, c'est à titre d'aide de camp du lieutenant-général Philippe-Charles de La Fare qu'il fait son entrée en Bohême. Montcalm y assiste à l'escalade des remparts de Prague par les forces françaises à la fin de 1741. L'année suivante, il est blessé en défendant la ville contre les Autrichiens qui contre-attaquent. Le marquis combat tout de même au sein de l'arrière-garde de l'armée française qui se retire à travers la Bavière. En 1743, il acquiert la charge de colonel du régiment d'Auxerrois, ainsi que le permet le système de l'époque. Âgé de trente et un ans, il rejoint son unité qu'il mène dans le nord de l'Italie, où il prend part à la bataille de Plaisance (Piacenza) en 1746. Montcalm y reçoit cinq coups de sabre à la tête et aux épaules, comme en témoignent les entailles toujours visibles sur son crâne exhumé au XIXe siècle[2]. Le colonel est capturé par les Autrichiens au milieu de la déroute française. Il est relâché en 1747, ce qui lui permet d'être promu brigadier à trente-cinq ans. La même année, il participe à l'attaque des retranchements du col de l'Assiette dans les Alpes italiennes, où il est atteint d'une balle au front.

La paix d'Aix-la-Chapelle (1748) entraîne la démobilisation de plusieurs régiments, dont celui d'Auxerrois, qui est fusionné avec une autre unité. Pour dédommager Montcalm, on lui confie la formation d'un régiment de cavalerie dont il prend le commandement en 1749. Le marquis passe les années suivantes entre les cantonnements de son unité, le château de Candiac et son hôtel particulier de Montpellier[3]. Il séjourne à Versailles à la fin de 1755 lorsqu'il est approché par le ministre de la Guerre, qui cherche un nouveau commandant pour les troupes de terre cantonnées en Nouvelle-France. Le comte d'Argenson arrête son choix sur Montcalm au début de 1756. Le vétéran de quarante-quatre ans est promu maréchal de camp dans les semaines qui suivent. Son fils aîné hérite de son régiment de cavalerie tandis que le cadet doit être nommé capitaine dès qu'il aura quinze ans. « Je crus devoir accepter une commission aussi honorable que délicate qui assurait la fortune de mon fils, écrit le marquis, objet intéressant pour un père, commission que je n'avais ni désirée ni demandée[4]. »

Pour l'historien Eccles, Montcalm n'est pas préparé à l'exercice d'un commandement indépendant en Amérique, n'ayant jamais dirigé plus d'un régiment en Europe[5]. Cette assertion est inexacte puisque le marquis a commandé au-dessus de son grade en Italie. Il s'est également familiarisé avec les questions d'état-major en Bohême auprès de son mentor, le lieutenant-général de La Fare. Eccles est moins exigeant envers Vaudreuil, qui n'a pourtant jamais mené plus d'un bataillon au combat avant de prendre la tête de l'ensemble des forces de la Nouvelle-France à compter de 1755. Les historiens de la Conquête critiquent surtout le choix de Montcalm en raison de sa méconnaissance présumée de la petite guerre[6]. Cette tactique indirecte misant sur l'effet de surprise est toutefois largement employée en Europe, où elle constitue en quelque sorte le quotidien des soldats entre chaque opération de siège. « La petite guerre était présente dans les grandes comme dans les petites affaires, écrit la spécialiste Sandrine Picaud-Monnerat ; elle était omniprésente pendant toute la campagne, et c'était peut-être justement ce qui irritait ses détracteurs[7]. » Les batailles rangées en terrain découvert sont plutôt rares en Europe dans la première moitié du XVIIIe siècle, et Montcalm n'a véritablement participé qu'à celle de Plaisance avant de passer en Amérique[8]. C'est en désespoir de cause qu'il en livrera une deuxième sous les murs de Québec en 1759.

Le marquis est issu d'une génération d'officiers sensibilisée à l'importance des troupes légères affectées aux missions de reconnaissance, à la protection des flancs des armées et à l'attaque des convois de ravitaillement de l'ennemi. En Bohême, il a été confronté aux tactiques irrégulières des hussards hongrois et croates. Il a ensuite combattu les partisans piémontais qui harcelaient ses lignes de communication en Italie[9]. Montcalm ne sera donc pas totalement dépaysé à son arrivée en Amérique, bien que le passage d'un continent à l'autre nécessite une période d'adaptation, comme il le reconnaîtra lui-même[10]. L'expérience acquise en Europe lui permettra de donner des directives précises aux commandants des détachements lancés sur les frontières. Il recommandera ainsi à l'un d'eux « d'avoir toujours des découvreurs en avant, sur la droite et sur la gauche, de faire fouiller les bois, de ne pas cacher les canots aux mêmes endroits [et] de faire occuper les hauteurs quand il sera obligé de marcher dans un chemin creux[11] ». Pour accroître l'autonomie de ses « partis », le général réclamera à plusieurs reprises au ministère de la Guerre l'envoi d'une poudre alimentaire expérimentale élaborée à l'hôpital des Invalides : « Pourquoi n'en pas envoyer ici ? Nous pourrions quelquefois nous en servir dans les partis d'hiver pour les Canadiens et les soldats[12]. » Montcalm prônera aussi la réduction du bagage des officiers. Il se moquera des capitaines et des lieutenants canadiens des troupes de la Marine qui surchargeront leurs traîneaux lors de l'expédition hivernale de 1757 contre le fort William-Henry : « On serait tenté de croire, après les propos avantageux des Canadiens, que le luxe vient des officiers français. [Or], ce sont les Canadiens qui renchérissent pour avoir leurs commodités[13]. »

Le théâtre d'opérations

Avant de passer en Amérique, Montcalm parcourt l'*Histoire et description générale de la Nouvelle-France* du jésuite François-Xavier de Charlevoix. L'ouvrage paru en 1744 lui permet de se familiariser avec son nouveau théâtre d'opérations. En 1756, la Nouvelle-France comprend trois colonies distinctes : le Canada, la Louisiane et l'île Royale[14]. La première recoupe le bassin hydrographique du Saint-Laurent et des Grands Lacs, auquel s'ajoute la haute vallée de l'Ohio. Elle rassemble 60 000 habitants d'origine européenne concentrés entre les villes de Québec et de Montréal. On compte également deux îlots de peuplement canadien dans les Pays d'en haut, à Détroit et à Michillimakinac, au cœur du territoire autochtone. La Louisiane commence au sud des Grands Lacs. Elle est protégée au nord par le Canada, à l'est par la chaîne des Appalaches et au sud par les marécages du golfe du Mexique. Les quelque 8 000 habitants de ses établissements du Mississippi et de la rivière des Illinois demeurent en marge du conflit franco-britannique. Il en va autrement des 10 000 habitants de l'île Royale (Cap-Breton) et de sa dépendance de l'île Saint-Jean (Prince-Édouard), où l'on trouve plusieurs centaines de réfugiés acadiens ayant fui les déportations de la baie Française (Fundy) orchestrées par la Grande-Bretagne en 1755.

Au milieu du XVIIIe siècle, on dénombre plus d'un million d'habitants au sein des colonies britanniques de la côte atlantique, entre l'ancienne Acadie française et la Floride espagnole. À cet ensemble compact s'ajoutent la province de la Nouvelle-Écosse, l'île de Terre-Neuve et les postes de traite de la baie d'Hudson. Les empires français et britanniques de l'Amérique du Nord sont séparés par des territoires forestiers que l'on peut franchir en empruntant des couloirs tracés par le réseau hydrographique du continent. Ces passages étroits sont défendus par des forts pouvant accueillir quelques centaines d'hommes dans le meilleur des cas. Comme le note durant le conflit l'aide-major Jean-Guillaume de La Pause, « toute la science de la guerre en Canada consiste dans l'attaque ou la défense des postes qui forment ou ouvrent la communication d'une frontière à l'autre, par le cours des rivières ou lacs que l'on suit pour y parvenir[15] ». Les forts de la frontière assurent la protection des vivres et du matériel de guerre contre les intempéries et les attaques surprises. Ils forment non pas des barrières mais des points d'appui aux armées évoluant en dehors des zones de colonisation. Les postes érigés dans la première moitié du siècle ne sont pas conçus pour résister à l'artillerie lourde. Pour le commissaire des guerres du Canada, André Doreil, il s'agit de « bicoques qui ne peuvent être propres qu'à déshonorer tous ceux qui y commanderont[16] ».

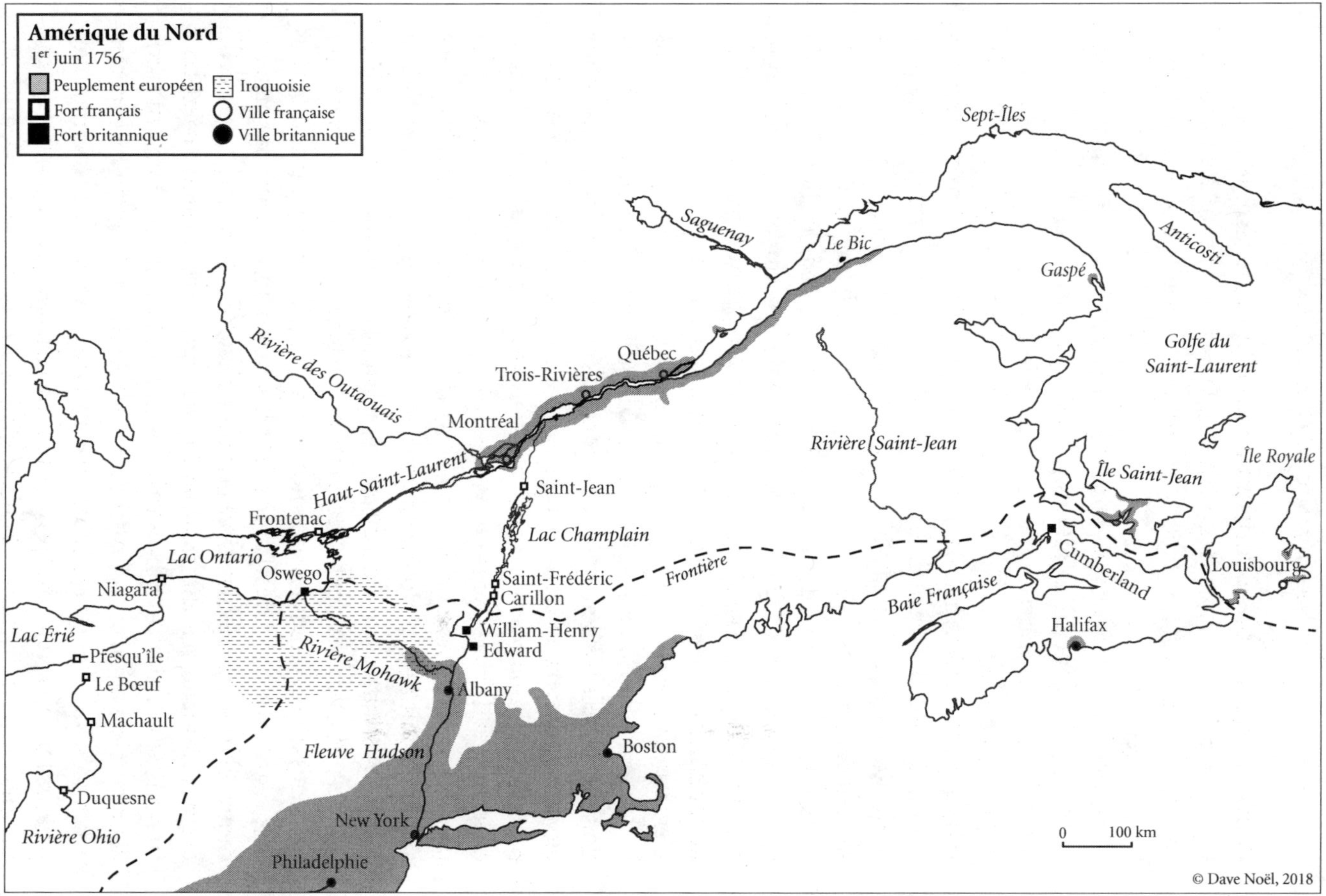
Amérique du Nord
1er juin 1756
Peuplement européen
Fort français
Fort britannique
Iroquoisie
Ville française
Ville britannique
Sept-Îles
Saguenay
Le Bic
Anticosti
Gaspé
Golfe du Saint-Laurent
Rivière des Outaouais
Québec
Trois-Rivières
Montréal
Rivière Saint-Jean
Île Royale
Île Saint-Jean
Haut-Saint-Laurent
Saint-Jean
Frontenac
Lac Champlain
Lac Ontario
Oswego
Saint-Frédéric
Carillon
Frontière
Cumberland
Louisbourg
Baie Française
Niagara
Halifax
William-Henry
Edward
Lac Érié
Presqu'île
Le Bœuf
Rivière Mohawk
Albany
Machault
Fleuve Hudson
Boston
Duquesne
New York
Rivière Ohio
0 100 km
Philadelphie
© Dave Noël, 2018

Leurs enceintes sont d'ailleurs comparées à de simples clôtures. Comme ils sont construits à proximité de cours d'eau, ces forts sont souvent dominés par les hauteurs environnantes, ce qui facilite leur bombardement.

La Nouvelle-France ne compte que deux places de guerre pouvant accueillir une armée. Il s'agit des villes de Louisbourg et de Québec, qui sont entourées d'une enceinte de terre bastionnée recouverte de maçonnerie. La première est située sur la façade atlantique de l'île Royale. Elle est le point de ralliement des escadres que la France dépêche tous les printemps aux portes du golfe du Saint-Laurent. À Versailles, on estime que la Royal Navy n'osera pas affronter les écueils de l'estuaire laurentien avant d'avoir capturé ce port de pêche et de transit fortifié de 3 000 habitants. Québec est situé à près de 1 500 kilomètres de Louisbourg. La ville est à la fois la capitale et la métropole de la Nouvelle-France avec ses 8 000 habitants, contre 5 000 pour Montréal. Son port est libre de glaces entre les mois d'avril et de novembre. Il s'agit de l'unique point d'entrée des marchandises et des troupes acheminées par Versailles dans la vallée du Saint-Laurent. On y décharge les farines de France qui doivent combler le déficit agricole de la colonie, lequel s'accroît d'année en année avec les mauvaises récoltes découlant de la mobilisation croissante des miliciens canadiens, qui ne peuvent pas participer aux travaux de la terre[17].

Pour atteindre la partie habitée du Canada par voie terrestre, les armées britanniques doivent emprunter la vallée du lac Champlain à partir de leur base du fort Edward, au nord de la province de New York. Situé sur le bord du fleuve Hudson, ce poste est à la jonction de deux portages d'une vingtaine de kilomètres. Le premier mène à la rivière aux Chicots, au nord-est, tandis que le second aboutit au fort britannique de William-Henry sur le lac Saint-Sacrement (George), au nord-ouest. Ces deux tributaires du lac Champlain se rejoignent au fort français de Carillon, à 200 kilomètres au sud de Montréal. Érigé en 1755, cet avant-poste protège celui de Saint-Frédéric, plus au nord, sous les canons duquel les bateaux doivent passer avant de franchir le lac Champlain jusqu'à son déversoir du Richelieu. Les deux premiers rapides de cette rivière sont défendus par les forts de Saint-Jean et de Chambly, où débute le peuplement canadien. Le Richelieu termine sa course dans le Saint-Laurent à Sorel, en aval de Montréal. Protégée par un mur de maçonnerie, l'agglomération montréalaise peut également être atteinte par un chemin de terre qui relie le fort Saint-Jean au bourg de La Prairie sur le Saint-Laurent.

Le lac Ontario est la seconde route d'invasion menant au Canada à partir de la province de New York. Les forces engagées dans cette voie doivent d'abord remonter un affluent de l'Hudson, la rivière Mohawk, jusqu'à un portage menant à une rivière qui se jette dans le lac Oneida, au cœur du pays iroquois. On descend ensuite la rivière Oswego jusqu'au lac Ontario, où se trouve la base navale britannique d'Oswego. Ce poste, appelé Chouaguen au Canada, est situé en face du fort français de Frontenac, qui défend le Haut-Saint-Laurent, à 300 kilomètres en amont de Montréal. À partir d'Oswego, les Britanniques peuvent atteindre les Pays d'en haut, dont l'accès est verrouillé par le fort Niagara, érigé à l'entrée de la rivière du même nom. La remontée de ce cours d'eau, interrompue par le portage contournant ses célèbres chutes, permet d'entrer dans le lac Érié, où l'on navigue jusqu'à l'établissement canadien de Détroit, vers l'ouest, ou jusqu'au fort de la Presqu'île, au sud. Le second mène à la rivière Alleghany, qui rejoint la Monongahela pour former l'Ohio, aux fourches desquelles se trouve le fort Duquesne, à 200 kilomètres à l'ouest des provinces britanniques de la Virginie et de la Pennsylvanie. C'est à ce carrefour stratégique qu'a débuté la partie américaine du conflit qui coïncide avec le mandat de Vaudreuil, dernier gouverneur de la Nouvelle-France.

Le système de commandement

En tant que commandant des troupes de terre, Montcalm est subordonné au gouverneur de la Nouvelle-France, qui dirige l'ensemble des forces de la colonie à titre de lieutenant-général en Amérique. Depuis 1755, ce poste est occupé par le marquis Pierre de Rigaud de Vaudreuil, le fils du gouverneur du même nom qui a dirigé la colonie dans le premier quart du XVIIIe siècle. Né à Québec en 1698, Vaudreuil est âgé de quatorze ans à la fin de la guerre de Succession d'Espagne (1701-1713). C'est donc en temps de paix qu'il gravit les échelons de la hiérarchie coloniale en passant par les troupes de la Marine responsables de la défense de la Nouvelle-France.

Promu capitaine d'infanterie à seize ans, Vaudreuil est nommé major des compagnies franches de la Marine du Canada en 1726.

Deux ans plus tard, il participe à une « expédition punitive » contre la nation des Renards du lac Michigan, dont les guerriers se retirent à l'approche des troupes. Il s'agit de l'unique expérience au combat du futur gouverneur avant le siège de Québec de 1759. Vaudreuil n'a pas l'occasion de se distinguer sur les champs de bataille. Son ascension est plutôt assurée par la réputation de son défunt père et par les contacts de sa mère qui réside à Versailles, où elle entretient des relations avec la famille Phélypeaux, dont fait partie Jean-Frédéric de Maurepas, le ministre de la Marine. C'est sous son administration que le marquis accède aux postes de gouverneur des Trois-Rivières (1733-1742) et de la Louisiane (1742-1753). Il se trouve à Paris à l'été de 1754 lorsque de violentes altercations éclatent dans la vallée de l'Ohio, revendiquée par les monarchies française et britannique. C'est dans ce contexte explosif que le Canadien de cinquante-six ans est nommé à la tête de la Nouvelle-France, au début de 1755[18].

Le nouveau gouverneur débarque à Québec à la fin de juin après avoir échappé de justesse à une escadre de la Royal Navy au large de Terre-Neuve. Vaudreuil doit immédiatement faire face à l'invasion des territoires frontaliers de la Nouvelle-France revendiqués par la Grande-Bretagne en vertu d'une interprétation large du traité d'Utrecht de 1713. Une armée dirigée par le lieutenant-colonel Robert Monckton vient tout juste de s'emparer du fort Beauséjour, sur l'isthme de Chignectou, dont la chute ouvre la porte à la déportation des Acadiens de la baie Française vers les colonies britanniques de la côte atlantique. L'invasion du Canada est freinée de justesse le 9 juillet dans la vallée de l'Ohio, où le général Edward Braddock est écrasé par un gros détachement franco-amérindien posté sur la Monongahela. Dès son entrée en fonction, Vaudreuil planche sur une expédition contre Oswego, qu'il suspend néanmoins afin de contrer les forces britanniques déployées au sud du lac Champlain. Il y dépêche le baron Jean-Armand de Dieskau, un maréchal de camp de cinquante-quatre ans débarqué avec lui pour commander les troupes de terre de la colonie. Le prédécesseur de Montcalm est toutefois vaincu et capturé le 8 septembre à la bataille du lac Saint-Sacrement, livrée au terme d'une virée audacieuse sur l'Hudson.

Le baron de Dieskau ne séjourne que 78 jours dans la colonie. Pour le commissaire des guerres du Canada, André Doreil, il aurait été « plus propre à être à la tête d'une troupe légère pour faire usage de son intrépidité sous les ordres d'un général qui l'aurait suivi de l'œil qu'à commander en chef[19] ». Doreil remet également en question la nomination du gouverneur. Son poste, dit-il, aurait davantage convenu à un officier des troupes de terre qu'à un membre de la marine. Or, « Vaudreuil n'est ni l'un ni l'autre[20] ». Son expérience militaire est l'une des plus faibles de tous les gouverneurs de la Nouvelle-France, souligne l'historienne Louise Dechêne[21]. Le marquis de Montcalm ne sera pas le seul officier à se plaindre des directives vagues et contradictoires de son supérieur[22].

Basé à Montréal, le gouverneur ne partage pas le quotidien des soldats et des miliciens postés sur les frontières. C'est ce qui l'amène parfois à sous-estimer les problèmes de logistique de ses exécutants. S'il possède une connaissance approfondie de la diplomatie autochtone et de la géographie américaine, Vaudreuil n'est pas très familier avec le théâtre d'opérations du lac Champlain, qui constitue pourtant la principale route d'invasion de la colonie. En 1755, il ordonne ainsi la construction d'un fort à la pointe de Carillon, sur un emplacement dominé par des hauteurs, à portée de fusil d'un ravin offrant une tranchée naturelle aux assiégeants éventuels[23]. Les failles du gouverneur sur le plan militaire seront de nouveau exposées en 1759 lors de sa première visite des retranchements de la côte de Beauport. « Il n'avait jamais vu ni camp ni ouvrage, écrira le capitaine d'artillerie Fiacre de Montbeillard ; tout lui parut aussi nouveau qu'amusant[24]. »

L'armée régulière du Canada

L'autorité du gouverneur de la Nouvelle-France s'étend de l'Atlantique au golfe du Mexique en passant par les Grands Lacs. Son commandement effectif est toutefois restreint au Canada en raison de l'éloignement de l'île Royale et de la Louisiane, qui disposent de communications directes avec la France. Vaudreuil peut compter sur deux corps d'armée professionnels : les troupes de la Marine et les troupes de terre. Les premières sont constituées d'un ensemble de compagnies d'infanterie relevant du ministère de la Marine, responsable de l'administration et de la défense des colonies. Leurs soldats sont recrutés en France tandis que leurs officiers sont majoritairement issus de la noblesse canadienne[25]. Elles comptent 1 500 combattants divisés en trente compagnies d'infanterie et une compagnie d'artillerie. En 1755, les besoins pressants de la colonie entraînent l'envoi d'un premier contingent de

État-major (Canada, 1756)

Gouverneur général
Vaudreuil (57)

Troupes de terre

Maréchal de camp
Montcalm (44)

Aides de camp
Bougainville (26)
La Rochebeaucourt
Marcel

Brigadier
Lévis (36)

Colonel
Bourlamaque (33)

Aide-major général
Montreuil (33)

La Reine	Languedoc	Guyenne	Béarn
Lt-colonel Roquemaure (50)	**Lt-colonel** Privat (46)	**Lt-colonel** Fontbonne (51)	**Lt-colonel** L'Hôpital (63)
Aide-major D'Hert (36)	**Aide-major** Joannès (21)	**Aide-major** La Pause (34)	**Aide-major** Malartic (25)

Royal-Roussillon	La Sarre
Lt-colonel Bernetz (50)	**Lt-colonel** Senezergues (46)
Aide-major Bellecombe (28)	**Aide-major** Mineray (23)

Génie
De Combles (36)
Desandrouins (27)

Troupes de la Marine

Trois-Rivières
Gouverneur
Rigaud (53)

Québec	Trois-Rivières	Montréal
Lieutenant de roi Longueuil (54)	**Lieutenant de roi** Noyan (60)	**Lieutenant de roi** Argenteuil (68)
Major Ramezay (47)	**Major** Fleurimont (61)	**Major** Duplessis (66)

Artillerie
Le Mercier (33)

Capitaines d'infanterie			
Varennes (79)	Cabanac (52)	Boucher (67)	Colombière (47)
Blainville (62)	Raymond (54)	Bonne (39)	Villiers (48)
Lavaltrie (78)	Herbin (44)	Lanaudière (45)	Maizière (32)
Cabanac (61)	Lorimier (51)	Saint-Vincent (59)	Gannes (51)
Sabrevois (56)	Sabrevois (55)	Vergor (42)	Laroche (27)
La Martinière (55)	Deschaillons (44)	Dumas (35)	Saint-Luc (45)
La Corne (60)	Vassan (43)	Péan (33)	Courtemanche (45)
La Corne (53)	Contrecœur (50)	Joncaire (49)	Boishébert (29)
Lusignan (64)	Daneau (60)	Lignery (52)	Gaspé (42)
		Villemonde (39)	Laperrière (48)

Légende : (Âge des officiers le 1er juillet 1756)

troupes de terre par le ministère de la Guerre. Il comprend les seconds bataillons des régiments de Béarn, de Guyenne, de Languedoc et de La Reine. Ces unités d'infanterie lourde disposent chacune d'un effectif théorique de 525 hommes aux ordres d'un lieutenant-colonel assisté d'un aide-major. Elles sont divisées en douze compagnies de fusiliers et une compagnie de grenadiers qui rassemble l'élite des soldats du bataillon. En 1756, les effectifs des troupes de terre du Canada sont portés à 3 000 combattants avec l'arrivée des seconds bataillons des régiments de La Sarre et de Royal-Roussillon[26]. À cela s'ajoute un corps de 2 000 soldats réguliers stationné à Louisbourg et un autre de 2 000 hommes basé en Louisiane.

Les troupes de terre et de la Marine sont entraînées pour combattre au coude à coude sur trois rangs de profondeur, ce qui leur permet de générer un mur de balles réduisant l'imprécision et le manque de fiabilité des armes d'épaule de l'époque. La cadence de tir des fusils est de trois à quatre coups par minute avec une portée utile ne dépassant pas la centaine de mètres. Les formations de soldats réguliers s'imposent non seulement dans les champs ouverts par la colonisation mais également sur les théâtres d'opérations forestiers, le long des rivières et des portages, où elles servent de « mur d'appui » aux troupes légères, pour reprendre l'expression des alliés amérindiens[28]. À chaque campagne, des unités de soldats volontaires sont détachées de leur bataillon pour combattre en ordre dispersé. On compte d'ailleurs deux officiers partisans au sein du contingent des troupes de terre dépêché au Canada.

La cohabitation des troupes de terre et de la Marine est à la fois source d'émulation et de tensions entre officiers. Montcalm et Vaudreuil seront naturellement portés à défendre le corps d'armée dont ils sont issus et sur lequel ils exercent une autorité directe. Cette division ne sera toutefois pas aussi étanche qu'on le dit. Dans *La Guerre de la Conquête*, Guy Frégault dénonce vivement le mépris de Montcalm envers les officiers canadiens de la Marine en s'appuyant sur sa lettre à Lévis de la fin d'août 1756[29] :

> Souvenez-vous que Mercier est un ignorant et un homme faible, Saint-Luc, un fanfaron et un bavard, Montigny, admirable, mais un pillard, Lignery, Villiers, Léry, bons, Langy excellent, Marin brave, mais sot. Tout le reste ne vaut pas la peine d'en parler, même mon premier lieutenant général Rigaud[30].

Contrairement à ce que suggère Frégault, la missive controversée concerne non l'ensemble des officiers de la Marine du Canada mais le petit groupe de militaires de l'expédition d'Oswego. Montcalm, il est vrai, n'est guère impressionné par François de Rigaud, le frère de Vaudreuil. Il rend toutefois hommage aux officiers canadiens ayant mené ses trois colonnes de la Marine sur le lac Ontario, soit François de Lignery, Louis de Villiers et Gaspard-Joseph de Léry. Le général y souligne le brio du Canadien Jean-Baptiste de Langis, à qui il va confier des missions importantes tout au long du conflit en dépit de son modeste grade d'enseigne. Montcalm sera particulièrement touché par la mort de Villiers, emporté par la petite vérole en 1757. « Je suis, mon cher chevalier, inconsolable de la perte du pauvre Villiers, confiera-t-il à Lévis. Je n'écris pas à sa veuve, mais dites-lui combien je regrette son mari[31]. »

Pendant son séjour en Amérique, Montcalm se moquera surtout de l'excès de confiance des officiers canadiens des troupes de la Marine, qui voient tout « couleur de rose » sans tenir compte des problèmes de logistique. Pour autant, sa principale tête de Turc n'est pas canadienne mais française. Il s'agit de François Le Mercier, le commandant de l'artillerie coloniale. Le général lui préfère ses seconds, le Français Fiacre de Montbeillard et le Canadien Louis-Thomas Jacau de Fiedmont. S'il est parfois sévère à l'endroit des officiers de la Marine, Montcalm l'est également envers les membres de son propre corps d'armée[32]. Au terme de sa première campagne américaine, il note ainsi le manque d'initiative du colonel de Bourlamaque et l'inexpérience de Montreuil, l'aide-major général des troupes de terre[33]. Il souligne les défauts de caractère des lieutenants-colonels Jean-Georges de Roquemaure, du bataillon de La Reine, qui serait « une tête brûlée », et Grégoire de Trivio, du régiment de Berry, qui « joint à l'ennui [et] à la bêtise, le dessous d'un Dauphinois[34] ».

Les critiques de Montcalm envers les compagnies franches de la Marine ne sont pas sans fondement. On observe en effet un certain relâchement de la discipline parmi les cadres de ce corps, qui ne sont pas préparés à diriger les grandes unités que l'on voit apparaître en Amérique au cours de la guerre de la Conquête[35]. Leurs défaillances sont notées dès la décennie précédente par le gouverneur intérimaire de la Nouvelle-France, Roland-Michel de la Galissonnière, et par l'intendant Gilles Hocquart[36]. Leurs rapports ont d'ailleurs entraîné l'envoi au Canada d'un contingent d'officiers des troupes de terre au début des années 1750 afin de pourvoir aux postes vacants dans les compagnies franches. Parmi les recrues se trouvent le capitaine Jean-Daniel Dumas, le futur vainqueur de la bataille de la Monongahela, dont la polyvalence le mènera au grade de major-général et inspecteur des troupes de la marine du Canada. Formé en Europe, cet officier français que l'on a élevé au rang de « héros canadien » critiquera régulièrement les cadres de la Marine. Il constatera aussi les limites des miliciens placés sous son commandement[37].

L'habitant-soldat

En 1756, l'armée française au Canada compte donc près de 4 500 soldats professionnels. Ce noyau de « réguliers » est appuyé par des contingents de miliciens canadiens recrutés parmi les hommes valides de la colonie âgés entre 16 et 60 ans. Leur nombre varie selon les besoins déterminés par le gouverneur, qui ne mobilise qu'une partie des 12 000 conscrits disponibles afin de ne pas compromettre les travaux agricoles et les opérations de transport. Avant la campagne décisive de 1759, il n'y aura guère plus de 4 000 habitants mobilisés simultanément dans la vallée du Saint-Laurent pour aller à la guerre.

Les compagnies de milice du Canada ne sont pas des formations de combat mais des unités de recrutement. Sauf exception, leurs officiers ont rang de simple soldat lorsqu'ils évoluent en dehors de leur localité. Il faut attendre la fin du conflit, rappelle Louise Dechêne, pour que l'on revoie des compagnies paroissiales combattre sous les ordres de leur capitaine, comme ce fut le cas aux premiers temps de la colonie. Les habitants sont intégrés dans un ensemble de paroisses selon un système de rotation permettant de répartir équitablement le poids de la guerre. Regroupés par gouvernement – ceux de Québec, des Trois-Rivières et de Montréal –, les miliciens sont ensuite envoyés aux frontières, où ils sont organisés en unités temporaires. Leur encadrement est assuré par des officiers des troupes de la Marine, qui fournissent en outre un noyau de soldats aux brigades et aux compagnies de milice[38]. Bon an, mal an, les autorités coloniales doivent équiper des centaines de conscrits canadiens qui ne possèdent même pas un fusil de chasse pour leur usage personnel[39].

La mémoire collective a retenu l'image d'une Nouvelle-France en conflit perpétuel avec les Iroquois et les Britanniques, ce qui aurait permis l'émergence au Canada d'un peuple d'habitants-soldats[40]. Cette vision héroïque d'une colonie aux abois ne tient pas compte de la longue paix américaine qui sépare les guerres de succession d'Espagne et d'Autriche, entre 1713 et 1744. Au déclenchement de la guerre de la Conquête, le Canada ne compte qu'un petit nombre de miliciens expérimentés, les combats du conflit précédent ayant pour l'essentiel été livrés par les alliés autochtones et par les soldats de la Marine. C'est en effet sur le théâtre d'opérations « acadien » et le long des frontières des provinces britanniques que l'on s'est battu entre 1744 et 1748. La vallée du Saint-Laurent n'a donc pas connu les affres de la guerre depuis le siège de Québec par William Phips à la fin du XVIIe siècle. En 1755, les miliciens canadiens présents à la bataille de la Monongahela ont déguerpi dès les premières salves. Il n'a pas été possible de les rallier, contrairement à ce que soutient Frégault[41]. Les habitants triés sur le volet par Dieskau au cours des semaines suivantes se sont mieux comportés au lac Saint-Sacrement. « Il y a dans ce pays-là beaucoup plus d'hommes naturellement courageux que dans les autres, écrira Bourlamaque en 1762 dans un mémoire anticipant la rétrocession du Canada à la France. Lorsqu'on les accoutumera à l'obéissance, on en tirera un grand parti[42]. » Le temps a toutefois manqué pour réformer la milice.

En dépit de son apparente désorganisation, la petite guerre que l'on associe aux Canadiens implique une certaine discipline. Elle nécessite du sang-froid pour lutter contre l'anxiété qui pousse les combattants embusqués à tirer précipitamment[43]. Sa pratique est réservée aux jeunes hommes capables d'endurer la faim et les fatigues des longues marches en forêt. Le cultivateur quinquagénaire chassant le petit gibier sur sa terre n'aura pas nécessairement les aptitudes pour tirailler efficacement le long des frontières. Le voyageur parcourant les Pays d'en haut en quête de fourrures est plus susceptible de former un bon combattant, d'autant plus qu'il s'est familiarisé avec l'univers autochtone[44]. Résidant dans le gouvernement de Montréal pour la plupart, ces canoteurs expérimentés, reconnaissables aux tatouages qu'ils portent à la mode amérindienne, sont toutefois détournés du service militaire au profit du commerce et des opérations de transport. Cette situation est vivement dénoncée par l'ingénieur français Jean-Nicolas Desandrouins : « On a tellement soin de trier les voyageurs et les bons hommes pour le commerce des Pays d'en Haut, et pour les va-et-vient du munitionnaire, qu'il ne se trouve plus dans nos armées que la vile racaille, sur laquelle on ne peut compter, pas même pour ramer, encore moins pour gouverner les bateaux. » Louis-Antoine de Bougainville évoquera également ce problème : « On leur offre [aux voyageurs] le choix de s'engager à un très bas prix pour aller à la mer d'Ouest [...] ou de marcher au feu [...], leur choix n'est ni long, ni douteux[45]. »

Comme le souligne Dechêne, « le propre du stéréotype est d'abolir le temps et les clivages sociaux, d'attribuer à toute une population des comportements, des qualités ou des défauts qui sont en fait très inégalement distribués et représentés d'une période à l'autre ». Dans son œuvre publiée à titre posthume, l'historienne est remontée aux sources du mythe de l'habitant-soldat que l'on trouve notamment dans le récit de Charlevoix de 1744. Il est également alimenté par le gouverneur Vaudreuil dans ses lettres à la cour. « S'il peut démontrer que la milice représente une force militaire supérieure aux troupes de terre et que cette force lui est entièrement, exclusivement dévouée, il renforce sa position[46]. » C'est dans ce contexte que Vaudreuil accusera Montcalm de maltraiter les Canadiens, ce qui n'est appuyé par aucun autre témoignage. « J'ai suivi les maximes de nos généraux lorsque nous servions avec les Espagnols, se défendra Montcalm en faisant référence à ses campagnes italiennes. La plus légère apparence de tort de la part de nos officiers est sur-le-champ punie avec la plus grande sévérité. » L'évêque de Québec, Mgr de Pontbriand, met lui aussi en avant les milices du pays aux dépens des troupes de terre dans ses mandements. Le manque de considération de ce proche du gouverneur fera tiquer Montcalm, dont les bataillons subiront le gros des pertes au cours des premières campagnes du conflit[48].

Le guerrier autochtone

Les miliciens canadiens sont donc minoritaires au sein des détachements de troupes légères lancés à l'attaque des colonies britanniques[49]. Les autorités coloniales font plutôt appel aux guerriers de l'alliance franco-amérindienne, qui rassemble la plus grande partie des peuples autochtones de l'est de l'Amérique du Nord. La Confédération iroquoise est à la marge de ce réseau. Elle forme une sorte d'État tampon plus ou moins neutre entre les lacs Ontario et Champlain, le long des rivières Oswego et Mohawk. Cette « Iroquoisie » compte six nations, dont la plus orientale, celle des Agniers, s'est rangée dans le camp britannique. Bon an, mal an, les alliés de la France dans les Pays d'en haut et dans la vallée de l'Ohio mobilisent près de 2 000 guerriers. À ce nombre s'ajoute un peu moins d'un millier de combattants issus des missions catholiques autochtones de la vallée du Saint-Laurent. Il s'agit des « domiciliés » abénaquis, iroquois et hurons dont les villages sont situés aux limites du peuplement canadien[50]. Armés et nourris aux frais du roi, les guerriers de l'alliance forment le plus souvent des bandes allant d'une dizaine à une trentaine d'hommes pour frapper l'ennemi à l'improviste. « Au milieu des bois de l'Amérique, on ne peut pas plus se passer d'eux que de la cavalerie en plaine », observe Bougainville[51].

À l'instar des partisans européens, les guerriers poussent de grands cris au moment d'attaquer pour terroriser l'adversaire[52]. L'efficacité de leurs hurlements est décuplée par l'appréhension de la torture qui hante les soldats britanniques et les miliciens anglo-américains. La petite guerre a cependant ses limites contre une armée disciplinée possédant ses propres unités de volontaires. « L'ennemi, une fois posté, ne recule plus malgré les cris des sauvages et une longue fusillade, note Desandrouins. Il sait trop qu'il n'y a point à fuir et qu'il lui faut vaincre ou périr. Il n'y a donc que la première terreur qu'il faut saisir pour qu'un petit nombre en détruise un plus grand [...]. Réservez votre feu et soyez fermes, ils ne marcheront point à vous, ils fusilleront comme vous derrière de bons arbres, ajoute l'ingénieur. Marchez à eux avec ardeur [...], ils fuiront indubitablement[53]. » Les Britanniques vont s'adapter aux tactiques autochtones et aux spécificités du théâtre d'opérations nord-américain. « Les ennemis sont fort alertes, constate Bougainville dès 1757, ils ont continuellement des découvreurs en campagne ; le mauvais succès de la plupart de ces détachements, la grande quantité de nos sauvages ne les dégoûtent pas de la petite guerre[54]. »

Les guerriers autochtones, qu'on a pris l'habitude de dépeindre en combattants infaillibles, ne forment pas un bloc monolithique. Desandrouins note qu'il y a parmi eux « quelques poltrons, ou gens prudents qui n'aiment pas hasarder leur vie ; ils en ont aussi de très braves qui ne quittent pas aisément parti et d'autres qui tiennent le milieu entre les braves et les poltrons, qui avancent et reculent pendant la durée d'un long combat[55] ». Leur mobilisation n'est pas toujours aisée lorsqu'il s'agit d'organiser des missions de reconnaissance sur un théâtre d'opérations étroit comme celui du lac Champlain. En 1756, le commandant de Carillon sera ainsi sans nouvelles de la rivière aux Chicots pendant plus de six semaines[56]. Les guerriers à qui l'on demande de remonter ce cours d'eau l'année suivante refuseront à nouveau de marcher, ne voulant pas aller à la « boucherie[57] ». En 1759, un autre groupe regagnera l'enceinte de Carillon après avoir entendu « casser des branches et tousser » dans les bois du portage de la rivière de la Chute, qui relie le lac Saint-Sacrement au lac Champlain. L'officier dépêché sur place le lendemain en reviendra « bien persuadé [...] qu'ils avaient feint d'entendre, parce qu'ils n'osaient faire cette découverte », explique le capitaine canadien Nicolas des Méloizes[58]. Les détachements alliés lancés sur la route du fort Edward vont parfois dévier de leur trajectoire pour tomber sur les hameaux isolés de la province de New York ou de la Nouvelle-Angleterre, où les risques sont moins élevés et les succès presque assurés. Les guerriers censés patrouiller le secteur en 1757 iront plutôt à 150 kilomètres de Boston, où ils brûleront deux moulins. Deux ans plus tard, l'enseigne canadien Langis se dira « fort mécontent » de ses guides autochtones qui, au lieu de le mener au sud du fort Edward, l'ont conduit près de Schenectady, à une soixantaine de kilomètres de l'objectif[59].

Le manque de prévisibilité des alliés pose un véritable problème sur le plan tactique. Au XVIIIe siècle, les armées ont besoin de troupes légères pour les guider et les protéger des attaques surprises de l'ennemi. Au Canada, ce rôle est principalement dévolu aux alliés autochtones, qui ont une connaissance approfondie du territoire. Ces combattants peuvent toutefois quitter l'armée à tout moment après avoir atteint leurs propres objectifs de guerre, qui vont de la capture de prisonniers en vue de leur adoption à la vengeance en passant par le pillage et par la « levée de chevelures » – les scalps – qui font office de trophées. En 1756, le succès d'un détachement allié entraîne ainsi le départ de la quasi-totalité des guerriers de la frontière du lac Champlain. On en vient même à regretter ce gain qui prive l'armée de ses éclaireurs[60]. Pour conserver un minimum de combattants autochtones, Montcalm doit parlementer régulièrement. « La journée de la part du général s'est passée à tenir des conseils avec les Sauvages, écrit son aide de camp Bougainville en 1757. Plusieurs voulaient retourner à Montréal, disant que c'était tenter le maître de la vie que de s'exposer encore aux hasards de la guerre après un si beau coup que celui qu'ils venaient de faire. Les autres voulaient conduire leurs prisonniers à Montréal. Enfin, tous voulaient quelque chose, tous venaient à la fois[61]. »

Montcalm sera d'abord captivé par l'éloquence des chefs, dont il consigne les discours dans ses écrits. « Ces sauvages m'aiment beaucoup [...], écrit-il à sa femme au début de 1757. Je leur trouve plus de vérité, de franchise souvent qu'à ceux qui se piquent de polices[62]. » Le marquis est toutefois gagné par la fatigue et par l'ennui au fil des conseils de guerre interalliés[63]. En cela, il n'est pas différent de ses contemporains français, canadiens ou britanniques. Dix ans avant la venue de Montcalm en Amérique, Vaudreuil notait qu'il « est fort désagréable d'être exposé à vivre pendant deux à trois mois avec des Sauvages qu'il faut écouter du matin au soir et souvent jusqu'à minuit sans avoir un moment à soi pour prendre ses repas ». À la fin de 1756, le gouverneur de la Nouvelle-France met abruptement un terme à ses entretiens avec les Iroquois en visite à Montréal pour gagner Québec, où il compte célébrer la nouvelle année. « Les sauvages demandèrent plusieurs conseils que [Vaudreuil] leur accorda, écrit Malartic, quoi qu'ils l'ennuyassent fort et qu'il voulût partir[64]. »

Dans ses lettres à la cour, Vaudreuil met en avant les prouesses de « ses » guerriers autochtones comme il le fait avec les miliciens canadiens et les compagnies franches de la Marine pour minorer la contribution des troupes de terre et de leur commandant. « [Le gouverneur] me marque que les sauvages ne veulent plus servir sous des officiers de France, écrit Bigot au ministre de la Marine à la fin de 1755. Il n'est point douteux que ceux de la colonie ne leur insinuent ces propos, car je sais positivement que les sauvages faisaient grand cas de M. Dieskau et qu'ils ont été surpris de son intrépidité[65]. » Montcalm usera lui aussi de ce stratagème en évoquant sa popularité auprès des Canadiens et des Amérindiens. Il le fera toutefois avec plus de subtilité, sans verser dans les excès épistolaires de son rival canadien.

* * *

Avant d'être vaincu sous les murs de Québec, Montcalm livre trois campagnes victorieuses au Canada sur les théâtres d'opérations des lacs Ontario et Champlain. Pour les tenants de la thèse de l'incompétence du commandement français, ces succès seraient attribuables aux initiatives de ses subordonnés, aux directives de son supérieur, Vaudreuil, et à l'ineptie de ses adversaires. L'absence du chevalier de Lévis sur les plaines d'Abraham confirmerait cette thèse, qui ne résiste pourtant pas à l'analyse des premières campagnes américaines du général.

PREMIÈRE PARTIE

Les campagnes américaines

Maintenant, la guerre s'établit ici sur le pied européen : des projets de campagne, des armées, de l'artillerie, des sièges, des batailles. Il ne s'agit pas de faire coup, mais de conquérir ou d'être conquis. Être conquis ! Quelle révolution !

LOUIS-ANTOINE DE BOUGAINVILLE,
29 juillet 1758[1]

CHAPITRE 1

1756 : le banc d'essai

Montcalm quitte Montpellier pour Versailles en février 1756. Après avoir été reçu par Louis XV, il gagne le port de Brest, où il rejoint le nouvel état-major des troupes de terre du Canada. Le petit groupe comprend Lévis, un brigadier de trente-six ans que le marquis a côtoyé en Bohême et en Italie, et le colonel Bourlamaque, un vétéran de trente-trois ans qui a participé aux grandes opérations du maréchal de Saxe dans la plaine belge[2]. Au début d'avril, Montcalm appareille à bord d'une frégate manœuvrée par 200 hommes d'équipage. Le navire franchit l'Atlantique en moins d'un mois après avoir évité les escadres britanniques patrouillant au large de la Bretagne. Naviguant en solitaire, le bâtiment armé de 30 canons se faufile à travers les glaces pour entrer dans le golfe du Saint-Laurent par le détroit de Cabot, entre les îles de Terre-Neuve et du Cap-Breton. Il remonte ensuite l'estuaire laurentien jusqu'au cap Tourmente, à une quarantaine de kilomètres en aval de Québec. « Malgré la brièveté de notre navigation [j'ai] pris fort peu de goût pour la mer », écrit Montcalm[3].

Retenu au pied du cap Tourmente par des vents contraires, le général y débarque le 12 mai pour rejoindre Québec par les terres. Il longe les côtes de Beaupré et de Beauport, « où les Anglais débarquèrent autrefois », comme il le note en évoquant le siège de 1690. « J'ai observé que les paysans canadiens parlent très bien le français. Comme sans doute ils sont plus accoutumés à aller par eau que par terre, ils emploient volontiers les expressions prises de la marine[4]. » Au-delà de ses observations sur la langue des habitants, ce détour en calèche permet à Montcalm d'arpenter le théâtre d'opérations qu'il devra défendre trois ans plus tard. Accueilli par l'intendant Bigot, le général s'installe à Québec pour quelques jours. Il s'y trouve encore le 17 mai lorsque la Grande-Bretagne déclare officiellement la guerre à la France. Le conflit se propage à l'Europe centrale dans le courant de l'été avec l'entrée en scène des deux principales puissances allemandes de l'époque : la Prusse, alliée à la Grande-Bretagne, et l'Autriche, alliée à la France. Il s'étendra ensuite aux colonies françaises et britanniques des Antilles, de l'Afrique et de l'Inde.

Montcalm quitte la capitale à la fin de mai. « J'ai pris pendant mon séjour de huit jours des instructions sur un pays et sur une guerre où tout est si différent de ce qui se pratique en Europe[5]. » Il remonte le Saint-Laurent jusqu'à Montréal, où il rencontre Vaudreuil pour la première fois. Le contact est d'abord cordial. « Le gouverneur général me comble de politesse », note Montcalm[6]. Leur relation ne cessera toutefois de se détériorer pour atteindre le point de rupture en 1758. La présence du général des troupes de terre constitue un désaveu pour Vaudreuil, dont les prérogatives sont essentiellement militaires. Elle compromet également l'ascension de son frère François de Rigaud, dont le poste de gouverneur des Trois-Rivières lui confère le rang de colonel en Amérique, au-dessus des lieutenants-colonels français. Vaudreuil a bien tenté de convaincre Versailles de ne pas pourvoir le poste de commandant des troupes de terre du Canada[7]. La cour a néanmoins dépêché Montcalm. Elle a même envisagé de lui confier l'administration des troupes de la Marine et des milices[8]. La proposition soumise à Vaudreuil a été rejetée par ce dernier, qui tiendra plutôt Montcalm dans l'ignorance des ressources dont il dispose. Il est possible que le gouverneur ait été mis au fait de la décision de Versailles de remettre la direction de la colonie à Montcalm dans l'éventualité de son décès, ce qui peut avoir alimenté sa méfiance[9].

Objectif : Oswego

Les troupes sont en mouvement lorsque Montcalm débarque à Montréal. Vaudreuil déploie ses 4 500 soldats en parts égales sur les théâtres d'opérations des lacs Ontario et Champlain. Il laisse Québec à découvert, sa défense étant assurée par les navires de la Marine royale concentrés à Louisbourg. La reprise de l'expédition contre Oswego est à l'ordre du jour. Cette base navale érigée à compter de 1727 constitue une menace pour la sécurité des communications sur le lac Ontario entre les forts Frontenac et Niagara. Les marchandises à bas prix qui y sont transigées ouvrent une brèche dans le réseau d'alliances franco-amérindien basé sur le commerce. Ce fort empêche enfin le ralliement de la Confédération iroquoise, qui est au cœur de la diplomatie autochtone des gouverneurs de la Nouvelle-France. Sa capture est toutefois une opération « bien épineuse », comme le reconnaît Vaudreuil en 1755[10].

La base navale britannique du lac Ontario est en effet construite autour d'une vaste habitation en pierre faisant office de redoute à l'embouchure de la rivière Oswego, sur la rive gauche de ce cours d'eau. La structure de trois pieds d'épaisseur est protégée d'une attaque terrestre par un mur de maçonnerie doté de 33 canons et mortiers de petits calibres. Ses approches sont surveillées par un fortin de pieux, à l'ouest, et par un corps de garde retranché, au sud. Il est couvert à l'est par le fort Ontario, érigé sur la rive droite de la rivière Oswego, au sommet d'un promontoire. Cet ouvrage de gros pieux en forme d'étoile est armé de huit canons et de quatre mortiers. Il est entouré d'un fossé et d'un talus – le glacis – permettant un feu plongeant aux soldats de la garnison. Les arbres situés à la périphérie ont été coupés pour prévenir les attaques surprises et pour maximiser le champ de tir de l'artillerie du fort[11].

Depuis le début de 1756, Vaudreuil tente d'affaiblir la garnison britannique en attaquant sa ligne de ravitaillement au portage reliant les sources du lac Oneida à la rivière Mohawk. En mars, les 350 hommes confiés au lieutenant Léry se sont emparés du fort Bull, l'un des deux relais fortifiés de ce portage, qui est défoncé à coups de hache. En dépit de son caractère spectaculaire, la destruction de cet entrepôt défendu par une cinquantaine d'hommes n'empêche pas la garnison d'Oswego de recevoir plus de 500 bateaux de ravitaillement au cours des deux mois qui suivent[12]. En mai, c'est au tour du capitaine Villiers de quitter Montréal à la tête de 700 combattants. Il établit d'abord un dépôt de vivres et de munitions à la baie de Niaouré, sur la rive sud du lac Ontario, entre les forts Frontenac et Oswego. Il faut toutefois attendre la mi-juin pour qu'il gagne les bois situés à l'est de la base ennemie, où il s'embusque avec ses hommes. Ce délai permet aux bateliers britanniques de faire passer un imposant chargement de matériel qui sera utilisé pour lancer deux navires de guerre supplémentaires sur le lac Ontario dans le courant de l'été. « Rien n'était mieux concerté que ce projet, regrette le chevalier de La Pause, mais comme on opère lentement dans le pays, le détachement partit trop tard, les ennemis avaient déjà fait passer plusieurs convois considérables et toutes les opérations de ce détachement depuis le commencement de juin jusqu'au 1er août se bornèrent à faire des courses sur [Oswego], à faire quelques prisonniers et chevelures et à attaquer un nombre de bateaux qui remontaient, où on prit une trentaine d'hommes[13]. »

Le délabrement des forts français du lac Ontario amène Vaudreuil à y dépêcher des soldats et des miliciens pour améliorer leurs terrassements. Bourlamaque prend le commandement du secteur à la mi-juin tandis que Montcalm et Lévis sont dirigés dans la vallée du lac Champlain au début de juillet. Le général profite de son premier séjour à Carillon pour réorganiser les camps de cette zone frontalière. Il fait également explorer les pistes amérindiennes qui sillonnent le secteur infesté de serpents à sonnette[14]. Montcalm parcourt lui-même les chemins situés aux abords de son poste en compagnie de Lévis, « qui est plus jeune et vigoureux » que lui[15]. Les soldats et les miliciens disponibles sont chargés du parachèvement du fort de Carillon, construit après la déroute de Dieskau. En attendant la fin des travaux, c'est « dans le bois, à la canadienne », que Montcalm a l'intention de combattre l'ennemi s'il se présente[16]. L'armée française du lac Champlain compte près de 2 000 hommes. Elle doit être portée à plus de 3 500 combattants par Vaudreuil dans les semaines qui suivent[17]. Les troupes sont campées sur la rivière de la Chute qui relie les lacs Champlain et Saint-Sacrement, à une vingtaine de kilomètres seulement des avant-postes ennemis. On dénombre près de 7 000 soldats britanniques et miliciens anglo-américains répartis entre le sud du lac Saint-Sacrement et le nord du fleuve Hudson. Cette masse passe à 9 000 combattants au cours des semaines suivantes. Il s'agit d'une force trois fois plus imposante que celle du major-général William Johnson, dont la présence au même endroit en 1755 avait entraîné la suspension puis l'annulation du siège d'Oswego par Vaudreuil, le gouverneur redoutant une invasion par le lac Champlain au moment où son armée principale serait engagée sur le lac Ontario.

Selon les informations disponibles au Canada, les Britanniques aménageraient des chemins carrossables en vue d'une attaque contre Carillon[18]. C'est dans ce contexte que Montcalm évoque la transformation éventuelle du siège d'Oswego, qui ne peut pas débuter avant le mois

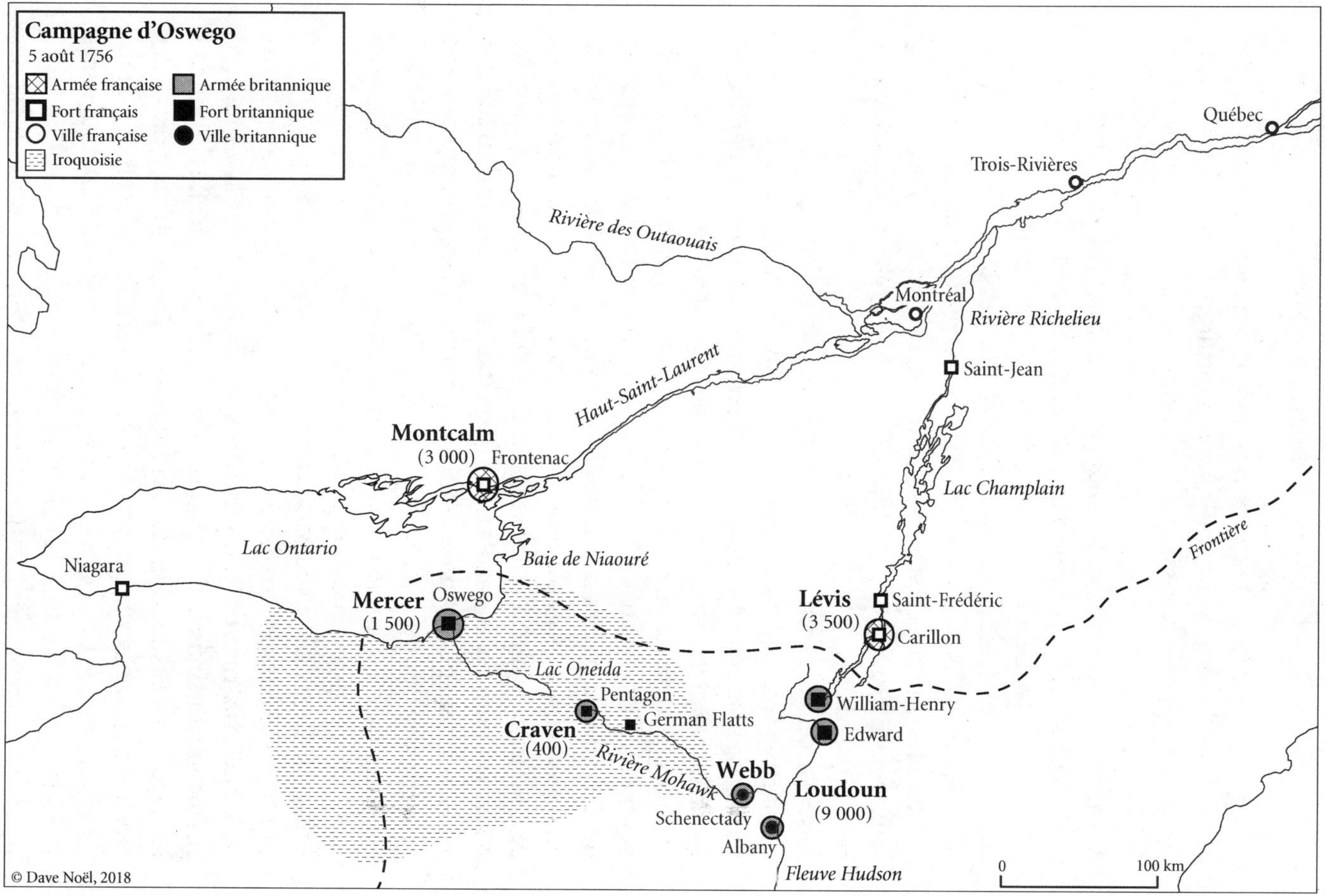

Campagne d'Oswego
5 août 1756
Armée française
Armée britannique
Fort français
Fort britannique
Ville française
Ville britannique
Iroquoisie
Québec
Trois-Rivières
Rivière des Outaouais
Montréal
Rivière Richelieu
Saint-Jean
Haut-Saint-Laurent
Montcalm
(3 000)
Frontenac
Lac Champlain
Frontière
Lac Ontario
Niagara
Baie de Niaouré
Mercer
(1 500)
Oswego
Lévis
(3 500)
Saint-Frédéric
Carillon
Lac Oneida
Pentagon
German Flatts
Craven
(400)
William-Henry
Edward
Rivière Mohawk
Webb
Loudoun
(9 000)
Schenectady
Albany
Fleuve Hudson
0
100 km

d'août, en manœuvre de diversion visant à dégager la frontière du lac Champlain[19]. Pour avoir émis cette proposition, le général sera taxé de pessimisme par plusieurs historiens. Les doutes de Montcalm sont toutefois partagés par le major canadien Michel Péan, des troupes de la Marine, un proche du gouverneur Vaudreuil. Le manque de vivres fait également craindre le pire aux deux responsables de l'approvisionnement de l'armée : le munitionnaire canadien Joseph Cadet et l'intendant François Bigot. Le second prévient d'ailleurs Montcalm du report possible du siège d'Oswego à l'hiver ou au printemps, faute de moyens[20]. « Toutes les entreprises sont dans ce pays très difficiles, écrit Lévis à deux semaines du départ de l'expédition. On en doit presque toujours le succès au hasard[21]. »

En dépit de ses réticences, Montcalm compte bien tester les moyens de défense de la base navale britannique. Advenant le cas où son armée serait bloquée sur la rive droite de la rivière Oswego après la prise du fort Ontario, il tentera à tout le moins d'incendier les navires ennemis au mouillage : « Il faut être fort téméraire, ou bon citoyen, pour tenter cette besogne avec moins d'artillerie, moins de troupes [régulières], que les assiégés, et un embarras horrible pour les vivres[22]. » S'il doute du succès de l'opération, le marquis ne le laisse pas trop paraître, si l'on se fie aux chansons populaires composées par ses soldats et par ses miliciens au retour d'Oswego. Ces chants ne font pas état du pessimisme du général. Elles évoquent plutôt un « Montcalm avide de lauriers [qui ne] court que trop vite[23] ».

L'expédition du lac Ontario

Montcalm est rappelé à Montréal à la mi-juillet. Après avoir reçu les dernières instructions de Vaudreuil, il gagne le bourg de La Chine où il s'embarque à destination du fort Frontenac. Il franchit les rapides du Haut-Saint-Laurent avant de rejoindre Bourlamaque à la fin du mois. Pour faire le siège d'Oswego, Montcalm peut compter sur 3 000 hommes incluant l'avant-garde de la baie de Niaouré passée sous le commandement de François de Rigaud. L'armée comprend 1 400 soldats des troupes de terre et de la Marine, 250 guerriers alliés et 1 400 miliciens. Au cours des semaines précédentes, les conscrits canadiens sont débarqués à Frontenac dans le plus grand désordre, comme le raconte le chevalier de La Pause, l'aide-major du bataillon de Guyenne : « Il fallut former de petites troupes de ces gens et y mettre des chefs, choisir les plus capables, visiter les armes pour les faire raccommoder, prendre leurs noms et ceux des paroisses et compagnies dont ils étaient, les assujettir à l'appel des chefs, et les chefs à venir à l'ordre[24]. » Leur organisation mobilise les efforts de l'état-major de Montcalm, qui doit également suppléer aux défaillances de Rigaud, incapable de fournir un état des vivres disponibles à Niaouré, où son détachement « meurt de faim[25] ».

Le plan initial prévoit le débarquement des troupes de Montcalm aux abords de l'anse aux Cabanes, à une douzaine de kilomètres à l'est du fort Oswego. Le transport de l'artillerie de siège à travers les forêts marécageuses du secteur implique l'aménagement d'un long sentier menant aux abords de l'objectif. Ce chantier augmente les risques d'être repéré par les navires ennemis patrouillant sur le lac. La découverte d'une crique à deux kilomètres à l'est du fort change la donne quelques jours avant le départ de l'armée de Montcalm. Le général se méfie toutefois de l'auteur de la découverte, le capitaine d'artillerie Le Mercier, dont les conseils ont entraîné la perte de Dieskau, selon ce que lui a raconté Montreuil à son arrivée à Québec. Les doutes du marquis sont alimentés par Rigaud, pour qui ce havre ne peut pas être utilisé en raison des rochers à fleur d'eau qui empêchent les bateaux chargés de matériel d'accoster. Le frère du gouverneur insiste pour que l'on maintienne le débarquement prévu à l'anse aux Cabanes. Montcalm décide d'aller voir lui-même de quoi il retourne : « Moins roi que pirate, je vais reconnaître, avec mes deux yeux, ce qu'il y a à faire. » L'entreprise s'annonce difficile, l'ingénieur Jean-Claude de Combles ayant remis au général un plan élaboré prévoyant des tranchées reliant le lac Ontario au gué de la rivière Oswego sur lequel un pont devra être jeté. « M. le marquis de Vaudreuil me croira, dans dix jours, maître de Chouaguen », confie un Montcalm sceptique avant son départ[26].

L'armée quitte le fort Frontenac les 5 et 7 août 1756 sur plus de 200 « bateaux ». Ce terme est attribué par les contemporains à des embarcations d'une dizaine de mètres de longueur, propulsées par une équipe de six à douze rameurs. La flottille de Montcalm emporte une vingtaine de canons et un mortier[27]. Les canots des guerriers et des voyageurs ouvrent la marche de la flottille, qui appareille sans l'escorte des deux navires de guerre français du lac Ontario. Retenus par les vents dans le havre du fort, ces bâtiments armés respectivement de 16 et de 12 canons ne parviendront à rejoindre les troupes qu'au terme de l'expédition[28]. En prenant le large sans escorte, Montcalm expose son armée aux attaques de l'escadre britannique du lac, qui comprend six bâtiments de guerre. Le manque d'artillerie et de matelots réduit toutefois ce nombre à un gros navire de 14 canons soutenu par deux bâtiments armés chacun de 6 canons[29]. La flottille britannique appareille le 4 août, à la veille du départ de Montcalm pour Niaouré. Elle patrouille la partie est du lac lorsque son commandant constate la mauvaise qualité de la poudre embarquée sur ses bâtiments. En voulant regagner le havre d'Oswego, le navire amiral est jeté sur la côte par un violent coup de vent. Sa remise en état mobilise la quasi-totalité des marins de la Navy, laissant la voie libre à la flottille française, à bord de laquelle on ne se doute de rien.

Montcalm rejoint Rigaud à Niaouré le 6 août. La première division de son armée y débarque le lendemain, suivie de la seconde le 8. Au cours d'un conseil de guerre réunissant ses principaux officiers, le général propose de laisser l'artillerie de siège sur place le temps d'investir les abords d'Oswego. Il se rallie toutefois aux arguments des officiers des troupes de la Marine qui jugent préférable de faire suivre les canons les plus lourds et le mortier dans le sillage de l'infanterie. Rigaud quitte Niaouré le 8 août à la tête des 700 hommes de l'avant-garde embarqués dans des canots. Le gouverneur des Trois-Rivières franchit la cinquantaine de kilomètres qui le séparent de l'anse aux Cabanes, où il débarque aux premières heures le 9 août. Montcalm le rejoint dans la nuit du lendemain avec la première division. Il y reçoit le rapport de l'ingénieur Desandrouins, qui recommande l'utilisation de la crique de Le Mercier. Le général y dépêche son avant-garde par voie terrestre afin de sécuriser le débarquement de la première division, exécuté dans la nuit du 10 au 11 août. La seconde division comprenant l'artillerie « lourde » quitte alors la baie de Niaouré.

Ainsi que l'avait annoncé Rigaud, les rochers ne permettent pas d'échouer les bateaux sur la plage. On craint pour la sécurité des troupes dans l'éventualité où la garnison britannique effectuerait une sortie. La consternation est « générale ». Devant un cercle d'officiers, Bourlamaque accuse Desandrouins d'avoir abusé de la confiance de Montcalm. Le jeune ingénieur qui surprend les propos du colonel dans la pénombre doute lui-même de son jugement. Il envoie un officier au marquis pour lui rappeler qu'il peut renvoyer les bateaux de la première division à l'anse aux Cabanes, où la seconde pourra débarquer ses canons. Desandrouins le prévient toutefois qu'il serait « bien long et presque impossible de faire de si loin transporter, à force de bras, notre artillerie et nos munitions ». Ce moment de flottement est dissipé par Le Mercier, dont les hommes parviennent à débarquer les quatre canons légers de la première division[30]. Le mouvement entraîne le déchargement du reste des bateaux, ensuite hissés sur la côte pour être camouflés dans les bois. L'armée s'établit entre le rivage et un marais, sous la protection des canons de Le Mercier, pointés en direction du lac pour repousser les attaques éventuelles de la Navy.

Le siège d'Oswego

Montcalm dépêche ses deux ingénieurs aux abords du fort Ontario avant le lever du jour du 11 août pour obtenir des informations plus précises sur l'ouvrage défendu par 300 combattants. Le plus expérimenté des deux, de Combles, est abattu à son retour au camp par un éclaireur amérindien qui l'a pris pour une sentinelle britannique. Le jeune Desandrouins hérite de la direction du siège au moment où la garnison ennemie est prévenue de la présence de Montcalm par un bateau ayant dérivé jusqu'au havre du fort. Son commandant, le lieutenant-colonel James Mercer, fait appareiller ses deux navires de guerre en état de naviguer. Leurs canons sont chargés « à mitraille », c'est-à-dire de boîtes de métal ou de sacs de toile remplis de grappes de balles, afin de maximiser les pertes françaises à bout portant. Les Britanniques ne croient avoir affaire qu'à un gros détachement de troupes légères comme celui de Villiers qui leur a rendu visite le mois précédent. La faible portée de la mitraille britannique permet aux artilleurs français de repousser les navires de la Navy à coups de boulets.

Montcalm affecte l'essentiel de ses soldats à l'aménagement d'un sentier d'un peu plus d'un kilomètre reliant la crique à la périphérie du fort Ontario. En s'abritant derrière les arbres et les souches, les éclaireurs de Rigaud ouvrent le feu sur le poste britannique dans la nuit du 11 au 12 août. « Quoique leur fusillade ne tuât pas une âme, elle resserra l'ennemi, craintif pour sa chevelure, et donna grande confiance à nos soldats », constate Desandrouins[31]. Au petit matin, la seconde division de Montcalm débarque dans la crique de Le Mercier sous le nez de la

Royal Navy. La batterie française de la côte est consolidée dans le courant de la journée par l'ajout de quelques canons tandis que l'on poursuit le parachèvement du chemin d'accès au fort.

L'interception d'une lettre du lieutenant-colonel Mercer permet de connaître la taille exacte de la garnison d'Oswego, soit un peu moins de 1 500 combattants[32]. Ce nombre ne correspond pas aux effectifs annoncés par Vaudreuil et Bigot, qui soutenaient, à la fin de juillet, que la garnison d'Oswego ne dépassait pas les 900 hommes. Les calculs de Montcalm étaient un peu plus près de la réalité, avec une garnison estimée entre 1 600 et 1 800 hommes[33]. Ce rapport de force favorise les assiégés, le ratio minimal pour prendre une place étant de trois pour un, comme ce sera le cas pour la quasi-totalité des opérations de la Conquête. La position de l'armée française est précaire.

> Nous connaissions la force de la garnison, la modicité de nos approvisionnements de bouche qui ne devaient nous mener que jusqu'au 28 [août] tout au plus, la supériorité des barques ennemies sur le lac qui nous devaient naturellement empêcher la communication entre Niaouré et Frontenac, écrit Desandrouins. Nous faisions peu ou point de fonds sur les Canadiens et Sauvages pour un siège [...]. Les ennemis pouvaient être secourus par des forces que l'on ne connaissait point assez pour ne pas craindre beaucoup [...]. L'on avait tant jasé sur les différentes actions où s'étaient trouvés les Sauvages et les Canadiens de M. de Villiers, qui s'était vu plus d'une fois abandonné des trois quarts de son monde, qu'on s'attendait à les voir faire usage, au premier choc un peu vif, de ce jarret, tant vanté aux Français, non pour courir plus vite que nous à la rencontre de l'ennemi, mais pour se sauver plus rapidement[34].

Les craintes de l'ingénieur sont fondées, comme le démontrera en 1759 l'expédition du capitaine Louis de La Corne, dont les miliciens seront emportés par une terreur panique au même endroit.

Montcalm ordonne l'ouverture d'une première tranchée à portée de fusil du fort Ontario dans la nuit du 12 au 13 août. Les sapeurs sont dirigés par Desandrouins assisté du capitaine Pierre Pouchot, du bataillon de Béarn, qui a œuvré dans le génie en Europe. Pouchot insiste pour que la tranchée de siège soit creusée à partir du lac Ontario, contre l'opinion de Desandrouins. « J'eus beau étaler pour raisons qu'ainsi on laisserait le fort entièrement sur sa gauche et que la batterie, qu'on devait

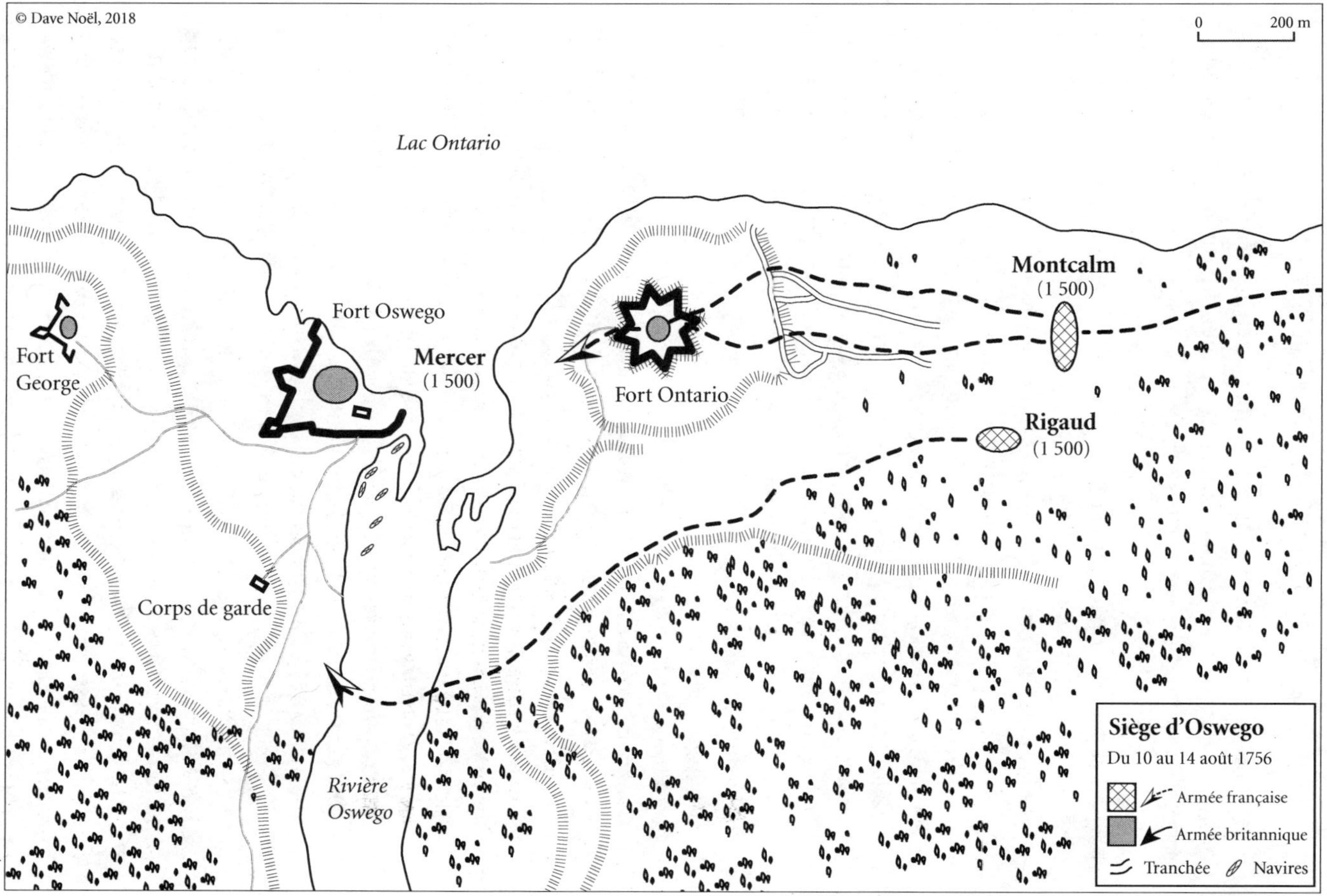
© Dave Noël, 2018
0
200 m
Lac Ontario
Fort Oswego
Mercer
(1 500)
Fort
George
Corps de garde
Rivière
Oswego
Fort Ontario
Montcalm
(1 500)
Rigaud
(1 500)
Siège d'Oswego
Du 10 au 14 août 1756
Armée française
Armée britannique
Tranchée
Navires

commencer dès le lendemain matin, ne pourrait battre le fort que très obliquement [...]. On me prit pour un écolier qui ne savait que suivre scrupuleusement les règles de Vauban. » L'avis de Pouchot l'emporte auprès de Bourlamaque, à qui Montcalm a confié la supervision des travaux. Le jeune ingénieur écrit :

> J'exécutai donc l'ordre à la lettre non sans avoir lieu de m'en repentir, car tous les curieux du camp [étaient] venus le matin dire leur avis. Les moins intelligents n'avaient pas besoin d'ouvrir Vauban pour s'apercevoir que nous étions exposés au feu des deux forts, sans pouvoir en battre aucun. Ceux qui avaient quelques bontés pour moi crurent me rendre service en m'avertissant [...]. Bougainville ne put s'empêcher d'en témoigner son sentiment à M. de Bourlamaque qui dit n'y avoir aucune part. Puis avouant pourtant les ordres qu'il m'avait donnés, en rejeta la faute sur Pouchot[35].

Au matin du 13 août, la tranchée française s'étire sur une centaine de mètres à travers les arbres renversés et les souches. Elle doit accueillir une batterie de six canons. En attendant l'artillerie, les soldats des troupes de terre n'ont que leur fusil pour répliquer à la mitraille des canons de l'enceinte du fort Ontario. Cet échange de tirs inégal se prolonge jusqu'au milieu de l'après-midi, alors que la garnison se retire soudainement de l'autre côté de la rivière Oswego. Sa retraite précipitée découle notamment de la crainte de ne pas pouvoir exécuter le passage de la rivière lors d'un éventuel assaut français qui jetterait les assiégés au bas du promontoire[36]. Elle témoigne surtout de l'affaissement du moral des combattants britanniques et anglo-américains, le fort Ontario n'ayant pas encore été bombardé. « Il faut croire que les Anglais transplantés [en Amérique] ne sont pas les mêmes qu'en Europe », s'étonne Montcalm[37]. Le général en profite pour faire aménager une nouvelle tranchée menant aux fossés du fort abandonné, ce qui permet d'atteindre le rebord de la falaise à l'abri des tirs d'Oswego. Il ordonne à Rigaud de passer la rivière à un kilomètre en amont de son embouchure avec les guerriers, les soldats de la Marine et les miliciens, soit la moitié des forces françaises[38].

Pendant la nuit, les troupes de terre transportent à bras d'homme une dizaine de canons jusqu'au bord de la falaise qui surplombe la rivière. Les pièces sont déposées directement sur la terre battue, Le Mercier ayant jugé le sol suffisamment stable pour se passer des plateformes en bois habituellement utilisées pour éviter que les affûts des canons ne s'enfoncent dans la boue après chaque tir. Le bombardement d'Oswego débute le 14 août au lever du jour, alors que les troupes de Rigaud franchissent la rivière à gué. Il est près de 7 h lorsqu'un orage liquéfie le sol[39]. Ne pouvant ajuster la cible de leurs canons embourbés, les artilleurs tirent trop haut ou trop bas sur le fort Oswego. Les munitions commencent également à manquer. La canonnade tourne à l'avantage des assiégés britanniques, qui combattent à pied sec. « Personne n'augurait bien de cette journée, rapporte Desandrouins ; Montcalm, qui de temps à autre venait à la batterie, était inquiet. » Le général veut tenter le tout pour le tout en envoyant un officier parlementaire au commandant d'Oswego tel que le lui a recommandé Vaudreuil avant son départ de Montréal. Son ingénieur le convainc toutefois de reporter la sommation de quelques heures[40].

Le lieutenant-colonel James Mercer est sur le point d'effectuer une sortie contre les premiers éléments du détachement de Rigaud qui émergent de la rivière lorsqu'il est soudainement décapité par un boulet français. Sa mort sème la consternation dans le fort, où l'on redoute les mauvais traitements des guerriers amérindiens en cas de résistance prolongée. La rapidité des manœuvres de Montcalm a donné l'impression aux Britanniques d'être assiégés par près de 6 000 hommes. C'est dans ce contexte que le successeur de Mercer rend les armes aux alentours de midi. Le siège a fait une trentaine de morts et de blessés dans le camp français, contre 150 chez les vaincus. Ce nombre comprend une trentaine de prisonniers massacrés par les alliés au cours des heures qui ont suivi la capitulation[41]. « Cet événement aurait pu nous attirer des représailles, ou au moins d'amères récriminations, écrit Desandrouins. Mais comme aucun des Anglais massacrés ne se trouva être un homme de marque, et qu'on était pour ainsi dire accoutumé à de pareilles atrocités en ce pays-là, de la part des Sauvages, cela ne fit pas grand bruit. À peine en fut-il question parmi nous autres Européens[42]. »

* * *

Pour Guy Frégault, il aurait suffi de débarquer les troupes françaises au pied des remparts d'Oswego pour obtenir sa reddition. Le principal obstacle de la campagne n'aurait pas été l'armée britannique mais le pessimisme de Montcalm. La rivalité entre militaires français et canadiens aurait également nui à l'opération, nous dit Peter MacLeod[43]. Rappelons d'abord que les craintes exprimées par le général avant le départ de l'expédition sont partagées par ses principaux officiers, indépendamment de leur origine ou de leur corps d'armée. Elles découlent notamment des difficultés entourant le transport de l'artillerie de siège jusqu'à Oswego à partir de l'anse aux Cabanes, sur une douzaine de kilomètres. En dépit de ses doutes, Montcalm appareille sans escorte de ses navires de guerre. Ouvert aux conseils de ses subalternes, il se rallie aux avis des officiers canadiens des troupes de la Marine. Il donne le ton à l'expédition en débarquant son armée dans la crique de Le Mercier contre l'avis de Rigaud. Le succès de la manœuvre est rendu possible par le retrait de la flottille britannique qui patrouille le secteur et par les avaries subies par son principal navire, dont la réparation paralyse la Navy. À certains égards, le débarquement de Montcalm à Oswego peut être considéré comme l'équivalent français du débarquement britannique du Foulon en 1759.

Le siège aurait pu avorter à quelques reprises. C'est le cas dans la matinée du 13 août, alors que les navires britanniques passent au large du fort Ontario. Ils s'y arrêtent un moment dans l'axe de la tranchée française. « Un boulet, qui aurait été tiré à propos, eût enfilé le boyau d'un bout à l'autre, écrit Desandrouins. Heureusement, l'idée ne vint pas aux barques anglaises de nous canonner[44]. » Cette idée a toutefois traversé l'esprit des sapeurs et des grenadiers postés dans la tranchée. Le siège aurait également pu être retardé par une résistance plus vigoureuse de la garnison du fort Ontario, dont la solidité de l'enceinte est constatée après la capitulation par les soldats chargés de son démantèlement. « Les Anglais nous ont rendu un grand service en nous abandonnant ce fort qui était fort bon et en état de nous tenir tête et de nous tuer bien du monde », note un contemporain[45]. Il en est de même du fort Oswego, dont les batteries auraient pu écraser celle de Le Mercier en moins de quatre heures, selon son maître canonnier[46]. La mort du commandant de la garnison britannique permet de précipiter les choses en faveur de l'armée française.

On ignore comment les miliciens de Rigaud se seraient comportés si la sortie prévue par le lieutenant-colonel Mercer avait pu être réalisée. Advenant l'échec de la manœuvre de ses troupes légères, Montcalm aurait dû faire une pause pour consolider sa batterie. L'étape suivante aurait consisté à faire débarquer un bataillon sur la rive gauche de la rivière Oswego à partir du lac Ontario. Le moindre retard aurait favorisé l'arrivée des renforts de l'Hudson. Au début de l'expédition, le 7 août, Bigot note dans une lettre au chevalier de Lévis que « les Anglais [ont] deux bons régiments à portée de donner du secours [à Oswego], lesquels, joints aux bateliers qui devaient les descendre, feraient un furieux renfort ». Il appréhende l'alerte qu'ont pu donner les espions iroquois de l'ennemi. « En ce cas, nous en tirerons l'avantage d'avoir fait diversion », se console l'intendant[47]. Heureusement pour Montcalm, les secours dépêchés d'Albany par le nouveau commandant des forces britanniques de l'Amérique du Nord, John Campbell de Loudoun, ne se mettent en marche qu'au moment où la seconde division française débarque dans la crique de Le Mercier, le 12 août. Les renforts menés par le colonel Daniel Webb sont au village de German Flatts, à 150 kilomètres de la base navale, le 18, lorsqu'ils sont prévenus de la reddition de la garnison, signée quatre jours plus tôt. Webb poursuit sa marche jusqu'à la tête du lac Oneida, où il dispose d'un peu moins d'un millier d'hommes[48]. Il fait ensuite incendier les fortins du portage pour enrayer la progression de Montcalm. Cette précaution est inutile, le marquis ne pouvant pas poursuivre l'offensive vers l'est en raison de l'encombrement des captifs, dont le nombre égale la moitié de ses forces. Il doit en outre libérer les miliciens pour les récoltes de la fin d'août. Quant aux guerriers, ils ont pour la plupart déjà quitté l'armée après avoir participé au pillage[49].

La capture des navires britanniques ancrés dans le havre d'Oswego facilite l'évacuation du butin et des prisonniers. Montcalm quitte le secteur le 20 août après avoir rasé les fortifications et comblé le port de débris afin de le rendre inutilisable. « Il faut s'attendre que les Anglais feront tous leurs efforts pour s'y rétablir, et s'y construire une meilleure place que celle que nous avons détruite, note le général, et je m'attends à y remarcher au petit printemps[50]. » À la fin du mois, Montcalm débarque à Montréal, où il fait son bilan du siège dans une lettre au ministre de la Guerre : « L'audace qui a été mise dans cette entreprise doit passer pour témérité en Europe. Aussi je vous supplie, Monseigneur, pour toute grâce d'assurer Sa Majesté que si jamais elle veut, comme je l'espère, m'employer dans les armées, je me conduirai sur des principes différents[51]. » Pour les critiques du général, cette missive témoigne d'un manque d'audace. Son caractère convenu a toutefois été démontré par l'historien Georges Robitaille, qui a noté sa ressemblance avec une lettre du maréchal de Richelieu adressée au même ministre peu de temps avant la chute d'Oswego : « J'avais bien des raisons [...] de chercher les moyens de pouvoir tenter quelque coup de main qui pût hâter la fin de ce siège », écrit Richelieu en expliquant la manœuvre ayant mené à la prise de l'île de Minorque en Méditerranée. « Ce raisonnement s'éloigne de la méthode ordinaire, mais il y a des circonstances et des combinaisons qui exigent que l'on s'en écarte pour mieux réussir[52]. »

Montcalm rejoint Lévis à Carillon à la mi-septembre avec une partie des vétérans d'Oswego. Ce renfort porte l'armée française du lac Champlain à près de 5 000 hommes. Pendant l'absence du marquis, les forces de Loudoun sont demeurées inactives sur l'Hudson, où sévit une épidémie de petite vérole. En arrivant sur cette frontière, Montcalm confie un gros détachement de 700 combattants au capitaine La Perrière, des troupes de la Marine. La marche de ce dernier entraîne le repli des avant-postes britanniques établis dans les îles du lac Saint-Sacrement sous la protection d'un navire de guerre. Le reste de la campagne est consacré au parachèvement des fortifications de Carillon. À la mi-octobre 1756, Montcalm regagne Montréal après avoir parcouru depuis son arrivée près de 2 000 kilomètres sur les différents cours d'eau de la colonie. Au début de novembre, les derniers navires ancrés dans le port de Québec appareillent pour la France. On démobilise les miliciens toujours en service tandis que les troupes de terre et de la Marine prennent leurs quartiers d'hiver chez l'habitant. Les garnisons des forts sont réduites à quelques centaines d'hommes jusqu'à la reprise des hostilités, prévue à la fonte des glaces.

CHAPITRE 2

1757 : le mirage de l'Hudson

La destruction d'Oswego permet d'éliminer la concurrence commerciale britannique sur le lac Ontario, devenu *mare nostrum* français. Pour Vaudreuil, cette démonstration de force rend possible le ralliement de la Confédération iroquoise, dont les représentants sont reçus à Montréal à la fin de 1756. L'enjeu est de taille, l'Iroquoisie comptant un bassin théorique de 2 000 guerriers que le gouverneur voudrait diriger contre les établissements britanniques de la Mohawk et de l'Hudson[1]. Montcalm est plus réaliste. « Il y a lieu d'attendre de leur part la neutralité la plus exacte, écrit-il. On peut même espérer que, quoique ces nations ne veuillent pas prendre la hache contre l'Anglais, plusieurs de leurs jeunes gens nous suivront à la guerre. C'est tout ce qu'on peut exiger raisonnablement d'un peuple enclavé presque au milieu des habitations anglaises[2]. » Le commandant des troupes de terre ne croira jamais au ralliement de l'Iroquoisie, qu'il compare à la Hollande soumise elle aussi aux pressions contraires de la France et de la Grande-Bretagne en Europe[3]. « Les faire déclarer contre l'Anglais est une brillante chimère dont le marquis de Vaudreuil a amusé la cour, écrit-il en 1759, quelques mois avant sa mort. Il y aura toujours des jeunes gens qui iront lever une ou deux chevelures, mais est-ce là faire déclarer les Cinq-Nations[4] ? »

La campagne d'hiver

Montcalm passe son premier hiver canadien à Montréal, à l'exception d'un bref séjour à Québec au début de 1757. Si le marquis est impressionné par la société de la capitale, il en va autrement à Montréal, où il s'ennuie : « Je ne sais que faire, que dire, que lire, et où aller », écrit-il à Bourlamaque[5]. Au coin du feu, on discute d'un projet d'attaque hivernale contre le fort William-Henry, au sud du lac Saint-Sacrement (George). Vaudreuil veut s'emparer de cet avant-poste britannique par escalade pour contrer une éventuelle invasion printanière du Canada par le lac Champlain. Érigé deux ans plus tôt, cet ouvrage de bois en pièce sur pièce est défendu par 27 canons et 4 mortiers. Il peut accueillir jusqu'à 400 hommes. Pour mener l'escalade, Bougainville propose l'emploi d'un modèle d'échelles à coulisse s'emboîtant les unes dans les autres[6]. À défaut de surprendre la garnison, l'officier chargé de l'opération devra à tout le moins incendier les embarcations et les bâtiments de service situés à la périphérie du fort. Montcalm propose Lévis ou Bourlamaque pour diriger l'entreprise. Vaudreuil choisit plutôt son frère, François de Rigaud[7].

Le gouverneur des Trois-Rivières peut compter sur 600 soldats des troupes de terre et de la Marine, 500 miliciens et 300 guerriers équipés de raquettes et de traîneaux. Cette armée de 1 400 hommes représente la moitié des effectifs engagés six mois plus tôt contre le fort Oswego. Pour Montcalm, il serait possible d'atteindre les mêmes objectifs avec 700 combattants en tout. Le général est préoccupé par le gaspillage des vivres de l'armée découlant de la mobilisation des soldats à une période de l'année où ils sont normalement nourris chez l'habitant. En dépit des réticences de Montcalm, Rigaud quitte le fort Saint-Jean à la fin février avec la totalité de ses forces. Après une pause à Carillon, il repart le 15 mars pour rejoindre William-Henry en passant sur les glaces du lac Saint-Sacrement. Sur place, Rigaud constate l'impossibilité de surprendre la garnison. Il regagne Carillon le 23 après avoir fait incendier quelques hangars, 300 bateaux de transport et le navire de guerre britannique du lac. L'ampleur des effectifs engagés permet aux « assiégés » de présenter l'expédition à leur avantage auprès des Iroquois. « Ils disent que nous avons attaqué ce fort à plusieurs reprises, écrit Bougainville, et qu'après avoir perdu beaucoup de monde nous avons été forcés de nous retirer[8]. »

Le Saint-Laurent redevient navigable à la fin d'avril après la débâcle. On laboure alors les champs en vue des récoltes de la fin d'août. En plus des soldats français, les cultivateurs canadiens doivent subvenir aux besoins des réfugiés acadiens qui affluent dans la vallée laurentienne depuis 1755 en passant par le golfe, la rivière Saint-Jean et les colonies britanniques où on les a déportés et d'où ils s'échappent parfois. La famine plane au-dessus de Québec, ce qui amène Bigot à distribuer aux habitants de la capitale une partie des rations de l'armée entreposées au fort Chambly. L'expédition de Rigaud a entamé ce dépôt destiné aux opérations du printemps. « Cette rareté de vivres, écrit Montcalm, non seulement arrête tout projet d'offensive, mais peut nous faire perdre la colonie, malgré les succès de la campagne dernière[9]. » Vaudreuil parvient néanmoins à mobiliser 400 miliciens qu'il dépêche dans la vallée de l'Ohio en mai. Il fait ensuite marcher les premiers contingents de soldats vers la frontière du lac Champlain. La crise alimentaire se résorbe au début de juin avec l'arrivée des navires de ravitaillement français à Québec.

Les nouvelles d'Europe confirment les rumeurs annonçant un projet d'expédition britannique contre Louisbourg. Loudoun a déjà entrepris le transfert d'une partie des forces de l'Hudson vers la côte atlantique. À la mi-juin, cet officier débarque à Halifax à la tête de 6 000 soldats et miliciens. Son armée est portée à 11 000 hommes dans les semaines qui suivent avec l'arrivée des navires transportant les renforts de Grande-Bretagne. Ces préparatifs contre Louisbourg ouvrent la porte à une offensive française dans le nord de la province de New York, dont la défense est assurée par les 5 000 hommes du colonel Webb. N'ayant plus à se soucier d'Oswego, Vaudreuil concentre la quasi-totalité de ses forces dans la vallée du lac Champlain au début de juillet. Il remet ses directives à Montcalm le 9. Le plan du gouverneur prévoit le siège du fort William-Henry suivi d'une attaque contre le fort Edward, sur l'Hudson, « à moins qu'il n'y eût évidence de compromettre les forces de la colonie dans cette seconde expédition ». Après avoir pris ces deux postes, Montcalm devra laisser ses guerriers autochtones dévaster les campagnes de la vallée de l'Hudson jusqu'aux abords de la ville d'Albany[10].

Vaudreuil est demeuré marqué par la fatale témérité du baron de Dieskau. Il rappelle à Montcalm de ne pas diviser ses forces comme l'a fait son prédécesseur en 1755. « Nous nous en rapportons entièrement aux lumières, à la prudente expérience et au zèle de M. le marquis de Montcalm [...], écrit-il. Nous sommes bien assurés que rien n'échappera à sa prudence et qu'il prendra les plus justes mesures pour ne pas recevoir d'échec[11]. » Montcalm devra procéder rapidement afin de permettre aux guerriers des Pays d'en haut de regagner leurs villages situés à plus d'un millier de kilomètres de Carillon. Leur départ du front devra avoir lieu avant la fin d'août, au moment où les miliciens canadiens seront eux aussi démobilisés pour les récoltes. « Il est bien à désirer que l'expédition en question ne soit point longue », écrit Vaudreuil en évoquant le manque de vivres dans une lettre au chevalier de Lévis[12]. Le transport des farines de France depuis Québec jusqu'au lac Champlain retarde toutefois la marche de l'armée. Il aurait été possible d'ouvrir la campagne plus tôt, soutient Montcalm, en procédant à une recherche intensive des grains dans les paroisses dès le début du mois de mai[13]. Ce retard sera décisif.

Le siège de William-Henry

L'armée de Montcalm comprend les six bataillons des troupes de terre du Canada formant un corps de 2 500 soldats. Une septième unité de 500 hommes est constituée à partir des compagnies franches de la Marine. Ce bataillon temporaire est, nous dit le général, aux ordres des officiers « les moins propres à marcher avec les sauvages et à faire le métier de partisans[14] » en raison de leur âge ou de leur condition physique. Les plus jeunes et les plus dynamiques sont réunis au sein d'un détachement de 300 soldats volontaires dirigés par Villiers. Le surplus des troupes de la Marine forme le noyau des brigades de milice qui rassemblent 2 500 combattants auxquels s'ajoute un imposant contingent de 1 800 guerriers issus d'une vingtaine de nations divisées en plusieurs villages. Montcalm peut ainsi compter sur 8 000 hommes campés aux abords de Carillon. D'après le témoignage des derniers prisonniers capturés sur le portage de l'Hudson, le colonel Webb dirigerait une force équivalente en nombre concentrée dans l'axe des forts Edward et William-Henry. Cette armée ne dispose d'aucun poste fixe le long de la rivière aux Chicots, selon le rapport du lieutenant Joseph Marin, des troupes de la Marine. Montcalm peut donc rassembler ses forces du côté du lac Saint-Sacrement.

Avant de passer à l'offensive, l'armée française doit franchir le portage de la rivière de la Chute, qui s'étire sur un peu moins de deux kilomètres. Le transport de l'artillerie, des munitions, des vivres et des bateaux est achevé à la fin de juillet. Parmi les embarcations hissées jusqu'au lac Saint-Sacrement, on remarque une trentaine de pontons armés de canons et de mortiers ainsi qu'un bateau « jacobite », du nom de son concepteur, Jacau de Fiedmont. Originaire de Louisbourg, cet officier d'artillerie a participé au siège du fort Beauséjour sous les ordres de Vergor. Il a gagné l'estime de Montcalm l'année suivante, durant l'expédition d'Oswego. Jacau lui confie son projet de bateau armé conçu pour naviguer sur les lacs étroits de la frontière. En 1757, Montcalm soumet les plans à Vaudreuil et revient à la charge au printemps. « Jacquot, que j'aime fort, vous communiquera sans doute un projet de bateau qui me paraît bien », écrit-il à Bourlamaque, le commandant de Carillon. Le général écrit à nouveau au colonel en juin afin de le prévenir qu'il a obtenu l'accord du gouverneur pour la construction d'un premier jacobite : « Vous êtes fort le maître d'essayer, si vous en avez le temps, et si vous le croyez de quelque utilité, le projet de Jacquot pour avoir des bateaux sur le lac [Saint-Sacrement]. » Manœuvré par une douzaine d'hommes, le prototype lancé à la fin du mois est construit à partir d'un bateau dont la proue est sciée afin d'y insérer la bouche d'un canon léger. Celui-ci est déposé sur un affût à coulisse permettant d'amortir l'effet de recul de la pièce lorsqu'elle fait feu. Le jacobite doit guider la flottille de transport, couvrir le débarquement des troupes, couler les bateaux ennemis et bombarder les avant-postes britanniques établis dans les îles du lac Saint-Sacrement.

L'expédition contre William-Henry débute le 30 juillet avec le départ du chevalier de Lévis du portage de la Chute à la tête d'une imposante avant-garde de 2 000 hommes. Cette petite armée longe la rive ouest du lac Saint-Sacrement par les terres. Elle parcourt une quarantaine de kilomètres en forêt avant d'atteindre la baie de Ganaouské le 1er août. Ce jour-là, Montcalm appareille du camp de la Chute avec le reste des troupes entassées dans plus de 400 embarcations. Le général rejoint son second aux premières heures du 2 août. Lévis se remet en marche. Il franchit par les terres une douzaine de kilomètres supplémentaires afin de couvrir le débarquement de Montcalm à la tombée du jour, dans une anse située à moins de huit kilomètres de l'objectif.

La garnison de William-Henry est commandée par le lieutenant-colonel George Monro. Elle compte 2 200 combattants incluant un noyau de 700 soldats réguliers. Ses forces sont pour la plupart établies dans un camp retranché situé sur une petite hauteur, à l'est du fort. Prudent, le colonel Webb demeure en retrait sur l'Hudson avec le gros de ses forces. Il n'a pas l'intention de rejoindre Monro avant d'avoir lui-même été secouru par les milices des colonies environnantes dont il a ordonné la mobilisation.

Montcalm installe son camp au nord-est du fort le 3 août. À la tête des troupes légères, Lévis prend position sur la route du fort Edward pour couper les communications entre Monro et Webb. Bourlamaque est chargé de la direction des tranchées, ouvertes dans l'après-midi du 4 août. Le chantier intrigue les guerriers qui n'ont pas assisté à la campagne d'Oswego. « Les sauvages, note Bougainville, au lieu de rester campés avec le chevalier de Lévis et de faire des découvertes continuelles, passaient toute la journée à notre camp, témoignant une vive impatience de voir tirer les gros fusils, et allant fusiller dans les jardins qui sont autour du fort. Quelques-uns même, à l'imitation de nos tranchées qu'ils viennent voir avec la plus grande curiosité, s'étaient approchés des jardins en remuant de la terre et se couvrant. » Montcalm doit tenir un conseil de guerre pour leur rappeler que « leur grande occupation devait être de l'instruire de toutes les démarches de l'ennemi et d'entretenir sur la communication [du fort Edward] des partis continuels[16] ».

Les deux premières batteries françaises ouvrent le feu les 6 et 7 août. Elles rassemblent 16 canons, 2 mortiers et 2 obusiers. Montcalm interrompt le bombardement dans la journée du 7 pour faire remettre à Monro une lettre de Webb interceptée par ses éclaireurs. La missive ensanglantée lui confirme qu'il n'obtiendra pas de renforts. Monro reprend espoir le lendemain alors qu'une fausse alerte incite Montcalm à mener des troupes au chevalier de Lévis sur la route du fort Edward. Mais, démoralisée, la garnison capitule au matin du 9 août après avoir perdu une centaine d'hommes, le double des assiégeants. La pénurie de vivres qui sévit au Canada ne permet pas d'envisager le transport des prisonniers dans la vallée du Saint-Laurent comme ce fut le cas l'année précédente. Montcalm accorde plutôt un sauf-conduit vers l'Hudson aux vaincus qui s'engagent à ne pas servir contre la France et ses alliés pour une période de 18 mois. En échange, les autorités britanniques devront libérer la quarantaine de prisonniers français et canadiens capturés depuis le début du conflit[17]. Avant de signer la reddition, Montcalm tient un conseil avec les chefs autochtones. « Il leur a fait part des articles qu'il accordait aux assiégés, des motifs qui le déterminaient à les leur accorder, leur a demandé leur consentement et leur parole que leurs jeunes gens ne commettraient aucun désordre, écrit Bougainville. Les chefs ont consenti à tout et promis de contenir leurs jeunes gens[18]. »

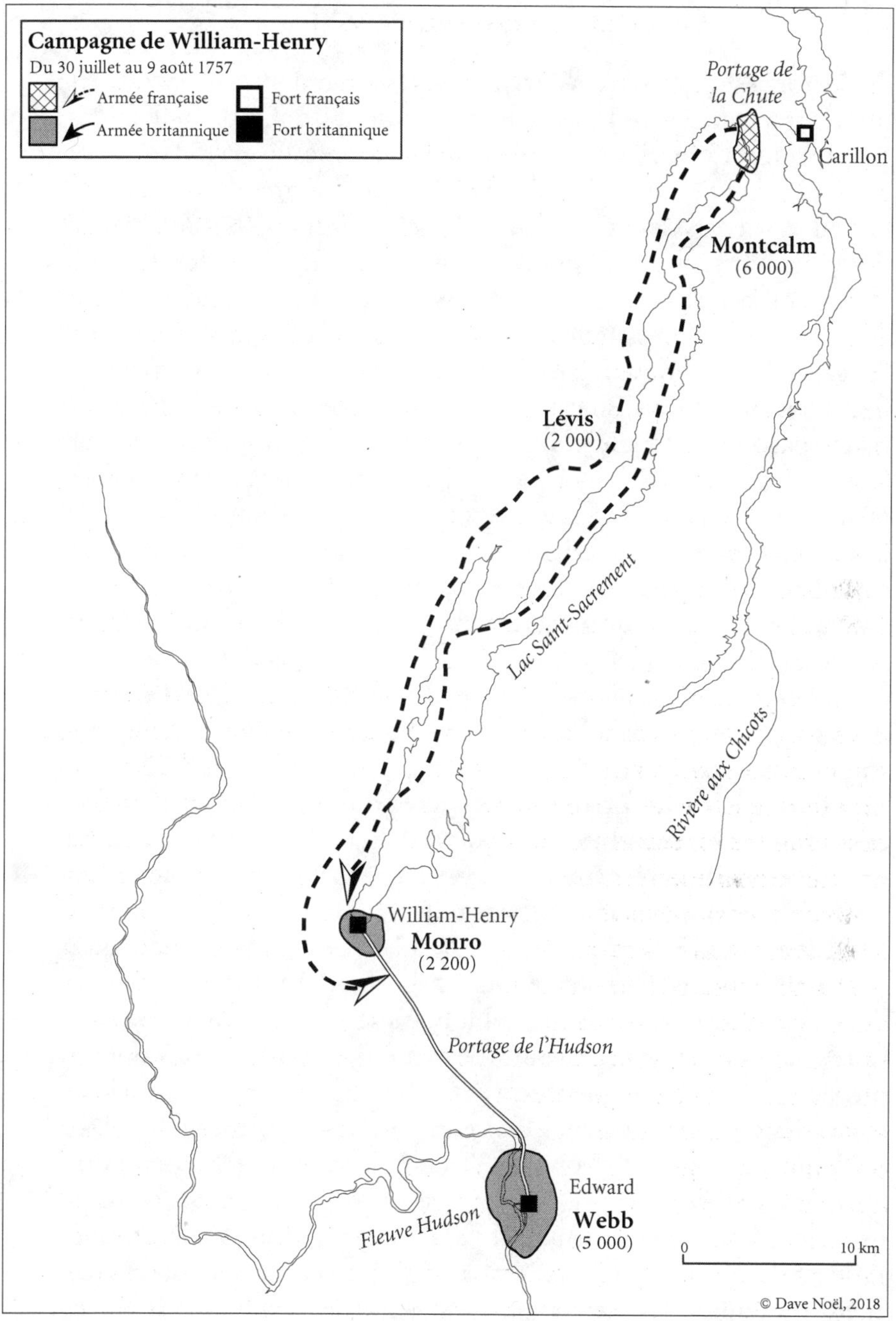
Campagne de William-Henry
Du 30 juillet au 9 août 1757
Armée française
Fort français
Armée britannique
Fort britannique
Portage de la Chute
Carillon
Montcalm
(6 000)
Lévis
(2 000)
Lac Saint-Sacrement
Rivière aux Chicots
William-Henry
Monro
(2 200)
Portage de l'Hudson
Edward
Webb
(5 000)
Fleuve Hudson
0
10 km
© Dave Noël, 2018

Le fort est livré au pillage dans l'après-midi du 9 août. Sa garnison est transférée dans le camp retranché dont les abords sont gardés par des soldats français. À la tombée du jour, Montcalm se rend sur place pour remettre de l'ordre. Des guerriers se sont infiltrés dans l'enceinte britannique en passant par les embrasures des canons. Ils y pénètrent à nouveau au matin du 10 pour massacrer des blessés et des malades atteints de la variole. Les guerriers gagnent ensuite le cimetière pour exhumer des cadavres dont ils lèvent la chevelure. Leur arrivée précipite le départ des hommes de Monro, escortés par un faible détachement de 200 soldats français. Enivrés par l'alcool trouvé dans le camp, les alliés menés par les Abénaquis se dirigent vers la colonne de prisonniers sur le chemin du fort Edward. « De toutes les nations sauvages, l'abénaquise est celle dont les jeunes gens ont le moins de soumission aux vieillards et aux chefs, soit du conseil, soit de guerre », note Bougainville à leur sujet[19]. Les habits rouges se laissent dépouiller dans l'échauffourée qui fait une cinquantaine de morts et plusieurs blessés. Montcalm et Lévis interviennent pour mettre un terme à cette violation des articles de la capitulation. Les assaillants ont fait 600 captifs qui seront rachetés sur place par Montcalm ou à Montréal par Vaudreuil afin d'être remis aux autorités britanniques.

Pour les ethnohistoriens, ce massacre ne serait pas arrivé si Montcalm avait respecté les objectifs de guerre de ses alliés. Le général a pourtant consulté leurs représentants avant la reddition britannique. Il a également permis aux guerriers de piller le fort aux côtés des soldats français et des miliciens canadiens[20]. L'épisode est plus complexe qu'il n'y paraît. Au-delà du malentendu culturel ou d'une méconnaissance de la hiérarchie autochtone, il semble que les interprètes canadiens rattachés aux nations amérindiennes de même que certains officiers français aient encouragé les guerriers à détrousser les prisonniers. « L'avidité du gain, la certitude de tirer de ces sauvages à très bas prix tout le pillage qu'ils auraient fait, écrit Bougainville, sont les premières causes d'une horreur que l'Angleterre ne manquera pas de nous reprocher longtemps[21]. » Contrairement au récit de la prise d'Oswego, le massacre de William-Henry fera effectivement le tour des journaux anglo-américains et britanniques. Il contribuera à justifier les opérations de représailles menées dans la vallée du Saint-Laurent par les troupes du général Wolfe. À l'approche des Britanniques, un officier français blessé sur les plaines d'Abraham criera d'ailleurs qu'il n'a pas assisté au siège de William-Henry deux ans plus tôt, ce qui témoigne de la peur de la vengeance qui habitera les hommes de Montcalm après cet incident[22].

À court terme, le massacre du 10 août 1757 retarde l'évacuation des hommes de Monro réfugiés dans les bois environnants et sous les tentes des troupes de terre. Les derniers prisonniers ne rejoignent le fort Edward que le 14 août. À son retour au camp de Montcalm, l'un des officiers de l'escorte française signale que le portage menant à l'Hudson est parsemé de marécages. Il estime les forces de Webb à près de 6 000 hommes. Ce nombre se rapproche des effectifs de l'armée française diminuée par le départ pour Montréal de plusieurs centaines de guerriers chargés de butin et de prisonniers[23]. Selon les déserteurs britanniques, la mobilisation des milices anglo-américaines des derniers jours aurait porté les forces du fort Edward à 12 000 combattants[24].

L'armée française procède au démantèlement de William-Henry. « La difficulté que nous aurions eue de le soutenir et d'y communiquer dans l'hiver et surtout à la première fonte des glaces, temps auquel il eût été nécessairement abandonné à ses propres forces, a fait prendre le parti de le raser, lit-on dans une relation du siège, y ayant beaucoup plus de peines pour l'ennemi de le reconstruire que de le reconquérir[25]. » Pendant un moment, Montcalm espère être attaqué par Webb. Le colonel britannique demeure toutefois retranché sur l'Hudson[26]. Le marquis regagne le portage de la rivière de la Chute le 16 août.

Une campagne inachevée ?

Selon Guy Frégault, Montcalm n'aurait jamais cru au succès de l'expédition. Pour le prouver, il cite une lettre du général dans laquelle ce dernier souligne les difficultés entourant la prise de William-Henry et l'impossibilité d'assiéger le fort Edward. Une lettre du... 1er novembre 1756. L'œuvre de Frégault est parsemée d'amalgames temporels de ce genre. Montcalm ne pouvait pas prévoir six mois d'avance que la moitié des forces de Loudoun postées sur l'Hudson serait déployée sur la côte atlantique en vue du siège de Louisbourg. L'historien renchérit en soutenant que le commandant français aurait pu aisément poursuivre son offensive de l'été 1757 jusqu'à Albany et même au-delà. Il cite le *New York Mercury* et la *Boston Gazette* qui relaient la terreur suscitée dans les colonies britanniques par la chute de William-Henry. Frégault s'appuie enfin sur les lettres inquiètes de Loudoun, du gouverneur de la Virginie et de celui du Maryland, trois hommes ayant en commun d'être postés à plusieurs centaines de kilomètres de la frontière du lac Champlain. Ils ne sont pas au fait des problèmes de logistique rencontrés par l'armée de Montcalm, dont ils surestiment la taille et les moyens[27].

Fin juillet 1757, c'est à bras d'homme que le matériel utilisé pour le siège de William-Henry a été transporté sur le portage de la Chute reliant les lacs Champlain et Saint-Sacrement[28]. Il n'est pas possible d'employer les bêtes de trait du camp de Carillon. « Ce n'est pas qu'il n'y ait ici des bœufs et des chevaux, écrit Bougainville, mais il n'y a pas de quoi les nourrir et faute de nourriture ils n'ont pas assez de force pour faire leur métier[29]. » Le portage de moins de deux kilomètres a été franchi en une dizaine de jours. Il s'agit d'une opération modeste si on la compare à la vingtaine de kilomètres qu'il faut couvrir à pied pour atteindre l'Hudson à partir du lac Saint-Sacrement. En décembre 1757, Montcalm commandera un mémoire au commandant de l'artillerie coloniale pour surmonter cet obstacle dans une future expédition. « Je vais chez M. Mercier, je lui fais part longuement de mes vues pour un équipage où il n'y ait que l'absolument nécessaire, les difficultés pour aller, de la position à prendre sur les ruines du fort [William-Henry], à [Edward], des moyens pour le transport, de la nécessité d'avoir quelques bœufs, mais moins que l'année dernière, des chevaux, la difficulté de les nourrir, la ressource de l'avoine, dont la colonie manque cette année, la rareté des pâtures[30]. » Dans sa réponse, Le Mercier suggère l'emploi d'une vingtaine de « voitures » à deux chevaux et de 250 charrettes tirées chacune par une dizaine d'hommes, ce qui priverait l'armée d'invasion de 2 500 combattants affectés aux transports[31].

En août 1757, Montcalm ne peut pas compter sur les charrettes imaginées plus tard par Le Mercier. Les bœufs de la garnison britannique ont en outre été abattus dans le courant du siège, à l'exception d'une vingtaine de bêtes[32]. Ce nombre est nettement insuffisant pour se rendre jusqu'à l'Hudson, comme l'écrit le chevalier de La Pause en 1758 :

> S'il faut faire le transport de l'artillerie, munitions de guerre et de bouche et bateaux, au portage de [la chute de] Carillon, il ne faut que du temps et des hommes et peu de chevaux pour cela [...]. Mais pour faire le chemin et le transport d'artillerie et munitions de guerre et de bouche, du fond du lac [Saint-Sacrement] au fort [Edward], on ne peut pas espérer

> le même secours des hommes, attendu qu'on serait trop près de l'ennemi pour disperser l'armée pour faire ce portage qui est trop long pour être fait par ce secours, à moins qu'on n'eût une moitié de plus de monde que les ennemis : encore y aurait-il bien d'inconvénients. Il serait mieux d'avoir des bœufs ou des chevaux ; mais, comment les faire vivre, quand même il serait possible d'y faire aboutir 200 chevaux et 100 paires de bœufs qu'il faudrait pour ce transport.

La Pause rappelle les dangers de se perdre dans les profondeurs de la province de New York : « Ils sont chez eux, leurs secours leur arrivent aisément et peuvent tirer des hommes des provinces voisines[33]. »

Le fort Edward est plus vaste et plus solide que son avant-poste du lac Saint-Sacrement. On y trouve un dépôt d'artillerie permettant à la garnison de remplacer les canons fendus ou démontés par les tirs des assiégeants. D'après Le Mercier, il peut résister une douzaine de jours à un bombardement intensif[34]. En tenant compte de l'aménagement des tranchées, ce n'est pas avant la fin d'août que Montcalm aurait pu espérer obtenir la reddition de ce poste s'il avait pu atteindre le pied de son enceinte avec son artillerie. Pour investir les abords du fort Edward, les assiégeants ont besoin d'au moins 7 000 hommes, écrit Le Mercier dans son mémoire. L'armée de Montcalm en compte 8 000 avant le massacre de William-Henry, qui entraîne le départ de centaines de guerriers chargés de prisonniers et de matériel pris à l'ennemi. Indépendamment de cet épisode, le général doit libérer ses alliés des Pays d'en haut et démobiliser les milices avant la fin du mois d'août pour se conformer aux instructions de Vaudreuil[35]. Les nouvelles directives du gouverneur lui permettent de passer outre. Elles sont toutefois rédigées le 7 août, soit deux jours seulement avant la reddition de William-Henry[36]. Il est peu probable que le courrier de Montréal ait rejoint Montcalm à temps pour lui permettre de changer ses dispositions. On peut d'ailleurs se demander pourquoi avoir attendu aussi longtemps pour lui envoyer ces instructions.

Livrée dans le contexte matériel d'août 1757, l'offensive vers l'Hudson se serait vraisemblablement embourbée aux abords du fort Edward. En maintenant son armée en campagne jusqu'au début de septembre, Montcalm aurait épuisé les vivres saisis à William-Henry en plus de compromettre les récoltes au Canada[37]. « J'eusse pu entreprendre d'aller plus loin, écrit le général, mais j'eûs été sacrifier la colonie pour des exploits incertains, et où il aurait eu plus d'envie de faire parler de soi que de rendre service à la colonie[38]. » Une attaque menée à forces égales contre un adversaire retranché aurait laminé les forces vives de la petite armée du Canada, d'autant plus que cette dernière aurait été aux prises avec une résistance plus vigoureuse, la garnison du fort Edward doutant désormais de la protection offerte par l'armée française contre les guerriers en cas de reddition. « Lorsqu'on veut agir offensivement, il faut être supérieur, et je ne puis entreprendre que par la ruse, à moins de vouloir tout mettre au hasard, ce qui ne convient que dans les cas désespérés. » Cette citation n'est pas de Montcalm mais du maréchal de Saxe, l'un des plus éminents généraux du XVIIIe siècle. « Je m'aperçois avec peine que l'ignorance sur les choses de la guerre, l'envie de se faire valoir par des projets hardis dont peu de gens connaissent les conséquences et les suites, occupent [...] les esprits de cette armée », ajoute le vainqueur de la bataille de Fontenoy. « Tout le monde veut marcher, tout le monde veut aller, et cet enthousiasme qui est contagieux provient plus de l'envie de faire sa cour et de se faire valoir que toute autre chose[39]. »

À son retour à Montréal, en septembre, Montcalm essuie les critiques de Vaudreuil et de sa garde rapprochée. Pour se défendre, il écrit au ministre de la Guerre en citant un extrait d'une missive de Bigot : « Le parti que vous avez pris de ne point faire le siège du fort Édouard et de ne pas prendre la garnison [de William-Henry] prisonnière de guerre est des plus convenables à tous égards, y écrit l'intendant, nous n'aurions pu la nourrir. Il aurait été fort à craindre que la récolte du gouvernement de Montréal eût été perdue si vous aviez gardé les habitants plus longtemps[40]. » Vaudreuil cependant demeure campé sur ses positions. Il estime que Lévis se serait emparé du fort Edward s'il avait commandé en chef à la place de Montcalm[41]. Le principal intéressé ne semble pas de cet avis. À la fin de la campagne, le chevalier dénonce plutôt ces « gens qui, de leur cabinet, font continuellement des projets hardis, pour ne pas dire téméraires, [et] dont l'exécution est toujours difficile ». Surpris par la faible résistance des « Anglais de l'Amérique », Lévis redoute leur réveil en donnant l'exemple des « Moscovites » de Pierre le Grand qui ont renversé les Suédois de Charles XII au début du siècle après avoir subi plusieurs revers. La providence est dans le camp du Canada, estime le chevalier :« [Oswego] a été pris par l'opération du Saint-Esprit, comme nous venons de prendre le fort [William-Henry], et Dieu veuille que notre bonheur ne nous abandonne pas[42]. »

Montcalm devra encore se justifier à l'aube de sa dernière campagne, lors d'un débat se déroulant dans un salon de Montréal, en décembre 1758. Le général relate la scène à Bourlamaque :

> Comme on écrit beaucoup de Montréal à Québec, j'aime mieux vous dire que, hier matin, [un officier de milice] disait que l'on était consterné, lorsque je faisais le siège du fort [William-Henry], et que Webb avait grand-peur, qu'il n'y avait personne à [Albany] et New York, et que l'on aurait pris avec facilité [le fort Edward]. M. le marquis de Vaudreuil rabâcha beaucoup sur cela, moi présent à la fin, avec beaucoup de modération, je lui dis mes raisons pour n'y avoir pas marché, qu'il ne fallait pas se repaître de chimères. J'interpellai M. Le Mercier qui fut de mon avis et défila, et n'osa pas rester davantage, et je conclus par lui dire modestement que je faisais de mon mieux à la guerre, suivant mes faibles lumières ; que, quand on n'était pas content de ses seconds, il fallait faire campagne en personne pour exécuter ses propres idées[43].

La prise du fort Edward par Montcalm aurait donné à Vaudreuil une tête de pont sur l'Hudson. Ce tremplin vers New York n'aurait toutefois pas pu être exploité en raison des faibles ressources du Canada en hommes et en matériel. La Nouvelle-France est à son apogée à la fin de 1757 : la destruction d'Oswego et de William-Henry a refoulé les forces britanniques en dehors du bassin versant des lacs Ontario et Champlain. Au sud-ouest, les attaques perpétrées par les alliés amérindiens ont immobilisé les milices de la Pennsylvanie, du Maryland, de la Virginie et des Carolines dans une chaîne de fortins. Quant à Louisbourg, son siège projeté en 1757 a été contré par la réunion de trois escadres françaises dans les eaux de l'île Royale.

À la fin de septembre, la flotte britannique chargée du blocus de Louisbourg est dispersée par une tempête, ce qui permet aux navires de guerre français de regagner leur base de Brest. Montcalm se trouve alors à Québec où l'on expérimente « un artifice nouveau » conçu par un habitant de Lotbinière. Cette machine « cachée sous terre » comprend 60 fusils et huit petits canons pouvant tirer une salve à l'aide d'un seul coup de baguette à fusil donné sur un ressort. Le test effectué aux environs de la porte Saint-Jean semble concluant. « Ils percèrent de ces balles nombre de planches dressées au bout des fusils, au nombre de 50, et il y en avait qui avaient reçu jusqu'à sept balles », rapporte le curé de

Québec, Félix Récher[44]. Non loin de là, sur le flanc nord du cap Diamant, le lieutenant de Léry supervise le parachèvement des fortifications érigées une décennie plus tôt par son père. Les ouvriers élèvent un mur de pierres de grès et des batteries longeant la falaise qui surplombe le palais de l'intendant, entre le rempart des plaines d'Abraham et les abords de la batterie de l'évêché.

Autorisé par Vaudreuil, cet ajout au programme de fortifications est critiqué par Le Mercier, devenu le principal conseiller du gouverneur. Léry demande l'avis du père Joseph-Pierre de Bonnécamps, professeur de mathématiques et d'hydrologie du collège des Jésuites. Ce dernier approuve les travaux du lieutenant à l'instar de Montcalm et du capitaine d'artillerie Montbeillard, débarqué dans la colonie au milieu de l'été. Léry n'ose toutefois pas prévenir Vaudreuil de cet avis favorable, se disant persuadé que le gouverneur « serait forcé de céder au sentiment du commandant d'artillerie [Le Mercier] qu'il avait des raisons de ménager à cause de son intimité avec M. l'intendant ». Ayant eu vent de la controverse, l'évêque de Québec, Mgr de Pontbriand, se prononce publiquement en faveur des travaux amorcés. « Ce prélat avait raison, écrit Léry, car à moins d'avoir [...] de la mauvaise humeur ou être frappé d'éblouissement on ne pouvait pas condamner mon ouvrage[45]. »

Montcalm observe le chantier à partir des fenêtres de sa maison de la rue des Remparts. Il profite de son séjour dans la capitale pour passer en revue les deuxième et troisième bataillons du régiment de Berry débarqués à Québec au cours des semaines précédentes avec un millier de recrues essentiellement destinées aux troupes de la Marine. Ces nouvelles bouches à nourrir taxent les maigres ressources de la vallée du Saint-Laurent, où la récolte a encore une fois été mauvaise. Le général appréhende une pénurie plus grave que celle qu'il a subie au siège de Prague de 1742. « Ce défaut de vivres fait frémir, écrit-il. Où en serions-nous si nous n'eussions pas pris le fort [William-Henry] et si l'on n'eût pas renvoyé aussi vite les bouches[46] ? » Montcalm fait référence à la démobilisation de l'armée, dont les derniers contingents prennent leurs quartiers d'hiver à la mi-octobre. En novembre, un gros détachement de 300 hommes aux ordres du lieutenant François de Bellestre est néanmoins dépêché au lac Ontario pour détruire le village des Palatins (German Flatts) de la vallée de la rivière Mohawk. Cette campagne de terreur ordonnée par Vaudreuil se termine par le massacre d'une quarantaine d'hommes et par la capture de près de 150 civils. Pour le gouverneur, la destruction de ce bourg frontalier peuplé de colons allemands va faciliter les attaques iroquoises contre les établissements britanniques de la région.

La démobilisation rapide de l'armée a permis d'économiser les vivres. À l'automne, l'intendant Bigot doit tout de même réduire les rations distribuées aux citadins et remplacer la viande bovine par du cheval. Cette décision déplaît notamment aux Montréalaises, dont les griefs sont repris par les troupes de terre et de la Marine cantonnées dans l'enceinte de la ville. Lévis doit intervenir pour calmer les esprits. Des sergents et des soldats triés sur le volet sont également dépêchés à Carillon dans le courant de l'hiver pour enrayer la sédition qui menace ce fort[47]. Les pénuries vont retarder l'entrée en campagne des troupes au cours d'un printemps 1758 marqué par la rupture de l'équilibre des forces en Amérique[48].

CHAPITRE 3

1758 : le château de cartes du Canada

Le deuxième hiver de Montcalm au Canada est assombri par une épidémie de petite vérole propagée par les captifs britanniques ramenés de William-Henry. La maladie se transmet également aux habitants de la vallée du Saint-Laurent par les réfugiés acadiens affaiblis par leurs migrations. « Les Acadiens meurent en foule », note Bougainville. La petite communauté d'expatriés perd plus d'un membre sur cinq[1]. Les nations des Pays d'en haut sont elles aussi décimées par la vérole, ce qui crée des tensions au sein de l'alliance franco-amérindienne. Au poste de Michillimakinac, on attribue la maladie à une « médecine » donnée par les Français[2].

À la mi-février de 1758, Montcalm quitte Québec pour Montréal, où il rédige un rapport au ministre de la Guerre en vue des négociations de paix. Selon les dernières nouvelles d'Europe, la France serait en position de force des deux côtés de l'Atlantique. Versailles doit donc en profiter pour exiger la rétrocession de l'Acadie jusqu'à l'isthme de Chignectou, y compris l'ancien fort Beauséjour. Les autres frontières seront établies sur la hauteur des terres séparant les bassins versants de l'intérieur du continent et de la côte atlantique. L'indépendance de la Confédération iroquoise sera reconnue. S'il faut lâcher du lest, le général propose d'instaurer une zone neutre sur la rivière Saint-Jean en Acadie et sur le lac Saint-Sacrement. « Malgré nos succès, la paix est à désirer pour la Nouvelle-France ou Canada qui doit être pris [à la] longue, vu le nombre des Anglais et la difficulté de faire passer des vivres et secours[3]. »

Montcalm demeure tout de même optimiste : « Quelque faute de leur part et quelque bonheur de la nôtre nous tireront d'affaire[4]. »

Le manque de vivres ne permet pas d'organiser une expédition hivernale comme celles entreprises par Léry et Rigaud au cours des deux campagnes précédentes. Montcalm ne prend même pas la peine de soumettre à Vaudreuil son plan d'attaque contre un camp de soldats écossais repéré dans une île de l'Hudson longeant le fort Edward. Les 600 hommes de l'expédition projetée auraient quitté Montréal « dans les fortes gelées », écrit le général, qui envisage aussi un mouvement de troupes sur la rivière aux Chicots si les Britanniques établissent un poste à l'emplacement de l'ancien fort Anne, abandonné depuis la fin de la guerre de Succession d'Autriche[5]. Le marquis n'en est pas à son premier projet d'offensive. En 1756, il a suggéré l'envoi d'un corps expéditionnaire en Acadie pour reprendre la région avec le soutien d'une escadre de la Marine royale. L'année suivante, il a proposé la reconquête de la rivière Ohio dans l'éventualité où elle tomberait aux mains des Britanniques[6].

La « don quichotterie » de la Mohawk

Le gouvernement de Québec est le plus touché par la crise alimentaire. En mai, les soldats cantonnés dans la capitale et dans ses faubourgs doivent quitter précipitamment leurs quartiers d'hiver pour la vallée du Richelieu. Ils y sont nourris à même le dépôt de vivres de Carillon destiné aux opérations de l'été. L'arrivée des secours de France au début de juin permet à Vaudreuil de mobiliser l'ensemble des troupes de terre et de la Marine. En dépit de la petite vérole, les alliés des Pays d'en haut et de l'Ohio reprennent leurs attaques contre les établissements anglo-américains de la frontière des Appalaches[7]. Pour se joindre au mouvement, les nations iroquoises situées à l'ouest de la Confédération réclament l'envoi d'un « puissant secours » français qui doit leur permettre d'affronter les détachements britanniques campés le long de la rivière Mohawk[8].

Le ravitaillement des alliés mobilise plus de 2 000 voyageurs canadiens déployés sur un millier de kilomètres[9]. Pour faciliter les transports entre Montréal et le fort Duquesne, sur l'Ohio, on transfère les marins et les gréements de la marine de guerre du lac Ontario sur les bâtiments de charge du munitionnaire Cadet. Le responsable des approvisionnements de la colonie fournit également des vivres à la centaine d'hommes du détachement acadien du capitaine Charles de Boishébert. Cet officier des troupes de la Marine est posté sur les rivières Saint-Jean et Miramichi, d'où il harcèle les forces britanniques cantonnées dans les paroisses abandonnées de la baie Française et au fort Beauséjour (devenu Cumberland). Boishébert assure en outre la protection des réfugiés acadiens dispersés dans les forêts de la région depuis les déportations de 1755.

Aux frontières, les rumeurs annoncent la reprise de l'expédition contre Louisbourg et l'envoi d'une armée à la conquête des fourches de l'Ohio. Les Britanniques songeraient à la reconstruction de leurs anciens forts situés au sud des lacs Ontario et Saint-Sacrement. Ces informations font craindre pour la sécurité des forts Frontenac et Niagara, dont les garnisons ne comptent plus qu'une cinquantaine d'hommes. Pendant un certain temps, Vaudreuil envisage une grande offensive contre le fort Edward. Il lance la construction des charrettes de Le Mercier devant permettre le passage du portage vers l'Hudson. On rassemble aussi des outils et des sacs de sable en vue du siège[11]. Le gouverneur se détourne toutefois de ce projet. Son plan de campagne définitif prévoit plutôt la formation de deux armées[12]. La première est confiée à Lévis, qui doit remonter le Haut-Saint-Laurent à la tête de 1 800 combattants triés sur le volet[13]. Après avoir rallié les guerriers iroquois sur son passage, le chevalier ira dévaster les établissements anglo-américains de la rivière Mohawk jusqu'à la périphérie d'Albany. À tout moment, ses hommes pourront être redéployés vers la vallée de l'Ohio pour soutenir le détachement du capitaine de Lignery basé au fort Duquesne.

L'expédition de la Mohawk sera couverte par les 5 000 hommes de la seconde armée, campée à Carillon sous les ordres de Montcalm. Cette force comprendra les huit bataillons des troupes de terre à l'exception de leurs volontaires, intégrés au corps d'élite de Lévis. Le général devra maintenir ses avant-postes sur le portage de la rivière de la Chute afin de défendre l'extrémité nord du lac Saint-Sacrement. En parallèle, il devra lancer des détachements de troupes légères sur la rivière aux Chicots pour surprendre les convois de ravitaillement de l'ennemi passant par le portage de l'Hudson, entre le fort Edward et le sud du lac Saint-Sacrement. Pour Vaudreuil, les armées de Montcalm et de Lévis pourront manœuvrer en toute impunité en raison du départ anticipé du gros des forces britanniques vers Louisbourg. L'invasion du Canada par la vallée du lac Champlain est peu probable, estime le gouverneur. Si elle devait néanmoins se produire, Montcalm n'aura qu'à se porter au-devant de son adversaire pour le combattre dans les bois. Il devra toutefois s'assurer d'avoir un nombre suffisant de guerriers et de miliciens. Dans le cas contraire, le général pourra retrancher ses troupes dans un camp de son choix lui permettant de couvrir le fort Carillon.

Montcalm reçoit les directives du gouverneur dans la nuit du 23 au 24 juin. « Vaudreuil m'a remis, ce soir à dix heures, ses instructions ridicules, obscures et capiteuses, note le général. Si je m'en fusse chargé, elles étaient tournées de façon que tout événement malheureux m'était jeté aux jambes, quelque parti que j'eusse pris. » Montcalm les retourne à l'expéditeur en exigeant le retrait de son préambule, où il est spécifié que ses avis ont été pris en compte par le gouverneur. « Comme il ne m'a jamais consulté sur rien, qu'il ne m'a jamais fait part, ni des nouvelles, ni de ses projets, ni de ses démarches, je lui ai déclaré positivement que je ne souffrirais jamais que ce préambule frauduleux existât[14]. » Le commandant des troupes de terre ne veut pas être associé à un document qui ne tient pas compte des dépositions « constantes et uniformes » des prisonniers annonçant une offensive imminente contre Carillon, indépendamment des forces déployées à Louisbourg.

Selon les derniers rapports de la frontière, le successeur de Loudoun, le major-général James Abercromby, a déjà pris le commandement des troupes de la rivière Hudson. Il disposerait de dix bataillons réguliers appuyés par un imposant contingent de miliciens et par cinq compagnies légères de Rangers, dont les soldats recrutés dans les colonies américaines sont des spécialistes des opérations de petite guerre[15]. Montcalm réclame davantage de Canadiens. Il rappelle à Vaudreuil que l'extrémité nord du lac Saint-Sacrement est « un fond de cuve, dont l'ennemi nous chassera facilement avec des forces supérieures[16] ». Les Britanniques peuvent d'ailleurs contourner le secteur en passant par la vallée de la rivière Bernetz, qui se jette dans la rivière de la Chute. Le général ne s'oppose pas aux principes de l'expédition de la Mohawk. Il critique plutôt le moment de son exécution. En tenant compte des quelque 500 kilomètres à parcourir et des conseils de guerre à tenir avec les Iroquois, ce n'est pas avant le début d'août que Lévis peut espérer atteindre la Mohawk. C'est dans ce contexte que Bougainville qualifie le projet de « don quichotterie » et de « chimère ». À son arrivée à Carillon,

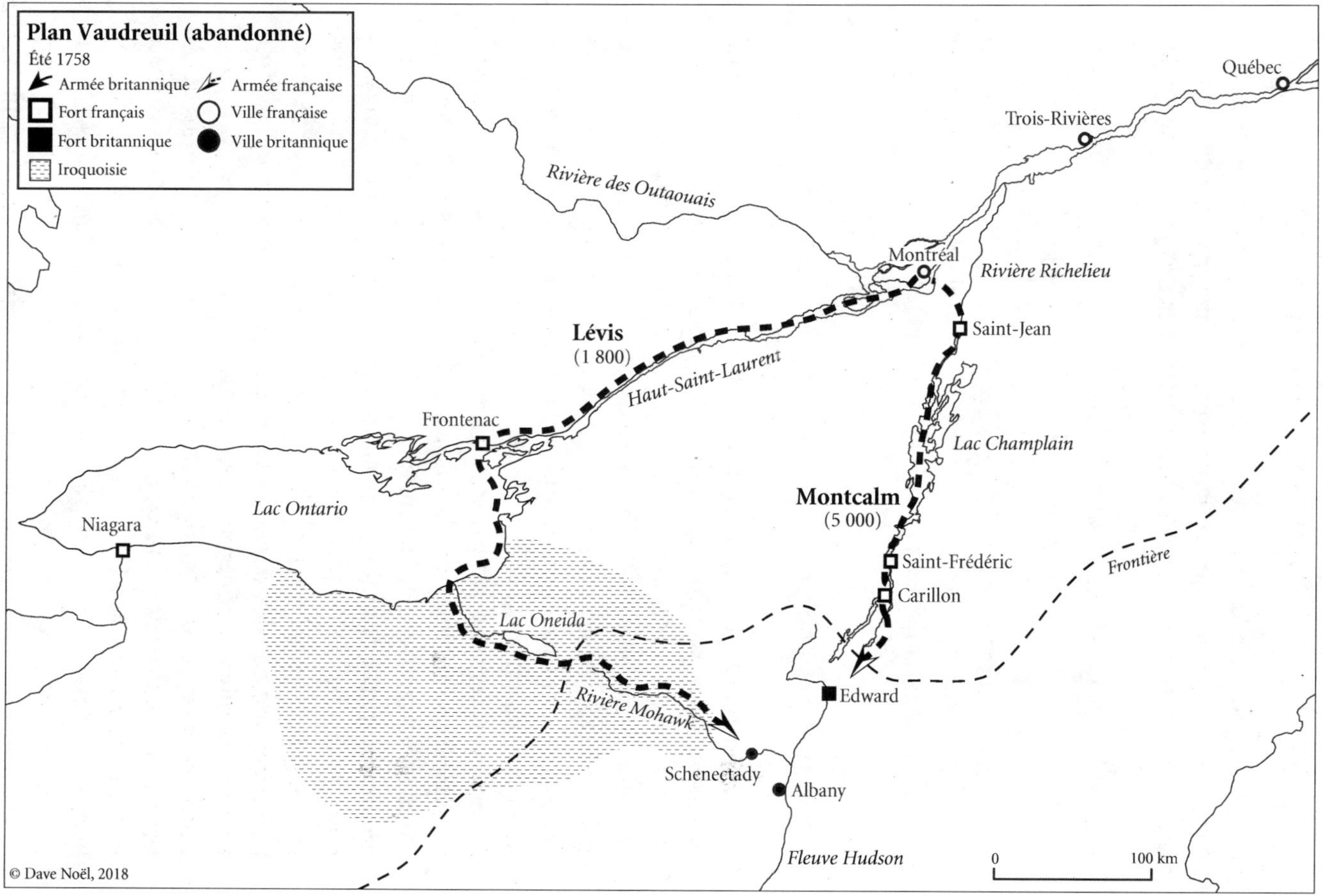

Plan Vaudreuil (abandonné)
Été 1758
Armée britannique
Armée française
Fort français
Ville française
Fort britannique
Ville britannique
Iroquoisie
Québec
Trois-Rivières
Rivière des Outaouais
Montréal
Rivière Richelieu
Saint-Jean
Lévis
(1 800)
Haut-Saint-Laurent
Frontenac
Lac Champlain
Montcalm
(5 000)
Lac Ontario
Niagara
Saint-Frédéric
Carillon
Frontière
Lac Oneida
Edward
Rivière Mohawk
Schenectady
Albany
Fleuve Hudson
0
100 km
© Dave Noël, 2018

Montcalm trouvera les huit bataillons des troupes de terre « très faibles par eux-mêmes à cause de la quantité de mauvaises recrues, très affaiblis encore par les piquets des volontaires qu'on en a tirés pour le détachement du chevalier de Lévis, 40 hommes de la Marine, 30 Canadiens en état d'aller à la guerre et 14 sauvages, des vivres pour neuf jours seulement ». En consultant la liste des officiers de la Marine destinés à servir sur le lac Champlain, Bougainville note que « c'est une disgrâce de n'être pas employé à l'expédition de M. le chevalier de Lévis ». Pour le jeune officier, il vaudrait mieux concentrer les forces de la colonie à Carillon pour culbuter l'ennemi avant qu'il ne soit trop tard[17].

La bataille de Carillon

Montcalm quitte Montréal le 24 juin 1758 après avoir réclamé et obtenu des directives plus claires de Vaudreuil. Il gagne d'abord le fort Saint-Jean, où il apprend le débarquement à l'île Royale des 13 000 hommes du major-général Jeffery Amherst. La descente exécutée dans la baie de Gabarus au début du mois a été facilitée par le resserrement du blocus des ports de France et du détroit de Gibraltar, qui prive Louisbourg d'une partie des vaisseaux qui lui étaient destinés. Ne pouvant contenir les assiégeants en rase campagne, le gouverneur de l'île Royale, Augustin de Drucour, s'est retiré dans la ville fortifiée avec ses 4 000 hommes.

En s'engageant sur le lac Champlain, Montcalm croise un émissaire de Bourlamaque qui lui annonce l'avancée des forces d'Abercromby jusqu'aux ruines de William-Henry, à une soixantaine de kilomètres de Carillon. La nouvelle parvient à Vaudreuil le 28 juin au moment où les premiers éléments de l'armée de Lévis atteignent le bourg de La Chine en vue de leur embarquement pour le lac Ontario. L'expédition de la Mohawk est suspendue le lendemain. « Je presse M. de Vaudreuil de vous faire passer très promptement tous les secours qu'il vous destine et surtout les sauvages, écrit Lévis à Montcalm. J'espère que nous aurons le temps de rassembler toutes nos forces avant que les ennemis soient en état de nous attaquer[18]. »

Les hommes de Lévis quittent Montréal pour le lac Champlain à compter du 1er juillet. Montcalm se trouve alors à Carillon, où il inspecte les abords du fort en compagnie de son état-major. Le petit groupe d'officiers est à la recherche d'un site où l'armée pourra se retrancher au moment de l'attaque, l'enceinte de Carillon ne pouvant pas accueillir plus d'un bataillon. Leur choix s'arrête sur un plateau boisé situé à un kilomètre du fort. En attendant les secours de Montréal qui arrivent au compte-gouttes, le général applique les directives de Vaudreuil, qui prévoient le déploiement de ses forces sur le portage de la Chute, ce qui doit notamment masquer la faiblesse de ses effectifs. Montcalm ne peut compter que sur 3 500 soldats des troupes de terre, 400 soldats de la Marine et miliciens ainsi qu'une quinzaine de guerriers, donc en deçà des 5 000 hommes promis par Vaudreuil. Son vis-à-vis dispose de 6 000 soldats, de 9 000 miliciens et de quelques centaines de guerriers iroquois. Cette masse de plus de 15 000 hommes représente la plus grande armée jamais rassemblée dans le nord-est du continent. Son avant-garde est signalée sur le lac Saint-Sacrement dans l'après-midi du 5 juillet. Pour couvrir le flanc droit de l'armée française, on dépêche 400 hommes dans la vallée de la rivière Bernetz sous les ordres du capitaine Louis-Joachim de Trépezec, du bataillon de Béarn. En soirée, la flottille britannique est aperçue à l'entrée de la rivière de la Chute. Elle débarque ses troupes le lendemain matin, ce qui entraîne le repli des avant-postes français.

La descente en force d'Abercromby le 6 juillet surprend le détachement de la rivière Bernetz, qui ne peut pas être rejoint par les messagers de Montcalm. « On envoya un cadet et les deux sauvages qui étaient venus de la montagne Pelée pour leur envoyer ordre de se retirer, écrit La Pause, mais les deux sauvages voyant les ennemis prêts à débarquer revinrent sur leurs pas. Le cadet de La Sarre, nommé Granet, continua seul sa route à tout hasard, mais il fut pris[19]. » Étant sans nouvelles du général, Trépezec mène ses hommes à travers bois jusqu'au portage de la Chute, où il tombe sur une colonne britannique en marche vers Carillon. L'altercation interrompt la progression d'Abercromby, dont le second, George Howe, est tué. « Sa mort arrêta la marche, écrit Bougainville. Les Anglais consternés nous donnèrent 24 heures de relâche et ce temps précieux a fait notre salut et celui de la colonie[20]. » Après avoir perdu la moitié de ses effectifs, le détachement de la Bernetz rallie les troupes de Montcalm sur l'autre rive de la rivière de la Chute.

Bourlamaque suggère au général de combattre l'ennemi sur le portage. « Tous les officiers tremblaient de cette position, écrit Pouchot. On se trouvait dans un fond environné de [collines] et les ennemis qui avaient battu Trépezec, pouvant arriver à chaque instant sur ces hauteurs, nous auraient coupé toute retraite sur Carillon[21]. » Montcalm se rallie finalement à l'avis des vieux officiers qui prônent le repli. Il ordonne aux troupes de gagner le plateau de Carillon, dont le retranchement débute le lendemain matin. Armés de haches, les soldats abattent les arbres du secteur avant de les empiler pour former un rempart. On dépose ensuite des sacs de sable sur l'ouvrage, dont les approches sont couvertes de branchages faisant office de barbelés avant la lettre. À la nuit tombée du 7 juillet, le retranchement forme un arc de cercle d'un peu moins de 500 mètres de long. L'ouvrage surplombe une petite plaine boisée menant au lac Champlain, au nord, tandis qu'il domine l'embouchure de la rivière de la Chute, au sud. L'artillerie du fort Carillon permet de balayer les flancs du retranchement en attendant la construction de batteries rapprochées.

Les travaux de fortification mobilisent l'ensemble des soldats et des officiers, à l'exception des grenadiers et des volontaires, laissés sur le portage par Montcalm pour tirailler avec l'avant-garde britannique. Abercromby progresse lentement en direction de l'abattis. Le 7, en soirée, on aperçoit au nord sur le lac Champlain les 400 soldats des troupes de terre du chevalier de Lévis. Ils sont reçus au camp de Carillon, écrit Bougainville, « avec la même joie que les légions de César le furent par ces cohortes romaines bloquées avec Cicéron par un essaim de Gaulois[22] ». Les bataillons passent la nuit au bivouac à l'abri de l'ouvrage. L'une des deux unités du régiment de Berry est laissée dans le fort. Montcalm déploie 300 soldats de la Marine et miliciens au nord de l'abattis, dans la trouée longeant le lac Champlain, tandis qu'il poste deux unités de soldats volontaires au sud pour surveiller le passage étroit situé entre le retranchement et la rivière de la Chute[23].

Abercromby ordonne l'attaque dans l'après-midi du 8 juillet. Alignés sur plusieurs rangs de profondeur, les « habits rouges » débouchent de la forêt du portage en formant quatre colonnes d'assaut entre lesquelles se déploient les tirailleurs anglo-américains. Ces formations de choc sont reçues par une pluie de balles au pied du retranchement, qui prend feu à quelques reprises dans le courant de la journée. Au sud de l'abattis, les Britanniques descendent la rivière de la Chute sur des bateaux. Ils y sont repoussés par l'artillerie du fort Carillon et par la fusillade des unités de soldats volontaires postées près du rivage. Bien que décimées, les colonnes d'Abercromby reviennent à la charge jusqu'à la tombée du jour. Le major-général ordonne alors la retraite après avoir

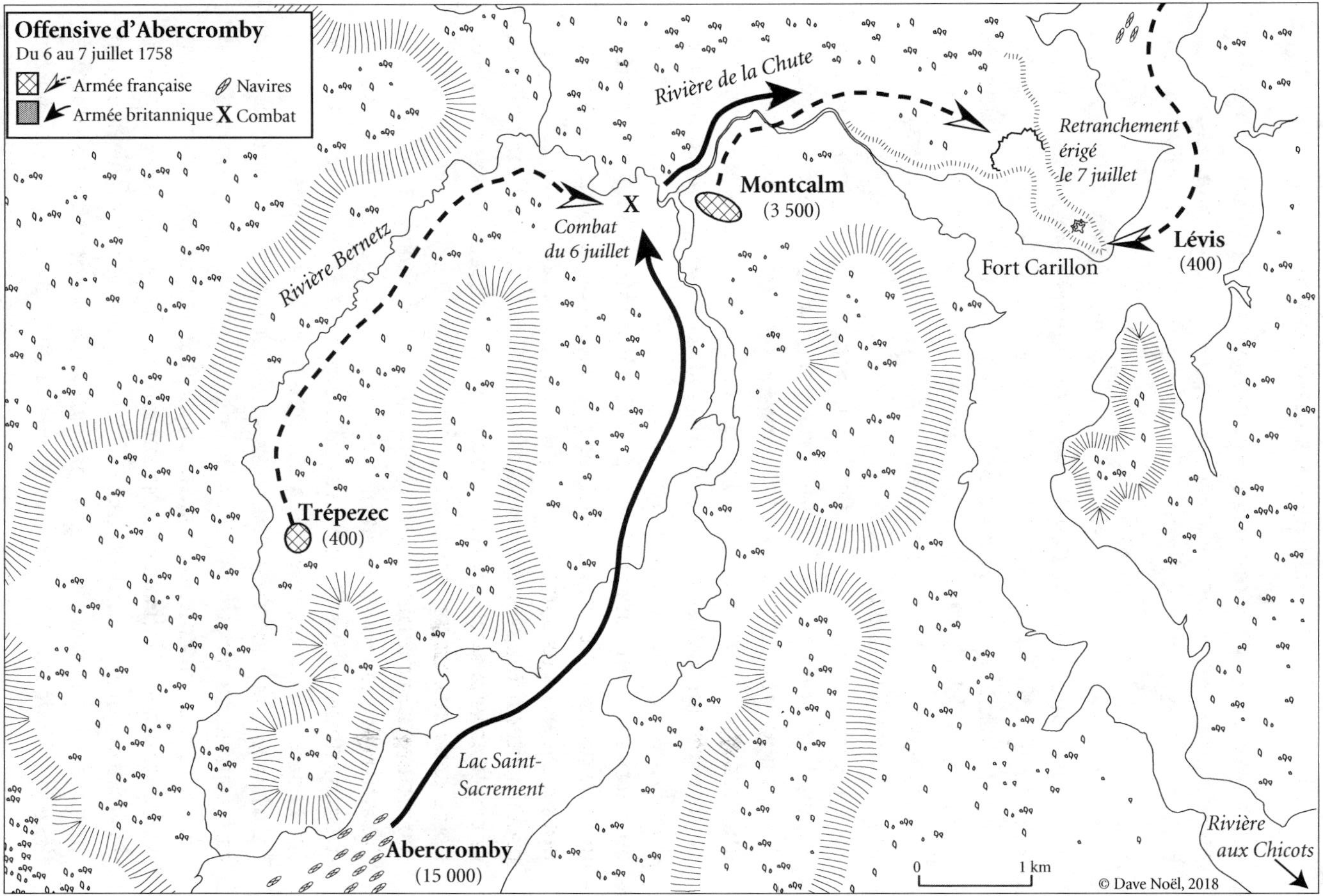
Offensive d'Abercromby
Du 6 au 7 juillet 1758
Armée française
Navires
Armée britannique
X Combat
Rivière de la Chute
Retranchement
érigé
le 7 juillet
Montcalm
(3 500)
X
Combat
du 6 juillet
Lévis
(400)
Fort Carillon
Rivière Bernetz
Trépezec
(400)
Lac Saint-
Sacrement
Abercromby
(15 000)
0
1 km
Rivière
aux Chicots
© Dave Noël, 2018

perdu près de 2 000 hommes tués ou blessés, contre un peu moins de 400 pour Montcalm. L'armée française s'accroche à ses retranchements dans l'attente d'une nouvelle attaque. Abercromby regagne toutefois le lac Saint-Sacrement le lendemain en abandonnant une partie de ses bagages. Prévenu de la retraite de l'ennemi par des pillards, Montcalm lance un détachement à sa poursuite. Ne pouvant rejoindre Abercromby, il consacre le reste de la journée au prolongement de son retranchement jusqu'au lac Champlain, au parachèvement des batteries de l'abattis et à l'inhumation des morts. À la fin du mois, on découvrira encore les dépouilles des blessés britanniques décédés sur leurs civières abandonnées au milieu des bois[24].

La bataille de Carillon est devenue le symbole de la lutte inégale que se livrent la France et la Grande-Bretagne en Amérique du Nord. Le déséquilibre des forces aurait toutefois pu être fortement atténué par une meilleure gestion des effectifs. Dans les jours qui suivent le combat, l'armée de Montcalm passe de 4 000 à 6 500 combattants avec l'arrivée de nouveaux contingents de soldats de la Marine, de miliciens et de guerriers. Elle franchit même le cap des 7 000 hommes dans les derniers jours de juillet[25]. En maintenant son expédition de la Mohawk en dépit des signes avant-coureurs d'une invasion par le lac Champlain, Vaudreuil a exposé le cœur des forces du Canada à la destruction. On peut se demander ce qu'il serait advenu de cette armée s'il n'avait pas été possible de lui adjoindre les 400 soldats d'élite de Lévis, qui ont représenté 10 % des effectifs déployés le long du retranchement. Leur arrivée à la veille du combat aurait été compromise si la nouvelle de la marche d'Abercromby avait atteint Montréal avec un retard de 48 heures.

La faute du gouverneur n'a pas échappé aux troupes postées sur l'abattis. Montcalm doit d'ailleurs intervenir après le combat pour mettre un terme aux propos séditieux de ses hommes en faisant fi de son propre mécontentement. « J'ai été obligé d'en imposer à l'officier et au soldat français qui disait hautement que M. de Vaudreuil avait voulu nous faire égorger en me donnant si peu de monde pour faire face à un danger réel[26]. » Selon Bougainville, les alliés autochtones destinés à l'expédition de Lévis auraient également manifesté leur insatisfaction : « Les Sauvages disent hautement que c'est le marquis de Vaudreuil qui les a retenus [à Montréal] et quelles qu'aient pu être ses raisons, il est cause qu'ils sont arrivés trop tard. Ils en ont beaucoup d'humeur[27]. » Le gouverneur instrumentalise lui aussi le mécontentement des guerriers en soutenant qu'ils ont été mal reçus par Montcalm après la bataille de Carillon et qu'ils ne veulent plus combattre sous ses ordres[28]. Le commandant des troupes de terre rejette la faute sur les interprètes canadiens des nations autochtones, qui auraient mal traduit l'esprit de ses propos durant les conseils de guerre interalliés[29]. La mésentente ne semble pas avoir laissé de traces à moyen et à long terme puisque les guerriers combattront de nouveau aux côtés de Montcalm l'année suivante sur le théâtre d'opérations de Québec.

La chute du fort Frontenac

Au cours des semaines qui suivent le combat de Carillon, Montcalm forme trois gros détachements de 500 hommes avec les renforts du gouverneur. Il les dirige au sud-est, du côté de la rivière aux Chicots, pour surprendre les convois faisant la navette entre le fort Edward et l'armée d'Abercromby retranchée au sud du lac Saint-Sacrement. Le premier détachement est aux ordres du capitaine Courtemanche, des troupes de la Marine. Parti le 16 juillet, il est de retour à Carillon cinq jours plus tard après avoir fait une trentaine de morts et de captifs à proximité d'un entrepôt fortifié. Le détachement du capitaine Saint-Luc se met en marche le 24 juillet. Tombé sur un convoi de charrettes, il regagne le fort avec une cinquantaine de prisonniers incluant les musiciens d'Abercromby. Le dernier détachement, celui du lieutenant Marin, ne parvient pas à atteindre le portage de l'Hudson. Parti le 4 août, il entre en contact quatre jours plus tard avec un corps de 700 hommes issus des compagnies de Rangers et d'une nouvelle unité d'infanterie légère britannique. Il regagne Carillon le 10 août après avoir perdu une quinzaine d'hommes dans l'altercation. Montcalm délaissera désormais les gros détachements au profit de partis d'une vingtaine de combattants.

À compter de la mi-juillet, les prisonniers et les déserteurs britanniques ramenés au fort Carillon par les détachements de Montcalm signalent qu'un imposant corps de miliciens anglo-américains dirigés par le lieutenant-colonel John Bradstreet s'est détaché de l'armée d'Abercromby pour entrer dans la vallée de la Mohawk[30]. L'expédition que Lévis devait mener dans le secteur s'est transformée en mission diplomatique franco-iroquoise dirigée par le chevalier Paul Le Moyne de Longueuil. À la fin de juillet, cet officier des troupes de la Marine quitte La Chine avec un corps de 300 hommes. Il passe sur les ruines du fort Oswego avant de remonter la rivière du même nom jusqu'au lac Oneida, où il est prévenu de la présence de Bradstreet à l'autre bout de ce plan d'eau[31]. Longueuil est de retour à Montréal au début du mois d'août, au moment où l'on amorce la démobilisation des miliciens pour la saison des récoltes. Il présente son rapport à Vaudreuil, qui se dit rassuré par ses informateurs iroquois selon lesquels l'armée britannique se contenterait de reconstruire les fortins du portage reliant les bassins versants des rivières Mohawk et Oswego.

Bradstreet atteint néanmoins le lac Ontario le 21 août. Sa flottille longe la rive sud de ce plan d'eau jusqu'au fort Frontenac, où il débarque trois jours plus tard. La base navale française aux ordres du capitaine Pierre de Noyan, des troupes de la Marine, est défendue par une centaine d'hommes qui comprennent l'équipage des deux navires de guerre français en état de naviguer. Les quatre autres bâtiments armés sont abandonnés dans la rade, faute de marins pour les manœuvrer. Le bombardement du fort débute dans la nuit du 25 au 26 août, au moment où Vaudreuil est prévenu de l'avancée de Bradstreet sur le lac Ontario. Le gouverneur mobilise 1 500 miliciens du gouvernement de Montréal, qu'il confie au major François Duplessis. L'officier de 68 ans est à La Chine le 30 août lorsqu'il apprend la reddition de Frontenac signée trois jours plus tôt. Bradstreet rase les fortifications françaises avant de regagner l'embouchure de la rivière Oswego. Au début de septembre, le major Duplessis campe sur les ruines du fort Frontenac avec son armée. Il en détache 300 hommes pour renforcer la garnison de Niagara. En plus des miliciens montréalais, Vaudreuil a ordonné la levée d'un autre contingent de 1 500 Canadiens dans les gouvernements de Québec et des Trois-Rivières, qu'il fait avancer jusqu'aux rapides du Haut-Saint-Laurent[32].

Embarrassé, le gouverneur écrit à la cour en énumérant les causes de son inaction au cours des semaines précédentes :

> Les assurances que les Cinq nations iroquoises avaient données à M. de Longueuil de venir dans vingt jours près de moi ; que les Anglais ne songeaient dans ce moment qu'au rétablissement du fort Bull ; l'idée qu'ils pourraient bien tenter à rétablir l'ancien [fort Oswego] et qu'ils n'oseraient pas entrer sur le lac où nous avions des barques, étaient pour moi des motifs de tranquillité sur lesquels je ne me serais pas cependant

fié si j'avais eu du monde. Mais l'ennemi que j'avais plus à craindre était la continuité de la disette où la colonie est réduite depuis plus d'un an[33].

Pour Montcalm, on aurait évité la destruction de Frontenac en maintenant ses navires en patrouille au large de la rivière Oswego, tel que proposé dès la fin de 1756. Pouchot prétend lui aussi avoir prévenu Vaudreuil de la nécessité d'armer les « barques ». Le projet n'a toutefois pas pu être exécuté, explique le capitaine, « parce que [le major] Péan et sa société [de commerce] s'étaient emparés de tous les agrès de ces bâtiments et les avaient détournés à leur profit[34] ». Selon Bougainville, on aurait également pu établir un camp de 1 500 hommes sur le promontoire de l'ancien fort Ontario au lendemain de la victoire de Carillon pour contrer la mise à l'eau des bateaux de Bradstreet. Ce camp aurait permis aux renforts de Montréal de gagner Frontenac avant qu'une brèche ne soit ouverte dans son enceinte. « En cas d'attaque des ennemis, leur supériorité seule était pour eux, et non notre négligence, à laquelle il n'y a pas de remède. » L'avis de Bougainville est partagé par Anne-Joseph de Malartic, l'aide-major du bataillon de Béarn, pour qui « il était facile d'éviter une perte aussi considérable en envoyant un corps de troupe sur cette frontière lorsque M. de Montcalm informa [Vaudreuil] que les Anglais avaient [...] fait passer des troupes dans cette partie[35] ». Rappelons que le transfert des unités d'un théâtre d'opérations à l'autre ne relève pas du commandant des troupes de terre, comme on le suggère parfois, mais du gouverneur, vers qui transitent les informations recueillies aux frontières. Or, Vaudreuil est en décalage tout au long de la campagne de 1758. Après avoir dispersé ses troupes sur deux fronts à la fin de juin pour réaliser sa manœuvre de la Mohawk, le gouverneur a concentré ses forces au lac Champlain dans l'espoir de débusquer l'armée d'Abercromby, ébranlée par sa défaite de Carillon. Il aurait mieux valu détacher un millier d'hommes de l'armée de Montcalm à ce moment pour surveiller la progression de Bradstreet sur la frontière du lac Ontario. Le gouverneur esquive la question dans ses lettres à la cour en rappelant les faiblesses structurelles du fort Frontenac : « Quand bien même j'aurais eu en ce poste 5[00] à 600 hommes, ils n'auraient pu le défendre par sa construction[36]. »

La chute de Frontenac « est un des premiers malheurs du Canada, observe La Pause ; il a contribué beaucoup à en accélérer la perte. Il ne peut être attribué qu'à la négligence du gouverneur général. On l'avait averti des mouvements des ennemis et sollicité de ne pas laisser dégarnir les barques de leurs agrès, de les armer au contraire et de les tenir dans le lac en croisière[37] ». Ce fort était l'entrepôt des Pays d'en haut et de la vallée de l'Ohio. En plus des marchandises de traite, des vivres et des munitions, il abritait un parc d'artillerie de 80 canons et mortiers incluant une partie des pièces rapportées d'Oswego deux ans plus tôt. On déplore surtout la capture de ses navires de guerre et de ses bâtiments de charge pouvant emporter jusqu'à 400 tonneaux. Heureusement pour Vaudreuil, les Britanniques ne capitalisent pas sur leur domination navale sur le lac Ontario. En quittant le havre de Frontenac, Bradstreet saborde deux des navires de la flottille française. Il incendie les autres à l'embouchure de la rivière Oswego avant de se retirer sur le portage de la Mohawk.

Pour ravitailler le fort Duquesne jusqu'à la fin de la campagne de 1758, Bigot mobilise une flottille de bateaux manœuvrés par 1 500 Canadiens. Ces derniers consomment « plus de vivres pour leur subsistance qu'il n'en aurait fallu pour défendre et sauver la [rivière Ohio] », déplore l'intendant[38]. Le fort Duquesne est au bord de la famine. À la mi-septembre, son commandant, Lignery, parvient néanmoins à défaire un gros détachement de l'armée du brigadier John Forbes. Partie de la Pennsylvanie en juillet, cette force de 6 000 hommes progresse lentement vers l'Ohio en construisant une route jalonnée de fortins. Pour la contenir, Lignery ne dispose que d'un millier de combattants. Il se retire finalement sur la rivière Alleghany après avoir fait sauter le fort Duquesne le 24 novembre. Forbes s'empare de ses ruines le lendemain pour y ériger les bases du fort Pitt.

* * *

Le différend opposant Montcalm à Vaudreuil atteint son paroxysme au cours des semaines qui suivent la bataille de Carillon de juillet 1758. Le général reproche au gouverneur d'avoir gravement sous-estimé les effectifs britanniques qui se dirigeaient vers le lac Champlain à la fin de juin. Il critique sa volonté d'attaquer un ennemi largement supérieur sur ce théâtre d'opérations « qu'il n'a jamais vu ». Leur querelle déborde dans l'espace public. Elle est même rapportée par « une gazette de la Nouvelle-York », ce qui amène Montcalm à tenter de rétablir les ponts. Au début du mois d'août, il dépêche Bougainville à Montréal « avec ordre d'étouffer, s'il était possible, ce levain de discorde qui fermentait et qui peut-être aurait nui au bien du service[39] ». La démarche permet de calmer le jeu.

Montcalm passe la totalité de la campagne à Carillon, où il apprend la prise du fort Frontenac. Il reçoit au même moment la confirmation de la reddition de Louisbourg, signée le 26 juillet après trente-huit jours de bombardement. Les habitants des îles Royale et Saint-Jean sont déportés en Europe tandis qu'un détachement britannique est dépêché dans la baie Française pour disperser les derniers campements acadiens de la rivière Saint-Jean. Amherst forme un autre détachement chargé d'incendier les pêcheries canadiennes du golfe et de l'estuaire laurentiens. Cette mission ingrate est confiée au jeune brigadier James Wolfe, dont l'escorte est assurée par une escadre de neuf vaisseaux. Le signalement de cet officier dans la baie de Gaspé fait craindre l'établissement d'un poste permanent visant à couper les communications entre la France et le Canada. Wolfe se retire toutefois de la péninsule gaspésienne à la fin de septembre.

À la nouvelle de la chute de Louisbourg, Vaudreuil rappelle Montcalm à Montréal pour discuter de la suite des opérations. « C'est le corps de l'arbre qu'on attaque, prévient le général, tout ce qui concerne les branches est de la plus grande indifférence[40]. » Montcalm fait référence aux vallées de l'Ohio et de la rivière Saint-Jean en Acadie. Le ravitaillement de ces régions excentrées épuise les vivres de la colonie, dont une partie est immanquablement perdue le long des portages en raison des intempéries, des accidents et de la corruption[41]. « L'emploi scrupuleux et bien entendu des hommes et du temps peuvent seuls suppléer au défaut des moyens et au petit nombre », écrit le général dans un mémoire. Il y suggère l'envoi d'émissaires dans les Pays d'en haut pour encourager les guerriers alliés à descendre dans la vallée du Saint-Laurent au printemps de 1759. Montcalm propose aussi de retenir les voyageurs au cœur de la colonie et d'interdire l'accès du golfe aux pêcheurs du gouvernement de Québec. Le général veut ainsi éviter la capture de ces marins expérimentés devant former l'équipage des flottes de guerre qui seront lancées sur les lacs Ontario et Champlain.

Montcalm réclame un recensement des habitants de la colonie dans le cadre d'un vaste projet de réforme des milices qui sera partiellement réalisé en 1759. Ce projet prévoit la création de trois classes de conscrits. Les meilleurs, au nombre de 4 000, seraient intégrés aux troupes de terre et de la Marine décimées par les combats et par les maladies. Ces miliciens « incorporés » seraient dotés d'un fusil de qualité et d'un équipement devant les protéger contre les intempéries. Ils recevraient une solde et des récompenses pour leurs actes de bravoure. « L'avantage de cette incorporation est que chaque compagnie de terre et de la Marine aura avec elle et en elle-même d'excellents tireurs, d'excellents canoteurs, d'excellents ouvriers. Qu'à l'envie l'un de l'autre, le soldat et le Canadien se serviront d'aiguillon pour bien faire et s'apprendront mutuellement les choses qu'ils savent. » Montcalm prévoit également la création d'un corps léger d'un millier d'hommes commandés par les meilleurs officiers de milice. Quant aux conscrits de deuxième et troisième classe, ils ne seraient mobilisés qu'en cas d'urgence pour ne pas entraver les travaux agricoles[42].

La défense des lacs Ontario et Champlain fait consensus. On espère combler le déséquilibre des forces terrestres par l'envoi de flottes de guerre sur ces plans d'eau. Vaudreuil préconise la reconstruction du chantier naval du fort Frontenac à son emplacement d'origine contre l'avis de Montcalm et de l'ingénieur de la Nouvelle-France, Nicolas de Pontleroy, qui penchent tous deux en faveur de Niagara. On implante finalement la structure à la pointe au Baril sur le Haut-Saint-Laurent, à 90 kilomètres en aval du lac Ontario. Vaudreuil y prévoit l'armement de deux ou trois navires d'une dizaine de canons. Il projette aussi la construction de trois chébecs armés d'une demi-douzaine de pièces d'artillerie au chantier naval du fort Saint-Jean sur le Richelieu. À la fonte des glaces, ces embarcations légères iront rejoindre la goélette de dix canons patrouillant le lac Champlain depuis l'été précédent.

Après avoir mis en place le chantier de la Pointe au Baril, Pontleroy gagne Québec au début de novembre. Il amorce le retranchement de la côte de Beauport, tel que suggéré par Montcalm. Les travaux sont rapidement interrompus par les premières neiges. Bougainville quitte Québec à ce moment à bord d'un navire corsaire pour prévenir Versailles des besoins de la colonie pour la campagne de 1759.

DEUXIÈME PARTIE

Le système défensif de Québec

Il était inconséquent [...] de ne pas craindre une tentative sur le fleuve et de ne pas s'y préparer. On aurait dû s'y attendre depuis le commencement de la guerre. Il y aurait eu des moyens pour porter la première ligne de défense plus loin que Québec. C'est toujours un grand malheur pour un pays lorsqu'il est réduit à attendre son ennemi sous les murs de la ville capitale[1].

Un officier français, 1759

CHAPITRE 4

Le rempart laurentien

Montcalm demande son rappel en France au cours des jours qui suivent la bataille de Carillon. Il se ravise après la chute de Frontenac et de Louisbourg : « Puisque les affaires de la colonie vont mal, c'est à moi de tâcher de les réparer ou d'en retarder la perte », écrit-il en septembre 1758 au ministre de la Guerre, Charles-Louis-Auguste Fouquet de Belle-Isle[2]. C'est d'un commun accord que Vaudreuil et lui chargent Bougainville de relayer les requêtes du Canada à la cour. Le choix est judicieux. Originaire de Paris, cet émissaire est relié par l'un de ses oncles à la marquise de Pompadour, la favorite de Louis XV, dont l'influence lui a valu le surnom de « premier ministre[3] ». Il est l'auteur d'un *Traité de calcul intégral* qui lui a ouvert les portes de la Royal Society de Londres. Bougainville connaît bien la capitale britannique pour y avoir séjourné en 1754 et en 1755 à titre de secrétaire de l'ambassadeur de France chargé du dénouement de la crise de l'Ohio. Entré dans l'armée sur le tard, le jeune officier a été promu lieutenant en 1755 puis capitaine l'année suivante alors qu'il est choisi pour occuper les fonctions de premier aide de camp de Montcalm. En 1758, il est élevé au grade d'aide-maréchal des logis. Ses idées novatrices suscitent l'intérêt du marquis, qui le charge de la rédaction d'une série de mémoires. Ces documents que l'on associe le plus souvent au seul Bougainville présentent en réalité les idées du mathématicien de vingt-neuf ans mêlées à celles de Montcalm. Ils sont déposés à Versailles à la fin de 1758 et au début de 1759. « Bougainville a donné 34 mémoires en mon nom, écrira Montcalm à Bourlamaque, dont nombre pour le conseil [du roi], où ils ont été lus[4]. »

La mission de Bougainville

Le préambule des mémoires remis à la cour brosse un sombre portrait de la situation militaire du Canada. Le commandant de l'artillerie coloniale reprochera d'ailleurs à l'émissaire de Montcalm d'avoir un peu trop forcé le trait : « Le Mercier me dit un jour que Bougainville avait peint, l'année dernière, notre situation comme trop désespérée, écrit Bourlamaque à la fin de la campagne de 1759, et qu'il était la cause par là que le pays n'avait point eu les secours qu'on aurait sans doute envoyés s'il n'avait parlé de la sorte[5]. » Pour Montcalm, il est encore possible de sauver la colonie en y dépêchant des secours à la fonte des glaces. Ses requêtes tiennent compte de l'affaiblissement de la Marine royale découlant de la capture de dizaines de milliers de matelots et de l'épidémie de typhus qui a décimé la base navale de Brest.

Le vaisseau constitue l'élément principal des flottes de guerre du XVIIIe siècle. Leur armement va d'une cinquantaine à un peu plus d'une centaine de canons alignés sur les flancs de ces navires pouvant atteindre jusqu'à soixante-dix mètres de long. En 1759, la France compte 47 bâtiments de ce type en état de naviguer, contre 111 pour la Grande-Bretagne. Ce total comprend les 12 vaisseaux français bloqués dans les ports de la Méditerranée par l'escadre britannique de Gibraltar[6]. Montcalm réclame le tiers des vaisseaux amarrés dans les ports français de la côte atlantique, soit une dizaine de bâtiments. Dans l'un des mémoires adressés à la cour, il est précisé que cette flotte défendrait « infailliblement » la capitale coloniale. « Du moins, l'ennemi n'y pourrait venir avec des vaisseaux, ni même des chaloupes. Il faudrait qu'il débarque au-dessous de Québec du côté du nord ou du côté du sud et 2 000 hommes de chaque côté en arrêteraient beaucoup[7]. » Il s'agit d'une demande raisonnable compte tenu de la taille des flottes destinées à Louisbourg au cours des deux campagnes précédentes, soit 18 vaisseaux en 1757 et 16 l'année suivante. Les bâtiments de l'escadre devront être chargés à pleine capacité d'armes, de munitions et de vivres.

Le ministère de la Marine, désormais dirigé par Nicolas-René de Berryer, n'est pas en mesure de rassembler rapidement la centaine de navires de transport qui seraient nécessaires pour acheminer un corps de plusieurs milliers d'hommes à Québec avec les vivres devant assurer leur entretien au Canada. À défaut de la quantité, c'est par la qualité des renforts que la France peut soutenir la colonie, estime Montcalm. Le général réclame d'abord un millier de recrues triées sur le volet pour combler les rangs décimés de son armée. Il demande également un détachement de troupes légères et un corps de 150 soldats d'origine écossaise, irlandaise et allemande dont la présence doit favoriser la désertion des éléments étrangers des forces britanniques. Cette idée circule depuis un bon moment. En 1755, le commissaire Doreil suggérait déjà l'envoi au Canada d'un bataillon irlandais. Une compagnie d'infanterie composée des soldats de cette nation capturés à Oswego est même formée à Québec en 1757. Elle est toutefois rapidement expédiée en France, Vaudreuil ayant visiblement des doutes sur la loyauté de ses membres[8].

Le Canada a besoin de quatre ingénieurs supplémentaires pour améliorer ses fortifications dispersées sur un vaste territoire. Montcalm réclame en outre 150 canonniers et ouvriers spécialisés afin de manœuvrer les pièces du parc d'artillerie colonial, qui manque cruellement de canons légers de qualité. En 1756, c'est à l'aide des pièces britanniques sur la Monongahela que Le Mercier a pu sécuriser le débarquement du général à Oswego. Le manque de boulets adaptés aux calibres des canons disponibles est signalé à la cour. « On ne peut trop en envoyer, écrit Bougainville, dût-on en lester tous les vaisseaux[9]. » Faute de bâtiments de transport, le jeune officier propose de faire appel aux navires des nations neutres, comme l'Espagne, ou alliées, comme la Russie ou la Suède. Il note que les ports de la Baltique sont avantageusement situés pour faire passer des secours à Québec par le détroit de Belle-Isle, peu fréquenté. En longeant les côtes du Labrador, les navires russes et suédois pourraient éviter les vaisseaux britanniques patrouillant le détroit de Cabot, entre les îles de Terre-Neuve et du Cap-Breton.

À compter de la fin d'avril 1759, il ne sera plus possible d'acheminer des secours à Québec. La France pourra néanmoins soutenir le Canada par une opération de diversion menée dans le sud des colonies britanniques[10]. Ce projet téméraire est inspiré d'un mémoire circulant à Versailles que Montcalm évoque pour la première fois à la fin de 1757 : « J'ai appris aujourd'hui d'une façon sûre qu'il a été question l'hiver dernier de faire embarquer aux ordres de M. le prince de Croy, maréchal des camps, un corps de troupe pour aller faire une incursion par la Louisiane vers la Caroline et la Géorgie. Je ne sais s'il ne serait pas aussi bien d'y aller débarquer directement que de vouloir passer par la Louisiane[11]. » Cette modification du plan initial proposée par Montcalm doit permettre d'éviter un long détour par le golfe du Mexique et par les Appalaches.

Ouvertes sur l'océan, les provinces de la Géorgie et des Carolines sont dénuées de fortifications. Elles sont suffisamment éloignées des forces britanniques stationnées aux portes du Canada pour permettre à un corps français de 4 000 hommes de s'implanter dans les terres.

Le projet présenté à Versailles par Bougainville prévoit la livraison d'armes aux guerriers cherokees, aux esclaves noirs et aux colons allemands des Appalaches mécontents de leur condition. En cas de succès, le commandant du corps expéditionnaire pourra marcher vers le nord, à travers la Pennsylvanie, en offrant la neutralité aux quakers, une secte prônant le pacifisme. « Tous les prisonniers assurent que si les Français paraissaient en Pennsylvanie, cette province se mettrait en république indépendante sous la protection de la France », écrit Bougainville dès 1757. Le jeune officier fera la synthèse de ce projet empreint d'utopie à la fin du conflit :

> On eût, en arrivant [dans les Carolines], appelé à la liberté les Allemands que les Anglais traitent en esclaves dans leurs colonies [...] ; on en eût armé une partie, on eût envoyé des armes et des munitions de guerre aux Cheroquis, Sauvages de ces quartiers, ennemis implacables des Anglais, on eût fait offrir la neutralité aux Pensylvaniens, peuple de la secte de quaker, qui ne fait point la guerre par principe de religion, et l'on eût marché vers le nord. Cette diversion dégageait forcément le Canada [...]. On eût fait des colonies anglaises le théâtre de la guerre[12].

À tout moment, le corps expéditionnaire de la Caroline pourra gagner la Louisiane, où il sera éventuellement rejoint par les lambeaux de l'armée du Canada. Montcalm redoute la chute de la barrière de Québec, qui exposerait la vallée du Saint-Laurent aux horreurs de la guerre. C'est dans cette optique qu'il suggère la capitulation du Canada en cas de revers sous les remparts de la capitale. « L'humanité l'exige, l'intérêt de l'État et celui des colons qui ont bien servi leur prince », écrit Bougainville[13]. La Pause est également de cet avis : « Il vaudrait mieux capituler que d'exposer tout un peuple aux malheurs où l'on est exposé lorsqu'on est enlevé de vive force, et par des armées où on ne doit pas supposer une grande discipline[14]. »

Voulant poursuivre le combat dans les Pays d'en haut, Montcalm suggère de rassembler 2 500 soldats et miliciens à Montréal vingt-quatre heures avant l'éventuelle reddition de la colonie. Embarqué sur une flottille de canots, ce corps d'élite pourrait gagner Michillimakinac en passant par les Grands Lacs ou par la rivière des Outaouais. Il y serait approvisionné par les établissements agricoles de Détroit et de la rivière des Illinois. Sur place, ce corps pourrait aussi tirer des vivres et des munitions du Mexique espagnol. Le projet est comparé par ses auteurs à la marche des Dix Mille, en référence au repli des soldats grecs de la vallée du Tigre vers la mer Noire au Ve siècle avant Jésus-Christ. « Bougainville m'a écrit que vous avez goûté toutes mes vues, écrit Montcalm à Bourlamaque après le départ du jeune officier pour Versailles, et notamment *in extremis* ma retraite à la Louisiane, pourvu que le ministre l'ordonne à Vaudreuil et que celui-ci y travaille d'avance [...]. Je me charge, [la rivière Ohio] occupée ou non, de vous mener aux Illinois, quand même l'ennemi serait maître de Québec et Saint-Jean. Quatre jours d'avance me suffisent[15]. »

La retraite en Louisiane est rejetée par Versailles. La cour se rallie cependant à la manœuvre de diversion en Caroline. « Ce projet, proposé à Madame de Pompadour et, par elle, dans un comité de ministres, fut agréé, écrit Bougainville, dont le nom circule pour commander l'expédition. Il ne fut plus question que de trouver les fonds nécessaires à l'armement. » Selon le jeune officier, la marquise aurait tenté de rassembler deux millions de livres pour financer le projet, qui est finalement abandonné[16]. Le secrétaire d'État aux Affaires étrangères, l'abbé François-Joachim de Bernis, favorable à la signature d'une paix rapide avec la Grande-Bretagne, a cédé sa place à Étienne-François de Choiseul au cours des semaines qui ont précédé l'arrivée de Bougainville à Versailles[17]. Le nouveau ministre prône la poursuite des combats, notamment pour permettre la conquête de l'électorat du Hanovre, qui appartient au monarque britannique George II. La prise de ce territoire allemand situé aux confins de la Hollande, du Danemark et de la Prusse doit servir de gage pour récupérer les colonies françaises perdues lors des négociations de paix à venir.

Pour soutenir le Canada, Versailles y dépêche quatre ingénieurs, 24 canonniers et 300 soldats embarqués sur deux frégates de la Marine royale. Reconnus pour leur vitesse, ces navires éclaireurs armés d'une vingtaine de canons ne peuvent pas rivaliser avec l'artillerie lourde des vaisseaux. Le faible tirant d'eau des frégates facilite cependant leurs manœuvres le long des côtes et dans les chenaux. À ces navires s'ajoutent les vivres achetés en France par les agents du munitionnaire Cadet, que l'on entasse sur une quinzaine de bâtiments escortés par six frégates de la marine marchande. Pour la première fois du conflit, la cour n'envoie aucun vaisseau de guerre en Nouvelle-France. Les bâtiments de ligne réclamés par Montcalm sont plutôt destinés à un projet de débarquement français en Angleterre devant mettre un terme aux hostilités. Une escadre de huit vaisseaux est bien dépêchée en Amérique au début de 1759. Elle est toutefois envoyée aux Antilles, où elle parvient trop tard pour empêcher la chute de la Guadeloupe. Repliée à Saint-Domingue, cette escadre y demeure jusqu'au 18 septembre, date où elle repart pour la France, le jour même de la reddition de Québec[18].

L'estuaire

Parmi les mémoires remis à la cour se trouve un plan de défense de la capitale élaboré par Montcalm et par ses proches collaborateurs[19]. Le projet mise sur la fortification des écueils du Saint-Laurent, qui constituent « le meilleur rempart de Québec », selon Bougainville[20]. Montcalm a été initié aux principes de la navigation par Gabriel Pellegrin. Ce natif de Toulon est *le* spécialiste du Saint-Laurent. Dès les années 1730, il a participé aux levés hydrographiques menés dans le golfe. Nommé maître de port à Québec en 1751, il est promu lieutenant l'année suivante, ce qui l'amène à piloter les vaisseaux de la Marine royale à partir du Bic. En 1755, Pellegrin réalise son fait d'armes en guidant l'escadre du comte Dubois de La Motte en France en passant par le détroit de Belle-Isle. Il profite de son séjour dans la métropole pour dessiner une nouvelle carte du Saint-Laurent tout en procédant à l'analyse critique de celles du « Dépôt des cartes et plans de la marine[21] » de Paris. Nommé capitaine adjoint du port de Québec, Gabriel Pellegrin fait la connaissance de Montcalm au cours de leur traversée de l'Atlantique, l'une des plus rapides de l'époque. « Le sieur Pellegrin [...] irait les yeux fermés dans le fleuve Saint-Laurent », note le général[22].

Au milieu du XVIIIe siècle, les navires qui s'engagent dans l'estuaire du Saint-Laurent longent habituellement sa rive nord par prudence afin de bénéficier de la protection de ses havres en cas de difficulté. Ils passent notamment au large de la baie de Sept-Îles avant de mettre le cap sur l'embouchure de la rivière Matane, au sud. Le peuplement canadien débute à la mission de Rimouski, à une vingtaine de kilomètres en aval

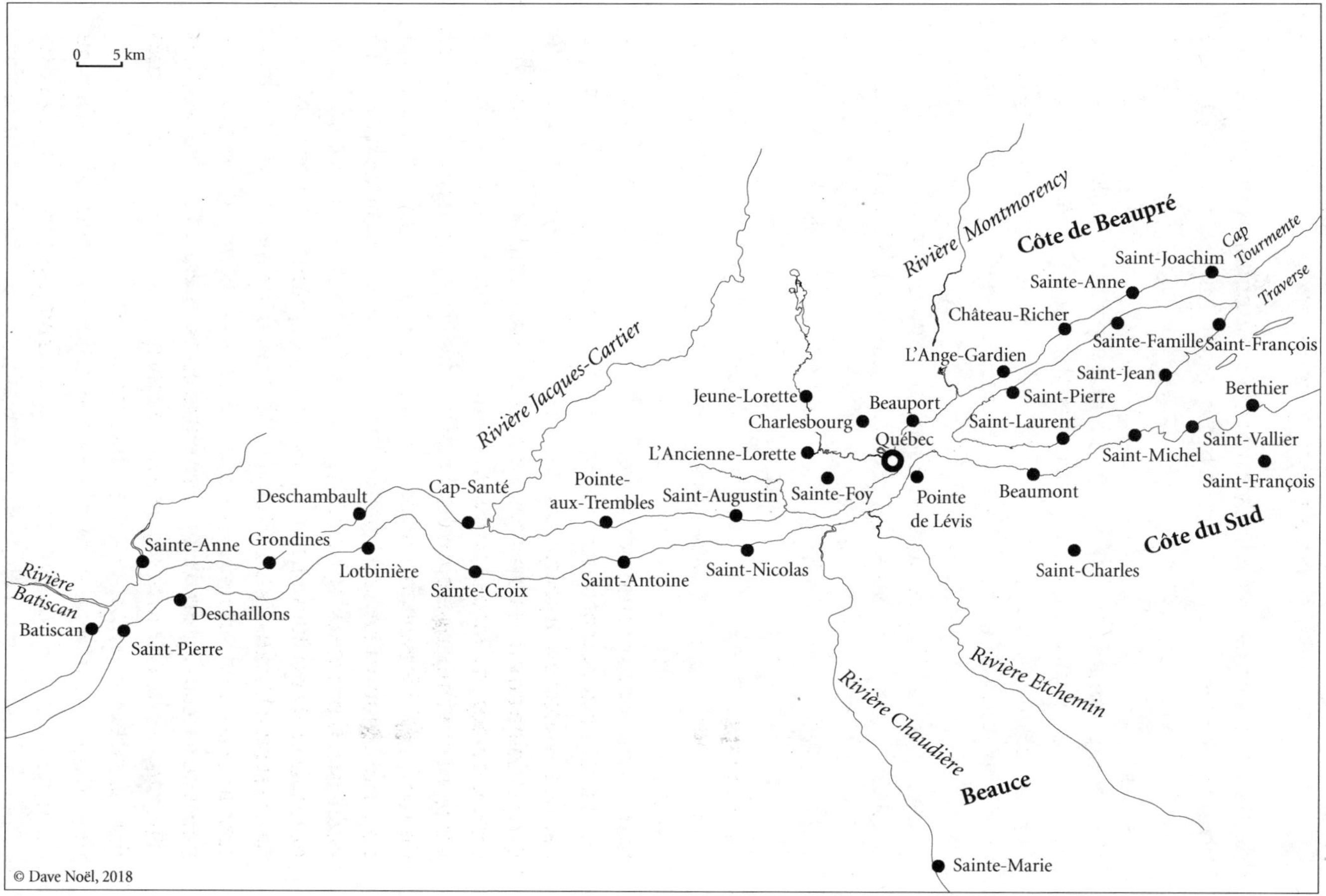

0 5 km
Rivière Montmorency
Côte de Beaupré
Cap Tourmente
Saint-Joachim
Sainte-Anne
Traverse
Château-Richer
Sainte-Famille
Saint-François
L'Ange-Gardien
Saint-Jean
Saint-Pierre
Berthier
Beauport
Saint-Laurent
Saint-Vallier
Saint-Michel
Saint-François
Rivière Jacques-Cartier
Jeune-Lorette
Charlesbourg
Québec
L'Ancienne-Lorette
Sainte-Foy
Pointe de Lévis
Beaumont
Côte du Sud
Saint-Charles
Pointe-aux-Trembles
Saint-Augustin
Deschambault
Cap-Santé
Sainte-Anne
Grondines
Lotbinière
Sainte-Croix
Saint-Antoine
Saint-Nicolas
Rivière Batiscan
Batiscan
Deschaillons
Saint-Pierre
Rivière Etchemin
Rivière Chaudière
Beauce
Sainte-Marie

du Bic, où les vaisseaux de la Marine royale prennent un pilote à leur bord. La remontée de l'estuaire se poursuit en longeant la côte du Sud jusqu'à l'archipel de Kamouraska. De là, on regagne la rive nord pour jeter l'ancre au mouillage de l'île aux Coudres, entre cette île et la pointe des Éboulements. Les navires y attendent les vents favorables et la marée devant leur permettre de franchir le chenal étroit d'une cinquantaine de kilomètres qui mène au cap Tourmente. Sans cette précaution, les bâtiments risquent d'être projetés sur les rives rocheuses où il n'y a pas de havres pour s'abriter. Bougainville connaît bien les dangers de cette navigation qu'il a expérimentée en sens inverse lors des semaines qui ont précédé son arrivée à Versailles. Pendant une nuit, son navire, mouillé à l'île aux Coudres, a dérivé en amont. « Nous avons été affalés si près de la côte que le gouvernail a touché, écrit le jeune officier. On y a sur-le-champ mouillé une seconde ancre. Mais le peu de vent venant du large et nous chargeant en côte, nous étions dans le plus grand danger d'y être jetés et d'y perdre le navire, et peut-être la vie, si les vents eussent forcé, car ces côtes sont à pic et de roche. Nous sommes restés trois heures dans cette position critique[23]. »

Le cap Tourmente, où Montcalm est débarqué à son arrivée au Canada, est situé à une quarantaine de kilomètres en aval de Québec. Il plonge dans le Saint-Laurent du haut de ses 500 mètres, à la jonction des deux chenaux de l'île d'Orléans. Celui du nord longe la côte de Beaupré jusqu'à la chute Montmorency. Parsemé de hauts-fonds, il n'est utilisé que par les navires à faible tirant d'eau. Les gros bâtiments empruntent plutôt le chenal du sud en passant par la « Traverse » située entre l'île aux Ruaux et l'île d'Orléans. Ce goulot est si étroit que les capitaines des navires préfèrent le franchir les uns à la suite des autres pour éviter les accidents. Le chenal du sud comprend deux mouillages à la hauteur des paroisses orléanaises de Saint-François et de Saint-Laurent. Il débouche sur le bassin de Québec entre les pointes de l'île d'Orléans et de Lévis, sur la rive sud. De là, on aperçoit la capitale de la Nouvelle-France juchée sur le flanc du cap Diamant, à l'extrémité ouest du bassin de Québec. Limité au nord par la côte de Beauport, ce plan d'eau fait un peu plus de cinq kilomètres de long sur trois kilomètres de large.

Le Saint-Laurent a été le théâtre de nombreux naufrages. En 1690, l'Anglais William Phips y perd quelques navires, sur la rive nord de l'estuaire et à l'île d'Anticosti, après avoir été repoussé devant Québec par le gouverneur Frontenac. Le Britannique Hovenden Walker renonce quant à lui au siège de la capitale en 1711 en raison du naufrage d'une partie de sa flotte sur les rochers de l'île aux Œufs, en amont de la baie de Sept-Îles, sur la rive nord. Les accidents ne sont pas l'apanage des envahisseurs. En 1729, le frère aîné de Vaudreuil, Louis-Philippe, brise son navire sur les battures du cap Tourmente. La mésaventure fait grand bruit dans la colonie. C'est toutefois la perte de *La Renommée* au large de l'île d'Anticosti sept ans plus tard qui contribue le plus à la mauvaise réputation du Saint-Laurent. Le récit terrifiant de l'un des survivants, paru à Francfort en 1742, est réédité à deux reprises au cours de la décennie suivante. Les incidents se multiplient avec l'augmentation du trafic maritime découlant de la guerre de la Conquête[24]. En 1757, on assiste au naufrage de deux navires marchands dans le chenal sud de l'île d'Orléans. Un autre bâtiment est perdu l'année suivante à l'île aux Lièvres, tandis qu'un vaisseau de 50 canons est englouti entre Anticosti et le détroit de Belle-Isle. Son équipage est récupéré par un navire qui sombre à son tour au large du Bic. C'est dans ce contexte qu'est élaboré le système défensif de Québec.

À l'été de 1757, le projet d'expédition britannique contre Louisbourg entraîne un mouvement de panique dans la capitale du Canada. Bigot réclame l'envoi d'un officier général à Québec, tandis que Le Mercier suggère d'y laisser un bataillon. « [Vaudreuil] ne démord pas, écrit Montcalm, rit de leur frayeur, mais néglige trop certains détails de précaution pour préparer une défense avec ordre. » C'est en vain que le général des troupes de terre propose de se rendre à Québec ou d'y dépêcher Lévis afin d'inspecter le terrain et de calmer les esprits.

> L'intendant y voudrait des troupes et un officier principal pour y préparer une sérieuse et judicieuse défensive, écrit le secrétaire de Montcalm ; cela a été proposé dès l'année dernière vainement, et le marquis de Montcalm a offert avec peu de succès d'aller à Québec, ou M. le chevalier de Lévis, pour y mettre l'ordre et rassurer le peuple. Le marquis de Vaudreuil a vu qu'il suffirait d'envoyer les siens à M. de Longueuil, lieutenant de roi, de donner carte blanche pour faire arbitrairement tout ce que l'on voudrait, établir des batteries peut-être partout où il n'en faudrait pas, et oublier d'en mettre où il en faudrait[25].

Pour défendre Québec à l'été de 1757, Vaudreuil peut compter sur la présence de deux vaisseaux de 64 canons – le *Célèbre* et le *Bizarre* –

détachés dans l'estuaire laurentien par le commandant de la flotte de Louisbourg. Le gouverneur ordonne le maintien de ces navires au mouillage de l'île aux Coudres pour disputer le passage du chenal aux éventuels envahisseurs. En cas d'attaque, ils devront effectuer un barrage d'artillerie avant de se replier à la Traverse de l'île d'Orléans puis dans le bassin de Québec. Cet ordre de bataille est critiqué par Montcalm, qui souligne que les vents devant mener les navires ennemis au mouillage de l'île aux Coudres ne sont pas les mêmes qui permettent d'en sortir pour rejoindre le cap Tourmente. Les vaisseaux risquent ainsi d'être détruits sur place[26].

Montcalm organise une tournée d'inspection des côtes de Beauport et de Beaupré à son retour de la victoire de William-Henry. Il parcourt le secteur du 10 au 12 octobre 1757 en compagnie de Pellegrin et de Bougainville. Les trois hommes voyagent par bateau à l'aller avant de regagner Québec par les terres. Ils sont accompagnés de l'officier d'artillerie Montbeillard, qui a parcouru les 150 kilomètres qui séparent la pointe de Lévis de Kamouraska en juillet[27]. « [Vaudreuil] a dit à Montbeillard que sa tournée vers la côte du Sud était inutile. C'est cependant par son ordre qu'il y a mis trois semaines et qu'il a été jusqu'à Kamouraska, écrit Montcalm à Lévis. Il n'a pas osé me dire que la mienne était inutile, mais il en a assuré l'évêque. Si jamais les Anglais débarquent et que le chevalier de Lévis aille les combattre, il sera bien aise d'avoir lu mon mémoire, et je ferai plus de cas de son approbation[28]. »

Montcalm remet son plan de défense de la capitale à Vaudreuil le 19 octobre 1757[29]. Le projet est embryonnaire. Il prévoit le retranchement de la côte de Beauport et la construction d'un avant-poste sur le flanc du cap Tourmente. Le général revient à la charge en 1758 après la chute de Louisbourg, les travaux n'ayant toujours pas été réalisés. Il suggère à tout le moins de jalonner les ouvrages projetés et de rassembler les matériaux nécessaires pour parachever le chantier au printemps de 1759[30]. Une version refondue du système défensif est déposée à Versailles à la fin de 1758. Il s'agit du mémoire intitulé *Que peut faire de son côté la France pour la défense de Québec*, que Bougainville rédige vraisemblablement à son arrivée en Europe[31]. Ce document tient compte des dernières rumeurs annonçant l'implantation d'un poste britannique à Gaspé à la fonte des glaces[32]. Selon les informations disponibles en France, cet établissement servirait de base lors d'un éventuel blocus du Saint-Laurent par les forces navales de la Grande-Bretagne. Tandis que les vaisseaux de la Navy patrouilleraient entre les baies de Gaspé et de Sept-Îles, un corps expéditionnaire remonterait l'estuaire jusqu'au Bic à bord d'une flottille de transport escortée par des frégates à faible tirant d'eau. Les soldats débarqués sur la côte du Sud marcheraient jusqu'à Kamouraska, où ils établiraient un camp retranché avant de repartir à bord de 250 barques pour s'emparer de l'île d'Orléans et du cap Tourmente. Ce tremplin leur permettrait ensuite de débarquer 12 000 hommes sur la côte de Beauport[33].

L'occupation de Gaspé par les Britanniques est redoutée depuis le début du conflit. En 1756, Bigot y envoie deux ancres devant être enfouies de part et d'autre de la baie de Penouille afin d'en barrer l'accès à l'aide de câbles sous-marins. Les hommes de mer consultés par l'intendant assurent que ce dispositif est suffisant pour arrêter un vaisseau « parce qu'il ne pourrait y entrer qu'à petite voile, la passe étant fort étroite et n'allant pas en droite ligne[34] ». Bougainville va plus loin à Versailles en proposant la construction d'un camp retranché hérissé de canons à la grande grave de Gaspé. L'ouvrage pourrait être érigé par les soldats de la flotte de secours attendue au printemps de 1759[35]. L'émissaire du Canada est un partisan de ce type d'avant-poste permettant d'enrayer la progression de l'ennemi. Plus tôt en 1758, il avait suggéré de se retrancher à l'île aux Moutons, au nord du lac Saint-Sacrement, pour contrer le retour éventuel d'Abercromby après la bataille de Carillon. Bougainville ne demandait alors qu'une cinquantaine d'hommes, quatre vieux canons et le capitaine d'artillerie Jacau de Fiedmont, qui partageait ses idées. « Après 24 heures j'étais dans l'île [aux Moutons] à l'abri de toute mousqueterie ; il fallait du canon pour m'en chasser. Si l'ennemi m'eût laissé 15 jours, j'y soutenais le siège de Troie [...]. Je ne sais si ce projet aura lieu, écrit-il. Si on le rebute, c'est sans doute parce que les maîtres de l'art trouveront plus d'inconvénients que moi, novice, je n'y vois ou crois y voir que des avantages[36]. »

Le système défensif de Québec prévoit deux autres batteries fortifiées au mouillage de l'île aux Coudres et à la pointe aux Bouleaux des Éboulements. Le feu croisé de leurs canons doit entraîner une congestion à la tête de l'escadre britannique et l'obliger à faire une pause pour sécuriser le secteur[37]. Avant d'atteindre la Traverse de l'île d'Orléans, les navires ennemis doivent longer le cap Tourmente pendant plus d'un quart d'heure en exposant leur poupe à la falaise. Voulant profiter de leur vulnérabilité, Montcalm suggère la construction d'une batterie sur un plateau situé à une quinzaine de mètres au-dessus du niveau de la mer[38]. Le général a inspecté le site en 1757. Il est suffisamment vaste pour accueillir quatre canons et deux mortiers, dont la courbe des tirs est idéale pour couler des navires. Cette batterie pourra fonctionner tout au long de la campagne à l'aide d'un détachement de « miquelets » composé de Catalans des Pyrénées. Montcalm connaît bien ces spécialistes de la guerre en montagne, qu'il a côtoyés en Italie dans les années 1740[39]. Selon Bougainville, un corps de 150 miquelets et Canadiens suffirait à défendre l'escarpement boisé contre une armée de 20 000 hommes. Étrillés par l'artillerie du cap, les navires ennemis seraient attendus à la pointe de l'île d'Orléans par d'autres batteries dont l'emplacement n'est pas précisé. Une idée des travaux à réaliser nous est donnée par Montbeillard dans son rapport d'inspection de la côte du Sud, où il suggère la mise en place de batteries de part et d'autre du mouillage de Saint-François, à l'île d'Orléans et sur l'île Madame. Il propose également l'installation de canons au cap Samson de la côte du Sud, entre Saint-Michel et Saint-Vallier, et au bout ouest de l'île d'Orléans, dans le bassin de Québec[40].

Les batteries de l'estuaire doivent être soutenues par une force mobile de vaisseaux dont le déploiement sera confié à Pellegrin. Le navigateur établi à Québec élabore deux ordres de bataille dans un rapport de janvier 1759 approuvé par Montcalm. Le plus optimiste est basé sur un renfort hypothétique de 18 à 25 vaisseaux que Pellegrin voudrait positionner en croisière au large du Bic, à 250 kilomètres en aval de Québec. La Royal Navy n'osera pas engager le combat avec cette escadre, estime le marin âgé de quarante-cinq ans, en raison des navires de transport qu'elle devra escorter. Cet effet dissuasif escompté peut s'appuyer sur l'exemple de Louisbourg, dont le siège a été repoussé d'un an grâce à la concentration d'une force similaire dans les eaux de l'île Royale en 1757. Plus réaliste, le second ordre de bataille de Pellegrin prévoit un secours de 8 à 12 vaisseaux français amarrés sur deux lignes de bataille. La première serait établie à proximité de la batterie du cap Tourmente afin de générer un feu croisé à la sortie du chenal de l'île aux Coudres. En cas de difficulté, les vaisseaux pourraient couper leurs câbles pour rejoindre les éléments de la seconde ligne en amont de la Traverse. Quant au chenal nord de l'île d'Orléans, il serait défendu par trois frégates appuyées par des bateaux jacobites, dont la coque à fond plat leur permettrait de s'échouer droit sur les battures de la côte de Beaupré, où ils pourraient poursuivre le combat[41].

Le bassin de Québec

Le système défensif présenté à Versailles en 1758 doit permettre de tenir les Britanniques le plus loin possible des murs de Québec. Fondée 150 ans plus tôt, la capitale de la Nouvelle-France est « bâtie comme les gros villages d'Italie », nous dit le chevalier de La Pause[42]. Elle surplombe le cap Diamant, dont la dénivellation va d'une quinzaine de mètres, au nord, du côté de la rivière Saint-Charles, à une cinquantaine de mètres, au sud, le long du fleuve Saint-Laurent. La petite agglomération de 8 000 habitants comprend une basse-ville marchande défendue par quatre batteries fortifiées dont les tirs balaient la plus grande partie du bassin de Québec. Leurs canons sont également pointés en direction du détroit d'un kilomètre menant à la pointe de Lévis, sur la rive sud.

Coincée entre le fleuve et la falaise, la partie basse de la cité est protégée au nord par le retranchement du faubourg Saint-Roch érigé à l'embouchure de la Saint-Charles, à proximité du palais de l'intendant. Les côtes de la Montagne, de la Canoterie et du Palais mènent à la haute-ville, où l'on trouve le château Saint-Louis, la cathédrale et les communautés religieuses, à l'exception des Augustines de l'Hôpital général, situé à plus d'un kilomètre à l'ouest de Québec, sur les bords de la Saint-Charles.

Le cap Diamant forme un arc de cercle. Depuis 1745, il est fermé du côté de la campagne par un rempart de terre bastionné recouvert de maçonnerie. L'ouvrage est percé de deux portes – celles de Saint-Jean et de Saint-Louis – qui mènent à des embryons de faubourg entre le rempart et les buttes à Neveu. Ces collines situées à quelques centaines de mètres de l'enceinte surplombent à la fois Québec et les plaines d'Abraham, qui s'étendent sur plus de deux kilomètres vers l'ouest, jusqu'à la forêt de Sillery. Le pâturage où s'affronteront les armées de Montcalm et de Wolfe va bien au-delà des limites actuelles du parc des Champs-de-Bataille, puisqu'il recouvre le promontoire de Québec sur toute sa largeur, entre les falaises du cap Diamant, au sud, et le côteau Sainte-Geneviève, au nord.

Le théâtre d'opérations de Québec se démarque des autres frontières du Canada par son arrière-pays colonisé. Avec ses fermes et ses pâturages, il s'apparente davantage aux champs de bataille européens qu'aux territoires forestiers des lacs Ontario et Champlain. Au milieu du XVIIIe siècle, l'hinterland de la capitale s'étire sur une vingtaine de kilomètres entre la rivière du Cap-Rouge, au sud-ouest, et la rivière Montmorency, au nord-est. Il s'enfonce dans les terres sur une dizaine de kilomètres à partir des rives du Saint-Laurent. Cet arrière-pays compte quatre des plus vieilles paroisses de la colonie : Beauport, Charlesbourg, Sainte-Foy et L'Ancienne-Lorette, auxquelles s'ajoute le village huron de la Jeune-Lorette. Le secteur est coupé en deux par les méandres boisés de la rivière Saint-Charles, qui se jette dans le bassin de Québec en passant au nord de la basse-ville. Les territoires situés en aval et en amont de l'hinterland de la capitale ne sont colonisés que sur quelques kilomètres de profondeur, à l'exception de la rivière Chaudière menant à la Beauce et de la rivière du Sud. Quant à l'île d'Orléans, elle a déjà atteint son point de saturation.

Pour franchir le détroit de Québec, les navires ont besoin d'un vent dominant de l'est, ce qui est plutôt rare en saison estivale. Selon les calculs de l'historien Donald Graves, les vents de l'est dominent pendant 20 jours entre le 18 juin et le 13 septembre 1759, contre 49 jours pour les vents d'ouest. Le reste de cette période est marqué par des vents trop faibles pour être utilisés par les navires à voiles[43]. Les futurs assiégés peuvent donc espérer contenir les envahisseurs dans les limites du bassin de Québec. Les battures de Beauport offrent les conditions idéales pour une opération amphibie. En 1690, c'est sur les basses terres de la Canardière, entre les rivières Saint-Charles et Beauport, que les Anglais de Phips ont effectué leur descente. Cette plaine cultivée s'étire jusqu'à la pointe de Lessey, à deux kilomètres à l'est de la rivière Beauport, où débute un escarpement qui culmine à la rivière Montmorency. L'embouchure de ce cours d'eau forme une chute de 84 mètres de hauteur. Faisant un peu moins d'une centaine de mètres de large, la Montmorency peut être franchie à marée basse au pied de sa chute ou par deux gués situés à près de cinq et dix kilomètres en amont, dans les forêts séparant les côtes de Beauport et de Beaupré.

La défense de Beauport fait consensus au Canada. En 1745, l'ingénieur Gaspard-Joseph Chaussegros de Léry suggère d'y concentrer la quasi-totalité des forces de la colonie en cas d'invasion. Son ordre de

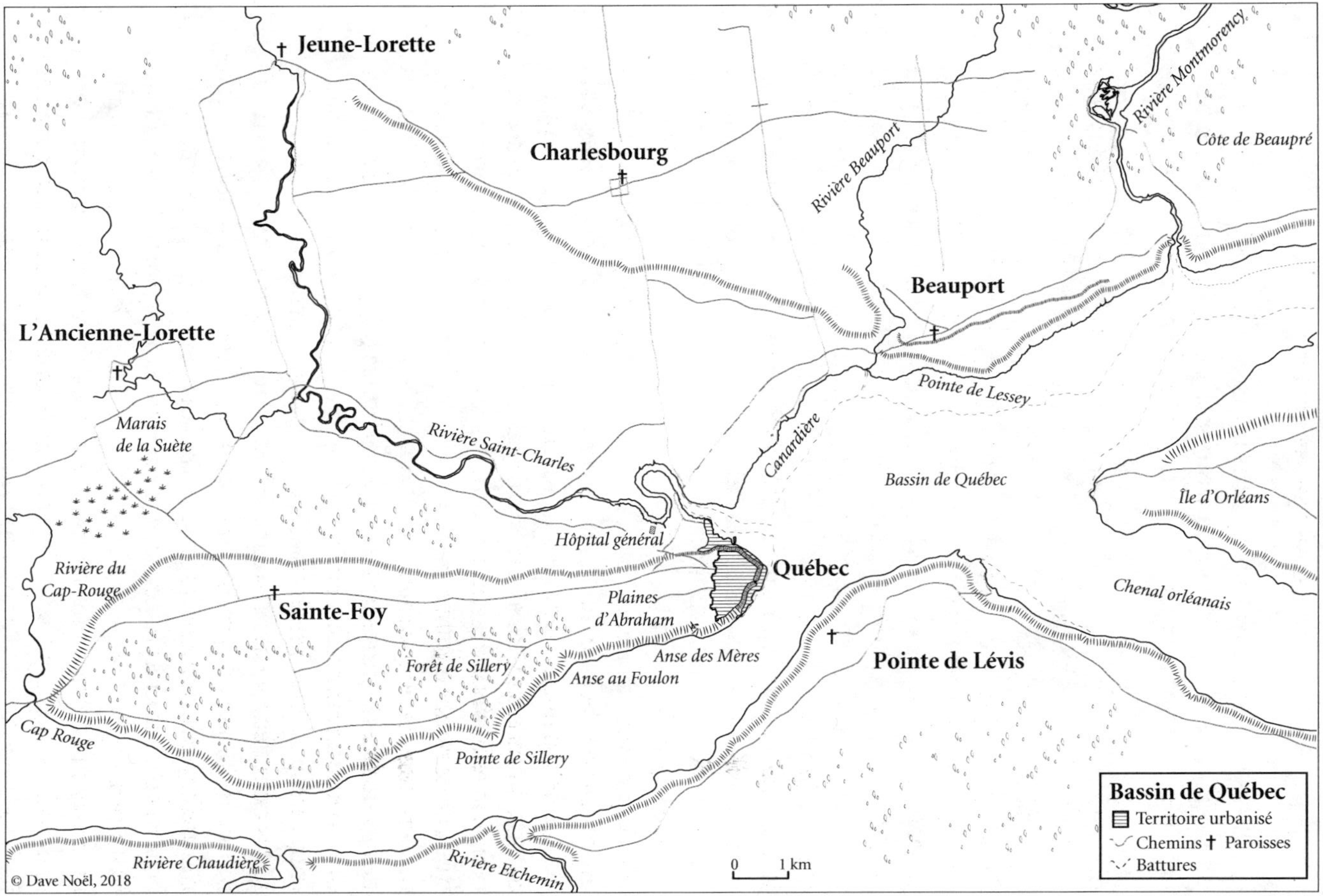
Jeune-Lorette
Charlesbourg
Rivière Montmorency
Côte de Beaupré
Rivière Beauport
Beauport
L'Ancienne-Lorette
Pointe de Lessey
Marais
de la Suète
Rivière Saint-Charles
Canardière
Bassin de Québec
Île d'Orléans
Hôpital général
Québec
Rivière du
Cap-Rouge
Sainte-Foy
Plaines
d'Abraham
Chenal orléanais
Anse des Mères
Pointe de Lévis
Forêt de Sillery
Anse au Foulon
Cap Rouge
Pointe de Sillery
Bassin de Québec
Territoire urbanisé
Chemins
Paroisses
Battures
Rivière Chaudière
Rivière Etchemin
0
1 km
© Dave Noël, 2018

bataille trouve son inspiration dans les sièges de Brest de 1694 et de Carthagène de 1741. Il prévoit la création d'unités d'infanterie montées pour repousser promptement les envahisseurs sur les plages[44]. Dix ans plus tard, François Le Mercier va plus loin en préconisant la construction d'une ligne de fortifications légères entre les rivières Saint-Charles et Montmorency[45]. Montcalm reprend le projet en 1757 en réduisant toutefois son périmètre défensif aux basses terres de la Canardière. La nature des retranchements à réaliser est détaillée dans un rapport de l'ingénieur Pontleroy. Cet officier originaire de Marseille est un proche de Montcalm, qu'il a côtoyé en Italie[46]. Entre 1755 et 1757, il est rattaché à la garnison de Louisbourg, où il participe à la fortification des côtes de la baie de Gabarus. Promu ingénieur en chef de la Nouvelle-France, Pontleroy gagne Québec en octobre 1757, peu de temps après la tournée de Montcalm sur les côtes de Beauport et de Beaupré[47]. Il se reprend au cours des semaines suivantes en inspectant le bassin de Québec jusqu'à la rivière Montmorency[48]. C'est lui qui retranche le plateau de Carillon en 1758.

Le mémoire de Pontleroy est rédigé à Québec en janvier 1759[49]. Il prévoit la construction de redoutes entre la rivière Saint-Charles et la pointe de Lessey, sur près de cinq kilomètres. Entourés d'un fossé, ces remblais de terre en forme de carré doivent être érigés au plus près du rivage, à 500 mètres les uns des autres afin de permettre à leurs occupants de se soutenir mutuellement. Ils seront défendus par des détachements de 80 à 100 hommes dotés de canons légers. Leurs approches seront surveillées par une flottille de jacobites patrouillant les battures de Beauport. Deux redoutes supplémentaires sont prévues sur les hauteurs de la pointe de Lessey pour favoriser le repli des troupes légères que Montcalm veut poster le long de l'escarpement menant à la Montmorency. Le gros de l'armée sera campé à l'arrière des redoutes de la Canardière pour y attendre le débarquement ennemi. Selon Pontleroy, la descente britannique devrait avoir lieu à marée montante, lorsque les battures seront immergées au tiers ou à la moitié de leur superficie. Elle ne pourra pas être soutenue par l'artillerie de la Navy en raison des hauts-fonds et des rochers à fleur d'eau du secteur, qui ne permettront pas aux gros navires d'approcher suffisamment des redoutes. Les attaquants pourront toutefois contourner cet obstacle, estime l'ingénieur, en équipant leurs chaloupes de canons à la manière des jacobites.

L'armée française pourra combattre à l'abri de ses retranchements si le débarquement ennemi est exécuté à la marée montante. Dans le cas contraire, elle devra en sortir pour culbuter les Britanniques sur les battures avant qu'ils n'aient eu le temps de s'organiser[50]. En cas d'échec, Montcalm pourra compter sur le feu de ses redoutes pour se replier au sud de la rivière Saint-Charles, qui fait office de deuxième ligne. Ce cours d'eau doit être hérissé de canons de part et d'autre de son embouchure. Une batterie est également prévue dans son premier méandre afin de générer un tir frontal en direction du bassin. Pour la soutenir, deux navires marchands transformés en batteries flottantes seront démâtés avant d'être échoués à proximité du palais de l'intendant. On prolongera enfin le retranchement du faubourg Saint-Roch en suivant la Saint-Charles jusqu'à l'Hôpital général.

Pontleroy prévoit le bombardement de la capitale par des galiotes à bombes. Équipés de mortiers, ces navires vont incendier la basse-ville sans difficulté, estime l'ingénieur. Dès la fin du brasier, la garnison de Québec devra occuper les ruines fumantes pour y combattre l'ennemi avant de se retirer à la haute-ville, à l'abri des barricades de la côte de la Montagne. L'ingénieur ne prévoit pas de travaux majeurs sur le rempart longeant les plaines d'Abraham. Pour atteindre ce pâturage par le nord, les envahisseurs doivent d'abord enfoncer les lignes de Beauport et de la Saint-Charles. Au sud, ils ne peuvent débarquer qu'à l'anse des Mères ou à l'anse au Foulon, toutes deux dominées par les falaises du cap Diamant, lesquelles se prolongent jusqu'à l'embouchure de la rivière du Cap-Rouge.

Le système défensif de la capitale mise sur une flotte de brûlots constituée d'un ensemble disparate de vieux navires marchands chargés de goudron et de poudre noire. Ces bombes flottantes doivent être lancées sur les vaisseaux ennemis à leur arrivée dans le bassin de Québec à l'aide du vent et de la marée. Une flottille de radeaux – les cajeux – est aussi prévue par les auteurs du projet. En 1745, l'ingénieur Chaussegros de Léry a recommandé d'enchaîner ces esquifs les uns aux autres pour créer un mur de feu[51]. L'idée est toutefois rejetée par Gabriel Pellegrin, qui préfère lancer les cajeux sur différents fils de courant afin d'éviter qu'ils ne dérivent en file indienne. Il propose d'augmenter leur portée en fixant à leurs extrémités des poutres équipées de grappins maintenus à une quinzaine de mètres sous l'eau pour favoriser leur accrochage dans les câbles des navires ennemis. À défaut d'atteindre leur cible, ces brûlots doivent créer un mouvement de panique au sein de la flotte britannique, dont une partie ira s'échouer sur les côtes du chenal orléanais. Les dégâts occasionnés réduiront les possibilités de manœuvre du corps expéditionnaire ennemi tout en retardant le début des opérations terrestres du siège. On espère ainsi contrer les envahisseurs jusqu'au départ de la Navy, à la fin de l'automne.

CHAPITRE 5

Le chantier

Bougainville quitte le Canada pour la France dans les jours suivant la démobilisation de l'armée française du lac Champlain. Montcalm ne reverra plus ce théâtre d'opérations forestier où il a combattu pendant trois ans. Après avoir séjourné un moment à Montréal, il part pour Québec à la fin de 1758. Le général y est témoin du dénuement des réfugiés acadiens, que l'on voit parfois fouiller dans les ordures à la recherche de nourriture[1]. En janvier 1759, il assiste également à la manifestation de 400 femmes qui défilent sous les fenêtres du palais de l'intendant, situé à proximité de sa maison de la rue des Remparts[2]. L'« émeute » est provoquée par la rumeur d'une réduction des rations alimentaires distribuées aux habitants de la capitale. Encore une fois, Bigot doit organiser la descente à Québec d'une partie des vivres de l'armée entreposés dans les dépôts du gouvernement de Montréal. Pour Montcalm, il vaut mieux « nourrir le peuple avant de songer à entrer en campagne[3] ».

Les bals et les jeux de hasard se poursuivent dans la haute société de la capitale en dépit de la misère et de la chute du fort Duquesne, que l'on apprend à Québec avec plus d'un mois de retard. Montcalm tue le temps en lisant le troisième volume de l'*Encyclopédie* de Diderot et d'Alembert, qu'il parcourt malgré une douleur oculaire qui le cloue au lit à plusieurs reprises dans le courant de l'hiver. Le général dit apprécier les « beaux articles » sur le christianisme, la comédie, les comètes, les colonies et le commerce. Montcalm fréquente assidûment l'hôtel de Mme Péan, rue Saint-Louis, et le salon de son amie Mme de Lanaudière, situé dans l'impasse de la rue du Parloir, à proximité du palais de l'évêque. « On se divertit, on ne songe à rien, tout va et ira au diable », écrit le général[4].

Le plan Vaudreuil

Montcalm regagne Montréal en mars 1759. Dans un mémoire, il rappelle à Vaudreuil que le temps est venu d'abandonner les vallées de l'Ohio et de la rivière Saint-Jean en Acadie. « Les forces supérieures des Anglais, les nouvelles que nous avons eues de leurs préparatifs, tout nous annonce qu'ils se porteront en force pour envahir en entier le Canada[5]. » Pour le commandant des troupes de terre, il ne faut pas sacrifier une trop forte garnison à Niagara. Le gros de l'armée doit plutôt être concentré à Carillon pour contrer une offensive printanière. Montcalm suggère à Vaudreuil d'inspecter les rives du lac Champlain et de la rivière Richelieu afin de désigner des positions de repli où l'armée de Carillon pourra se retirer en seconde ligne. Le général espère toujours la venue d'une escadre française à Québec pour couvrir cette frontière orientale. À l'instar du gouverneur, il mise sur les écueils de l'estuaire laurentien, qui forment une barrière à la fois physique et psychologique. Montcalm préconise toutefois la prudence en proposant de ne pas mobiliser les milices du gouvernement de Québec afin de pouvoir compter sur leurs bras pour fortifier les campagnes de la capitale dès la fonte des glaces[6].

Loin de concentrer ses forces, Vaudreuil les disperse dans son ordre de bataille définitif qu'il remet à Montcalm le 1er avril 1759[7]. Le plan du gouverneur prévoit d'abord une manœuvre de diversion en direction des fourches de l'Ohio. Cette mission est confiée au détachement du capitaine Lignery qui s'est replié au fort Machault, à 120 kilomètres des ruines du fort Duquesne, auprès desquelles les Britanniques érigent les bases de ce qui deviendra le fort Pitt. La mobilisation des guerriers de la région, des miliciens de Détroit et de ceux de la rivière des Illinois doit permettre à cet officier des troupes de la Marine de gonfler ses effectifs. Lignery sera subordonné au capitaine Pouchot, du bataillon de Béarn, qui doit rallier Niagara à bord des navires de la Pointe-au-Baril sur le Haut-Saint-Laurent. Chemin faisant, Pouchot passera au large des vestiges du fort Frontenac avant d'inspecter l'embouchure de la rivière Oswego, où les Britanniques se sont retirés à la fin de 1758. À son arrivée à Niagara, il devrait compter sur 1 500 soldats, miliciens et guerriers. S'il est attaqué, Pouchot pourra faire appel aux troupes de l'Ohio. Dans le cas contraire, il devra détacher la plus grande partie de ses forces à Lignery afin de lui permettre de marcher au fort Pitt. Un corps de 700 hommes est laissé à la Pointe-au-Baril aux ordres du capitaine Antoine Benoît, des troupes de la Marine, pour surveiller la route du Haut-Saint-Laurent[8].

L'armée principale du lac Champlain sera divisée en deux vagues. Les trois bataillons des troupes de terre cantonnés dans le gouvernement de Québec seront d'abord dirigés à Carillon en compagnie de 1 200 miliciens levés dans les campagnes de la capitale. Un second contingent comprendra les cinq autres bataillons stationnés dans les districts des Trois-Rivières et de Montréal. Les miliciens de ces gouvernements ne seront mobilisés qu'en cas d'urgence afin d'être dirigés vers la frontière la plus menacée. Celle de Québec ne devrait pas être attaquée, estime Vaudreuil. Le gouverneur a tout de même prévu un plan d'évacuation des paroisses situées en aval de la capitale. Dès qu'une flotte britannique sera signalée dans l'estuaire, des officiers des troupes de la Marine seront dépêchés sur la côte du Sud pour encadrer la marche des civils et du bétail jusqu'à la pointe de Lévis. De là, ils seront transportés dans des camps de réfugiés aménagés aux abords de Québec et des Trois-Rivières. Les miliciens des paroisses évacuées seront laissés sur place pour contrer les tentatives de débarquement ennemi. Ceux de la baie Saint-Paul, sur la rive nord, se joindront aux habitants de l'île aux Coudres pour lancer des cajeux contre l'avant-garde de la Royal Navy. Les dégâts ainsi causés devraient donner le temps aux forces du lac Champlain de franchir les quelque 500 kilomètres qui les séparent de Québec. Montcalm déploiera alors ses troupes entre les rivières du Cap-Rouge et Montmorency ou en aval, sur la côte de Beaupré et à l'île d'Orléans. « Une seule [bataille] de gagnée sauve la colonie, écrit Vaudreuil, la flotte s'en va, et nous retournons nous opposer aux progrès de l'ennemi. »

Frégault a été séduit par l'ordre de bataille du gouverneur. Dans *La Guerre de la Conquête*, il évoque avec enthousiasme les lignes de défense étendues de Vaudreuil pouvant être « contractées le cas échéant ». L'historien oppose « l'élasticité » de ce plan au périmètre défensif « restreint » et « rigide » du système de Montcalm[9]. Les grandes manœuvres sont toutefois difficiles à exécuter dans une colonie peu développée comme le Canada. « Les moyens manquent, même dans les camps stables, et qu'on a prévu devoir occuper », écrit un militaire français, qui se désole du peu d'ordre et de discipline de l'armée, qui sont « si nécessaire[s] surtout dans les marches[10] ». Pour l'historien militaire Michael Boire, « la vision stratégique de Vaudreuil s'appuie sur plusieurs hypothèses assez naïves qu'il aurait été particulièrement difficile de concrétiser sur le terrain. Si les forces britanniques avaient remonté le Saint-Laurent, un redéploiement de l'effort principal des Français à partir du corridor du Richelieu vers Québec n'aurait pas été une mince affaire [...], écrit-il. Les forces régulières de Montcalm n'auraient pas forcément eu la marge de manœuvre nécessaire pour rompre simplement le combat[11] ».

Le plan Vaudreuil est déjà en cours d'exécution lorsqu'il est remis à Montcalm. Parti de Montréal à la fin de mars, le capitaine Pouchot débarque à la Pointe-au-Baril au début d'avril en naviguant entre les glaces du Haut-Saint-Laurent. « Jamais la France n'a eu plus confiance dans le maréchal de Saxe que le marquis de Vaudreuil en Pouchot, devenu Canadien disant amen, voyant tout couleur de rose et ne doutant de rien », écrit Montcalm[12]. Ce « dieu tutélaire », pour reprendre l'expression du général, y supervise le lancement de l'*Iroquoise* et de l'*Outaouaise,* sur lesquels il s'embarque à la tête de 150 soldats des troupes de terre. Comme prévu, les deux navires armés de dix canons longent la rive sud du lac Ontario en passant au large de l'Oswego. Sur place, Pouchot est prévenu par un éclaireur de la présence de forces britanniques sur le portage de la rivière Mohawk. Il poursuit néanmoins sa route jusqu'à Niagara, où il débarque le 30 avril. Un détachement de 300 miliciens du gouvernement de Québec le rejoint en suivant la rive nord du lac à bord d'une flottille de bateaux.

Au début du mois de mai, les 3 000 hommes de la première division de l'armée du lac Champlain se mettent en marche pour Carillon. Québec se trouve ainsi dépourvu de soldats au moment où Bougainville y débarque le 10 mai à la tête des premiers éléments de la flotte de secours. Cette escadre comprend une vingtaine de bâtiments, incluant les deux frégates royales du capitaine Jean Vauquelin et les six frégates de la marine marchande du munitionnaire Cadet aux ordres du capitaine Jacques Kanon. En plus des vivres et des munitions, Bougainville apporte la nouvelle des promotions accordées aux principaux officiers de l'armée du Canada. Montcalm est lieutenant-général depuis octobre 1758, ce qui le place au deuxième échelon de la hiérarchie militaire derrière les maréchaux. Il rejoint ainsi Vaudreuil, qui occupe d'office le grade de lieutenant-général à titre de gouverneur de la Nouvelle-France. Le marquis canadien conserve son autorité sur son homologue français, mais il devra le consulter davantage, comme l'indiquent les instructions du ministre. Si Vaudreuil n'est plus autorisé à se présenter sur les frontières, ce qu'il n'a d'ailleurs jamais tenté de faire, il pourra encore rallier le champ de bataille lors « d'une affaire absolument décisive ». C'est le cas du siège de Québec, qui entraîne la mobilisation générale des milices, au cœur de la colonie[13]. Lévis monte lui aussi d'un échelon en devenant maréchal de camp. Le colonel Bourlamaque est nommé brigadier, tout comme Étienne de Senezergues, le commandant du bataillon de La Sarre qui s'est illustré au Canada par son endurance physique. Quant à Bougainville, il obtient le grade de colonel et la croix de Saint-Louis grâce à la protection de Montcalm. « On attribua son avancement à la faveur de Madame de Pompadour, maîtresse du roi, écrit le notaire Louis de Courville, ce qui tient lieu de mérite militaire[14]. » La promotion rapide du jeune officier ne sera pas sans conséquence, comme on le verra lors des moments qui suivront la bataille des plaines d'Abraham.

La préparation du terrain

Les forces britanniques de l'Amérique du Nord sont passées sous le commandement du major-général Jeffery Amherst à la fin de 1758. Parti de New York, cet officier de quarante-deux ans rejoint Albany au début du mois de mai 1759. Son plan consiste à franchir le lac Champlain avec une armée de 11 000 hommes, tandis que le brigadier John Prideaux gagnera le lac Ontario pour assiéger Niagara à la tête de 5 000 combattants. Au sud-ouest, la garde des fourches de l'Ohio sera assurée par les 400 hommes du lieutenant-colonel Hugh Mercer[15]. La double offensive d'Amherst doit favoriser le débarquement à Québec des 10 000 soldats du major-général James Wolfe, transporté par la flotte du vice-amiral Charles Saunders. L'avant-garde de cette escadre a passé l'hiver à Halifax sous les ordres du contre-amiral Philip Durell, chargé d'intercepter les secours de France au printemps.

« Il y a de quoi trembler [...], écrit Montcalm en avril 1759, nous pourrions périr par le manque de vivres, sans tirer un coup de fusil[16]. » Heureusement pour lui, Durell est immobilisé par les glaces et par les vents contraires. Il se trouve toujours à Halifax lorsque la flotte de Saunders, partie d'Angleterre à la mi-février, atteint la Nouvelle-Écosse à la fin d'avril. Durell appareille seulement le 5 mai avec dix navires de guerre et trois transports emportant 600 soldats. Ce délai permet à la flottille de Bougainville d'entrer dans l'estuaire juste avant l'escadre britannique. Les derniers éléments du convoi français passent le cap Tourmente le 21 mai au moment où les navires de Durell rejoignent le Bic, 300 kilomètres plus bas.

Bougainville gagne immédiatement Montréal pour prévenir Vaudreuil de l'arrivée imminente d'une escadre britannique. Il lui remet les instructions du ministre de la Marine, Berryer, qui lui enjoint de concentrer ses forces au cœur du Canada. « L'objet principal que vous ne devez pas perdre de vue doit être de conserver du moins une portion suffisante de cette colonie et de vous y maintenir pour pouvoir se promettre d'en recouvrer la totalité à la paix. » À Versailles, on présume que Vaudreuil a « déjà pris toutes les précautions praticables pour porter le plus d'obstacles qu'il sera possible à la navigation dans le fleuve et pour mettre la ville de Québec dans le meilleur état par des retranchements, en profitant des avantages du terrain[17] ». Les travaux lancés sur le tard par l'ingénieur Pontleroy n'ont toutefois pas eu de suites. « Il était inconséquent après la prise de Louisbourg de ne pas craindre une tentative sur le fleuve et de ne pas s'y préparer, écrit un militaire français. On aurait dû s'y attendre depuis le commencement de la guerre. Il y aurait eu des moyens pour porter la première ligne de défense plus loin que Québec. C'est toujours un grand malheur pour un pays lorsqu'il est réduit à attendre son ennemi sous les murs de la ville capitale[18]. »

Parti de Montréal, Montcalm fait son entrée dans Québec au soir du 22 mai. Un premier conseil de guerre est tenu le lendemain au palais de l'intendant en présence du général français, de l'état-major de la ville et des capitaines des navires de la flotte. Les travaux entrepris par Montcalm sont approuvés par Vaudreuil à son arrivée au château Saint-Louis le lendemain. Les conseils se tiendront désormais sur une base quotidienne à la résidence du gouverneur, à 17 h. Un témoin écrit :

> On croirait peut-être dans un gouvernement comme le Canada, où réside l'autorité, que ces conseils se tiennent avec majesté dans une place décente où chaque conseiller avec gravité expose son avis pour le bien du gouvernement [...]. Point du tout : un petit cabinet long et étroit, deux chaises courant l'une après l'autre ; on entre pêle-mêle, où celui qui ose faire l'important, quelque mince que soit son grade, peut y briller à son aise, où l'on se presse, où l'on se coudoie, où les plus petits se passent

> sous les bras des plus grands pour gagner les premiers rangs, où l'on crie, où l'on se coupe la parole, où chacun parle à la fois sur les choses mêmes qui n'ont aucun rapport, etc. Tel est le lieu, telle est la forme de ces conseils[19].

Montcalm y met de l'ordre en exigeant le dépôt de mémoires et la tenue d'un registre afin de départager les responsabilités à la fin de la campagne.

Pour exécuter les travaux de fortification, l'état-major ne peut compter que sur les marins de la flotte et sur les 300 recrues destinées à l'armée. Les vents du nord-est retardent la descente des cinq bataillons cantonnés dans les gouvernements des Trois-Rivières et de Montréal. Ils favorisent cependant la remontée de l'estuaire par la Royal Navy. En attendant les secours du haut de la colonie, le capitaine Charles de Lanaudière est chargé du lancement des cajeux rassemblés au mouillage de l'île aux Coudres pour incendier la flotte britannique[20]. Cet officier des troupes de la Marine constate toutefois le manque de préparation de la flottille d'esquifs, qu'il brûle au mouillage pour éviter leur capture. C'est au milieu des radeaux carbonisés que l'avant-garde britannique jette l'ancre le 27 mai. Les miliciens de l'île aux Coudres se replient sur la rive nord du fleuve, tandis que les habitants de la côte du Sud, en route vers la pointe de Lévis, s'enfoncent dans les bois21. L'ennemi n'est plus qu'à une soixantaine de kilomètres de l'île d'Orléans. Ce territoire n'ayant pas été inspecté en 1757, on y dépêche Bougainville et Pontleroy, qui préconisent son abandon. Les quelque 2 500 Orléanais sont évacués dans les profondeurs de Charlesbourg au début de juin[22].

Le préambule laurentien du système défensif de Québec doit être abandonné. « En général, on gémit de n'avoir pas suivi les avis des généraux des troupes de terre, note le capitaine d'artillerie Montbeillard. À chaque instant, une occasion nouvelle fait naître ce remords : les ennemis auraient trouvé des obstacles à l'île aux Coudres et à la Traverse et ne seraient pas venus avec autant de sécurité si on les avait suivis[23]. » Pendant un moment, on envisage de barrer la Traverse en y sabordant les dix plus gros navires de la flotte du munitionnaire. Les sondages effectués par Pellegrin indiquent toutefois que le goulet est plus large qu'on ne le croyait. D'après le navigateur, il faudrait une quarantaine de bâtiments pour boucher ce passage. On se contente de déplacer les bouées du chenal et d'abattre la tour de la pointe de l'île d'Orléans servant à guider les pilotes[24]. Le conseil de guerre hésite à lancer ses navires dans la bataille. « On a longtemps débattu si on armerait quatre frégates pour nuire à l'approche de l'ennemi par quelques mouvements », écrit Montbeillard. Le 26 mai, on sélectionne les bâtiments pouvant intervenir « au besoin », soit *L'Atalante*, la *Pomone*, le *Machault* et le *Maréchal-de-Senneterre*. Montcalm propose d'ancrer les deux premiers à l'anse des Mères pour défendre le détroit de Québec. Lors d'un conseil « orageux » tenu cinq jours plus tard, on convient de poster les deux autres frégates au goulet de Deschambault, à une soixantaine de kilomètres en amont[25]. Le reste de la flotte chargée des vivres de France poursuivra sa route jusqu'à l'embouchure de la rivière Batiscan, à une centaine de kilomètres de la capitale.

L'état d'urgence

Le chantier de fortification de Québec et de ses environs ne s'ouvre vraiment qu'à la fin du mois de mai 1759, avec l'arrivée des troupes de terre depuis le haut de la colonie. Le bataillon de Languedoc, qui a passé l'hiver dans le gouvernement des Trois-Rivières, débarque à Québec en premier, le 27 mai. Il est suivi deux jours plus tard par les soldats de Béarn, de Guyenne, de La Sarre et de Royal-Roussillon, menés par Lévis. Pour éviter le gaspillage des vivres, Vaudreuil freine cependant la mobilisation des milices des trois gouvernements du Canada qui rallieront la capitale par petits groupes dans le courant de juin. « Le salut de la colonie dépend principalement du succès d'un combat, écrit Montcalm dans un mémoire soumis au conseil de guerre du 31 mai. Toutes nos vues doivent donc se porter à ne pas diviser nos forces et à ne pas faire de travaux inutiles[26]. » L'ampleur du chantier à réaliser a entraîné un moment de flottement au cours des jours précédents. « Dans la crainte de ne pas finir, on ne commence rien », a constaté le capitaine d'artillerie Montbeillard[27]. Les travaux ont également été retardés par le manque d'outils, de matériaux de construction et de travailleurs.

Québec fait office de grosse redoute au sud-ouest du dispositif défensif de Beauport. En dépit de son rôle limité, la remise en état de ses fortifications et de ses batteries engloutit du temps et des matériaux. L'enceinte de la haute-ville doit d'abord être complétée à l'aide de palissades érigées sur le pourtour du cap Diamant. On construit aussi des barricades dans la côte de la Montagne, dont les habitations sont percées de meurtrières. L'une d'elles est détruite à l'explosif afin d'éliminer un angle mort dans l'axe des canons établis dans la côte. En basse-ville, les ouvriers maçonnent les ouvertures des rez-de-chaussée des maisons donnant sur le bassin de Québec. La porte de la côte du Palais est bouchée, tandis que des palissades hautes de dix pieds sont élevées au nord et au sud de la basse-ville. Les toitures et les hangars du port sont démontés pour contrer les incendies. C'est dans cet esprit que l'on rassemble aux quatre coins de la ville des barriques d'eau, des échelles et des crochets. « On convient que la basse-ville ne sera jamais bien fermée, écrit Montcalm, mais au moins il faut qu'elle en ait l'apparence pour en imposer à l'ennemi et lui en rendre l'attaque difficile et meurtrière[28]. » De nouvelles batteries sont érigées, tandis que les anciennes sont réaménagées afin d'améliorer la sécurité des artilleurs.

Malgré l'état d'urgence, une voûte à l'abri des bombes est construite rue Saint-Louis, chez la maîtresse de l'intendant Bigot : « Les voitures manquent pour les fortifications, mais non pour voiturer les matériaux nécessaires pour faire une casemate chez Madame Péan, dénonce Montbeillard. Quelque tragique que puisse et doive être le dénouement de tout ceci, on ne peut s'empêcher de rire[29]. » Les prisonniers britanniques sont transportés aux Trois-Rivières. Québec se vide de la plus grande partie de ses 8 000 habitants. Il en comptera moins de 3 000 en septembre, au terme du siège. « Les particuliers de la basse-ville envoient leurs effets chez ceux de la haute et ces derniers envoient les leurs à la campagne, note le garde-magasin François de Vienne, preuve qu'ils ne se croient pas en sûreté chez eux[30]. » Les plus fortunés s'établissent dans les paroisses de l'amont, aux Trois-Rivières ou à Montréal. Les autres se rassemblent dans des camps de réfugiés aménagés dans l'arrière-pays de Québec.

En observant les travaux lancés en dehors des murs de la ville, Montbeillard constate qu'il « est plus aisé de construire à neuf que de réparer du vieux[31] ». Le capitaine d'artillerie songe notamment au retranchement du faubourg Saint-Roch, prolongé jusqu'aux moulins situés en amont de l'Hôpital général. Cette ligne de défense hérissée de canons longe la Saint-Charles, dont l'embouchure est barrée par une grosse chaîne déposée sur des radeaux maintenus en place par des mâts enfoncés dans le lit de la rivière. À marée haute, on fait remonter ce cours d'eau par deux navires marchands qui sont ensuite échoués devant le palais de l'intendant. Démâtés jusqu'à la coque, ces bâtiments sont remplis de pierres avant d'être équipés de canons devant leur permettre de balayer les battures de la Canardière. Une troisième batterie flottante est construite à partir d'un radeau à fond plat de vingt mètres de long sur dix de large. Naviguant à rame et à voile, cette embarcation est armée de 18 canons lourds tirant des boulets de 24 livres. Surnommée « le *Diable* », cette batterie doit être amarrée à l'entrée de la rivière Beauport, au centre de la première ligne de défense.

Sur les quais de la capitale, les charpentiers modifient le bastingage d'une vingtaine d'embarcations destinées à la patrouille des battures de la côte de Beauport. Cette flottille comprend un bâtiment de charge armé de quatre canons, six chaloupes « carcassières » équipées d'un canon lourd à la proue et douze bateaux jacobites dotés d'un canon léger[32]. Selon les calculs de Pellegrin, les vaisseaux ennemis ne pourront pas approcher à moins de 1 700 mètres du rivage, contre 1 300 pour les frégates. Cette évaluation s'avérera : le général Wolfe soulignera dans son bilan de campagne de septembre que ses « vaisseaux de guerre [n'étaient] pas en mesure, faute d'une eau suffisamment profonde, de s'approcher assez des retranchements de l'ennemi pour, à tout le moins, leur causer de l'ennui[33] ».

Dans la rade de Québec, on transforme huit gros navires de la marine marchande en brûlots. On y prépare également une centaine de cajeux enchaînés les uns aux autres, ce qui va à l'encontre des recommandations de Pellegrin. Lors de leur mise à feu, ces radeaux dégagent une flamme de dix mètres de haut au milieu d'une épaisse fumée. Ils se consument en près d'une heure, comme le démontre un test effectué dans la rivière Saint-Charles[34]. Un cajeu semi-submersible imaginé par trois marins français est aussi construit à partir d'un canot divisé en trois caissons. Celui du centre est rempli d'eau, tandis que ses extrémités contiennent les explosifs et les matelots. Un second prototype est lancé sur proposition d'un dénommé Houle de Saint-Antoine sur la rive sud du gouvernement de Québec. Cet esquif comprend quatre étages de grenades et de fusils entassés dans des barils appuyés sur des ressorts, ce qui lui donne les allures d'un orgue infernal[35].

Pour améliorer la mobilité de l'armée et faciliter son ravitaillement, on procède au réaménagement du réseau routier de la capitale. Un pont flottant est d'abord construit sur le premier méandre de la Saint-Charles, où convergent les chemins de Charlesbourg et de la Canardière.

Fait de planches posées sur des radeaux, ce pont temporaire est protégé d'une attaque venant de l'est par un « ouvrage à cornes » constitué d'un remblai de terre bastionné. On trace aussi une route neuve au nord de la Saint-Charles pour favoriser la retraite éventuelle de l'armée de Beauport, qui pourra ainsi gagner L'Ancienne-Lorette en tournant à droite sur le chemin de la Canardière, à un peu plus de 500 mètres du pont de la Saint-Charles. Ce raccourci « marqué et balisé » passe à travers deux champs avant de tomber sur le chemin de Charlesbourg. Remontant cette voie vers le nord, on tourne à gauche pour atteindre la nouvelle route, qui permet d'éviter un long détour par la Jeune-Lorette[36].

Des ponts flottants sont aussi jetés à l'entrée des rivières du Cap-Rouge et Jacques-Cartier, situées respectivement à une douzaine et à une quarantaine de kilomètres en amont de Québec. Entre ces deux cours d'eau, on érige des fours à pain pour assurer la subsistance de l'armée en cas de repli vers Montréal. On ne conserve que pour deux semaines de vivres dans les magasins de Charlesbourg, de Beauport et de Québec. Après ce temps, les subsistances seront tirées du dépôt de la Batiscan en ayant recours au cabotage et à une centaine de charrettes que l'on s'affaire à recouvrir de toiles peintes pour protéger leur contenu des intempéries.

Montcalm établit d'abord son armée dans la plaine située à l'ouest du faubourg Saint-Roch afin de fournir des travailleurs au chantier de fortification de la Saint-Charles. Au début du mois de juin, il dépêche ses 250 grenadiers à Beauport sous les ordres du colonel de Bougainville pour commencer la construction des redoutes de la première ligne de défense. Le détachement du jeune officier est bientôt rejoint par des contingents de miliciens à qui l'on rappelle qu'il faut préserver les arbres, les broussailles et les clôtures devant faciliter la défense du secteur. Montcalm veut limiter les travaux de fortification de Beauport aux basses terres de la Canardière en confiant l'escarpement qui mène à la chute Montmorency à un corps léger de miliciens et de guerriers. Lévis préconise plutôt le prolongement des travaux jusqu'à la chute, un ajout qui implique la construction de deux redoutes supplémentaires et de treize redans, des retranchements avancés en forme de flèche. L'avis du chevalier l'emporte auprès du gouverneur, ce qui témoigne de la marge de manœuvre réduite du commandant des troupes de terre[37].

CHAPITRE 6

Ordre de bataille

En 1759, les troupes de terre du Canada ne comptent plus que 3 500 hommes en état de porter les armes, contre près de 2 000 pour les compagnies franches de la Marine[1]. La mobilisation massive des milices et le ralliement des guerriers amérindiens portent le total des forces de Vaudreuil à 20 000 combattants. Il s'agit d'un maximum qui fond rapidement, contrairement aux effectifs britanniques, qui se maintiennent autour de 25 000 hommes. Sur la frontière du lac Champlain, le brigadier de Bourlamaque est à la tête de 3 200 combattants, incluant un noyau de 1 300 soldats des régiments de Berry, de La Reine et d'un mélange des cinq autres bataillons des troupes de terre. Sa petite armée comprend aussi 500 soldats de la Marine, 1 200 miliciens du gouvernement de Québec et quelques guerriers. En amont de Montréal, les forces déployées sur le Haut-Saint-Laurent sont désormais commandées par le capitaine Louis de La Corne. Retranché à la Pointe-au-Baril, cet officier canadien dirige un corps de 250 soldats de la Marine, 800 miliciens et une centaine de guerriers faisant un total de 1 200 combattants. Il est en contact avec le capitaine Pouchot, dont la garnison de Niagara est passée sous la barre des 500 hommes au début de juin avec l'envoi de renforts au capitaine Lignery. Posté au sud du lac Érié, Lignery doit quitter la rivière Alleghany pour le fort Pitt dans le courant du mois de juin ou au début de juillet à la tête d'une petite armée de 2 000 soldats, miliciens et guerriers.

Vaudreuil se réserve le commandement des forces du théâtre d'opérations de Québec, dont les manœuvres sur le terrain seront dirigées par Montcalm, Lévis et Senezergues. Au commencement du siège, vers la fin

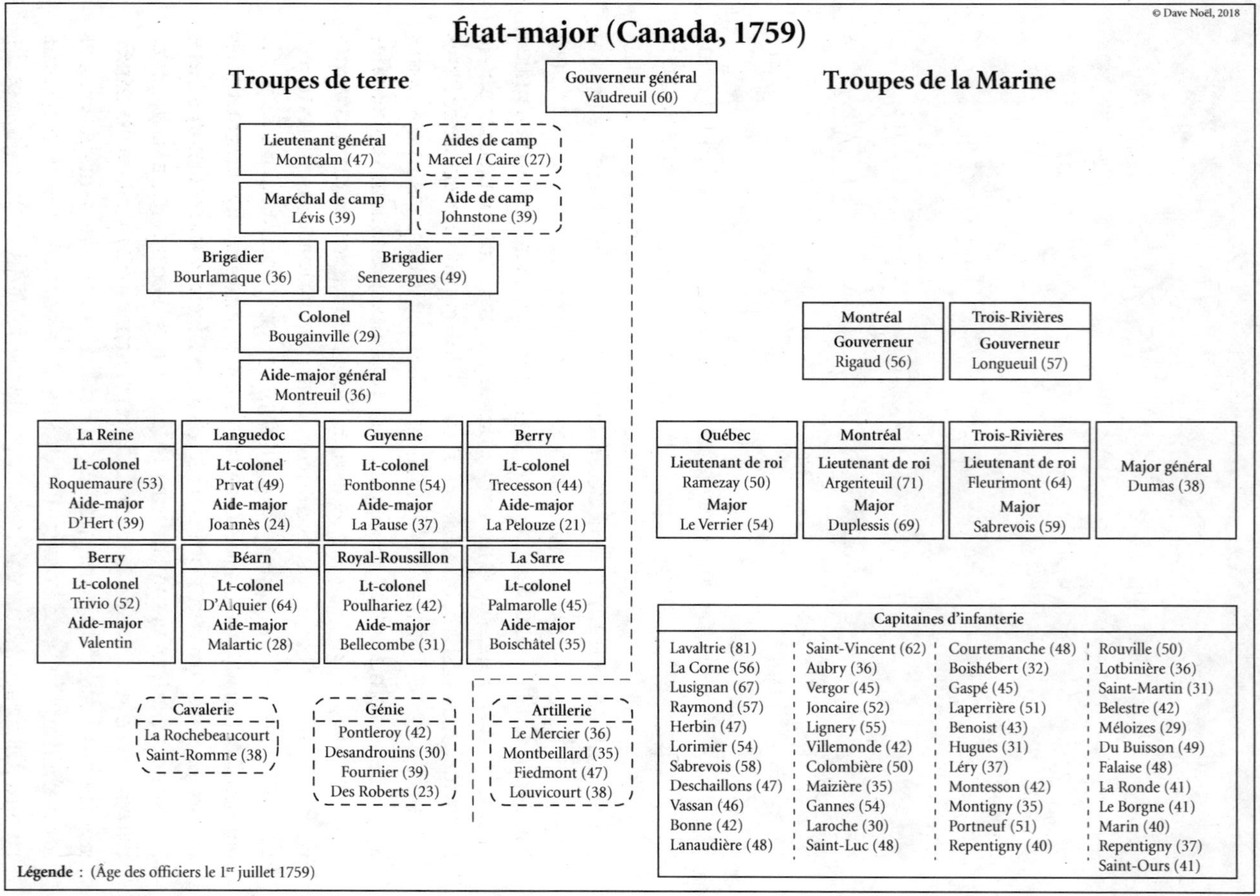
© Dave Noël, 2018
État-major (Canada, 1759)
Troupes de terre
Gouverneur général
Vaudreuil (60)
Troupes de la Marine
Lieutenant général
Montcalm (47)
Aides de camp
Marcel / Caire (27)
Maréchal de camp
Lévis (39)
Aide de camp
Johnstone (39)
Brigadier
Bourlamaque (36)
Brigadier
Senezergues (49)
Colonel
Bougainville (29)
Aide-major général
Montreuil (36)
La Reine
Lt-colonel
Roquemaure (53)
Aide-major
D'Hert (39)
Languedoc
Lt-colonel
Privat (49)
Aide-major
Joannès (24)
Guyenne
Lt-colonel
Fontbonne (54)
Aide-major
La Pause (37)
Berry
Lt-colonel
Trecesson (44)
Aide-major
La Pelouze (21)
Berry
Lt-colonel
Trivio (52)
Aide-major
Valentin
Béarn
Lt-colonel
D'Alquier (64)
Aide-major
Malartic (28)
Royal-Roussillon
Lt-colonel
Poulhariez (42)
Aide-major
Bellecombe (31)
La Sarre
Lt-colonel
Palmarolle (45)
Aide-major
Boischâtel (35)
Cavalerie
La Rochebeaucourt
Saint-Romme (38)
Génie
Pontleroy (42)
Desandrouins (30)
Fournier (39)
Des Roberts (23)
Artillerie
Le Mercier (36)
Montbeillard (35)
Fiedmont (47)
Louvicourt (38)
Montréal
Gouverneur
Rigaud (56)
Trois-Rivières
Gouverneur
Longueuil (57)
Québec
Lieutenant de roi
Ramezay (50)
Major
Le Verrier (54)
Montréal
Lieutenant de roi
Argenteuil (71)
Major
Duplessis (69)
Trois-Rivières
Lieutenant de roi
Fleurimont (64)
Major
Sabrevois (59)
Major général
Dumas (38)
Capitaines d'infanterie
Lavaltrie (81)
La Corne (56)
Lusignan (67)
Raymond (57)
Herbin (47)
Lorimier (54)
Sabrevois (58)
Deschaillons (47)
Vassan (46)
Bonne (42)
Lanaudière (48)
Saint-Vincent (62)
Aubry (36)
Vergor (45)
Joncaire (52)
Lignery (55)
Villemonde (42)
Colombière (50)
Maizière (35)
Gannes (54)
Laroche (30)
Saint-Luc (48)
Courtemanche (48)
Boishébert (32)
Gaspé (45)
Laperrière (51)
Benoist (43)
Hugues (31)
Léry (37)
Montesson (42)
Montigny (35)
Portneuf (51)
Repentigny (40)
Rouville (50)
Lotbinière (36)
Saint-Martin (31)
Belestre (42)
Méloizes (29)
Du Buisson (49)
Falaise (48)
La Ronde (41)
Le Borgne (41)
Marin (40)
Repentigny (37)
Saint-Ours (41)
Légende : (Âge des officiers le 1er juillet 1759)

de juin, l'armée de la capitale comprend près de 13 000 combattants. Son noyau est constitué des bataillons de Béarn, de Guyenne, de Languedoc, de La Sarre et de Royal-Roussillon. Ce contingent des troupes de terre ne rassemble que 2 000 hommes en raison des pertes de l'année précédente et de l'envoi de deux détachements de 150 soldats issus de ces bataillons à Carillon et à Niagara. Les recrues amenées de France par Bougainville sont vraisemblablement intégrées aux troupes de terre de Québec. Il s'agit d'un renfort modeste, les maladies et les désertions ayant fait passer leur nombre de 350 à 280 combattants[2]. Pour combler les rangs des bataillons décimés, on pige dans le bassin des meilleurs miliciens canadiens tel que proposé par Montcalm. Cette incorporation est réalisée en deux temps : à la mi-juin, les cinq bataillons intègrent chacun 108 habitants pour un total de 540 miliciens incorporés. Ce nombre est porté à 840 au début de juillet avec l'ajout de 75 miliciens par unité, à l'exception du bataillon de Guyenne, qui doit servir de corps de réserve[3]. L'opération fait monter les effectifs de chaque bataillon à près de 630 combattants, ce qui est légèrement inférieur au maximum prescrit par l'ordonnance de 1757[4].

Les troupes de terre sont réunies au sein d'une brigade de 3 000 hommes placée sous le commandement du brigadier Senezergues. Cette formation de « réguliers » comprend un tiers de recrues françaises et de miliciens canadiens devant être entraînés au cours des semaines qui précèdent le siège. L'état-major de Montcalm veille également à l'organisation et à la formation des unités de milice. Les levées effectuées dans le gouvernement de Québec en mars et en avril ont permis de réunir 2 000 conscrits sur les frontières des lacs Champlain et Ontario. Vaudreuil mobilise 10 000 miliciens supplémentaires au cours des deux mois suivants pour défendre la capitale. Les habitants des campagnes sont réunis au sein de trois brigades « gouvernementales ». Celles de Québec et de Montréal rassemblent chacune près de 3 000 hommes, contre un peu plus d'un millier pour celle des Trois-Rivières. Les « milices bourgeoises » issues des deux villes principales de la colonie forment deux unités distinctes. On compte 800 combattants dans celle de Québec et un millier d'autres dans le « bataillon » de la ville de Montréal[5]. Les officiers et soldats des troupes de la Marine sont moins d'un millier à Québec, ce qui ne permet pas d'assurer l'encadrement de l'ensemble des conscrits[6]. Vaudreuil fait donc appel à des officiers de milice plus ou moins aguerris.

Pour patrouiller les rives du fleuve et l'arrière-pays de Québec, on forme une unité d'infanterie montée réunissant les 200 meilleurs cavaliers de la colonie. On la confie au capitaine de La Rochebeaucourt, l'un des aides de camp de Montcalm, qui a évolué au sein de son régiment de cavalerie dans l'entre-deux-guerres. La création de cette unité de « dragons » avait été proposée dès 1745 par l'ingénieur Chaussegros de Léry, qui voulait ainsi accroître la mobilité de l'armée du Canada. L'idée est reprise au début de 1759 par le chevalier de La Pause, qui suggère de former un corps de 400 cavaliers montés sur des couvertures à la manière des Tartares. Il veut ainsi pallier le manque de selles de la colonie, où l'on se déplace surtout en calèches l'été et en carrioles l'hiver[7]. « La formation de ce corps donna, dans le principe, lieu à beaucoup de plaisanteries, écrit un contemporain. M. de Montcalm n'en avait point donné l'idée ; on est depuis universellement convaincu qu'on en avait tiré de grands services[8]. » S'il n'est pas l'instigateur du projet, le marquis rédige néanmoins son mode d'emploi. « Il n'est pas douteux que de la très bonne cavalerie bien exercée de longue main serait utile dans un combat en plaine, écrit-il en juin 1759, surtout si l'on pouvait avoir mille ou 600 chevaux. Il n'est pas possible ici d'en avoir un pareil nombre. L'eût-on, elle serait de la mauvaise espèce. » En effet, les montures canadiennes ne sont pas idéales pour former un corps de cavalerie. Amherst le constatera après la reddition de Montréal : « Ils ont des chevaux en quantité, bons pour le travail, mais mauvais chevaux de selle[9]. »

En cas de débarquement britannique, la cavalerie pourra doubler sa puissance de feu en prenant des fantassins en croupe. Les hommes de La Rochebeaucourt ne pourront toutefois attaquer qu'en l'absence de canons, les chevaux canadiens n'étant pas désensibilisés aux détonations de l'artillerie. Montcalm compte utiliser sa cavalerie pour « étonner » l'adversaire. « Pour cet effet, il faut que lors du combat on la tienne ou derrière les troupes, ou derrière quelque bouquet de bois, ou derrière [des habitations], pour déboucher avec audace et impétuosité, lorsque l'ennemi aura été chargé et ébranlé par le feu de l'infanterie. Car, si on avait la maladresse de vouloir la mettre en ligne ou en avant, il y a à parier qu'au lieu de contribuer à nous faire gagner le combat, elle le ferait perdre, parce qu'un feu nourri de l'infanterie ennemie l'aurait bientôt mise en désordre, et qu'il n'y a rien de si communicatif à la guerre que le désordre[10]. » Montcalm suggère de lui donner « un air de guerre » en équipant les cavaliers d'un sabre, d'un bonnet de fourrure et d'un uniforme bleu. Cette couleur jugée « peu apparente » est idéale pour habiller les troupes légères. C'est du moins l'avis du capitaine de cavalerie Thomas-Auguste Le Roy de Grandmaison, l'un des plus importants théoriciens de la petite guerre au XVIIIe siècle[11].

L'unité de La Rochebeaucourt formera la réserve de l'armée aux côtés des guerriers amérindiens qui convergent de toute part vers Québec. Les alliés sont représentés par des contingents d'Abénaquis, d'Iroquois et de Hurons de la vallée du Saint-Laurent ; de Micmacs et de Malécites de l'Acadie ; d'Outaouais, de Sauteux, de Folles-Avoines, de Poutéotamis, de Renards et de Sakis des Grands Lacs. Il y aurait même des Christinaux, selon le père Félix Récher. Ces Cris originaires du bassin versant de la baie James ou du lac Supérieur « ne sont point venus ici armés de fusils, dont ils n'avaient pas encore l'usage, mais seulement de flèches[12] ».

Le nombre de combattants autochtones est généralement surestimé par les historiens, qui signalent 1 800 guerriers aux abords de la capitale en 1759. Ces auteurs reprennent les chiffres contemporains du père Récher, qui les tient des ouï-dire d'un fonctionnaire. L'intendant Bigot, chargé de leur approvisionnement, parle plutôt de 1 000 à 1 200 hommes, ce qui est plus près de la réalité. À la fin de mai, les rapports des militaires signalent la présence d'une centaine de guerriers à Québec. Ils seraient plus du double au début de juin, puis 500 à la fin du mois lorsque les Britanniques débarquent à l'île d'Orléans. Le maximum est atteint à la mi-juillet avec un peu moins d'un millier de combattants amérindiens à Québec et 400 autres dans la vallée du lac Champlain[13]. Pour rejoindre la capitale, les guerriers des Pays d'en haut parcourent plus d'un millier de kilomètres. À leur arrivée, ils établissent leurs campements non loin du quartier général de Montcalm, qui s'engage à les visiter à Michillimakinac au retour de la paix. Cette proximité infirme la thèse selon laquelle le général aurait détourné les guerriers de l'alliance française par son style de commandement ou par sa méconnaissance de la culture autochtone[14].

Les escarmouches de l'estuaire

Le corps expéditionnaire britannique de Québec est commandé par James Wolfe. Originaire du sud-est de l'Angleterre, cet officier est le fils du lieutenant-général Edward Wolfe, un vétéran du siège de Carthagène en Amérique du Sud. Pendant la guerre de Succession d'Autriche, James Wolfe combat en Bavière, en Écosse et dans l'actuelle Belgique. Promu lieutenant-colonel à la fin du conflit, il profite de l'entre-deux-guerres pour faire un séjour à Paris, où il perfectionne sa connaissance de la langue française. Wolfe retourne sur les champs de bataille en 1757 en prenant part à l'attaque amphibie contre la base navale française de Rochefort, qui échoue. Nommé colonel du 67e régiment la même année, il obtient le grade de général de brigade en Amérique au début de 1758. Rattaché à l'armée d'Amherst, il se distingue à Louisbourg en faisant débarquer ses hommes sous un puissant barrage d'artillerie. Au terme de cette campagne, il dévaste les pêcheries de la péninsule de Gaspé avant de regagner l'Angleterre, où il est nommé major-général pour l'Amérique au début de 1759. À l'âge de trente-deux ans, il est chargé de la prise de la capitale de la Nouvelle-France. Une femme capturée dans l'estuaire du Saint-Laurent par un navire britannique au printemps le décrit en « jeune homme d'environ trente ans, grand, fort maigre, cheveux rouges, et fort laid, habillé ordinairement tout en rouge[15] ».

L'armée de Wolfe doit initialement compter 12 000 hommes. Au moment du départ, ses effectifs sont toutefois réduits à 8 500 combattants divisés en trois brigades sous les ordres de Robert Monckton, de George Townshend et de James Murray. Les soldats sont tirés de neuf régiments réguliers, d'un corps d'élite de grenadiers, d'une unité d'infanterie légère et de six compagnies de Rangers[16]. À cela s'ajoutent les compagnies franches de la marine britannique, qui assurent la sécurité des navires de la flotte du vice-amiral Saunders. Wolfe en fera débarquer plus d'un millier au cours du siège pour défendre ses camps de l'île d'Orléans et de la pointe de Lévis. Il fera également appel aux 250 hommes des 62e et 69e régiments faisant office de compagnies franches de la marine pour la durée de la campagne[17]. La présence de ces professionnels va lui permettre de libérer le reste de ses forces pour les opérations de combat. C'est dans ce cadre qu'il convient de les ajouter au total des effectifs britanniques, bien qu'ils n'aient pas été engagés dans les grandes manœuvres. (Il en est de même des 800 hommes de la milice bourgeoise de Québec, que l'on a pris l'habitude de comptabiliser dans le total français alors qu'ils demeurent statiques tout au long de l'été, à l'exception du bref épisode du « coup des écoliers » et de la phase finale du siège.)

Les armées de Wolfe et de Montcalm sont près de la parité avec des effectifs respectifs de 10 000 et de 13 000 hommes. En temps normal, cet écart serait à l'avantage des assiégés. Il est toutefois largement comblé par l'inexpérience de la plus grande partie des miliciens issus de la mobilisation massive du printemps. « On n'avait eu intention d'assembler que les hommes en état de soutenir les fatigues de la guerre, écrit un témoin, mais il régnait une telle émulation dans ce peuple que l'on vit arriver au camp des vieillards de 80 ans et des enfants de 12 à 13 ans, qui ne voulurent jamais profiter de l'exemption accordée à leur âge[18]. » À cette inexpérience s'ajoute le manque de mobilité de l'armée française, confinée à la terre ferme tandis que le corps expéditionnaire britannique est soutenu par le cinquième des effectifs de la Royal Navy[19]. La flotte de Saunders comprend 49 bâtiments de guerre, dont 22 vaisseaux armés de 50 canons et plus. Elle est manœuvrée par 13 000 marins auxquels s'ajoutent les 4 500 matelots dispersés sur la centaine de navires assurant le transport des troupes et des approvisionnements. Pour débarquer ses hommes, Wolfe dispose de 150 embarcations comprenant des bateaux à fond plat, des baleinières, des cotres et des chaloupes de vaisseaux. Cette flottille peut contenir jusqu'à 3 300 soldats simultanément, soit l'équivalent de l'une des trois brigades du corps expéditionnaire.

Saunders atteint Halifax à la fin d'avril puis Louisbourg, où il réorganise son escadre et complète ses approvisionnements. Ce n'est que le 4 juin qu'il lève l'ancre pour entrer dans le golfe du Saint-Laurent. Postée au mouillage de l'île aux Coudres, son avant-garde remonte l'estuaire laurentien jusqu'au cap Tourmente à compter du 8 juin, en balisant le chenal. « Tout leur est favorable, constate François de Vienne, ils ne trouvent aucune opposition dans l'exécution de leur projet. » Le garde-magasin de Québec regrette que l'on n'ait pas employé les frégates françaises pour contrer l'avancée des navires de Durell : « Nous sommes obligés de croire que cela ne se pouvait puisqu'on ne l'a pas fait[20]. » Montcalm propose l'envoi de détachements dans le secteur pour surveiller l'escadre britannique et pour repousser ses tentatives de débarquement. Vaudreuil y dépêche les capitaines de Repentigny et Courtemanche, des troupes de la Marine. Le premier prend position à l'ouest du cap Tourmente avec 200 hommes, tandis que le second rejoint la pointe de l'île d'Orléans avec 500 combattants. Le 14 juin, ils assistent impuissants au passage de la Traverse par les premiers navires britanniques. Montcalm est surpris par leur aisance. « Ces Anglais, différents de nos Français, profitent de tous les airs de vent et des grandes marées pour cheminer insensiblement et, pour me servir des termes de M. Aubert, capitaine de navire, ils n'ont pas l'air emprunté dans notre rivière, dont nous aurons, Dieu merci, une bonne carte, l'année prochaine[21]. »

Les Britanniques tentent une première approche des côtes orléanaises le 15 juin. Ils sont tenus au large par les hommes embusqués de Courtemanche, qui ouvrent le feu sur les bateaux de débarquement chargés de soldats. Le lendemain, Le Mercier débarque à l'île d'Orléans avec quatre canons légers et une forge portative pour chauffer les boulets devant lui permettre d'incendier les navires de la Navy au mouillage de Saint-François. Son initiative est approuvée par Vaudreuil à l'insu de Montcalm. Le bombardement de la flotte est interrompu deux jours plus tard par un projectile britannique qui atteint le fût de l'une des pièces de la batterie. Le démantèlement de cette dernière coïncide avec l'arrivée de la flotte de Saunders au large de Rimouski, à 300 kilomètres en aval. Les renforts successifs envoyés à l'île d'Orléans par Vaudreuil portent le détachement de Courtemanche à près d'un millier d'hommes. « Les habitants de cette île demandent à l'aller défendre, écrit Montbeillard, proposition acceptable : ce sont leurs foyers, leurs champs ensemencés qu'ils auront à protéger[22]. » D'après le capitaine d'artillerie, il aurait été possible de retrancher les côtes orléanaises : « Il fallait aider la nature dans ses points essentiels, mais s'y prendre il y a deux ans[23]. » En juin 1759, il est trop tard. « Le désordre s'accroît à mesure que le dénouement s'approche, constate Montbeillard. Quel sujet pour une pièce de théâtre qui réunirait tant de gens et des situations bien neuves pour l'Ancien Monde[24] ! »

Le vice-amiral Saunders atteint l'île aux Coudres le 23 juin avec le gros de sa flotte. Montcalm insiste auprès de Vaudreuil pour faire évacuer le détachement de Courtemanche, qui se retire finalement à Beauport le 26, à la veille du débarquement de Wolfe à Saint-Laurent de l'île d'Orléans. La brigade et le bataillon de Montréal campent depuis quelques jours entre la pointe de Lessey et la rivière Montmorency[25]. Les bataillons de Guyenne et de Royal-Roussillon franchissent la rivière Saint-Charles à leur tour le 27 pour camper de part et d'autre de la rivière Beauport. Ils sont suivis le lendemain par les soldats de Béarn, de Languedoc et de La Sarre, puis par les miliciens des Trois-Rivières, qui déposent leurs bagages dans la plaine de la Canardière, à la droite des troupes de terre.

Montcalm quitte sa maison de la rue des Remparts dans la soirée du 28. Il installe son état-major dans une demeure située à proximité de la rivière Beauport, où la batterie flottante surnommée « le *Diable* » vient tout juste d'être amarrée[26]. Retardée par l'évacuation des civils des paroisses menacées par les combats, la brigade du gouvernement de Québec ne prend position que le 29 entre les milices trifluviennes et la rivière Saint-Charles, soit deux jours après le premier débarquement de Wolfe à l'île d'Orléans[27]. On dénombre une vingtaine de canons dans les batteries de Beauport et un mortier britannique capturé à la bataille de la Monongahela. À cela s'ajoutent les 12 canons lourds du *Diable* et les 22 pièces d'artillerie embarquées à bord de la flottille côtière manœuvrée par 300 matelots. Quant à la ville de Québec, elle est défendue par près de 250 canons et mortiers de différents calibres. Sa garnison comprend les 800 hommes de la milice bourgeoise de la capitale et les 700 matelots-artilleurs commandés par le lieutenant de roi Ramezay[28].

La fébrilité est palpable dans le camp de Beauport. « L'expédition des Anglais paraissait de beaucoup plus éloignée qu'elle n'avait semblé d'abord, observe un contemporain. Ce retard ne pouvait qu'être très préjudiciable à la colonie. S'ils avaient paru après le premier moment de la consternation, le courage et l'animosité auraient suppléé à tous les ouvrages qui n'existaient point encore, et ce premier moment de chaleur était le favorable augure d'une victoire. Par ce délai, au contraire, l'ardeur semblait se ralentir. Le Canadien est impatient et n'aspire qu'à une prompte décision de son sort[29]. » Bien que séduisante, cette hypothèse ne tient pas la route, selon un officier français, qui note « l'humeur remuante et entreprenante d[u] Canad[ien], qui ne compt[e] la force et le nombre de son ennemi pour rien quand il le sait fort éloigné de ses frontières et qui ne peut se rassurer quand il est à portée de le voir de plus près, même par les meilleures dispositions ». Montbeillard confirme ce jugement : « Ici tout est excessif, point de milieu entre la confiance et la peur. J'ai vu de redoutables négociants parler et politiquer intrépidement à table, écrira-t-il à la mi-août. Aujourd'hui, la tête leur a tourné. Ils croient déjà voir leurs enfants vendus aux Anglais par les sauvages[30]. »

Le déploiement des troupes

L'ordre de bataille élaboré par l'ingénieur Pontleroy est revisité par Lévis dans son mémoire du 10 juin 1759. Une copie complète de ce document nous est parvenue par l'entremise des Britanniques, qui l'ont récupéré dans les habits ensanglantés du brigadier Senezergues à la bataille des plaines d'Abraham[31]. Selon Vaudreuil, Montcalm aurait approuvé son contenu sans toutefois accepter d'y apposer sa signature, le gouverneur laissant entendre par là que le marquis français aurait refusé de se compromettre[32]. Au moment de la rédaction de ce mémoire, on attend la venue d'une armée ennemie avoisinant les 12 000 hommes, à l'image de celle qui s'est emparée de Louisbourg un an plus tôt. Ce point est démontré par la surprise des civils capturés par l'escadre de Saunders. « Sur l'objection qu'on leur a faite qu'ils venaient à Québec en moindre force qu'à Louisbourg, explique Mlle de Saint-Vilmé dans sa déposition qui suit sa libération, ils ont répondu que Québec était bien moins forte que Louisbourg, et que quoi qu'il y eût plus de monde en Canada, ils savaient qu'il n'était pas possible d'en ramasser beaucoup, en un même endroit, à cause des diversions auxquelles ils nous obligeront[33]. » Les appréhensions de l'état-major français sont confortées par les premiers rapports des Acadiens échappés des prisons de Boston, qui annoncent l'arrivée de 20 000 combattants à Québec. Ce nombre tombe à 15 000 à la mi-juin à la suite des dépositions des matelots de la Navy capturés dans une barge au large de l'île d'Orléans. Ce n'est qu'à la fin du mois que l'on obtient une estimation plus exacte, soit autour de 10 000 hommes[34].

À Louisbourg, en 1758, les Britanniques avaient rapidement forcé les retranchements de la baie de Gabarus. « Si l'ennemi nous attaque avec des forces supérieures, il est à craindre que malgré nos efforts il ne nous force au débarquement, à cause du grand terrain que nous avons à couvrir », écrit Lévis en faisant référence à la côte de Beauport, qui s'étire sur une dizaine de kilomètres, entre les rivières Saint-Charles et Montmorency. L'aide-major Malartic résume la marche à suivre : « Il faut tâcher de joindre les ennemis au débarquement, ou quand ils seront à terre ; ne leur pas donner le temps de se retrancher ; leur tomber dessus, sans épargner les coups de fusil et baïonnette, et se bien battre ; le seigneur fera le reste et nous en délivrerons peut-être pour une bonne fois la colonie. Nous avons de la bonne volonté, ajoute cet officier. Il faut

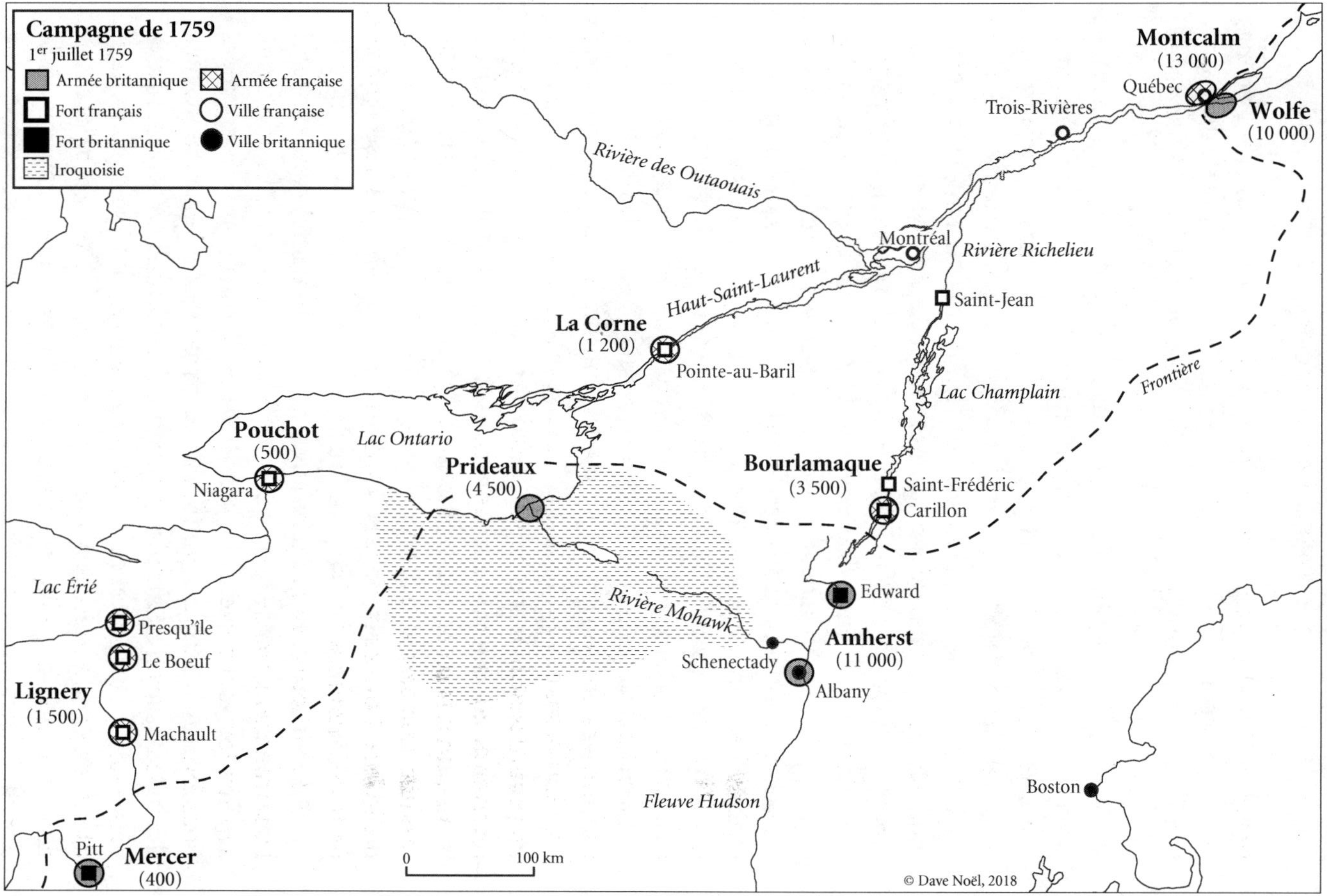
Campagne de 1759
1er juillet 1759
Armée britannique
Armée française
Fort français
Ville française
Fort britannique
Ville britannique
Iroquoisie
Montcalm
(13 000)
Québec
Wolfe
(10 000)
Trois-Rivières
Rivière des Outaouais
Montréal
Rivière Richelieu
Saint-Jean
Haut-Saint-Laurent
La Corne
(1 200)
Pointe-au-Baril
Lac Champlain
Frontière
Pouchot
(500)
Lac Ontario
Niagara
Prideaux
(4 500)
Bourlamaque
(3 500)
Saint-Frédéric
Carillon
Lac Érié
Edward
Rivière Mohawk
Presqu'île
Le Boeuf
Amherst
(11 000)
Schenectady
Albany
Lignery
(1 500)
Machault
Boston
Fleuve Hudson
Pitt
Mercer
(400)
0
100 km
© Dave Noël, 2018

en profiter et ne pas donner le temps de la réflexion à l'ennemi[35]. » Pour Lévis, la descente britannique devrait avoir lieu entre la pointe de Lessey et la chute Montmorency, au pied de l'escarpement défendu par les miliciens montréalais. « Nous avons peu de moyens pour nous y opposer, écrit-il, par l'appréhension que nous avons qu'en y portant nos plus grandes forces les ennemis ne changent leur attaque et ne viennent faire leur débarquement entre la Canardière et la rivière de Beauport, ce qui couperait notre retraite au pont de la rivière Saint-Charles. »

Lorsqu'il ne sera plus possible de tenir l'escarpement de la Montmorency, les hommes de la brigade et du bataillon de Montréal se retireront de l'autre côté de la rivière Beauport. Leur repli sera favorisé par le feu des deux redoutes érigées en seconde ligne, sur les hauteurs de la pointe de Lessey. On redéploiera ensuite les miliciens montréalais entre ces ouvrages et les bois de l'arrière-pays en suivant les méandres de la rivière Beauport. La réserve constituée de la cavalerie, des guerriers et des volontaires quittera l'escarpement pour prendre position au nord de la ligne de bataille en passant par les chemins de traverse qui mènent au hameau du Bourg-Royal, à l'est du noyau villageois de Charlesbourg. « L'armée pourra observer les mouvements des ennemis et ne pourra que retarder leurs opérations, prévient Lévis. Ce poste n'est bon que sur le front qui est l'escarpement du ravin [situé à l'entrée de la rivière Beauport] et aussitôt que les ennemis se porteront sur notre gauche et qu'ils déposteront la réserve, il ne sera plus soutenable. » L'armée française passera alors le pont de la Saint-Charles en laissant un corps d'élite dans l'ouvrage à cornes. La réserve sera maintenue dans le secteur de Charlesbourg afin de lui permettre de harceler les forces britanniques. Elle pourra se replier à tout moment en passant par les hauteurs de la Jeune-Lorette.

Redéployée au sud de la Saint-Charles, l'armée française appuiera sa droite sur le faubourg Saint-Roch en prolongeant sa gauche au-delà de l'Hôpital général, sur près de quatre kilomètres. Des détachements seront également postés en amont pour défendre les quatre gués situés dans les méandres boisés de la Saint-Charles[36]. « Les rives [de ce cours d'eau] sont élevées et l'on peut aisément s'y retrancher et en défendre le passage à l'ennemi avec succès, écrit Lévis en faisant allusion au secteur allant de L'Ancienne-Lorette à la Jeune-Lorette. Elle coule presque toujours dans les bois et dans des pays escarpés, c'est pourquoi il ne faudrait porter la défense de cette rivière que depuis la ferme de M. Cadet jusqu'à

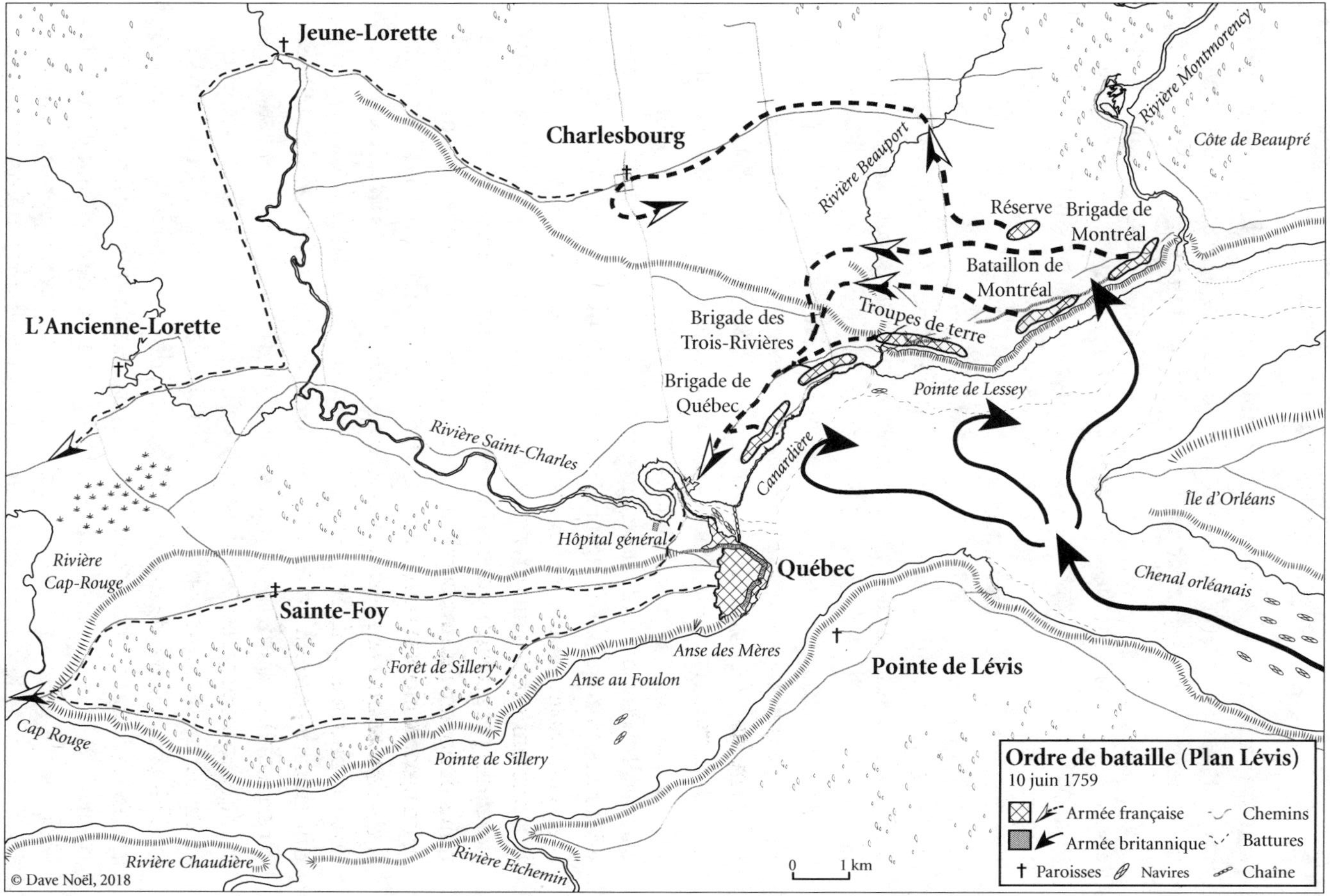
Jeune-Lorette
Charlesbourg
L'Ancienne-Lorette
Rivière Beauport
Rivière Montmorency
Côte de Beaupré
Réserve
Brigade de Montréal
Bataillon de Montréal
Troupes de terre
Brigade des Trois-Rivières
Brigade de Québec
Pointe de Lessey
Canardière
Rivière Saint-Charles
Hôpital général
Québec
Île d'Orléans
Chenal orléanais
Rivière Cap-Rouge
Sainte-Foy
Forêt de Sillery
Anse des Mères
Anse au Foulon
Pointe de Lévis
Cap Rouge
Pointe de Sillery
Rivière Chaudière
Rivière Etchemin
© Dave Noël, 2018
0 1 km
Ordre de bataille (Plan Lévis)
10 juin 1759
Armée française
Armée britannique
Paroisses
Navires
Chemins
Battures
Chaîne

son embouchure. » Le chevalier rappelle qu'il « est de la plus grande importance pour le salut de cette colonie de défendre cette position qui est la dernière pour empêcher les ennemis de faire le siège de Québec. Car si nous avons le malheur de perdre cette place, la colonie est aux abois. Et si nous la perdons avant la fin du mois d'août, il est à craindre qu'ayant à faire avec un ennemi aussi puissant, qu'il ne nous suive dans l'intérieur du pays en côtoyant toujours le fleuve, et qu'il ne cherche à faire sa jonction avec les armées qui débouchent par le lac Champlain et le lac Ontario ».

Si les Britanniques percent la ligne de la Saint-Charles à la hauteur de L'Ancienne-Lorette, on se repliera sur le promontoire de Québec en laissant la réserve à la Jeune-Lorette pour harceler l'ennemi à revers. « L'armée n'aura de retraite que sur les hauteurs d'Abraham où elle ne pourra rester que le temps qui sera absolument nécessaire pour évacuer la ville », écrit Lévis. En suivant les chemins Sainte-Foy et Saint-Louis, les troupes gagneront la rivière du Cap-Rouge, qu'elles passeront sur le pont de bateaux et sur le bac faisant le va-et-vient entre les deux rives. L'armée française se retirera enfin en combattant jusqu'à l'embouchure de la rivière Jacques-Cartier. « Dans la situation où nous sommes, c'est la seule position que nous puissions prendre, observe le chevalier, elle sera audacieuse et militaire. »

Pour Lévis, « il n'y a pas lieu de croire que les ennemis pensent à tenter à passer devant la ville et à faire leur débarquement à l'anse des Mères », le conseil de guerre de la fin de mai ayant convenu de défendre le détroit de Québec à l'aide des deux frégates royales, soit *L'Atalante* et la *Pomone*. Cet ordre de bataille est toutefois bouleversé par Vaudreuil, qui ordonne le retrait des navires de Vauquelin jusqu'au goulet de Deschambault le 21 juin. Les équipages de ces bâtiments sont réquisitionnés pour manœuvrer les batteries de la capitale, qui mobilisent près d'un millier d'artilleurs. Montbeillard est hors de lui : « Vaudreuil a pris le parti *proprio motu* [de sa propre initiative] de désarmer les deux frégates qu'on enverra [au rapide du] Richelieu et d'en donner les équipages pour le service de l'artillerie, qui est en si grande abondance qu'elle absorbera une grande partie de l'armée sans opérer de grands effets. » L'officier d'artillerie poursuit son réquisitoire le surlendemain : « Nous avons une artillerie aussi considérable que si nous avions un million de poudres[37]. » Encore une fois, l'ordre du gouverneur semble avoir été donné contre l'avis de Montcalm qui dénonce la multiplication des batteries au cours des jours précédents. On ignore toutefois avec quelle fermeté le général a défendu le plan initial[38].

Le retrait des navires de guerre ouvre une brèche dans le système défensif de Québec, ce que les assiégeants vont exploiter dans le courant de l'été. En août, un témoin écrira :

> On ne peut s'empêcher d'observer que les entreprises heureuses de l'ennemi étaient dues au parti qu'on avait pris d'abandonner [le Saint-Laurent], contre l'opinion de quelques gens sûrs, qui avaient soutenu qu'il fallait tenir les deux frégates du Roi bien armées [en amont] de Québec, lesquelles auraient empêché les barges anglaises de paraître de ce côté-là, et nous auraient assuré la navigation de la rivière. Les vaisseaux anglais n'eurent pu les en déloger, attendu qu'ils ne pouvaient remonter qu'en faisant sonder devant eux, ce que les frégates n'auraient point souffert ; ou bien, si au risque de se perdre, ils avaient voulu forcer sur elles, il leur était facile de céder le terrain[39].

Les assiégés auraient également pu tenter de verrouiller le détroit de Québec en appliquant les propositions du seigneur de Lauzon, Étienne Charest. Un officier français affirmera que ce capitaine de milice « avait toujours regardé la pointe de Lévis comme un point essentiel à défendre si l'on voulait mettre pour ainsi dire Québec à l'abri d'insulte ». C'est en vain que Charest propose d'y établir un camp retranché garni de canons dont les tirs croisés avec ceux de Québec « eussent barré infailliblement le passage », selon l'officier qui évoque sa proposition. Mais rien n'est moins sûr, selon l'ingénieur Desandrouins, pour qui il est difficile de défendre les deux rives simultanément. Bourlamaque juge lui aussi le projet irréalisable : « Quoique le fleuve n'ait à cet endroit que 600 toises de large, il faudrait pour y arrêter des vaisseaux avoir des batteries des deux côtés du fleuve, ce qui est impossible, parce qu'on ne peut construire vis-à-vis Québec aucune forteresse qui ne fut excessivement commandée [par les hauteurs de l'arrière-pays de la pointe de Lévis][40]. »

L'officier rapportant les idées de Charest parle également de la mise en place d'un camp retranché sur les plaines d'Abraham, ce qui implique l'abandon de la côte de Beauport. « L'avantage du terrain, de l'artillerie bien établie, des feux dirigés à loisir, nous donnaient alors un bien grand avantage sur eux, s'ils eussent voulu s'établir dans la plaine entre la rivière [Saint-Charles] et la hauteur [d'Abraham]. Le terrain aquatique eût combattu pour nous, la maladie les eût minés, détruits », écrit cet officier anonyme[41]. Montcalm y aurait songé, affirme son aide de camp Johnstone dans le *Dialogue des morts* qui, rappelons-le, relate la campagne de 1759 au moyen d'une discussion fictive entre le marquis trépassé et son adversaire britannique. « Mon projet de défense était d'occuper les hauteurs d'Abraham, d'y camper, et de faire servir la ville de Québec comme un pivot à tous mes mouvements », explique Montcalm à Wolfe dans l'au-delà imaginé par Johnstone. « Dans cette vue j'avais fait retrancher les bords de la rivière Saint-Charles et je restai campé sur ces hauteurs jusqu'à deux jours avant votre arrivée. » Lévis impose toutefois la ligne de Beauport[42].

Le récit de Johnstone doit être traité avec prudence, les détails d'une précision remarquable y côtoyant parfois la rumeur. Dans les faits, Montcalm n'a jamais occupé les plaines d'Abraham avant le siège, étant plutôt campé en contrebas, le long de la Saint-Charles. Sa correspondance et ses mémoires ne font état d'aucun projet de camp sur les hauteurs d'Abraham, ce qui ne veut pas dire qu'il n'y ait pas songé avant de confier ses réflexions à son aide de camp lors des longues nuits passées au bivouac. Beauport n'est pas une fin en soi pour l'état-major français. Pendant un moment, Lévis envisage d'ailleurs d'attendre l'ennemi sur la Saint-Charles au lieu d'aller le combattre au-delà de cette rivière, sur les battures de Beauport. Montcalm évoque cette possibilité jusqu'au 1er juillet, soit cinq jours après le débarquement initial des Britanniques à l'île d'Orléans. « Nous sommes toujours à même de prendre cette position si militaire que vous pensez que nous devions prendre par choix, écrit Montcalm à Lévis en évoquant la ligne de défense de la Saint-Charles, et c'eût été assez mon avis[43]. »

TROISIÈME PARTIE

Le siège de Québec

Je ne vois nulle part aucune armée qui se soit trouvée dans une position exactement semblable à la nôtre. Nous sommes assiégés par terre et par l'eau et nous sommes obligés de pourvoir à la défense d'une ville qui n'a pour toute ressource qu'une nombreuse artillerie. Une armée de terre nous observe, tandis qu'une flotte nous côtoie et influe par son approche à faire pencher la balance à notre désavantage.

Un officier français, 22 juillet 1759[1]

CHAPITRE 7

Juillet : préliminaires

Flanqué de rivières, adossé aux forêts de l'arrière-pays, le camp retranché de Beauport offre un environnement rassurant à l'armée de miliciens de Montcalm[2]. Il ne possède qu'un seul front d'attaque sur le bassin de Québec d'où l'on peut voir venir l'ennemi. Cet avantage est appréciable, le marquis ne pouvant compter que sur 2 500 vétérans des troupes de terre et de la Marine pour affronter les 10 000 soldats professionnels de Wolfe[3]. Le temps manque pour entraîner les recrues et les masses de conscrits chargés des travaux de retranchement. Leur entraînement est également compromis par la pénurie de poudre à fusil. Il en va autrement des régiments britanniques, qui ont amélioré la cadence et la précision de leurs tirs à la fin du printemps, au cours des semaines passées dans les camps d'Halifax et de Louisbourg[4]. George Washington devra relever les mêmes défis que Montcalm lors de la campagne de New York. En 1776, le général américain jugera lui aussi son armée trop « verte » pour la lancer dans des opérations offensives contre les réguliers britanniques. Il cédera rapidement le terrain aux forces supérieures du général William Howe, le même officier qui mène l'avant-garde de Wolfe au sommet du cap Diamant au matin du 13 septembre 1759[5].

Le front laurentien

Les bataillons français et les brigades coloniales campés à l'arrière des redoutes de Beauport à compter de la fin de juin aménagent des rigoles autour de leurs tentes pour assécher le terrain. Ils érigent ensuite un remblai de terre sur le front des battures pour y canarder l'ennemi à couvert. Marqués par la bataille de Carillon livrée un an plus tôt, les soldats et les miliciens réclament des retranchements supplémentaires. Montcalm leur rappelle toutefois que l'épaulement des battures ne doit servir d'abri qu'au moment du pilonnage d'artillerie de la Navy précédant la descente. Il pourra également être utilisé si le débarquement est effectué à marée montante, à portée de fusil du remblai. En cas de descente à demi-marée ou à marée basse, les soldats devront sortir de leur abri pour charger l'ennemi à la baïonnette sur les battures avec le soutien des miliciens déployés en tirailleurs. Les unités françaises et canadiennes devront s'appuyer par des marches forcées « pour frapper en masse » sur le premier point où les assiégeants débarqueront. Des piquets sont plantés à cet effet le long des sentiers reliant le grand chemin de Beauport aux battures pour faciliter la concentration des troupes dans la pénombre[6]. « On doit attendre d'avoir vu l'ennemi pour tirer à coup portant et bien ajusté, souligne Montcalm en rappelant l'importance de garder son sang-froid. D'ailleurs, un ennemi qui a un fleuve à passer ne peut pas le passer en volant[7]. »

Les miliciens montréalais postés sur l'escarpement menant à la rivière Montmorency peuvent apercevoir la cime de la forêt de mâts formée par les navires britanniques qui s'entassent depuis quelques jours dans le chenal sud de l'île d'Orléans[8]. Au matin du 27 juin, ils entrevoient la marche des premiers soldats de Wolfe débarqués sur les côtes de la paroisse de Saint-Laurent. Les habits rouges prennent position à l'extrémité ouest de l'île après une brève escarmouche entre un groupe de guerriers et des Rangers. Ce modeste combat qui fait un mort dans le camp britannique marque le début du siège de la capitale. Dans l'après-midi du 27, la flotte de Saunders est éprouvée par un orage. À Québec, on espère la répétition du désastre de l'amiral Walker de 1711, ce que semblent confirmer les débris qui dérivent jusqu'aux quais de la basse-ville, où l'on récupère la figure de proue d'un navire, « un dragon surmonté d'un aigle[9] ». Les quelques bâtiments jetés sur les côtes sont renfloués par la Navy. « Il est assez vraisemblable qu'en pareil cas une flotte française aurait péri, raille Montbeillard. L'orage a suspendu nos travaux et nous fera peut-être plus de mal qu'à l'ennemi, car la vraie perte est celle du temps[10]. » Wolfe y perd néanmoins une partie de ses embarcations légères destinées au débarquement et à la manœuvre des troupes.

Voulant profiter du désordre, Vaudreuil ordonne le lancement des sept brûlots de sa flotte en état de naviguer. Il confie leur commandement au capitaine François de Louches, qui appareille dans la nuit du 28 au 29 juin. Cet officier de la marine marchande est au large de la pointe de Lévis lorsqu'il met précipitamment le feu à son navire avant de sauter dans une chaloupe avec son équipage. Son geste est imité par les autres capitaines de la flottille à l'exception de l'un d'entre eux, qui périt dans les flammes. En dépit de leur frayeur, les marins de la Navy se précipitent dans leurs chaloupes. Ils vont au-devant des bombes flottantes qu'ils remorquent jusqu'au bout de l'île d'Orléans, où elles se consument jusqu'au matin sous le regard affligé de Montcalm et de Vaudreuil, qui assistent à la scène à partir des hauteurs de Beauport[11].

Au lendemain de l'attaque des brûlots, Wolfe dépêche les 3 000 hommes de la brigade de Monckton à Beaumont, sur la rive sud en face de l'île d'Orléans, pour sécuriser le mouillage de sa flotte. La manœuvre est exécutée en fin de journée et surprend le capitaine de Léry, qui patrouille le secteur à la tête d'un groupe de miliciens de la côte du Sud. L'officier qui s'est illustré trois ans plus tôt en prenant d'assaut le fort Bull s'enfuit précipitamment en abandonnant son journal, son épée et son tricorne[12]. Il arrête sa course à la pointe de Lévis, où son détachement est rejoint par un groupe de miliciens et de guerriers abénaquis. Ce corps hétéroclite fusille un moment avec l'avant-garde de Monckton avant de se replier sur les hauteurs boisées de l'arrière-pays. Selon le témoignage des miliciens présents, la colonne ennemie aurait perdu une soixantaine d'hommes dans cet accrochage. Les sources britanniques ne signalent cependant qu'une demi-douzaine de tués et de blessés. Cette surestimation des pertes est typique des escarmouches forestières livrées à la limite de la portée utile des armes. Elle mystifie encore aujourd'hui bon nombre d'historiens, pour qui il aurait suffi d'ajouter quelques centaines de miliciens au détachement de Léry pour anéantir la brigade de Monckton[13].

À la nouvelle du débarquement, Montcalm se précipite au château Saint-Louis pour proposer à Vaudreuil l'envoi de renforts sur la rive sud. Le départ des secours est toutefois interrompu par l'arrivée d'un prisonnier irlandais capturé par les Abénaquis. Selon le témoignage de ce captif, la manœuvre de Monckton ne serait qu'une diversion visant à couvrir le véritable débarquement, prévu en soirée entre les rivières Saint-Charles et Beauport[14]. « On le crut d'autant plus facilement que le général anglais était un homme vif et brouillon », écrit un témoin[15]. Montcalm regagne le camp de Beauport tandis que l'on ferme les portes de Québec pour la première fois. Il est suivi de Vaudreuil, qui établit ses quartiers dans une maison du chemin de la Canardière d'où il dirigera les troupes de la droite du camp. Montcalm commande le centre de la ligne assisté du brigadier de Senezergues et de l'aide-major général Montreuil. La gauche est laissée aux ordres du chevalier de Lévis, maréchal de camp. L'armée passe la nuit du 30 juin au 1er juillet dans l'attente d'un débarquement. Au lever du jour, les brigades de Québec et des Trois-Rivières ouvrent soudainement le feu en direction du bassin. La fusillade dure une vingtaine de minutes. Il s'agit d'une fausse alerte planifiée par le marquis pour tester la réactivité et le sang-froid des miliciens de la Canardière[16].

Montcalm est « effrayé » par l'étendue de sa ligne de défense. Au retour d'une patrouille à cheval, il écrit à Lévis pour le convaincre de revoir leur ordre de bataille. « Si M. le marquis de Vaudreuil ne commandait pas l'armée et que je la commandasse en chef [...], je resserr[er]ais ma ligne de la Canardière à Beauport, et j'espérerais avec 2 000 Montréalistes et sauvages garder la gauche. » Le général redoute une descente ennemie au centre ou à la droite du camp, ce qui couperait la retraite de l'ensemble de l'armée vers le pont de la Saint-Charles en cas de revers. Un débarquement au nord de la pointe de Lessey serait moins périlleux, estime Montcalm, puisque les troupes légères postées dans le secteur pourraient se replier avec le soutien des combattants de la droite. « Pensez-vous que les ennemis préfèrent une descente qu'ils peuvent protéger du canon, à une que leur canon ne protégera pas », demande le général à son second en faisant allusion aux battures de la Canardière, moins profondes que celles de la gauche. Montcalm répond à la question en prédisant un débarquement à la droite, sous le feu des navires britanniques. « L'opinion des vieux officiers de l'armée est telle[17]. » Vaudreuil se rallie à Montcalm :

> Plus je réfléchis sur notre position, plus je la trouve dans le cas de ne pouvoir être soutenue. Il est certain que si l'ennemi nous perce par la gauche, nous avons encore moyen de manœuvrer avec notre armée. Si nous sommes percés par le centre, tout est dit pour l'armée et pour la colonie. D'ailleurs, les mouvements pour secourir la ville devant se faire par la droite, l'importance de ces divers objets fait que je crois devoir me

> réduire à n'avoir qu'un corps d'observation depuis Beauport jusqu'au sault [la chute Montmorency] en Canadiens et troupes légères ; je voudrais la réduire à 2 000 hommes[18].

Vaudreuil veut garder le centre de gravité de son armée à proximité de Québec pour soutenir la ville en cas d'attaque. Cette position, écrit-il à Lévis au début de juillet, lui permettra de secourir les troupes laissées à la gauche du camp de Beauport ou de combattre sur le promontoire du cap Diamant, en amont de la capitale[19].

La « drôle de guerre »

Le bassin de Québec est le théâtre d'un premier combat naval le 1er juillet. Ce jour-là, une carcassière escortée par une demi-douzaine de jacobites franchit le bassin de la capitale pour bombarder le camp britannique de la pointe de Lévis. Ce pilonnage fait une dizaine de victimes parmi les hommes de Monckton avant d'être interrompu par l'arrivée de deux frégates sorties du chenal du sud[20]. La flottille française regagne sans encombre les battures de Beauport au moment où les escarmouches reprennent entre les soldats britanniques et un détachement de guerriers autochtones, de miliciens canadiens et de soldats français postés sur les hauteurs boisées de la rive sud. Montcalm veut à nouveau y envoyer des renforts. Le 2 juillet, il fait entrer Montbeillard dans son cabinet pour lui dicter un projet d'expédition qui sera plus tard rejeté par Vaudreuil[21]. Pendant ce temps, Wolfe parachève les retranchements du bout de l'île d'Orléans et de la pointe de Lévis où sont installés des hôpitaux de campagne. Contraint à l'inaction, Montcalm complète sa ligne de défense en ordonnant la construction d'ouvrages supplémentaires à l'embouchure des rivières Beauport et Saint-Charles. Il renforce sa droite en y transférant les 500 Canadiens du corps d'élite de Repentigny et les cavaliers de La Rochebeaucourt. La cavalerie sera plus utile dans la plaine de la Canardière où elle pourra se déployer, contrairement aux hauteurs désormais retranchées de la Montmorency.

Cette guerre de positions met les nerfs à vif. Le 5 juillet, Montcalm se rend à Québec pour rassurer les milices bourgeoises qui redoutent un bombardement britannique à partir de la pointe de Lévis. « La milice paraît peu disposée, écrit Montbeillard, outre la propension à la mutinerie, elle se plaignait avec raison que, faisant un service plus vif qu'à l'armée [de Beauport], on ne lui donnait qu'une demi-livre de pain. On lui a accordé la ration. Ils demandent un équipement et ont encore raison, ajoute le capitaine d'artillerie. Le marquis de Vaudreuil, dit-on, n'en a jamais donné aux garnisons dans le Canada et il a fallu beaucoup de logique pour lui faire comprendre qu'on ne pouvait appeler garnison ordinaire des milices qui sont au moment d'être bombardées et canonnées. » Alors qu'il s'apprête à regagner le camp, Montcalm constate l'agitation des miliciens. Il s'arrête pour les encourager une dernière fois tout en menaçant de faire pendre l'un d'entre eux avant de quitter la ville. « Il leur a dit de bonnes raisons et tous ont crié : Vive le Roi ! » rapporte Montbeillard[22].

Le nombre de voiles britanniques augmente de jour en jour dans le bassin de Québec. Une nouvelle canonnade y éclate le 6 juillet entre le *Diable* et quelques frégates de la Navy soutenues par un vaisseau. En dépit de leur puissance de feu, les navires de Saunders sont incapables d'atteindre la batterie française de l'embouchure de la rivière Beauport et les jacobites qui manœuvrent dans leur angle mort. Le 8 juillet, une frégate se détache de la flotte britannique pour prendre position à proximité de la chute Montmorency, à l'entrée du chenal nord de l'île d'Orléans. Elle fait feu sur les troupes de Lévis jusqu'au coucher du soleil. La manœuvre permet de masquer le débarquement des grenadiers de Wolfe et des soldats de la brigade de Townshend sur la côte de Beaupré, à un peu plus d'un kilomètre en aval.

Montcalm veut lancer une grande offensive contre les troupes de Wolfe en passant par les gués de la Montmorency. Au soir du 9 juillet, il écrit à Lévis pour lui proposer deux ordres de bataille. Le premier consisterait à attaquer rapidement avec les guerriers et avec les volontaires soutenus par les miliciens montréalais. Le second projet prévoit la concentration de la quasi-totalité des forces du camp de Beauport sur la Montmorency, à l'exception de 3 000 hommes laissés à la garde de la Canardière. Montcalm est même prêt à réduire ce corps d'observation à moins d'un millier de combattants. L'armée quitterait ses bases à compter de 22 h pour franchir les trois principaux gués de la Montmorency à l'aube du 10 juillet[23]. Avant de soumettre son projet à Vaudreuil, Montcalm veut obtenir le soutien de Lévis, qu'il juge nécessaire pour convaincre le gouverneur. Le conseil de guerre tenu par Vaudreuil préconise la prudence. On se contente d'envoyer un détachement de

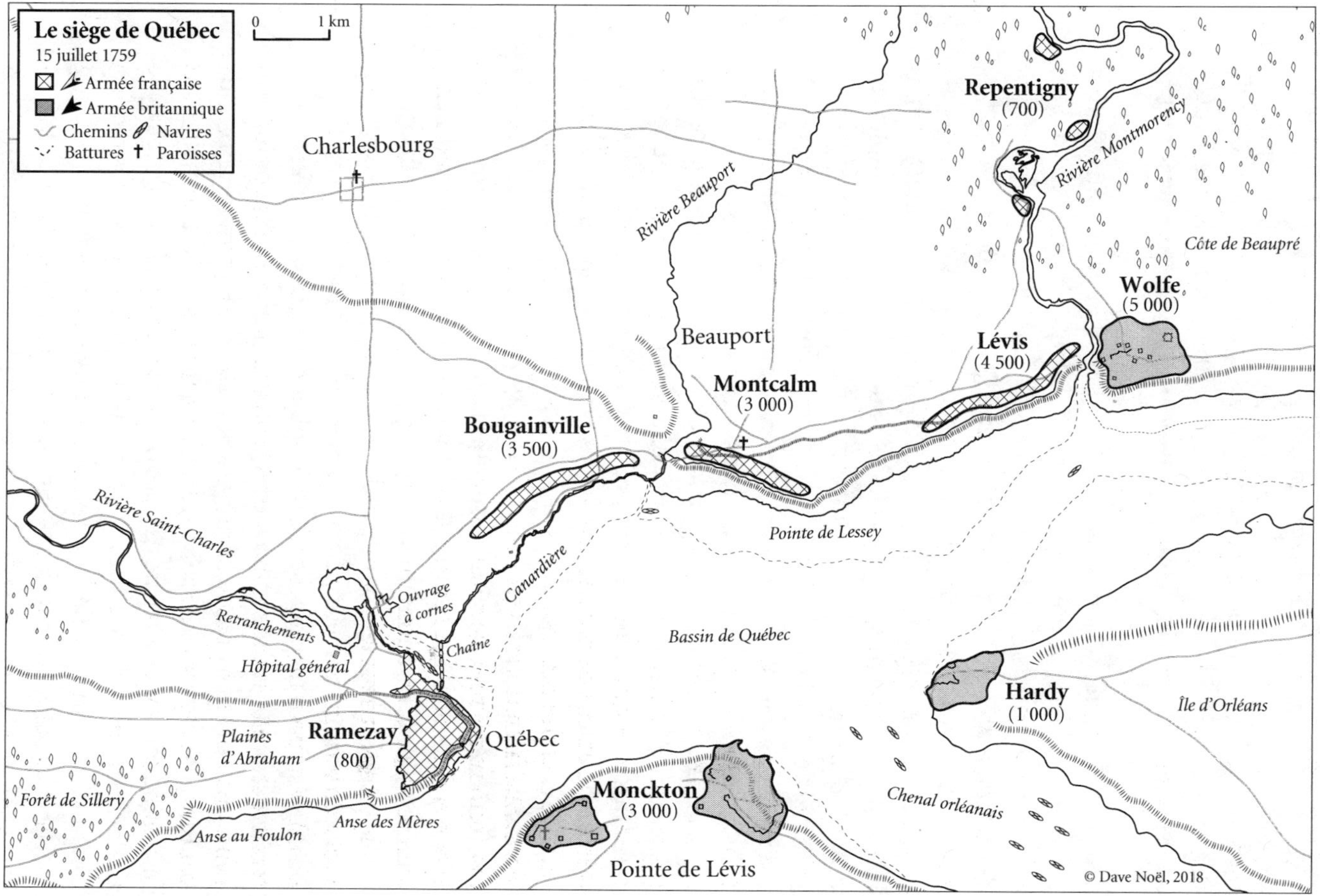
Le siège de Québec
15 juillet 1759
Armée française
Armée britannique
Chemins
Navires
Battures
Paroisses
0
1 km
Charlesbourg
Rivière Beauport
Repentigny
(700)
Rivière Montmorency
Côte de Beaupré
Wolfe
(5 000)
Beauport
Lévis
(4 500)
Montcalm
(3 000)
Bougainville
(3 500)
Rivière Saint-Charles
Pointe de Lessey
Canardière
Ouvrage
à cornes
Retranchements
Chaîne
Hôpital général
Bassin de Québec
Hardy
(1 000)
Île d'Orléans
Ramezay
(800)
Québec
Plaines
d'Abraham
Forêt de Sillery
Anse au Foulon
Anse des Mères
Moncton
(3 000)
Chenal orléanais
Pointe de Lévis
© Dave Noël, 2018

troupes légères à l'attaque des avant-postes britanniques de la côte de Beaupré. Tombé sur une compagnie de Rangers, le détachement franco-amérindien fait une vingtaine de morts et de blessés avant de regagner Beauport sous le feu de l'ennemi.

Wolfe est rejoint dans le courant du 10 juillet par la plus grande partie de la brigade de Murray, ce qui porte ses effectifs à près de 5 000 hommes. Le lendemain, Montcalm adapte son dispositif de défense en renforçant la gauche et le centre de sa ligne pour mieux soutenir le chevalier de Lévis en cas d'attaque par les gués de la Montmorency. Il laisse le bataillon de Languedoc et la brigade de Québec dans la plaine de la Canardière aux ordres de Vaudreuil, qui peut compter sur Bougainville pour mener ses unités au combat. « Quand même vous apprendriez la ville emportée d'assaut, il ne faut pas m'en écrire mais marcher, prévient Montcalm dans une lettre au colonel, [le bataillon de] Languedoc à la tête [des troupes] pour la reprendre[24]. »

Alors que deux des trois brigades de l'armée britannique se rassemblent à l'est de la Montmorency, Vaudreuil se détourne soudainement du front de la côte de Beaupré. Il s'est rallié à un projet d'expédition lancé par les milices de la ville de Québec, qui souhaitent démolir les batteries de la pointe de Lévis avant qu'elles n'ouvrent le feu sur la capitale. L'expédition est confiée au major Dumas, des troupes de la Marine. À la tête de 1 500 combattants, le vainqueur de la Monongahela gagne d'abord l'entrée de la rivière du Cap-Rouge, où il s'embarque à bord d'une quarantaine de bateaux. La petite armée effectue sa descente sur la rive sud dans la nuit du 12 au 13 juillet, en amont du camp de la brigade de Monckton. Les guerriers autochtones ouvrent la marche, suivis d'un détachement de soldats des troupes de terre et de la plus grande partie des milices bourgeoises de la capitale, y compris un peloton de séminaristes. Leur progression est rapidement interrompue par une terreur panique des Canadiens, qui tirent accidentellement dans le dos de leur avant-garde. Se croyant découvert, Dumas regagne Québec au terme de la fusillade. On qualifie dès lors l'expédition manquée de « coup des écoliers » en référence aux séminaristes.

Le bombardement de la capitale débute dans le courant de la nuit du 12 au 13 juillet. Les artilleurs britanniques de la pointe de Lévis peuvent compter sur deux batteries réunissant cinq mortiers et six canons lourds crachant des boulets de 32 livres. Une troisième batterie de quatre mortiers s'ajoute le 20 juillet, suivie le 26 par une quatrième batterie dotée de six canons lourds tirant des projectiles de 24 livres[25]. Les bombes et les boulets lancés au-dessus du fleuve s'abattent sur les habitations de Québec jusqu'à la face intérieure de la porte Saint-Jean. Au milieu du chaos, le commandant de la garnison, Ramezay, fait évacuer les munitions entreposées dans la haute-ville. On annule également le projet d'hôpital militaire que l'on avait prévu installer au monastère des Ursulines. Les pièces de Monckton sont alimentées par une poudre et par des projectiles de qualité qui leur permettent d'atteindre le faubourg Saint-Roch et les abords de l'Hôpital général. Dans le courant de l'été, les boulets et les bombes iront parfois s'écraser au-delà de la rivière Saint-Charles après avoir survolé le promontoire du cap Diamant. « Il est surprenant qu'[ils] aillent si loin, écrit le garde-magasin de Vienne en parlant des projectiles. Si on s'en était rapporté à quelques artilleurs, [ils] ne devaient tout au plus tomber que dans la haute-ville, note-t-il au sujet des officiers de l'artillerie française, preuve certaine que ces messieurs savent bien leur métier[26]. » Vaudreuil a ordonné aux canonniers de ne plus tirer pour économiser les munitions entreposées à Québec. La ville lance néanmoins plus de 300 boulets et bombes avant que le gouverneur ne réitère son ordre. Montcalm gagnera la capitale à quelques reprises pendant le siège pour faire lever l'interdiction du gouverneur[27].

La manœuvre du major Dumas est passée inaperçue dans le camp britannique. Elle n'a même pas eu l'effet d'une diversion. Le « coup des écoliers » a surtout détourné l'attention des assiégés, tandis que Wolfe se retranchait sur le promontoire dominant la rive gauche de la Montmorency, au sommet de la chute. « Ces travaux, de la part d'un ennemi commandé par un homme qu'on disait extrêmement expéditif, nous font soupçonner qu'ils veulent nous épuiser à tous égards », observe Montbeillard[28]. En réalité, Wolfe veut forcer le passage de la rivière en pointant ses canons vers le camp de Beauport. Montcalm réagit en faisant ériger de nouveaux retranchements. Il fortifie les gués forestiers de la Montmorency, dont les sentiers sont jalonnés de piquets pour faciliter la concentration des troupes dans le secteur en cas d'alerte. On y amène les sergents de milice de la ville et du gouvernement de Montréal afin de les familiariser avec ce théâtre d'opérations[29]. Les batteries britanniques de la côte de Beaupré ouvrent le feu dans la nuit du 17 juillet. À compter de cette date, les soldats français et les miliciens canadiens postés sous leur feu seront relevés quotidiennement, leur position étant jugée aussi dangereuse qu'une tranchée de siège.

Le passage du détroit

Poussé par un vent de l'est, un premier groupe de navires britanniques s'élance vers le détroit de Québec dans la nuit du 18 au 19 juillet. Il comprend un vaisseau de 50 canons – le *Sutherland* –, deux frégates et deux transports emportant 600 soldats. Cette flottille passe sous le feu de l'artillerie de la basse-ville en longeant la rive sud, où l'une des frégates s'échoue en serrant la côte de trop près. Remise à flot, elle rejoint les autres navires passés en amont de Québec le lendemain à la hauteur de l'anse des Mères. Le dernier brûlot français amarré dans ce havre y est incendié par l'équipage d'une chaloupe britannique. Pour défendre le secteur, Le Mercier fait transporter un mortier et deux canons lourds à la maison de Saint-Michel, en aval de la pointe de Sillery[30]. Cette batterie dite « de Samos » est opérationnelle à compter du 20 juillet. Les ingénieurs de la colonie inspectent alors les falaises du cap Diamant entre Québec et la pointe de Cap-Rouge. C'est sur la base de leur rapport que sont retranchés les chemins permettant d'accéder au sommet du promontoire à partir de l'étroite bande de terre située à une quarantaine de mètres en contrebas. La surveillance des falaises du cap est d'abord confiée à un détachement de 600 hommes sous les ordres de Dumas, dont les effectifs sont portés à 1 500 combattants les 20 et 21 juillet. Cette « armée de l'amont » comprend la cavalerie de La Rochebeaucourt, chargée de suivre les manœuvres des bateaux évoluant dans le sillage du *Sutherland* et de ses frégates[31]. En cas de débarquement, Dumas pourra compter sur un secours de 600 hommes postés en réserve dans la plaine de la Canardière.

Le théâtre d'opérations de Québec est devenu un gigantesque échiquier. « [Wolfe] a plus de facilité à faire mouvoir ses pions que nous, constate Montcalm. Ses pions semblent lui valoir mieux ; on dirait qu'ils ont été à dame, et il les soutient assez bien par ses tours. Nous ne faisons pas autant d'usage de nos fous que nous voudrions ; nos cavaliers n'agissent pas beaucoup. Notre roi a une marche grave et lente, belle partie à gagner[32]. » Pour le général, les effectifs déployés en amont de Québec sont trop nombreux. « Soyez sûr que l'objet de Wolfe n'est que de nous donner de l'inquiétude pour notre droite et notre gauche afin de nous déposter et fondre sur la partie de Beauport à la rivière Saint-Charles », écrit-il à Bougainville le 20 juillet[33]. Montcalm maintient le gros de ses forces à Beauport pour tenir tête aux deux des trois brigades qui se trouvent toujours sur la côte de Beaupré. Il encourage Lévis à multiplier les partis sur les gués forestiers de la Montmorency en y répandant des tracts annonçant aux déserteurs éventuels qu'ils ne seront pas molestés s'ils vont sans armes au-devant des Amérindiens[34]. « L'armée parle de siège, mais l'armée n'est ni assiégée ni assiégeante, rappelle Montcalm à ses soldats. Elle est combattante et en mesure de combattre[35]. »

En dépit de sa prudence, Wolfe est surpris dans l'après-midi du 26 juillet par l'attaque des guerriers menés par le capitaine de Repentigny alors qu'il dirige une mission de reconnaissance le long de la Montmorency. Au bruit des balles, Montcalm gagne la gauche du camp avec les grenadiers et les soldats de Royal-Roussillon pour permettre à Lévis d'entrer en action avec ses miliciens montréalais. La fusillade est toutefois terminée lorsque le chevalier se met en marche. Wolfe y perd une quarantaine de soldats tués ou blessés, contre une dizaine chez les Franco-Amérindiens. À l'instar de Vaudreuil, Montcalm et Lévis estiment que les guerriers ont ouvert le feu trop rapidement, les privant d'une victoire décisive. Quant aux Amérindiens alliés, ils blâment le manque de soutien de l'armée, « disant que les Français voulaient les sacrifier et qu'il n'y avait qu'eux qui fissent la guerre[36] ».

Lors de la descente britannique du 9 juillet, Montcalm a clairement pris position en faveur d'une attaque d'envergure sur la côte de Beaupré. Depuis, il modère ses ardeurs, comme le constate un officier français, ne voulant pas risquer ses hommes contre les retranchements érigés dans le secteur :

> Grand projet d'offensive sur le camp du sault Montmorency, toujours combattu par M. de Montcalm, et toujours proposé par M. l'intendant et Mercier, ou à leur instigation. M. de Montcalm appuyait son sentiment de plusieurs raisons : la première que le succès était incertain et que l'on perdait la colonie ou tout au moins Québec, si l'on recevait un échec considérable ; la deuxième qu'en gagnant du temps on pouvait se tirer insensiblement d'affaire, que [la rumeur du] secours d'une flotte dans le bas de la rivière pouvait peut-être ne pas être tant imaginaire, qu'en sus on occupait celle des ennemis qui pourrait préjudicier davantage si elle se portait ailleurs, soit dans nos autres colonies, soit même sur les côtes de France[37].

Vaudreuil ordonne le lancement des cajeux rassemblés à l'anse des Mères dans la nuit du 27 au 28 juillet. « Tout le monde était dans l'impatience de voir l'effet, rapporte un témoin, les soldats même eurent la curiosité de ne pas se coucher[38]. » La flottille propulsée par le courant doit d'abord passer devant la ville avant de percuter les navires de Saunders dans le bassin de Québec. Commandée par le capitaine de navire François Poulin de Courval, elle comprend près de 80 radeaux enchaînés les uns aux autres. À leur bord se trouve une centaine de grenadiers devant assurer la défense des marins. Ils doivent surtout les encourager à ne pas incendier leurs esquifs précipitamment comme ce fut le cas pour les brûlots un mois plus tôt. La manœuvre échoue toutefois elle aussi en raison des vents et du manque de soutien des jacobites chargés de les escorter. Interceptés par les chaloupes de la Navy, les cajeux sont remorqués jusqu'à la pointe ouest de l'île d'Orléans, qui est transformée en cimetière marin. Ne reste plus que le cajeu à ressorts. Le prototype constitué de quatre étages de fusils et de grenades est lancé au large de la Canardière au cours des semaines qui suivent. Il frappera un objet flottant qui enclenchera la salve des cinquante fusils du second étage, fauchant quelques matelots britanniques au passage[39].

Le 31 juillet, le *Centurion*, vaisseau armé de 64 canons, se détache de la flotte britannique pour jeter l'ancre à proximité de la chute Montmorency en début de matinée. Il est accompagné de deux navires de transport filant à vive allure vers les battures de Beauport, où ils s'échouent à demi-portée de fusil de l'avant-dernière redoute française du camp[40]. Les deux bâtiments armés chacun d'une vingtaine de canons ouvrent le feu sur les retranchements déjà pilonnés par le *Centurion* et par la batterie de la côte de Beaupré, constituée de 20 canons lourds et de six mortiers. Le déluge de feu balaie le secteur jusqu'au quartier général de Lévis. Sur les battures, les jacobites et les carcassières se renversent les uns après les autres.

Les bateaux transportant les soldats de la brigade de Monckton se mettent en mouvement sur le bassin aux alentours de midi[41]. On signale également la marche d'une colonne ennemie sur le flanc gauche, en direction des gués forestiers de la Montmorency. Lévis y envoie ses guerriers, ses soldats volontaires et un détachement de 500 miliciens. En dépit de l'intensité du bombardement, le chevalier maintient le bataillon de Béarn à l'extrémité gauche du camp. Il déploie ses miliciens montréalais dans les broussailles de l'escarpement qui surplombe les deux dernières redoutes de la côte. Ayant constaté un vide sur sa droite, Lévis y dirige le Royal-Roussillon. Il y est rejoint par Montcalm et par les soldats du bataillon de Guyenne qui arrivent du centre du camp. Les deux officiers discutent un moment en convenant de faire la « guerre à l'œil » en fonction des manœuvres ennemies.

Wolfe est posté sur l'un des transports enlisés sur les battures. Son plan prévoit la prise des redoutes françaises, qu'il veut agrandir afin de les utiliser comme tête de pont pour l'attaque des retranchements de l'escarpement. Sa manœuvre est retardée par les rochers à fleur d'eau qui forcent Monckton à faire un long détour avant d'atteindre les battures situées à l'arrière des deux transports échoués. À 16 h 30, le capitaine de Repentigny signale le retrait de la colonne britannique marchant le long de la Montmorency. On aperçoit bientôt les hommes de Townshend et de Murray descendre la falaise jusqu'au pied de la chute, dont ils franchissent le gué à marée basse à compter de 18 h. Sur les battures, la brigade de Monckton se met en marche sous un ciel menaçant. Cette force comprend une unité de choc réunissant près d'un millier de grenadiers. À leur approche, les occupants de l'avant-dernière redoute française se replient sur les hauteurs. Emportés par leur élan, les grenadiers se lancent à l'assaut de l'escarpement sans attendre les renforts de Townshend et de Murray. La charge des grenadiers est brisée par les tirs plongeants des miliciens montréalais et des soldats de la Marine. Après une quinzaine de minutes, un violent orage met un terme à la fusillade. La pluie favorise le repli des hommes de Monckton, qui se rembarquent sur les battures, tandis que les soldats de Townshend et de Murray regagnent la côte de Beaupré afin de ne pas être isolés par la marée montante. Criblés de boulets, les deux transports britanniques sont incendiés par leurs occupants sous les cris de joie des vainqueurs.

La bataille de la Montmorency le 31 juillet fait 450 tués et blessés chez les assaillants. On en compte moins d'une centaine dans le camp français en dépit du barrage d'artillerie de la Navy et de la batterie de la côte de Beaupré[42]. Montcalm regrette l'interruption du combat : « C'est un vrai malheur pour nous, ce qui est à faire serait fait. » Selon un témoin, le général aurait ordonné à Lévis de laisser les grenadiers de Monckton s'avancer au plus près du retranchement pour maximiser les pertes, « mais les Canadiens ne purent attendre que les premiers rangs, l'ardeur de frapper les emporta, les milices de Montréal surtout s'avancèrent en même temps qu'elles en demandaient la permission[43] ».

S'il est bref, le combat permet d'entamer les effectifs et le moral des assiégeants, déjà affaibli par les pertes quotidiennes subies aux abords des camps de la Montmorency, de l'île d'Orléans et de la pointe de Lévis. Montcalm prévoit une nouvelle tentative britannique contre Beauport : « Je crois le général Wolfe opiniâtre, persuadé qu'il aurait réussi si toutes ses colonnes eussent attaqué en même temps[44]. » L'intuition du marquis est juste, son rival soutenant jusqu'en septembre qu'il aurait remporté la bataille si son débarquement n'avait pas été retardé par les rochers[45]. Pour Wolfe, la brigade de Monckton pourrait à elle seule vaincre l'ensemble des forces de Montcalm. Il espère d'ailleurs une attaque contre son camp de la Montmorency, comme il l'écrit au curé de L'Ange-Gardien, sur la côte de Beaupré, au cours des jours qui suivent le combat du 31 juillet : « Dites à votre gouverneur que, s'il veut indiquer le jour, je retirerai mon artillerie et nous déciderons l'affaire [...] en rase campagne[46]. »

CHAPITRE 8

Août : enlisement

La victoire de la Montmorency du dernier jour de juillet est rapidement assombrie par les nouvelles des autres théâtres d'opérations. À Niagara, Pouchot n'a pas été prévenu par ses informateurs iroquois de la progression des forces britanniques en direction du lac Ontario. En juin, cet officier s'est departi des deux tiers de ses effectifs, soit 800 hommes, pour soutenir l'armée de l'Ohio comme le prévoyaient les instructions de Vaudreuil. La garnison de Niagara compte donc moins de 500 combattants lorsque le brigadier Prideaux atteint l'embouchure de la rivière Oswego à la fin du mois. Le commandant britannique y laisse un corps de 1 500 hommes sous les ordres du lieutenant-colonel Frederick Haldimand, qui se retranche sur le promontoire de l'ancien fort Ontario. Embarqués sur une centaine de bateaux, les quelque 3 000 combattants de Prideaux poursuivent leur route vers Niagara. L'entreprise est facilitée par les avaries de l'*Outaouaise,* l'un des deux navires de guerre français du lac, qui a été démâté par un coup de vent au cours des semaines précédentes. Le bâtiment est en réparation au chantier naval de la Pointe-au-Baril tandis que son jumeau, l'*Iroquoise,* est en route pour Niagara.

Inquiet, le capitaine Louis de La Corne, responsable de la surveillance des rapides du Haut-Saint-Laurent, quitte son poste de la Pointe-au-Baril pour camper à l'entrée de la rivière Oswego. Son armée comprend 250 soldats des troupes de la Marine, 800 miliciens et une centaine de guerriers pour un total de 1 200 combattants. Dans la nuit du 4 au 5 juillet, La Corne débarque dans la petite anse utilisée par Montcalm trois ans plus tôt. À l'aube, l'officier montréalais mène ses hommes aux abords des retranchements d'Haldimand lorsqu'une terreur panique saisit les Canadiens. S'ensuit une fusillade stérile jusqu'à la nuit. Une seconde approche est tentée le lendemain matin en longeant les bois dans l'obscurité. « On défila avec autant d'ordre qu'il fut possible, rapporte un témoin. La moitié de notre monde n'avait pas encore pris poste que les Canadiens se mirent à tirer sur les retranchements à plus de deux portées de fusil[1]. » La longue fusillade se termine par la retraite des forces de La Corne, qui se rembarquent pour la Pointe-au-Baril après avoir perdu une trentaine d'hommes.

Le repli de l'armée française du Haut-Saint-Laurent coïncide avec la descente de Prideaux à l'est de Niagara. À la nouvelle du débarquement, Pouchot envoie des messagers à Lignery, qui était en train de rassembler ses forces sur les affluents de l'Ohio pour son expédition contre le fort Pitt. Le bombardement de Niagara débute le 13 juillet, soit quelques heures seulement après celui de Québec, à 900 kilomètres de là. Labouré par les boulets et par les bombes, le fort résiste toujours le 24 lorsque Pouchot est prévenu de l'arrivée imminente des secours. Lignery n'est plus qu'à quelques kilomètres, à l'entrée de la clairière de la Belle-Famille. Déserté par ses guerriers, le capitaine montréalais y déploie ses 800 soldats et miliciens en tirailleurs avant d'engager le combat avec un détachement de 500 réguliers britanniques couverts par un abattis. En dépit de sa supériorité numérique, l'armée française est rapidement décimée par les salves avant d'être submergée par les guerriers iroquois de l'ennemi. Capturé avec la plus grande partie de ses hommes, Lignery succombera à ses blessures quatre jours plus tard à l'âge de cinquante-cinq ans[2]. Pouchot capitule le 25 juillet, au lendemain de ce combat. Il remet son épée au surintendant des affaires indiennes, William Johnson, qui a remplacé Prideaux, tué par un fragment d'obus au cours du siège. Les restes de l'armée défaite à la clairière de la Belle-Famille se replient sur Détroit après avoir incendié les derniers fortins de la rivière Alleghany.

Carillon explose au lendemain de la reddition de Niagara. La destruction de « ce fort qui a fait tant de bruit dans le monde[3] », note un témoin, était prévue depuis le début de la campagne. Montcalm a indiqué la marche à suivre au brigadier Bourlamaque, qui commande sur ce théâtre d'opérations : « Votre besogne [...], différente de la mienne, n'est pas de battre mais de n'être pas battu. Votre grande besogne [...] sera de retarder par des démonstrations le plus que vous pourrez l'ennemi [...]. Ainsi, ne négligez pas les travaux inutiles qui souvent en imposent et ne vous retirez que pied à pied, et le plus tard que vous pourrez[4]. » Ce repli stratégique doit permettre le maintien d'une armée sur le Richelieu sous la protection de la goélette et des trois chébecs armés qui patrouillent le lac Champlain depuis le printemps. Bourlamaque devra multiplier les obstacles sans compromettre sa petite armée de 3 200 hommes. « Arrêtez-vous successivement à tous les points, où vous croirez pouvoir en imposer à l'ennemi [...], lui écrit Montcalm. Je ne connais point de poste dangereux, lorsque les troupes sont à la légère, quasi sans équipage, fort alertes, et [avec] un nombre de bateaux suffisant pour s'embarquer tous d'un moment à l'autre. » Le marquis prévient Bourlamaque qu'il ne pourra pas se replier au-delà de l'île aux Noix, « où il faudra vaincre ou périr[5] ».

Le major-général Amherst quitte l'Hudson à la fin de juin. Son armée de 11 000 hommes gagne le sud du lac Saint-Sacrement, où l'on rassemble le matériel et les bateaux nécessaires à la traversée de ce plan d'eau. Elle n'appareille que le 21 juillet pour débarquer le lendemain à l'entrée de la rivière de la Chute. Le brigadier Bourlamaque se retire de Carillon dans la nuit du 22 au 23. Au soir du 26, son arrière-garde fait sauter le fort sous le nez des assiégeants. Le poste de Saint-Frédéric subit le même sort le 31 juillet, alors que les armées de Wolfe et de Montcalm s'affrontent sur les battures de Beauport.

Replié sur la rivière Richelieu, Bourlamaque affecte ses hommes au retranchement de l'île aux Noix, à une soixantaine de kilomètres au sud-est de Montréal. Selon certains officiers, la position choisie par Lévis en début de campagne serait mauvaise puisqu'elle peut être aisément contournée par la baie Missisquoi. On y trouve effectivement un portage reliant le lac Champlain à une rivière qui se jette dans le Richelieu, au nord de l'île. « Je voudrais bien qu'ils prissent ce parti », écrit Montcalm en suggérant à Bourlamaque d'attaquer dans les bois du portage le cas échéant avec la quasi-totalité de ses forces : « Vous m'objecterez peut-être que la perte d'un combat détruit la seule espérance que la colonie ait du côté de cette frontière ; ma réponse est que si le portage se faisait, l'île aux Noix et votre corps deviendraient inutiles, et une attaque dans la marche, pour peu que vous ayez de sauvages, doit réussir, malgré l'infériorité du nombre[6]. » Cette proposition n'est pas sans rappeler le projet d'offensive de Montcalm du 9 juillet par les gués forestiers de la Montmorency.

L'extension de la ligne

Sur le théâtre d'opérations de Québec, la ligne de défense française s'étend désormais sur plus de 80 kilomètres. Les dix premiers sont retranchés depuis la rivière Montmorency jusqu'au détroit de la capitale, dans les limites de son bassin. En amont, les assiégés s'appuient sur les falaises du cap Diamant, qui forment un rempart naturel jusqu'à l'embouchure de la rivière du Cap-Rouge. Les côtes situées au-delà de ce cours d'eau sont gardées par des détachements se relayant jusqu'à Deschambault, dont le goulet est verrouillé par les quatre frégates qui ont conservé leur artillerie. Les autres navires chargés des vivres de France sont toujours amarrés en amont, à l'entrée de la rivière Batiscan.

Humilié par son échec sur les battures de Beauport, Wolfe s'est retiré dans son quartier général de la côte de Beaupré. Au début du mois d'août, il charge Murray de la destruction des entrepôts et des navires qu'il pourra trouver au-delà de Québec. Le brigadier rejoint les bateaux placés sous le commandement du *Sutherland* le 5 août avec des renforts qui portent les effectifs britanniques du secteur à 1 200 combattants. C'est au lendemain de son arrivée que Bougainville prend la tête de l'armée de l'amont, qui comprend un peu plus d'un millier d'hommes.

Le brigadier Murray tente un premier débarquement au matin du 8 août à la pointe aux Trembles, dans ce qui deviendra Neuville, à une trentaine de kilomètres en amont de Québec. Les hauts-fonds du secteur retardent la descente, ce qui permet à Bougainville de s'embusquer avec 300 cavaliers et soldats bientôt rejoints par des renforts. Les hommes du colonel ouvrent le feu à une demi-portée de fusil de la flottille ennemie, qui effectue une seconde approche en aval dans le courant de l'après-midi. Murray abandonne la partie après avoir perdu près de 75 hommes tués ou blessés, contre une demi-douzaine pour Bougainville[7]. C'est au lendemain de ce combat que Vaudreuil reçoit la confirmation de la chute de Niagara. « Le courrier de Montréal qui arriva à l'issue du dîner fit disparaître la gaîté que la bonne chère amène à sa suite, rapporte un officier présent au quartier général. La parole manqua à tout ce monde, si bruyant auparavant[8]. » La perte de Carillon annoncée quatre jours plus tôt a entraîné le départ d'une partie des notables québécois qui avaient trouvé refuge à Montréal au début de la campagne. Ils regagnent désormais la capitale par centaines pour s'établir dans les camps de la rivière Saint-Charles, à l'arrière des forces de

Montcalm. « Les dames en reviennent pour s'établir à l'Hôpital général, écrit Montbeillard ; puissions-nous n'être pas dans le cas de leur disputer un appartement[9]. »

La colonie est au bord de l'effondrement. « Le découragement, surtout pour les milices, est le pire de tous les maux », souligne Bourlamaque. Le brigadier demande à Rigaud, qui occupe désormais le poste de gouverneur de Montréal, de convaincre son frère d'envoyer des secours sur le Richelieu et sur le Haut-Saint-Laurent. Le commandant de l'île aux Noix écrit :

> [M. de Vaudreuil] voit les Canadiens braves, pleins de bonne volonté à Québec, ainsi que les sauvages ; qu'il ne juge pas de même de ceux qui sont ici. La supériorité ou l'égalité du monde donne de l'assurance. Une infériorité trop marquée ôte toute la fermeté et tel qui sera brave à Québec, avec 10 000 autres, ici sera poltron, parce qu'il verra l'ennemi quatre ou cinq fois plus fort que nous. D'ailleurs, vous savez comme moi que cette inégalité est décisive pour les sauvages. Il est bien à craindre que nous n'en tirions aucun parti, quand ils nous verront si faibles[10].

Rigaud est ébranlé par la chute de Niagara et de Carillon. Il se joint à la requête de Bourlamaque en demandant un renfort massif à son frère pour défendre le gouvernement de Montréal, dont les récoltes à venir doivent assurer la subsistance de l'ensemble de la colonie. Pour lui, il ne faut pas hésiter à sacrifier la capitale si c'est pour préserver le grenier du Canada. « Quand bien même vous conserveriez [le gouvernement de] Québec, de quelle ressource vous sera-t-il pour faire subsister tout votre monde[?] » demande Rigaud[11].

Un officier de l'armée de Montcalm suggère carrément d'abandonner Québec pour Montréal dans l'éventualité où l'ennemi entreprendrait la descente du Saint-Laurent à partir du lac Ontario. Une victoire remportée sur les rapides serait plus décisive qu'un gain sous les murs de la capitale, estime ce militaire dans un mémoire anonyme conservé dans les papiers de La Pause : « On proposera peut-être qu'il vaut mieux les laisser débarquer [à Québec] et les combattre ensuite, au lieu d'aller les chercher si loin. Cela n'est point égal, quoiqu'on les batte [à Québec], on aura toujours une armée à craindre, qui sous l'appui de leur escadre et de leur artillerie, quoiqu'inférieure, sera [à] même d'agir offensivement ; [...] au lieu que s'ils sont battus au bas des rapides, leur armée aura peine à se retirer et sera dispersée ou détruite. » Selon les calculs de cet officier, les forces de Montcalm peuvent atteindre Montréal en dix jours. Au 16e, elles écraseront l'armée britannique du lac Ontario sur les rapides, tandis que Wolfe approchera tout juste des Trois-Rivières après avoir occupé les ruines de Québec. Ce général sera vraisemblablement dans les îles de Sorel lorsque Montcalm, victorieux, aura regagné Montréal. Ne pouvant atteindre la flotte ennemie, le marquis rejoindra Bourlamaque par le chemin de La Prairie pour affronter Amherst sur le Richelieu. « Si nous étions battus, nous irions dans l'île de Montréal finir la dernière scène », écrit le porteur de ce projet qui expose la colonie à la destruction. « On fera comme si l'on avait fait un naufrage, espérant de recevoir de puissants secours au printemps[12]. »

On ignore au Canada ce qu'il est advenu des armées d'Amherst et de Johnson. Le premier se trouve à proximité des ruines de Saint-Frédéric, où il fait ériger un fort qui deviendra Crown Point. Il consacre également ses ressources à la construction d'une marine de guerre capable d'affronter celle de Bourlamaque sur le lac Champlain. Quant à Johnson, il a regagné l'embouchure de la rivière Oswego après avoir laissé une garnison à Niagara. Son armée est passée sous le commandement du brigadier Thomas Gage, qui hésite à entrer dans le Haut-Saint-Laurent. Le secteur n'est pourtant défendu que par les maigres forces de La Corne, fragilisées par leur mésaventure du début de juillet[13]. Vaudreuil appréhende un repli tactique d'Amherst du lac Champlain vers la rivière Mohawk, d'où il pourrait gagner le lac Ontario. En joignant son armée à celle de Gage, le major-général britannique pourrait tenter une descente en force des rapides du Haut-Saint-Laurent. C'est ce qui amène le gouverneur à retirer 900 combattants du camp de Beauport pour constituer une réserve stratégique pouvant soutenir à la fois les armées de La Corne et de Bourlamaque. Montcalm trouve sa ligne de défense bien dégarnie après le départ de ce contingent : « C'est beaucoup d'une petite armée obligée de garder depuis [la rivière] Jacques-Cartier [jusqu']au saut Montmorency. »

Confié à Lévis, le détachement quitte Beauport pour Montréal dans la nuit du 9 au 10 août. Pressé par Vaudreuil, le chevalier passe « comme chat sur braise » le long de la rive nord en laissant ses hommes le suivre à distance[14]. Au lendemain de son départ, Montcalm déplace son quartier général dans l'ancienne habitation de son second, près de la Montmorency. Il laisse la direction du centre du camp à Montreuil, tandis que

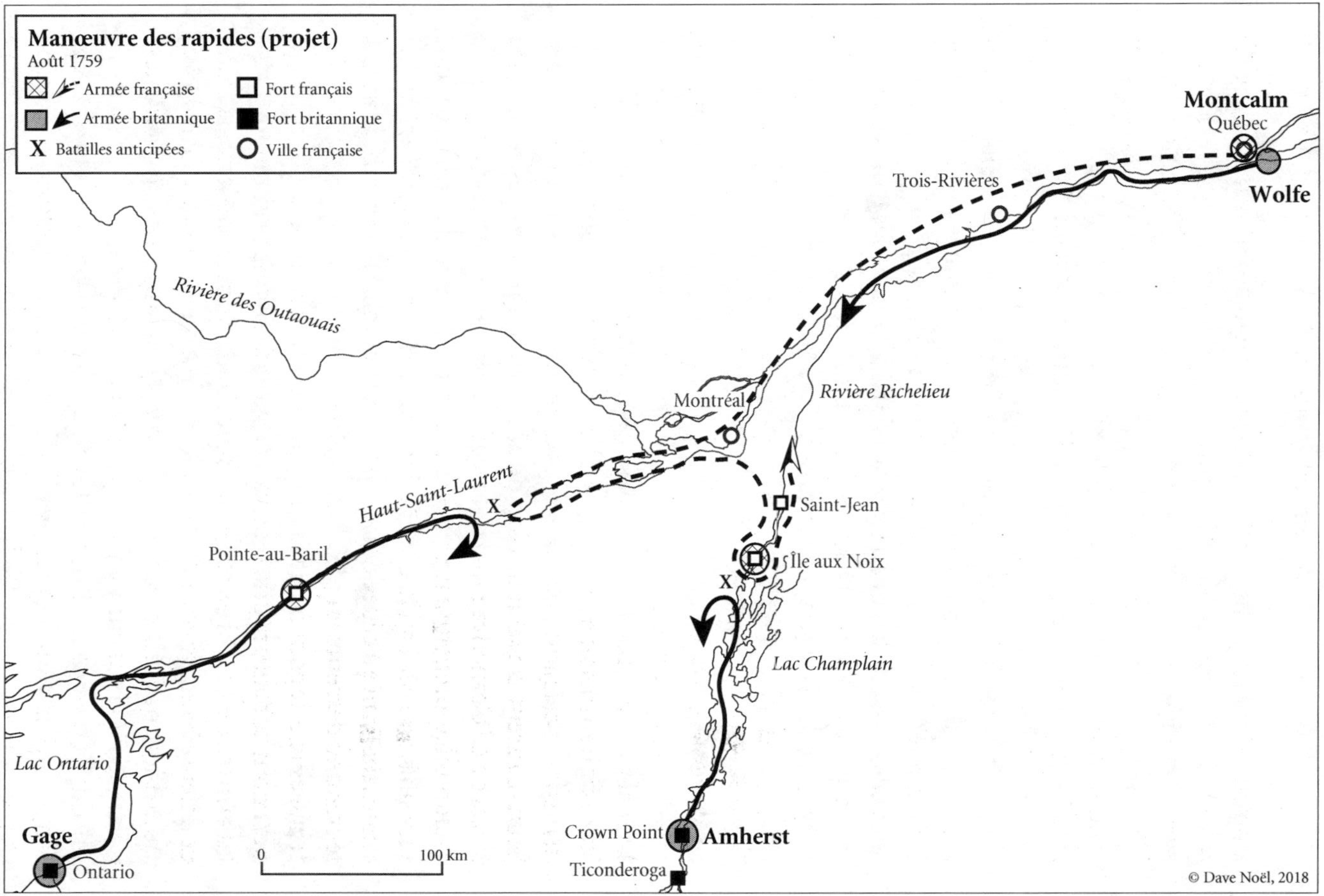
Manœuvre des rapides (projet)
Août 1759
Armée française
Armée britannique
Batailles anticipées
Fort français
Fort britannique
Ville française
Montcalm
Québec
Wolfe
Trois-Rivières
Rivière des Outaouais
Montréal
Rivière Richelieu
Haut-Saint-Laurent
Saint-Jean
Île aux Noix
Pointe-au-Baril
Lac Champlain
Lac Ontario
Gage
Ontario
0
100 km
Crown Point
Amherst
Ticonderoga
© Dave Noël, 2018

la droite demeure sous les ordres de Vaudreuil assisté par Dumas. Au matin du 11 août, Montcalm envoie un gros détachement de 600 guerriers et miliciens sur l'un des gués forestiers de la Montmorency. Ce corps y surprend un groupe de 300 Britanniques, qui perd une trentaine d'hommes avant que les renforts dépêchés par Wolfe ne repoussent les assaillants. Le détachement destiné à Montréal atteint la Pointe-aux-Trembles (Neuville) le même jour. Sa présence permet d'envisager une expédition contre les forces de Murray campées depuis la veille à Saint-Antoine, sur la rive opposée. Tandis que les hommes du chevalier de Lévis surveillent les côtes, Bougainville doit attaquer son vis-à-vis avec les meilleurs éléments de l'armée de l'amont. Le mauvais temps entraîne toutefois l'annulation du projet par Vaudreuil, qui ne veut pas retarder davantage la marche des secours destinés à Montréal.

Le chaos

Le maintien de l'ordre est problématique au camp de Beauport. Dès le mois de juin, on signale des altercations autour des cantines. Le 13, un grenadier éméché du bataillon de La Sarre est mortellement blessé par le coup d'épée d'un négociant de Montréal qu'il a insulté. À la fin du mois, c'est au tour d'un soldat du Languedoc d'être tué par un camarade de la cavalerie. On assiste même à un duel entre deux ingénieurs, François de Caire et Michel de Lotbinière : l'épaule de ce dernier est percée d'un coup d'épée qui le met hors de combat[15]. À partir de juillet, le chaos est alimenté par les guerriers amérindiens. « J'apprends par des femmes retirées à la quatrième concession, vis-à-vis de Beauport, qu'il y a des sauvages de la partie du sault campés dans ces environs, qui, non contents de tuer les bestiaux qu'ils rencontrent, enlèvent aussi les filles et les enfants », rapporte Vaudreuil[16]. Un officier ajoute que les alliés « commettent des brigandages affreux » dans les paroisses avoisinantes : « Le soldat vainqueur ne ferait pas plus de désordre qu'ils en font : ils pillent, ils ravagent, dévastent les campagnes, enlèvent les bestiaux et font main basse sur toutes les basses-cours, il n'y a rien de sacré pour eux [...]. La colonie ne les avait pas vus encore se porter à de tels excès, mais ils sentent de quel avantage il est pour elle qu'ils soient à son service[17]. » À compter du mois d'août, l'arrière-pays est également sillonné par des maraudeurs des troupes de terre et de la Marine qui pillent les jardins et les habitations pour se nourrir. Excédée, une Canadienne interpelle Montcalm à ce sujet devant une vingtaine d'officiers au quartier général de Vaudreuil. Elle prévient le marquis « qu'il aurait 500 soldats de moins à opposer aux efforts de l'ennemi [...] s'il ne se hâtait d'envoyer battre la générale dans les profondeurs de Charlesbourg » pour rallier les maraudeurs[18].

Le désordre règne également à Québec, où l'on assiste au pillage des maisons dont les caves voûtées ont commencé à céder sous le poids des bombes. Un premier incendie majeur allumé par un projectile dévaste la côte de la Fabrique le 16 juillet. Il est suivi le 22 par un autre brasier qui emporte la cathédrale. Le 9 août, c'est au tour de la basse-ville de brûler jusqu'au lendemain. « La ville fut pendant 24 heures livrée aux flammes et à toutes les horreurs de la guerre [...], écrit un témoin. Les maisons hautes et belles, qui n'eussent point déparé une grande ville, fument encore de l'incendie qui les a réduites en cendres. » Les assiégés ne se gênent pas pour critiquer les artilleurs britanniques, qui tirent à l'aveuglette sur les maisons au lieu de viser les batteries françaises. « Ce que le feu a épargné, les boulets et les bombes le renversent. » À lui seul, le château Saint-Louis perché sur le cap Diamant reçoit plus de 500 boulets. « Il ne restera bientôt pas pierre sur pierre[19]. » La garnison est épuisée. Félicien de Bernetz, le lieutenant-colonel à qui l'on a confié la basse-ville, doit se retirer momentanément le 13 août. Il est suivi le lendemain par son supérieur Ramezay, que son « gros rhume » tiendra alité à l'Hôpital général jusqu'à la bataille des plaines d'Abraham.

La mise en place d'une cinquième batterie par les assiégeants à la fin du mois d'août porte le total des pièces pilonnant la ville à 20 canons lourds et 9 mortiers[20]. Selon le commandant de l'artillerie britannique, le lieutenant-colonel George Williamson, les assiégeants auraient lancé près de 4 400 obus, 400 bombes incendiaires et 13 000 boulets entre la mi-juillet et le début de septembre, pour un total approchant les 18 000 projectiles. Aux premières loges, de Vienne évalue à 15 000 le nombre de bombes et de boulets lancés de la pointe de Lévis entre le 12 et le 24 juillet. En août, le garde-magasin note que les assiégeants tirent près d'un millier de projectiles par tranche de 24 heures, ce qui donnerait un total de plus de 60 000 boulets et bombes si les Britanniques avaient maintenu ce rythme infernal tout au long du siège. De son côté, le père Récher soutient que les artilleurs de Monckton ont lancé jusqu'à 50 000 projectiles dans le courant de l'été[21].

Wolfe est aigri par sa défaite de la Montmorency et par la dysenterie qui le cloue au lit à quelques reprises au cours du siège. Au début du mois d'août, il dépêche 200 hommes en aval du cap Tourmente pour incendier les habitations et les bâtiments de ferme de la baie Saint-Paul. Le détachement du capitaine Joseph Goreham, un vétéran de la déportation des Acadiens, est censé épargner les églises afin de ne pas alimenter une guerre de religion entre envahisseurs protestants et assiégés catholiques. L'église de Saint-Joachim, en amont du cap Tourmente, est néanmoins détruite à la fin du mois par l'infanterie légère du capitaine Alexander Montgomery en représailles à une attaque des paroissiens de la côte de Beaupré sous les ordres du curé René Portneuf. Au terme de l'escarmouche, le prêtre combattant est scalpé par des Rangers au milieu de ses compagnons d'armes[22].

En brûlant les campagnes contrôlées par son armée, Wolfe espère encourager la désertion des miliciens canadiens et forcer Montcalm, ce « vieux renard », à sortir de ses retranchements. Le marquis ne demande pas mieux : « La seule chose qui nous fâche, ici, c'est d'être séparés de l'ennemi, car après ce que j'en ai vu l'autre jour, s'ils se commettent, ils seront battus. Mais eux qui devraient nous attaquer ont pris des points de défensive inattaquables[23]. » Wolfe solidifie ses retranchements. Il redoute une attaque visant à le jeter à la mer avant que les armées d'Amherst et de Gage n'aient atteint Montréal.

Pendant que les généraux se livrent une guerre de tranchées dans le bassin de Québec, le brigadier Murray poursuit ses manœuvres en amont de la capitale. Le 19 août, il débarque à Deschambault, où il incendie une habitation contenant les bagages des troupes de terre. Selon le père Récher, on y trouvait « les effets les plus précieux et même l'argenterie et l'argent des troupes, tant des officiers que des soldats[24] ». Les Britanniques se retirent précipitamment à l'approche des cavaliers de Bougainville. « Il est heureux pour le pays qu'il se soit uniquement occupé de cette opération au lieu de s'établir et retrancher, note Montbeillard. Il n'aurait pas été facile de le déloger. Nous l'avons tous craint et M. de Montcalm avait si bien senti l'importance de cette situation que, fort ou faible, retranché ou non, il partait dans le dessein de l'attaquer[25]. » Le marquis appréhende les manœuvres de l'ennemi en amont. « S'ils ont des partisans hardis, ils peuvent s'étendre le long du sud jusqu'à Sorel », écrit Montcalm en évoquant une possible attaque contre le bourg des Trois-Rivières. « Cela serait hardi, mais point impossible, et si la tête tournait à ceux qui y commandent, ce serait fait des Trois-Rivières. À la vérité, si tout ce qui y est soldat, habitants est prévenu et se présente en armes, je pense qu'il n'y a rien à craindre[26]. »

Les bateaux de Murray peuvent compter sur le soutien du *Sutherland,* qui fait « l'effet d'une citadelle » en amont de Québec, comme l'observe un officier français[27]. L'abordage de ce vaisseau armé de 50 canons est proposé par le munitionnaire Cadet, qui suggère d'employer les six frégates de sa flotte de préférence aux deux frégates royales de Vauquelin. Vaudreuil ne semble pas très emballé par le projet lorsqu'il lui est présenté pour la première fois, à la mi-août. « Cela serait très avantageux si nous étions certains de la réussite, mais bien loin de là nous aurions tous lieu de craindre de perdre ces frégates parce que les Anglais méditent de profiter du premier [vent] nord-est pour faire passer quatre vaisseaux de force [en amont de Québec]. » Montcalm est plus enthousiaste : « Un projet qui n'est pas [le] mien pourra réussir, je le souhaite. Je n'ai ni consenti ni refusé ; j'ai dit ignorance de ma part, ce n'est pas mon métier[28]. »

Approuvé par Vaudreuil, le projet d'abordage du *Sutherland* doit être coordonné avec une attaque contre le camp britannique de Saint-Antoine, laquelle serait menée par un détachement de 250 soldats des troupes de terre aux ordres de Bougainville. « Montcalm goûta beaucoup ce projet », nous dit Vaudreuil[29]. La manœuvre d'abordage est confiée au capitaine Kanon. Sans surprise, le gouverneur ne sollicite pas les services de Vauquelin, le commandant des deux frégates royales. « [Cet] officier estimé et indiqué par le ministre, écrit Montbeillard en début de campagne, se plaint du froid de M. le marquis de Vaudreuil qui écoute tout le monde et laisse dire et ordonner à Cadet qui dit : "Ma flotte, mes navires, mes capitaines[30]". » Pour regarnir les équipages des bâtiments du munitionnaire amarrés à la Batiscan, on fait appel aux marins dispersés sur les batteries de la capitale, que l'on rassemble au faubourg Saint-Roch. Ils y sont passés en revue par Cadet le 26 août avant d'être embarqués sur une cinquantaine de bateaux. L'opération est annulée dès le lendemain après qu'une frégate britannique, un sloop et quelques navires de moindre tonnage eurent passé le détroit de Québec pour rejoindre le *Sutherland.* Le projet se solde par la perte de l'une des six frégates du munitionnaire, qui fait naufrage alors que l'on tente de lui faire repasser le goulet de Deschambault. Il s'agit d'un moindre mal, estime l'auteur du *Journal tenu à l'armée.* « Les marins jugeront s'il était facile d'enlever à l'abordage, dans un fleuve dont le courant est rapide, des bâtiments bien armés dont il y en avait un de 50 canons, commandés par des hommes qui nous faisaient admirer tous les jours la légèreté de leurs manœuvres[31]. »

Murray rejoint Monckton au camp de la pointe de Lévis le 25 août avec la moitié de ses forces. Il n'a pas pu entrer en contact avec l'armée d'Amherst qui doit descendre le Richelieu avant de déboucher sur le Saint-Laurent, selon le plan établi en début de campagne. Le séjour prolongé de Murray en amont de Québec a entravé les manœuvres de Wolfe en le privant d'une partie de ses bateaux destinés aux débarquements en aval. Le général britannique hésite. Pendant un moment, il a envisagé une attaque frontale contre la basse-ville de Québec en y échouant des vaisseaux chargés de détruire les batteries françaises à bout portant. L'assaut projeté a rapidement été abandonné en raison du bain de sang qui aurait suivi l'attaque des barricades de la côte de la Montagne menant à la haute-ville[32].

Wolfe consulte ses brigadiers pour la première fois le 27 août dans une lettre proposant trois ordres de bataille. Le premier consiste à envoyer un gros détachement sur l'un des gués de la Montmorency, situé à une dizaine de kilomètres au nord des chutes. Après une marche en forêt étalée sur deux nuits afin de ne pas éveiller les soupçons, ce détachement irait tomber sur les arrières de Montcalm à l'aube, tandis que le reste des troupes britanniques débarquerait au même moment sur les battures de Beauport. Les deuxième et troisième plans de Wolfe ne sont que des variantes de l'attaque du 31 juillet, que rejettent Monckton, Townshend et Murray dans leur réponse du 29 août. Les brigadiers préconisent plutôt le transfert des troupes de l'aval vers l'amont de Québec pour couper le ravitaillement de l'armée de Beauport[33].

Le corps expéditionnaire britannique de Québec est décimé par les maladies et les combats qui ont fait 850 morts et blessés, dont près de la moitié à la bataille de la Montmorency[34]. Pour mener ses opérations, Wolfe dispose tout de même d'une force frôlant les 9 000 combattants. À la fin d'août, il en envoie une partie sur la côte de Beaupré et au nord de l'île d'Orléans pour incendier les paroisses de la région. Un corps de 1 600 hommes aux ordres du major George Scott est ensuite dépêché à Kamouraska pour dévaster la côte du Sud en remontant vers la pointe de Lévis. Parti au début de septembre, ce gros détachement ne pourra pas participer aux manœuvres qui mèneront à la bataille des plaines d'Abraham.

L'armée française est elle aussi diminuée par la désertion des miliciens qui regagnent leurs champs par centaines pour les récoltes. Leur départ prive Montcalm de 2 000 hommes auxquels s'ajoutent les 900 combattants envoyés en renfort à Montréal au début d'août[35]. Les pertes humaines ont heureusement été contenues par l'efficacité du système défensif de Québec. La bataille de la Montmorency du 31 juillet a fait moins d'une centaine de victimes françaises et les escarmouches ont généralement tourné à l'avantage des assiégés. La décision du général de réduire la garde de la basse-ville à 300 hommes a permis de limiter le nombre de décès. L'intensification des bombardements a toutefois fait augmenter les pertes sur les batteries de canons érigées dans l'urgence au printemps. « La batterie du rempart souffre beaucoup du feu des ennemis, rapporte François de Vienne, c'est aussi dans cet endroit que nous perdons plus de monde y étant tous à découvert, n'y ayant qu'une barbette [une batterie sans embrasures] qui malheureusement est en pierre[36]. » Les effectifs de l'armée française passent sous la barre des 10 000 hommes. « Elle était déjà réduite à 9 000 et quelques cents, soutient l'aide de camp de Montcalm, Pierre Marcel, [y] compris le corps de M. de Bougainville [et] tous les petits postes établis à demeure depuis Québec jusqu'à [la rivière] Jacques Cartier[37]. »

* * *

Wolfe ne peut pas retenir la flotte de Saunders dans l'estuaire au-delà de la mi-octobre. C'est ce qui l'amène à envisager l'installation d'un camp retranché de 3 000 hommes à l'île aux Coudres pour maintenir le blocus de Québec jusqu'au printemps de 1760. Il est toutefois trop tard pour entreprendre ce chantier qui nécessite du temps et des matériaux[38]. Dans son bilan de campagne du 2 septembre, le général attribue ses échecs à « la puissance naturelle du pays sur laquelle le marquis de Montcalm semble, à juste titre, beaucoup s'appuyer ». Wolfe évoque également la flottille côtière et les batteries flottantes qui ont entravé ses manœuvres dans le bassin de Québec. Il mentionne enfin les guerriers amérindiens dont la vigilance ne lui a pas permis de passer les gués de la Montmorency. « La partie la plus formidable de notre force est privée de sa capacité d'action, écrit-il, les difficultés sont en cette situation si nombreuses que, je l'avoue, je ne sais comment me déterminer[39]. » Il va néanmoins tenter une dernière manœuvre avant de regagner l'Angleterre.

CHAPITRE 9

Septembre : effondrement

Le camp britannique de la côte de Beaupré est évacué à compter du 1er septembre. On embarque d'abord les canons puis les soldats, qui sont redéployés à l'île d'Orléans et à la pointe de Lévis. Montcalm observe la manœuvre avec ses subalternes qui le pressent d'attaquer au matin du 3 septembre. Redoutant un piège, le marquis envoie plutôt une patrouille dont l'approche entraîne le repli des 2 500 derniers soldats de Wolfe embusqués dans les retranchements. « Si j'avais voulu croire tout le monde hier, il n'y avait plus que 3[00] ou 400 hommes qu'il fallait aller charger », écrit Montcalm[1]. Sur place, on constate la solidité des ouvrages ennemis. « Tout le monde se récria sur la bonté et beauté de leurs redoutes qui étaient au nombre de onze avec un bon fossé à double rangée de palissades pour défendre l'approche de leur camp, relate un officier. La disposition n'en était pas cependant du goût de M. de Montcalm qui trouva qu'avec des troupes autres que des Canadiens, on [eût] tenté l'attaque avec succès[2]. »

À ce stade de la campagne, il n'est plus nécessaire pour l'armée française de vaincre à tout prix le corps expéditionnaire de Wolfe pour ensuite aller combattre les forces ennemies en amont de Montréal et sur la rivière Richelieu. Les lettres d'Amherst interceptées par un groupe de guerriers autochtones à la fin d'août ont révélé à Vaudreuil que le major-général britannique ne poursuivrait pas son offensive vers le nord à moins que Wolfe ne remporte une victoire décisive à Québec. En attendant de ses nouvelles, Amherst fait construire un brick et un grand radeau armés de canons lourds sur le lac Champlain. Il met également en chantier un sloop de 16 canons pour affronter la flottille de Bourlamaque le moment venu. Le lancement de ces navires est ralenti par les pannes de l'unique moulin à scie disponible dans les environs de Crown Point. Quant à l'armée britannique du lac Ontario, elle se retranche toujours sur les falaises d'Oswego, selon les informations provenant de la frontière[3]. Les envahisseurs se reposent sur leurs lauriers, note un contemporain français. « Ils négligent de se rendre maîtres de tout le pays. Il est heureux pour la France que ce qui fait la matière de leur triomphe soit le revers de la conservation du Canada[4]. » En demeurant sur ses positions, Montcalm préserve les forces vives de la colonie en vue de la campagne de 1760, qui s'annonce particulièrement difficile.

Les réserves de nourriture entreposées à Beauport au début du siège ont assuré l'autarcie de l'armée jusqu'à la fin de juillet. Un premier convoi de bateaux est ensuite organisé pour faire descendre des vivres de la rivière Batiscan. Les embarcations sont déchargées à la Pointe-aux-Trembles (Neuville) pour éviter leur capture par les navires mouillés en amont de Québec. Leur contenu y est récupéré par plus de 250 charrettes. Partis de Beauport le 29 juillet, les charretiers sont de retour au camp le lendemain après avoir parcouru près de 75 kilomètres. « On fut dès ce moment effrayé des difficultés que ce service rencontrerait par la suite, écrit un témoin. Nombre de charrettes étaient déjà brisées, les femmes et les enfants qui les conduisaient rebutés d'un travail si rude, ne laissant point espérer qu'elles puissent le soutenir longtemps. On commença à regretter d'avoir si fort reculé les magasins de l'armée[5]. »

Un second convoi est organisé à la fin d'août. Les bateaux chargés à la Batiscan longent la rive nord du fleuve afin de s'y échouer en cas d'attaque. À partir de la Pointe-aux-Trembles, ils sont suivis par la cavalerie de La Rochebeaucourt, prête à intervenir sur les battures. La flottille atteint Québec sous le nez des navires ennemis en profitant de la vitesse du courant et de l'obscurité[6]. Les récoltes du gouvernement de Montréal, venues à maturité avant celles de Québec, doivent prendre le relais des vivres de France à compter du 10 septembre. En plus de l'armée, elles devront assurer la subsistance des habitants, y compris ceux des paroisses sinistrées. Il ne faut pas laisser tomber le moindre épi de blé, écrit Vaudreuil en autorisant Lévis à faire appel aux milices des armées de Bourlamaque et de La Corne pour les récoltes[7]. Les voyageurs revenant des Pays d'en haut par la rivière des Outaouais doivent également être dirigés vers les champs du gouvernement de Montréal.

Ces pagayeurs endurcis que Montcalm aurait voulu intégrer aux troupes de terre sont ainsi armés de faux au moment où se joue le sort de la colonie[8].

Dans son bilan de campagne, le chevalier de La Pause minimisera la crise alimentaire de septembre. « Il fallait alors approvisionner un peu Québec et l'armée et ne pas tant prendre l'alarme sur les débarquements qu'on pouvait faire [...] au-delà de la rivière du cap Rouge, attendu que malgré cela nous nous serions soutenus sur la côte d'Abraham et aurions garanti Québec assez de temps pour qu'ils n'eussent pu s'en emparer avant le départ de la flotte. » Selon La Pause, l'armée de Beauport aurait pu vivre sur les blés de l'arrière-pays. Elle y aurait trouvé de 15 à 20 jours de rations[9]. Bigot évoque lui aussi cette option au début de septembre alors qu'il entrevoit la rupture des communications avec Montréal : « Nous tuerons chevaux et tout ce qui est mangeable si l'ennemi nous bouche le passage[10]. » Les troupes ont toutefois déjà commencé à vivre sur le pays, comme en témoignent les pillages signalés à la périphérie de Beauport.

Depuis le début du mois de juin, le capitaine de Lanaudière, des troupes de la Marine, parcourt les paroisses du gouvernement de Québec et des Trois-Rivières sur ordre du gouverneur pour réquisitionner les bœufs, les vaches et les taureaux[11]. À la fin d'août, les maisons de ferme de l'arrière-pays de la capitale sont dotées de faux supplémentaires. Bigot réquisitionne en outre les moulins de Saint-Augustin, de la Pointe-aux-Trembles et de L'Ancienne-Lorette pour moudre les blés des paroisses environnantes. On va jusqu'à tolérer les absences prolongées des miliciens. Selon le notaire Courville, la prise du Foulon par Wolfe le 13 septembre aurait d'ailleurs été facilitée par le départ d'une partie des conscrits de Vergor, autorisés par cet officier à faucher sur leurs terres de L'Ancienne-Lorette[12]. En dépit de ces mesures, l'intendant doit tout de même réduire les rations de l'armée le 28 août. Basé à Montréal depuis le début du mois, le chevalier de La Pause ne peut pas constater les effets de cette coupe sur le moral et sur la vigilance des assiégés. « On fit ce jour-là une fort mauvaise annonce aux troupes en leur annonçant la réduction de la ration à trois quarts de livre, écrit un témoin. On eut soin de l'envelopper sous des dehors flatteurs, mais le compliment que l'on fit aux troupes sur leur bonne volonté ne diminua pas la peine qu'elles allaient ressentir d'un pareil traitement[13]. »

Les dix derniers jours

Au soir du 3 septembre, Montcalm ordonne le transfert de 2 000 hommes de la gauche vers la droite du camp de Beauport. Le lendemain, il se déplace sur la côte de Beaupré pour inspecter les redoutes britanniques abandonnées par Wolfe. Montcalm installe ensuite son quartier général dans la maison de Salaberry, située non loin du ravin de la rivière Beauport, à l'ouest du bourg du même nom. La gauche du camp est désormais commandée par le lieutenant-colonel François de Poulhariez, du Royal-Roussillon, tandis que la droite est sous les ordres du major Dumas. Montcalm reprend la direction du centre de la ligne, où il est secondé par l'aide-major général de Montreuil et par le brigadier de Senezergues. « Il y a ici de la besogne pour tout le monde, confie-t-il à Lévis dans une lettre. [Montreuil] et Poulhariez sont les seuls ; les autres, entre [nous], nuls. Le premier a du sens, du froid, et homme de guerre, et il m'est utile quelquefois. On me parle tous à la fois[14]. » Montcalm demande le rappel à Québec de Lévis, de Bourlamaque ou de La Pause. Vaudreuil refuse en invoquant le risque d'une invasion simultanée par le Haut-Saint-Laurent et par le Richelieu[15].

Les regards se tournent désormais vers l'armée de Bougainville, dont les 1 500 hommes sont déployés entre l'anse des Mères et l'embouchure de la rivière Jacques-Cartier, près de l'actuel Donnacona. Le colonel gagne le quartier général de Montcalm le 4 septembre pour discuter de la suite des opérations. Les deux hommes ne se reverront plus. Au lendemain de leur entretien, les sentinelles françaises postées sur le cap Diamant aperçoivent, sur la rive d'en face, une colonne britannique estimée à 2 500 soldats marchant vers l'amont à travers le couvert forestier de la pointe de Lévis. « Le mouvement des ennemis est si considérable, écrit Montcalm à Bougainville, que je crains qu'il ne passe la rivière des Etchemins, et qu'il ne cherche à nous dérober une marche pour nous couper la communication [avec Montréal]. » Le général rappelle à son subordonné qu'il doit toujours se tenir en amont de l'avant-garde ennemie[16]. Vaudreuil partage les craintes de Montcalm. Pour soutenir Bougainville, les deux hommes dépêchent le corps d'élite du capitaine de Repentigny à la porte Saint-Jean, tandis que le bataillon de Guyenne poursuit sa route jusqu'aux plaines d'Abraham. Bougainville pourra disperser les soldats de cette unité le long des falaises ou les garder avec le gros de son armée à l'entrée de la rivière du Cap-Rouge. En attendant la décision du jeune officier, les 500 hommes de ce bataillon passent la nuit sous une pluie battante, à l'arrière de la pointe de Sillery.

Montcalm et Vaudreuil ordonnent au détachement de Repentigny de rejoindre Bougainville au matin du 6 septembre. Ils recommandent toutefois au colonel de renvoyer le bataillon de Guyenne au camp de Beauport. Cette unité d'infanterie lourde « s'écraserait », estime le gouverneur, si elle devait patrouiller les falaises du cap Diamant aux côtés des cavaliers, des guerriers et des volontaires. En outre, elle ne peut pas être campée à l'anse des Mères, précise Vaudreuil, « parce qu'il n'y a pas de bois » dans le secteur[17]. Les soldats de Guyenne regagnent donc Beauport en début d'après-midi. Ils sont établis à proximité du pont de la Saint-Charles d'où ils pourront, au besoin, être redéployés rapidement sur les hauteurs d'Abraham. En soirée, une nouvelle colonne ennemie de 1 200 hommes est signalée à la pointe de Lévis. Elle se dirige vers la flottille amarrée à l'entrée de la rivière Etchemin, où l'on aperçoit une chaloupe remplie d'officiers de « remarque ». Montcalm envoie 200 grenadiers aux abords de la batterie de Samos. Le lendemain, il se départ de deux des rares canons attelés de son armée pour augmenter la puissance de feu de Bougainville. « Je voudrais bien que toute votre plage fut hérissée comme celle-ci et retranchée de même, écrit Montbeillard au colonel en faisant référence aux battures de Beauport, cela vous épargnerait bien des allées et venues[18]. »

Les manœuvres ennemies vers l'amont sèment l'émoi parmi les assiégés. « Tout le monde fait part au public de ses conjectures, note un officier, les uns [prévoient] une attaque au-dessus de Québec, les autres au-dessous, tout le monde opine presque unanimement qu'il y a au moins quelque grand projet sur le tapis[19]. » Montcalm suppose d'abord une tentative de diversion. « Wolfe est bien homme à rétrograder », écrit-il le 5 septembre. Le général penche toutefois davantage en faveur d'un débarquement en amont de la rivière du Cap-Rouge, comme en témoignent ses directives à Bougainville[20]. Il s'agit effectivement du plan des brigadiers britanniques adopté par Wolfe à la fin d'août. Quant à Vaudreuil, il croit à une feinte. « L'ennemi ne peut avoir que deux objets, confie le gouverneur dans une lettre au colonel du 8 septembre : la diversion, ou s'établir en [amont]. À vous dire vrai, je crois plutôt le premier[21]. » Quoi qu'il en soit, les deux marquis jugent l'armée de Bougainville suffisamment forte pour résister à une éventuelle descente. « Si vous arrivez à temps à un débarquement, écrit Montcalm, le nombre de leur part n'y fera rien. S'ils vous surprennent, c'est différent. C'est alors à votre coup d'œil à voir le possible, au moins les contenir [et les] empêcher de s'établir. » Bougainville devra alors dépêcher « diligemment et successivement trois courriers sûrs » vers Beauport au cas où le premier et le deuxième se casseraient le cou[22].

En quittant le bassin de Québec au début de septembre, Wolfe a laissé un détachement de 600 soldats au camp de l'île d'Orléans et un autre de 1 700 hommes à la pointe de Lévis[23]. Les batteries de la rive sud sont également défendues par un millier de combattants prêts à marcher vers l'amont. Les soldats des deux colonnes britanniques parties les 5 et 6 septembre de la pointe de Lévis ont profité de la pénombre pour monter à bord de la cinquantaine de bateaux et de la vingtaine de navires mouillés en amont de Québec sous la protection du *Sutherland.* Dans le courant du 7 septembre, la flottille remonte le Saint-Laurent pour jeter l'ancre en face de la Pointe-aux-Trembles. En passant au large du cap Rouge, Wolfe constate la vigilance des forces de Bougainville et de la demi-douzaine de bateaux armés patrouillant aux alentours. Cette nuit-là, le vice-amiral Saunders exécute une diversion sur le bassin de Québec à l'aide d'une centaine d'embarcations remplies de marins et de soldats. L'armée de Beauport est en état d'alerte jusqu'au matin du 8 septembre, date où elle regagne ses tentes sous la pluie. Montcalm est épuisé par le prolongement du siège et par les manœuvres contradictoires des navires britanniques en amont de Québec. Il avoue son désarroi dans une lettre à Lévis : « Je vous jure que, quoique j'aie été ici une espèce de général [...], à mon retour [en France], je servirai sous le dernier de mes anciens, si l'on veut[24]. » La pluie perdure jusqu'au 11. « Notre camp est plein d'eau, rapporte Bigot, les ponts du chemin sont soulevés et les charrettes ne peuvent marcher. Il faut espérer que le beau temps reviendra bientôt, sans quoi nous serons très embarrassés[24]. »

N'eussent été les intempéries, Wolfe aurait vraisemblablement effectué sa dernière tentative de débarquement à la Pointe-aux-Trembles le 8 ou le 9 septembre dans un cadre rappelant les manœuvres sanglantes de Murray au mois d'août. Le général britannique profite de ce délai pour inspecter les falaises du cap Diamant à bord d'une goélette, tandis que ses soldats regagnent la terre ferme à Saint-Nicolas pour se reposer et pour faire sécher leur équipement. Wolfe décide alors de modifier le plan des brigadiers en déplaçant le site de sa descente à l'anse au Foulon, à trois kilomètres seulement en amont de Québec. Murray ne lui pardonnera jamais ce revirement. En 1774, il reprochera encore au défunt général de ne pas avoir maintenu le débarquement initial à la Pointe-aux-Trembles, où il aurait pu sans risque couper la ligne de ravitaillement de Montcalm[26]. Le succès du plan des brigadiers n'est toutefois pas assuré. Leur projet ne tient pas compte de la surveillance nerveuse de Bougainville, dont les effectifs ont été modulés en fonction des manœuvres de Wolfe. En soustrayant les postes fixes établis le long des côtes, le colonel dispose de 1 500 hommes, y compris l'élite de l'armée du Canada. Cet effectif paraît suffisant pour repousser une première vague de débarquement britannique, qui ne pourrait pas dépasser les 1 800 soldats en raison du nombre restreint d'embarcations disponibles en amont de Québec.

La flottille de Wolfe remonte le Saint-Laurent jusqu'à Saint-Augustin le 10 septembre. Elle redescend ensuite le fleuve avec la marée pour jeter l'ancre au large de Saint-Nicolas. En fin d'après-midi, le capitaine de Rémigny, en poste à la pointe de Sillery, note le passage d'une chaloupe remplie « d'officiers vêtus de plusieurs couleurs » à l'entrée de la rivière Etchemin. L'un d'eux porte un uniforme « fort galonné » caché sous un manteau bleu. Le petit groupe gagne le sommet de l'escarpement de la rive sud, où des jalons sont plantés. Rémigny y voit l'établissement d'un nouveau camp, comme il l'écrit le lendemain matin dans son rapport adressé à Bougainville[27]. Il s'agit plutôt d'une tournée d'inspection menée par Wolfe pour familiariser ses subalternes avec le secteur de la rive nord où il compte désormais débarquer. Dans la nuit du 10 au 11 septembre, les marins de Saunders installent des bouées sur les battures de la rivière Beauport. Montcalm les fait retirer au lever du jour sous le feu des navires ennemis. Craignant une attaque contre le *Diable,* il ordonne à Montbeillard de solidifier la batterie récemment érigée à proximité de cette embarcation. Les deux hommes passent une partie de la soirée du 12 à inspecter les retranchements de la rivière Beauport tandis que se prépare la descente britannique du Foulon.

Le Foulon, talon d'Achille ?

Montcalm a-t-il manqué d'intuition au cours de la phase finale du siège de Québec ? « [Le général] n'était guère doué pour deviner les intentions de son ennemi, soutient l'historien Charles P. Stacey. Dans les dix derniers jours de sa vie, en tout cas, il n'a montré aucune disposition dans ce domaine[28]. » La lecture des manœuvres britanniques par le général est pourtant exacte jusqu'au 9 septembre, date où Wolfe déplace le site de son débarquement du secteur de la Pointe-aux-Trembles à l'anse au Foulon. Le marquis n'a pas perçu ce revirement, à l'instar des brigadiers Monckton, Townshend et Murray, qui n'en sont informés que dans les heures précédant la descente, après avoir écrit à leur supérieur pour connaître ses intentions. Quoi qu'il en soit, Montcalm ne croit pas au départ prochain de la flotte de Saunders, contrairement à Lévis, qui le fixe aux alentours du 8 septembre dans une lettre de la fin d'août[29]. Pour le marquis, le retrait des assiégeants ne devrait pas survenir avant le début d'octobre. « Mais n'importe, l'Anglais restât-il jusqu'au 1er novembre, nous soutiendrons », écrit-il dans sa dernière lettre au chevalier, rédigée 48 heures avant le combat décisif[30].

Reprenant les critiques de Vaudreuil, Frégault accuse Montcalm d'avoir négligé la défense du cap Diamant. Il cite comme preuve l'une des lettres du général dans laquelle celui-ci tente de calmer les appréhensions du gouverneur pour la sécurité de l'anse des Mères, voisine du Foulon : « Il n'y a que Dieu qui sache, monsieur, faire des choses impossibles et il ne faut pas croire que les ennemis aient des ailes pour, la même nuit, traverser, débarquer, monter des rampes rompues et escalader, d'autant que pour la dernière opération il faut des échelles. » Frégault insère cet extrait dans son récit du débarquement du 13 septembre sans préciser qu'il s'agit d'une missive du 29 juillet, rédigée au moment où plus de la moitié des effectifs britanniques se trouvent au nord de la Montmorency. Il est alors peu probable que les assiégeants puissent évacuer leur camp de la côte de Beaupré, franchir le détroit de Québec et surprendre le détachement français du cap Diamant dans une même opération. Frégault poursuit son exposé en citant une lettre du 10 septembre où Montcalm reconnaît avoir moins d'inquiétude que Vaudreuil pour la « droite ». L'historien suppose qu'il s'agit là du cap Diamant, alors que le général fait plutôt référence aux côtes situées en amont du cap Rouge, comme en témoigne son allusion aux compagnies de grenadiers récemment dépêchées dans le secteur[31]. Frégault ne dit mot, enfin, de l'inaction du gouverneur qui aurait pu, s'il l'avait voulu, envoyer des renforts au Foulon sans tenir compte des réticences de son général subalterne. Dans sa lettre du 29 juillet, Montcalm précise ainsi qu'il est prêt à envoyer des secours à Québec sur ordre de Vaudreuil : « Si vous voulez une forte garnison ou bivouac dans la ville, vous n'avez qu'à ordonner, il faut l'y mettre [...]. J'y souscris d'avance, si c'est votre avis, car je ne sais ni deviner, ni répondre des événements dans une matière obscure[32]. »

Montcalm est conscient de la vulnérabilité des falaises du cap Diamant, dont les eaux sont fréquentées par la Royal Navy depuis le 19 juillet. Ce jour-là, les bateaux de l'ennemi entrent dans l'anse des Mères pour incendier le dernier brûlot de la flottille française. Ils y retournent à quelques reprises dans le courant de l'été pour libérer des captifs ou pour débarquer des officiers parlementaires. Les Canadiennes capturées à la Pointe-aux-Trembles en juillet y sont relâchées. « On était convenu avec le général Wolfe qu'on les enverrait chercher à une heure indiquée, mais les Anglais profitèrent du moment que l'on ne tirait plus de part et d'autre pour les mettre à terre à l'anse aux Mers [*sic*], écrit un témoin. L'envie qu'ils avaient de reconnaître cette côte fit qu'ils virent avec plaisir que les femmes auxquelles ils rendaient la liberté montaient avec intrépidité sans égale et en fort peu de temps[33]. »

À Beauport, c'est le branle-bas de combat chaque fois qu'une fusillade éclate en amont de Québec. Les coups de feu entendus à Sillery le 20 juillet entraînent un premier mouvement de troupes. « Toute la droite [du camp de Beauport] a pris les armes à deux heures du matin et est restée à la tête de son camp, écrit Malartic. La Sarre s'est porté à la boulangerie et Béarn par le grand chemin [...], et tout est rentré après le lever du soleil[34]. » Une alerte similaire est déclenchée cinq jours plus tard lorsque les carcassières et les jacobites patrouillant au pied du cap Diamant sont attaqués par une dizaine de bateaux soutenus par une frégate. Les équipages français et canadiens échouent leurs embarcations entre le Foulon et Sillery avant de porter « l'épouvante » jusqu'au quartier général de Montcalm, où ils annoncent le débarquement d'une armée de 5 000 à 6 000 hommes. L'un des fuyards va jusqu'à prétendre avoir été poursuivi de près par deux soldats écossais. Les 250 hommes de la réserve de la Canardière sont rapidement dépêchés sur les plaines d'Abraham, tandis que les unités de la ligne de Beauport sont mobilisées. On s'aperçoit bientôt que les Britanniques n'ont jamais mis les pieds sur la côte[35].

Le passage des navires de la Navy en amont de Québec à compter de la mi-juillet entraîne le retranchement des sentiers permettant d'accéder au sommet du promontoire du cap Diamant. Le chemin du Foulon est l'un d'eux. « Cette anse est très propre à un débarquement [...], note l'auteur d'un rapport d'inspection des falaises conservé dans les papiers de La Pause. Pour garder ce poste, qui est essentiel, avec peu de monde, il faut faire un épaulement qui traverse le chemin à dix toises en descendant et qui se prolonge de droite et de gauche suivant la situation du terrain, pour voir le chemin, le bas de la rampe qui est au-dessous et celle qui est au-dessus du chemin[36]. » Les travaux supervisés par Pontleroy sont parachevés à la veille de la bataille de la Montmorency, le 31 juillet. « Ne pouvant m'écarter, j'enverrai demain [les] vérifier », écrit Montcalm[37].

Le général demeure vigilant dans le courant du mois d'août. Le passage du détroit de Québec par un groupe de barges britanniques dans la nuit du 5 au 6 entraîne le transfert de 250 hommes du camp de Beauport vers les côtes situées en amont de la capitale. « On en donna avis au marquis de Vaudreuil dans la nuit, qui répondit qu'on y pourvoirait, lorsque le dessein de l'ennemi serait développé. Le marquis de Montcalm fit marcher en attendant et fit partir de plus, le 7 au matin, le sieur de Saint-Martin avec cent hommes de la colonie[38]. » Le 19 août, le général mène lui-même un détachement de grenadiers jusqu'à la Pointe-aux-Trembles (Neuville) pour soutenir Bougainville, aux prises avec les Britanniques à Deschambault. « Il est heureux pour le pays [que Murray] se soit uniquement occupé de cette opération au lieu de s'établir et retrancher, il n'aurait pas été facile de le déloger, écrit Montbeillard. Nous l'avons tous craint et M. de Montcalm avait si bien senti l'importance de cette situation que, fort ou faible, retranché ou non, il partait dans le dessein de l'attaquer. Plus de communications avec nos magasins, point ou très peu de vivres ici, le pays ouvert à l'ennemi ; la colonie était perdue ou bien près de l'être[39]. »

Le camp de Beauport est à nouveau sur le qui-vive dans la nuit du 27 août alors qu'un convoi de navires britanniques franchit le détroit de Québec. « Montcalm monta sur-le-champ à cheval pour se rendre chez M. de Vaudreuil, écrit Montbeillard. J'eus l'honneur de l'y accompagner. Nous apprîmes en chemin qu'il avait passé cinq vaisseaux. On dépêcha des courriers à nos postes de Sillery, Pointe-aux-Trembles, etc. Les troupes de la droite [de Beauport] prirent les armes. » Une nouvelle alerte survient deux jours plus tard durant une nuit marquée par « une canonnade fort vive entremêlée de mousqueterie » qui s'étire sur plus de deux heures, au large de Saint-Augustin. « M. de Bougainville a fait de très bonnes dispositions, et, alerte et vif comme il l'est, il y a à parier qu'il ne se laissera pas surprendre », note encore Montbeillard[40]. Les troupes de Beauport sont de nouveau mobilisées le 7 septembre lors du passage d'un groupe de bateaux britanniques le long des côtes situées entre Québec et Sillery. « On s'est persuadé aisément que l'ennemi en voulait à la ville, écrit un officier, Guyenne a reçu des ordres pour s'y jeter et s'est mis en conséquence en mouvement, toute l'armée a été éveillée. Le point du jour a dissipé tous ces soupçons de crainte[41]. »

Le succès de la descente de l'anse au Foulon du 13 septembre a fait oublier les difficultés entourant l'exécution d'une opération amphibie. À l'été de 1759, les hauts-fonds de la rive nord du Saint-Laurent sur lesquels butent les bateaux de la Navy favorisent la concentration des forces françaises sur les points menacés de la côte. C'est le cas non seulement à la bataille de la Montmorency le 31 juillet mais également en août, lors des deux descentes britanniques de la Pointe-aux-Trembles. En septembre, les officiers de la Navy consultés par Wolfe expriment de sérieux doutes quant à la faisabilité d'un débarquement au Foulon. Le contre-amiral Charles Holmes, chargé de son exécution, dira plus tard que cette mission fut « la tâche la plus périlleuse et la plus difficile » de toute sa carrière : « La distance avec le lieu de débarquement, l'impétuosité de la marée, l'obscurité de la nuit et l'improbabilité d'atteindre précisément le lieu visé sans être découverts ni donner l'alarme, tout cela rendait l'entreprise extrêmement difficile. » Le vétéran de la marine britannique craint notamment que ses bateaux ne soient emportés par le courant jusqu'à la basse-ville et même au-delà, dans le bassin de Québec. La manœuvre du 13 septembre va toutefois bénéficier de conditions météorologiques optimales.

La descente du Foulon

Dans la nuit du 12 au 13 septembre, les sentinelles postées sur le cap Diamant voient la lune monter au-dessus de l'île d'Orléans un peu avant 22 h. Au même moment, au large de Saint-Nicolas, les 1 800 soldats de la première vague du débarquement britannique prennent place à bord d'une trentaine de bateaux. À compter de 2 h, la flottille se laisse dériver avec le courant pour ne pas éveiller les soupçons de l'armée de Bougainville, campée à l'entrée de la rivière du Cap-Rouge. Les navires transportant les 1 900 soldats de la deuxième vague du débarquement doivent descendre le fleuve à partir de Saint-Nicolas une heure plus tard. Quant au millier d'hommes de la troisième vague, ils quittent le camp de la pointe de Lévis à pied, une heure après minuit, pour se diriger vers la rivière Etchemin avec un train d'artillerie de 22 canons. Les embarcations de la première vague filent à vive allure à la sortie du goulot d'étranglement où seront érigés les ponts de Québec au XXe siècle. Elles franchissent le secteur aux alentours de 3 h 15 avant de passer la pointe de Sillery une demi-heure plus tard. La flottille atteint le Foulon à 4 h en même temps que la lune, qui arrive de l'est. En appareillant plus tôt, Wolfe aurait fait débarquer ses hommes dans l'obscurité et dans la confusion. À l'inverse, un départ plus tardif aurait facilité le repérage de sa flotte par les sentinelles françaises. Cette conjoncture idéale ne se reproduira pas avant la nuit du 28 au 29 septembre 1759, comme le notent les auteurs d'une étude des marées parue dans le *William and Mary Quarterly*[42].

Le débarquement britannique est rendu possible par une autre coïncidence. Tandis que Wolfe rassemble ses troupes à Saint-Nicolas, le munitionnaire Cadet écrit à Bougainville le 12 septembre pour lui demander de faire descendre à Québec les bateaux chargés des farines de Montréal arrivés deux jours plus tôt au cap Rouge. L'opération doit être menée dans le courant de la nuit sous l'escorte des navires armés du colonel. On prévient les sentinelles du cap Diamant de faire attention afin de ne pas alerter les bâtiments ennemis, à commencer par le *Hunter*, un sloop de 14 canons mouillé au large de la pointe de Sillery[43]. La directive adressée aux sentinelles ne signifie pas qu'il n'y ait pas eu de mot de passe le long des falaises, comme on le suggère parfois en voulant souligner la négligence des assiégés.

Un système de « signaux muets » existe à Beauport depuis le début de l'été. Dès qu'elles entendent un bruit suspect, les sentinelles patrouillant aux abords du camp doivent taper des mains et attendre la réponse avant de lancer leur « qui vive[44] ? ». Il existe également trois mots de passe distincts pour entrer dans Québec. À la fin du mois d'août, le système est étendu jusqu'à la rivière du Cap-Rouge après qu'un groupe de guerriers alliés eut ouvert le feu par mégarde sur des bateaux français passant au large[45]. Dans le doute, les sentinelles n'hésitent pas à tirer. En témoigne le coup de feu reçu à la cuisse par François Poulin de Courval à Saint-Augustin le 26 août. Un sergent du bataillon de Languedoc est tué dans des circonstances similaires trois jours plus tard en marchant

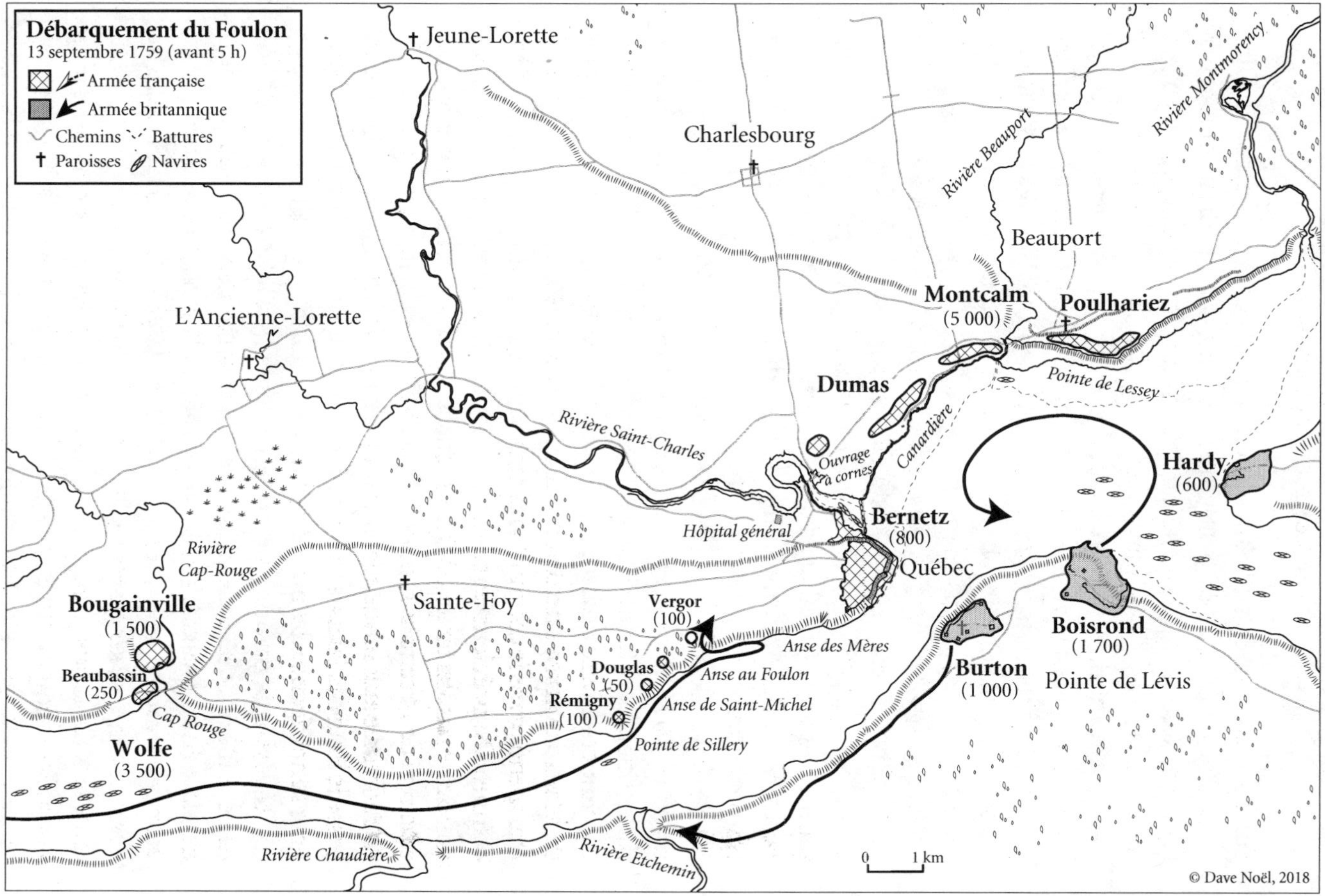
Débarquement du Foulon
13 septembre 1759 (avant 5 h)
Armée française
Armée britannique
Chemins
Battures
Paroisses
Navires
Jeune-Lorette
Charlesbourg
Rivière Beauport
Rivière Montmorency
Beauport
Montcalm
(5 000)
Poulhariez
L'Ancienne-Lorette
Dumas
Pointe de Lessey
Rivière Saint-Charles
Canardière
Ouvrage à cornes
Hardy
(600)
Bernetz
(800)
Hôpital général
Rivière Cap-Rouge
Québec
Bougainville
(1 500)
Sainte-Foy
Vergor
(100)
Boisrond
(1 700)
Anse des Mères
Beaubassin
(250)
Douglas
(50)
Anse au Foulon
Burton
(1 000)
Pointe de Lévis
Rémigny
(100)
Anse de Saint-Michel
Cap Rouge
Wolfe
(3 500)
Pointe de Sillery
Rivière Chaudière
Rivière Etchemin
0
1 km
© Dave Noël, 2018

aux abords du faubourg Saint-Roch[46]. Si le mot de passe du cap Diamant a bien existé, il est possible qu'il ait été révélé aux Britanniques par les deux soldats du Royal-Roussillon qui désertent dans la soirée du 12 septembre[47]. Recueillis par le *Hunter*, les deux hommes annoncent aux assiégeants l'arrivée prochaine du convoi de vivres de Cadet. Un imprévu empêche toutefois l'appareillage de la flottille française, qui ne quittera jamais l'anse de Cap-Rouge[48]. On ignore si le convoi a été reporté à la nuit suivante ou si l'on a décidé de ne pas exposer les navires. Dans tous les cas, les détachements de la falaise ne semblent pas avoir été prévenus du contrordre puisque les déserteurs de Royal-Roussillon n'en font pas mention à l'équipage du *Hunter*.

À l'aube du 13 septembre, le Foulon est défendu par un peu moins d'une centaine de soldats et de miliciens sous les ordres du capitaine Louis de Vergor. Cet officier des troupes de la Marine y est retranché à mi-pente, sur le sentier menant au promontoire[49]. Un peu avant 4 h, on le prévient de l'approche d'un convoi de bateaux. Vergor gagne rapidement le rivage où une sentinelle crie au commandant de la flottille de s'identifier. Un officier britannique parlant français répond « France, Marine » et ajoute qu'il va à Québec porter des vivres. Selon une autre version, il aurait plutôt crié « La Reine » au lieu de « Marine », ce qui n'est pas impossible, le nom des régiments étant souvent utilisé en guise de mot de passe. Vergor prend conscience du subterfuge en voyant les bateaux qui sont passés devant lui faire demi-tour et remonter le courant pour entrer dans l'anse au Foulon. Le débarquement de Wolfe ne se déroule pas comme prévu. Les bateaux qui devaient s'échouer en amont du poste de Vergor sont emportés en aval, où débarquent les 400 hommes de l'infanterie légère britannique. Cette dernière se divise en deux groupes. Le premier longe le rivage vers l'ouest pour mener une attaque frontale contre le retranchement du Foulon, tandis que le second escalade la falaise en s'accrochant aux broussailles. Parvenu au sommet, il tombe sur les arrières de Vergor, lequel est capturé avec la moitié de ses hommes.

On a beaucoup parlé du manque de vigilance des détachements français déployés sur les falaises du cap Diamant. « Ces piquets y restèrent pendant près de trois mois en poste fixe, ce qui est une très mauvaise méthode, parce qu'à la longue, la vigilance cesse par la fatigue du service », écrit Pouchot. « Personne ne visitait les postes », ajoute La Pause en déplorant que l'état-major n'ait pas établi de patrouilles entre les détachements[50]. Rappelons d'abord que ces deux officiers n'assistent pas à la phase finale du siège de Québec. Contrairement à ce que soutient le premier, les hommes chargés de la défense du Foulon sont relevés dix jours avant le débarquement du 13 septembre. Quant à Vergor, il n'est pas endormi comme le veut la légende[51]. N'eût été l'attente du convoi de vivres du munitionnaire, la flottille britannique serait passée sous le feu des postes de Sillery, de Saint-Michel, de Samos et du Foulon, dont les salves auraient rapidement alerté la garnison de Québec et l'armée de Beauport.

L'escalade du cap Diamant aurait également été contrée si le bataillon de Guyenne avait été maintenu sur les plaines d'Abraham après y avoir passé la nuit du 5 au 6 septembre. Vaudreuil prétendra avoir ordonné à cette unité campée à sa droite de regagner les plaines à la veille du débarquement de Wolfe. « Je comptais beaucoup sur le bataillon de Guyenne, écrit-il dans son rapport du 5 octobre, je le croyais toujours sur les hauteurs de Québec, mais M. le marquis de Montcalm l'avait rappelé, le même jour, à l'entrée de la nuit, sans m'en prévenir[52]. » Le curé Récher affirme le contraire : c'est le gouverneur qui aurait annulé l'ordre de marche du général dans la journée du 12 septembre, une information que le prêtre pourrait avoir obtenue lors de l'agonie de Montcalm, à laquelle il a vraisemblablement assisté. Johnstone écrit lui aussi que le général des troupes de terre a ordonné au Guyenne de remonter sur les plaines d'Abraham. À la différence de Récher, le chevalier écossais ne blâme pas directement Vaudreuil pour le contrordre donné à ce bataillon. Montbeillard confirme quant à lui qu'il avait été convenu d'envoyer le bataillon sur les plaines d'Abraham sans donner plus de détails : « Par quelle fatalité [...] le régiment de Guyenne qu'on avait résolu de faire camper sur les hauteurs au-dessus de Québec était-il encore dans notre camp[53] ? »

L'histoire de ce bataillon oublié circule au sein de l'armée française et chez les civils canadiens au cours des jours suivant la bataille. Elle est alors consignée dans les journaux des officiers britanniques. Selon le lieutenant John Knox, l'état-major français aurait prévu transférer deux bataillons sur les hauteurs de Québec le 13 septembre, aux alentours de 6 h le matin. L'ingénieur Patrick Mackellar précise que l'ordre de marche du Guyenne aurait été annulé la veille par le « général français » après qu'un déserteur britannique eut annoncé un débarquement à Beauport le soir même[54].

En date du 12 septembre, le registre d'état-major des troupes de terre, où l'on consigne le détail des patrouilles et les directives disciplinaires, indique seulement que le bataillon de Guyenne doit fournir une garde à la boulangerie du faubourg Saint-Roch en relève du Béarn. On y signale en outre le vol d'un bœuf dont on a retrouvé un quartier dans l'une des tentes des soldats du Royal-Roussillon[55]... Pour l'historien Stacey, il est peu probable que Montcalm ait ordonné au Guyenne de gagner les hauteurs d'Abraham puisqu'il n'en fait pas mention dans son journal personnel[56]. Le dernier cahier de ce document n'a toutefois jamais vu la plume de son auteur présumé, comme nous le verrons. Il demeure donc possible que Montcalm ait voulu dépêcher un bataillon d'infanterie sur les plaines d'Abraham à la veille de la bataille fatidique.

QUATRIÈME PARTIE

La bataille des plaines d'Abraham

Je n'ai plus que des malheurs à écrire. Vingt fois j'ai pris la plume et vingt fois la douleur l'a fait tomber de mes mains. Comment me rappeler une suite d'événements aussi assommants… ? Nous étions sauvés, et nous sommes perdus !

LE CAPITAINE DE MONTBEILLARD,
23 septembre 1759[1]

CHAPITRE 10

Les sources

Le siège de Québec met en scène plus de 50 000 personnes, soldats, marins et civils. Il génère une quantité impressionnante de lettres, de journaux personnels et de rapports. La valeur de ces récits varie en fonction du sang-froid de leurs auteurs et de leur proximité des événements rapportés. Le nombre d'occurrences ne suffit pas toujours à établir la véracité d'un fait que la rumeur a pu déformer sur plusieurs kilomètres avant qu'il ne soit consigné par différents « témoins ». Il faut notamment se méfier des analyses des profanes de la chose militaire.

Québec, observe Montcalm, « est une ville où les plus petites nouvelles s'amplifient, où l'on passe de la plus grande confiance à la plus grande crainte et où tout le monde est général d'armée[2] ». Au sortir des églises, les habitants discutent ouvertement du détail des opérations militaires. « Bourgeois, financiers, marchands, officiers, évêques, curés, jésuites, tout cela projette, disserte, parle, reparle, prononce sur la guerre. Tout est Turenne et Folard », note Bougainville en citant les deux grands tacticiens de son temps[3]. Les analyses populaires sont parfois étonnantes, comme on le voit après la prise du fort Oswego en 1756. « Quelques gens disaient que les Anglais avaient laissé prendre ce fort exprès [...]. Facilité de cette expédition suivant le peuple, le marquis de Vaudreuil et l'évêque qui l'eût pris, disait-il, avec son clergé ; sans doute comme Josué prit Jéricho en faisant trois fois le tour des murs[4] », commente Bougainville en évoquant la ville tombée au terme d'une procession des assiégeants israélites, selon la Bible. La marquise de Vaudreuil donne également son avis dans le cercle des officiers, au grand dam de Montcalm[5].

Les habitants versent parfois dans l'arrogance, comme le constate l'ingénieur Desandrouins au cours des semaines qui suivent le combat de Carillon du 8 juillet 1758. « [Les uns] soutenaient que les Français avaient eu grand tort d'abandonner, avant la bataille, le portage et la [rivière de la] Chute ; qu'avec 200 Canadiens ou Sauvages on les eût défendus, et qu'enfin on ne pouvait plus mal faire que de confier la défense de la colonie à des troupes de France[6]. » On va jusqu'à remettre en question la bravoure des soldats qui ont combattu derrière les retranchements de Carillon, les Canadiens de Dumas n'en ayant pas eu besoin sur la Monongahela. Cette bravade passe évidemment sous silence la fuite de la quasi-totalité des miliciens aux premiers instants du combat livré dans la vallée de l'Ohio en 1755. Les Canadiens, on le comprend, veulent être associés aux succès. Sur les parvis des églises, on raconte qu'il y avait plus de 1 800 miliciens et soldats de la Marine à la bataille de Carillon, alors qu'ils y étaient moins de 600 dans les faits[7]. On critique également Montcalm pour ne pas avoir attaqué Abercromby avec les hommes que Vaudreuil a mis à sa disposition après le combat de Carillon. « Tout Québec, excepté quelques gens qui à peine l'osent dire ouvertement, crie contre M. de Montcalm de ce qu'avec environ 12 000 hommes, que lui a envoyés M. de Vaudreuil, il est resté dans l'inaction, observe Desandrouins. Qu'il ne tenait qu'à lui de pousser les ennemis jusqu'au lac Saint-Sacrement et de les défaire entièrement. » Son armée n'a toutefois jamais dépassé les 7 000 combattants au cours de cette campagne[8].

Les manœuvres défensives n'ont pas la cote auprès de l'opinion canadienne, habituée aux « coups de main » des guerres précédentes. Bourlamaque le constate douloureusement après avoir achevé son repli stratégique de Carillon vers l'île aux Noix en août 1759. « Tous les gens sensés ont fort applaudi à la manière dont il s'est conduit, note Montbeillard, mais quelques Canadiens ignorants, avantageux et menteurs, avaient sans doute lâché de mauvais propos qui l'ont engagé [Bourlamaque] à faire ainsi son apologie, dont il n'avait pas besoin[9]. » Montcalm doit écrire à son brigadier pour le rassurer. « Nous vous avons tous rendu justice, Français et Canadiens, affirme le général en faisant référence aux officiers des troupes de terre et de la Marine. M. le marquis de Vaudreuil pense comme moi. Je ne vous réponds pas des bavardages de Montréal, où n'y en a-t-il pas ? Consolez-vous, si M. le marquis de Vaudreuil et moi eussions accédé aux impatiences et raisonnements du public, la colonie n'existerait plus[10]. » Montcalm a sans doute en mémoire la proposition récente d'un groupe de miliciens d'abandonner Québec pour se porter à la défense de Montréal, menacé par la chute de Niagara et de Carillon. « La tête commence à tourner aux pauvres colons, écrit l'auteur d'une relation anonyme. Ils ont eu l'imbécillité de mettre en délibération s'il ne vaudrait pas mieux abandonner Québec pour voler à Montréal que de s'opiniâtrer à occuper toujours notre même camp. Comme si Montréal était par son assiette un endroit pourvu de tout ce qu'il faut pour s'y maintenir et un poste capable d'en imposer aux forces des ennemis réunis. Le projet a été frondé hautement par M. le marquis de Montcalm qui est bien éloigné d'y acquiescer[11]. »

Soumis aux pressions de l'opinion publique, Montcalm doit en outre résister aux suggestions de ses subalternes, comme il le confie à Lévis au cours des jours précédant la bataille de la Montmorency. « M. Charest proposait ce matin une batterie à trois lieues d'ici, au sud, M. Mercier, une à trois lieues au nord. Je suis obligé d'être le plastron de tous les gens à proposition. Un autre voulait, ce matin, envoyer 600 hommes à la côte du Sud faire la guerre, pour couvrir la Beauce et autres lieux. Un autre voudrait augmenter la garnison de la ville [...]. Ce sont tous des fous, ajoute le général, et, à force de les commercer, bientôt je ne serai pas plus sage qu'eux[12]. » Les écrits des officiers subalternes regorgent d'idées novatrices et téméraires alimentées par la fougue de la jeunesse et par l'inexpérience. L'exercice du commandement permet généralement de modérer ces élans. « Bougainville, si ardent pour aller attaquer les ennemis, imite actuellement la conduite prudente et circonspecte de M. de Montcalm, écrit un témoin en août 1759. Quand une expédition roule sur notre compte, l'on devient bien moins ardent et l'on perd de cette humeur bouillante qui nous porte à tout entreprendre quand nous ne sommes que causes secondes[13]. »

La défaite entraîne souvent la rupture des liens de solidarité entre officiers. « On blâme sans miséricorde M. Pouchot de Niagara, écrit un militaire après la chute de ce fort. On critique ses manœuvres et ses dispositions. On ne lui passe point d'avoir adhéré aux sentiments du gouverneur général et d'avoir eu des vues assez intéressées pour ne pas prendre toutes les sûretés pour la défense. En effet, il n'est pas excusable[14]. » Pouchot se défend en rejetant le blâme sur le pauvre La Corne, qui a échoué dans sa tentative de faire lever le siège en attaquant le détachement d'Haldimand sur la rivière Oswego. « Ce corps battu, Niagara aurait été sauvé », soutient Pouchot, qui magnifie les difficultés auxquelles il a été confronté pour mieux minimiser celles de ses camarades de combat. Il réduit ainsi de moitié les effectifs d'Haldimand en spécifiant que les forces britanniques n'étaient couvertes que par un amoncellement de tonneaux de lard. Dans les faits, La Corne s'est plutôt heurté à un véritable retranchement appuyé par le feu d'un redan et d'une redoute[15].

Le billet de Vaudreuil

L'historiographie de la bataille des plaines d'Abraham n'a pas toujours privilégié les sources de première main. Dans son *Histoire du Canada par les textes* (1952), coécrite avec Michel Brunet et Marcel Trudel, Guy Frégault présente le choc des armées de Montcalm et de Wolfe à travers les yeux de contemporains basés dans le gouvernement de Montréal, au camp de Beauport ou à l'abri des remparts de Québec[16]. Malartic est l'unique témoin oculaire cité dans ce recueil, l'auteur anonyme du *Journal tenu à l'armée que commandait feu M. le marquis de Montcalm* ne pouvant être localisé avec certitude. Pour Guy Frégault, la relation de cet observateur est « d'un intérêt fondamental[17] ». Il s'intéresse moins au récit de Montreuil, l'aide-major général des troupes de terre, pourtant le plus haut gradé de l'armée française à avoir survécu au combat. La relation nuancée de cet officier ne fait pas le poids devant le compte rendu manichéen de Vaudreuil, qui occupe la moitié de l'espace consacré à la bataille dans cet ouvrage de référence qui a marqué une génération d'historiens.

Vaudreuil rédige un premier compte rendu du combat dans sa lettre à Lévis du 13 septembre 1759. Il y fait montre de solidarité envers Montcalm, alors à l'agonie dans Québec. En écrivant au commandant de la garnison, Ramezay, il précise que l'ennemi a pu s'implanter sur les plaines d'Abraham « malgré les puissants efforts que nous venons de faire pour l'en déposter[18] ». Nous sommes loin d'un désaveu de l'action de Montcalm. Le gouverneur donne de nouveaux détails dans ses lettres de Saint-Augustin du 21 septembre et de Montréal du 5 octobre. C'est cette dernière missive, longuement mûrie, que Frégault choisit pour établir son récit de la bataille. S'adressant au ministre de la Marine,

Vaudreuil y accuse Montcalm d'insubordination, le commandant des troupes de terre n'ayant pas tenu compte d'un billet lui ordonnant d'attendre les renforts de Beauport, de Québec et de Cap-Rouge. « Montcalm reçut ma lettre, mais il ne prit conseil que de la vivacité de son tempérament. Il marcha à l'ennemi oubliant qu'il perdait les hauteurs que son armée occupait, mit sa troupe hors d'haleine et donna en même temps la supériorité du terrain à l'ennemi[19]. » Ce billet n'est pas mentionné dans les lettres du gouverneur des 13 et 21 septembre, où il est seulement précisé que « l'affaire s'est engagée avec trop de vivacité[20] ». On ne le trouve pas davantage dans les récits des témoins oculaires.

La première mention du billet de Vaudreuil coïncide avec ses démarches visant à mettre la main sur les papiers de Montcalm conservés à Montréal, au Séminaire des Sulpiciens et dans la chambre qu'il a quittée en coup de vent pour Québec à la fin de mai. Lévis lui refuse toutefois l'accès aux documents. « Ses papiers [...] ne doivent être vus que de moi seul », répond le chevalier le 10 octobre[21]. Vaudreuil sait que son rival a alerté Versailles de l'ampleur des malversations de l'administration coloniale. « N'arrivant pas à consulter les documents et, peut-être, à subtiliser certaines pièces jugées dangereuses pour lui, il ne reste plus au marquis de Vaudreuil qu'à décrédibiliser Montcalm », écrit l'historien Laurent Veyssière[22]. L'entreprise de démolition est facilitée par l'ambiguïté de la hiérarchie coloniale, comme l'avait prévu Montbeillard au début du siège de Québec : « C'est M. le marquis de Vaudreuil qui commande l'armée, et, dans le cas d'un malheur, avec quel soin n'en rejetterait-on pas toutes les fautes sur M. le marquis de Montcalm[23]. » Ne pouvant faire lever le scellé des armoires du défunt, Vaudreuil écrit de nouveau au ministre de la Marine le 30 octobre pour dénoncer l'« ambition démesurée » du général des troupes de terre et la « zizanie » qu'il aurait semée. « Je suis au désespoir, Monseigneur, d'être dans la nécessité de vous faire un tel portrait après la mort de M. le marquis de Montcalm, quoi qu'il contienne l'exacte vérité, je l'aurais suspendu si je ne considérais que sa haine personnelle pour moi, mais la perte de Québec m'est trop sensible[24]. » Le 1er novembre, s'adressant au ministre de la Guerre, Fouquet de Belle-Isle, Vaudreuil ajoute que Wolfe aurait été battu si « Montcalm animé par son grand zèle et sa vivacité n'avait engagé une affaire générale[25] ».

C'est dans ces circonstances qu'est rédigé le *Journal tenu à l'armée que commandait feu M. le marquis de Montcalm*, dont l'auteur semble être un proche de l'intendant Bigot. On y trouve la seule autre mention du billet du gouverneur, plus précisément dans une note ajoutée à la marge de ce manuscrit au titre évocateur dans le contexte hiérarchique de 1759 : « La précipitation avec laquelle M. de Montcalm attaqua prit son origine dans la jalousie : M. de Vaudreuil le prévenait par un billet où il le priait d'attendre pour attaquer qu'il eût réuni toutes ses forces [...] ; il n'en fallut pas davantage pour déterminer un général qui eût volontiers été jaloux de la part que le simple soldat eût prise à ses succès[26]. » Pour l'historien Stacey, l'auteur des annotations du *Journal tenu à l'armée* serait Vaudreuil lui-même. Il est toutefois plus probable qu'il s'agisse d'un officier de la marine marchande, le Canadien François Poulin de Courval, par exemple, qui conçoit et dirige les cajeux lancés contre la flotte britannique en juillet 1759[27]. Quoi qu'il en soit, le billet de Vaudreuil n'a pas laissé de traces dans les souvenirs des principaux témoins de la bataille ou dans leurs archives, ce qui nous amène à douter de son existence[28].

Le gouverneur n'est pas le seul officier à blâmer Montcalm pour sa précipitation. Bougainville, pourtant l'un des protégés du général, le critique également en tentant de justifier son propre retard sur le champ de bataille : « Un homme (Vergor) se laisse surprendre à l'anse des Mères [*sic*], je suis au cap Rouge. L'ennemi débarque à minuit [*sic*], on ne m'avertit qu'à huit heures. M. de Montcalm marche et se croit forcé d'attaquer sans m'attendre. Quand j'arrive à portée de combattre, l'armée est en déroute[29]. » De son côté, Lévis fait preuve d'empathie en philosophant sur l'ingratitude réservée aux généraux vaincus : « On impute à M. de Montcalm d'avoir trop divisé l'armée et d'avoir attaqué trop tôt les ennemis sans avoir rassemblé toutes les forces qu'il aurait pu avoir. Je dois à sa mémoire, pour assurer la droiture de ses intentions, de dire qu'il a cru ne pouvoir faire mieux, mais malheureusement, les généraux ont toujours tort, quand ils sont battus. » Le chevalier cherche tout de même à se dissocier de la défaite des plaines et de la reddition de Québec, qu'il n'a pas pu empêcher, étant à Montréal à ce moment. « Si je ne reçois quelque marque distinguée du roi, écrit-il au ministre de la Guerre, je serais regardé vis-à-vis toute l'Europe comme ayant eu part aux fautes qu'on a faites [dans] cette campagne, et qu'au contraire j'ose dire que la conservation de ce qui nous reste de la colonie est due à mes soins et à mes dispositions[30]. »

Les quatre « M »

La mort de Montcalm et de ses deux seconds – le brigadier Senezergues et le lieutenant-colonel Fontbonne – nous prive de la version des faits des principaux officiers ayant mené la charge française devant Québec. D'où l'importance du témoignage de l'aide-major général Pierre-André de Montreuil, qui offre une rare vue d'ensemble sur le champ de bataille à titre de responsable du déploiement des troupes de terre. Cet officier de l'ombre âgé de trente-six ans n'est pas un intime de Montcalm. En 1760, il soutient encore que le marquis ne « [l']honorait pas de sa confiance ». Cet aveu témoigne du malentendu qui subsiste jusqu'à la fin entre les deux hommes, Montcalm se disant pour sa part satisfait de son aide-major général, qu'il apprécie pour son sang-froid[31]. Montreuil a laissé un récit du combat des plaines dans ses lettres à Lévis et au ministre de la Guerre des 15 et 22 septembre 1759. Il y fait preuve de retenue envers Montcalm, ce qui n'avait pas été le cas envers son prédécesseur, Dieskau, qu'il avait critiqué sévèrement après la déroute du lac Saint-Sacrement. La carrière de l'aide-major général ne sera pas compromise par son rôle durant la bataille des plaines. En 1761, pour ses services au Canada, Montreuil sera promu brigadier, puis maréchal de camp l'année suivante. Il occupera ensuite les fonctions de gouverneur intérimaire de Saint-Domingue (1763-1764) avant de terminer sa carrière en France avec le grade de lieutenant-général, obtenu en 1781 à l'âge de cinquante-neuf ans.

Outre le récit de Montreuil, notre analyse de la bataille donnera la parole aux officiers ayant accompagné Montcalm du camp de Beauport jusqu'aux plaines d'Abraham. Anne-Joseph de Malartic est l'un d'eux. Au matin du 13 septembre, l'aide-major du bataillon de Béarn est posté avec son unité au centre de la ligne de bataille, où il est projeté au sol par la mort de son cheval, fauché par les balles britanniques. Le jeune homme de vingt-neuf ans consigne ses souvenirs de l'affrontement dans un journal de campagne plutôt austère complété par une note rédigée « après les événements » dans laquelle il livre une analyse plus personnelle du combat et des facteurs ayant entraîné la chute du Canada. Cette note reprend une partie d'une lettre qu'il a adressée à Bourlamaque le 28 septembre 1759 dans laquelle il relate la journée fatidique que, dit-il, « je voudrais oublier toute ma vie[32] ». Malartic est nommé colonel en 1763, puis brigadier en 1770 avant d'être promu maréchal de camp dix ans plus tard. À l'instar de Montreuil, il termine sa carrière avec le grade de Montcalm, soit celui de lieutenant-général, qu'il obtient en 1792 à l'âge de soixante-deux ans. La même année, il est nommé gouverneur de l'île de France, au large de Madagascar, où il décède à l'aube du nouveau siècle.

Pierre Marcel est le troisième témoin dont le récit mérite une attention particulière. Ce modeste sergent est promu lieutenant en 1756. Il entre alors au service de Montcalm à titre de troisième aide de camp, derrière les capitaines de Bougainville et de La Rochebeaucourt. Contrairement à ses collègues, il n'exerce pas de commandement au Canada, où il est confiné à des tâches de secrétaire et d'officier de liaison. On lui accorde néanmoins le grade de capitaine d'infanterie en 1757. À la veille du débarquement britannique du Foulon, Montcalm aurait dépêché Marcel chez Vaudreuil afin d'être tenu informé des manœuvres ennemies dans le secteur de la Canardière. Le fidèle aide de camp rejoint sans doute le général des troupes de terre dans sa marche sur les plaines d'Abraham. Après la bataille, on le retrouve à la maison du chirurgien Arnoux, où il assiste aux derniers instants du marquis, ce qui ajoute de la valeur à son récit. On ignore ce qu'il advient de Marcel à son retour en France avec la garnison de Québec. Une copie du *Journal abrégé de la campagne de 1759* qui lui est attribué nous est parvenue par l'entremise de Bougainville[33].

Notre dernier témoin principal est le capitaine d'artillerie Fiacre de Montbeillard. Cet officier des troupes de la Marine âgé de trente-cinq ans débarque au Canada en 1757. Il y commande l'une des deux compagnies de canonniers de la colonie sous les ordres de François Le Mercier. Avec le départ de Le Mercier pour Montréal, en août 1759, Montbeillard prend la direction de l'ensemble des artilleurs du théâtre d'opérations de Québec. Sur les plaines d'Abraham, il mène les canons de Montcalm d'un bout à l'autre du champ de bataille, où il croise le général à quelques reprises. À son retour en France, Montbeillard sera nommé inspecteur de la manufacture royale de Charleville à l'occasion de la réforme du matériel de l'armée française. Il sera promu chef de brigade en 1766 puis lieutenant-colonel trois ans plus tard. Cet officier d'artillerie nous a laissé un récit détaillé de la bataille des plaines d'Abraham, qu'il a rédigé le 23 septembre 1759 à Cap-Santé, à proximité du camp de la rivière Jacques-Cartier. Ce témoignage est bien connu puisqu'il constitue l'aboutissement de ce que l'on appelle communément le « journal de Montcalm ».

Le journal de Montcalm

Lévis hérite des papiers de Montcalm à la mort de celui-ci, tel que le prévoient les instructions de la cour et les volontés du défunt. Au matin de la bataille des plaines d'Abraham, les documents se trouvent dans une caisse entreposée à Montréal et dans un « portefeuille » laissé à la maison de Salaberry, sur la côte de Beauport. Ce portfeuille est remis à Montreuil dans le courant de l'après-midi par le domestique de Montcalm. Lévis le récupère quatre jours plus tard en prenant le commandement des restes de l'armée repliée sur la rivière Jacques-Cartier. En 1763, la mère et la veuve de Montcalm tenteront de récupérer l'ensemble des papiers du marquis en s'adressant directement aux autorités françaises :

> Par quelle fatalité la famille d'un commandant universellement regretté se trouve-t-elle privée de la consolation de posséder ses lettres, ses journaux, sa correspondance avec les ministres ? Et comment cette privation peut-elle aller au point qu'il n'existe aucune trace de ses papiers ? Au défaut des mémoires et des journaux du marquis de Montcalm, est-il revenu à ses héritiers une somme considérable en effets et en lettres de change ? Non. Une portion d'appointements qui lui sont encore dus, le montant de son inventaire en billets qui n'ont point de valeur déterminée, quelques hardes et habillements de sauvages, et un drapeau déchiré qu'il arracha des mains d'un Anglais à la victoire de Chouaguen, voilà les richesses qu'avait le marquis de Montcalm et qui ont été remises à la famille[34].

Intégrés aux archives familiales de Lévis, les papiers du marquis refont surface en 1888 grâce aux recherches de l'abbé Casgrain à Paris, où il fait la connaissance du comte Raimond de Nicolay. « Il me pria de le suivre dans sa bibliothèque [...], relate l'historien en parlant du neveu du dernier petit-fils du chevalier. Après avoir tâtonné quelque temps, ouvert et fermé plusieurs armoires, le comte sortit des rayons et me présenta un in-quarto. relié en vélin, encadré de dorure. J'y lus non sans étonnement ce titre : *Journal du chevalier de Lévis.* Avant que j'eusse le temps de le feuilleter, le comte m'en offrit un second relié de même qui portait pour titre : *Lettres du chevalier de Lévis*; puis un troisième contenant le *Journal de Montcalm*[35]. » La collection Nicolay comprend en outre les missives du marquis à Lévis, dont quelques billets se terminant par l'injonction « brûlez ma lettre », qui n'a pas été respectée par leur destinataire. Quant aux lettres de Montcalm à Bourlamaque, elles seront retracées quelques années plus tard par l'historien Francis Parkman[36]. Cette correspondance où s'entremêlent les questions d'ordre militaire et les confidences est précieuse puisqu'elle permet de connaître le véritable état d'esprit de Montcalm, ce qui n'est pas toujours le cas de son « journal ».

Retranscrits par Léon Lecestre, des Archives nationales de France, les manuscrits conservés par le comte de Nicolay sont publiés en onze volumes par le gouvernement du Québec entre 1889 et 1895. Leur édition est supervisée par l'abbé Casgrain, dont l'œuvre célébrera bientôt les exploits du « héros de Sainte-Foy ». C'est par le journal et par la correspondance de Lévis que la série commence. Il faut attendre 1895 pour que le *Journal du marquis de Montcalm* soit publié. L'original est constitué de huit cahiers de différents formats reliés les uns aux autres après la mort du général. Le premier débute par la nomination de Montcalm au Canada. Il couvre la campagne de 1756, marquée par la prise d'Oswego. Les deuxième et troisième cahiers rapportent les événements de 1757, tandis que le quatrième porte sur la saison morte qui suit la prise du fort William-Henry. Les cinquième et sixième cahiers traitent respectivement de la campagne de 1758 et du dernier hiver de Montcalm au Canada. Ils sont suivis d'un cahier très court allant du 3 avril au 14 mai 1759, date qui coïncide avec l'annonce d'une flotte britannique sur le Saint-Laurent. Le siège de Québec est relaté dans le huitième et dernier cahier, qui débute le 23 mai pour se terminer le 24 septembre 1759, après la mort du général.

Ce journal n'est pas de la main de Montcalm. Il est plutôt dicté par le général, qui a ensuite corrigé des passages en y ajoutant des pattes de mouche entre les lignes et dans les marges[37]. Montcalm a également rédigé des paragraphes entiers dans les quatrième, cinquième, sixième et septième cahiers, le huitième ayant « échappé à son contrôle », souligne Lecestre[38]. Lorsqu'il est en campagne, le marquis n'a pas toujours le temps de tenir son journal. Pour garder une trace de ses expéditions, il fait copier à son retour du front les relations de ses subalternes par son aide de camp Marcel, dont la calligraphie correspond aux sept premiers carnets. Le cas est patent pour les opérations militaires de 1757 et de 1758, dont les relations sont extraites du journal de Bougainville.

Voilà pourquoi le manuscrit de Montcalm est sans ratures, observe l'historien René de Kerallain :

> [Il] contient toutes les variantes et corrections du texte de Bougainville, sauf en de très rares endroits où l'on voit qu'il s'agit de retouches insérées beaucoup plus tard dans ce qui était manifestement l'original. La seule différence tenait au soin que prenait le copiste à changer, à l'ordinaire, la personne des verbes, comme si Montcalm prenait lui-même la parole[39].

La plume de Montcalm est absente du huitième et dernier carnet de son journal, note Lecestre. Écrivant à la première personne, son auteur s'y met régulièrement en scène au milieu des batteries de canons du siège de Québec. Il ne peut donc s'agir que d'un officier d'artillerie. Cette évidence n'a pas empêché l'abbé Casgrain d'en attribuer la paternité à Marcel, comme le fera Stacey au siècle suivant. L'erreur est répétée par les historiens Jacques Lacoursière et Gérard Filteau, le second allant jusqu'à transformer l'aide de camp en officier d'artillerie[40]. Marcel a pourtant laissé son propre récit du siège, qui aurait pu servir de brouillon pour la suite du journal de Montcalm, Bougainville n'ayant pas pu tenir le sien en raison de sa promotion au grade de colonel et de sa nomination à la tête de l'armée de l'amont. Léon Lecestre n'a pas tenté d'identifier l'auteur de cet ultime cahier. Il est pourtant aisé de l'attribuer à Montbeillard, ainsi que l'a démontré Thomas Chapais dans sa biographie de Montcalm[41]. Le récit du capitaine d'artillerie débute d'ailleurs par l'évocation de la tournée des côtes de Beauport et de Beaupré à laquelle il a pris part à son arrivée dans la colonie en 1757. Ce constat ne signifie pas pour autant que cet officier ait agi à titre d'aide de camp ou de secrétaire de Montcalm, comme l'a cru Chapais notamment[42].

En 1759, les assiégés manquent d'officiers pour superviser les batteries de la côte de Beauport et de Québec. En pareilles circonstances, il aurait été étonnant que l'on ait détaché Montbeillard du service actif pour en faire un simple secrétaire, d'autant plus que les tâches du capitaine d'artillerie sont alourdies par le départ de Le Mercier, qui lui laisse le commandement de l'ensemble des batteries de la capitale en août. Montcalm n'a pas besoin de Montbeillard. En plus de Marcel, il peut compter sur l'aide de camp François de Caire, un jeune ingénieur de vingt-sept ans débarqué au printemps avec la flotte de Bougainville. Son état-major comprend également le lieutenant James Johnstone, des troupes de la Marine. Âgé de quarante ans, ce vétéran de la dernière rébellion jacobite en Grande-Bretagne s'est joint à Montcalm au début du mois d'août après avoir assisté Lévis à la gauche du camp de Beauport[43]. Montbeillard ne semble agir à titre de secrétaire que le 2 juillet, alors qu'il se fait dicter un mémoire par Montcalm sur un projet d'expédition à la pointe de Lévis[44]. Or, Montreuil rédige lui aussi des lettres et des mémoires pour le général sans pour autant devenir son secrétaire particulier[45].

Montcalm doit veiller à la mobilisation, à l'organisation et à l'entraînement d'une armée de plus de 10 000 hommes commandée par un gouverneur qu'il doit assister quotidiennement. « J'ai encore moins de temps [...] pour écrire depuis l'arrivée de M. le marquis de Vaudreuil car il faut lui faire jouer le rôle de général, constate Montcalm à la fin mai. Je lui sers de secrétaire et de major. » Il revient sur ce fardeau en juillet : « Je suis accablé par tous travaux et de tous genres qui me fatiguent encore plus par la nécessité d'en parler au généralissime[46]. » Les rares temps libres du commandant des troupes de terre sont consacrés à l'élaboration de mémoires sur la prévention des incendies dans Québec, sur la consommation des vivres ou sur l'emploi des « sauvages ». On trouve aussi Montcalm au collège des Jésuites, où il déniche une carte démontrant que la Traverse de l'île d'Orléans, que l'on voulait boucher à l'aide de vieux navires sabordés, est beaucoup plus large qu'on ne le croyait[47]. La charge de travail du marquis est décuplée par l'arrivée des assiégeants, dont la mobilité l'oblige à faire la « guerre à l'œil ». « Je passe les nuits au bivouac, même lorsque l'armée ne l'y passe pas », écrit-il. Montcalm doit en outre superviser à distance les manœuvres de Bourlamaque sur le théâtre d'opérations du lac Champlain. « Je vous écris à la hâte en tenant un conseil d'Outaouais », confie le général à son brigadier. L'épuisement se fait sentir au début de septembre : « Je suis botté et mes chevaux sellés, c'est à la vérité mon allure ordinaire la nuit : suite des interruptions, signatures, visites et conseils des sauvages, questions, minuties, billets continuels à messieurs de Vaudreuil, Montreuil et Repentigny et quelques courses chez le généralissime[48]. »

À l'instar de Montcalm et de Bougainville, Lévis ne rédige pas de relation détaillée du siège de Québec[49]. Pour combler ce vide, il fait copier dans son journal un extrait du récit de La Pause, lui-même inspiré d'une autre relation non signée que nous avons retracée dans les papiers de l'aide-major. Lévis a visiblement procédé de la même manière avec le journal de Montcalm, qu'il a « mis en ordre » après sa mort. Le procédé n'est pas inhabituel, les officiers de l'époque s'échangeant régulièrement leurs relations, comme on le voit en 1757 dans une lettre de Montcalm à Bourlamaque : « Je vous prie de demander à messieurs de La Pause et Doreil si je ne leur aurais pas prêté par hasard l'extrait du journal de Lévis[50]. » La clé du mystère entourant la dernière partie du journal de Montcalm se trouve dans une lettre de Lévis à Bougainville du 28 septembre 1759. Cette brève missive est passée sous le radar des historiens : « Je vous envoie la relation de Montbeillard, écrit le chevalier, vous pourrez faire la vôtre sur celle-là. Je trouve qu'il y a à diminuer et à ajouter[51]. » La relation du capitaine d'artillerie constitue donc un texte autonome, étranger au général qui lui est associé depuis plus d'un siècle. Notre hypothèse est confortée par la rupture de ton entre le septième et le huitième cahier, qui débute par une remise en contexte de la campagne précédente de 1758.

Nos prédécesseurs ont été confondus par la similarité des griefs de Montcalm et de Montbeillard envers le duo formé par Vaudreuil et Le Mercier. Le ton du capitaine d'artillerie est toutefois beaucoup plus incisif. « À quoi donc sont bons les sauvages ? demande l'officier des troupes de la Marine dans un célèbre passage du journal, à la fin de l'été de 1759. À ne pas les avoir contre soi[52]. » Les avis de Montbeillard diffèrent également de ceux de Montcalm au sujet de Jacau de Fiedmont, qu'il tourne systématiquement en ridicule. « Les [batteries à] barbettes sont si fort à la mode, que M. Jacquot a établi les mortiers de cette manière », écrit-il en se moquant du savoir-faire de son confrère. Un peu plus loin, le capitaine d'artillerie note que « Jacquot employé à construire le pont sur la rivière Saint-Charles s'est opiniâtrement obstiné à le placer ailleurs qu'on ne l'avait résolu ». Le contraste est frappant avec les commentaires de Montcalm consignés dans ses missives et dans les autres cahiers de son journal[53]. Jacau est l'un des protégés du général, à l'instar du capitaine Lanaudière, lui aussi ridiculisé par Montbeillard dans le huitième cahier pour son manque de combativité à l'expédition des cajeux de l'île aux Coudres[54].

En 1759, Montbeillard aurait fait un bien piètre secrétaire pour Montcalm puisqu'il doit séjourner à Québec tous les huit jours afin d'y superviser les batteries de la capitale en alternance avec Jacau et Lusignan[55]. Le caractère épisodique de ses contacts avec le marquis est illustré à la fin d'août dans une entrée de son carnet où il prend la peine de noter qu'il a eu « l'honneur » d'accompagner Montcalm chez Vaudreuil[56]. S'il passe une partie de la soirée du 12 septembre aux côtés du général, c'est à la maison de la Canardière que Montbeillard est réveillé le lendemain par les premiers coups de feu de la bataille des plaines d'Abraham.

CHAPITRE 11

Le piège des buttes à Neveu

Montcalm est préoccupé par les manœuvres britanniques dans le bassin de Québec. Au soir du 12 septembre, il demande à Montbeillard de le rejoindre à la maison de Salaberry, au centre du camp de Beauport. Le marquis lui ordonne de mener deux canons de campagne sur les hauteurs situées à proximité de son quartier général le lendemain pour remplacer les pièces de bronze récemment envoyées à Bougainville en amont de Québec. « Nous nous promenâmes longtemps en visitant nos retranchements, écrit Montbeillard, et plus je les examinais et plus je me persuadais que l'ennemi ne viendrait pas les attaquer. On avait réparé les lignes et les redoutes [abîmées par la pluie] et je me figurais que nos troupes, ainsi retranchées, étaient invincibles[1]. » Ce passage composé dix jours après la bataille des plaines est souvent cité pour illustrer les craintes exagérées de Montcalm à l'égard de Beauport. Les effectifs déployés dans le secteur ne sont pourtant pas disproportionnés compte tenu de la dizaine de kilomètres de côtes à surveiller entre les rivières Saint-Charles et Montmorency.

Avec les désertions et l'envoi de renforts en amont, le camp de Beauport ne compte qu'un peu plus de 5 000 hommes au début de septembre, dont une majorité de miliciens. Cette armée évolue sous la menace d'un corps mouvant de soldats professionnels campés à la pointe de Lévis, qui forme une sorte de saillant dans la ligne de front laurentienne. Avec ses bateaux déployés de part et d'autre de cette pointe, Wolfe peut à la fois débarquer en amont et en aval de la capitale. « Celui qui attaque a toute sa force réunie et concentrée dans un seul point, qu'il peut choisir, notera Johnstone dans son *Dialogue des morts*, [tandis que] celui qui est attaqué dans ses retranchements a ses forces divisées sur tous les points[2]. »

La garde des redoutes de Beauport et de l'ouvrage à cornes de la Saint-Charles mobilise à elle seule 1 500 combattants. À cela s'ajoute un autre corps de 1 500 miliciens et artilleurs formant la garnison de Québec. En amont de la capitale, les cinq premiers kilomètres du cap Diamant sont défendus par près de 300 hommes répartis en plusieurs postes. Un premier détachement est établi à l'anse des Mères sur ce qui deviendra le faubourg du Cap-Blanc. Il est situé à proximité du Foulon, où se trouve un deuxième détachement commandé par le capitaine Vergor. Ces deux postes réunissent une centaine de soldats et de miliciens. En suivant le chemin Saint-Louis qui longe le sommet du promontoire, on rejoint un troisième détachement d'une trentaine de combattants logés dans la maison de Samos[3]. De là, on gagne la maison de Saint-Michel, où se trouve la batterie dite de Samos, qui comprend deux canons lourds et un mortier. Cette artillerie est défendue par la cinquantaine d'hommes du capitaine François Douglas, du bataillon de Languedoc. Un autre détachement de 100 combattants est campé à la pointe de Sillery sous les ordres du capitaine de Rémigny, du bataillon de La Sarre. Les falaises boisées situées en amont sont jugées inaccessibles jusqu'à la rivière du Cap-Rouge, où les 250 hommes du lieutenant canadien Beaubassin sont retranchés. On compte enfin trois détachements de 200 combattants à Saint-Augustin, à la Pointe-aux-Trembles et à l'embouchure de la rivière Jacques-Cartier.

Les postes fixes établis entre les rivières Montmorency et Jacques-Cartier mobilisent ainsi 4 000 soldats et miliciens, soit près de la moitié des effectifs français. Ne pouvant prévoir le lieu du débarquement ennemi, Montcalm doit conserver une force de frappe suffisante pour manœuvrer au sein de son périmètre défensif. En soustrayant les détachements à qui l'on a confié la garde des ouvrages de Beauport, son armée compte moins de 4 000 hommes campés dans la plaine de la Canardière pour la plupart. Une vingtaine de kilomètres les séparent des 1 500 combattants de l'armée de l'amont de Bougainville, qui se déplace en suivant le va-et-vient des bateaux ennemis. La rapidité d'intervention des deux corps est tributaire de la vigilance des commandants des postes de la falaise du cap Diamant, que l'on a confiés à des capitaines d'infanterie. Elle dépend également de la flottille côtière. Cette dernière a toutefois perdu la moitié de ses bâtiments au cours de l'été. Un premier jacobite est coulé le 21 juillet par un boulet. Quatre jours plus tard, les assiégés perdent un second bateau, envoyé par le fond à l'entrée de la rivière du Cap-Rouge, où les Britanniques s'emparent d'une carcassière. Le 27, un pot à feu tombe sur une autre carcassière amarrée au quai du palais de l'intendant. Les pertes les plus importantes surviennent à la bataille de la Montmorency, au cours de laquelle trois carcassières et deux jacobites sont abandonnés sur les battures. Il semble que ces embarcations soient relevées puisqu'on signale ensuite quatre carcassières en réparation. Quant à la gabarre armée de quatre canons, elle ne répond visiblement pas aux attentes puisque son artillerie est débarquée le 4 août au profit d'une batterie terrestre érigée au nord de la Saint-Charles. Une dernière carcassière est mise hors de combat le 15 août à la suite d'un incendie provoqué par la friction de ses boulets. En septembre, la flottille française ne compte donc plus que trois ou quatre carcassières et huit jacobites amarrés à l'entrée des rivières Saint-Charles et du Cap-Rouge. Les quatre frégates ayant conservé leur armement sont toujours ancrées au goulet de Deschambault afin d'empêcher la jonction des armées de Wolfe et d'Amherst.

Les dix dernières heures

Il est passé minuit lorsque le lieutenant-colonel Poulhariez entre chez Montcalm pour lui annoncer la présence de bateaux britanniques chargés de soldats qui manœuvrent dans le bassin de Québec. Le général quitte la maison de Salaberry pour mobiliser les troupes campées à l'arrière des retranchements. Selon Johnstone, c'est à ce moment que Montcalm dépêche son aide de camp Marcel chez Vaudreuil pour garder le contact avec la droite du camp. Le gouverneur est logé non loin de là, à un kilomètre à l'ouest de la rivière Beauport. Son quartier général est établi dans la maison de campagne de François de Vienne, à la croisée des chemins de Beauport et du Bourg-Royal[4]. Montcalm parcourt ses retranchements avec Poulhariez, qui regagne bientôt son poste à la gauche du camp. Le général poursuit sa marche avec Johnstone, à qui il confie ses craintes à propos du convoi de vivres censé partir de Cap-Rouge.

À 3 h, un canot patrouillant les battures de la Canardière annonce l'approche de bateaux britanniques. Le major Dumas fait avancer les milices du gouvernement de Québec sur la grève, où il est rejoint par Montbeillard. Un second canot est envoyé au large. « Il fut assez longtemps dehors et revint sans avoir rien vu », écrit le capitaine d'artillerie. Les bateaux de la Navy sont bien là, chargés de matelots et de soldats des compagnies franches de la marine britannique. Leurs manœuvres visent notamment à couvrir la marche des hommes de la troisième vague de débarquement du Foulon, partis du camp de la pointe de Lévis une heure après minuit. La progression de cette colonne vers la rivière Etchemin est coordonnée avec la descente du fleuve par les deux autres vagues embarquées sur la flottille de Saint-Nicolas. Les soldats de la première, entassés dans une trentaine de bateaux, sont au large de Sillery vers 3 h 30 lorsque leurs camarades de la deuxième amorcent leur descente à bord de trois frégates, d'un sloop et de deux navires de transport. Seul le *Sutherland* demeure au large de la rivière du Cap-Rouge pour surveiller les carcassières et les jacobites de Bougainville.

L'avant-garde de Wolfe débarque au Foulon à compter de 4 h. Elle disperse le détachement de Vergor et sécurise les lieux en moins d'une trentaine de minutes. Les troupes de la première vague restées dans les chaloupes mettent pied à terre à ce moment pour gagner le sommet du promontoire par le sentier du Foulon, qu'on débarrasse de son abattis. Les « quelques coups de fusil » entendus à la Canardière témoignent de la rapidité de la manœuvre britannique exécutée à moins de deux kilomètres en aval de la batterie de Samos. Cette dernière ne semble pas avoir ouvert le feu avant 5 h, aux premières lueurs de l'aube. Ne pouvant discerner de cibles dans l'obscurité, ses servants tirent bientôt sur les navires de la seconde vague qui font leur apparition au large. Le feu de la batterie française est rapidement interrompu par l'approche d'un détachement britannique qui arrive du Foulon par le chemin Saint-Louis. Avant de se replier vers l'ouest, les artilleurs français sabotent leurs pièces en enfonçant un clou dans la lumière de mise à feu des canons[5].

Ramezay étant alité à l'Hôpital général, c'est le lieutenant-colonel Bernetz qui reçoit le messager de Vergor le prévenant de la descente. Le commandant intérimaire de Québec fait tirer un coup de canon pour alerter le camp de Beauport. Il écrit ensuite à Vaudreuil pour lui demander des renforts en précisant toutefois que les Britanniques semblent avoir quitté les lieux puisqu'il n'entend plus rien à l'ouest des remparts. Le message signé à 5 h 45 se termine par un appel à l'aide qui témoigne de la confusion régnant dans la capitale : « La basse-ville est attaquée, l'ennemi revient à l'anse des Mères, ainsi M. de Fontbonne ne peut faire trop de diligence. » En post-scriptum, l'officier français de cinquante-trois ans demande « deux piquets [de troupes] s'il vous plaît pour la ville[6] ».

En se basant sur l'heure indiquée dans la lettre de Bernetz, on en déduit que le messager de Vergor a mis plus d'une heure pour franchir les trois kilomètres séparant le Foulon de la haute-ville. Ce délai est plutôt étonnant, l'un des miliciens de Vergor parcourant le double de cette distance en moins d'une heure pour atteindre la demeure de la Canardière, l'actuelle maison du domaine Maizerets. C'est par ce fuyard ou par les coups de canon de Samos que Montreuil est prévenu de la descente britannique. Posté aux abords du pont de la Saint-Charles, l'aide-major général des troupes de terre fait marcher deux détachements du bataillon de Guyenne en direction des plaines d'Abraham[7]. Il s'agit sans doute des hommes chargés de la garde de l'Hôpital général et de la boulangerie du faubourg Saint-Roch où l'on a déplacé le dépôt de vivres et de munitions de la ville dans le courant de l'été. Les premiers soldats du Guyenne se mettent en marche au lever du jour, aux alentours de 5 h 30. Ils sont suivis une demi-heure plus tard par le reste de leur unité, qui vient tout juste de regagner les tentes avec les autres bataillons de Beauport.

La mémoire collective a retenu l'image d'un général français profondément endormi au matin du 13 septembre 1759[8]. « Ce n'est pas de ma faute si on a perdu la bataille des plaines d'Abraham, disait l'ancien premier ministre canadien Jean Chrétien. Je n'étais pas là pour réveiller Montcalm quand les Anglais sont arrivés au milieu de la nuit[9]. » Cet écho populaire de la légende découle de la confusion entourant la paternité de la dernière partie du journal de Montcalm, le général étant associé à une anecdote vécue en réalité par Montbeillard. Au lever du jour, le capitaine d'artillerie est interpellé par un milicien de Vergor à son entrée dans la cour de la maison de la Canardière. « Ce Canadien nous conta avec toutes les marques de la peur la plus décidée qu'il avait seul échappé et que l'ennemi était sur la hauteur [d'Abraham], note Montbeillard. Nous connaissions si bien les difficultés de pénétrer par ce point, pour peu qu'il fût défendu, qu'on ne crut pas un mot du récit d'un homme à qui nous crûmes que la peur avait tourné la tête. J'allai me reposer chez moi en priant M. Dumas d'envoyer au quartier général pour avoir des nouvelles[10]. » Montcalm ne fait pas partie de ce groupe d'officiers incrédules puisqu'il se trouve à deux kilomètres à l'est de la Canardière, à la maison de Salaberry. Après avoir bu quelques tasses de thé avec Johnstone, il remonte à cheval vers 6 h pour connaître les causes de la canonnade entendue trois quarts d'heure plus tôt. Montcalm aurait pris conscience de la gravité de la situation à l'approche du quartier général de Vaudreuil, d'où il aurait aperçu les habits rouges déployés sur les hauteurs d'Abraham, affirme son aide de camp. Il est toutefois plus probable qu'il ait d'abord été prévenu de la descente par l'un des messagers de Montreuil qui sillonnent alors le chemin de la Canardière.

Montcalm rencontre Vaudreuil pour la dernière fois à la porte de la maison de Vienne. Leur échange est de courte durée, nous dit Johnstone, qui ne relève pas d'animosité entre les deux hommes. Tandis que Montcalm se dirige vers le pont de la Saint-Charles, Vaudreuil regagne son cabinet pour dicter une lettre destinée à Bougainville. « Il paraît bien certain que l'ennemi a fait un débarquement à l'anse au Foulon, annonce le gouverneur. Nous avons mis bien du monde en mouvement. Nous entendons quelques petites fusillades. M. le marquis de Montcalm vient de partir avec 100 hommes du gouvernement des Trois-Rivières pour renforcer[11]. »

Rédigé au « nous », le billet du gouverneur indique une concertation avec Montcalm. Vaudreuil le confirme dans son premier compte rendu de la bataille, où il soutient avoir fait « hâter » le pas aux troupes. Il va toutefois changer sa version des faits trois semaines plus tard dans son rapport au ministre de la Marine du 5 octobre. « Montcalm fut le premier informé de cette aventure, écrit-il en parlant de la descente du Foulon. Il ordonna tel mouvement qu'il jugea à propos sans m'en faire part, ni même me voir [...]. Je sus qu'il avait d'abord fait avancer le bataillon de Guyenne, des piquets, ensuite des détachements de tous les corps[12]. » L'accusation est grossière, Vaudreuil ne pouvant faire abstraction du bruit des tambours rythmant la marche des bataillons qui défilent sous les fenêtres de sa maison. Le gouverneur n'en est pas à son premier désaveu du genre. En août, il a reproché à Bourlamaque d'avoir évacué Carillon sans combattre alors que le brigadier n'a fait qu'exécuter ses directives. « Peut-être le fort de Carillon [...] eût pu se défendre quinze jours, lui répond Bourlamaque, si votre instruction du 20 mai [...] ne me prescrivait de faire évacuer lorsque l'ennemi aurait établi des batteries pour battre le fort. L'ordre que j'ai donné [...] était copié mot à mot sur votre instruction[13]. » Vaudreuil s'est également contredit à l'été de 1757 en reprochant à Léry d'avoir effectué des travaux relevant de l'artillerie sur les fortifications de Québec, trois mois après lui avoir ordonné par écrit de s'en charger[14]. Ramezay goûte lui aussi aux critiques du gouverneur après la reddition de Québec. Le commandant de la garnison a pourtant exécuté à la lettre les instructions laissées par son compatriote au soir de la bataille des plaines d'Abraham.

Une bataille de rencontre

Les dernières unités du la première vague du débarquement britannique atteignent le sommet du promontoire de Québec au point du jour[15]. Wolfe aligne d'abord ses hommes en un arc de cercle dont les extrémités sont appuyées sur les falaises du cap Diamant pour couvrir la montée des autres régiments. Le général quitte ensuite le chemin du Foulon pour explorer les plaines d'Abraham en compagnie de son ingénieur Samuel Holland et d'un groupe de soldats. Le pâturage qu'il découvre est délimité par la forêt de Sillery à l'ouest, le coteau Sainte-Geneviève au nord, les falaises du cap Diamant au sud et les buttes à Neveu vers l'est, qui lui masquent la vue des remparts. Cet espace de près de deux kilomètres de long sur un kilomètre de large est traversé par les chemins Sainte-Foy et Saint-Louis qui relient Québec à la pointe du cap Rouge. À l'approche du coteau Sainte-Geneviève, Wolfe aperçoit un groupe de soldats français qui franchit le pont de la Saint-Charles à un peu plus de deux kilomètres en contrebas. Il s'agit vraisemblablement du bataillon de Guyenne qui passe ce cours d'eau vers 6 h. Le général britannique regagne le chemin du Foulon pour déployer ses hommes sur les plaines d'Abraham, à 500 mètres à l'ouest des buttes à Neveu.

François-Xavier Garneau a été frappé par le manque d'agressivité de Wolfe, qui aurait pu selon lui profiter de son avance pour descendre dans la plaine du faubourg Saint-Roch : « Il est étonnant que l'ennemi placé sur les hauteurs qui commandent les lieux par où [Montcalm] devait passer ne l'ait pas attaqué dans sa marche ou ne lui ait pas disputé le passage de la rivière [Saint-Charles] à laquelle Wolfe aurait eu tout le temps de parvenir bien avant lui, écrit l'historien. C'est là une erreur que la victoire a fait oublier[16]. » Selon l'un des biographes du général britannique, Stephen Brumwell, c'est pour se protéger de l'artillerie de Québec que Wolfe aurait établi ses troupes en retrait des buttes à Neveu[17]. Le principal intéressé ne semble pas avoir eu beaucoup de temps pour réfléchir à la question avec l'arrivée des premiers soldats du Guyenne. Le contingent d'une centaine d'hommes se joint aux restes du détachement de Vergor et aux renforts de la ville dépêchés par Bernetz. Ce corps hétéroclite comptant près de 250 combattants représente sans doute l'équivalent du quart des forces britanniques disponibles avant le rappel du détachement de Murray chargé de la prise de la batterie de Samos. Aux alentours de 6 h 30, les effectifs français passent à 700 hommes avec l'entrée en scène du reste du bataillon de Guyenne aux ordres du lieutenant-colonel Fontbonne. Cet équilibre précaire des forces est rapidement rompu par le déploiement de la deuxième vague du débarquement britannique.

Après avoir mis en marche le Guyenne, Montreuil fait partir un détachement de 250 hommes des troupes de terre suivi des 600 miliciens montréalais campés dans la plaine de la Canardière. Montcalm prend vraisemblablement le relais à ce moment[18]. Il rassemble d'abord un corps de 400 miliciens des gouvernements des Trois-Rivières et de Québec, qu'il mène sous la pluie jusqu'au pont de la Saint-Charles. Le général quitte Vaudreuil entre 6 h 30 et 6 h 45. Il franchit les trois kilomètres qui le séparent de l'ouvrage à cornes, où il se retrouve à la croisée des chemins, au propre comme au figuré.

S'il avait commandé en chef à la place de Montcalm, le chevalier de La Pause aurait gagné les hauteurs d'Abraham par la côte du moulin Dumont après avoir laissé des détachements à la garde du pont de la Saint-Charles et de l'Hôpital général. Il aurait fait sa jonction avec Bougainville sur le chemin Sainte-Foy avant de livrer bataille à la lisière de la forêt de Sillery pour maximiser le potentiel des miliciens et des guerriers amérindiens. La manœuvre aurait entraîné « la perte de toute l'armée anglaise », affirme La Pause qui, rappelons-le, se trouve dans le gouvernement de Montréal au moment des faits. Ne pouvant descendre le coteau Sainte-Geneviève en laissant une armée française derrière lui, Wolfe aurait été contraint d'ouvrir des sentiers sur les falaises du cap Diamant pour regagner ses bateaux amarrés en contrebas à la faveur de la nuit. « Jamais situation plus favorable, écrit le chevalier de La Pause, jamais tant de fautes faites dans un même jour[19]. »

Johnstone a lui aussi été séduit par l'idée de cette grande manœuvre vers l'ouest. L'aide de camp soutient d'ailleurs que Montcalm l'aurait

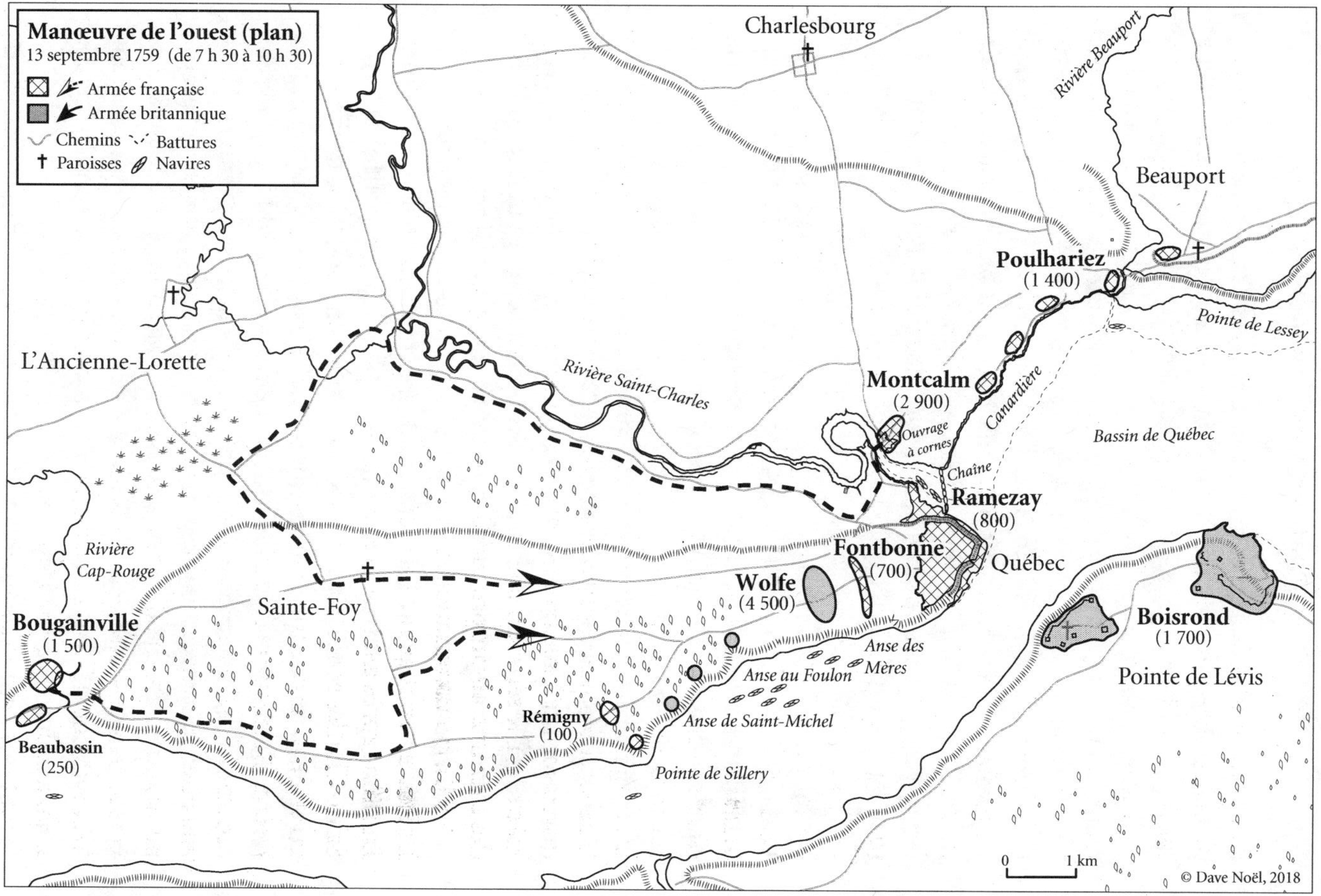

Manœuvre de l'ouest (plan)
13 septembre 1759 (de 7 h 30 à 10 h 30)
Armée française
Armée britannique
Chemins
Battures
Paroisses
Navires
Charlesbourg
Rivière Beauport
Beauport
Poulhariez
(1 400)
Pointe de Lessey
L'Ancienne-Lorette
Rivière Saint-Charles
Montcalm
(2 900)
Canardière
Ouvrage à cornes
Bassin de Québec
Chaîne
Ramezay
(800)
Fontbonne
(700)
Québec
Rivière Cap-Rouge
Wolfe
(4 500)
Sainte-Foy
Bougainville
(1 500)
Boisrond
(1 700)
Anse des Mères
Anse au Foulon
Pointe de Lévis
Rémigny
(100)
Anse de Saint-Michel
Beaubassin
(250)
Pointe de Sillery
0
1 km
© Dave Noël, 2018

choisie s'il n'avait pas été entraîné vers les buttes à Neveu par le mouvement initial de Montreuil. « Notre véritable manœuvre aurait dû être de se porter par le village de Lorette pour gagner ensuite les hauteurs du village de Sainte-Foy [...] afin de faciliter notre jonction avec le détachement de M. Bougainville[20]. » Tout comme La Pause, Johnstone présume que Wolfe serait demeuré immobile en apercevant Montcalm manœuvrer dans la vallée de la Saint-Charles. Dans les faits, la côte du moulin Dumont aurait été aisément verrouillée si le marquis s'était aventuré de ce côté. Il aurait eu plus de chances d'atteindre les hauteurs de Québec par la route de la Suète, située à une douzaine de kilomètres à l'ouest du pont de la Saint-Charles.

En tournant vers l'ouest au sortir de l'ouvrage à cornes, vers 7 h 30, l'avant-garde de Montcalm aurait pu faire son entrée dans le hameau de Sainte-Foy deux heures plus tard, en même temps que l'armée de Bougainville arrivant de Cap-Rouge par le chemin Saint-Louis et par la route de l'Église. On peut toutefois supposer que Wolfe aurait suivi Montcalm en longeant la cime du coteau Sainte-Geneviève pour défendre les hauteurs situées au débouché des marais de la Suète. Il aurait aisément devancé son adversaire, le chemin Sainte-Foy étant plus direct que la route sinueuse de L'Ancienne-Lorette. Wolfe aurait également pu profiter de la lente concentration des forces de Montcalm à l'ouest du promontoire pour se retrancher sur les plaines d'Abraham, comme il le fait au cours des moments qui précèdent la bataille.

Montcalm veut bousculer son adversaire avant qu'il n'ait le temps de s'organiser. Wolfe est à moins de deux kilomètres du pont de la Saint-Charles. Il est tenu à distance des buttes à Neveu par les 700 hommes de Fontbonne qui seront bientôt rejoints par les 800 combattants dépêchés par Montreuil. Bougainville doit lui aussi avoir entendu la canonnade de la batterie de Samos située à mi-chemin entre les rivières du Cap-Rouge et Beauport. Contrairement à Montcalm, le colonel ne peut pas avoir associé les tirs de cette batterie à une attaque contre le convoi de vivres puisque les bateaux de Cadet sont demeurés ancrés sous ses yeux à Cap-Rouge. Il doit en outre avoir été prévenu de la descente ennemie par ses détachements de la falaise.

Alité à l'Hôpital général pour excès de fatigue, le capitaine Boishébert revêt son uniforme des troupes de la Marine avant de monter à cheval. En allant rejoindre son unité à Beauport, le vétéran des campagnes acadiennes croise Montcalm sur le pont de la Saint-Charles.

« [Il] lui demanda quelles étaient les dispositions des ennemis, note Boishébert, qui écrit à la troisième personne. Il lui confirma ce que ce général avait appris de ce débarquement et lui dit qu'il les avait vus des fenêtres de l'hôpital se déployer sur les hauteurs de Québec. "Allez donc, lui dit [Montcalm], à Beauport, pour qu'on fasse partir promptement toutes les troupes et qu'elles se hâtent de me joindre[21]". »

Le marquis débouche de l'ouvrage à cornes entre 7 h et 7 h 30. De là, il envoie un premier cavalier d'ordonnance à Beauport pour faire marcher les bataillons de La Sarre et de Languedoc suivis d'un corps de 400 miliciens et soldats de la Marine aux ordres du capitaine Paul Leborgne, un vétéran de la Monongahela[22]. Après quelques minutes, il réclame également le bataillon de Béarn. Malartic mène cette unité vers les plaines lorsqu'il croise Montreuil sur le chemin de la Canardière. L'aide-major général lui annonce « que les Anglais sont en bataille vis-à-vis de la ville, qu'il va chercher [le] Royal-Roussillon et d'autres troupes » avant d'indiquer à Malartic « de suivre la route des autres régiments pour se porter sur les hauteurs les plus près de la ville[23] ».

Avec le départ du dernier bataillon, il ne reste plus que 1 400 hommes à Beauport aux ordres de Poulhariez[24]. Ce nombre suffit tout juste à tenir l'ouvrage à cornes, les batteries et les redoutes de la côte menacée par une flottille de bateaux manœuvrant dans le bassin[25]. Leur présence y est nécessaire pour protéger les magasins de vivres et de munitions du camp et pour permettre à Montcalm de se replier en cas de revers sur les plaines. Wolfe maintient des effectifs équivalents pour garder les camps de l'île d'Orléans et de la pointe de Lévis, pourtant défendus par les vaisseaux et par les frégates de la Navy[26].

Le piège se referme

Pour reconstituer le déroulement de la matinée du 13 septembre, on fait généralement appel au récit de l'ingénieur Mackellar, qui fixe à 8 h l'arrivée de la troisième et dernière vague du débarquement britannique. Or, ce même témoin affirme que la charge ordonnée par Montcalm a débuté à 9 h, ce qui va à l'encontre de l'écrasante majorité de ses contemporains, qui la situent à 10 h. Du récit de l'ingénieur britannique, il faut surtout retenir que les soldats du premier contingent du Guyenne dépêchés par Montreuil sont arrivés sur les plaines peu de temps après les unités de la première vague du débarquement britannique, que la deuxième vague a devancé de justesse le gros des forces de Montcalm et que la troisième vague a visiblement rejoint le champ de bataille une heure seulement avant le choc principal[27].

Montcalm est aperçu sur les buttes à Neveu aux alentours de 8 h. Il a gagné le sommet du promontoire de Québec par la côte d'Abraham en chevauchant à l'ouest du faubourg Saint-Roch, dans l'axe de l'actuelle rue de la Couronne. Ses effectifs passent de 2 000 à 3 000 hommes avec l'arrivée du contingent des soldats de La Sarre et de Languedoc. Wolfe reçoit quant à lui les renforts de la troisième vague de débarquement amenés de la rivière Etchemin par les bateaux ayant transporté les deux vagues précédentes. À 9 h, le bataillon de Béarn fait son entrée sur le champ de bataille, suivi par le dernier peloton du Royal-Roussillon une demi-heure plus tard.

Les effectifs français oscillent entre 3 500 et 3 600 combattants. Les historiens de la bataille ne s'entendent pas sur ce nombre. Certains, dont Stacey, reprennent les chiffres du *Journal tenu à l'armée*, anonyme, selon lequel il y avait près de 6 000 hommes à Beauport au matin du 13, dont 4 500 auraient pris part au combat. Il s'agit de l'estimation la plus élevée recensée parmi les sources françaises. Nous savons par l'aide de camp Marcel qu'il y avait un peu plus de 9 000 hommes entre les rivières Montmorency et Jacques-Cartier dans la seconde moitié du siège, un nombre arrondi à 10 000 combattants par Vaudreuil et Bigot. La soustraction des effectifs de Bougainville et de Bernetz donne une armée de Beauport de 5 000 hommes à laquelle il faut enlever les 1 400 combattants laissés pour garder les redoutes du camp. Il ne reste donc que 3 600 hommes avec Montcalm, ce qui concorde avec les estimations de la majorité des témoins oculaires français. Ce nombre est confirmé par Lévis, Foligné et Bigot. Quant à Vaudreuil, il l'arrondit au plus bas en mentionnant 3 000 hommes[28].

À son arrivée sur les buttes à Neveu, Montcalm aligne ses soldats sur trois rangs de profondeur, de part et d'autre du chemin Saint-Louis. Le bataillon de La Sarre est déployé à l'extrémité nord des plaines, en direction du chemin Sainte-Foy. Il est suivi par le Languedoc, le Béarn, le Guyenne et le Royal-Roussillon, qui ferme la ligne au sud. Les troupes de terre forment une masse de 2 000 hommes appuyés par plus de 1 500 miliciens et soldats de la Marine dispersés dans les broussailles. Les Canadiens des gouvernements de Québec et des Trois-Rivières sont

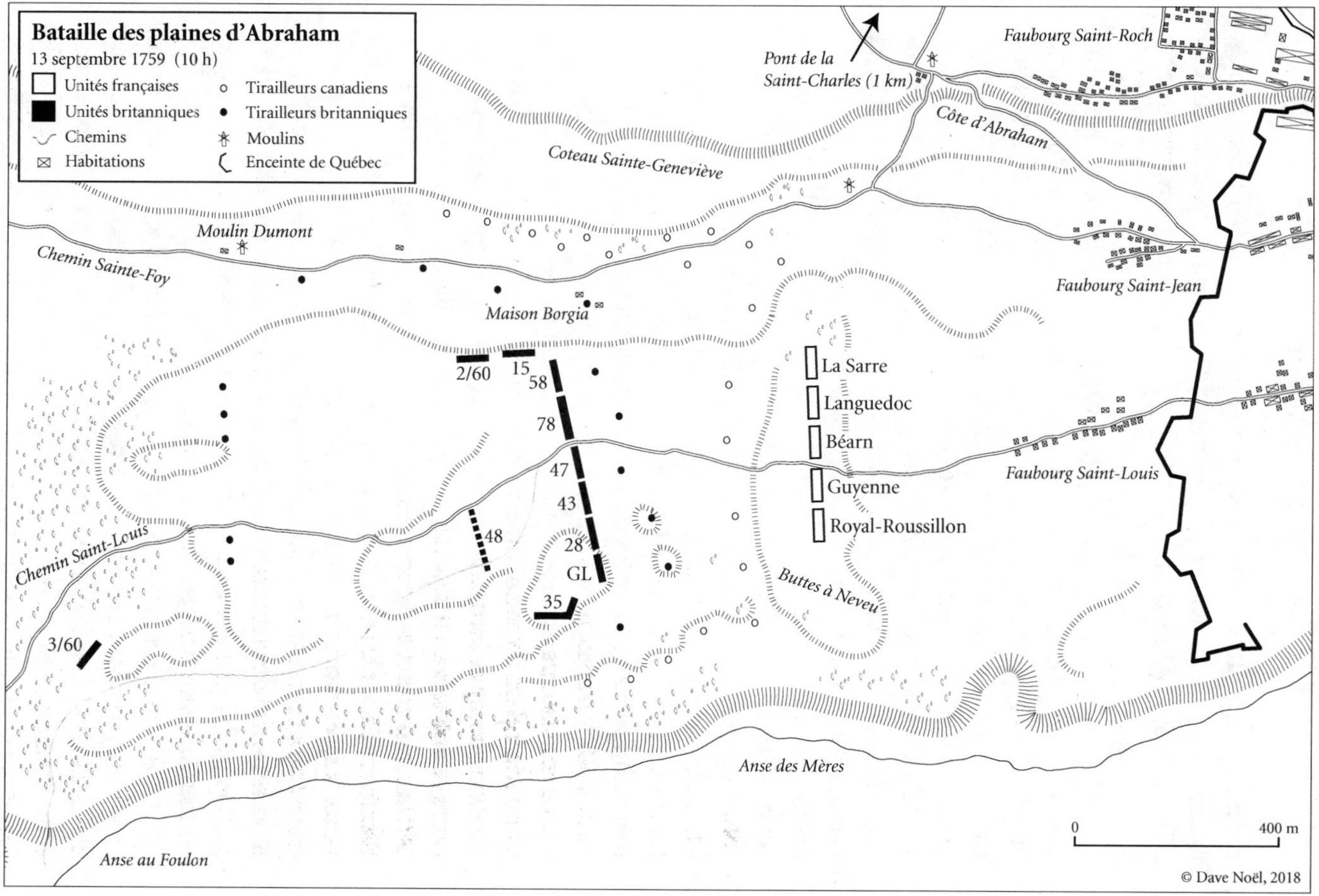
Bataille des plaines d'Abraham
13 septembre 1759 (10 h)
Unités françaises
Unités britanniques
Chemins
Habitations
Tirailleurs canadiens
Tirailleurs britanniques
Moulins
Enceinte de Québec
Pont de la Saint-Charles (1 km)
Faubourg Saint-Roch
Côte d'Abraham
Coteau Sainte-Geneviève
Moulin Dumont
Chemin Sainte-Foy
Maison Borgia
Faubourg Saint-Jean
Faubourg Saint-Louis
La Sarre
Languedoc
Béarn
Guyenne
Royal-Roussillon
Buttes à Neveu
2/60
15
58
78
47
43
28
GL
35
48
3/60
Chemin Saint-Louis
Anse des Mères
Anse au Foulon
0
400 m
© Dave Noël, 2018

postés au nord du chemin Sainte-Foy sous les ordres du major Dumas, tandis que ceux de Montréal sont déployés le long des falaises du cap Diamant sous la direction du capitaine Herbin. L'armée britannique est à moins de 500 mètres. Sa ligne de front compte 1 800 combattants. Sur sa gauche, Wolfe a placé les 58e et 78e régiments à l'abri d'une clôture. Son centre est formé des 43e et 47e régiments, tandis que sa droite réunit le 28e et un corps d'élite de grenadiers posté sur une hauteur. Les habits rouges sont alignés sur deux rangs de profondeur, à l'exception du 78e régiment écossais, déployé sur trois rangs.

Wolfe a établi les 400 hommes du 35e régiment en retrait, sur son flanc droit, au sommet d'une colline qui domine la pente menant à la falaise du cap Diamant. Son flanc gauche est couvert par près d'un millier d'hommes issus du 15e régiment, du second bataillon du 60e et d'une partie de l'infanterie légère. Ces unités sont postées sur la crête d'une petite hauteur, dans l'axe de l'actuelle rue Crémazie. Elles surplombent les habitations et les bâtiments de ferme du chemin Sainte-Foy où se sont barricadés des pelotons de soldats britanniques[29]. On dénombre ainsi un peu plus de 3 000 combattants en contact direct avec l'armée de Montcalm. À cela s'ajoutent les 650 hommes du 48e régiment déployé à l'arrière de la droite britannique et les 500 hommes du troisième bataillon du 60e régiment qui couvre l'accès au Foulon. L'armée de Wolfe compte enfin un avant-poste d'une centaine de soldats barricadés dans les maisons de Samos et de Saint-Michel[30].

Selon Jérôme de Foligné, le commandant de l'une des batteries de Québec, Montcalm aurait demandé cinq canons de 12 livres et six pièces de moindre calibre à la garnison à son arrivée sur les plaines d'Abraham. Johnstone soutient qu'il aurait plutôt exigé les 25 canons alignés aux abords du palais de l'intendant, que Ramezay lui aurait refusés en prétextant qu'il avait « une ville à défendre ». Cette anecdote n'est corroborée par aucun autre témoin. Montbeillard n'y fait même pas allusion alors qu'il commande l'ensemble de l'artillerie. Il est d'ailleurs étonnamment vague à ce sujet, mentionnant seulement qu'il a détaché deux des canons fournis par la ville du chemin Saint-Louis vers le chemin Sainte-Foy. Nous croyons qu'il y avait au moins quatre canons français sur le champ de bataille puisque Montbeillard précise qu'il est « aux pièces » de la gauche lors de la charge[31].

On s'est souvent demandé pourquoi Montcalm n'a pas profité de la proximité de la ville pour établir un barrage de feu comme le fera Murray en 1760. La tâche est plus ardue qu'elle le paraît. Au milieu du XVIIIe siècle, les pièces françaises sont lourdes et peu maniables, ce qui va d'ailleurs entraîner la réforme Gribeauval au cours des années d'après-guerre. « Toutes les fois que nous [voulons] opposer artillerie à artillerie, nous sommes sans moyens », écrit Montcalm au début du siège en évoquant le problème des transports. Le déplacement de chaque canon léger nécessite « trois chevaux haut le pied [...], ajoute le général à la même époque, chose difficile dans ce pays-ci, pour ne pas dire impossible[32] ». Pour amener les canons de Québec vers les plaines, les artilleurs français doivent en outre se frayer un chemin à travers les rues défoncées par les boulets et par les bombes[33]. Cet obstacle n'est pas sans conséquence, la distance à parcourir entre la batterie de l'Évêché et les buttes à Neveu étant sensiblement la même que celle séparant le Foulon de la ligne britannique.

Il est loin d'être certain que Montcalm aurait gagné une « course aux canons ». Wolfe peut déjà compter sur deux pièces d'artillerie lançant des boulets de six livres. L'alliage de cuivre jaune de ces canons a facilité leur transport sur le chemin du Foulon, assez large pour laisser passer un affût de campagne. Outre leur légèreté, les pièces britanniques se démarquent par leur solidité. Le contraste est frappant avec le parc d'artillerie de Québec, composé d'un assemblage disparate de canons accumulés à différentes époques. « Il y a longtemps que je dis que cette mauvaise artillerie est aussi dangereuse pour ceux qui la servent que pour ceux contre qui on l'emploie », écrit Montbeillard après qu'une pièce de 24 livres eut explosé par la culasse au cours des semaines précédentes[34]. L'analyse des vestiges métalliques du siège par les archéologues confirme la mauvaise qualité des pièces françaises et de leurs projectiles poreux, dont le poids mal réparti nuit considérablement à la précision des tirs, contrairement aux boulets britanniques, beaucoup plus denses[35].

Les buttes à Neveu occupées par Montcalm forment le point le plus élevé du champ de bataille. Elles ne constituent pas pour autant une position inexpugnable comme le soutient Peter MacLeod en comparant ces « hauteurs redoutables » aux escarpements retranchés de Carillon et de la Montmorency[36]. Pour appuyer son assertion, l'historien a reproduit dans son essai sur la bataille des plaines d'Abraham deux aquarelles censées représenter les buttes. La première nous montre un groupe d'enfants en traîneau qui dévale une colline dont la dénivellation est impressionnante. Il s'agit toutefois non pas des hauteurs occupées par Montcalm mais du versant ouest de la colline défendue par la droite britannique. MacLeod se méprend également avec la seconde aquarelle illustrant le terrain vague situé au pied de l'actuelle citadelle. Ce cul-de-sac coupé du reste du champ de bataille par un ravin n'a aucune valeur tactique au matin du combat. Sa dénivellation n'est pas représentative des collines situées à 600 mètres de là, dans l'alignement des tours Martello érigées un demi-siècle après la bataille. Pour avoir une idée plus exacte de la topographie des buttes, il vaut mieux se référer au témoignage de l'abbé Casgrain, qui a parcouru le site avant son lotissement de la fin du XIXe siècle et avant l'aménagement d'un vaste réservoir souterrain dans les limites du parc des Champs-de-Bataille au début du siècle suivant[37]. Selon l'historien ecclésiastique, l'espace qui séparait les deux armées n'est qu'« un léger ravin qui descend en pente douce et remonte un peu plus loin ». Bien que le terrain soit inégal, comme le notent les contemporains de la bataille, la description de Casgrain ramène les quasi-montagnes de MacLeod à des proportions beaucoup plus modestes[38].

À la fin de juillet 1759, un officier français cherchant une position de repli sur les hauteurs d'Abraham en cas de revers à Beauport avait vivement déconseillé le site des buttes à Neveu : « Pour couvrir l'approche de Québec et l'empêcher d'être assiégé, il ne faut pas se mettre soi-même dans le cas que l'ennemi vous fasse la loi, écrivait ce militaire. Il ne peut manquer de la faire si l'on appuie le dos de l'armée à la ville[39]. » C'est précisément ce qui se produit le 13 septembre : l'armée française doit manœuvrer dans un espace restreint, à 500 mètres de l'artillerie britannique. Pour maximiser les pertes de Montcalm, Wolfe fait charger ses canons de boîtes de fer-blanc ou de sacs de toile remplis de balles. « Nous eûmes plusieurs officiers blessés sur le terrain où les troupes étaient en bataille, écrit Montbeillard. Les balles y pleuvaient et ce petit corps d'armée était couvert en entier de mitraille lorsque partait le canon ennemi. » Malartic souligne lui aussi l'efficacité des artilleurs britanniques, qui les « incommodaient fort », tandis que Townshend évoque les « ravages » causés dans les rangs français par l'un de ses canons[40]. Wolfe est dans une position de force qui lui rappelle sans doute la bataille de Culloden à laquelle il a assisté treize ans plus tôt à titre d'aide de camp. Comme le fera bientôt Montcalm, son adversaire écossais s'était lancé dans une charge afin d'échapper aux ravages de l'artillerie britannique[41].

CHAPITRE 12

Les options

Montcalm est entraîné sur les plaines d'Abraham par l'espoir de repousser dans le fleuve la première vague du débarquement de Wolfe. La montée du promontoire de Québec par les bataillons français au petit matin a été rendue possible par le déploiement graduel des forces britanniques à partir du Foulon. Parvenu au sommet des buttes à Neveu, Montcalm s'y retrouve coincé entre les murs de la ville en ruine et l'armée de Wolfe, qui dispose désormais des effectifs lui permettant de manœuvrer sur un terrain qui lui est devenu familier. Le marquis a quatre options. Il peut se retirer à l'abri des remparts, tirailler avec l'ennemi, attendre les renforts de Bougainville ou passer à l'attaque avec les forces dont il dispose.

Se retirer dans Québec

Le repli dans l'enceinte de la capitale ne semble pas avoir été sérieusement envisagé par Montcalm. Pour l'historien André Charbonneau, le rejet de cette option découlerait du mépris de ce général envers tout ce qui est de conception canadienne, à commencer par les ouvrages de Chaussegros de Léry : « Pourquoi ne pas avoir tiré profit des fortifications de la ville, malgré tous les défauts qu'il leur attribuait, si ce n'est en raison de son manque de confiance dans l'œuvre ou l'action de tous les officiers locaux ? » La solidité des remparts ne sera-t-elle pas démontrée lors des sièges français de 1760 et américain de 1775 ? demande le spécialiste des fortifications[1]. L'historien Bertrand Fonck avance lui aussi cet argument en soulignant l'« aveuglement » de Montcalm à son arrivée sur les plaines d'Abraham[2]. Les remparts de Québec n'ont pourtant jamais été mis à l'épreuve, que ce soit en 1759, en 1760 ou en 1775.

Lorsqu'il tentera de reprendre la ville aux Britanniques, huit mois après la bataille des plaines d'Abraham, Lévis ne disposera que d'un canon lourd de 24 livres appuyé par sept pièces de 18. Sa puissance de feu sera compromise par la mauvaise qualité de la poudre et par son rationnement, qui ralentira la cadence de tir. À l'inverse, les assiégés sous les ordres de Murray pourront compter sur une artillerie lourde bien approvisionnée qui leur permettra de labourer la tranchée française des buttes à Neveu. Le « bombardement » de Québec par les Français sera interrompu dès le 15 mai 1760, après cinq jours. Le chevalier de Lévis écrira :

> Nos batteries sont en mauvais état, nous avons eu hier au soir deux pièces de 18 qui ont crevé, et la pièce de 24 qui a été mise hors de service par une bombe… Elle était déjà fendue. Avec le peu de grosses pièces qui nous restent et la qualité n'en étant pas bonne, nous sommes hors d'état de faire brèche. Les officiers d'artillerie se plaignent aussi que la poudre est éventée et n'a pas la force qu'elle devrait avoir. Sans tous ces accidents, nous aurions fait brèche.

Au terme du siège de 1760, Murray confie à Malartic « que le premier de nos boulets de canon tombé dans Québec qu'il se fit apporter lui fit grand plaisir parce qu'il lui prouva que notre poudre avait été mouillée[3] ». Desandrouins estime lui aussi que la ville serait tombée si Lévis avait pu compter sur 12 canons de 24 livres, comme il l'explique à son homologue britannique Samuel Holland. L'ingénieur français aurait placé ces pièces au nord de l'embouchure de la rivière Saint-Charles, d'où elles auraient pris à revers le rempart de la haute-ville, obligeant ses défenseurs à se retirer. « Holland convint de tout, écrit Desandrouins, il avoua que cette seule batterie était suffisante pour faire rendre la place mais que notre faible artillerie, avec notre méchante poudre, n'y eut rien fait[4]. »

La vaine canonnade de 1760 ne saurait donc démontrer la solidité des fortifications de Québec. Il en est de même du siège américain de 1775, qui s'apparente davantage à un blocus. Cet automne-là, les soldats affamés et malades du général Richard Montgomery, de l'armée continentale, sont moins nombreux que les assiégés britanniques du gouverneur Guy Carleton. Pour faire brèche, les premiers ne disposent que de canons légers de 9 à 12 livres dont les projectiles ne parviennent même pas à interrompre le quotidien des civils qui se promènent librement dans les rues de Québec. Les habitants se moquent d'ailleurs des « bombettes » de Montgomery, que l'on compare à « des petits pois [lancés] contre un madrier[5] ». Ne pouvant percer le mur d'enceinte, les Américains tentent un assaut désespéré sur le pourtour de la basse-ville le 31 décembre 1775, au milieu d'une tempête de neige où ils sont vaincus.

Les failles structurelles de l'enceinte québécoise sont relevées par tous les officiers français et canadiens de la guerre de la Conquête. Leurs avis sont confirmés par les nouveaux maîtres des lieux après la reddition de Québec. Murray est implacable dans son rapport de 1762 : « Les murs ont été construits avec de la pierre brute et à plusieurs endroits les travaux ont été très mal exécutés. » Le brigadier britannique note qu'en dépit de la faiblesse de l'artillerie du chevalier de Lévis, en 1760, le bombardement français a tout de même fait des ravages. Pour défendre la cité, il faudrait plus de 3 000 hommes, estime Murray, ajoutant que cette garnison « ne serait pas sûre de repousser un coup de main bien dirigé[6] ».

En 1759, le rempart de Québec n'est protégé par aucun ouvrage extérieur, à l'exception d'une courte section au nord de la porte Saint-Jean. Il ne possède donc pas de « chemin couvert », cet espace étroit situé au-delà du fossé où les soldats peuvent tirer vers les campagnes environnantes à l'abri d'un remblai formé par le talus du glacis. Dans un mémoire de 1759, l'ingénieur Desandrouins rappelle que « la perte du chemin couvert est regardée avec raison dans tous les sièges comme le prélude de celle de la place[7] ». Or, à Québec, il est tout simplement absent. En outre, les palissades érigées sur le pourtour du cap Diamant pour compléter l'enceinte, au nord et au sud, ont été consumées par les bombes incendiaires[8]. La défense de la ville est enfin compromise par la présence des petits faubourgs Saint-Jean et Saint-Louis entre le rempart et les buttes à Neveu. Montcalm n'a pas voulu raser ces lotissements avant le début du siège : « À l'égard des maisons, il faudrait en détruire le moins possible, écrivait-il alors en parlant de Québec, mais ne pas hésiter sur les toitures. Si la destruction des maisons pouvait assurer le succès de la colonie, il n'y aurait pas à hésiter ; mais il est inutile d'abattre des maisons pour ruiner des habitants sans nécessité[9]. » Bien que le rempart de la haute-ville soit doté d'une cinquantaine de canons, cette artillerie ne peut pas tirer en direction des plaines puisqu'elle est implantée dans les flancs des bastions pour repousser une tentative d'escalade. Le temps a manqué pour percer des embrasures dans les courtines[10]. C'est de peine et de misère que Ramezay fera installer trois canons et deux mortiers sur l'enceinte après la bataille des plaines pour bombarder le camp britannique[11].

En se retirant dans Québec avec son armée, Montcalm épuiserait rapidement le dépôt de vivres de la ville, déjà sollicité par les 1 500 hommes de la garnison et par les 2 500 civils demeurés dans l'enceinte. Au lendemain de la reddition, les Britanniques devront d'ailleurs distribuer des rations aux citadins et aux soldats français pour éviter une catastrophe humanitaire[12]. En pareilles circonstances, on se demande bien comment Montcalm tiendrait le coup jusqu'au départ présumé de la Royal Navy, à la mi-octobre. La mise en place d'une batterie britannique sur le coteau Sainte-Geneviève rendrait inutilisable le pont de bateaux de la Saint-Charles. Pour approvisionner la garnison, les charretiers canadiens devraient passer la rivière à marée basse, à proximité de son embouchure et des navires de Saunders[13]. En une dizaine de jours, les entrepôts de Beauport et de Charlesbourg seraient vidés[14]. On transborderait alors sur des charrettes les vivres de la flottille de Cadet, demeurée à l'entrée de la rivière du Cap-Rouge. L'organisation d'un tel convoi soulèverait des difficultés « inconcevables », comme l'écrit Montbeillard avant la bataille[15]. C'est d'ailleurs ce qui avait amené Cadet à choisir la voie fluviale pour la nuit du 12 au 13, en dépit des risques d'interception[16]. Pour rejoindre Québec, les charretiers escortés par les troupes de Bougainville devraient parcourir une douzaine de kilomètres en passant par la Jeune-Lorette, un détour rendu nécessaire par les détachements que Wolfe ne manquerait pas d'établir dans les retranchements abandonnés de la Saint-Charles, comme le fera son successeur Townshend[17].

Ébranlé par le rationnement, le moral des troupes de Montcalm s'effondrerait dans une cité en ruine exposée aux tirs incessants de la pointe de Lévis. « La ville ne peut être dans un état plus pitoyable, à moins d'être rasée », écrivait Foligné le 4 septembre[18]. Dans le port, la batterie royale a perdu plus de la moitié de sa hauteur sous le poids des bombes et des boulets. À son entrée dans Québec, l'ingénieur britannique Mackellar sera frappé par l'ampleur des destructions. « Nous avons trouvé les bâtiments en ruines, dans une condition infiniment plus mauvaise que nous n'avions imaginée. En plus de celles qui sont brûlées, il est difficile de trouver une maison qui n'a pas été endommagée par les boulets ou les obus et rares sont celles qui sont habitables sans quelque réparation[19]. »

Au-delà des morts et des blessés, il y a l'insomnie provoquée par le sifflement angoissant des projectiles, qui a notamment entraîné la surdité du curé Récher, un homme dans la fleur de l'âge[20]. La présence des habits rouges sur les plaines d'Abraham ne permet plus d'ouvrir les portes et les poternes du rempart pour offrir un abri voûté antibombes aux civils. La tension monte d'un cran avec la crainte d'une escalade des fortifications. Pour défendre l'enceinte, Montcalm devrait ordonner à ses hommes de chasser les réfugiés campés sur les terrains vagues longeant la face intérieure des remparts. On imagine le déchirement des miliciens apparentés de près ou de loin à cette masse vulnérable condamnée à errer dans les rues dévastées de la capitale.

Québec ne peut pas espérer tenir aussi longtemps que Louisbourg, dont l'enceinte était dotée d'ouvrages extérieurs qui la protégeait contre les bombardements directs des assiégeants. Pour Lévis, le rempart de la haute-ville ne résisterait pas plus de huit jours à un pilonnage mené à partir des buttes à Neveu[21]. En tenant compte des travaux préalables à l'établissement de ses batteries, Wolfe pourrait ouvrir une brèche aux alentours du 25 septembre. On peut toutefois penser que Montcalm aurait capitulé bien avant afin d'éviter une mutinerie ou la mort inutile des civils affamés. En défendant la capitale jusqu'à la dernière extrémité avant de se rendre, le marquis aurait peut-être empêché les Britanniques d'y passer l'hiver. Wolfe aurait effectivement manqué de temps pour réparer les habitations de Québec nécessaires au casernement et pour assurer son approvisionnement en bois de chauffage dans les campagnes environnantes. Ce gain tactique aurait cependant privé l'armée française du Canada de la plus grande partie de ses soldats tués, pendant la phase finale du siège ou capturés lors de la reddition.

Le repli dans Québec n'est pas une option viable pour Montcalm. Se retirer par la côte d'Abraham, à portée de fusil d'un adversaire qui n'a pas encore été ébranlé par un combat, serait tout aussi hasardeux. Une telle manœuvre exposerait son armée à une attaque de flanc au moment où elle serait le plus vulnérable. On rétorquera que les troupes de Montcalm ont bien trouvé le moyen de rejoindre Beauport par la côte d'Abraham après la bataille des plaines. Il ne s'agit toutefois pas d'un repli mais d'une fuite rendue possible par la désorganisation de l'état-major britannique décapité par la mort de Wolfe et la blessure de son second, Monckton. Posté sur le flanc gauche, Townshend ne sera pas prévenu immédiatement de ses nouvelles responsabilités. Autrement, il aurait pu envisager de couper la retraite des fuyards vers le pont de la Saint-Charles en y dépêchant la réserve du 48e régiment. Johnstone a cru y voir un « pont d'or » offert aux vaincus par le successeur de Wolfe, qui aurait craint de compromettre la victoire. La fuite de l'armée française sera particulièrement difficile. Après la bataille, les troupes menées par Montreuil se réfugieront pendant près d'un quart d'heure à l'arrière de la clôture du faubourg Saint-Roch avant de regagner le pont en longeant la Saint-Charles au milieu des civils.

Reproduire la Monongahela

Montcalm doit livrer bataille pour se dégager du piège des buttes à Neveu. Son armée comptant un fort contingent de miliciens, certains historiens se sont demandé pourquoi ne pas avoir profité de leurs aptitudes de chasseurs pour reproduire la bataille de la Monongahela sur les plaines d'Abraham. Le général aurait anéanti son adversaire à petit feu, estiment plusieurs, s'il avait simplement laissé ses hommes tirailler à l'abri de la végétation. C'est pourtant ce que fait Montcalm dès son arrivée sur le champ de bataille en déployant la quasi-totalité de ses miliciens dans les broussailles situées sur les flancs des troupes de terre. Il envoie également des Canadiens derrière les arbustes et les rochers qui se trouvent entre les deux armées. Sur une force de 3 600 hommes, Montcalm n'en maintient que 2 000 en rangs serrés sur la crête des buttes à Neveu. Ce nombre excède à peine l'effectif combiné des six unités du centre de la ligne britannique déployée au pied des buttes.

La bataille des plaines est le baptême du feu pour plusieurs miliciens dont le rôle a le plus souvent été limité aux opérations de transport et aux travaux de fortification. En 1755, on ne compte qu'une centaine de conscrits canadiens sur la Monongahela, contre 600 au combat du lac Saint-Sacrement livré par Dieskau. Le millier de miliciens présents aux sièges d'Oswego et de William-Henry n'ont pas eu l'occasion de combattre. À la bataille de Carillon, ils ne forment qu'un peloton placé en retrait de l'abattis. C'est à compter de 1758, avec l'arrivée massive des renforts britanniques, que les Canadiens sont davantage intégrés au sein des détachements de guerriers et de soldats patrouillant les frontières. L'expérience n'est pas très concluante, comme en témoigne l'escarmouche du 4 août sur la rivière aux Chicots, où les miliciens de « bonne volonté » déguerpissent au premier choc. « Les sauvages disent hautement que les Canadiens sont des pleutres, qu'ils n'iront plus à la guerre avec eux [...], écrit alors Desandrouins. C'est un grand mal qu'une pareille aventure ôte, à l'armée, la confiance qu'elle pouvait avoir aux Canadiens et à ceux-ci l'opinion qu'ils seront soutenus par leurs camarades. Il n'y a point de braves dans une armée qui se méfie d'elle-même[22]. »

Les défaillances de la milice canadienne sont mises en lumière par les levées massives du printemps de 1759. En juillet, l'attaque du camp britannique d'Oswego par La Corne est gâchée par la terreur panique des conscrits. Les officiers de la Marine y perdent eux aussi « la confiance que l'on avait [accordée] aux Canadiens », comme le rapporte un témoin demeuré anonyme[23]. À la fin du mois, c'est au tour du capitaine de Lignery de constater les limites opérationnelles de ses compatriotes à la bataille de la Belle-Famille, près du fort Niagara, où il est écrasé en dépit de sa supériorité numérique et d'un environnement forestier favorable aux miliciens[24]. Le sang-froid et la combativité des Canadiens varient d'une unité à l'autre. Ceux du capitaine Charest font preuve de courage à la fin de juin devant la colonne de Monckton, sur le grand chemin de la pointe de Lévis. Les milices bourgeoises de Québec dépêchées au même endroit deux semaines plus tard ouvrent toutefois le feu sur leur propre avant-garde amérindienne et française avant de déguerpir. Selon Courville, le major Dumas qui les commande n'aurait guère été enchanté à l'idée de diriger ces hommes « dont il sentait mieux qu'eux l'insuffisance[25] ».

Vaudreuil a confié la direction d'une partie de ses conscrits à des capitaines de milice recrutés parmi les notables des paroisses. Celui de Saint-Antoine, sur la rive sud du fleuve, en amont de Québec, n'a pas impressionné l'officier canadien Cournoyer, des troupes de la Marine, qui le dépeint en « homme peu capable qui ne m'est d'aucuns secours ». Cournoyer dénonce également le manque de vigilance des miliciens de cette paroisse, qui se laissent surprendre par les Britanniques dans une grange où ils se sont endormis[26]. Les failles de la milice sont moins apparentes au camp retranché de Beauport. C'est avec confiance que les hommes du gouvernement de Montréal combattent à la bataille de la Montmorency du 31 juillet : « [Ils] montrèrent en cette occasion toute la fermeté que l'on pouvait attendre, note l'auteur du *Journal tenu à l'armée.* Ils témoignèrent la plus grande impatience d'en venir aux mains, sentant tout l'avantage de leur position. Ils étaient pleins d'une confiance de laquelle nous pouvions sans présomption attendre la défaite totale de l'armée anglaise[27]. » En 1775, les insurgés américains combattront avec la même résolution que les miliciens montréalais, à l'abri des retranchements de Bunker Hill, au nord de Boston[28].

Sans la présence des guerriers amérindiens, Montcalm n'aurait pas pu alimenter la petite guerre qui a fait rage tout au long de l'été dans les forêts de la Montmorency. Le bassin de combattants autochtones s'est toutefois fortement rétréci avec le départ graduel des nations des Pays d'en haut. Selon le père Roubaud, il n'y aurait plus qu'un « reste d'Abénaquis » au camp de Beauport deux jours avant le débarquement du Foulon[29]. Les guerriers demeurés sur le théâtre d'opérations de Québec ont pour la plupart été affectés à l'armée de Bougainville[30]. Montcalm ne peut donc compter que sur les miliciens pour couvrir ses flancs et mettre de la pression sur ceux de Wolfe. Les quelques guerriers présents sur les plaines d'Abraham restent en retrait, jugeant sans doute le couvert forestier insuffisant, comme ce fut parfois le cas le long de la rivière Montmorency[31]. « Les Sauvages ne prirent guère de part à cette affaire, écrit l'auteur du *Journal tenu à l'armée* en parlant de la bataille du 13 septembre. Ils se tinrent la plupart à l'écart, attendant que le succès du combat décidât du parti qu'ils devaient prendre. On sait qu'ils ne se présentent jamais à l'ennemi en rase campagne[32]. » Les guerriers de Lévis feront de même à la bataille de Sainte-Foy, où ils bénéficieront pourtant d'un environnement plus avantageux, à l'orée de la forêt de Sillery[33].

La ligne britannique comprend un fort contingent de Highlanders, dont plusieurs vétérans des escarmouches du soulèvement jacobite de la guerre de Succession d'Autriche. On y trouve également un détachement d'infanterie légère. Dans leur ensemble, les unités de Wolfe se sont aguerries en combattant dans les bois de la Montmorency et de la pointe de Lévis[34]. Un détachement britannique tombé dans une embuscade sur la côte de Beaupré le 26 juillet a tenu tête à l'élite des guerriers des

Pays d'en haut, comme le rapporte un officier français : « Les ennemis qui se sentirent piqués marchèrent en colonne aux sauvages dont ils essuyèrent une décharge presque à bout portant. Ce fut un signal pour eux de se rompre par pelotons et de se subdiviser ensuite pour tenir tête aux sauvages qui, voyant ce mouvement, cherchèrent à se dégager et ne ripostèrent que par un feu de retraite[35]. » Après la conquête du Canada, l'expertise acquise sur ce théâtre d'opérations forestier servira notamment aux Britanniques lors des expéditions menées contre les Amérindiens de la Caroline[36].

Wolfe connaît bien les théoriciens de la petite guerre, dont il recommande les ouvrages aux aspirants officiers[37]. Sur les plaines d'Abraham, il détache des pelotons de soldats de sa ligne de bataille pour contenir les Canadiens postés dans les broussailles. Les miliciens ne peuvent pas rivaliser avec leurs adversaires britanniques équipés d'un fusil standardisé de meilleure qualité, le Brown Bess. « Les Canadiens [...] étaient obligés d'acheter des fusils de leurs propres deniers, écrit Dumas. Ils en avaient chez eux pour la sûreté de l'habitation et pour la chasse. Ils les portaient à l'armée, de là, la diversité de calibres, d'où il résultait que le plus brave d'entre eux perdait souvent la moitié de son utilité, dans une action décisive, à chercher au dépôt des munitions des balles du calibre de son arme. J'en ai vu s'arracher les cheveux de cet inconvénient[38]. »

Le problème des calibres multiples est également rapporté par Vaudreuil. « Il y a très peu de fond à faire sur les armes des habitants qui, lorsqu'ils viennent pour le service, se présentent toujours avec des fusils si mauvais qu'on est dans l'obligation de leur en donner. L'inconvénient, en outre des fusils des Canadiens, est la différence de leurs calibres, de façon que dans les distributions des balles, les trois quarts sont obligés de les diminuer avec leurs couteaux, opération qui ne peut avoir lieu lorsqu'on est à l'avant de l'ennemi[39]. » Le Brown Bess l'emporte aussi sur les fusils des troupes de terre. En août, sa portée a notamment favorisé le repli des forces de Murray débarquées brièvement à Deschambault[40]. Townshend soulignera cet avantage dans une lettre à son ancien camarade en 1775 : « Je me souviens que dans notre armée, à Québec, la supériorité de nos fusils sur les armes françaises était généralement reconnue tant pour la longueur de leur portée que pour la fréquence du coup de feu[41]. »

Les Canadiens sont vulnérables en terrain découvert, leurs armes n'étant pas dotées de baïonnettes comme c'est le cas pour les soldats.

Vaudreuil note qu'ils « ont toujours préféré les fusils Tulle de chasse, à cause de leur légèreté, mais [qu']il serait nécessaire que ces mêmes fusils eussent chacun une baïonnette ». Lévis tentera de corriger cette faille en 1760 en ordonnant aux miliciens de fixer un couteau à l'extrémité de leur fusil[42]. Faute de baïonnettes, les détachements de Canadiens déployés sur les plaines par Montcalm sont balayés à plusieurs reprises par les charges à l'arme blanche des soldats britanniques détachés de leur unité[43]. Le risque d'être embroché en amène plus d'un à reculer pour combattre à la limite de la portée utile de son arme. Ce type de fusillade peut s'éterniser sans entraîner de pertes significatives, ce qui explique d'ailleurs le stoïcisme des hommes de Wolfe rapporté par Townshend. Dans son compte rendu de la bataille, le brigadier évoque des pelotons de Canadiens qui « tiraient sur nous avec acharnement quoique d'une manière irrégulière, sans jamais lasser la patience ou troubler l'ordre de nos troupes ».

Les miliciens de Dumas postés au nord du chemin Sainte-Foy ne représentent pas une menace non plus. Wolfe le constate en parcourant le secteur dans les instants qui précèdent le choc principal. Pour bousculer son adversaire, Montcalm doit faire appel aux troupes de terre. « On ne manquera pas de vous rendre compte [...] qu'il s'est trop précipité pour attaquer, qu'il devait attendre le secours de M. de Bougainville et disputer le terrain par des fusillades, écrit Montreuil au ministre de la Guerre. Tous ces moyens n'auraient pas empêché l'ennemi de s'établir sur la côte d'Abraham dès qu'on lui aurait donné du temps[44]. »

Attaquer avec les renforts

Selon Guy Frégault, Montcalm aurait « haché la ligne » britannique s'il avait attendu Bougainville pour la prendre entre deux feux[45]. « Eussent-ils désiré tendre un piège à l'armée de Wolfe et la mettre en position d'être entièrement détruite [qu']ils n'eussent pu espérer la voir dans un endroit plus convenable à leurs desseins », renchérit Eccles. L'avis de ces refondateurs de l'historiographie de la Conquête est partagé par Denis Vaugeois, pour qui les Britanniques « auraient été exterminés sur place » si les bonnes décisions avaient été prises. Stacey est l'un des rares historiens d'après qui l'arrivée de Bougainville n'aurait rien changé. Il n'offre cependant que peu de justifications de sa « dissidence », préférant rappeler que « l'impulsivité naturelle [de Montcalm] semble avoir pris le dessus et l'avoir poussé à ruiner les maigres espoirs de la colonie en une entreprise qui, pour flamboyante qu'elle fût, n'en était pas moins complètement folle[46] ».

À la lecture de ces auteurs, on imagine un Montcalm bouillonnant se lancer dans la bataille alors que Bougainville est sur le point de déboucher de la forêt de Sillery à la tête d'une armée formidable. Pour y voir plus clair, il faut revenir à la lettre de Vaudreuil du 6 septembre, dans laquelle le gouverneur ventile les effectifs de Bougainville. Ce jour-là, une semaine avant la bataille, on dénombre 2 200 soldats et miliciens entre l'anse des Mères et la Jacques-Cartier. La moitié de cette force est établie dans des postes fixes tandis que l'autre forme un corps ambulant principalement basé à l'anse de Cap-Rouge. Cette colonne mobile passe de 1 100 à 1 300 combattants ce même jour avec l'arrivée de renforts de Beauport. Il n'y a donc que 2 400 soldats et miliciens « au-dessus » de Québec[47]. Quant aux guerriers amérindiens du colonel, ils ne sont pas plus de 500 si l'on se fie au rapport de Vaudreuil du 5 octobre 1759[48]. Bougainville en a détaché plusieurs sur la rive sud pour tenter d'y faire des prisonniers[49].

Ces quelque 3 000 hommes ne sont pas tous disponibles pour secourir la capitale. Les 600 déployés en amont de la rivière du Cap-Rouge ne peuvent pas être ralliés pour le combat en raison de leur éloignement et de la nécessité de maintenir les communications avec Montréal. Bougainville doit également assurer la garde de la flottille de ravitaillement de Cadet mouillée dans l'anse de Cap-Rouge. Il y laisse vraisemblablement les 250 hommes de Beaubassin. Pour combattre, le colonel ne peut compter que sur son camp ambulant, qui comprend la cavalerie, les grenadiers, les volontaires et deux canons attelés. En se basant sur des ouï-dire, Townshend évalue les effectifs de Bougainville à 2 000 hommes à son arrivée sur les plaines d'Abraham par la forêt de Sillery. La Pause évoque pareillement un corps de 1 900 combattants dans l'extrait de ses mémoires qui sera retranscrit dans le journal de Lévis. Le successeur de Montcalm apportera toutefois une correction de taille au texte de La Pause en réduisant les effectifs de la colonne de Bougainville à 900 hommes. S'agit-il d'une erreur du copiste ? Il semble que non. En parcourant la relation ayant servi de brouillon à La Pause, on constate que Bougainville n'aurait mené qu'un gros détachement de 800 hommes sur le champ de bataille[50]. Ce nombre comprend peut-être les 180 combattants de Rémigny et de Douglas refoulés à l'ouest du chemin Saint-Louis par la prise de la batterie de Samos. N'ayant pas pris la mesure de l'ampleur du débarquement, le colonel aura laissé plus de la moitié de son camp ambulant derrière lui, à l'embouchure de la rivière du Cap-Rouge.

Le Foulon est à dix kilomètres du camp où Bougainville passe la nuit du 12 au 13 septembre. Le quartier général de Montcalm est situé à la même distance, au nord-est du poste de Vergor. L'armée du marquis est toutefois prévenue plus rapidement de la descente britannique par les fuyards et par la lettre de Bernetz. Rappelons qu'il revient à Vaudreuil d'alerter le colonel puisqu'il sert de relais entre le camp de Beauport, la garnison de Québec et l'armée de l'amont. Les missives de Bernetz et de Bougainville lui sont directement adressées avant de passer sous les yeux de Montcalm[51]. Au matin du 13 septembre, à 6 h 45, le secrétaire du gouverneur termine la rédaction du billet destiné au colonel. Le préambule de cette lettre est un accusé de réception d'une missive de Bougainville concernant la capture d'un prisonnier. Ce détail témoigne du faible sentiment d'urgence qui règne alors au quartier général de Vaudreuil. « Il paraît bien certain que l'ennemi a fait un débarquement, annonce le gouverneur. Sitôt que je saurai positivement ce dont il sera question, je vous en donnerai avis. Il me tarde bien d'avoir de vos nouvelles et de savoir si l'ennemi a fait quelque tentative de votre côté. » Vaudreuil ajoute que « les forces de l'ennemi paraissent considérables. Je ne doute pas que vous ne soyez attentif à ses mouvements et à les suivre ». En quittant la maison de Vienne, le porteur de ce message doit croiser Montcalm, qui « pourra vous donner de ses nouvelles[52] ».

On ignore le chemin emprunté par le cavalier d'ordonnance du gouverneur, qui a une vingtaine de kilomètres à parcourir avant d'atteindre le camp de la rivière du Cap-Rouge[53]. Il est probable qu'il ait choisi la piste reliant les chemins de Beauport et de L'Ancienne-Lorette en passant par la rive gauche de la rivière Saint-Charles[54]. Aménagée au printemps, cette route lui aura permis d'éviter un long détour par Charlesbourg et par la Jeune-Lorette. Le cavalier ne semble pas avoir croisé Montcalm puisque le général, dans les instants qui précèdent la charge, évoquera la possibilité que Bougainville n'ait pas été prévenu du tout. Selon l'abbé Casgrain, le messager aurait terminé sa course en passant par le hameau de Sainte-Foy. Il est toutefois plus probable qu'il ait franchi la rivière du Cap-Rouge par l'un des ponts enjambant la partie nord de ce cours d'eau afin de ne pas épuiser inutilement son cheval en montant et en redescendant la partie ouest du promontoire de Québec. Le messager aurait mis un peu moins d'une heure et demie pour rejoindre le colonel, d'après Casgrain[55]. Il est possible qu'il ait remis la lettre à son destinataire un peu avant 8 h, les chevaux pouvant atteindre une vingtaine de kilomètres à l'heure au galop sur une courte distance. Quoi qu'il en soit, la lettre s'est bien rendue, puisqu'on la trouve aujourd'hui dans les papiers de Bougainville.

La marche de Bougainville

Selon le capitaine Méloizes, des troupes de la Marine, c'est par un perruquier en fuite que Bougainville aurait d'abord été prévenu du débarquement du Foulon[56]. Le même officier prétend que l'alerte lui a été donnée aux alentours de 8 h, ce que confirme le colonel dans une lettre rédigée cinq jours après la bataille. Bougainville repousse ce moment d'une heure dans son compte rendu du 21 septembre[57]. Il doit alors répondre aux critiques de ses camarades de combat qui lui reprochent de ne pas avoir été suffisamment attentif aux manœuvres ennemies. On le blâme également pour sa négligence à l'égard des postes de la falaise du cap Diamant, qui n'ont pas été prévenus du report de la descente des navires de Cadet. Bougainville est enfin critiqué pour avoir gardé les grenadiers et les volontaires à Cap-Rouge au lieu de les retourner à leurs unités campées à Beauport au cours des jours précédant le débarquement, ce qui aurait permis à Montcalm de compter sur ses meilleurs éléments dans la bataille[58].

En dépit de son inexpérience, Bougainville s'est distingué au cours du mois d'août par sa vigilance et par sa bravoure. Le 13 septembre, il laisse toutefois filer les bateaux de la première vague du débarquement britannique et les navires de la deuxième. « M. de Bougainville ne les suivit pas, écrit Bigot, comptant qu'ils remonteraient à la marée comme ils le faisaient ordinairement[59]. » Le colonel ne réagit pas davantage aux détonations de la batterie de Samos. « Bougainville aurait eu plus que le temps de venir à notre secours s'il avait été averti de bonne heure, comme on devait l'espérer, par la disposition de ses postes depuis Québec jusqu'au cap Rouge […], écrit Montreuil. Montcalm, ne le voyant point arriver, ne put que penser qu'il n'avait pas été averti du tout[60]. » En se mettant en marche dès les premiers coups de canon de Samos, le colonel aurait pu atteindre les plaines d'Abraham à compter de 7 h 30, précédé par la cavalerie de La Rochebeaucourt. Bougainville demeure toutefois immobile. Le jeune officier aurait-il été déboussolé par une « ombre acoustique » provoquée par les vents et par le relief du promontoire ? Les romanciers du XIXe siècle ont tranché la question en associant son inertie à une visite rocambolesque chez sa prétendue maîtresse, la femme de son cousin François de Vienne, réfugiée à la Pointe-aux-Trembles[61].

En temps normal, un cavalier parti du poste de Saint-Michel ou de Sillery aurait pu rejoindre Bougainville en une demi-heure. Il semble toutefois que les communications entre les détachements de la falaise du cap Diamant et des côtes en amont aient souffert d'un manque chronique de chevaux. Le 11 septembre, le commandant du poste de la Jacques-Cartier, le capitaine Thiballier, du Royal-Roussillon, se plaint ainsi de l'absence de son cavalier d'ordonnance, dont la monture, malade, est demeurée chez le maréchal-ferrant. Le même jour, Bougainville reçoit une missive du capitaine de Rémigny le prévenant du vol de son cheval. En attendant l'arrivée d'un autre animal, le commandant de Sillery ne dispose que de deux chevaux boiteux inaptes au service. Il est sans nouvelles du cavalier d'ordonnance qu'il a dépêché au capitaine de La Rochebeaucourt. « Il serait bien nécessaire qu'il y en eût un ici », écrit Rémigny moins de 48 heures avant le débarquement du Foulon[62]. S'il a pu récupérer son cavalier, comme on le suppose, le commandant de Sillery ne le dépêche pas immédiatement à son supérieur aux premières lueurs du 13 septembre. C'est du moins ce qu'indique la copie du billet qu'il adresse à Bougainville à 8 h. « Les ennemis ont débarqué au Foulon et à l'anse des Mères, griffonne Rémigny au moment où Montcalm atteint les plaines d'Abraham à la tête de l'armée de Beauport. Ils ont pris la batterie [de Samos] et je crains fort pour M. Douglas qui [a] marché avec un lieutenant de mon piquet et 20 hommes. » Le capitaine précise que les Britanniques se déploient « par la grève et par le grand chemin de la ville à Sillery[63] ».

Pour rejoindre les plaines d'Abraham, Bougainville doit d'abord franchir l'embouchure de la rivière du Cap-Rouge par son pont de bateaux ou par le bac faisant la navette entre les deux rives. Il doit ensuite monter la côte abrupte menant au sommet du promontoire où commence la forêt de Sillery. En maintenant un bon rythme, son détachement parti aux alentours de 8 h 30 aurait dû tomber sur les arrières de Wolfe en moins de deux heures. Bougainville interrompt toutefois sa marche à trois kilomètres des plaines d'Abraham pour attaquer la maison de Saint-Michel, défendue par un peloton de soldats britanniques. La mission est confiée au capitaine Le Noir, du bataillon de La Sarre, qui s'élance à la tête d'une centaine de volontaires. Leur élan est brisé par la résistance des défenseurs, qui font une quinzaine de blessés. René de Kerallain, l'arrière-petit-fils de Bougainville, a défendu la décision de son aïeul d'attaquer la « forteresse » de pierres. La prise de la maison était essentielle, juge l'historien français, afin d'ouvrir un passage au reste de l'armée de l'amont qui progressait par pelotons sur le chemin Saint-Louis[64].

Bien qu'elle soit discutable, l'attaque de la maison de Saint-Michel n'a pas de répercussions sur le déroulement de la bataille des plaines d'Abraham, l'assaut initial de Le Noir survenant peu de temps après la déroute de Montcalm. Selon Johnstone, Bougainville aurait attendu l'arrivée de ses deux canons attelés pour reprendre l'assaut sur la maison en tirant à mitraille. Son projet aurait avorté en raison d'une méprise sur le calibre des cartouches[65]. Le colonel laisse finalement un détachement sur le chemin Saint-Louis pour couvrir sa marche vers les plaines à travers la forêt de Sillery. Pour Johnstone, le colonel aurait dû tenter de joindre Montcalm par la vallée de la Saint-Charles dès son départ du camp de Cap-Rouge. Il aurait dû à tout le moins changer l'axe de sa progression au croisement du chemin Saint-Louis et de la route de l'Église pour gagner les plaines par le chemin Sainte-Foy, où la jonction aurait été plus facile. Bougainville ne semble pas avoir mesuré l'ampleur du débarquement du Foulon, bien qu'il ait été prévenu dès 8 h que les Britanniques « remplissaient » les chemins du promontoire[66].

On fait souvent coïncider l'arrivée de Bougainville sur le champ de bataille avec la fin du combat, aux alentours de 10 h 30. C'est ce qui explique la sévérité de la plupart des historiens envers Montcalm, qui aurait empêché de justesse la jonction des forces de Beauport et de Cap-Rouge. Le colonel ne gagne cependant les plaines d'Abraham que beaucoup plus tard, entre midi et 13 h. Ce temps confirmé par les sources correspond aux quatre kilomètres qu'il doit parcourir à travers bois pour rejoindre les arrières de l'armée britannique à partir de la maison de Saint-Michel[67]. En arrivant plus tôt, les 800 hommes de Bougainville auraient été reçus par les 650 soldats du 48e régiment postés sur le chemin Saint-Louis et par les 500 combattants du troisième bataillon du 60e régiment établis sur les hauteurs du Foulon. Le colonel aurait eu du mal à percer cette masse de plus d'un millier d'hommes pour tomber dans le dos des forces britanniques faisant face à Montcalm. L'ordre de bataille de Wolfe est souvent qualifié de « mince ligne rouge » en raison de l'alignement d'une partie de ses hommes sur deux rangs de profondeur au lieu des trois rangs habituels. Il est toutefois plus juste d'évoquer une formation rectangulaire, la réserve du 48e régiment réunissant plus du tiers des effectifs de la ligne principale. Ce « pré carré » est conçu pour résister aux assauts venant de tous les côtés.

L'attaque des dix mille

L'intendant Bigot est un partisan de l'offensive à outrance. Dans le courant de l'été, il va jusqu'à prôner l'attaque des camps britanniques pour réduire le nombre de bouches à nourrir au sein de l'armée française. « Proposition aussi singulière qu'extraordinaire pour pourvoir à la subsistance, relate Montbeillard. Le marquis de Montcalm l'a combattue[68]. » Après la déroute des plaines d'Abraham, le pugnace intendant se demande s'il n'aurait pas mieux valu tempérer en reportant le combat au lendemain, comme il le confie à Lévis le 15 septembre : « N'auriez-vous pas pensé, monsieur, comme moi, qu'il aurait été mieux de rassembler tous les corps de M. de Bougainville, qui était l'élite des troupes et des milices, faire sortir tout de la ville, à la réserve de l'artillerie et des éclopés, et donner sur l'ennemi à la pointe du jour, si on n'avait pu le faire dès le jour même. Vous auriez formé 10 000 hommes au moins contre 3[000] à 4[000]. Il y aurait eu bien du malheur si vous ne les eussiez pas battus[69]. »

Le report du combat au 14 septembre ne saurait être envisagé, comme le notera Vaudreuil au soir de la bataille des plaines d'Abraham. « Si nous attendons à demain, l'ennemi sera retranché dans une position inattaquable », écrira-t-il en évoquant la possibilité de livrer un deuxième combat avant la tombée du jour[70]. Vaudreuil estimera néanmoins que Montcalm aurait dû attendre les renforts qui, selon Frégault, auraient fait passer ses forces de 3 500 à 10 000 hommes. Eccles va plus loin en laissant entendre que le marquis aurait pu compter sur 15 000 combattants. « Ce n'est pas la supériorité numérique qui conquit le Canada ; ce fut la piètre stratégie de Montcalm qui fit que Québec fut perdu en une bataille [...], soutient l'historien. Ils étaient à trois contre un[71]. »

Pour former une masse se rapprochant des 10 000 hommes évoqués par Frégault, Montcalm aurait d'abord dû faire appel à la garnison de Québec, estimée à 2 000 combattants par la plupart des historiens. On ne dénombre pourtant que 1 500 hommes dans l'enceinte en incluant les 700 matelots affectés aux quelque 250 canons et mortiers. Ces artilleurs suffisent tout juste à assurer le service des pièces les plus lourdes, qui tirent des boulets de 12 à 36 livres[72]. En soustrayant ces hommes et les ouvriers chargés de la lutte contre les incendies, il ne reste donc que les 600 membres de la milice bourgeoise, celle-là même qui a fait déraper l'expédition du major Dumas en juillet en tirant dans le dos de son avant-garde. « Les milices de la ville de Québec sont en général très mauvaises, écrit un contemporain français, étant composées d'ouvriers de toutes espèces, négociants, n'allant jamais à la guerre[73]. » Le commandant de la garnison, le Canadien Ramezay, évoque lui aussi « les mauvaises milices de Québec, tous artisans qui n'avaient jamais sorti ; la plupart gens mariés et sur l'âge, exténués d'ailleurs par le jeûne rigoureux qu'on leur faisait observer depuis longtemps. On voudra peut-être compter pour quelque chose une centaine de matelots qu'on avait mis sur les batteries, ajoute l'officier. Mais on doit savoir qu'ils avaient été la plupart plus occupés pendant le siège, à piller les voûtes des particuliers qu'à faire leur service. Gens sans discipline, et qu'on n'avait pu y former, y ayant aussi peu d'officiers dans la ville[74] ».

Indépendamment des aptitudes au combat des membres de la garnison, leur départ pourrait entraîner un mouvement de panique chez les civils entassés le long du rempart. En 1760, le brigadier Murray laissera lui aussi un contingent de soldats sur l'enceinte de Québec avant d'en sortir pour livrer bataille au chevalier de Lévis. Selon Johnstone, Montcalm a plutôt tenté de rallier les 1 400 miliciens canadiens demeurés à la garde du camp de Beauport. Son ordre aurait toutefois été annulé par Montreuil dans la confusion du matin. Courville affirme quant à lui que c'est Vaudreuil qui a bloqué les secours du camp au pont de la rivière Saint-Charles, « ne voulant pas risquer une bataille par la persuasion de Cadet et de quelques autres qui y avaient un intérêt particulier[75] ». François de Vienne prétend lui aussi que le gouverneur a retenu les renforts destinés à Montcalm. Or, Vaudreuil soutient dans les faits la manœuvre de son général en faisant accélérer la marche du Royal-Roussillon avant la charge.

Pour gonfler ses effectifs après l'arrivée du dernier bataillon de Beauport, Montcalm ne peut réellement compter que sur les forces basées à Cap-Rouge. En attendant Bougainville jusqu'à midi, le général pourrait rassembler une armée de 4 400 combattants. Ce nombre lui permettrait tout juste d'égaler les forces de Wolfe, qui semblent atteindre un maximum de 4 800 hommes, si l'on se fie aux chiffres de Knox. Pour obtenir une supériorité numérique significative, le marquis devrait reporter son attaque en fin d'après-midi afin de donner le temps au reste du camp ambulant de Cap-Rouge d'atteindre le champ de bataille. Il pourrait alors compter sur un corps de 5 500 hommes ou au maximum de 6 500 combattants en faisant appel aux troupes de Beauport, à l'exception d'un détachement laissé dans l'ouvrage à cornes. Nous sommes loin des 10 000 hommes évoqués par Frégault. La supériorité d'un quart gagnée sur Wolfe ne permettrait pas de compenser la puissance de feu des soldats et des artilleurs britanniques.

« Ce ne sont pas les grandes armées qui gagnent les batailles, ce sont les bonnes », écrit le maréchal de Saxe[76]. Wolfe a l'avantage du terrain. Ses unités de soldats professionnels sont groupées au centre de l'action, contrairement à Montcalm, qui a perdu le contact avec Bougainville. Le général britannique a de l'espace pour manœuvrer. Il peut déplacer ses régiments d'un bout à l'autre des plaines d'Abraham pour venir en aide aux secteurs les plus menacés. Il est cerné, mais par une armée comprenant un fort contingent de miliciens qui n'ont pas été entraînés pour combattre en terrain découvert. La prise en tenaille de Wolfe peut sembler séduisante sur une carte. Son exécution est toutefois beaucoup plus difficile qu'il n'y paraît au milieu de la fumée et des détonations. La coordination des unités sur une seule ligne est déjà ardue, comme le démontrera la confusion qui va torpiller les manœuvres de Lévis à la bataille-revanche de Sainte-Foy.

CINQUIÈME PARTIE

La chute

J'ai eu le bonheur d'être toujours heureux dans toutes les parties où je me suis trouvé. J'ai été très fâché de n'être pas avec M. le marquis de Montcalm à la dernière action où il a été tué, et où j'aurais peut-être été très utile.

LE CHEVALIER DE LÉVIS, 10 novembre 1759[1]

CHAPITRE 13

Les plaines d'Abraham

Montcalm se mure dans le silence en chevauchant vers les plaines d'Abraham au matin du 13 septembre 1759. « Je ne l'ai jamais vu aussi triste que ce jour-là, rapporte Malartic. Il semblait qu'il [portait] nos malheurs. Lui qui me parlait ordinairement [...] sur tout ne me dit pas un mot dès que nous sommes partis du camp [de Beauport][2]. » Le général est loin de l'état de « surexcitation extrême » dans lequel l'a dépeint l'historien Edmond Dziembowski[3]. Arrivé sur les buttes à Neveu un peu avant 8 h, il y demeure pendant près de deux heures dans l'espoir de faire sa jonction avec l'armée de Bougainville. « Il attendit en vain jusqu'à dix heures, écrit un officier, et voyant que les troupes montraient beaucoup de fermeté et de zèle, lui disant continuellement que les ennemis faisaient arriver du canon et prenaient poste en se retranchant, il résolut de tout tenter[4]. » L'impatience du soldat l'emporte visiblement sur celle du général que plusieurs historiens ont pris l'habitude de dépeindre en Méridional agité engageant ses troupes à l'aveuglette dans un bain de sang. Pour Foligné, « Montcalm se laissa fléchir à une troupe qu'il prévoyait ne pouvoir plus retenir à mesure que les Canadiens et les Sauvages de la droite et de la gauche tuaient beaucoup de monde[5] ». Ce constat est confirmé par l'aide de camp Marcel : « Toute l'armée paraissait attendre avec impatience le signal pour charger l'ennemi et le demandait avec chaleur[6]. »

Sous les uniformes blancs des bataillons français se trouvent plusieurs centaines de recrues et de miliciens incorporés au printemps de 1759. Ces soldats inexpérimentés forment près du tiers des troupes de terre alignées sur les buttes à Neveu. Montcalm ignore comment ces hommes vont réagir au contact de la ligne ennemie. À la bataille de la Montmorency, le 31 juillet, il a été agréablement surpris par le sang-froid des miliciens montréalais qui ont tenu leur position sous un déluge de 2 500 boulets et bombes[7]. Le général mise visiblement sur leur enthousiasme pour compenser leur inexpérience : « Il voulait profiter de la première ardeur du soldat », note un contemporain français[8]. Invaincu en Amérique, Montcalm peut compter sur l'estime et la confiance de ses troupes, qu'il a menées à la conquête d'Oswego et de William-Henry avant de remporter les batailles de Carillon et de la Montmorency. « Le soldat qui voit son général marcher à l'ennemi [...] suppose qu'il a pourvu à tout et que, puisqu'il attaque, c'est qu'il a de bonnes raisons d'espérer de vaincre, écrit un théoricien du XVIIIe siècle. Il ignore si le général n'a pris ce parti que parce qu'il n'en pouvait prendre d'autre[9]. »

Le déclencheur

« Il y avait dix à parier contre un que l'armée attaquante serait battue, affirme Malartic, étant obligée de descendre des hauteurs qu'elle occupait [et] de traverser un chemin creux qui séparait les deux armées[10]. » La topographie des plaines n'est pourtant pas très accidentée si on la compare aux champs de bataille européens coupés de cours d'eau, de boisés et de hameaux. « La surface des hauteurs de Québec entre la ville et le bois de Sillery était un terrain assez vague et presque sans clôture, peu ou point cultivé à cette époque », rappelle l'historien Philippe Baby Casgrain[11]. On n'y dénombre que quelques habitations et dépendances agricoles concentrées le long du chemin Sainte-Foy. Ces bâtiments sont occupés depuis le début de la matinée par des détachements de soldats britanniques dont le plus avancé s'est barricadé dans la maison du dénommé Borgia Levasseur et dans une autre située à proximité. Ces deux habitations entourées de jardins et d'une grange sont tombées dans l'oubli. Elles sont pourtant aux plaines d'Abraham ce que sera le moulin Dumont à la bataille de Sainte-Foy. Ce manque d'intérêt des historiens découle de l'incertitude quant à la localisation de la maison Borgia et de sa voisine, que l'on situe habituellement à l'extrémité ouest du champ de bataille, aux abords de l'actuelle avenue des Érables, sur le chemin Sainte-Foy. Les recherches de Philippe Baby Casgrain ont pourtant démontré qu'elles étaient plutôt à quelques centaines de mètres vers l'est, au cœur de la bataille, entre la gauche de Wolfe et la droite de Montcalm. On peut d'ailleurs les apercevoir sur l'un des plans du cartographe Thomas Jefferys et sur une carte ayant appartenu au général Frederick Haldimand[12].

La maison Borgia et sa voisine sont exposées aux tirs des soldats de la Marine et des miliciens du major Dumas déployés entre les broussailles du coteau Sainte-Geneviève et le chemin Sainte-Foy. Montbeillard tente d'en déloger les occupants en dirigeant deux de ses canons de la gauche vers la droite française aux alentours de 9 h 30. Montcalm observe la manœuvre avant d'ordonner au capitaine d'artillerie de reculer les pièces « dans la crainte que les Canadiens qui fusillaient à côté ne se sauvassent et qu'elles ne fussent perdues[13] ». Les bâtiments s'embrasent dans les instants qui suivent. On ignore si le feu a été allumé par les Canadiens, comme le croient Johnstone et Foligné, ou par les soldats britanniques, comme le soutient Marcel. Selon Méloizes, il s'agirait peut-être d'une ruse : « [Montcalm] informé de la descente [du Foulon] marcha à la maison de Borgia où les Anglais s'étaient logés. Il [repoussa] ce poste dans l'instant et les suivit l'épée dans les reins. Cette troupe postée là, peut-être avec intention, les conduisit à l'armée anglaise qui était ventre à terre dans le bois. » L'hypothèse de cet officier stationné sur la frontière du lac Champlain en 1759 n'est pas confortée par les sources britanniques. Elle a visiblement circulé chez les troupes de la Marine de Québec avant d'être consignée par leur camarade, le récit de Méloizes étant livré à partir du flanc droit de Montcalm, où se trouve le gros des compagnies franches[14].

L'incendie de la maison Borgia et de ses dépendances dégage un épais nuage de fumée poussé par un vent du sud-ouest qui masque la partie nord des plaines d'Abraham. Montcalm redoute une tentative de débordement sur sa droite, vers le pont de la Saint-Charles, à la faveur du brasier. Il fait avancer une trentaine de soldats du bataillon de La Sarre au-devant de sa ligne de bataille pour être informé des manœuvres ennemies dans le secteur[15]. Selon Johnstone, il convoque alors un conseil de guerre, ce que conteste MacLeod, pour qui Montcalm aurait dirigé ses troupes en solitaire[16]. La tenue d'une rencontre informelle sur les buttes à Neveu est pourtant vraisemblable, le général ayant l'habitude de consulter ses subalternes comme il l'a fait avant la bataille de Carillon. Si le conseil a eu lieu, il réunit sans doute le brigadier Senezergues, l'aide-

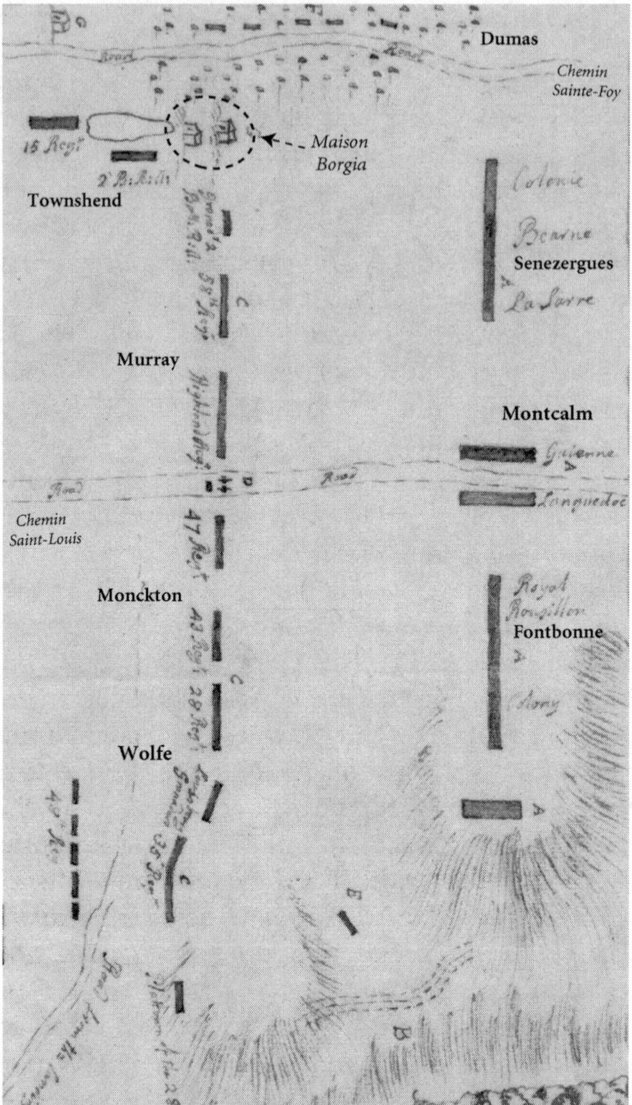

Sur ce plan contemporain de la bataille des plaines d'Abraham, on aperçoit la maison Borgia et sa voisine, dont l'incendie sur le flanc gauche de la ligne britannique amène Montcalm à ordonner l'attaque aux alentours de 10 h.
Source : Frederick Haldimand, *Map of the Environs of Quebec Showing the Position of the English and French Troops,* British Library.

major général Montreuil et les commandants des cinq bataillons. Il est possible que le major Dumas y ait aussi assisté[17]. L'attaque fait l'unanimité. D'après Johnstone, les uns craignent que la retraite vers le pont de la Saint-Charles, situé dans l'axe de la ligne de bataille française, ne soit coupée par Wolfe. Les autres redoutent l'arrivée d'une nouvelle vague de soldats et de canons britanniques par la falaise. On craint enfin le retranchement de l'adversaire. « Un maréchal de Turenne se serait trouvé très embarrassé à pouvoir se tirer d'un aussi mauvais pas », écrit Johnstone en faisant référence au célèbre tacticien du XVIIe siècle[18].

En dépit de sa réputation, Wolfe est un officier prudent. Ses troupes « n'avancent que pas à pas, toujours la pelle et la pioche à la main [pour se retrancher] », observe un militaire dans le courant de l'été[19]. « Si M. de Montcalm avait tardé d'un instant à marcher aux ennemis, écrit Montreuil, ils eussent été inattaquables par la position favorable dont ils allaient s'emparer, ayant même commencé des retranchements sur leurs derrières. » Pour Frégault, cette crainte ne serait pas fondée, Lévis ayant eu de la difficulté à creuser le sol des plaines lors du siège de 1760. « Le terrain pour les approches [de Québec] est pierreux, écrit le chevalier après la bataille de Sainte-Foy, il devient presque roc en approchant de la place, et les hauteurs mêmes dont nous nous étions emparés ont à peine six pouces de terre[20]. » Lévis ne fait cependant pas allusion à la position occupée par Wolfe, comme le soutient Frégault, mais aux buttes à Neveu de Montcalm[21]. Les excavations effectuées par les Britanniques sur leur position prouvent qu'il est possible de creuser, même dans le schiste feuilleté du promontoire[22]. Une première redoute britannique est en chantier à proximité du chemin Sainte-Foy dans les instants qui précèdent le choc[23]. Wolfe pourra bientôt compter sur l'artillerie de la rivière Etchemin. « Nous eûmes deux canons de six livres pour tirer sur l'ennemi, rapporte l'un de ses soldats. Peu après, six autres nous arrivèrent, suivis des obusiers royaux, pendant que l'ennemi se pressait de nous attaquer avant que notre artillerie fût arrivée au haut de la falaise, car il craignait notre feu qui était très vif alors[24]. » C'est avec ces canons que le successeur de Wolfe repoussera Bougainville lorsqu'il débouchera enfin de la forêt de Sillery, en début d'après-midi.

Le combat

Le conseil de guerre tenu par Montcalm est bousculé par l'avancée d'un détachement britannique en direction des ruines de la maison Borgia, affirme Johnstone. Foligné confirme que l'incendie de cette demeure engage « le fort de l'action, que M. de Montcalm crut devoir soutenir et profiter du moment que la troupe paraissait le mieux disposé, pour s'avancer avec notre colonne jusqu'au bas de la hauteur qu'occupaient les ennemis[25] ». « Il me paraît, messieurs, que vous êtes tous unanimement de l'avis de donner bataille et charger l'ennemi dans le moment », aurait lancé le général pour clore la discussion avec son état-major.

Montreuil est mitigé. « Quoique je regardais M. le marquis de Montcalm trop lumineux pour oser lui donner aucun conseil, je pris cependant la liberté de lui dire, avant qu'il eût donné l'ordre du combat, qu'il n'était pas en état d'attaquer les ennemis vu le petit nombre de son armée. » Frégault s'est saisi de cet extrait pour incriminer Montcalm en passant sous silence la suite du témoignage de l'aide-major général, qui précise que les tirailleurs canadiens et les secours de Bougainville n'auraient pas pu empêcher l'armée britannique de se retrancher[26]. À l'instar de Montreuil, Montbeillard ne semble pas avoir proposé de meilleure solution. « Je m'arrêtai un moment avec M. le marquis de Montcalm qui me dit : "Nous ne pouvons éviter le combat, l'ennemi se retranche, il a déjà deux pièces de canon. Si nous lui donnons le temps de s'établir, nous ne pourrons jamais l'attaquer avec le peu de troupes que nous avons." Il ajouta avec une espèce de saisissement : "Est-il possible que Bougainville n'entende pas cela ?" Il me quitta sans me donner le temps de lui répondre autre chose sinon que nous étions bien petits[27]. »

Montcalm joue donc le tout pour le tout. Il confie la droite des troupes de terre au brigadier de Senezergues en laissant la gauche au lieutenant-colonel de Fontbonne. Ses bataillons sont alignés sur trois rangs de profondeur, celui du milieu étant principalement occupé par les miliciens incorporés afin de favoriser leur encadrement par les sergents « serre-file ». Les autres miliciens demeurent sur les flancs sous les ordres du major Dumas, sur la droite, et du capitaine Herbin, sur la gauche. Malartic critiquera Montcalm pour avoir ainsi privilégié le feu sur le choc : « Supposé qu'il y eut nécessité d'attaquer, il fallait faire des dispositions, former trois colonnes avec les cinq bataillons, placer les

Canadiens dans les intervalles et les laisser tirer et marcher suivant leur usage, avance l'aide-major. Je suis persuadé que nous aurions été vainqueurs. » D'après Johnstone, Montreuil aurait lui aussi été en faveur d'une attaque en formation d'assaut. Montcalm s'y serait toutefois opposé en évoquant la proximité de l'ennemi, qui ne permettait pas de former les troupes sur plusieurs dizaines de rangs de profondeur. Le marquis aurait également souligné l'absence des grenadiers que l'on place habituellement à la tête des colonnes pour leur donner un élan[28].

La pluie du matin a fait place à un ciel nuageux. Il est près de 10 h quand Montcalm ordonne à ses tambours de battre la charge. Pour atteindre la ligne ennemie, les bataillons français ont un peu moins de 500 mètres à parcourir à travers les blés. « Nos troupes partirent en courant et en jetant de grands cris », rapporte Montbeillard. « Les régiments se sont portés en avant de bonne grâce, confirme Malartic. Ils n'ont pas eu fait cent pas que les Canadiens qui formaient le second rang et les soldats du troisième ont fait feu sans aucun ordre, et suivant leur usage ont mis ventre à terre pour recharger. Cette fausse manœuvre a rompu tous les bataillons. » S'ils ne tuent pas, ces tirs à longue distance peuvent tout de même provoquer des contusions mettant hors de combat, comme en témoigne la balle que recevra Malartic l'année suivante à la bataille de Sainte-Foy : « Ce coup me renversa et me causa une grande commotion [...], écrira l'aide-major en 1760. J'ouvris ma veste que je trouvai percée, la partie inférieure du teton gauche grosse comme le poing et fort noire [...]. Je fus mis entre les mains d'un chirurgien qui ouvrit cette contusion de douze coups de bistouri[29]. »

La charge de Montcalm ralentit graduellement pour s'arrêter complètement à une quarantaine de mètres des habits rouges. Pendant un court instant, les belligérants s'observent nerveusement, ne voulant pas ouvrir le feu en premier, car cela donne habituellement un avantage psychologique à l'adversaire. Ce silence morbide est finalement rompu par les troupes de Montcalm. Après avoir encaissé les salves françaises, les soldats britanniques répliquent par un feu de peloton dévastateur, leurs fusils étant chargés de deux balles pour maximiser les pertes à bout portant. Le tir des unités du centre est particulièrement efficace. Il sera d'ailleurs comparé à un « coup de canon » par les survivants. Le premier rang des bataillons de Montcalm est décimé, tandis que les deux autres sont désorganisés par les miliciens qui se sont jetés au sol pour éviter les balles. Après avoir rechargé leurs armes, les Britanniques avancent à travers la fumée pour tirer une nouvelle salve. Montcalm est touché au bras et à la cuisse sur sa monture qui est elle-même percée de trois balles. Il est fort possible que le général ait été atteint à ce moment par la mitraille d'un canon, comme le soutiendra le commandant de l'artillerie britannique, George Williamson[30].

C'est l'hécatombe au sein de l'état-major. Sur l'aile gauche, Fontbonne est mortellement blessé, tout comme Senezergues, projeté au sol par la mort de son cheval, sur la droite. Le brigadier de cinquante ans succombera à ses blessures le lendemain à bord d'un bâtiment de la Navy. « Je ne sais pas comment j'en suis revenu, écrit Malartic. Mon cheval y a reçu trois coups de fusil et c'est tout ce que j'ai attrapé[31]. » Wolfe observe le bain de sang à partir d'une petite hauteur située sur la droite britannique. Atteint d'une balle au poignet au début du combat, il en reçoit deux autres au moment de la charge française. La première se loge sous son nombril, tandis que la seconde lui transperce le poumon droit. On conduit le général à une centaine de mètres à l'arrière, où il meurt en quelques minutes[32].

Au milieu de la fumée, les soldats aperçoivent Montcalm couvert de sang. « Le bruit se répandit qu'il avait été tué, rapporte le milicien acadien Joseph Trahan, une panique suivit et nos soldats reculèrent[33]. » Foligné confirme ce témoignage : « Montcalm se trouvant blessé, notre troupe crut tout perdu ; elle abandonna aussitôt le champ de bataille[34]. » Selon Marcel, c'est le repli des miliciens du gouvernement de Québec déployés sur le chemin Sainte-Foy qui entraîne la débandade. L'auteur du *Journal tenu à l'armée* soutient le contraire : « La déroute ne fut totale que parmi les troupes réglées, écrit-il. Les Canadiens accoutumés à reculer à la manière des Sauvages, et des anciens Parthes, et à retourner ensuite à l'ennemi avec plus de confiance qu'auparavant se rallièrent en quelques endroits, et à la faveur des petits bois dont ils étaient environnés, ils forcèrent différents corps à plier. Mais enfin, il fallut céder à la supériorité du nombre[35]. »

D'après Bigot, l'armée française « aurait été entièrement détruite si 800 à 900 Canadiens ne se fussent jetés dans un petit bois qui est près de la porte Saint-Jean d'où ils firent un feu si nourri sur l'ennemi qu'il fut obligé de s'arrêter pour lui répondre[36] ». Johnstone évoque lui aussi cet acte de bravoure en réduisant toutefois le nombre de miliciens présents à 200. Ces hommes se seraient repliés dans la plaine du faubourg Saint-Roch au moment de la déroute avant de regagner le coteau Sainte-

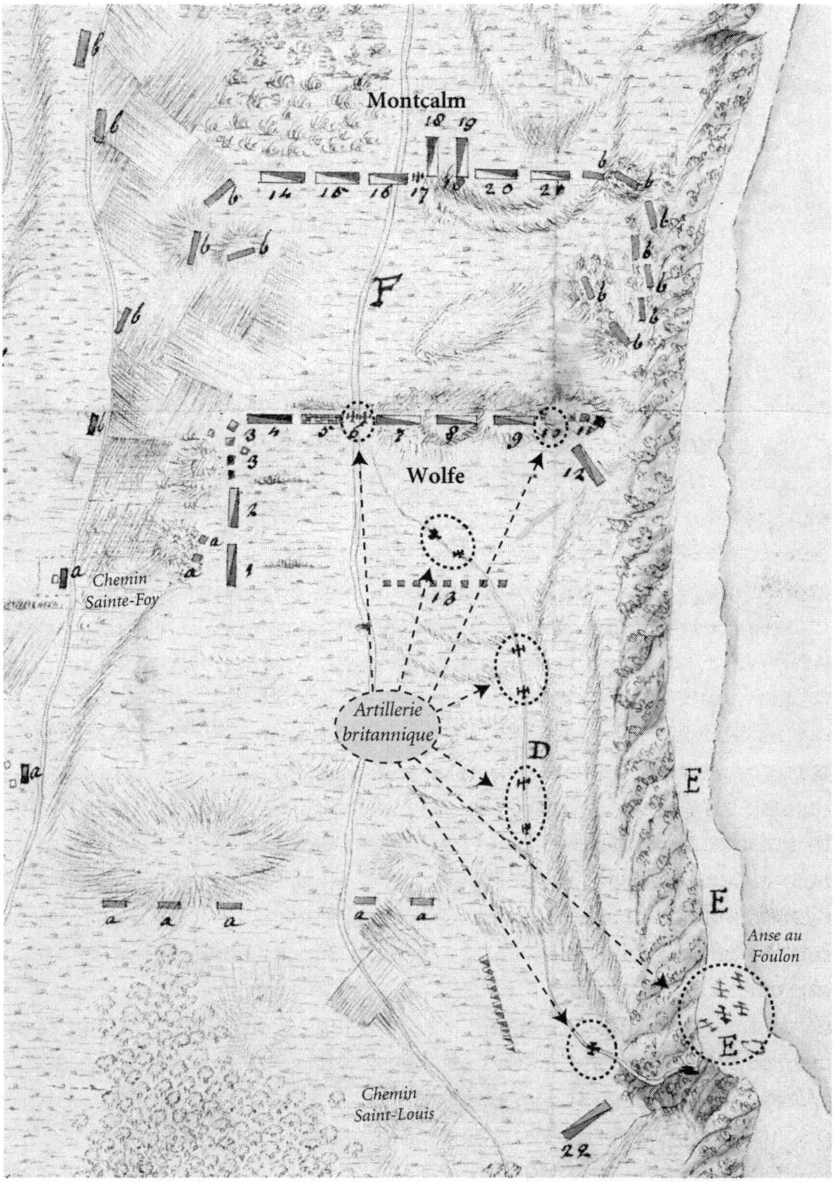

Wolfe est sur le point de recevoir des canons supplémentaires lorsque Montcalm se lance dans la bataille, comme l'illustre ce plan contemporain où l'on aperçoit l'artillerie britannique cheminant par le chemin du Foulon.
Source : Thomas Jefferys, *Plan of the Battle Fought on the Plains of Abraham, September the 13th 1759*, British Library.

Geneviève pour attaquer leurs poursuivants « avec une fureur incroyable, en gens désespérés[37] ». Pour Peter MacLeod, ce combat d'arrière-garde démontre la supériorité des habitants lorsqu'ils sont déployés à couvert. « La milice du Canada connut son heure de gloire », écrit-il en laissant entendre comme plusieurs autres avant lui que Montcalm aurait pu vaincre Wolfe s'il avait attendu les renforts de Bougainville en laissant les Canadiens tirailler à la manière des « anciens Parthes[38] ». L'ampleur de l'altercation du coteau Sainte-Geneviève est toutefois largement exagérée. « Nos troupes [...] ne furent heureusement poursuivies que par un détachement de volontaires, écrit Montbeillard, heureux dans cette cruelle disgrâce qu'ils ne profitassent pas de tous leurs avantages[39]. » L'auteur d'une autre relation conservée par La Pause le confirme : « Les ennemis ne poursuivirent pas vivement cette armée, ils se contentèrent d'envoyer après leurs Écossais et quelques grenadiers[40]. » Au terme du combat, les vainqueurs ne s'emparent ainsi que d'un canon embourbé dans une trouée marécageuse[41]. Les drapeaux régimentaires leur échappent, contrairement à ce que suggère Benjamin West dans son célèbre tableau[42].

Vaudreuil demeure en retrait de l'action, à proximité de l'ouvrage à cornes du camp de Beauport. Il ne franchit le pont de la Saint-Charles qu'au moment de la charge de Montcalm. « J'ai rallié [...] deux fois notre armée, mais j'ai reconnu la nécessité de céder le champ de bataille », écrit-il en soutenant avoir ramené plus d'un millier de miliciens sur les hauteurs. Sa version des faits est contestée par l'auteur de la relation retranscrite dans le journal de Lévis. Selon ce témoin, Vaudreuil est incapable de rallier les fuyards massés devant la porte Saint-Jean. Il s'y prend à trois reprises, affirme le capitaine Boishébert, des troupes de la Marine, en faisant appel à un prêtre, précise un troisième témoin[43]. D'après de Vienne, son arrivée en calèche aurait plutôt alimenté la panique[44].

Les soldats du 78e régiment écossais lancés à la poursuite des fuyards parcourent quelques centaines de mètres avant de se retrouver sous le feu des tirailleurs canadiens postés dans les bosquets du coteau Sainte-Geneviève. Les Highlanders sont une cible facile, ayant abandonné leurs fusils pour brandir leur épée à double tranchant. Ils sont toutefois rapidement secourus par les détachements des autres régiments britanniques qui entrent dans le faubourg Saint-Jean par le sud avant de descendre le coteau jusqu'à la boulangerie située en contrebas, où ils écrasent les tirailleurs canadiens. « Triste spectacle pour ceux qui regardaient des fenêtres de l'Hôpital général », rapporte Foligné[45]. Les miliciens postés dans l'ouvrage à cornes assistent également au massacre. « Cette brave milice [...] nous vit, avec douleur, hachés en morceaux sur les hauteurs, souffrant avec violence d'être des spectateurs de nos malheurs sans qu'il leur fût permis de traverser la rivière de Saint-Charles pour venir à notre secours », soutient Johnstone[46].

La calèche de Vaudreuil est emportée par le torrent des fuyards jusqu'à l'ouvrage à cornes, où le gouverneur est bientôt rejoint par Montbeillard. « Je trouvai près du pont M. le marquis de Vaudreuil qui haranguait M. le chevalier de Montreuil, rapporte l'officier d'artillerie. Celui-ci voulait rassembler nos débris à l'ouvrage qui couvrait le pont, et l'autre voulait, quelle idée !, mener quelques Canadiens effrayés à un nouveau combat, ou plutôt qu'on les y menât[47]. » Johnstone franchit le pont dans l'intervalle. « J'y trouvai une confusion et [un] désordre incroyables. Une épouvante et [une] consternation générales. M. de Vaudreuil écoutant tout le monde, toujours de l'avis de celui qui lui parlait le dernier. Point d'ordre donné avec réflexion et sang-froid[48]. » La panique atteint son paroxysme alors que les derniers Canadiens sont refoulés au bas du coteau Sainte-Geneviève. Le gouverneur est interpellé par deux capitaines du Béarn qui lui annoncent que l'ouvrage à cornes sera bientôt pris d'assaut et que tous ses occupants seront « passés au fil de l'épée ». Montreuil calme les esprits avec l'aide de Johnstone. « M'étant déjà trouvé dans les déroutes, la tête ne me tournait pas », écrit le vétéran de la rébellion jacobite[49].

Le combat d'arrière-garde des tirailleurs canadiens ne permet pas d'enrayer la poursuite britannique, finalement interrompue par les coups de canon des deux batteries flottantes échouées à l'entrée de la Saint-Charles[50]. Les bataillons de Montcalm ont trouvé refuge à l'abri de la clôture du faubourg Saint-Roch après avoir longé la face extérieure du rempart de la haute-ville. Ils y demeurent pendant près d'un quart d'heure avant de gagner le pont de la Saint-Charles en suivant le rivage. Les munitions entreposées dans une grange du faubourg sont transportées sur la rive nord de la rivière, tandis que Montbeillard fait avancer trois canons du camp de Beauport pour détruire le pont en cas d'attaque. En début d'après-midi, Bougainville débouche de la forêt de Sillery à la tête de son détachement de 800 combattants. Il se retire vers Sainte-Foy à l'approche de deux régiments britanniques menés par

Townshend. La bataille des plaines d'Abraham est terminée. Elle a fait près de 650 tués et blessés dans chaque camp. À cela s'ajoutent quelques centaines de prisonniers français et canadiens[51].

Les derniers moments

Montcalm est entraîné vers Québec par les fuyards qu'il tente de rallier. Il n'est plus très loin des habitations clairsemées du faubourg Saint-Louis lorsqu'il est atteint d'une dernière balle au dos. Le projectile mortel lui transperce les reins avant de ressortir par le bas-ventre en provoquant une perte de sang considérable. Il est possible que la balle ait terminé sa course dans la cuisse du général, dont les jambes sont en position relevée dans les étriers[52]. La douleur est insoutenable. Montcalm serait tombé de cheval sans le soutien de trois soldats qui accourent vers sa monture. Montbeillard aperçoit le marquis alors qu'il s'apprête à franchir la porte Saint-Louis, à bout de souffle, affaissé sur son cheval. On l'emmène à la maison du chirurgien Arnoux, dans le secteur le moins endommagé de la ville, au coin de la rue Saint-Louis et de la rue menant au monastère des Ursulines[53]. En dépit de la douleur, le général demeure conscient, jusqu'à sa mort, le lendemain matin, des suites d'une péritonite aiguë. « Les extrémités se refroidissent et ce n'est que quand le tronc est pris à son tour que le malade perd connaissance pour mourir », explique un médecin qui s'est penché sur son cas dans une série d'articles parus en 1940. C'est ce qui permet au général de dicter ses dernières missives à Marcel et de les signer sans tremblement[54].

En après-midi, Vaudreuil écrit à Montcalm pour lui demander conseil. Le mourant se contente de lui présenter les options disponibles, soit attaquer de nouveau, se retirer à l'entrée de la rivière Jacques-Cartier ou capituler pour toute la colonie. Le gouverneur réunit un conseil de guerre à la maison de Vienne pour trancher la question. En plus de Bigot et de Cadet, on y trouve Montreuil, Pontleroy, Dumas et les commandants des bataillons. Vaudreuil suggère de reprendre le combat le lendemain, à la pointe du jour, avec les restes de l'armée de Beauport et les forces de Bougainville repliées à L'Ancienne-Lorette. La proposition appuyée par Bigot est rejetée par les autres officiers, qui évoquent la fatigue et la dispersion des troupes. Ils redoutent surtout l'inexpérience du gouverneur, selon le notaire Courville. « Les plus sensés [sentirent] que M. de Vaudreuil n'était point en état de commander une armée, encore moins de donner et de faire les dispositions d'une bataille[55]. » Avec la perte de Montcalm et du brigadier de Senezergues, c'est au colonel de Bougainville que Vaudreuil aurait dû confier la direction des troupes. « Se replier a paru le seul parti militaire à prendre, la position du camp de Beauport devenant insoutenable. [La Saint-Charles] est gayable presque partout à basse mer et retranchée à la rive sur laquelle l'ennemi pouvait se porter dès le soir même », note le secrétaire du conseil de guerre, qui se termine à 18 h[56].

Vaudreuil écrit au chevalier de Lévis pour l'informer du désastre : « Nous ne sommes pas en état de prendre notre revanche dès ce soir. Notre armée est trop découragée et nous ne saurions la ranimer. Si nous attendons à demain, l'ennemi sera retranché dans une position inattaquable. Je ne puis ni ne consentirai jamais à capituler pour toute la colonie. Notre retraite devient donc indispensable, d'autant mieux que nous y sommes forcés par nos propres subsistances[57]. » Le gouverneur écrit également à Montcalm afin de lui révéler le résultat des délibérations. Le général approuve tout, répond Marcel à 22 h en précisant que son état ne s'est guère amélioré. Montcalm n'a plus d'ordre à donner, explique l'aide de camp à Ramezay lorsque ce dernier se présente à la porte de la maison Arnoux en soirée.

C'est vraisemblablement à la nouvelle du départ de l'armée française que Montcalm dicte sa dernière lettre de service, qui devra être remise au successeur de Wolfe au moment de la reddition. « Obligé de céder Québec à vos armes, j'ai l'honneur de demander à votre Excellence ses bontés pour nos malades et blessés. » Comme Eccles, MacLeod présume que cette missive sans date est parvenue à Townshend avant la capitulation, ce qui l'amène à critiquer son auteur, qui aurait voulu céder la ville en « faisant fi de l'autorité de Vaudreuil ». Rien ne prouve cependant que cette lettre conservée dans les papiers du brigadier britannique ait été envoyée avant le 18 septembre[58]. Elle ne témoigne pas non plus d'un pessimisme exagéré. Au moment de la rédaction de cette lettre par Marcel, la capitale n'est défendue que par les 800 hommes de la milice bourgeoise et les 350 soldats laissés sur place par Montreuil après la bataille. Ce millier d'hommes doit garder une vaste enceinte menacée par les quelque 4 500 soldats de Townshend, à l'ouest, et par les vaisseaux de Saunders, à l'est[59]. La ville est condamnée, comme le reconnaît Vaudreuil en prévenant Ramezay de ne pas pousser la résistance jusqu'à la dernière extrémité. Cela n'empêchera pas le gouverneur de désavouer son compatriote en l'accusant d'avoir rendu Québec précipitamment[60]. Contrairement à Montcalm, Ramezay aura la possibilité de se défendre en produisant un mémoire étoffé contredisant la version des faits de Vaudreuil.

L'évacuation du camp de Beauport débute à la tombée du jour. Avant d'abandonner leurs pièces, les artilleurs enfoncent des clous dans la lumière de mise à feu des canons afin de les rendre inutilisables. On laisse sur place les vivres et les munitions que les charretiers et les soldats ne peuvent pas emporter. L'armée remonte d'abord le chemin de la Canardière jusqu'à l'ouvrage à cornes avant de bifurquer au nord par la route de Charlesbourg. Elle s'expose ainsi aux attaques éventuelles des détachements britanniques postés au sud de la Saint-Charles. Il aurait pourtant été aisé de gagner Charlesbourg par les chemins de traverse de l'arrière-pays de Beauport. « Ce n'était pas une retraite, mais une fuite la plus abominable, se souvient Johnstone, une déroute même mille fois pire que celle du matin sur les hauteurs d'Abraham. » Selon l'aide de camp, les Britanniques auraient pu « hacher » l'armée française en dépêchant 300 soldats au nord de la Saint-Charles. Un détachement de 50 hommes aurait suffi, estime Montbeillard[61]. La troupe atteint néanmoins Charlesbourg le 14 septembre à 3 h du matin. Elle passe la Saint-Charles à la Jeune-Lorette avant de faire une pause au-delà de L'Ancienne-Lorette vers midi. Elle arrive à la Pointe-aux-Trembles à 17 h après avoir parcouru une cinquantaine de kilomètres[62]. Le lendemain, elle franchit une quinzaine de kilomètres supplémentaires jusqu'à l'entrée de la rivière Jacques-Cartier. Sa fuite est couverte par les troupes de Bougainville qui se sont repliées sur le chemin de la Suète avant de se retirer à Saint-Augustin. Montcalm est mort le 14 septembre à 5 h du matin.

CHAPITRE 14

Lévis, l'homme providentiel

La capitulation de Québec est signée au matin du 18 septembre 1759 alors que l'armée française, reprise en main par Lévis, marche vers la ville pour tenter d'en faire lever le siège. Les espoirs suscités par la manœuvre désespérée du chevalier ne se sont jamais vraiment dissipés. On dit d'ailleurs que Montcalm aurait remporté la bataille des plaines d'Abraham s'il avait pu compter sur les conseils de son brillant second. Lévis ne va-t-il pas défaire le même adversaire sept mois plus tard sur le même champ de bataille avec les mêmes troupes ?

Pour Frégault, « Lévis est le meilleur soldat de l'armée française d'Amérique[1] ». « Il se fit reconnaître comme l'un des meilleurs chefs militaires des deux côtés du conflit », renchérit MacLeod[2]. Selon l'historien Roger Michalon, il a « une ouverture d'esprit et des facultés d'adaptation qui manquent à Montcalm[3] ». L'incompétence du marquis aurait ainsi été mise à nu par le transfert de Lévis sur la frontière de Montréal le mois précédant la bataille fatidique du 13 septembre. Les tenants de cette thèse peuvent s'appuyer sur le témoignage des aides-majors La Pause et Malartic. « Après son départ tout fut négligé et rien prévu », soutient le premier. Le Canada ne serait pas tombé, ajoute le deuxième, si « Lévis y eût commandé en chef[4] ». Le successeur de Montcalm serait-il l'homme providentiel ?

Le second

François-Gaston de Lévis est né en 1719 au château d'Ajac, dans la province du Languedoc. Sa trajectoire militaire s'apparente à celle de son compatriote Montcalm. Les deux Méridionaux reçoivent leur baptême du feu sur le Rhin au cours de la guerre de Succession de Pologne (1733-1738). Promus capitaines au même âge, à dix-sept ans, ils se côtoient en Bohême au début de la guerre de Succession d'Autriche (1740-1748). Montcalm est toutefois muté en Italie dès 1743, tandis que Lévis ne rejoint ce théâtre d'opérations que trois ans plus tard après avoir combattu à Dettingen, en Bavière, sur le même champ de bataille que le jeune Wolfe. En Italie, le chevalier exerce les fonctions d'aide-major général des logis sous les ordres de son cousin, Gaston de Lévis-Mirepoix. Comme Montcalm, il participe à la bataille de Plaisance en 1746, dont il sort indemne, contrairement à son aîné. Promu colonel surnuméraire à vingt-huit ans, il en a trente-six lorsqu'il est nommé brigadier au sein de l'armée du Canada. Cette nomination est rendue possible par l'influence de Lévis-Mirepoix, ambassadeur de France à Londres dans l'entre-deux-guerres, entre 1749 et 1755.

Posté sur la frontière du lac Champlain à son arrivée en Amérique, au printemps 1756, Lévis y mène une campagne défensive pour couvrir l'attaque d'Oswego. Montcalm se dit satisfait de son travail : « Sans être homme de beaucoup d'esprit, il a une bonne pratique, du bon sens, du coup d'œil et quoique j'eusse servi avec lui [en Europe] je ne lui aurais pas cru tant d'acquis[5]. » À l'été de 1757, le chevalier prend la tête de l'avant-garde de l'armée chargée de la prise du fort William-Henry. Pendant le siège, il est responsable de l'interception des renforts du colonel Webb, lesquels demeurent toutefois campés sur l'Hudson. À la fin de la campagne, Vaudreuil suggère à la cour de nommer Lévis maréchal de camp pour ses services, ce qui le mettrait sur le même pied que Montcalm, dont il demeurerait le subordonné en raison de son ancienneté. Pour convaincre Versailles, le gouverneur souligne la popularité du chevalier auprès des miliciens et des alliés autochtones. « L'augmentation de grade de M. de Lévis ne pourrait que flatter les Canadiens et les Sauvages et faire en même temps impression sur nos ennemis[6]. »

La chute d'Oswego et de William-Henry inspire des projets de conquête à Lévis. « Comme chacun a son projet, permettez-moi de vous faire part du mien », écrit-il à son cousin devenu maréchal de France. Le plan du chevalier consiste à envoyer une « grosse escadre avec des troupes de débarquement sur les côtes de la Nouvelle-York ». Sur place, le commandant du corps expéditionnaire proposera « une alliance offensive et défensive » aux représentants de la colonie du fleuve Hudson. « Cette province, qui est dans son intérieur très mécontente et très fatiguée de la guerre et opprimée de toutes les incursions que nos partis font journellement dans tout le pays, pourrait fort bien accepter cette proposition, soutient Lévis. Elle pourrait encore y être forcée par les mouvements que nous pourrions faire en rassemblant toutes nos forces du Canada [sur l'Hudson]. » Ce projet utopique fait penser à la descente proposée par Montcalm dans les Carolines. À l'instar du marquis, le chevalier mise sur le ralliement des éléments étrangers des colonies britanniques. « Il y a une raison qui pourrait encore déterminer la Nouvelle-York à se mettre en république, qui est qu'ayant appartenu autrefois aux Hollandais, elle conserve toujours dans son intérieur l'esprit républicain et qu'il y a beaucoup d'habitants qui sont flamands ou allemands[7]. »

Lévis n'a pas eu l'occasion de s'illustrer au cours de ses deux premières campagnes américaines. Il obtient enfin sa chance en 1758 lorsque Vaudreuil lui confie l'armée chargée de la dévastation des établissements britanniques de la rivière Mohawk. La marche d'Abercromby sur Carillon l'oblige toutefois à gagner ce fort où il débarque à la veille du combat. Le chevalier n'est donc pas impliqué dans le choix du plateau retranché par Montcalm. Craignant d'être oublié par Versailles, il multiplie les missives. « Je vous supplie de vouloir bien vous ressouvenir que je ne suis venu dans ce pays-ci que pour y chercher et y mériter mon avancement militaire, écrit-il en 1756 au ministre de la Guerre ; j'ai sacrifié pour cela beaucoup d'agrément que je pouvais avoir en France, et même des emplois à la cour, dont j'étais très à portée[8]. » L'ambition du chevalier le pousse parfois à magnifier son rôle. Desandrouins le lui reproche au lendemain de la bataille de Carillon : « Lévis a voulu se faire honneur d'une prétendue sortie qui n'a jamais eu lieu, et l'ayant débité à tout le monde [il] a jeté en grande erreur tous ceux qui n'étaient pas précisément avec lui[9]. »

La victoire de Carillon permet aux principaux officiers présents lors du combat de monter d'un grade, à commencer par Lévis, maréchal de camp à trente-neuf ans. Contrairement à ce que soutient Eccles, il ne participe pas directement à l'élaboration du système défensif de Québec, dont les grandes lignes sont tracées par Montcalm avec l'aide de l'ingénieur Pontleroy, du capitaine d'artillerie Montbeillard et du capitaine de port Pellegrin. Lévis n'intervient qu'à la toute fin du processus en faisant ajouter deux redoutes à la ligne de Beauport, entre la pointe de Lessey et la rivière Montmorency, dans un secteur que Montcalm comptait défendre à l'aide d'un corps léger de 2 000 miliciens et guerriers. Cette modification tardive ne change pas les principes fondamentaux du système basé sur la défense des battures de la rive nord du bassin de Québec. Lévis laisse davantage sa marque en élaborant l'ordre de bataille que l'armée devra suivre dans l'arrière-pays si l'ennemi perce la ligne de Beauport. À l'instar de Montcalm, le chevalier envisage pendant un instant de livrer bataille sur la Saint-Charles. Il prévoit lui aussi l'abandon de la capitale dès qu'il ne sera plus possible de tenir les retranchements érigés le long de ce cours d'eau.

Posté à la gauche du camp de Beauport à compter de la fin de juin 1759, Lévis est responsable du repérage et de la surveillance des gués sur la Montmorency. « Il était assuré qu'il n'y en avait pas, affirme son aide de camp Johnstone, puisqu'il avait été lui-même pour reconnaître cette rivière jusqu'à un lac et marais, à deux ou trois lieues en avant dans les bois. » Un Canadien lui signale cependant l'existence d'un gué méconnu permettant de franchir la Montmorency à mi-jambe. « Mais l'habitant, ayant été interrogé un peu brusquement par M. de Lévis, s'énonça d'une voix si intimidée et tremblante que M. de Lévis ne put se persuader qu'il s'était trompé dans ses observations[10]. » Montcalm semble faire référence à ce gué dans une lettre au chevalier qu'il dicte à son retour d'une tournée d'inspection à la gauche du camp, le 14 juillet : « Je vous préviens que M. Rimbaud n'était pas bien placé hier ; il était à un tournant et avait négligé de se mettre vis-à-vis un gué où toutes les femmes de l'Ange-Gardien ont passé[11]. » Le chevalier est également blâmé lors de la grande escarmouche du 26 juillet sur les hauts de la Montmorency. « Lévis ne voulut jamais prendre sur lui de faire marcher sans en avoir reçu l'ordre de M. de Vaudreuil, observe l'auteur du *Journal tenu à l'armée,* qui déplore cet excès de prudence. Toute l'armée regretta la perte d'une si belle occasion[12]. » C'est en vain que Montcalm lui a proposé d'engager une « affaire de bois » avec la quasi-totalité des forces du camp le 9 juillet précédent pour mettre un terme à la campagne sur le théâtre d'opérations de Québec : « Nous n'avons que trois partis à prendre [pour attaquer] et pourvu que vous et moi soyons d'accord, je déterminerai M. le marquis de Vaudreuil à celui que nous voudrons, écrivait alors Montcalm à Lévis. Après quoi il en arrivera ce qui plaira à Dieu[13]. »

Muté à Montréal au début du mois d'août, le chevalier n'a pas à gérer la décroissance des effectifs de Montcalm provoquée par le départ graduel des guerriers et la désertion des miliciens qui regagnent leurs champs pour les récoltes. Il n'assiste pas non plus à l'effondrement moral des troupes découlant d'un rationnement accru qui pousse les hommes affamés à piller les fermes de l'arrière-pays de Beauport et à défoncer les caves de Québec. Au contraire, les armées du Richelieu et du Haut-Saint-Laurent aux ordres de Lévis disposent de meilleures rations bien qu'elles ne soient pas en contact direct avec l'ennemi[14]. Pendant que Montcalm observe les manœuvres contradictoires de Wolfe, le chevalier supervise les récoltes du gouvernement de Montréal et la construction d'un fort qui portera son nom sur l'île d'Orakointon, en amont des rapides du Haut-Saint-Laurent. À la fin d'août, il se rend sur les ruines de l'ancien fort Frontenac. « J'ai été bien aise de reconnaître par moi-même cette partie que je ne connaissais pas. » Lévis en profite pour rappeler aux commandants des deux navires de guerre du lac Ontario de croiser entre Oswego et Niagara pour nuire aux communications de l'ennemi. « C'est tout ce que je puis faire dans cette partie[15]. »

Lévis effectue des tournées à l'île aux Noix, dans la partie sud du Richelieu, où son « opiniâtreté » entraîne des frictions avec le brigadier Bourlamaque, lui-même reconnu pour son impétuosité[16]. Montcalm doit écrire au chevalier à la fin du mois pour lui recommander « d'agir vis-à-vis de Bourlamaque comme vous voudriez qu'un lieutenant-général en agît vis-à-vis de vous, s'il venait dans un poste que vous eussiez arrangé ». Lévis demeure campé sur ses positions. « Bourlamaque a de l'humeur, il m'écrit froidement. Il faut bien qu'il s'accoutume à trouver sur son chemin des maréchaux de camp, comme je trouverai sur le mien des lieutenants généraux[17]. » Excédé, le brigadier demande son transfert à Québec, ce que refuse Vaudreuil en évoquant le risque d'une invasion simultanée par le Richelieu et le Haut-Saint-Laurent.

Montcalm aurait aimé pouvoir compter sur Bourlamaque à Québec en 1759. Ce rude officier est l'homme de confiance du marquis. À son arrivée au Canada, le général lui a confié la direction des tranchées de siège à Oswego et à William-Henry. Il a ensuite placé ce vétéran à la tête des troupes les plus exposées sur le retranchement de Carillon, où il fut gravement blessé à l'omoplate[18]. « Je doute qu'il puisse faire campagne l'année prochaine, écrit Montcalm à la fin de 1758, c'est dommage, il n'y a ni assez d'officiers supérieurs, ni assez d'ingénieurs, ni assez de troupes, ni assez de canonniers[19]. » Promu brigadier à trente-six ans, Bourlamaque reprend le service en dépit de la douleur. Il exerce son premier véritable commandement indépendant en 1759 en dirigeant le repli de l'armée du lac Champlain de Carillon jusqu'à l'île aux Noix, sur le Richelieu. Le manque d'agressivité d'Amherst au sud ne lui permet pas de s'illustrer davantage. Il se signalera finalement l'année suivante en menant l'avant-garde de Lévis à travers les marais de la Suète jusqu'aux plaines d'Abraham, où il sera renversé par un boulet. Porté sur un brancard, il supervisera la retraite d'une partie de l'armée sur la rivière du Cap-Rouge au terme du siège. En 1763, le brigadier couvert de cicatrices est nommé maréchal de camp et gouverneur de la Guadeloupe, où il décède un an plus tard.

Bourlamaque demeure aujourd'hui un officier de l'ombre. On ne lui connaît aucun portrait, à l'instar du brigadier de Senezergues, qui est de toutes les opérations dirigées par Montcalm en Amérique, du siège d'Oswego à la bataille des plaines d'Abraham, où il est mortellement fauché par les balles britanniques[20]. Il en va bien autrement de Lévis, dont la statue orne la façade du parlement québécois depuis la fin du XIXe siècle. En 2013, on a fait une copie de huit pieds de haut de cette œuvre du sculpteur Louis-Philippe Hébert pour l'installer sur les falaises de la ville de Lévis, en face de Québec. Outre ses indéniables talents de meneur d'hommes, le successeur de Montcalm a bénéficié d'un concours de circonstances lui assurant une place de choix dans la mémoire de la Conquête.

Le diplomate

Lévis est prévenu de la déroute des plaines d'Abraham par une lettre de Vaudreuil qu'il reçoit le 15 septembre 1759 à Montréal. Le nouveau commandant des troupes de terre du Canada se dit ébranlé par la mort de son « ami » : « Comme je n'ai pas les mêmes talents qu'avait M. de Montcalm, je compte mon cher Bourlamaque que vous voudrez bien me seconder et me donner vos avis », écrit-t-il humblement quelques jours plus tard[21]. À la demande du gouverneur, Lévis se met en route pour rejoindre l'armée française repliée à l'entrée de la rivière Jacques-Cartier. Le chevalier à l'intention d'attaquer les forces britanniques s'il entrevoit une faille dans leur camp retranché des plaines d'Abraham. À défaut de faire lever le siège de Québec, Lévis tentera à tout le moins d'évacuer la garnison de Ramezay à marée basse par l'embouchure de la rivière Saint-Charles, qui permet encore de communiquer avec la ville. Il essaiera ensuite de détruire ce qu'il reste des ruines de Québec pour empêcher les Britanniques d'y passer l'hiver.

Lévis quitte Montréal au cours des heures qui suivent la réception de la lettre de Vaudreuil, au moment où les officiers de la milice bourgeoise de Québec pressent Ramezay de remettre les clés de la capitale aux assiégeants. « N'y a-t-il donc pas tout lieu de craindre, à tout moment, que l'ennemi puissant en nombre, soit par force ou par ruse, ne se trouve dans le cœur de la ville, le fer à la main, [pour] immoler sans distinction de qualité, d'âge et de sexe tout ce qui se présentera sous ses coups ? » demandent les bourgeois. Leur requête n'est pas uniquement motivée par les intérêts matériels. Elle vise d'abord à éviter une catastrophe humanitaire dans une ville déjà en ruine : « Quelle dure condition de tomber sous le joug de l'ennemi en lui demandant à manger le jour de sa soumission, dans le temps qu'il est lui-même peut-être réduit à se [rationner] », ajoutent les citadins[22]. Pour économiser les vivres, Ramezay envoie un émissaire à Townshend ce jour-là afin de lui demander de laisser sortir les femmes et les enfants de la ville, ce que lui refuse le général britannique[23].

Le commandant de Québec réagit à la demande des bourgeois en tenant un conseil de guerre réunissant les principaux officiers des troupes de terre et de la Marine de la garnison. « Je montrai les ordres que j'avais reçus de M. le marquis de Vaudreuil ; on y vit ce qu'il m'y prescrivait, c'est-à-dire de ne point attendre l'assaut, mais de demander à capituler sitôt que je manquerais de vivres[24]. » Les officiers présents recommandent la reddition, à l'exception du capitaine d'artillerie Jacau de Fiedmont, qui propose de réduire davantage les rations afin de prolonger le siège. Ramezay reporte sa décision après avoir reçu une lettre de Vaudreuil lui annonçant l'arrivée prochaine d'un convoi de vivres par l'embouchure de la rivière Saint-Charles. Le 16 septembre, il envoie un détachement à Beauport et à Charlesbourg pour récupérer les tentes et les vivres abandonnés par l'armée trois jours plus tôt. Il ne reste toutefois plus rien dans les entrepôts pillés par les habitants. À son retour à Québec, le commandant du détachement prévient Ramezay que le gros des forces de Vaudreuil se trouve toujours à l'entrée de la rivière Jacques-Cartier, à une cinquantaine de kilomètres à l'ouest des remparts. Le corps d'armée de Bougainville est posté juste un peu plus près, à la Pointe-aux-Trembles. Quant à Lévis, il est en aval des Trois-Rivières où il croise l'ingénieur Pontleroy, chargé par le gouverneur de désigner une position de repli « en arrière de Jacques-Cartier où on ne se croyait pas en sûreté[25] ».

Lévis rejoint Vaudreuil au matin du 17 après avoir rallié les fuyards rencontrés sur sa route. Faute de vivres, le départ de l'armée vers Québec est reporté au lendemain. Seul le détachement de Bougainville se met en marche ce jour-là, précédé par la centaine de cavaliers de La Rochebeaucourt, qui entrent dans Charlesbourg en début d'après-midi. Ne pouvant franchir la Saint-Charles par le pont de l'ouvrage à cornes, ils attendent la marée basse du soir pour gagner le faubourg du palais de l'intendant, à gué. Bougainville atteint L'Ancienne-Lorette à la tombée du jour. Le bras droit de Ramezay, Bernetz, lui a écrit un peu plus tôt :

> Tous les miliciens sont sans courage et sans volonté, la plupart ont jeté leurs armes. Les batteries sont presque sans servants, une désertion affreuse, plus de vivres à peine pour quatre jours. Le peuple, les enfants crient famine. Au fait, je ne vois de vrai remède à ceci que de jeter dès ce soir dans la ville 300 hommes de troupes réglées pour réchauffer les cœurs des habitants sur lesquels il n'est plus possible de compter. Opérez au plus tôt un remède, sans quoi M. de Ramezay ne veut pas se laisser emporter d'assaut et sacrifier le peuple[26].

En après-midi, Saunders a fait avancer quelques vaisseaux aux abords de la basse-ville pour accentuer la pression. Townshend a également dépêché une colonne de soldats à proximité du faubourg Saint-Roch. « Les officiers des milices vinrent me trouver et me déclarèrent qu'ils n'étaient point d'humeur à soutenir un assaut, écrit Ramezay, qu'ils savaient même que j'avais des ordres contraires et qu'ils allaient reporter leurs armes au magasin, afin que l'ennemi qui allait entrer, les trouvant sans armes, ne les passât pas au fil de l'épée. »

Ramezay fait hisser un drapeau parlementaire le 17 septembre en fin d'après-midi. Il envoie ensuite un officier à Townshend pour négocier les conditions de la capitulation[27]. Il est trop tard lorsque les cavaliers de La Rochebeaucourt entrent dans Québec un peu avant minuit avec une vingtaine de sacs de biscuits mouillés et une promesse de renforts[28]. Ramezay s'engage néanmoins à rompre les négociations si Townshend refuse d'accorder les articles qu'il juge les plus importants. Lévis quitte le camp de la rivière Jacques-Cartier avec son armée le 18 septembre au lever du jour. Le détachement de Bougainville est sur le point d'arriver dans Charlesbourg lorsque la reddition de Québec entre en vigueur, au 84e jour du siège[29].

On ignore ce que Lévis aurait fait si la capitale avait résisté 48 heures de plus. En pressant le pas, le chevalier aurait vraisemblablement atteint les abords de la ville dans la journée du 19 septembre. Dans l'intervalle, Bougainville se serait jeté dans Québec avec un gros détachement. Selon Eccles, les Britanniques auraient été contraints de lever le siège[30]. Rien n'est moins sûr : Townshend est à la tête d'une armée de plus de 4 000 soldats qui sera bientôt renforcée par les 1 600 hommes du major Scott rappelés de la côte du Sud, dont ils dévastent les fermes depuis le début du mois. Le successeur de Wolfe peut également faire appel à une partie des forces laissées aux camps de l'île d'Orléans et de la pointe de Lévis. Son armée est solidement retranchée sur le promontoire de Québec, où elle dispose d'un parc d'artillerie imposant qui est sur le point d'ouvrir le feu sur les remparts de la haute-ville[31]. Le moral des troupes britanniques est galvanisé par leur récente victoire. Il en va tout autrement de Lévis, qui ne peut compter que sur une armée oscillant entre 5 000 et 7 000 hommes en tenant compte des pertes encourues le 13, des désertions qui ont suivi et des détachements laissés à l'arrière sur sa ligne de ravitaillement[32]. « J'ai su qu'on n'avait pas été fâché d'apprendre à l'armée que j'avais capitulé [...], écrit Ramezay. Cette armée n'était point encore trop bien revenue de ses alarmes. Elle n'avait pas osé faire face à l'ennemi avant qu'il se fût retranché et devais-je espérer qu'elle viendrait l'attaquer dans un camp fortifié, et où il y avait déjà une artillerie formidable[33] ? »

Lévis est prévenu de la reddition le 19 alors qu'il atteint Saint-Augustin. Il regagne donc le camp de la Jacques-Cartier dont l'embouchure est fortifiée pour faire office de poste-frontière. Tout semble perdu le 11 octobre lorsque l'armée d'Amherst quitte soudainement le sud du lac Champlain à bord d'une flottille de bateaux escortée par trois navires de guerre. À l'approche de cette escadre, la goélette française qui patrouille le plan d'eau s'échoue sur la côte, tandis que les trois chébecs qui l'accompagnent se sabordent après une canonnade. Cependant, contre toute attente, Amherst regagne ses bases le 23 au moment où son avant-garde allait atteindre l'île aux Noix. « La consternation était générale dans la colonie, rapporte Lévis, les habitants, qui étaient retournés chez eux après l'affaire de Québec et qu'on avait renvoyés, s'excusaient de [leur refus de] marcher, disant qu'ils étaient malades[34]. » Le chevalier n'aurait pas pu tenir le poste de la Jacques-Cartier tout en défendant le Richelieu si le corps expéditionnaire britannique de Québec était sorti des remparts pour appuyer la manœuvre d'Amherst. Sa carrière de général en chef aurait connu une fin abrupte.

Pour l'abbé Casgrain, la mort de Montcalm marque le début de la bonne entente entre le gouverneur de la Nouvelle-France et le commandant des troupes de terre. « Toute division disparut, [Lévis] s'entendit parfaitement avec Vaudreuil et lui prêta le plus entier concours. Grâce à cette parfaite entente, les débris de l'armée furent réorganisés, les Canadiens coururent sous les drapeaux ; et dès le printemps de 1760, Lévis put marcher à l'ennemi et gagner l'éclatante victoire de Sainte-Foy[35]. » Montcalm et Vaudreuil se sont pourtant relativement bien entendus en 1759, au cours de leur unique campagne menée en commun. Leurs principaux différends concernent le retrait des frégates de Sillery vers Deschambault et la gestion des batteries de Québec. « Si M. le marquis de Vaudreuil et moi eussions accédé aux impatiences et raisonnements du public, la colonie n'existerait plus », écrit Montcalm à la fin d'août[36]. Leurs lettres adressées à Bougainville ne permettent pas d'entrevoir de conflits majeurs. En septembre, c'est d'un commun accord qu'ils retirent le bataillon de Guyenne des plaines d'Abraham pour le poster dans la plaine de la Canardière. Vaudreuil appuie également la manœuvre de Montcalm au matin du 13 en faisant presser le pas aux troupes. Il lui demande d'ailleurs conseil après le combat des plaines[37]. Leurs rapports se sont visiblement détendus au cours des semaines passées au bivouac à proximité de l'ennemi. Leur rivalité ne semble pas avoir été plus dommageable que celle qui a opposé Wolfe à ses brigadiers et aux officiers de la Navy.

Lévis est-il vraiment le modèle de l'officier circonspect ? « Pour se former un jugement impartial, il faut lire à côté du journal de Montcalm celui du chevalier de Lévis, toujours écrit avec sang-froid », affirme l'abbé Casgrain[38]. La confrontation des deux documents ne signifie pourtant pas grand-chose, Montcalm n'ayant pas eu l'occasion de faire le ménage dans ses papiers. Sa mort au champ d'honneur a plutôt favorisé la conservation et la diffusion de ses missives les plus intimes. Décédé en 1787, à la veille de la Révolution française, Lévis a eu largement le temps de purger ses archives des lettres cinglantes qui devaient s'y trouver[39]. « Il fit [...] transcrire avec grand soin son journal et sa correspondance, observe Casgrain, rangea par dates les lettres des principaux personnages avec qui il avait été en relation pendant son séjour au Canada et fit relier le tout avec un soin et même un luxe qui indiquent l'importance qu'il y attachait[40]. » Le chevalier, qui est fait duc sous le règne de Louis XVI, en 1784, a visiblement effectué un tri dans ce qu'il voulait laisser à la postérité. « On regrette que les réponses de Lévis, écrites sur le même ton [que Montcalm], n'aient pas été conservées », reconnaît l'abbé[41]. Sur les 186 lettres du chevalier retracées par Casgrain, on n'en dénombre que quatre adressées à Montcalm. Cet échantillon ne permet pas de procéder à l'analyse psychologique du vainqueur de la bataille de Sainte-Foy[42].

Le héros

Le Canada est au bord de l'effondrement lorsque Lévis succède à Montcalm. C'est ce qui lui permet d'imposer ses vues à un gouverneur ébranlé par la déroute des plaines d'Abraham et par sa retraite humiliante jusqu'à la rivière Jacques-Cartier. En 1760, Vaudreuil demeure à Montréal tout au long de la campagne, ce qui réduit les risques de frictions entre le représentant du roi et le commandant des troupes de terre. L'unique stratégie envisageable consiste à marcher sur Québec avant que les forces britanniques de l'Hudson ne convergent vers Montréal à partir des lacs Ontario et Champlain. Lévis veut prendre position sur les plaines d'Abraham afin d'être prêt à bombarder la ville dès l'arrivée de l'artillerie lourde et des renforts de France, attendus à la fonte des glaces.

Pour exécuter son projet, le chevalier peut compter sur la quasi-totalité des soldats de la colonie : les compagnies franches de la Marine sont rassemblées au sein de deux bataillons temporaires évoluant aux côtés des huit unités des troupes de terre. Ce corps de 4 000 soldats est divisé en cinq brigades de deux bataillons chacune, auxquelles s'ajoutent les meilleurs miliciens de Montréal et des Trois-Rivières, pour un total de 7 000 hommes. Les Canadiens incorporés dans les bataillons sont rassemblés dans des compagnies d'infanterie indépendantes pouvant être détachées de leur unité à tout moment pour combattre en tirailleurs aux côtés des quelque 250 guerriers amérindiens qui accompagnent l'armée. Ces formations mixtes sont rendues possibles par le nombre important de soldats réguliers aux ordres de Lévis. En 1759, Montcalm aurait difficilement pu diluer de la sorte les rares unités d'infanterie lourde dont il disposait pour combattre en terrain découvert.

La garnison britannique de Québec est passée sous le commandement du brigadier Murray en octobre 1759 avec le départ de Monckton et de Townshend à bord de la flotte de Saunders. Les quelque 7 000 combattants laissés dans la ville en ruine sont décimés dans le courant de l'hiver par le scorbut, la fièvre et la dysenterie. Ces fléaux emportent près de 700 soldats, tandis que 2 000 autres sont trop affaiblis pour combattre. Murray ne peut donc compter que sur un peu plus de 4 000 hommes au printemps de 1760[43]. Lévis quitte Montréal le 20 avril. Sa flottille de bateaux se fraie un chemin à travers les glaces du Saint-Laurent jusqu'à Saint-Augustin, où les troupes débarquent le 26. En l'absence de la Royal Navy, il n'est pas nécessaire de laisser de gros détachements pour protéger les communications le long de la rive nord, d'autant que l'armée française peut compter sur la vigilance des deux frégates royales, *L'Atalante* et la *Pomone,* qui ont passé l'hiver à Sorel. La seconde est toutefois désarmée pour servir de transport. Quant aux autres navires de guerre armés par le munitionnaire Cadet, ils ont profité du départ de la flotte de Saunders pour regagner la France en passant sous le feu des canons britanniques de Québec en novembre 1759.

Murray a établi trois avant-postes retranchés sur les hauteurs de Cap-Rouge, à l'église de Sainte-Foy et à celle de L'Ancienne-Lorette. Bourlamaque marche vers le troisième à la tête de l'avant-garde française. Ses éclaireurs le préviennent du repli des Britanniques du poste de Lorette sur celui de Sainte-Foy. Le brigadier en profite pour franchir la rivière du Cap-Rouge par le nord en empruntant deux ponts demeurés intacts. Il traverse ensuite les marais de la Suète par une chaussée de bois avant de prendre position dans la forêt située au pied du promontoire de Sainte-Foy. La nuit venue, Lévis franchit à son tour la rivière du Cap-Rouge avec le gros de l'armée. À la lumière des éclairs, ses sapeurs se jettent à l'eau sous une pluie battante pour réparer les ponts emportés

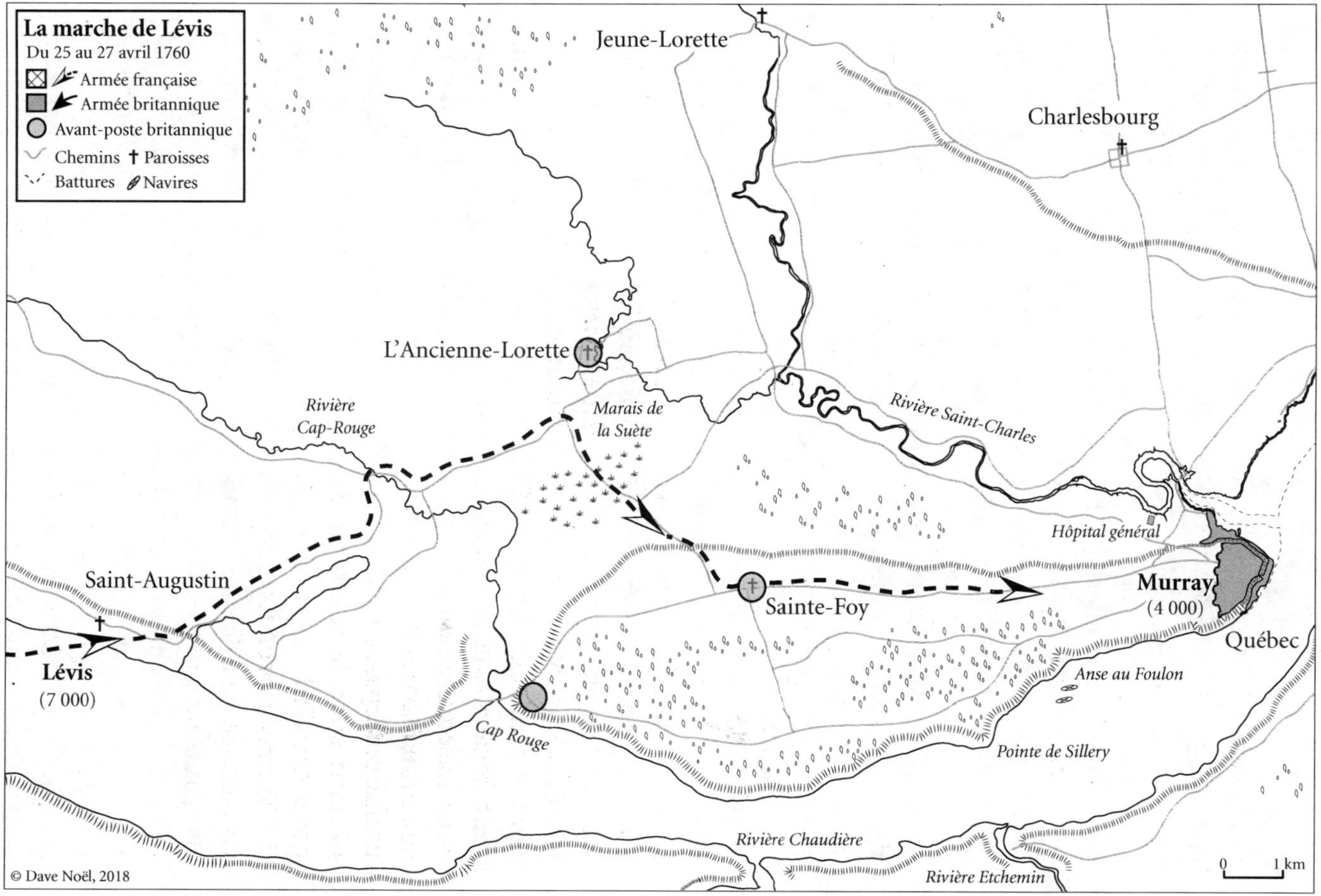
La marche de Lévis
Du 25 au 27 avril 1760
Armée française
Armée britannique
Avant-poste britannique
Chemins
Paroisses
Battures
Navires
Jeune-Lorette
Charlesbourg
L'Ancienne-Lorette
Rivière Cap-Rouge
Marais de la Suète
Rivière Saint-Charles
Hôpital général
Saint-Augustin
Sainte-Foy
Murray
(4 000)
Québec
Lévis
(7 000)
Cap Rouge
Anse au Foulon
Pointe de Sillery
Rivière Chaudière
Rivière Etchemin
0
1 km
© Dave Noël, 2018

par le courant. Les troupes détrempées passent la nuit dans les granges de L'Ancienne-Lorette. Aux premières heures du 27 avril, elles rejoignent l'avant-garde de Bourlamaque au-delà des marais de la Suète. Lévis y attend ses canons en observant l'église et les habitations de Sainte-Foy défendues par les soldats de Murray. L'ascension du promontoire sous la mitraille de l'artillerie britannique serait suicidaire. Le chevalier compte plutôt gagner le sommet de l'escarpement en longeant le bas du coteau à la nuit tombée.

Redoutant une manœuvre de contournement, Murray se retire vers Québec après avoir dynamité l'église de Sainte-Foy. Lévis prend possession de ses ruines en milieu d'après-midi avant de lancer son avant-garde à la poursuite des Britanniques. L'obscurité met un terme à la chasse. Le chevalier fait camper ses troupes sur cinq kilomètres, le long du chemin Sainte-Foy, entre l'église dévastée et le débouché de la forêt de Sillery, contre l'avis de Bourlamaque qui voudrait masser l'armée à proximité des plaines d'Abraham. « On ne crut pas que l'ennemi osât sortir [de Québec], et elle [l'armée] resta, écrit le brigadier. En effet, il n'y avait pas d'apparence, et tout le monde était las et mouillé[44]. » Le lendemain matin, Murray quitte l'enceinte de la ville pour marcher sur les plaines d'Abraham à la tête de 4 000 combattants. Il déploie ses hommes non pas sur les buttes à Neveu, le « centre de résistance naturel » dépeint par MacLeod, mais sur les hauteurs défendues par Wolfe sept mois plus tôt[45]. Le commandant britannique y aligne un train d'artillerie de 22 canons devant lui permettre de balayer le vaste pâturage couvert de plaques de neige et de flaques d'eau. L'armée française émerge lentement de la forêt de Sillery par le chemin Sainte-Foy. À la tête de l'avant-garde, Bourlamaque dirige les six premiers bataillons disponibles sur sa droite afin de les poster de part et d'autre du chemin Saint-Louis, où il prend possession de deux redoutes britanniques abandonnées. Il mène les deux bataillons suivants, ceux de La Sarre et de Béarn, sur son flanc gauche sous la protection d'un corps de 250 grenadiers postés 500 mètres en avant, à proximité du moulin Dumont et de ses dépendances.

Murray veut écraser son adversaire avant qu'il n'ait eu le temps de compléter sa ligne de bataille, ce qui l'amène à abandonner les hauteurs pour attaquer le chevalier de Lévis. Ce dernier rejoint Bourlamaque après avoir fait presser le pas aux troupes sur le chemin Sainte-Foy. Inquiet pour sa droite, Lévis ordonne le repli de l'ensemble de ses bri-

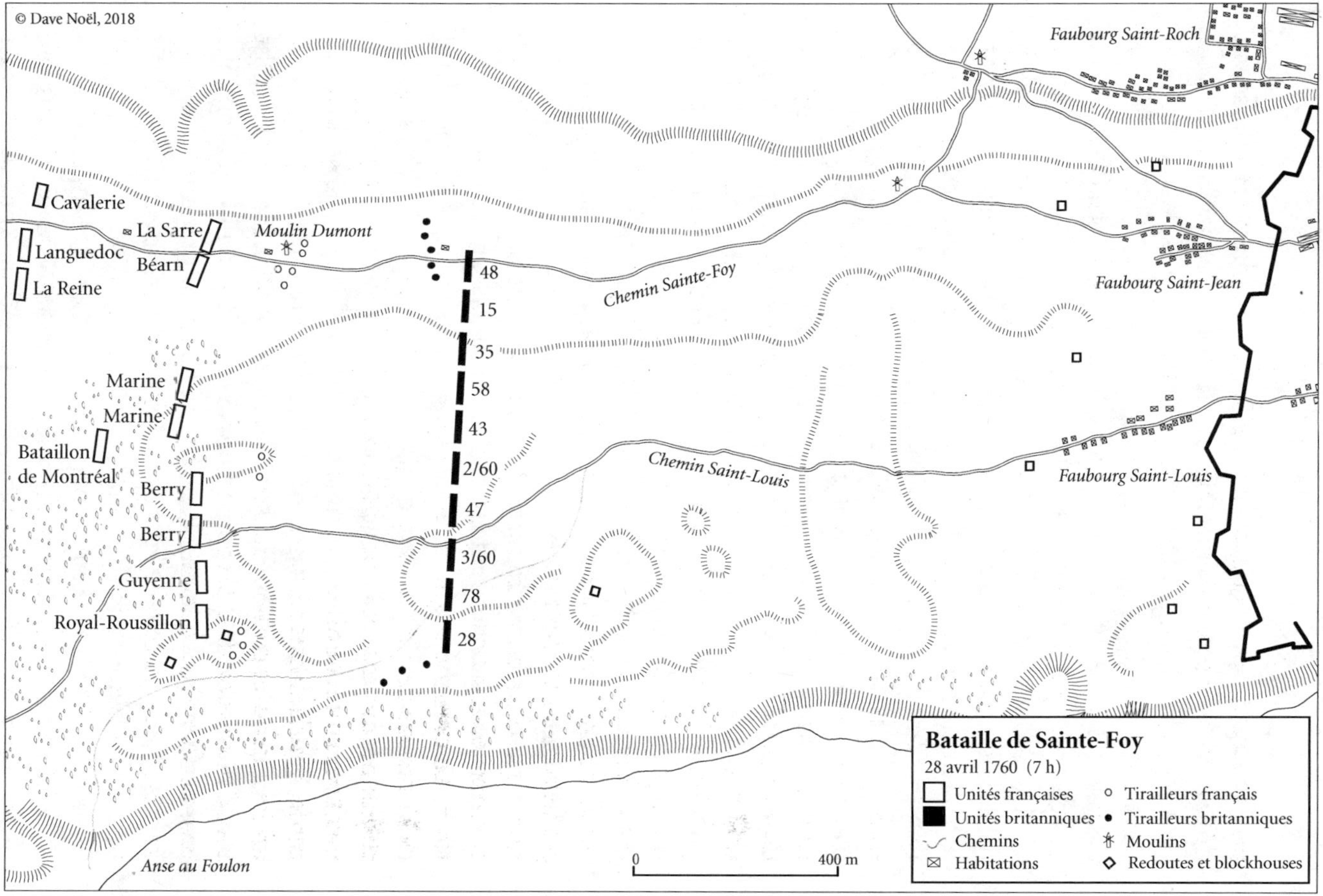

© Dave Noël, 2018
Faubourg Saint-Roch
Faubourg Saint-Jean
Faubourg Saint-Louis
Cavalerie
La Sarre
Languedoc
Béarn
La Reine
Moulin Dumont
Chemin Sainte-Foy
Chemin Saint-Louis
48
15
35
58
43
2/60
47
3/60
78
28
Marine
Marine
Bataillon
de Montréal
Berry
Berry
Guyenne
Royal-Roussillon
Anse au Foulon
0
400 m
Bataille de Sainte-Foy
28 avril 1760 (7 h)
Unités françaises
Unités britanniques
Chemins
Habitations
Tirailleurs français
Tirailleurs britanniques
Moulins
Redoutes et blockhouses

gades jusqu'à l'entrée de la forêt de Sillery, à l'ouest. « Le bois était impraticable, je le savais et [je] n'avais pas voulu y mettre les troupes », écrit Bourlamaque, qui exécute néanmoins les ordres de son supérieur sur le flanc gauche. Le brigadier évacue le moulin Dumont sous un barrage de feu lorsqu'un boulet lui arrache une partie du mollet en tuant son cheval au passage.

La mise hors de combat de Bourlamaque crée un flottement au sein des bataillons de La Sarre et de Béarn. L'aide-major Malartic supervise le repli de ces deux unités. « Affligé » par l'ordre de Lévis, cet officier est prévenu du danger imminent par un capitaine de son régiment : « Si nous faisons demi-tour à droite, les ennemis nous suivent et nous battent. Marchons à eux sans tirer et nous les battrons ! » Malartic poursuit tout de même la manœuvre. Il avance d'une quinzaine de pas au-devant de sa brigade pour exécuter l'ordre de son supérieur lorsqu'il est rejoint par Jean d'Alquier, le lieutenant-colonel du Béarn : « Major, je prends sur moi de contrevenir à l'ordre du général. Profitons de l'ardeur de nos soldats. Ne tirons pas et tombons sur l'ennemi avec la baïonnette et nous le vaincrons[46] ! » La charge menée à l'initiative du vétéran de soixante-cinq ans refoule les Britanniques au-delà du moulin et de la maison Dumont, dont les défenseurs sont passés à l'arme blanche. Cette version des faits est corroborée par l'auteur d'une autre relation : « Les brigades de la gauche ayant été quelques instants sans recevoir d'ordre prirent d'elles-mêmes le parti d'aller joindre les grenadiers [français] et de s'emparer de cette maison qu'ils avaient abandonnée. Elles s'ébranlèrent sous le feu d'artillerie et de mousqueterie le plus meurtrier et sans être formées[47]. » En constatant le succès de l'attaque, Lévis se dirige du centre vers la droite de son armée, où le lieutenant-colonel Poulhariez mène sa brigade à l'assaut du flanc gauche britannique. Murray organise une contre-offensive. Il reprend possession du moulin Dumont, qui change de mains à quelques reprises. À court de munitions, les Britanniques cèdent finalement le terrain en laissant derrière eux leur artillerie embourbée sur le champ de bataille.

Le combat de trois heures fait plus d'un millier de morts et de blessés chez les Britanniques, ce qui représente le quart de leurs effectifs. On dénombre près de 800 tués et blessés dans le camp français. « Notre perte serait bien moindre et celle de l'ennemi bien plus grande si les troupes eussent été à portée d'arriver », écrit Bourlamaque en faisant référence à l'étalement de l'armée française à la veille du combat[48]. Pour

Lévis, la victoire aurait été totale si la réserve formée des bataillons de La Reine et de Languedoc avait pris position sur son flanc droit tel qu'ordonné au lieu de se placer à l'arrière de sa gauche dans la confusion. Sans cette méprise, le chevalier assure qu'il aurait coupé la retraite de Murray par le chemin Saint-Louis avant d'entrer dans la ville au milieu des fuyards.

La tranchée de siège est ouverte au cours des jours qui suivent le combat. Les troupes déployées sur les buttes à Neveu par Lévis sont une cible facile pour les artilleurs britanniques postés sur le rempart de Québec, désormais doté de canons sur toute sa longueur. « Il n'y avait aucun endroit qui en fût à couvert », note un témoin. En un peu plus de deux semaines, le chevalier perd près de 200 hommes, tués ou blessés, sur ces collines dénudées, soit près du quart des pertes subies par son armée à la bataille de Sainte-Foy[49]. Le faible calibre de l'artillerie française ne permet pas de répliquer aux tirs de la garnison et de faire brèche dans le rempart. « Les boulets qu'on y envoyait étaient en pure perte, note un officier, car à peine pouvaient-ils s'y rendre. Ce n'était pas par la raison que la tranchée en fût trop éloignée. Le vrai était que la poudre n'était pas bonne[50]. » L'opération dirigée par le chevalier n'a guère impressionné Courville. « Le siège de Québec fut appelé "la folie Lévis", affirme le notaire. Effectivement, il fallait être bien prévenu pour faire une pareille entreprise. On avait conseillé à M. de Lévis, et au [gouverneur] général, de ne pas se presser à investir cette ville, mais seulement de la bloquer, en attendant que l'on sût si la France enverrait d'assez puissants secours pour que l'on pût, en les attendant et lorsqu'ils seraient prêts d'arriver, changer ce blocus en siège. On le prévint même que si les vaisseaux anglais arrivaient les premiers, il serait forcé de lever honteusement le siège[51]. »

Une première frégate britannique est aperçue le 9 mai dans le chenal orléanais. Lévis maintient néanmoins ses troupes sur les hauteurs d'Abraham. Il est pris de court dans la nuit du 15 au 16 par l'arrivée d'une nouvelle frégate et d'un vaisseau qui passent le détroit de Québec pour attaquer les navires français du Foulon. Les bâtiments de transport se jettent sur la côte tandis que *L'Atalante* de Vauquelin livre un combat d'arrière-garde jusqu'à la Pointe-aux-Trembles, où elle s'échoue après avoir épuisé ses munitions. « Lévis ordonna la levée du siège avec une précipitation qui ne pouvait lui faire honneur, soutient Courville, dont le récit témoigne de l'épuisement du chevalier. [Il] ne pouvait rappeler son esprit pour donner des ordres précis ; il en donna plusieurs qui se contredisaient les uns aux autres, et une personne lui étant venue demander ce qu'il voulait qu'on fît de la poudre, il la regarda fixement, sans lui répondre[52]. » On balance finalement l'artillerie au pied des falaises du cap Diamant. L'armée se replie ensuite dans un désordre qui rappelle la retraite de Vaudreuil du 13 septembre 1759. « Le magasin où étaient les boissons fut abandonné, écrit Bourlamaque. Les soldats furent bientôt ivres. D'ailleurs peu de chefs, peu de majors, moins de discipline que vous n'en avez jamais vu. Plusieurs bataillons perdirent presque tous leurs bagages[53]. » Les troupes se retirent péniblement dans le gouvernement de Montréal en laissant une forte garnison au fort de la Jacques-Cartier.

La perte des frégates facilite le passage du détroit de Deschambault par la flottille de Murray, qui remonte le Saint-Laurent à compter de la mi-juillet, entraînant dans son sillage la désertion des miliciens canadiens et des soldats mariés de l'armée française. À la fin de l'été, Lévis ne dispose plus que de 2 000 hommes pour résister aux 17 000 soldats britanniques et miliciens anglo-américains qui convergent vers Montréal à partir de Québec, du lac Champlain et du lac Ontario. « Tout le monde semblait vouloir se révolter sur ce qu'on voulait encore se défendre et nous accusait de vouloir les sacrifier », constate La Pause[54].

Amherst débarque à La Chine le 6 septembre à la tête des forces britanniques du Haut-Saint-Laurent. Il refuse d'accorder les honneurs de la guerre à l'armée du Canada repliée dans l'enceinte de Montréal et dans ses faubourgs. Les articles de la capitulation prévoient que les troupes de terre et de la Marine ne pourront plus servir pour le reste du conflit, que ce soit en Amérique ou en Europe. Scandalisé, Lévis exige la rupture des négociations : « Il reste encore assez de munitions pour soutenir un combat si l'ennemi voulait nous attaquer l'épée à la main, et pour en livrer un si M. le marquis de Vaudreuil veut tenter la fortune, quoiqu'avec des forces extrêmement disproportionnées et peu d'espoir de réussir[55]. » Le chevalier veut à tout le moins obtenir du gouverneur l'autorisation de se retirer avec ses bataillons à l'île Sainte-Hélène, en face de Montréal, pour livrer un dernier combat symbolique. Ce baroud d'honneur exposerait toutefois les civils à des représailles. Il priverait également Vaudreuil de son principal rapport de négociation avec Amherst, l'enceinte montréalaise ne pouvant pas être défendue advenant le départ des troupes de terre[56].

Lévis est un partisan de la guerre totale. « Je pense qu'il faudra nous défendre pied à pied et nous battre jusqu'à extinction, écrivait-il au ministre de la Guerre en mai 1759. Il sera, s'il le faut, encore plus avantageux pour le service du roi que nous périssions les armes à la main que de souffrir une capitulation aussi honteuse que celle de l'île Royale[57]. » En succédant à Montcalm, le chevalier a envisagé la destruction des ruines de Québec dans le cadre d'une tactique de la terre brûlée[58]. Il a ensuite planché sur un projet d'escalade des remparts en plein hiver, une manœuvre qualifiée de « rêverie extravagante » par son ancien aide de camp Johnstone. Selon l'ingénieur Pontleroy, cette attaque aurait entraîné un bain de sang et « la ruine d'une colonie hors d'état de se relever d'un grand nombre d'années[59] ». Lévis a aussi prévu un assaut frontal contre Québec après sa victoire de Sainte-Foy. « Si notre faible artillerie pouvait ouvrir le mur, je vous assure que j'y grimperais le premier », écrivait-il au gouverneur dans un élan épistolaire[60]. Vaudreuil évoque lui aussi son intention d'être enseveli sous les décombres de son « pays natal » dans une lettre à la cour au printemps de 1759[61]. Il change toutefois d'avis au moment de passer aux actes. Après avoir rejeté la gasconnade de Lévis, le gouverneur capitule à Montréal pour l'ensemble du Canada le 8 septembre 1760.

Conclusion

Montcalm n'a pas été nommé par hasard à la tête des troupes de terre de la Nouvelle-France. Ayant combattu les unités légères autrichiennes et piémontaises, il maîtrise les principes de la petite guerre employée des deux côtés de l'Atlantique. Il a également une expérience d'état-major qui le rend apte à exercer un commandement indépendant en Amérique. Lorsqu'il débarque à Québec, en 1756, le marquis est instruit des erreurs de son prédécesseur Dieskau, qui a surestimé la polyvalence des troupes légères de la colonie. Montcalm fait néanmoins preuve de témérité au cours de sa première campagne américaine. À l'instar des principaux officiers de son armée, il doute d'abord de la faisabilité du siège d'Oswego, faute de moyens logistiques. Il craint surtout l'armée britannique de l'Hudson qui menace le fort Carillon, à 200 kilomètres au sud de Montréal. C'est ce qui l'amène à proposer la transformation du siège d'Oswego en manœuvre de diversion visant à dégager la frontière du lac Champlain en cas d'invasion. Sa prudence est à l'image de celle de Vaudreuil, qui a suspendu l'expédition du lac Ontario l'année précédente, en 1755, pour contrer une armée de l'Hudson trois fois moins imposante. Privé d'escorte navale, Montcalm débarque néanmoins ses troupes à proximité d'Oswego, dans une anse que Rigaud, le frère du gouverneur général, lui déconseille. Mené tambour battant, le siège entraîne la reddition de la place en dépit d'un rapport de force favorisant les assiégés. Cette expédition est le banc d'essai de Montcalm, qui note le manque de combativité des soldats britanniques en présence de guerriers amérindiens.

Pour sa deuxième campagne, Montcalm peut compter sur une armée nombreuse mais instable comprenant un nombre sans précédent de combattants autochtones. Vaudreuil le charge de la prise du fort William-Henry, au sud du lac Saint-Sacrement, et du fort Edward, sur l'Hudson, si les conditions le permettent. Encore une fois, c'est à bras d'homme que l'artillerie, les munitions, les vivres et les bateaux sont transportés sur les portages. Le général a peu de temps pour exécuter les ordres du gouverneur, qui lui rappelle qu'il doit libérer les miliciens canadiens et les guerriers avant la fin d'août. Le premier fort tombe rapidement. La victoire est toutefois assombrie par le massacre de prisonniers britanniques sous les coups de hache des alliés autochtones. Cet épisode que l'on attribue le plus souvent au fossé culturel séparant Montcalm de ses alliés est d'abord alimenté par le désir de vengeance d'une minorité, les Abénaquis, et par l'appât du gain d'un groupe d'officiers canadiens et français voulant profiter du désordre pour augmenter leur butin. Le chaos généré par le massacre combiné au manque de transports et de temps amène Montcalm à mettre un terme à l'offensive vers l'Hudson, où convergent d'ailleurs des contingents de miliciens anglo-américains.

La mobilisation croissante des Canadiens pour la guerre et les opérations de transport ne permet pas d'exploiter efficacement les ressources agricoles de la vallée du Saint-Laurent. La pénurie de vivres qui en découle a des répercussions directes sur la campagne de 1758. Elle retarde le départ de l'expédition de Lévis vers la vallée de la Mohawk et limite la taille de l'armée d'observation rassemblée au lac Champlain pour couvrir la manœuvre du chevalier. La victoire inespérée de Montcalm sur les hauteurs de Carillon donne un sursis à la colonie, qui y perd toutefois plusieurs centaines de soldats et d'officiers appartenant à l'élite de l'armée. Les renforts dépêchés par Vaudreuil après la bataille ne permettent pas au général de débusquer son adversaire retranché au sud du lac Saint-Sacrement. Laissé sans défense, le fort Frontenac est détruit à la fin d'août, avec la marine de guerre du lac Ontario et son dépôt de vivres. Niagara aurait subi le même sort si les forces britanniques s'étaient aventurées de ce côté. Ce revers affaiblit la ligne de ravitaillement du fort Duquesne, qui doit être abandonné à la fin de l'année à l'approche de l'ennemi. La perte de Louisbourg en juillet est plus grave encore, puisqu'elle ouvre la porte à une invasion du Canada par l'estuaire du Saint-Laurent.

L'équilibre des forces terrestres est définitivement rompu en 1758 avec l'arrivée des renforts massifs dépêchés par Londres. C'est à compter de cette campagne qu'émerge le Montcalm plus défensif qu'ont retenu l'historiographie et la mémoire de la Conquête. Le général préconise désormais l'abandon des régions périphériques du Canada au profit de la vallée laurentienne. Il veut tout de même garder une porte ouverte vers les Pays d'en haut afin de s'y retirer avec l'élite des troupes en cas de malheur. Montcalm estime avoir les ressources nécessaires pour enrayer la marche de l'ennemi sur les frontières du lac Champlain et du Haut-Saint-Laurent. Versailles devrait toutefois dépêcher une dizaine de vaisseaux de guerre à Québec pour verrouiller cette porte. Mais la cour choisit plutôt de retenir ses navires dans les ports de France afin de mener un projet hasardeux de débarquement en Angleterre devant mettre un terme au conflit. Si Versailles avait répondu favorablement à la requête de Montcalm, il aurait sans doute été possible de tenir les retranchements de Carillon et de soutenir la garnison de Niagara, à condition bien sûr de ne pas diviser les forces de la colonie en tentant de reprendre pied sur la rivière Ohio.

En 1759, Vaudreuil conserve la direction des opérations en dépit de la nomination de Montcalm au grade de lieutenant-général. Le gouverneur se rallie aux grandes lignes du système défensif de la capitale élaboré par la garde rapprochée du commandant des troupes de terre. Amputé de son préambule, qui prévoyait la défense de l'estuaire laurentien, le projet est réduit à la rive nord du bassin de Québec, faute de temps. On en oublie les frégates de Vauquelin et de Kanon qui auraient pu menacer les bateaux de l'avant-garde britannique chargés de sonder la Traverse de l'île d'Orléans. Vaudreuil ordonne plutôt à sa petite marine de guerre de remonter le fleuve en amont de Deschambault, contre l'avis de Montcalm qui veut maintenir deux frégates à Sillery pour barrer le détroit de la capitale. Sans appui naval en amont, les batteries de Québec ne peuvent pas fermer ce goulot d'étranglement. Le temps manque également pour implanter un corps de troupe retranché et des canons sur la rive sud. La concentration de l'armée française à Beauport est d'ailleurs en cours lorsque les Britanniques débarquent à l'île d'Orléans et à la pointe de Lévis, à la fin de juin.

Montcalm sera critiqué pour l'ampleur des retranchements qu'il fait ériger sur la côte de Beauport. Il s'agit pourtant d'ouvrages légers principalement destinés à couvrir ses troupes lors du pilonnage d'artillerie de la Navy devant précéder le débarquement britannique. C'est sur les battures que devront combattre les soldats et les miliciens afin de profiter de la désorganisation des habits rouges immédiatement après leur descente des bateaux. Au départ, les retranchements ne doivent pas aller au-delà de la pointe de Lessey, à cinq kilomètres de la Saint-Charles, Montcalm voulant confier la défense du reste de la côte à un corps léger de miliciens et de guerriers postés dans les broussailles. C'est Lévis qui fait allonger la ligne des fortifications françaises jusqu'à la rivière Montmorency par l'ajout de deux redoutes. Montcalm n'est pas « vissé » à Beauport, comme le soutient Frégault. À la fin de juin, il propose à Vaudreuil l'envoi d'un gros détachement à la pointe de Lévis pour combattre la colonne de Monckton. En juillet, il suggère le passage des gués de la Montmorency par la quasi-totalité de son armée pour livrer un combat forestier. En août, il se rallie au projet d'abordage des frégates de la Navy qui doit être coordonné avec l'attaque du camp britannique de Saint-Antoine, sur la rive sud. La prudence de Wolfe, qui se retranche systématiquement, oblige toutefois Montcalm à mener une guerre de positions. Le marquis y est désavantagé par le manque de mobilité de son armée par rapport aux assiégeants, qui manœuvrent sur l'eau. À ce problème s'ajoutent les difficultés d'exécution de ses troupes inexpérimentées.

L'état-major français ne se fait guère d'illusions sur la résistance des retranchements de la côte de Beauport et de la Saint-Charles. En témoigne l'ordre de bataille du chevalier de Lévis, qui prévoit le débordement rapide des positions françaises par les forces britanniques et l'abandon de Québec. Au cours des semaines qui précèdent le siège, on prévoit au Canada la venue d'une armée d'invasion tournant autour de 12 000 hommes, soit un peu plus que le corps expéditionnaire de Wolfe. Voilà pourquoi le dépôt de vivres de Québec est établi à une centaine de kilomètres en amont, à l'entrée de la rivière Batiscan. Stacey y voit la « faille fatidique » du système défensif de Montcalm, dont la ligne de ravitaillement est exposée aux attaques de la Navy. L'historien oublie toutefois de préciser que l'emplacement du dépôt est décidé alors que les deux frégates royales sont postées à Sillery, d'où elles doivent assurer la sécurité des bateaux faisant le cabotage entre la Batiscan et Québec[1].

A posteriori, l'envoi des vivres en amont constitue une faille. Elle n'est toutefois pas fatidique puisque les bateaux attendus au Foulon au matin du 13 septembre ne sont pas chargés des vivres de France, récemment épuisés, mais des récoltes du gouvernement de Montréal, qui doivent inévitablement être acheminées par le haut du fleuve[2].

La descente britannique du Foulon est rendue possible par un concours de circonstances « inouï », comme le reconnaît Eccles, qui confirme par le fait même l'efficacité du système défensif québécois[3]. « Toutes les causes qui auraient dû faire manquer cette audacieuse tentative avaient conspiré pour sa réussite », ajoute l'abbé Casgrain en énumérant dix facteurs ayant tourné à l'avantage des Britanniques. Ces facteurs vont du retrait du bataillon de Guyenne des plaines d'Abraham avant le combat à la nomination de l'inepte Vergor à la tête du détachement du Foulon en passant par l'inaction de Bougainville, la fuite des déserteurs français et l'imbroglio du convoi de vivres de Cadet. « Si une seule de ces chances avait fait défaut, la descente aurait probablement été empêchée[4]. » Le débarquement n'aurait certainement pas eu lieu si une unité de soldats avait été postée sur les hauteurs d'Abraham dans le courant du 12 septembre. Le projet est dans l'air, si l'on se fie aux rumeurs entourant le bataillon de Guyenne, dont une partie est campée aux abords de l'Hôpital général et de la boulangerie du faubourg Saint-Roch, au pied du coteau Sainte-Geneviève. On mise aussi sur la garnison de Québec pour venir en aide aux détachements de la falaise du cap Diamant. Le commandant par intérim de la ville, Bernetz, tarde toutefois à réagir à la fusillade de Vergor et à la canonnade de Samos. Son message à Vaudreuil rédigé au cours des instants qui suivent témoigne du désarroi de cet officier.

Les désertions et l'envoi de renforts à Bougainville ont réduit les effectifs du camp de Beauport à près de 5 000 hommes. Montcalm conserve cette force de frappe pour manœuvrer à l'intérieur de son périmètre défensif. Engagé dans une « bataille de rencontre » par la descente du Foulon, il se retrouve coincé sur les buttes à Neveu entre les remparts et les régiments de Wolfe. En « décrochant » de l'ennemi pour redescendre la côte d'Abraham, Montcalm prêterait le flanc à une attaque qui pourrait lui être fatale en raison de l'espace restreint menant au pont de la Saint-Charles. Il ne peut pas davantage se retirer dans Québec, où il serait rapidement contraint à la capitulation, faute de vivres.

Pendant près de deux heures, Montcalm attend les secours de Bougainville sous la mitraille de l'artillerie britannique. Après avoir consulté ses subalternes, il se résigne à l'attaque pour profiter de l'élan de ses hommes galvanisés par l'incendie de la maison Borgia. En retardant la manœuvre jusqu'au milieu de l'après-midi, Montcalm aurait pu compter sur une légère supériorité numérique. Ce gain aurait toutefois été comblé par l'arrivée de nouveaux canons britanniques hissés du Foulon et par l'aménagement de redoutes sur les arrières de l'ennemi. La cadence de tir des habits rouges et la portée de leurs armes auraient achevé d'anéantir l'avantage du nombre. Ne voulant pas livrer Québec sans combattre, Montcalm se lance à l'attaque.

Lévis aurait-il fait mieux que son prédécesseur ? Eccles en est convaincu. Pour lui, il n'y a aucune différence entre l'armée qui a remporté la bataille de Carillon et celle déployée par Montcalm sur les plaines d'Abraham[5]. Si le marquis est vaincu devant Québec, c'est qu'il utilise mal les troupes que Lévis va mener à la victoire de Sainte-Foy. L'analyse de l'historien ne tient pas compte des pertes encourues sur les abattis de Carillon. Au printemps de 1759, les vétérans capturés, tués ou estropiés six mois plus tôt sont remplacés par des recrues françaises et des miliciens canadiens. Le manque de temps et de munitions ne permet pas de les entraîner suffisamment[6]. On accorde plutôt la priorité à la fortification des campagnes et aux marches forcées pour repousser promptement une éventuelle attaque amphibie sur les battures. Les nuits passées au bivouac dans l'attente d'un débarquement épuisent les troupes, dont le moral est en outre ébranlé par un rationnement de plus en plus sévère. Leur efficacité est encore diminuée par l'envoi des grenadiers et des soldats volontaires à l'armée de Bougainville. Lévis n'aura pas à combattre dans des conditions aussi défavorables. C'est avec une armée complète et reposée qu'il remportera la bataille de Sainte-Foy le 28 avril 1760.

On peut se demander ce qu'il serait advenu du Canada si Montcalm avait battu Wolfe sur les plaines d'Abraham ou, plus vraisemblablement, si la manœuvre du Foulon avait échoué au pied du promontoire. Les assiégeants auraient sans doute évacué le théâtre d'opérations de Québec avant la mi-octobre après avoir ravagé le reste des campagnes sous leur emprise. Leur départ aurait permis à Vaudreuil de redistribuer ses forces sur le Richelieu pour contrer la timide progression d'Amherst vers l'île aux Noix. On peut présumer que Versailles aurait fait un effort supplémentaire pour soutenir sa colonie, comme le suggère la lettre du ministre de la Marine du 29 août 1759 : « Si vos opérations ont eu du succès, écrit Berryer à Vaudreuil, et que l'on soit parvenu à forcer les Anglais à abandonner le fleuve, Sa Majesté est résolue à vous procurer cet automne le supplément de secours que les circonstances pourront permettre ; et, suivant la situation où vous vous trouvez, je ferai tous les arrangements nécessaires pour envoyer de bon printemps en Canada les vivres et marchandises dont vous pourrez avoir besoin[7]. » En quittant la France à la fin de mars 1760, une flotte de secours aurait pu espérer entrer dans le Saint-Laurent sans être interceptée par l'escadre d'Halifax, qui patrouillait dans le détroit de Cabot, entre les îles de Terre-Neuve et du Cap-Breton. Elle n'aurait toutefois emporté qu'un renfort modeste, les batailles navales de Lagos et des Cardinaux livrées au large de l'Europe en août et en novembre 1759 ayant entraîné la dispersion des vaisseaux de la Marine royale et un resserrement du blocus des ports de France. Les recrues embarquées sur les navires comblant tout juste les vides de l'armée du Canada, c'est avec des effectifs similaires que Montcalm aurait livré bataille en 1760.

Si les expéditions américaines de 1759 ont fait exploser la dette britannique, elles n'empêchent pas Londres de financer des opérations amphibies de grande envergure contre les colonies françaises et espagnoles des Antilles après la chute de Québec[8]. Il est donc probable qu'une nouvelle escadre de la Navy aurait été dépêchée sur le Saint-Laurent en 1760 si besoin était, d'autant plus que le fleuve était désormais cartographié en détail. Il n'aurait pas été nécessaire de lui adjoindre un nombre aussi imposant de vaisseaux qu'en 1759, la flotte française n'étant plus une menace[9]. Pour contrer le corps expéditionnaire britannique de Québec, Montcalm aurait sans doute concentré ses troupes autour de la capitale en sacrifiant les garnisons de l'île aux Noix et du fort Lévis. Ces verrous n'auraient pas empêché les forces britanniques solidement établies au sud des lacs Champlain et Ontario de faire leur jonction à Montréal avant de descendre à Québec pour la bataille finale, à moins que Versailles n'ait autorisé Montcalm à passer dans les Pays d'en haut par la rivière des Outaouais avec l'élite des troupes. Cette manœuvre de repli aurait donné un meilleur rapport de force à la France lors des négociations de paix. Elle aurait même ouvert la porte à un retour offensif dans la vallée du Saint-Laurent avant la fin du conflit.

Avec le recul, c'est au début de 1759 que s'est joué le sort du Canada, en raison du refus de la cour d'envoyer les vaisseaux demandés par Montcalm. La présence de cette flotte amarrée au Bic ou au cap Tourmente lui aurait permis de combattre en amont de Montréal, à Carillon et sur les rapides du Haut-Saint-Laurent tout en préservant le gouvernement de Québec de la destruction. Bourlamaque estime lui aussi qu'il aurait été possible de verrouiller le Saint-Laurent dans son mémoire de 1762, où il explique comment défendre la colonie dans l'éventualité où elle serait rétrocédée à la France : « S'il y était envoyé une escadre avant l'arrivée des ennemis, il leur serait moralement impossible de remonter le fleuve au-dessus de Québec, même après avoir battu cette escadre parce que ses débris réunis avec la marine du pays et placés dans les endroits propres suffisent pour rendre la navigation du fleuve impraticable. » La présence de quelques frégates à faible tirant d'eau aurait également consolidé la défense de la capitale, juge Bourlamaque[10].

* * *

Montcalm n'a pas le profil du héros. « Il était petit et n'avait rien d'imposant dans la physionomie », nous dit le notaire Courville[11]. Les Outaouais de Michillimakinac venus le féliciter pour sa victoire d'Oswego ne peuvent pas contenir leur surprise en l'apercevant pour la première fois : « Nous avons voulu voir cet homme fameux qui, en mettant le pied sur cette terre, a détruit les remparts des Anglais. Sur sa réputation et ses exploits, nous avons cru que sa tête se perdait dans les nuées. Mais quoi, tu es petit, mon père, et c'est dans tes yeux que nous trouvons la grandeur des plus hauts pins et la vivacité des aigles[12]. »

Le marquis de Montcalm a un autre défaut de taille. « Il parlait avec une volubilité qui ne permettait à qui que ce soit de l'interrompre », observe le toujours critique Courville, qui reconnaît cependant que ses paroles « étaient pleines d'esprit et de saillies judicieuses[13] ». Malartic confirme ce côté verbomoteur lorsqu'il souligne le silence inhabituel du général au cours de sa dernière chevauchée vers les plaines d'Abraham. Montcalm peut également être vif quand il se sent attaqué au milieu d'un débat animé, comme c'est le cas sur la question de la campagne « inachevée » de William-Henry[14]. On est loin toutefois de la caricature du bouillant Méridional dont raffole l'historiographie. Moins « opiniâtre » que Lévis, le marquis fait preuve d'ouverture envers les avis de ses subalternes, jeunes et vieux, auxquels il se rallie régulièrement, que ce soit à la baie de Niaouré sur le lac Ontario, dans les forêts de Carillon ou sur les battures de Beauport.

Montcalm est sensible aux échos de ses victoires. « Je puis n'avoir pas l'air de l'homme du jour en Canada, mais j'en ai l'air à Paris », écrit-il fièrement à l'annonce de sa promotion au grade de lieutenant-général[15]. Est-ce vraiment là un signe de vanité, comme on le dit[16] ? Sur ce plan, Montcalm paie le prix de l'état de conservation exceptionnel de ses papiers. Le général s'y révèle avec tous ses défauts, par exemple dans cette lettre à sa mère où il reconnaît avoir forcé le trait en évoquant son surmenage pour se mettre en valeur : « S'il vous revenait que ma santé n'est pas trop bonne, soyez tranquille. J'ai écrit aux ministres et à Paris que les fatigues l'altèrent et qu'il faut espérer que l'hiver la rétablira. Il faut toujours écrire ainsi. C'est la sciatique d'un général[17]. » Plus loin, on le surprend à demander à Bourlamaque son almanach répertoriant les unités britanniques stationnées en Amérique. « Cela me servira à dresser une liste que je veux envoyer en France [...]. Elle ne pourra qu'effrayer la cour et la ville, et c'est toujours bon pour rehausser la gloire du général ou diminuer son blâme[18]. » Montcalm verse également dans la surenchère lorsqu'il se plaint de l'ampleur des dettes qu'il prétend avoir contractées dans la foulée de la crise inflationniste qui frappe la colonie en guerre[19].

Les historiens de la Conquête ont souvent critiqué Montcalm pour son mal du pays, qu'ils associent à un désintérêt envers le Canada. « Le plus grand malheur de l'Amérique est de n'avoir pas de nouvelles », déplore le Languedocien dès son premier hiver canadien[20]. « Je donnerais, je crois, la moitié de mon bien pour m'en aller dans ma patrie, jouir de mes travaux et aspirer à ce à quoi le Canada ne peut jamais mener », renchérit-il à l'aube du siège de Québec[21]. Chaque printemps, Montcalm espère la fin du conflit pour pouvoir retrouver son moulin à l'huile du château de Candiac, ses mûriers et son épouse. « Quand est-ce donc que j'embrasserai la très chère, écrit-il au début de sa troisième campagne en Amérique, moment que je préférerais même à celui de battre le général Abercromby[22] ? » Dans l'attente du retour, le marquis courtise tout de même dans les salons de Québec et de Montréal, où il constate que les Canadiennes ont « plus d'envie de plaire que d'aller au fait[23] ». La rupture des communications avec la France lui est particulièrement pénible en 1759 alors qu'il apprend de Bougainville la mort de l'une de ses quatre filles. « Il n'a su me dire laquelle. Je crois que c'est la pauvre Mirète qui me ressemblait et que j'aimais fort[24]. »

S'il s'ennuie dans une petite ville comme Montréal, Montcalm se plaît à Québec, dont la société n'est surpassée selon son palmarès que par une demi-douzaine d'agglomérations françaises[25]. C'est avec enthousiasme qu'il rapporte le potentiel inexploité du Canada aux ministres et aux membres de sa famille, au point où on le soupçonne d'avoir eu l'ambition de devenir gouverneur[26]. Comme Vaudreuil, Montcalm se dit préoccupé par le sort des Canadiens, qu'il veut protéger des destructions inutiles et des horreurs de la guerre. Sa proposition de capitulation pour l'ensemble de la vallée du Saint-Laurent en cas de revers à Québec vise à épargner le cœur de la colonie tout en poursuivant le combat dans les Pays d'en haut et en Louisiane. Le général appréhende le changement de régime : « Si jamais les Anglais prennent le Canada, écrit-il à la cour en avril 1759, le seul moyen qu'aura le roi de faire conserver les Canadiens dans leurs droits et d'empêcher qu'on les transplante comme on a fait des Acadiens, c'est de déclarer qu'on traitera de même le pays d'Hanovre et les Hanovriens et les pays des alliés du roi d'Angleterre[27]. »

Montcalm cherche à améliorer l'efficacité de ses tirailleurs canadiens en les disciplinant et en leur fournissant un équipement de meilleure qualité[28]. La réforme des milices qu'il élabore témoigne de son intérêt pour les tactiques irrégulières, essentielles à la marche des armées coloniales. Les défaillances des habitants, constatées notamment par les officiers canadiens des troupes de la Marine, l'obligent toutefois à confier la quasi-totalité des missions de reconnaissance aux alliés amérindiens. Sans surprise, Montcalm n'apprécie guère les actes de torture commis à l'occasion par les guerriers. Il est surtout scandalisé par le massacre d'une partie des prisonniers placés sous sa responsabilité au terme des sièges d'Oswego et de William-Henry. Ces violations du code de la guerre ne sont pas sans conséquence. Elles exposent l'armée française et les civils canadiens à des opérations de représailles, comme on le voit dans la vallée du Saint-Laurent en 1759. Montcalm ferme néanmoins les yeux sur ces exactions pour préserver l'alliance franco-amérindienne. Son intervention visant à mettre un terme au massacre de William-Henry n'empêche pas les guerriers des Pays d'en haut de se porter au secours de Québec deux ans plus tard, après un intermède essentiellement provoqué par la petite vérole.

Montcalm est un homme de terrain. À son arrivée dans la colonie, il réorganise les camps de la frontière pour améliorer l'hygiène des troupes et contrer la propagation des maladies qui paralysent les armées de l'époque. Il recommande le mélange de la farine blanche de l'officier avec celle du soldat pour produire un pain de qualité moyenne permettant d'accroître les réserves de vivres en y passant la mauvaise farine. Montcalm intègre le cheval à son menu en 1757 lorsque les bovins commencent à manquer. « J'en fais ma provision pour l'hiver et il y en aura toujours chez moi un plat », écrit-il à Lévis en l'incitant à faire de même pour donner l'exemple. « L'habitant [...] montre de la répugnance pour cette nourriture. Il faudrait pour la détruire que [le gouverneur], vous, messieurs Martel, Deschambault et tous les gens aisés, fussiez sur le ton d'en manger ; vos domestiques en mangeraient et, de là, cela viendrait à la mode parmi le peuple. » Parmi les repas dégustés chez le général, on trouve de « petits pâtés de cheval à l'espagnole », des « semelles de cheval au gratin », de la « langue de cheval boucanée » et du « gâteau de cheval ». Pour le marquis, cette viande mal aimée est meilleure que l'orignal, le caribou et le castor[29].

Le commandement des troupes de terre du Canada n'est pas une sinécure. « La maigreur des états-majors et les difficultés d'organisation diverses nécessitent une implication quotidienne des officiers généraux dans les détails de la vie des troupes », explique l'historien militaire Bertrand Fonck[30]. Montcalm le constate à son arrivée au Canada : « Je me couche à minuit ; je me lève à quatre heures, les sauvages, l'hôpital, le hameau, la police du camp, les petites misères m'excèdent et ne me donnent pas le temps de respirer[31]. » En 1759, le marquis dort en uniforme tout au long de l'été, à l'instar des autres membres de son état-major, pour rallier rapidement les troupes en cas de débarquement britannique sur les battures de Beauport[32]. En dépit d'un emploi du temps chargé, Montcalm s'arrête à l'Hôpital général à quelques reprises pendant le siège de Québec. « Il voulut passer dans toutes les salles pour visiter les blessés auxquels il fit donner du vin », écrit l'officier de marine Foligné[33]. Au cours des jours qui précèdent l'arrivée de la flotte britannique, Montcalm passe en revue les milices de la ville natale de Vaudreuil, qui « n'a pu être persuadé de leur parler ni de les voir », soutient Montbeillard. Un autre témoin rapporte que le général « les a fort encouragés à se bien défendre, que nous aurons affaire à des ennemis qui avaient été battus dans toutes les actions où ils s'étaient présentés et que nous devions espérer la même chose cette année[34] ». Le marquis veut donner l'exemple. Alors que le départ des Britanniques paraît imminent, vers la fin de l'été 1759, il propose à Vaudreuil et à Lévis de prendre des soldats en pension chez lui à l'hiver par solidarité avec les habitants qui doivent loger et nourrir les troupes depuis le début du conflit[35].

Les historiens ayant œuvré dans le sillage de Frégault et d'Eccles sont friands de la dichotomie opposant Vaudreuil, le *self-made man* américain, à Montcalm, le petit noble frayant dans les salons de Versailles. Pourtant, le premier correspond davantage à la caricature de l'aristocrate qui colle à la peau du second. C'est de Montréal que Vaudreuil dirige les troupes au cours de son quinquennat canadien, alors que rien ne l'empêcherait d'effectuer des tournées au lac Champlain pour se familiariser avec le principal théâtre d'opérations du conflit. Bien qu'il soit présent à Québec en 1759, le gouverneur ne semble pas en mesure de se déplacer sans sa calèche, un véhicule d'usage courant au Canada mais qui détonne dans le contexte d'un siège où les officiers généraux doivent se mouvoir rapidement. « Je m'étais arrangé [pour] aller dîner avec vous, mais, au moment que j'ai voulu partir, je n'ai eu ni cocher ni voiture », écrit-il au chevalier de Lévis au début du mois d'août 1759[37]. Vaudreuil serait-il devenu invalide à l'aube de la soixantaine ? Les sources ne permettent pas de trancher[36]. Quoi qu'il en soit, c'est à bord de cette voiture qu'il est aperçu pendant la déroute des plaines d'Abraham. On constate alors le faible ascendant de Vaudreuil sur l'armée, qu'il est incapable de mener sur le terrain. Sa gestion des effectifs est également déficiente. Sa mauvaise analyse des informations tirées de la frontière en 1758 explique l'ampleur du déséquilibre des forces à la bataille de Carillon, la perte du fort Frontenac et la destruction de la marine de guerre du lac Ontario. Le scénario se reproduit l'année suivante lorsqu'il gaspille une partie de ses forces dans une manœuvre offensive sur l'Ohio, à plus d'un millier de kilomètres de Québec.

Pendant près de trois ans, Montcalm doit appliquer les directives de Vaudreuil à portée de fusil d'un ennemi largement supérieur en nombre. Il ne veut pas subir le sort de son prédécesseur Dieskau, devenu le bouc émissaire du gouverneur après sa capture au lac Saint-Sacrement. « Dans mes chimères, je crois toujours que si la colonie était perdue, on nous mettrait [tous les] trois à la Bastille, confie Montcalm à Bourlamaque. Ce serait au chevalier de Lévis et à vous à faire les mémoires de votre général[38]. » Pour se défendre le moment venu, Montcalm conserve précieusement les ordres de Vaudreuil. Il exige également la tenue d'un procès-verbal rigoureux lors des conseils de guerre précédant le siège de Québec en 1759. Les craintes du marquis étaient fondées, le tribunal de l'histoire de la seconde moitié du XXe siècle ayant été sévère à l'endroit de ce général qui, sans être un militaire d'exception, a su tirer le meilleur parti de son armée dans le contexte tactique nord-américain du milieu du XVIIIe siècle.

Remerciements

Je tiens à exprimer ma reconnaissance à mes parents, Jean-Claude Noël et Jacqueline Gagnon, à ma sœur, Mélissa Noël, de même qu'à ma compagne, Jade Néron, pour leur appui dans la réalisation de cet essai. Mes remerciements vont également à mes proches, Marc-Antoine DeRoy, Rebecca Harvey, Mathieu Lavoie, Frédéric Brunet, Madeleine Aubin, Claudia Beaulieu, Marion Mercier, Jean-Sébastien Barriault et Jonathan Poulin, qui m'ont poussé à terminer le travail commencé. J'adresse aussi ma gratitude à Gabriel Pelletier, qui m'a enseigné les rudiments du graphisme, me permettant ainsi de réaliser les cartes de cet ouvrage. Merci enfin à mon éditrice, Sophie Imbeault, pour ses encouragements et ses conseils, à l'équipe du Boréal, qui a cru à ce projet, et à mes évaluateurs du Prix d'auteurs pour l'édition savante.

Notes

INTRODUCTION

1. Jocelyn Létourneau, Raphaël Gani et Stéphane Lévesque, « "Tout a commencé par la défaite" : la guerre de Sept Ans dans la mémoire et la conscience historique des Québécois », dans Laurent Veyssière (dir.), *La Nouvelle-France en héritage,* p. 318.
2. Jacques Mathieu et Eugen Kedl, *Les Plaines d'Abraham. Le culte de l'idéal,* p. 25-33.
3. François-Xavier Garneau, *Histoire du Canada,* vol. III. Henri-Raymond Casgrain, *Montcalm et Lévis.*
4. Philippe Baby Casgrain, *Les Batailles des plaines d'Abraham et de Sainte-Foy,* p. 43.
5. L'auteur Sylvain Daignault ne répond pas davantage à la question dans sa plaquette sur Montcalm parue en 2009 : « Pourquoi alors n'a-t-il pas décidé de se retrancher derrière les murs de Québec en attendant l'arrivée de ces renforts qui auraient permis d'attaquer les Anglais sur deux fronts ? On l'ignore. » Thomas Chapais, *Le Marquis de Montcalm (1712-1759),* p. 656-658. Sylvain Daignault, *Montcalm, le bouc émissaire,* p. 34.
6. Guy Frégault, *La Guerre de la Conquête (1754-1760),* p. 347-348.
7. Charles Perry Stacey, « La guerre au Canada il y a deux siècles », p. 127-130.
8. Lionel Groulx, « La Guerre de la Conquête », p. 583.
9. William J. Eccles, « Louis-Joseph de Montcalm », *Dictionnaire biographique du Canada* (désormais *DBC*), vol. III ; « Pierre de Rigaud de Vaudreuil de Cavagnial », *DBC,* vol. IV. Peter MacLeod, *La Vérité sur la bataille des plaines d'Abraham.*
10. Louise Dechêne, *Le Peuple, l'État et la guerre au Canada sous le Régime français.* Charles Perry Stacey, *Québec, 1759. Le siège et la bataille.*
11. Archives du monastère des Augustines, annales de l'Hôtel-Dieu de Québec,

1759, folio 30. *Les Ursulines de Québec depuis leur établissement jusqu'à nos jours*, vol. II, p. 329.

12. Arthur G. Doughty (dir.), *The Siege of Quebec and the Battle of the Plains of Abraham*, vol. IV, p. 165, « Journal de Foligné ».
13. Louise Dechêne, *Le Peuple, l'État et la guerre*, p. 374.
14. BAC, MG18-K10, Bourlamaque à Bougainville, 30 septembre 1759.
15. La trahison de Vergor est évoquée dans une chanson de l'époque. Un autre chant attribue plutôt la faute à Vaudreuil. Charles Perry Stacey, *Québec, 1759*, p. 293.
16. François Bigot, *Mémoire pour messire François Bigot, ci-devant intendant de justice, police, finance et marine en Canada*, p. 191-192 et 287 ; Marie-Thérèse-Charlotte de Montcalm, *À nos seigneurs les lieutenant général de police et conseillers du roy en son chastelet de Paris* ; *Jugement rendu souverainement et en dernier ressort, dans l'Affaire du Canada par messieurs les lieutenant général de police, lieutenant particulier et conseillers au Châtelet, et siège présidial de Paris, commissaires du Roi en cette partie*, p. 57-58.
17. Retrouvé au Collège écossais de Paris en 1803, le *Dialogue des morts* est acquis par la maison Longman de Londres, qui en publie une version anglaise. Réédité par la Literary and Historical Society of Quebec en 1866, le manuscrit est retraduit en français l'année suivante. La version originale française est publiée au début du XXe siècle. Literary and Historical Society of Quebec (LHSQ), *Mémoires de M. le chevalier de Johnstone*, p. 65-67, 128 et 134.
18. Edmond Falgairolle, *Montcalm devant la postérité*, p. 190-191. *Éloge historique de M. le marquis de Montcalm – Extrait du* Mercure de France *de 1760.*
19. Laurent Veyssière, « L'honneur de Montcalm (1759-1761) », dans Bertrand Fonck et Laurent Veyssière (dir.), *La Fin de la Nouvelle-France*, p. 145-162.
20. En 1768, Voltaire rapporte que « les troupes qui ont hasardé un combat pour sauver Québec, ont été battues et presque détruites, malgré les efforts du général Montcalm, tué dans cette journée, et très regretté en France ». *Œuvres complètes de Voltaire avec des remarques et des notes historiques, scientifiques et littéraires*, vol. I : *Siècle de Louis XV*, p. 384. Guillaume-Thomas Raynal, *Histoire philosophique et politique des établissements et du commerce des Européens dans les deux Indes*, Genève, vol. VIII, p. 185-193.
21. Pierre Blin, *Portraits des grands hommes, femmes illustres, et sujets mémorables de France : gravés et imprimés en couleurs*, p. 143-144.
22. *Les Ursulines de Québec, depuis leur établissement jusqu'à nos jours*, vol. III, p. 8-9. Philippe Baby Casgrain, « La sépulture de Montcalm », vol. XV, p. 242-249 et 275-288. Amédée Gosselin, « La sépulture de Montcalm », vol. XI, p. 149-157. Laurent Veyssière, « L'honneur de Montcalm (1759-1761) », p. 154-155.
23. *La Mort du marquis de Montcalm* a longtemps été attribuée à Louis Watteau, le père de François Watteau. Destiné à la gravure, ce dessin aurait été réalisé en 1782 selon l'historienne Gaëtane Maës ou en 1785 d'après son collègue Denis Martin. L'éditeur des mémoires de Pierre Pouchot parus en 1781 signale cependant l'existence de cette œuvre gravée par « le sieur Chambars, Anglais ». Elle est également mentionnée dans une annonce de 1779, ce qui nous amène à retenir

cette date. Denis Martin, *Portraits des héros de la Nouvelle-France. Image d'un culte historique*, p. 131-137. Pierre Pouchot, *Mémoires sur la dernière guerre de l'Amérique septentrionale*, p. 132-133. *Journal des sçavans. Combiné avec les meilleurs journaux anglois*, vol. XXVI, n° 9. Daniel Drouin, « La prise de Québec : 250 ans d'échos artistiques », dans Veyssière (dir.), *La Nouvelle-France en héritage*, p. 388-389.

24. Auguste Vachon, *Pierre Roubaud. Ses activités à Londres concernant les affaires canadiennes (1764-1788)*, p. 63. James MacPherson LeMoine, « Une question d'histoire. Lettre prophétique attribuée au général Montcalm », p. 149-153. Pierre Roubaud, *Lettres de M. le marquis de Montcalm, gouverneur-général en Canada ; à messieurs de Berryer & de la Molé, écrites dans les années 1757, 1758 & 1759.*
25. Les monuments historiques sont rares avant l'âge d'or de la statuaire québécoise (1880-1930). Dans l'ordre, on trouve la colonne Nelson (1808), l'obélisque Wolfe-Montcalm (1828), la colonne Wolfe des plaines d'Abraham (1832), la croix de Jacques Cartier de Québec (1835), la seconde colonne Wolfe qui remplace la première (1849), la statue de Jacques Cartier de Québec (1860), celle de Montréal (1861) et le monument des Braves (1863). Denis Martin, *Portraits des héros*, p. 23.
26. La comparaison de Montcalm avec Napoléon est évoquée au début du XIXe siècle par la veuve Hébert de Saint-Joachim, sur la côte de Beaupré. Jeanne d'Arc Lortie (dir.), *Les Textes poétiques du Canada français*, vol. I, p. 153-188. Philippe Aubert de Gaspé, *Mémoires*, p. 284. Éric Boulanger, *La Plume au fourreau. Culture de guerre et discours identitaire dans les textes poétiques canadiens du XVIIIe siècle*, p. 192-211.
27. Selon Garneau, Montcalm aurait affirmé sur son lit de mort qu'en douze heures, on aurait pu rassembler les troupes à Cap-Rouge pour livrer un second combat. « Mais l'homme qui avait soutenu le Canada jusqu'à présent entrait dans la tombe, et avec lui s'éteignait tout espoir de voir la fortune nous revenir. » Georges Aubin et Renée Blanchet (dir.), *Louis-Joseph Papineau. Lettres à divers correspondants*, vol. I, p. 527, Papineau au ministre de la Marine, 28 mai 1843. François-Xavier Garneau, *Le Canadien*, 7 juillet 1837, p. 2 ; 10 juillet 1837, p. 1 ; 14 juillet 1837, p. 2 ; 2 août 1837, p. 1.
28. François-Xavier Garneau, *Histoire du Canada*, p. 55.
29. Yves Tremblay ne s'est pas aperçu de cette appropriation des griefs de l'auteur du *Journal tenu à l'armée*, ce qui l'amène à dénoncer les « jugements péremptoires absolument impossibles à documenter » de Garneau. Société littéraire et historique de Québec, *Mémoire du sieur de Ramezay*, p. 67-68 et 74, Extrait d'un Journal tenu à l'armée que commandait feu M. le marquis de Montcalm. François-Xavier Garneau, *Histoire du Canada*, p. 211-213. Yves Tremblay, *Plaines d'Abraham. Essai sur l'égo-mémoire des Québécois*, p. 92-94.
30. Louis-Léonard Aumasson de Courville, *Mémoires sur le Canada depuis 1749 jusqu'à 1760 en trois parties*, p. 167.
31. Jean-Baptiste Ferland, *Cours d'histoire du Canada. Seconde partie (1663-1759)*,

p. 578-582. Benjamin Sulte, *Histoire des Canadiens-Français,* vol. VII, p. 95-96.

32. Laurent Veyssière, « L'honneur de Montcalm (1759-1761) », p. 163. Sylvain Simard, *L'Image du Canada en France (1850-1914),* p. 558. Serge Gagnon, *Idéologie et savoir historique. L'historiographie de la Nouvelle-France de Garneau à Groulx (1845-1915),* p. 339.
33. François-René de Chateaubriand, *Mémoires d'outre-tombe,* vol. I, p. 482.
34. L'ampleur de la cérémonie est minimisée par Jacques Bernier, qui souligne le nombre limité de places dans la chapelle. Il s'agit néanmoins de l'une des premières commémorations historiques du Canada français. Jacques Bernier, « Québec, 1759 : la commémoration des événements de 1759 », dans Laurent Veyssière (dir.), *La Nouvelle-France en héritage,* p. 227-244. Jacques Mathieu et Eugen Kedl, *Les Plaines d'Abraham,* p. 104.
35. Roger Stewart Beatson, *The Plains of Abraham Notes, Original and Selected,* p. 12-13. Jacques Godbout, *Le Sort de l'Amérique.* James Macpherson Lemoine, *Le Massacre au fort George. La mémoire de Montcalm vengée. Documents historiques recueillis par James Macpherson Lemoine,* p. 9.
36. Arthur G. Doughty (dir.), *An Historical Journal of the Campaigns in North America,* vol. II, p. 112.
37. L'anecdote est rapportée en 2007 dans un essai de Jean-Paul de Lagrave. Thomas Chapais, « Montcalm et Townshend », *La Nouvelle-France,* vol. I, n° 9, p. 409-418. Jean-Paul de Lagrave, *Les Trois Batailles de Québec. Essai sur une série de trahisons,* p. 58.
38. Félix Martin, *De Montcalm au Canada,* p. 204 et 216-217.
39. Luc Bouvier, « Histoire des drapeaux québécois : du tricolore canadien au fleurdelisé québécois », *Heraldic America* [pages.infinit.net/cerame/heraldicamerica/etudes/drapeaux.htm].
40. Octave Crémazie, *Œuvres complètes de Octave Crémazie,* p. 128-137. Louis Fréchette, *La Légende d'un peuple,* p. 141-144.
41. Philippe Aubert de Gaspé, *Les Anciens Canadiens,* p. 228.
42. James Macpherson Lemoine, *Le Massacre au fort George,* p. 6-7.
43. Francis Parkman, *Montcalm and Wolfe,* 1884.
44. Comme l'observe Gaétan Boily, Bigot sert de ressort aux intrigues romanesques du XIXe siècle qui lui attribuent « des combines louches et des enlèvements de jeunes filles innocentes ». Gaétan Boily, *La Ville de Québec dans le roman historique canadien-français du XIXe siècle,* p. 54. Edmond Rousseau, *Le Château de Beaumanoir.* Louis Guyon, *Montcalm. Drame historique.* Joseph-Eugène Corriveau, *Le Secret des Plaines d'Abraham.* Adolphe-Basile Routhier, *Montcalm et Lévis.*
45. Henri-Raymond Casgrain, *Montcalm et Lévis,* vol. I, p. 34-35, 342 et 385 ; vol. II, p. 226-227, 246 et 294.
46. Thomas Chapais, *Discours et conférences,* p. 351-353, « Discours prononcé à l'inauguration du monument Montcalm, le 16 octobre 1911 ».
47. Denis Martin, *Portraits des héros,* p. 22.

48. Béatrice Richard, *La Mémoire de Dieppe. Radioscopie d'un mythe*, p. 48.
49. *À la mémoire de Montcalm. Pèlerinage franco-canadien à Notre-Dame de Vauvert (Gard) où fut baptisé Montcalm le 6 mars 1712. Souvenirs et Documents.*
50. Ægidius Fauteux, « Montcalm », vol. III, n° 1, p. 44.
51. Les modifications apportées par Hector Garneau à l'œuvre de son grand-père ont mystifié Gérard Bergeron, qui observe « une pointe d'admiration » pour Montcalm chez François-Xavier Garneau. Paul Wyczynski, « Sur les traces de l'historien François-Xavier Garneau », dans Gilles Gallichan, Kenneth Landry et Denis Saint-Jacques (dir.), *François-Xavier Garneau, une histoire nationale*, p. 20, 24-27. Pierre Savard, « Les rééditions de l'*Histoire du Canada* de François-Xavier Garneau devant la critique, 1913-1946 », p. 539-553. Gérard Bergeron, *Lire François-Xavier Garneau (1809-1866). « Historien national »*, p. 146-147.
52. Alain Duchesneau, *Le Cheminement historiographique de Guy Frégault (1936-1955)*, p. 61, 98 et 133.
53. Guy Frégault, *La Guerre de la Conquête*, p. 338-339, 341 et 347-348.
54. Lionel Groulx, « La Guerre de la Conquête », p. 583.
55. André Champagne, *Histoire du Régime français.*
56. Jacques Godbout, *Le Sort de l'Amérique.*
57. Denys Delâge, « Les premières nations et la Guerre de la Conquête (1754-1765) », p. 44.
58. Louis-Guy Lemieux, « Bataille des plaines d'Abraham : Petite histoire d'un grand désastre », *Le Soleil*, 24 août 1997, p. B7.
59. Violaine Balivy, « Montcalm coupable ! », *Le Soleil*, 10 août 2002, p. A12.
60. Lemieux fait écho aux affirmations de Lacoursière en écrivant que Montcalm, « s'il n'avait pas eu la bonne idée de mourir sur les plaines d'Abraham [...], aurait été traduit devant le conseil de guerre ». Louis-Guy Lemieux, « Montcalm : portrait d'un aristo perdu en Canada », *Le Soleil*, 17 août 1997, p. B3 ; « Montcalm ou quand l'histoire appartient aux vaincus », *Le Soleil*, 10 novembre 2002, p. B4.
61. La décadence de Wolfe coïncide avec le déclin de l'Empire britannique. Pour le déconsidérer, on va jusqu'à le dépeindre en homosexuel au bicentenaire de sa mort. Stephen Brumwell, *Paths of Glory: The Life and Death of General James Wolfe*, p. xix-xx.
62. Guy Frégault, *La Guerre de la Conquête*, p. 343.
63. Laurier Lapierre, *1759. La bataille du Canada*, p. 264.
64. Jean-Claude Germain, *Nous étions le Nouveau Monde. Le feuilleton des origines*, p. 149.
65. L'œuvre d'Eccles, rappellent Catherine Desbarats et Allan Greer, s'inscrit dans un courant nationaliste canadien qui s'approprie les victoires de la Nouvelle-France. L'ennemi n'est plus le Français ou le Britannique mais l'« Américain ». Catherine Desbarats et Allan Greer, « The Seven Years' War in Canadian History and Memory », dans Warren R. Hofstra (dir.), *Cultures in Conflict: The Seven Years' War in North America*, p. 157. William J. Eccles, « Louis-Joseph de Montcalm », *DBC.*

66. « If [...] the French empire in North America met with defeat, it would not be the fault of the Canadians », écrit MacLeod. Peter MacLeod, « The Canadian against the French: The Struggle for Control of the Expedition to Oswego in 1756 », p. 155. Peter MacLeod, *La Vérité sur la bataille des plaines d'Abraham,* p. 279.
67. Fred Anderson, *Crucible of War,* p. 763. William M. Fowler, *Empires at War,* p. 139, 207.
68. Jean-Pierre Poussou, « Les débats entre les historiens », p. 28. Edmond Dziembowski, *La Guerre de Sept Ans, 1756-1763,* p. 366.
69. Entrevue avec Laurent Turcot, « La bataille des plaines d'Abraham : le début de la fin de la Nouvelle-France », *Aujourd'hui l'histoire,* Radio-Canada, émission du 11 avril 2016.

PRÉLUDE

1. Roger Michalon, « Vaudreuil et Montcalm », p. 62.
2. Robert Larocque, *Analyse ostéologique d'un crâne attribué à Montcalm.*
3. Roger Michalon, « Vaudreuil et Montcalm : les hommes, leurs relations, influence de ces relations sur la conduite de la guerre (1756-1759) », dans Jean Delmas (dir.), *Conflits de société au Canada français pendant la guerre de Sept Ans et leur influence sur les opérations,* p. 60. Thomas Chapais, *Le Marquis de Montcalm,* p. 15-26.
4. Henri-Raymond Casgrain (dir.), *Journal du marquis de Montcalm,* p. 18.
5. William J. Eccles, « Pierre de Rigaud de Vaudreuil », *DBC.* Peter MacLeod, « The Canadian against the French », p. 148.
6. Pour Raymonde Litalien, « Montcalm [...] adhérait à la seule stratégie défensive et n'avait que mépris pour les troupes régulières canadiennes ainsi que pour les Indiens ». Cette interprétation est présente dans les plus récents manuels scolaires : « Montcalm s'opposera constamment au gouverneur de Vaudreuil, un Canadien d'origine, qu'il considère, pour cette raison, comme son inférieur. Habitué aux batailles rangées des armées européennes, il n'arrive pas à s'adapter aux raids pratiqués par les Nord-Américains. » Raymonde Litalien, *Québec : capitale de la Nouvelle-France 1608-1760,* p. 215-216. Hervé Gagnon, Valérie E. Kirkman et Carmen Allison, *Histoire du Québec et du Canada,* vol. I, p. 108.
7. Sandrine Picaud-Monnerat, *La Petite Guerre au XVIIIe siècle,* p. 245.
8. À l'image de celle de Carillon, la bataille de l'Assiette s'apparente davantage à un assaut contre une position fortifiée.
9. Louise Dechêne, *Le Peuple, l'État et la guerre au Canada sous le Régime français,* p. 291-292. Martin L. Nicolai, « A Different Kind of Courage: The French Military and the Canadian Irregular Soldier during the Seven Years' War », p. 53-75.
10. *Collection de manuscrits concernant lettres, mémoires, et autres documents historiques relatifs à la Nouvelle-France,* vol. IV, p. 22, Montcalm au ministre, 21 mai 1756.

11. L'officier en question est le lieutenant Joseph Marin de la Malgue, qu'il charge d'une mission de reconnaissance sur la rivière aux Chicots. Henri-Raymond Casgrain (dir.), *Lettres de M. de Bourlamaque au chevalier de Lévis,* Québec, p. 183-184, Montcalm à Bourlamaque, 7 juillet 1757.
12. *Collection de manuscrits,* vol. IV, p. 157, Montcalm au ministre, 18 avril 1758.
13. Henri-Raymond Casgrain (dir.), *Journal du marquis de Montcalm,* p. 158. Henri-Raymond Casgrain (dir.), *Lettres de M. de Bourlamaque,* p. 128, Montcalm à Bourlamaque, 25 juin 1756 ; p. 131, Montcalm à Bourlamaque, 14 juillet 1756.
14. Archives publiques du Canada (désormais APC), *La Correspondance de Montcalm,* p. 44, Montcalm à la marquise de Saint-Véran, 16 juin 1756.
15. Jean-Guillaume Plantavit de La Pause, « Les "mémoires" du chevalier de La Pause », p. 369, Projet pour la défense du Canada pendant la campagne de 1759.
16. André Doreil, « Les lettres de Doreil », p. 54, 28 octobre 1755. Henri-Raymond Casgrain (dir.), *Extraits des archives des ministères de la Marine et de la Guerre à Paris (1755-1760),* vol. I, p. 153, 20 octobre 1755, Mémoire sur l'artillerie du Canada.
17. « À partir de l'été 1752, le Canada importe chaque année des farines de France, écrit Dechêne. Tout d'abord, ce sont des quantités plutôt faibles, en regard de l'énorme ponction militaire et comparées aux importations substantielles de 1757, 1758 et 1759, de l'ordre de 70 000 à 100 000 minots. » Louise Dechêne, *Le Partage des subsistances au Canada sous le Régime français,* p. 147. Henri-Raymond Casgrain (dir.), *Journal des campagnes du chevalier de Lévis,* p. 81. Henri-Raymond Casgrain (dir.), *Lettres de M. de Bourlamaque,* p. 157, Montcalm à Bourlamaque, 27 mai 1757.
18. Vaudreuil fait plusieurs séjours à Versailles pour assurer son avancement. On le trouve à la cour de 1713 à 1715, de 1728 à 1729, en 1742 et de 1753 à 1755. Roger Michalon, « Vaudreuil et Montcalm », p. 45-50.
19. Louis Dussieux, *Le Canada sous la domination française,* p. 276, Doreil à Paulmy, 28 octobre 1755. *Collection de manuscrits contenant lettres, mémoires, et autres documents historiques relatifs à la Nouvelle-France,* vol. III, p. 550-551, « Instruction à M. le baron Dieskau », 15 août 1755.
20. André Doreil, « Les lettres de Doreil », p. 152, 31 juillet 1758.
21. Louise Dechêne, *Le Peuple, l'État et la guerre,* p. 625.
22. Pour l'historien Roger Michalon, les instructions du gouverneur « montrent bien que les connaissances tactiques de Vaudreuil ne sont pas à la hauteur de ses vues stratégiques ». Pierre-Georges Roy, *Inventaire des papiers de Léry,* p. 35-36, Journal de M. de Léry, 15 juin 1759. BAC, MG1, série F3, collection Moreau de Saint-Méry, vol. XV, p. 49-56, Montcalm à Vaudreuil, 16 juillet 1758. Henri-Raymond Casgrain (dir.), *Lettres de M. de Bourlamaque,* p. 323, Montcalm à Bourlamaque, 2 juin 1759.
23. Jean-Guillaume Plantavit de La Pause, « Mémoire et observations sur mon voyage en Canada », p. 21-22. Louis Franquet, *Voyages et mémoires sur le Canada,* p. 167 et 172.

24. Henri-Raymond Casgrain (dir.), *Journal du marquis de Montcalm*, p. 542.
25. Gilles Proulx, « Soldat à Québec, 1748-1759 », p. 535-563. Marcel Fournier (dir.), *Combattre pour la France en Amérique. Les soldats de la guerre de Sept Ans en Nouvelle-France, 1755-1760*, p. 193.
26. André Doreil, « Les lettres de Doreil », p. 51, 25 octobre 1755 ; p. 75, 12 février 1756 ; p. 80-81, 20 juin 1756.
27. Les gouverneurs de Montréal et des Trois-Rivières ont le rang de colonel, tandis que les lieutenants de roi des trois districts de la colonie ont celui de lieutenant-colonel. Le poste de major-général et inspecteur des troupes de la Marine, créé en 1759, confère à son titulaire le grade de lieutenant de roi. Louis-Antoine de Bougainville, *Écrits sur le Canada*, p. 83, Mémoire sur l'état de la Nouvelle-France (1757). BAC, MG1, série F3, collection Moreau de Saint-Méry, vol. XV, p. 283-284, Berryer à Vaudreuil, 25 janvier 1759.
28. APC, *La Correspondance de Montcalm*, p. 92, Relation de l'expédition et prise du fort Guillaume-Henry.
29. Guy Frégault, *La Guerre de la Conquête*, p. 94.
30. Dans le présent ouvrage, nous écrivons les noms des officiers tels qu'ils apparaissent dans les sources. Nous préférons ainsi Montbeillard à Potot de Montbeillard, Pontleroy à Sarrebource de Pontleroy et Lanaudière à Tarieu de Lanaudière. Henri-Raymond Casgrain (dir.), *Lettres du marquis de Montcalm*, p. 35, Montcalm à Lévis, 17 août 1756.
31. Henri-Raymond Casgrain (dir.), *Lettres du marquis de Montcalm*, p. 76, Montcalm à Lévis, 2 novembre 1757. Joseph-Gaspard Chaussegros de Léry, « Journal du siège du fort de Chouéguen, appartenant aux Anglais, situé dans l'Amérique septentrionale », p. 402.
32. Henri-Raymond Casgrain (dir.), *Lettres du marquis de Montcalm*, p. 145, Montcalm à Lévis, 6 janvier 1759.
33. *Collection de manuscrits*, vol. IV, p. 79-80, Montcalm au ministre, 1er no--vembre 1756.
34. Henri-Raymond Casgrain (dir.), *Lettres du marquis de Montcalm*, p. 78-79, Montcalm à Lévis, 7 novembre 1757.
35. Henri-Raymond Casgrain (dir.), *Journal du marquis de Montcalm*, p. 199, 10 mai 1757.
36. Pour Louise Dechêne, « ni le personnel des bureaux et des magasins, insuffisant et mal formé, ni les marchands auxquels l'intendant confie tel ou tel ravitaillement n'ont d'expérience dans la manutention de gros dépôts de vivres. De surcroît, ces employés sont mal secondés par un état-major imprévoyant et un corps d'officiers indiscipliné. Une administration qui n'a pas encore appris à planifier, voire même à compter, du temps où le service était moins exigeant, risque d'être fort inefficace quand la pression augmente ». Louise Dechêne, *Le Partage des subsistances*, p. 157.
37. Henri-Raymond Casgrain (dir.), *Lettres de M. de Bourlamaque*, p. 141, Montcalm à Bourlamaque, 20 février 1757. Louise Dechêne, *Le Peuple, l'État et la*

guerre, p. 324-325. Russel Bouchard, *Jean-Daniel Dumas. Héros méconnu de la Nouvelle-France.*

38. Louise Dechêne, *Le Peuple, l'État et la guerre,* p. 314, 322, 326 et 333.
39. *Ibid.*, p. 310 et 338.
40. Selon Frégault, les Canadiens ont eu « l'occasion de pratiquer les méthodes de combat qu'ils ont apprises au cours d'une histoire qui a été un siècle et demi de conflit ». Guy Frégault, *La Guerre de la Conquête,* p. 189.
41. Charles Perry Stacey, « La guerre au Canada il y a deux siècles », p. 127-130.
42. « Un mémoire de M. de Bourlamaque sur le Canada », p. 230.
43. Louise Dechêne, *Le Peuple, l'État et la guerre,* p. 311.
44. Nous différons d'avis avec Dechêne sur cet aspect. Pour l'historienne, « le commerce ne prédispose pas à la violence, bien au contraire. Du nombre de voyageurs dans les Pays d'en haut, il faudrait commencer par soustraire tous ceux qui n'ont pas la moindre envie d'aller en guerre ». Elle ajoute : « Loin d'être une pépinière de soldats, le commerce des fourrures servira de refuge à ceux qui, pendant la guerre de Sept Ans, fuiront la conscription. » *Ibid.*, p. 171 et 558.
45. Charles-Nicolas Gabriel, *Le Maréchal de camp Desandrouins (1729-1792),* p. 207. Louis-Antoine de Bougainville, *Écrits sur le Canada,* p. 296, Journal de l'expédition d'Amérique, 31 juillet 1758.
46. Louise Dechêne, *Le Peuple, l'État et la guerre,* p. 58 et 372.
47. Les allégations de brutalité sont fréquentes, comme en témoigne la querelle opposant les deux commandants canadiens des forts Duquesne et Machault, Claude Pécaudy de Contrecœur et Michel Maray de la Chauvignerie, qui s'accusent de maltraiter les hommes de l'autre en 1755. Fernand Grenier (dir.), *Papiers Contrecœur et autres documents concernant le conflit anglo-français sur l'Ohio de 1745 à 1756,* p. 411-412, La Chauvignerie à Contrecœur. Thomas Chapais, *Le Marquis de Montcalm,* p. 171. *Collection de manuscrits,* vol. IV, p. 157, Montcalm au ministre de la Guerre, 18 avril 1758.
48. Henri-Raymond Casgrain (dir.), *Journal du marquis de Montcalm,* p. 163, 27 février 1757.
49. Louise Dechêne, *Le Peuple, l'État et la guerre,* p. 380.
50. Pour les campagnes de 1757 à 1759, Cornelius Jaenen évoque la présence de 1 800 guerriers actifs dans la vallée du Saint-Laurent, de 2 100 autres dans la vallée de l'Ohio et de près de 500 guerriers en Acadie. Selon Dechêne, on peut compter sur un bassin théorique de 10 000 guerriers dans les Pays d'en haut, contre 700 dans la vallée du Saint-Laurent. Denis Vaugeois (dir.), *Les Hurons de Lorette,* p. 204. Louise Dechêne, *Le Peuple, l'État et la guerre,* p. 196, 299 et 567.
51. Louis-Antoine de Bougainville, *Écrits sur le Canada,* p. 217, 26 juillet 1757.
52. Sandrine Picaud-Monnerat, *La Petite Guerre au XVIIIe siècle,* p. 12, 13, 27, 238 et 245.
53. « Presque personne des Sauvages n'ose se tenir à découvert sous le feu de l'ennemi, écrit Desandrouins. Si un intrépide s'y est parfois exposé, c'est qu'il abandonne son corps et qu'il veut donner des marques d'une valeur surprenante,

mais ces exemples sont rares. » Charles-Nicolas Gabriel, *Le Maréchal de camp Desandrouins,* p. 208.

54. Louis-Antoine de Bougainville, *Écrits sur le Canada,* p. 200, 19 juillet 1757.
55. Charles-Nicolas Gabriel, *Le Maréchal de camp Desandrouins,* p. 206.
56. Nicolas Renaud d'Avène des Méloizes, *Journal militaire 1756-1759,* p. 21, 14 septembre 1756.
57. Anne-Joseph-Hippolyte Maurès de Malartic, *Journal des campagnes au Canada de 1755 à 1760,* p. 125, 16 juillet 1757.
58. Nicolas Renaud d'Avène des Méloizes, *Journal militaire,* p. 49, 16-17 juillet 1759.
59. Henri-Raymond Casgrain (dir.), *Journal du marquis de Montcalm,* p. 198, 6 mai 1757. Nicolas Renaud d'Avène des Méloizes, *Journal militaire,* p. 35, 9 juin 1759.
60. Jean-Guillaume Plantavit de La Pause, « Mémoire et observations », p. 42, 19 septembre 1756.
61. Louis-Antoine de Bougainville, *Écrits sur le Canada,* p. 210, 24 juillet 1757. Arthur G. Doughty (dir.), *The Siege of Quebec,* vol. IV, p. 35, De Blau à Bougainville, 13 août 1759.
62. APC, *La Correspondance de Montcalm,* p. 56, Montcalm à la marquise de Montcalm, 16 avril 1757 ; p. 61, Montcalm à la marquise de Montcalm, 19 février 1758.
63. Henri-Raymond Casgrain (dir.), *Lettres de M. de Bourlamaque,* p. 130, Montcalm à Bourlamaque, 10 juillet 1756. Anne-Joseph-Hippolyte Maurès de Malartic, *Journal des campagnes,* p. 119, 29 juin 1757. Louis-Antoine de Bougainville, *Écrits sur le Canada,* p. 201, 20 juillet 1757.
64. L'éditeur du journal de Malartic a associé le « général » en question à Montcalm alors qu'il s'agit plutôt de Vaudreuil. Malartic, *Journal des campagnes,* p. 92, 30 décembre 1756. Guy Frégault, *Le Grand Marquis,* p. 203, Vaudreuil à Maurepas, 1er avril 1746.
65. BAC, MG1, série F3, collection Moreau de Saint-Méry, vol. XIV, p. 199, Bigot au ministre de la Marine, 4 octobre 1755.

PREMIÈRE PARTIE • LES CAMPAGNES AMÉRICAINES

CHAPITRE 1 • 1756 : LE BANC D'ESSAI

1. Louis-Antoine de Bougainville, *Écrits sur le Canada,* p. 294, Journal de l'expédition d'Amérique, 29 juillet 1758.
2. Contrairement à ce qui est indiqué dans le *Dictionnaire biographique du Canada,* Bourlamaque est né le 8 novembre 1722 au château du Vivier-Coutevroust (aujourd'hui Coutevroult), à l'est de Paris. Roger Martin, « Un précieux auxiliaire du marquis de Montcalm en Canada. Le chevalier de Bourlamaque. Ses origines : la famille "de Bourlmaque" », p. 17.

3. APC, *La Correspondance de Montcalm,* p. 41, Montcalm à la marquise de Saint-Véran, 11 mai 1756.
4. Henri-Raymond Casgrain (dir.), *Journal du marquis de Montcalm,* p. 64, 13 mai 1756.
5. *Collection de manuscrits,* vol. IV, p. 22, Montcalm au ministre, 21 mai 1756.
6. *Ibid.,* p. 30, Montcalm au ministre, 12 juin 1756.
7. André Doreil, « Les lettres de Doreil », p. 53, 28 octobre 1755 ; p. 62-63, 28 octobre 1755. Henri-Raymond Casgrain (dir.), *Lettres du marquis de Montcalm,* p. 78-79, Montcalm à Lévis, 7 novembre 1757.
8. BAC, MG1, série F3, collection Moreau de Saint-Méry, vol. XIV, p. 283-285, Lettre du ministre à Vaudreuil, 15 mars 1756.
9. Roger Michalon, « Vaudreuil et Montcalm », p. 95-96.
10. Henri-Raymond Casgrain (dir.), *Extraits des archives des ministères de la Marine et de la Guerre à Paris,* vol. I, p. 46, 24 juillet 1755, Vaudreuil au ministre.
11. Joseph-Gaspard Chaussegros de Léry, « Journal du siège du fort de Chouéguen », p. 401-402.
12. Joseph-Gaspard Chaussegros de Léry, « Journal de la campagne d'hiver, du 13 février au 9 avril 1756 », p. 388. Jean-Guillaume Plantavit de La Pause, « Mémoire et observations », p. 23. Peter MacLeod, *Les Iroquois et la guerre de Sept Ans,* p. 229-230.
13. Jean-Guillaume Plantavit de La Pause, « Mémoire et observations », p. 24.
14. Louis-Antoine de Bougainville, *Écrits sur le Canada,* Journal de l'expédition d'Amérique, p. 138, 21 septembre 1756.
15. APC, *La Correspondance de Montcalm,* p. 46, Montcalm à la marquise de Montcalm, 20 juillet 1756.
16. Henri-Raymond Casgrain (dir.), *Lettres du marquis de Montcalm,* p. 22, Instructions pour M. le chevalier de Lévis.
17. Henri-Raymond Casgrain (dir.), *Lettres du marquis de Vaudreuil au chevalier de Lévis,* p. 12, Vaudreuil à Lévis, 26 juillet 1756.
18. Henri-Raymond Casgrain (dir.), *Journal du marquis de Montcalm,* p. 71, 18 juin 1756.
19. Henri-Raymond Casgrain (dir.), *Lettres de M. de Bourlamaque,* p. 128, Montcalm à Bourlamaque, 25 juin 1756.
20. Henri-Raymond Casgrain (dir.), *Lettres de divers particuliers au chevalier de Lévis,* p. 54-56, Péan à Lévis, 26 juillet 1756 ; p. 59, Péan à Lévis, 7 août 1756.
21. Lévis exprimera de nouveau ses doutes à la veille du départ de Montcalm pour Oswego. Henri-Raymond Casgrain (dir.), *Lettres du chevalier de Lévis,* p. 20-21, Lévis à d'Argenson, 17 juillet 1756 ; p. 66, Lévis à Bigot, 4 août 1756.
22. Henri-Raymond Casgrain (dir.), *Lettres du marquis de Montcalm,* p. 28, Montcalm à Lévis, 30 juillet 1756.
23. Ce décalage entre le terrain et l'historiographie explique l'incrédulité du chercheur Éric Boulanger, qui s'est penché sur ce corpus de textes : « Les quelques vers qui mettent en scène Montcalm paraissent [...] ambigus, puisqu'il est de notoriété publique que celui-ci manifesta une certaine répugnance à marcher

sur Chouaguen tout au long de la campagne. » Éric Boulanger, *La Plume au fourreau,* p. 52.

24. Jean-Guillaume Plantavit de La Pause, « Mémoire et observations », p. 25.
25. Charles-Nicolas Gabriel, *Le Maréchal de camp Desandrouins,* p. 32-33. Henri-Raymond Casgrain (dir.), *Lettres du marquis de Montcalm,* p. 29, Montcalm à Lévis, 2 août 1756.
26. Henri-Raymond Casgrain (dir.), *Lettres du marquis de Montcalm,* p. 29, Montcalm à Lévis, 2 août 1756. Jean-Claude de Combles, *Plan de la Rivière et des Forts de Choueguen relatif à la reconnaissance que j'en ay fait le 25 juillet 1756,* BAC, Dépôt des fortifications des colonies, 30 juillet 1756.
27. L'artillerie de Montcalm comprend 22 canons de 2 à 12 livres, 4 obusiers, 1 mortier et 8 mortiers à grenades. Jean-Guillaume Plantavit de La Pause, « Mémoire et observations », p. 26-29.
28. Peter MacLeod, *Les Iroquois et la guerre de Sept Ans,* p. 268.
29. Peter MacLeod, « The French Siege of Oswego in 1756 : Inland Naval Warfare in North America », p. 266-267.
30. Charles-Nicolas Gabriel, *Le Maréchal de camp Desandrouins,* p. 42-44.
31. *Ibid.,* p. 48-50. Henri-Raymond Casgrain (dir.), *Journal du marquis de Montcalm,* p. 94-95. Peter MacLeod, *Les Iroquois et la guerre de Sept Ans,* p. 269-270.
32. Charles-Nicolas Gabriel, *Le Maréchal de camp Desandrouins,* p. 60. Jean-Guillaume Plantavit de La Pause, « Mémoire et observations », p. 29. Henri-Raymond Casgrain (dir.), *Journal du marquis de Montcalm,* p. 107.
33. Henri-Raymond Casgrain (dir.), *Lettres de l'intendant Bigot au chevalier de Lévis,* p. 16, Bigot à Lévis, 10 août 1756. Jean-Guillaume Plantavit de La Pause, « Mémoire et observations », p. 25.
34. Charles-Nicolas Gabriel, *Le Maréchal de camp Desandrouins,* p. 49-50.
35. *Ibid.,* p. 52-53.
36. BAC, MG1, série F3, collection Moreau de Saint-Méry, vol. XV, p. 406-413, Vaudreuil au ministre, 1er septembre 1756.
37. *Collection de manuscrits,* vol. IV, p. 67, Montcalm au ministre de la Guerre, 28 août 1756.
38. Henri-Raymond Casgrain (dir.), *Journal du marquis de Montcalm,* p. 96-97.
39. Selon Pouchot, « cette batterie, dirigée par M. Mercier, aurait été placée aussi favorablement sur les ailes du fort [Ontario] et aurait évité l'inconvénient d'y arriver à découvert, ce qui faillit à faire manquer notre opération ». Jean-Guillaume Plantavit de La Pause, « Mémoire et observations », p. 33. Pierre Pouchot, *Mémoires sur la dernière guerre,* p. 48-49.
40. Charles-Nicolas Gabriel, *Le Maréchal de camp Desandrouins,* p. 59. BAC, MG1, série F3, collection Moreau de Saint-Méry, vol. XV, p. 374, Vaudreuil au ministre, 13 août 1756.
41. Henri-Raymond Casgrain (dir.), *Journal du marquis de Montcalm,* p. 107. APC, *La Correspondance de Montcalm,* Montcalm à la marquise de Montcalm, 30 août 1756. Anne-Joseph-Hippolyte Maurès de Malartic, *Journal des campagnes,* p. 76, 16 août 1756.

42. Charles-Nicolas Gabriel, *Le Maréchal de camp Desandrouins,* p. 62-63.
43. Pour Peter MacLeod, « *the most important battle was not the military encounter between the French and the British but the contest of wills that pitted the Canadians against the French* ». Peter MacLeod, « The Canadian against the French », p. 144-155. Guy Frégault, *La Guerre de la Conquête,* p. 182. Roger Michalon, « Vaudreuil et Montcalm », p. 97.
44. Charles-Nicolas Gabriel, *Le Maréchal de camp Desandrouins,* p. 54-55.
45. *Collection de manuscrits,* vol. IV, p. 39, lettre de M. Cognard sur les affaires du Canada. Jean-Guillaume Plantavit de La Pause, « Mémoire et observations », p. 35, 19 août 1756.
46. Charles-Nicolas Gabriel, *Le Maréchal de camp Desandrouins,* p. 60.
47. Henri-Raymond Casgrain (dir.), *Lettres de l'intendant Bigot au chevalier de Lévis,* p. 14, Bigot à Lévis, 7 août 1756.
48. René Chartrand, *Montcalm's Crushing Blow: French and Indian Raids Along New York's Oswego River 1756,* p. 69.
49. Étonnamment, Roger Michalon n'a pas tenu compte de ce facteur en soutenant que Montcalm aurait pu poursuivre son offensive vers le portage de la Mohawk. L'historien français critique également Vaudreuil pour ne pas avoir planifié l'exploitation de la victoire d'Oswego. Roger Michalon, « Vaudreuil et Montcalm », p. 131.
50. *Collection de manuscrits,* vol. IV, p. 69, Montcalm au ministre de la Guerre, 28 août 1756.
51. *Ibid.,* p. 67, Montcalm au ministre de la Guerre, 28 août 1756.
52. Georges Robitaille, *Montcalm et ses historiens,* p. 25-27. Richard Waddington, *Louis XV et le renversement des alliances,* p. 457-458.

CHAPITRE 2 • 1757 : LE MIRAGE DE L'HUDSON

1. Pierre Pouchot, *Mémoires sur la dernière guerre,* p. 242. Alain Beaulieu et Jean-Pierre Sawaya, « L'importance stratégique des Sept-Nations du Canada (1650-1860) », p. 91.
2. APC, *La Correspondance de Montcalm,* p. 44-50, Montcalm à la marquise de Saint-Véran, 1er avril 1757.
3. En 1758, Montcalm note « beaucoup d'agitation dans les Cinq-Nations, vrais Hollandais de l'Amérique ». Henri-Raymond Casgrain (dir.), *Lettres de M. de Bourlamaque,* p. 254, Montcalm à Bourlamaque, 18 mai 1758.
4. Henri-Raymond Casgrain (dir.), *Journal du marquis de Montcalm,* p. 502-503, 17 mars 1759.
5. *Ibid.,* p. 145, 5 janvier 1757. Henri-Raymond Casgrain (dir.), *Lettres de M. de Bourlamaque,* p. 257, Montcalm à Bourlamaque, 22 mai 1758.
6. Louis-Antoine de Bougainville, *Écrits sur le Canada,* Journal de l'expédition d'Amérique, p. 158, 19 octobre 1756 ; p. 173, 19 mars 1757.
7. *Ibid.,* p. 152, février 1757.

8. *Ibid.*, p. 184-185, Journal de l'expédition d'Amérique, mai 1757.
9. Henri-Raymond Casgrain (dir.), *Journal du marquis de Montcalm*, p. 200, 13 mai 1757.
10. *Collection de manuscrits*, vol. IV, p. 100-103, Instruction à M. le marquis de Montcalm, 9 juillet 1757.
11. *Ibid.*, p. 103, Instruction à M. le marquis de Montcalm, 9 juillet 1757.
12. Henri-Raymond Casgrain (dir.), *Lettres du marquis de Vaudreuil*, p. 41, Vaudreuil à Lévis, 10 juillet 1757.
13. Henri-Raymond Casgrain (dir.), *Lettres de M. de Bourlamaque*, p. 167, Montcalm à Bourlamaque, 16 juin 1757.
14. Henri-Raymond Casgrain (dir.), *Journal du marquis de Montcalm*, p. 236, 20 juillet 1757.
15. Henri-Raymond Casgrain (dir.), *Lettres de M. de Bourlamaque*, p. 151, Montcalm à Bourlamaque, 21 mai 1757 ; p. 166, Montcalm à Bourlamaque, 13 juin 1757 ; p. 183, Montcalm à Bourlamaque, 7 juillet 1757. Henri-Raymond Casgrain (dir.), *Journal du marquis de Montcalm*, p. 207, 22 mai 1757. Anne-Joseph-Hippolyte Maurès de Malartic, *Journal des campagnes*, p. 117, 25 juin 1757. Nicolas Renaud d'Avène des Méloizes, *Journal militaire 1756-1759*, p. 38, 3-8 juin 1759.
16. Louis-Antoine de Bougainville, *Écrits sur le Canada*, p. 226-227, Journal de l'expédition d'Amérique, 5 août 1757.
17. Outre Dieskau, ce total comprend l'aide de camp du baron, l'enseigne Bellestre, des troupes de la Marine, le sieur de La Force, deux officiers de milice, une femme ainsi que 41 soldats et miliciens. Henri-Raymond Casgrain (dir.), *Journal du marquis de Montcalm*, p. 319, 22 novembre 1757.
18. Louis-Antoine de Bougainville, *Écrits sur le Canada*, p. 231-232, Journal de l'expédition d'Amérique, 9 août 1757.
19. *Ibid.*, p. 286, 13 juillet 1758 ; p. 140, 2 octobre 1756.
20. Anne-Joseph-Hippolyte Maurès de Malartic, *Journal des campagnes*, p. 145, 9 août 1757. Geneviève C. Bergeron, « Victoires au fort William-Henry (1757). Les alliés amérindiens et la guerre de Sept Ans », p. 32-34.
21. Louis-Antoine de Bougainville, *Écrits sur le Canada*, p. 383, Bougainville à Madame de Séchelles, 20 septembre 1757.
22. Arthur G. Doughty (dir.), *An Historical Journal of the Campaigns in North America for the Years 1757, 1758, 1759 and 1760 by Captain John Knox*, vol. II, p. 103.
23. Jean-Guillaume Plantavit de La Pause, « Mémoire et observations », p. 62-63, 14 août 1757.
24. Henri-Raymond Casgrain (dir.), *Journal des campagnes du chevalier de Lévis*, p. 103, 10 août 1757.
25. BAC, MG1, série F3, collection Moreau de Saint-Méry, v. 15, p. 119, Précis des événements de la campagne de 1757 en la Nouvelle-France.
26. APC, *La Correspondance de Montcalm*, p. 58, Montcalm à la marquise du Boulay, 20 août 1757.
27. Guy Frégault, *La Guerre de la Conquête*, p. 214-220.

28. « On ne conçoit pas quelle peine il faut pour voiturer une artillerie considérable, 250 bateaux, des vivres pour six semaines pour 10 000 hommes, le tout sans chevaux ni bœufs, à bras d'homme, rapporte Bougainville. Aussi ne pourra-t-on pas apprécier en Europe le mérite des opérations faites en Amérique. La fatigue ne s'en conçoit pas, et il est impossible d'en donner une idée juste. » Louis-Antoine de Bougainville, *Écrits sur le Canada,* p. 219, Journal de l'expédition d'Amérique, 31 juillet 1757.
29. *Ibid.,* p. 199-200, Journal de l'expédition d'Amérique, 18 juillet 1757.
30. Henri-Raymond Casgrain (dir.), *Lettres du marquis de Montcalm,* p. 93-94, Montcalm à Lévis, 16 décembre 1757 ; p. 108, Montcalm à Lévis, 30 décembre 1757.
31. Henri-Raymond Casgrain (dir.), *Lettres et pièces militaires,* p. 32-37, Projet pour aller au fort Lydius en supposant que milord Loudon voulût de nouveau tenter le siège de Louisbourg et qu'il arrivât des vivres et des munitions de guerre au commencement du printemps, mars 1758.
32. Louis-Antoine de Bougainville, *Écrits sur le Canada,* p. 224 et 233, Journal de l'expédition d'Amérique, août 1757.
33. Jean-Guillaume Plantavit de La Pause, « Mémoire et observations », p. 65-67.
34. Henri-Raymond Casgrain (dir.), *Lettres et pièces militaires,* p. 42, Réponse au mémoire de M. le marquis de Montcalm, 18 mars 1758.
35. *Ibid.,* p. 42, Mémoire du marquis de Montcalm, Réponse au mémoire de M. le marquis de Montcalm, 18 mars 1758.
36. BAC, MG1, série F3, collection Moreau de Saint-Méry, vol. XV, p. 6, Vaudreuil au ministre de la Marine, 18 août 1757.
37. Charles-Nicolas Gabriel, *Le Maréchal de camp Desandrouins,* p. 99-100.
38. *Collection de manuscrits,* vol. IV, p. 115-117, Montcalm au ministre, 15 août 1757.
39. Jean-Pierre Bois, *Maurice de Saxe,* p. 358.
40. Dans son rapport au ministre de la Marine, Bigot précise que « le Canada est fort heureux, ses projets réussissent tous et il bat les Anglais de tous côtés, mais il est malheureux dans ses récoltes ». *Collection de manuscrits,* vol. IV, p. 129, Montcalm au ministre, 8 septembre 1757. BAC, MG1, série F3, collection Moreau de Saint-Méry, vol. XIV, p. 96-98, Bigot au ministre de la Marine, 24 août 1757.
41. BAC, MG1, série F3, collection Moreau de Saint-Méry, vol. XIV, p. 135-136, Vaudreuil au ministre de la Marine, 16 septembre 1757.
42. « Si nous n'avions pas affaire à des troupes faibles et timides, nous ne pourrions nous flatter des succès que nous avons, écrit Lévis. Mais je crains que les Anglais de l'Amérique ne fassent à la fin ce que les Moscovites ont fait aux Suédois, parce qu'il nous arrive aussi de brider le cheval par la queue, et même notre dernière expédition, mais il y a des gens à qui tout réussit. » Henri-Raymond Casgrain (dir.), *Lettres du chevalier de Lévis,* p. 136 et 142, Lévis à Mirepoix, 4 septembre 1757.
43. Henri-Raymond Casgrain (dir.), *Lettres de M. de Bourlamaque,* p. 285, Montcalm à Bourlamaque, 9 décembre 1758.

44. Jean-Félix Récher, « Jean-Félix Récher, curé de Québec, et son journal », p. 299, 14 septembre 1757.
45. Joseph-Gaspard Chaussegros de Léry, « Journal de Joseph-Gaspard Chaussegros de Léry, 1756 et 1757 », p. 245.
46. Henri-Raymond Casgrain (dir.), *Lettres du marquis de Montcalm,* p. 54, Montcalm à Lévis, 14 septembre 1757 ; p. 80, Montcalm à Lévis, 7 novembre 1757.
47. Henri-Raymond Casgrain (dir.), *Journal du marquis de Montcalm,* p. 328, janvier 1758.
48. André Doreil, « Les lettres de Doreil », p. 122, 28 avril 1758.

CHAPITRE 3 • 1758 : LE CHÂTEAU DE CARTES DU CANADA

1. Jacques Mathieu et Sophie Imbeault, *La Guerre des Canadiens, 1756-1763,* p. 241-242. Louis-Antoine de Bougainville, *Écrits sur le Canada,* p. 249, Journal de l'expédition d'Amérique, décembre 1758.
2. Henri-Raymond Casgrain (dir.), *Journal du marquis de Montcalm,* p. 350, 15 mai 1758.
3. *Collection de manuscrits,* vol. IV, p. 151-153, Montcalm au ministre, 23 février 1758.
4. Henri-Raymond Casgrain (dir.), *Lettres du marquis de Montcalm,* p. 121, Montcalm à Lévis, 20 janvier 1758.
5. *Ibid.*, p. 85, Montcalm à Lévis, 2 décembre 1757.
6. *Collection de manuscrits,* vol. IV, p. 80-81, Montcalm au ministre de la Guerre, 28 août 1756. Henri-Raymond Casgrain (dir.), *Lettres de M. de Bourlamaque,* p. 150, Montcalm à Bourlamaque, 21 mai 1757.
7. Henri-Raymond Casgrain (dir.), *Journal du marquis de Montcalm,* p. 358, 29 mai 1758.
8. Louis-Antoine de Bougainville, *Écrits sur le Canada,* p. 256, Journal de l'expédition d'Amérique, 16 mai 1758.
9. Guy Frégault, *La Guerre de la Conquête,* p. 294, Bigot à Massiac, 21 juillet 1758.
10. Henri-Raymond Casgrain (dir.), *Journal du marquis de Montcalm,* p. 357, 29 mai 1758.
11. Henri-Raymond Casgrain (dir.), *Lettres de M. de Bourlamaque,* p. 211, Montcalm à Bourlamaque, 14 mars 1758 ; p. 222, Montcalm à Bourlamaque, 6 avril 1758 ; p. 233, Montcalm à Bourlamaque, 4 mai 1758.
12. Henri-Raymond Casgrain (dir.), *Lettres et pièces militaires,* p. 25-28, Mémoire pour servir d'instruction à M. le marquis de Montcalm, donné par M. de Vaudreuil pour la campagne 1758.
13. Selon La Pause, le corps expéditionnaire de la Mohawk rassemble entre 1 600 et 1 800 combattants, dont 400 soldats des troupes de terre, 400 de la Marine, 300 miliciens et plus de 500 guerriers. Lévis estime plutôt ses effectifs à 3 000 hommes, y compris 400 soldats des troupes de terre et 400 autres de la Marine. Jean-Guillaume Plantavit de La Pause, « Mémoire et observations »,

p. 79, 20-30 juin 1758. Henri-Raymond Casgrain (dir.), *Lettres du chevalier de Lévis*, p. 186-187, Lévis à Belle-Isle, 26 juin 1758.

14. Henri-Raymond Casgrain (dir.), *Journal du marquis de Montcalm*, p. 376, 23 juin 1758. Ce mémoire est erronément daté du 23 janvier 1758 dans l'édition de l'abbé Casgrain.
15. *Ibid.*, p. 340-341, 19 mars 1758 ; p. 372-373, 19 juin 1758.
16. Henri-Raymond Casgrain (dir.), *Lettres et pièces militaires*, p. 30-31, Mémoire du marquis de Montcalm, 23 juin 1758.
17. Louis-Antoine de Bougainville, *Écrits sur le Canada*, p. 266-269, Journal de l'expédition d'Amérique, 25-30 juin 1758.
18. Henri-Raymond Casgrain (dir.), *Lettres du chevalier de Lévis*, p. 189-190, Lévis à Montcalm, 30 juin 1758.
19. Jean-Guillaume Plantavit de La Pause, « Mémoire et observations », p. 80-81, 6 juillet 1758.
20. Louis-Antoine de Bougainville, *Écrits sur le Canada*, p. 275, Journal de l'expédition d'Amérique, 6 juillet 1758.
21. Pierre Pouchot, *Mémoires sur la dernière guerre*, p. 71.
22. Le détachement débarque à Carillon entre 18 et 20 h. Lévis rejoint l'armée le lendemain à 3 h. Louis-Antoine de Bougainville, *Écrits sur le Canada*, p. 277, Journal de l'expédition d'Amérique, 7 juillet 1758. Henri-Raymond Casgrain (dir.), *Journal du marquis de Montcalm*, p. 396. Henri-Raymond Casgrain (dir.), *Lettres du chevalier de Lévis*, p. 199, Lévis au roi de Pologne, 12 juillet 1758.
23. Selon Pouchot, Montcalm aurait envisagé un repli vers Saint-Frédéric au matin du 8 juillet. Vaudreuil le soutient également dans son rapport au ministre : « [Montcalm] me proposa de faire une seconde place en terre dans la presqu'île qui est vis-à-vis Saint-Frédéric, que c'était le seul moyen de pouvoir disputer la frontière et que si Louisbourg était pris, il serait obligé de se réduire à une défensive étroite. » BAC, MG1, série F3, collection Moreau de Saint-Méry, vol. XIV, p. 182, Vaudreuil au ministre, 28 juillet 1758. Pierre Pouchot, *Mémoires sur la dernière guerre*, p. 72.
24. Louis-Antoine de Bougainville, *Écrits sur le Canada*, p. 292, Journal de l'expédition d'Amérique, 25 juillet 1758.
25. Le 13 juillet, l'armée française du lac Champlain compte 6 669 hommes, dont 3 528 soldats des troupes de terre, 2 671 combattants des troupes de la Marine et miliciens ainsi que 470 guerriers autochtones. À la fin du mois, on dénombre 7 048 combattants, dont 3 528 hommes des troupes de terre, 1 112 membres des troupes de la Marine, 2 108 miliciens et 300 guerriers. Le départ des miliciens pour les récoltes en août, combiné aux maladies, fait chuter les effectifs à 5 000 hommes, dont 3 193 des troupes de terre et 1 733 des troupes de la Marine et de la milice. Henri-Raymond Casgrain (dir.), *Journal du marquis de Montcalm*, p. 408, 13 juillet 1758 ; p. 423, 31 juillet 1758 ; p. 434-435, 17 août 1758.
26. André Doreil, « Les lettres de Doreil », p. 138, 28 juillet 1758, p. 151, 31 juillet 1758.

27. Louis-Antoine de Bougainville, *Écrits sur le Canada,* p. 286, Journal de l'expédition d'Amérique, 12 juillet 1758.
28. BAC, MG1, série F3, collection Moreau de Saint-Méry, vol. XV, p. 77, Vaudreuil à Berryer, 4 août 1758.
29. Louis-Antoine de Bougainville, *Écrits sur le Canada,* p. 300, Journal de l'expédition d'Amérique, 6 août 1758. Henri-Raymond Casgrain (dir.), *Journal du marquis de Montcalm,* p. 410, juillet 1758 ; p. 428-429, 6 août 1758.
30. Henri-Raymond Casgrain (dir.), *Journal du marquis de Montcalm,* p. 410, juillet 1758 ; p. 420-421, 30 juillet 1758. Henri-Raymond Casgrain (dir.), *Journal des campagnes du chevalier de Lévis,* p. 142, 12 juillet 1758.
31. Henri-Raymond Casgrain (dir.), *Journal du marquis de Montcalm,* p. 434, août 1758. Henri-Raymond Casgrain (dir.), *Lettres de divers particuliers,* p. 100, Mercier à Lévis, 7 août 1758.
32. Henri-Raymond Casgrain (dir.), *Journal du marquis de Montcalm,* p. 448-450, Détail de la prise de Frontenac.
33. *Collection de manuscrits,* vol. IV, p. 189, Vaudreuil au ministre, 2 septembre 1758.
34. Pierre Pouchot, *Mémoires sur la dernière guerre,* p. 68. Henri-Raymond Casgrain (dir.), *Journal du marquis de Montcalm,* p. 438-439, 1er septembre 1758. *Collection de manuscrits,* vol. IV, p. 80, Montcalm au ministre, 1er novembre 1756.
35. Louis-Antoine de Bougainville, *Écrits sur le Canada,* p. 305-306, 1er septembre 1758. Anne-Joseph-Hippolyte Maurès de Malartic, *Journal des campagnes,* p. 201, 30 août 1758.
36. *Collection de manuscrits,* vol. IV, p. 190, Vaudreuil au ministre, 2 septembre 1758.
37. Jean-Guillaume Plantavit de La Pause, « Les "papiers" La Pause », p. 153, Mémoire et réflexions politiques et militaires sur la guerre du Canada depuis 1746 jusqu'à 1760.
38. BAC, MG1, série F3, collection Moreau de Saint-Méry, vol. XIV, p. 257-258, Bigot au ministre, 22 novembre 1758.
39. Louis-Antoine de Bougainville, *Écrits sur le Canada,* p. 300.
40. À la lecture du journal de Montcalm, on pourrait croire que le marquis a voulu abandonner les fourches de l'Ohio dès 1757. Il semble toutefois que cette réflexion ait été tirée du journal de Bougainville, qui a servi de modèle à celui du général. C'est ce qui expliquerait pourquoi Montcalm insiste pour maintenir des forces dans la vallée de l'Ohio dans une lettre à Bourlamaque du mois de mai 1757. Henri-Raymond Casgrain (dir.), *Journal du marquis de Montcalm,* p. 463, octobre 1758. Louis-Antoine de Bougainville, *Écrits sur le Canada,* p. 320, Journal de l'expédition d'Amérique, octobre 1758. Henri-Raymond Casgrain (dir.), *Lettres de M. de Bourlamaque,* p. 150, Montcalm à Bourlamaque, 21 mai 1757.
41. Louise Dechêne, *Le Partage des subsistances,* p. 146-147. Gilles Archambault, « La question des vivres au Canada au cours de l'hiver 1757-1758 », p. 16-50.
42. Henri-Raymond Casgrain (dir.), *Lettres et pièces militaires,* p. 45-51, Montcalm, Réflexions générales sur les mesures à prendre pour la défense de cette colonie, 10 septembre 1758.

DEUXIÈME PARTIE • LE SYSTÈME DÉFENSIF DE QUÉBEC

CHAPITRE 4 • LE REMPART LAURENTIEN

1. Jean-Guillaume Plantavit de La Pause, « Mémoire et observations », p. 89.
2. *Collection de manuscrits,* vol. IV, p. 199, Montcalm au ministre, 9 septembre 1758.
3. Bougainville la surnomme ainsi dans un mémoire rédigé au terme de sa mission en France : « Madame de Pompadour me marqua les plus grandes bontés et comme elle était alors premier ministre, je travaillai souvent avec elle sur l'objet de ma mission. » Louis-Antoine de Bougainville, *Écrits sur le Canada,* p. 349.
4. Henri-Raymond Casgrain (dir.), *Lettres de M. de Bourlamaque,* p. 333, Montcalm à Bourlamaque, 25 juin 1759. Louis-Antoine de Bougainville, *Écrits sur le Canada,* p. 21-59.
5. Henri-Raymond Casgrain (dir.), *Lettres de M. de Bourlamaque,* p. 77, Bourlamaque à Lévis, 2 novembre 1759. Louis-Antoine de Bougainville, *Écrits sur le Canada,* p. 23, Situation du Canada en hommes, moyens, positions.
6. Au 1er juin 1759, la Marine royale compte 47 vaisseaux répartis entre les ports français de la façade atlantique (21), de la côte méditerranéenne (12), des Antilles (9), de l'océan Indien (4) et de l'Atlantique Sud (1). Jonathan R. Dull, *La Guerre de Sept Ans. Histoire navale, politique et diplomatique,* p. 380. Olivier Chaline, « Rendre courage à la Marine », dans Laurent Veyssière, Philippe Joutard et Didier Poton (dir.), *Vers un nouveau monde atlantique. Les traités de Paris, 1763-1783,* p. 318.
7. Louis-Antoine de Bougainville, *Écrits sur le Canada,* p. 46, Mémoire sur le Canada, janvier 1759.
8. André Doreil, « Les lettres de Doreil », p. 54, 28 octobre 1755. Henri-Raymond Casgrain (dir.), *Journal du marquis de Montcalm,* p. 211, 1er juin 1757. *Collection de manuscrits,* vol. IV, p. 130, Vaudreuil au ministre, 12 septembre 1757.
9. Louis-Antoine de Bougainville, *Écrits sur le Canada,* p. 25-26, Ce que la France ne peut se dispenser de faire pour le Canada, 29 décembre 1758.
10. Louis-Antoine de Bougainville, *Écrits sur le Canada,* p. 34-35, Si la France faisait un armement considérable pour le Canada, quelle en serait l'opération la plus avantageuse au salut de cette colonie, 31 décembre 1758.
11. Cette réflexion est bien de Montcalm, puisque Bougainville n'en fait pas mention dans son journal personnel. Henri-Raymond Casgrain (dir.), *Journal du marquis de Montcalm,* p. 327-328, 19 décembre 1757.
12. Louis-Antoine de Bougainville, *Écrits sur le Canada,* p. 349-350, Mémoires depuis le 15 novembre 1758 ; p. 247, Journal de l'expédition d'Amérique, 31 octobre 1757.
13. Louis-Antoine de Bougainville, *Écrits sur le Canada,* p. 32-34, Réflexion sur la campagne prochaine, 29 décembre 1758.
14. Jean-Guillaume Plantavit de La Pause, « Les "mémoires" du chevalier de La Pause », p. 371, Projet pour la défense du Canada pendant la campagne de 1759.

15. Henri-Raymond Casgrain (dir.), *Lettres de M. de Bourlamaque,* p. 280, Montcalm à Bourlamaque, 27 novembre 1758.
16. Louis-Antoine de Bougainville, *Écrits sur le Canada,* p. 349-350, Mémoires depuis le 15 novembre 1758 ; p. 32-34, Réflexion sur la campagne prochaine, 29 décembre 1758.
17. Éric Bédard, « Une paix séparée avec l'Angleterre ? Les considérations de l'abbé de Bernis en 1758 », dans Sophie Imbeault, Denis Vaugeois et Laurent Veyssière (dir.), *1763, le traité de Paris bouleverse l'Amérique,* p. 98-111. Franz A. J. Szabo, « Perdre l'Amérique en Allemagne : les revers français en Europe pendant la guerre de Sept Ans », dans Bertrand Fonck et Laurent Veyssière (dir.), *La Fin de la Nouvelle-France,* p. 56. Jonathan R. Dull, *La Guerre de Sept Ans,* p. 189-199.
18. Jonathan R. Dull, *La Guerre de Sept Ans,* p. 180. Patrick Villiers, *Marine royale, corsaires et trafic dans l'Atlantique de Louis XIV à Louis XVI,* p. 299. Christian Buchet, *La Lutte pour l'espace caraïbe et la façade atlantique de l'Amérique centrale et du Sud (1672-1763),* p. 394-396.
19. Dave Noël, « Le Saint-Laurent, pivot du système défensif de Québec (1757-1759) », p. 47-58.
20. Louis-Antoine de Bougainville, *Écrits sur le Canada,* p. 242, Journal de l'expédition d'Amérique, 26 septembre 1757.
21. Il faut attendre 1702 pour qu'une première carte du Saint-Laurent soit imprimée. Il s'agit de celle de Jean Deshayes, dont la réimpression de 1715 est utilisée pendant près de quarante ans. C'est à partir de cette carte que les Britanniques produisent leur propre plan en 1757. Les deux seules autres cartes publiées en France avant la Conquête sont celles de Jacques-Nicolas Bellin de 1744 et de 1757. Au cours des dernières années du Régime français, les capitaines utilisent surtout les copies manuscrites de la carte de Pellegrin. Claude Boudreau, *La Cartographie au Québec (1760-1840),* p. 31-33. Jean Leclerc, *Les Pilotes du Saint-Laurent (1762-1960),* p. 95.
22. La frégate de Montcalm franchit l'Atlantique en 37 jours seulement. Gilles Proulx, *Entre France et Nouvelle-France,* p. 67. APC, *La Correspondance de Montcalm,* p. 37, Montcalm à la marquise de Saint-Véran, 26 mars 1756.
23. Louis-Antoine de Bougainville, *Écrits sur le Canada,* p. 334-335, Journal de l'expédition d'Amérique, 12-13 novembre 1757.
24. Emmanuel Crespel, *Lettres du père Crespel et son naufrage à Anticosti en 1736.*
25. Henri-Raymond Casgrain (dir.), *Journal du marquis de Montcalm,* p. 218, 19 juin 1757. Henri-Raymond Casgrain (dir.), *Lettres de M. de Bourlamaque,* p. 170, Montcalm à Bourlamaque, 18 juin 1757.
26. Selon Montcalm, l'ordre de bataille de Vaudreuil aurait été conçu à partir d'un avis du chef d'escadre Antoine-Alexis Périer de Salvert. Henri-Raymond Casgrain (dir.), *Journal du marquis de Montcalm,* p. 246, 22 juillet 1757 ; p. 304, 1er-15 octobre 1757.
27. La pointe de Lévis est nommée ainsi en référence à l'ancien vice-roi de la Nouvelle-France, Henri de Lévis. La municipalité constituée sur le site en 1861 évoque cependant la mémoire du second et successeur de Montcalm.

28. Henri-Raymond Casgrain (dir.), *Lettres du marquis de Montcalm*, p. 67, Montcalm à Lévis, 14 octobre 1757.
29. Henri-Raymond Casgrain (dir.), *Journal du marquis de Montcalm*, p. 307-308, 10 octobre 1757 ; p. 313, 19 octobre 1757.
30. Henri-Raymond Casgrain (dir.), *Lettres et pièces militaires*, p. 49, Réflexions générales sur les mesures à prendre pour la défense de cette colonie, 10 septembre 1758.
31. Louis-Antoine de Bougainville, *Écrits sur le Canada*, p. 28-31, Que peut faire de son côté la France pour la défense de Québec et dans quel temps doivent partir les secours pour le Canada, 29 décembre 1758.
32. Henri-Raymond Casgrain (dir.), *Journal du marquis de Montcalm*, p. 464, 7 octobre 1758 ; p. 468-469, 12 octobre 1758 ; p. 480, 7 novembre 1758.
33. Henri-Raymond Casgrain (dir.), *Lettres de la cour de Versailles au baron de Dieskau, au marquis de Montcalm et au chevalier de Lévis*, p. 135-137, Extraits des différentes lettres écrites par le ministre à M. le marquis de Vaudreuil, 25 novembre 1758.
34. BAC, MG1, série F3, collection Moreau de Saint-Méry, vol. XIV, p. 299, Bigot au ministre de la Marine, 12 avril 1756.
35. Louis-Antoine de Bougainville, *Écrits sur le Canada*, p. 28, Que peut faire de son côté la France pour la défense de Québec et dans quel temps doivent partir les secours pour le Canada, 29 décembre 1758 ; p. 51-57, Mémoire premièrement sur la position des Anglais et des Français dans l'Amérique septentrionale ; secondement sur ce qu'il est absolument nécessaire d'y envoyer, pour qu'on puisse au moins tenter de s'y défendre, janvier 1759.
36. Louis-Antoine de Bougainville, *Écrits sur le Canada*, p. 306-307, Journal de l'expédition d'Amérique, 1er septembre 1758.
37. L'idée est évoquée la même année par l'ingénieur Dubois, qui a visité la région en 1752, et par Pouchot dans ses mémoires. Archives des colonies, C11A, vol. CIV, p. 398-403. Pierre Pouchot, *Mémoires sur la dernière guerre*, p. 189.
38. Louis-Antoine de Bougainville, *Écrits sur le Canada*, p. 29, Que peut faire de son côté la France pour la défense de Québec et dans quel temps doivent partir les secours pour le Canada, 29 décembre 1758. LHSQ, *Mémoires de M. le chevalier de Johnstone*, p. 108.
39. Martin L. Nicolai, « A Different Kind of Courage », p. 53-75.
40. Dans le mémoire du 29 décembre 1758, Bougainville évoque des batteries érigées au nord-ouest de l'île d'Orléans et à la pointe de Lévis. Au cours des jours suivants, il précise que ces ouvrages devraient être construits à Saint-François et à Saint-Laurent. Louis-Antoine de Bougainville, *Écrits sur le Canada*, p. 29-30, Que peut faire de son côté la France pour la défense de Québec et dans quel temps doivent partir les secours pour le Canada, 29 décembre 1758 ; p. 54, Mémoire premièrement sur la position des Anglais et des Français dans l'Amérique septentrionale ; secondement sur ce qu'il est absolument nécessaire d'y envoyer, pour qu'on puisse au moins tenter de s'y défendre. Henri-Raymond

Casgrain (dir.), *Lettres et pièces militaires,* p. 73-74, Côtes du sud du fleuve Saint-Laurent depuis la pointe de Lévis jusqu'à la rivière des Caps.

41. Henri-Raymond Casgrain (dir.), *Lettres et pièces militaires,* p. 91-92, Lettre du sieur Pellegrin, capitaine de port, officier de marine expérimenté, à M. le marquis de Vaudreuil, communiquée et concertée avec le marquis de Montcalm, 13 janvier 1759.
42. Jean-Guillaume Plantavit de La Pause, « Mémoire et observations », p. 10, 23 juin 1755.
43. Charles Perry Stacey, *Québec, 1759,* p. 278.
44. Pierre-Georges Roy, *Inventaire des papiers de Léry,* p. 53-63, Dispositions pour la défense de Québec et du pays remise[s] à M. le marquis de Beauharnois, gouverneur général, au commencement de l'année 1745, par M. de Léry, premier ingénieur, 1745.
45. Henri-Raymond Casgrain (dir.), *Extraits des archives des ministères de la Marine et de la Guerre à Paris,* vol. I, p. 153, 20 octobre 1755, Mémoire sur l'artillerie du Canada.
46. André Doreil, « Les lettres de Doreil », p. 139, 28 juillet 1758.
47. Parti de Louisbourg le 27 septembre 1757, Pontleroy débarque à Québec le 16 octobre. Montcalm a quitté la capitale le 10 pour effectuer sa tournée d'inspection. Il est de retour le 14, puisqu'il assiste alors à un conseil de guerre en présence de Bigot et de Vaudreuil.
48. Louis-Antoine de Bougainville, *Écrits sur le Canada,* p. 247, Journal de l'expédition d'Amérique, 20-25 octobre 1757.
49. « Vaudreuil recevra par le premier courrier un bon mémoire très militaire sur les diverses manœuvres de l'ennemi vers Québec et sur les oppositions à faire, écrit Montcalm. C'est Pontleroy qui le lui adresse et qui l'a fait. Je l'ai relu, revu. Pellegrin lui en adresse un sur les oppositions maritimes avec nos seules ressources dans le cas où l'on aurait trois vaisseaux de guerre, une escadre de dix ou de quinze et l'usage à en faire. » Henri-Raymond Casgrain (dir.), *Lettres du marquis de Montcalm,* p. 151-152, Montcalm à Lévis, 17 janvier 1759.
50. On veut éviter la répétition de la descente de la baie de Gabarus, qui a notamment scandalisé Bougainville : « Comment les troupes chargées de défendre les retranchements de cette partie, après les premières décharges de l'artillerie et de la mousqueterie, n'ont-elles pas marché bayonnettes au bout du fusil sur les Anglais qu'elles eussent dû culbuter[?] » Louis-Antoine de Bougainville, *Écrits sur le Canada,* p. 266-267, Journal de l'expédition d'Amérique, 26 juin 1758.
51. Pierre-Georges Roy, *Inventaire des papiers de Léry,* p. 61-63, Dispositions de la manœuvre que feront les brûlots, 1745.

CHAPITRE 5 • LE CHANTIER

1. Pierre Pouchot, *Mémoires sur la dernière guerre,* p. 82.
2. Philippe Baby Casgrain, « La maison Montcalm sur les remparts à Québec », vol. VIII, p. 225-237 et 257-267.
3. Henri-Raymond Casgrain (dir.), *Lettres du marquis de Montcalm,* p. 150-151, Montcalm à Lévis, 12 janvier 1759.
4. Henri-Raymond Casgrain (dir.), *Lettres de M. de Bourlamaque,* p. 304, Montcalm à Bourlamaque, 23 mars 1759 ; *Lettres du marquis de Montcalm,* p. 155, Montcalm à Lévis, janvier 1759.
5. Henri-Raymond Casgrain (dir.), *Lettres et pièces militaires,* p. 144-152, Mémoire sur la campagne prochaine, 20 mars 1759.
6. « J'ai raisonné défensive avec M. le marquis de Vaudreuil, écrit Montcalm à la fin de 1758. Il sera obligé d'en venir à renoncer à [l'Ohio], dût-il en perdre les Pays d'en haut ; marine sur le lac [Ontario], forte garnison à Niagara, bonne tête pour y commander avant le 1er juin ; en force à Carillon, et un corps à rassembler pour Québec, où j'espère que l'ennemi ne viendra pas ; c'est le point qui m'embarrasse le plus. » Henri-Raymond Casgrain (dir.), *Lettres de M. de Bourlamaque,* p. 278, Montcalm à Bourlamaque, 15 novembre 1758.
7. Henri-Raymond Casgrain (dir.), *Lettres et pièces militaires,* p. 153-162, Précis du plan d'opérations générales de la campagne de 1759.
8. La mission de Pouchot comprend une offensive diplomatique en Iroquoisie. Henri-Raymond Casgrain (dir.), *Journal du marquis de Montcalm,* p. 499-503, mars 1759.
9. Guy Frégault, *La Guerre de la Conquête,* p. 333-334.
10. Jean-Guillaume Plantavit de La Pause, « Les "mémoires" du chevalier de La Pause », p. 365-368, Campagne de 1759 – Mémoire en supposant que l'ennemi descende les Rapides.
11. Michael Boire, « Le marquis de Montcalm et la bataille de Québec, septembre 1759 : une réévaluation », p. 80.
12. Henri-Raymond Casgrain (dir.), *Lettres de M. de Bourlamaque,* p. 302, Montcalm à Bourlamaque, 23 mars 1759.
13. « Ces instructions ont eu si peu d'effets sur les actions ultérieures de Vaudreuil et de Montcalm que l'on en vient à se demander si le premier les a jamais montrées au second », observe l'historien Charles Perry Stacey. *Québec, 1759,* p. 27.
14. « L'arrivée du sieur de Bougainville [à Versailles] avec de nouveaux témoignages avantageux de vous en sa faveur a déterminé Sa Majesté à lui accorder une commission de colonel et même la croix de Saint-Louis, écrit le ministre de la Guerre à Montcalm, quoique son ancienneté en qualité d'officier ne le mît pas à portée d'espérer cette dernière grâce. » L'auteur d'une note ajoutée au *Journal tenu à l'armée* constate que « le bonheur de ce jeune colonel et ses talents mêmes lui avaient fait des jaloux ». Louis-Léonard Aumasson de Courville, *Mémoires sur le Canada,* p. 127. Société littéraire et historique de Québec (ci-après SLHQ),

Mémoire du sieur de Ramezay, p. 69, Extrait d'un Journal tenu à l'armée. Henri-Raymond Casgrain (dir.), *Lettres de la cour de Versailles*, p. 175-176, Belle-Isle à Montcalm, 17 février 1759.

15. Sylvester K. Stevens et Donald H. Kent, *The Papers of Colonel Henry Bouquet*, p. 4, Amherst à Bouquet, 5 mars 1759.
16. Henri-Raymond Casgrain (dir.), *Journal du marquis de Montcalm*, p. 508, 12 avril 1759.
17. Henri-Raymond Casgrain (dir.), *Lettres de la cour de Versailles*, p. 137-138, Extraits des différentes lettres écrites par le ministre à M. le marquis de Vaudreuil, 16 février 1759.
18. « Les généraux des troupes de terre avaient prévu l'événement de cette année », ajoute ce militaire. Bien que cet extrait soit tiré des mémoires de La Pause, il ne semble pas avoir été rédigé par le chevalier. Il s'agit visiblement d'une relation retranscrite par l'aide-major, enrichie de ses commentaires. Jean-Guillaume Plantavit de La Pause, « Mémoire et observations », p. 89.
19. Jean-Claude Hébert (dir.), *Le Siège de Québec en 1759 par trois témoins*, p. 67, Copie d'un manuscrit de la bibliothèque de Hartwell.
20. Sophie Imbeault, *Les Tarieu de Lanaudière. Une famille noble après la Conquête, 1760-1791*, p. 24.
21. Jean-Claude Hébert (dir.), *Le Siège de Québec en 1759 par trois témoins*, p. 55-56, Copie d'un manuscrit de la bibliothèque de Hartwell.
22. *Ibid.*, p. 58.
23. Henri-Raymond Casgrain (dir.), *Journal du marquis de Montcalm*, p. 539, 9 juin 1759.
24. Louis-Léonard Aumasson de Courville, *Mémoires sur le Canada*, p. 139.
25. Henri-Raymond Casgrain (dir.), *Journal du marquis de Montcalm*, p. 526, 26 mai 1759 ; p. 530, 30 mai 1759 ; p. 531, 31 mai 1759 ; p. 533, 1er juin 1759. Henri-Raymond Casgrain (dir.), *Lettres et pièces militaires*, p. 170, Mémoire sur la défense de Québec.
26. Henri-Raymond Casgrain (dir.), *Lettres et pièces militaires*, p. 168, Mémoire sur la défense de Québec, 31 mai 1759.
27. Henri-Raymond Casgrain (dir.), *Journal du marquis de Montcalm*, p. 528, 28 mai 1759.
28. Henri-Raymond Casgrain (dir.), *Lettres et pièces militaires*, p. 169, Mémoire sur la défense de Québec.
29. « L'épaisseur des murs bas de cette maison est tellement hors de l'ordinaire, écrit l'historien Ægidius Fauteux en évoquant la vaste demeure du 59-61 de la rue Saint-Louis, qu'on veut y voir les restes de la casemate amoureusement préparée pour la protection de l'amie de Bigot. » François de Vienne, « Journal du siège de Québec du 10 mai au 18 septembre 1759 », p. 219. Henri-Raymond Casgrain (dir.), *Journal du marquis de Montcalm*, p. 542, 11 juin 1759.
30. François de Vienne, « Journal du siège de Québec », p. 154, 21 juin 1759.
31. Henri-Raymond Casgrain (dir.), *Journal du marquis de Montcalm*, p. 539, 9 juin 1759.

32. François de Vienne, « Journal du siège de Québec », p. 154, 21 juin 1759.
33. Charles Perry Stacey, *Québec, 1759,* p. 234, Wolfe à Pitt, 2 septembre 1759.
34. « Le sieur [Louis Poulin de] Courval a proposé de faire des cajeux [...], écrit un témoin. Ils doivent être en long, formant en apparence un canot de roy. Ils seront enchaînés les uns aux autres et seront soutenus sur les ailes par deux petits bâtiments pour les empêcher d'aller à la file. » François de Vienne, « Journal du siège de Québec », p. 142, 27 mai 1759 ; p. 144, 1er juin 1759.
35. Le capitaine Méloizes évoque un Ignace Le May de Lotbinière qui fait l'épreuve d'un cajeu d'artifice sur le lac Champlain le 13 juin 1759. Ce milicien est envoyé à Québec le lendemain par Bourlamaque, qui se dit « fort content » de l'expérience de la veille. Le May pourrait bien être l'inventeur de la batterie à ressorts testée à Québec en septembre 1757, à moins qu'il ne s'agisse du dénommé Houle de Saint-Antoine évoqué par Récher. Il se pourrait également qu'il s'agisse du même homme. Jean-Félix Récher, *Journal du siège de Québec en 1759,* p. 32. Louis-Léonard Aumasson de Courville, *Mémoires sur le Canada,* p. 143. Nicolas Renaud d'Avène des Méloizes, *Journal militaire 1756-1759,* p. 38, 13-14 juin 1759.
36. Jean-Guillaume Plantavit de La Pause, « Les "papiers" La Pause », p. 89-94, 1759 – Du 9 juillet après que les ennemis eurent débarqué au-delà du sault Montmorency.
37. Henri-Raymond Casgrain (dir.), *Lettres du marquis de Montcalm,* p. 167-168, Montcalm à Lévis, 1er juillet 1759.

CHAPITRE 6 • ORDRE DE BATAILLE

1. En avril 1759, le commissaire ordonnateur des guerres de la Nouvelle-France, Benoît Bernier, observe que les effectifs des troupes de terre correspondent aux prévisions d'octobre 1758, soit 3 500 combattants. André Doreil, « Les lettres de Doreil », p. 165, 25 octobre 1758.
2. Henri-Raymond Casgrain (dir.), *Lettres de la cour de Versailles,* p. 112-114, Bougainville à Montcalm, 18 mars 1759.
3. Louise Dechêne prétend qu'il y eut jusqu'à 1 500 miliciens incorporés. Pour Martin Nicolai, il est peu probable que ce nombre ait dépassé les 600 hommes, ce qui correspond au calcul de Stephen Brumwell. Louise Dechêne, *Le Peuple, l'État et la guerre,* p. 626. Martin L. Nicolai, « A Different Kind of Courage... », p. 67. Stephen Brumwell, *Paths of Glory,* p. 280. Henri-Raymond Casgrain (dir.), *Lettres et pièces militaires,* p. 171-175, 1er juin 1759, Règlement pour l'incorporation des Canadiens dans les bataillons des troupes de terre. Henri-Raymond Casgrain (dir.), *Lettres de M. de Bourlamaque,* p. 326, Montcalm à Bourlamaque, 5 juin 1759. Henri-Raymond Casgrain (dir.), *Journal du marquis de Montcalm,* p. 566, 5 juillet 1759. Anne-Joseph-Hippolyte Maurès de Malartic, *Journal des campagnes,* p. 240, 14 juin 1759 ; p. 243, 23 juin 1759.
4. L'ordonnance du 25 février 1757, qui concerne les seconds bataillons de Béarn,

de Guyenne, de Languedoc, de La Reine, de La Sarre et de Royal-Roussillon, fait passer les effectifs des compagnies de fusiliers de 40 à 50 hommes, tandis que les compagnies de grenadiers passent de 45 à 50 hommes, pour un total de 650 combattants par bataillon.

5. Pour Louise Dechêne, la formation du bataillon de la ville de Montréal découle vraisemblablement d'une initiative locale. Louise Dechêne, *Le Peuple, l'État et la guerre*, p. 384.
6. L'auteur du *Journal tenu à l'armée* mentionne seulement 600 hommes des troupes de la Marine à Québec. SLHQ, *Mémoire du sieur de Ramezay*, p. 31, Extrait d'un Journal tenu à l'armée.
7. Paul Bernier, *Le Cheval canadien*, p. 88. Jean-Guillaume Plantavit de La Pause, « Les "mémoires" du chevalier de La Pause », p. 372, Projet pour la défense du Canada pendant la campagne de 1759, relativement à ses forces et aux projets que peuvent avoir les Anglais pour l'attaquer.
8. SLHQ, *Mémoire du sieur de Ramezay*, p. 31, Extrait d'un Journal tenu à l'armée.
9. « *They have horses in plenty, good for draft but very bad for the saddle.* » J. Clarence Webster (dir.), *The Journal of Jeffery Amherst*, p. 255, 24 septembre 1760.
10. Henri-Raymond Casgrain (dir.), *Lettres et pièces militaires*, p. 175-177, Montcalm, Points à décider par M. le marquis de Vaudreuil après en avoir conféré avec M. l'intendant, 5 juin 1759.
11. Sandrine Picaud-Monnerat, *La Petite Guerre au* XVIIIe *siècle*, p. 218.
12. Jean-Félix Récher, *Journal du siège de Québec*, p. 43.
13. Henri-Raymond Casgrain (dir.), *Journal du marquis de Montcalm*, p. 530, 30 mai 1759 ; p. 537, 8 juin 1759 ; p. 570, 7 juillet 1759.
14. BAC, MG18-K9, vol. IV, p. 141, Rigaud à Bourlamaque, à Montréal, 20 septembre 1759.
15. Nicolas Renaud d'Avène des Méloizes, *Journal militaire 1756-1759*, p. 51, Déposition de Mademoiselle de Saint-Vilmé.
16. BAC, MG18-M, collection Northcliffe, p. 142, Documents relatifs aux préparatifs de l'expédition.
17. Arthur G. Doughty (dir.), *The Siege of Quebec and the Battle of the Plains of Abraham*, vol. V, p. 38, Journal of Major Moncrief, 11 juillet 1759. Stephen Brumwell, *Paths of Glory*, p. 365-366 et 376-377. BAC, MG18-M, collection Northcliffe, p. 150, État des troupes au 24 août 1759.
18. Pour Wolfe, l'armée de Montcalm est « *a numerous body of armed men. I cannot call it an army* ». Beckles Wilson, *The Life and Letters of James Wolfe*, p. 472, Wolfe à Holderness, 9 septembre 1759. SLHQ, *Mémoire du sieur de Ramezay*, p. 31-32, Extrait d'un Journal tenu à l'armée. Arthur G. Doughty (dir.), *The Siege of Quebec*, vol. IV, p. 4, Montcalm à Bougainville, 15 juillet 1759.
19. Jonathan R. Dull, *La Guerre de Sept Ans. Histoire navale, politique et diplomatique*, p. 378-380.
20. François de Vienne, « Journal du siège de Québec », p. 147, 9 juin 1759.
21. Henri-Raymond Casgrain (dir.), *Lettres de M. de Bourlamaque*, p. 331, Montcalm à Bourlamaque, 25 juin 1759.

22. *Ibid.*, p. 539, 10 juin 1759.
23. Henri-Raymond Casgrain (dir.), *Journal du marquis de Montcalm*, p. 551, 21 juin 1759.
24. *Ibid.*, p. 552.
25. Le bataillon de Montréal s'y trouve depuis le 18 juin. BAC, MG18-K9, vol. IV, p. 192, Malartic à Bourlamaque, du camp de la rivière Saint-Charles, 19 juin 1759.
26. Selon la tradition, Montcalm se serait établi dans la maison de François Parent, sur la rive droite de la rivière Beauport, au pied d'une redoute où l'on a retrouvé un canon d'appel, des boulets, des épées et même un cadran solaire. Surnommée la « villa Montcalm » au XIXe siècle, cette vaste demeure en pierre située sur l'avenue Saint-Viateur a été détruite par ses propriétaires en 1977 à cause d'un projet autoroutier qui ne sera jamais réalisé. Montcalm y aurait habité 74 jours entre le 28 mai et le 9 août, date à laquelle il s'installe dans l'ancienne maison de Lévis à proximité de la chute Montmorency. Il y loge 25 jours avant de déménager dans la maison de Salaberry, le 4 septembre. Comité de sauvegarde du site historique de la villa et de la redoute Montcalm, *Site de la villa et de la redoute Montcalm. Patrimoine en péril.* Albertine Marcoux, *Musicien et paysan*, p. 416.
27. Henri-Raymond Casgrain (dir.), *Lettres de M. de Bourlamaque*, p. 331, Montcalm à Bourlamaque, 25 juin 1759 ; p. 335, Montcalm à Bourlamaque, 2 juillet 1759.
28. Henri-Raymond Casgrain (dir.), *Journal du marquis de Montcalm*, p. 553 et 559, 22 et 27 juin 1759. Henri-Raymond Casgrain (dir.), *Relations et journaux de différentes expéditions*, p. 213-214, Dénombrement des canons, etc., trouvés dans Québec après sa prise par les troupes de Sa Majesté britannique.
29. Jean-Claude Hébert (dir.), *Le Siège de Québec*, p. 64, Copie d'un manuscrit de la bibliothèque de Hartwell.
30. Jean-Guillaume Plantavit de La Pause, « Les "papiers" La Pause », p. 133, Continuation du journal de la campagne de 1759, 11 septembre 1759. Henri-Raymond Casgrain (dir.), *Journal du marquis de Montcalm*, p. 590, 15 août 1759.
31. BAC, MG18-M, collection Northcliffe, p. 222-228, Dispositions générales pour s'opposer à la descente depuis la rivière St-Charles jusqu'au saut de Montmorency, de même que pour se retirer derrière ladite rivière de Saint-Charles dans le cas que l'on fût forcé à la descente. Projet pour défendre cette rivière, & ordre de bataille pour combattre & camper pendant toute la campagne.
32. BAC, MG1, série F3, collection Moreau de Saint-Méry, vol. XV, p. 370, Vaudreuil au ministre de la Marine, 5 octobre 1759.
33. Nicolas Renaud d'Avène des Méloizes, *Journal militaire*, p. 52, Déposition de Mademoiselle de Saint-Vilmé.
34. Henri-Raymond Casgrain (dir.), *Journal du marquis de Montcalm*, p. 546-547, 17 juin 1759. Anne-Joseph-Hippolyte Maurès de Malartic, *Journal des campagnes*, p. 247, 5 juillet 1759. Henri-Raymond Casgrain (dir.), *Lettres du marquis de Montcalm*, p. 183, Montcalm à Lévis, 11 juillet 1759.
35. « Beauport constitue la plage parfaite pour un débarquement et Montcalm veut

interdire cet avantage crucial à l'ennemi, observe l'historien militaire Roch Legault. Il n'est pas question d'attendre l'ennemi en rang sur un champ de bataille ou de trouver refuge dans les forêts. Tout se passe comme si le général français défendait une côte, un littoral, un *litus* et non la rive d'une rivière. » Roch Legault, « La bataille des plaines d'Abraham : réalité et souvenirs d'une opération amphibie », dans Alain Beaulieu (dir.), *La Nouvelle-France en temps de guerre et de paix,* p. 229. BAC, MG18-K9, vol. IV, p. 188, Malartic à Bourlamaque, du camp de la rivière Saint-Charles, 5 juin 1759.

36. La rivière Saint-Charles est alors navigable jusqu'aux abords de l'actuelle rue Marie-de-l'Incarnation.
37. Henri-Raymond Casgrain (dir.), *Journal du marquis de Montcalm,* p. 550-551, 21 juin 1759 ; p. 557, 23 juin 1759. Anne-Joseph-Hippolyte Maurès de Malartic, *Journal des campagnes,* p. 242, 23 juin 1759.
38. Henri-Raymond Casgrain (dir.), *Lettres de M. de Bourlamaque,* p. 329-330, Montcalm à Bourlamaque, 18 juin 1759.
39. Jean-Claude Hébert (dir.), *Le Siège de Québec,* p. 106, Copie d'un manuscrit de la bibliothèque de Hartwell, août 1759.
40. « Un mémoire de M. de Bourlamaque sur le Canada », p. 201-203. Henri-Raymond Casgrain (dir.), *Lettres et pièces militaires,* p. 329, Mémoire sur le Canada par M. Desandrouins, ancien ingénieur dans cette colonie, 1778.
41. Il ne nous a pas été possible d'identifier le mystérieux officier que nous citons à plusieurs reprises dans cet essai. L'auteur de la « Continuation du journal de la campagne de 1759 » ne peut être La Pause, puisqu'il écrit au présent et que sa relation du siège de Québec se poursuit après le départ du chevalier pour Montréal. Le récit se terminant le 12 septembre, nous avons cru un moment qu'il pouvait s'agir du brigadier Senezergues, mort au lendemain de la bataille des plaines d'Abraham. Nous penchons toutefois davantage en faveur de l'un des ingénieurs arrivés au Canada avec la flotte de Bougainville, soit de Caire, Fournier ou des Roberts. Le troisième est exclu d'emblée puisqu'il passe le mois d'août en amont de Québec. Le meilleur candidat est de Caire. En juillet 1759, cet officier accompagne Pontleroy lors de l'inspection des falaises du cap Diamant. C'est ce qui expliquerait pourquoi on trouve un rapport non signé de cette tournée dans les papiers de La Pause. L'officier en question critique régulièrement Vaudreuil et Le Mercier. Les informations de première main dont il dispose concordent avec les fonctions d'aide de camp de Montcalm remplies par de Caire. Jean-Guillaume Plantavit de La Pause, « Les "papiers" La Pause », p. 121-122, Continuation du journal de la campagne de 1759.
42. LHSQ, *Mémoires de M. le chevalier de Johnstone,* p. 112.
43. Henri-Raymond Casgrain (dir.), *Lettres du marquis de Montcalm,* p. 168, Montcalm à Lévis, 1er juillet 1759.

TROISIÈME PARTIE • LE SIÈGE DE QUÉBEC

CHAPITRE 7 • JUILLET : PRÉLIMINAIRES

1. Jean-Guillaume Plantavit de La Pause, « Les "papiers" La Pause », p. 100, Continuation du journal de campagne de 1759.
2. Louise Dechêne, *Le Peuple, l'État et la guerre,* p. 365.
3. Arthur G. Doughty (dir.), *The Siege of Quebec,* vol. IV, p. 70, Vaudreuil à Bougainville, 26 août 1759 ; p. 3-4, Montcalm à Bougainville, 14 juillet 1759. André Doreil, « Les lettres de Doreil », p. 142, 28 juillet 1758 ; p. 147, 30 juillet 1758.
4. Stephen Brumwell, *Redcoats: The British Soldier and War in the Americas (1755-1763),* p. 245.
5. John Ferling, *Almost a Miracle: The American Victory in the War of Independence,* p. 137.
6. BAnQ, Livre d'ordres de l'armée du marquis de Montcalm et du chevalier de Lévis, vol. IV, p. 77-78, campagne de 1759, du 4 au 5 juillet 1759.
7. *Ibid.,* p. 68, campagne de 1759, du 1er au 2 juillet 1759.
8. Henri-Raymond Casgrain (dir.), *Lettres du marquis de Montcalm,* p. 195, Montcalm à Lévis, 24 juillet 1759.
9. Archives du monastère des Augustines, annales de l'Hôtel-Dieu de Québec, folio 32, 27 juillet 1759.
10. Henri-Raymond Casgrain (dir.), *Journal du marquis de Montcalm,* p. 559-560, 27 juin 1759.
11. François de Vienne, « Journal du siège de Québec », p. 164, 5 juillet 1759. Arthur G. Doughty (dir.), *The Siege of Quebec,* vol. IV, p. 171-172.
12. François de Vienne, « Journal du siège de Québec », p. 164, 5 juillet 1759.
13. Charles Perry Stacey, *Québec, 1759,* p. 232-233, Wolfe à Pitt, 2 septembre 1759. Jean-Claude Hébert (dir.), *Le Siège de Québec,* p. 36, Journal de l'expédition sur le fleuve Saint-Laurent. Arthur G. Doughty (dir.), *The Siege of Quebec,* vol. V, p. 308, Relation du siège de Québec. Jean-Claude Panet, *Journal du siège de Québec en 1759,* p. 8-9.
14. Henri-Raymond Casgrain (dir.), *Journal du marquis de Montcalm,* p. 562, 30 juin 1759.
15. Relation de ce qui s'est passé au siège de Québec, et de la prise du Canada, par une religieuse de l'Hôpital général de Québec. Aussi, un jugement impartial sur les opérations militaires de la campagne en Canada en 1759, p. 2-3, Jugement impartial.
16. BAnQ, Livre d'ordres de l'armée du marquis de Montcalm et du chevalier de Lévis, vol. IV, p. 59, campagne de 1759. François de Vienne, « Journal du siège de Québec », p. 162, 1er juillet 1759.
17. Henri-Raymond Casgrain (dir.), *Lettres du marquis de Montcalm,* p. 166-168, Montcalm à Lévis, 1er juillet 1759.
18. Cette lettre sans date a vraisemblablement été rédigée entre le 1er et le 8 juillet,

Vaudreuil évoquant le retranchement récent des Britanniques à la pointe de Lévis. BAC, MG18-K9, vol. VI, p. 209-212, Vaudreuil à Lévis, 1759.

19. *Ibid.*
20. François de Vienne, « Journal du siège de Québec », p. 162, 1er juillet 1759.
21. Henri-Raymond Casgrain (dir.), *Journal du marquis de Montcalm,* p. 565, 2 juillet 1759.
22. *Ibid.,* p. 566, 5 juillet 1759.
23. Henri-Raymond Casgrain (dir.), *Lettres du marquis de Montcalm,* p. 179-181, Montcalm à Lévis, 9 juillet 1759. Jean-Guillaume Plantavit de La Pause, « Les "papiers" La Pause », p. 89-94, Du 9 juillet après que les ennemis eurent débarqué au-delà du saut Montmorency.
24. Arthur G. Doughty (dir.), *The Siege of Quebec,* vol. IV, p. 1-2, Montcalm à Bougainville, 11 juillet 1759.
25. *Ibid.,* vol. V, p. 38, Journal of Major Moncrief, 12 juillet 1759 ; p. 39, 20 juillet 1759 ; p. 41, 26 juillet 1759.
26. La longue portée de l'artillerie britannique est observée au même moment en Normandie, où une escadre de la Navy bombarde Le Havre. François de Vienne, « Journal du siège de Québec », p. 171, 174, 189 et 191, 17 août 1759. Jean-Claude Hébert (dir.), *Le Siège de Québec,* p. 85, Copie d'un manuscrit de la bibliothèque de Hartwell. Jean-Claude Panet, *Journal du siège de Québec,* p. 19. Pierre Nardin, *Gribeauval. Lieutenant général des armées du Roi (1715-1789),* p. 118.
27. Jean-Félix Récher, *Journal du siège de Québec,* p. 15-16, 19 et 26. Henri-Raymond Casgrain (dir.), *Journal du marquis de Montcalm,* p. 574, 15 juillet 1759.
28. Henri-Raymond Casgrain (dir.), *Journal du marquis de Montcalm,* p. 574, 15 juillet 1759.
29. Henri-Raymond Casgrain (dir.), *Lettres du marquis de Montcalm,* p. 175-176, Montcalm à Lévis, 7 juillet 1759. Cette lettre datée du 7 juillet est en fait postérieure au 12 juillet puisque le général y parle des bombes tombées sur Québec.
30. La maison de Saint-Michel était située sur l'actuel domaine des Sœurs de Sainte-Jeanne-d'Arc. Philippe Baby Casgrain, *L'Habitation de Samos,* p. 27-31.
31. Sauf erreur, l'expression « armée de l'amont » employée dans cet ouvrage pour désigner les forces commandées successivement par Dumas et par Bougainville à l'ouest de Québec n'est pas utilisée par les contemporains.
32. Henri-Raymond Casgrain (dir.), *Lettres de M. de Bourlamaque,* p. 337, Montcalm à Bourlamaque, 20 juillet 1759.
33. Arthur G. Doughty (dir.), *The Siege of Quebec,* vol. IV, p. 10, Montcalm à Bougainville, 20 juillet 1759.
34. Henri-Raymond Casgrain (dir.), *Lettres du marquis de Montcalm,* p. 197, Montcalm à Lévis, 24 juillet 1759 ; p. 198, 25 juillet 1759.
35. BAnQ, Livre d'ordres de l'armée du marquis de Montcalm et du chevalier de Lévis, vol. IV, p. 107, campagne de 1759, du 25 au 26 juillet 1759.
36. Jean-Guillaume Plantavit de La Pause, « Les "papiers" La Pause », p. 105-106, Continuation du journal de la campagne de 1759.

37. *Ibid.*, p. 107-108, Continuation du journal de la campagne de 1759, 28 juillet 1759.
38. *Ibid.*, p. 106-107.
39. Arthur G. Doughty (dir.), *An Historical Journal of the Campaigns in North America*, vol. II, p. 24.
40. L'avant-dernière redoute du camp de Beauport serait située au nord de l'actuel boulevard Sainte-Anne, entre les 113e et 115e rues. Quant à la dernière redoute, le plus à l'est du camp, elle se trouverait au pied de la côte Saint-Grégoire, non loin de l'église du même nom. Serge Rouleau, « Siège de Québec de 1759 : l'efficacité du "camp retranché" », p. 54-55.
41. Jean-Guillaume Plantavit de La Pause, « Les "papiers" La Pause », p. 109, Continuation du journal de la campagne de 1759.
42. BAC, MG18-M, collection Northcliffe, p. 146. Nicolas Renaud d'Avène des Méloizes, *Journal militaire*, p. 59-61, 6 août 1759. Jean-Félix Récher, *Journal du siège de Québec en 1759*, p. 27.
43. « Relation du siège de Québec (1759) », p. 14.
44. Henri-Raymond Casgrain (dir.), *Lettres du marquis de Montcalm*, p. 216, Montcalm à Lévis, 7 août 1759.
45. Charles Perry Stacey, *Québec, 1759*, p. 235, Wolfe à Pitt, 2 septembre 1759.
46. BAC, MG18-M, collection Northcliffe, p. 159, Wolfe à Monckton, 28 juillet 1759, p. 161, Wolfe à Monckton, 5 août 1759. Henri-Raymond Casgrain (dir.), *Journal du marquis de Montcalm*, p. 589, 12 août 1759.

CHAPITRE 8 • AOÛT : ENLISEMENT

1. Henri-Raymond Casgrain (dir.), *Relations et journaux de différentes expéditions*, p. 216-218, Relation de la campagne de M. le chevalier de La Corne à Chouagen en 1759.
2. Stephen Brumwell, *Redcoats*, p. 252. Jean-Guillaume Plantavit de La Pause, « Mémoire et observations », p. 94.
3. Nicolas Renaud d'Avène des Méloizes, *Journal militaire*, p. 71, West à Smith, 8 août 1759.
4. Henri-Raymond Casgrain (dir.), *Lettres de M. de Bourlamaque*, p. 324, Montcalm à Bourlamaque, 4 juin 1759.
5. Henri-Raymond Casgrain (dir.), *Lettres de M. de Bourlamaque*, p. 318, Montcalm à Bourlamaque, 20 mai 1759 ; p. 324, Montcalm à Bourlamaque, 4 juin 1759 ; p. 325, Montcalm à Bourlamaque, 5 juin 1759 ; p. 327, Montcalm à Bourlamaque, 6 juin 1759.
6. Henri-Raymond Casgrain (dir.), *Lettres de M. de Bourlamaque*, p. 342, Montcalm à Bourlamaque, 8 août 1759.
7. Stephen Brumwell, *Paths of Glory*, p. 229-231.
8. Jean-Guillaume Plantavit de La Pause, « Les "papiers" La Pause », p. 115, Continuation du journal de campagne de 1759.

9. Henri-Raymond Casgrain (dir.), *Journal du marquis de Montcalm*, p. 590.
10. Henri-Raymond Casgrain (dir.), *Lettres de M. de Bourlamaque*, p. 23, Bourlamaque à Rigaud, 8 août 1759.
11. « Voici le moment de conserver ce gouvernement, comme étant la partie la plus essentielle de cette colonie, écrit Rigaud à son frère en parlant de Montréal. Je dis la plus essentielle, par rapport aux ressources qu'il peut vous fournir pour la subsistance de votre monde pendant l'hiver ; car si l'ennemi y pénètre, vous ne devez avoir aucune espérance de conserver celui de Québec, au moyen de la jonction du général Amherst qui a 12 000 hommes avec le général Wolfe. Nous avons de plus à craindre encore la jonction de l'armée [d'Oswego] qui est de 6 000 à 7 000 hommes avec celle du général Amherst [...]. La perte de Québec ne peut pas [égaler] celle de ce gouvernement. » BAC, MG18-K9, vol. V, p. 71-72, Rigaud à Vaudreuil, 8 août 1759 ; vol. IV, p. 23-30, Rigaud à Bourlamaque, à Montréal, 23 juin 1759.
12. Bien que ce mémoire se trouve dans les papiers de La Pause, nous ne pouvons pas affirmer avec certitude qu'il en est l'auteur. Jean-Guillaume Plantavit de La Pause, « Les "mémoires" du chevalier de La Pause », p. 365-368, Campagne de 1759 – Mémoire en supposant que l'ennemi descende les rapides.
13. Stephen Brumwell, *Paths of Glory*, p. 239-240.
14. Les effectifs du détachement de Lévis varient d'un auteur à l'autre, allant de 400 à 1 400 combattants. Le calcul le plus précis nous semble être celui de Malartic, qui est appuyé par La Pause, soit 900 hommes y compris 100 volontaires des troupes de terre et 800 miliciens dont la moitié est originaire de Montréal. Arthur G. Doughty (dir.), *The Siege of Quebec*, vol. IV, p. 29, De Blau à Bougainville, 10 août 1759 ; vol. V, p. 292, Journal abrégé de la campagne de 1759 en Canada par M. M., aide de camp de M. le marquis de Montcalm. Pierre Pouchot, *Mémoires sur la dernière guerre*, p. 129. Henri-Raymond Casgrain (dir.), *Lettres de M. de Bourlamaque*, p. 343, Montcalm à Bourlamaque, 9 août 1759. Anne-Joseph-Hippolyte Maurès de Malartic, *Journal des campagnes*, p. 269, 11 août 1759. SLHQ, *Mémoire du sieur de Ramezay*, p. 54, Extrait d'un Journal tenu à l'armée, 11 août 1759. Jean-Guillaume Plantavit de La Pause, « Mémoire et observations », p. 95. Henri-Raymond Casgrain (dir.), *Lettres de M. de Bourlamaque*, p. 343, Montcalm à Bourlamaque, 9 août 1759.
15. François de Vienne, « Journal du siège de Québec », p. 149, 161 et 166.
16. Henri-Raymond Casgrain (dir.), *Lettres du marquis de Vaudreuil*, p. 64, Vaudreuil à Lévis, 5 juillet 1759. Henri-Raymond Casgrain (dir.), *Lettres du marquis de Montcalm*, p. 203, Montcalm à Lévis, 28 juillet 1759.
17. Jean-Guillaume Plantavit de La Pause, « Les "papiers" La Pause », p. 101-102, Continuation du journal de campagne de 1759.
18. SLHQ, *Mémoire du sieur de Ramezay*, p. 75, Extrait d'un Journal tenu à l'armée, 11 août 1759.
19. Jean-Guillaume Plantavit de La Pause, « Les "papiers" La Pause », p. 111-117, Continuation du journal de campagne de 1759.
20. Arthur G. Doughty (dir.), *The Siege of Quebec*, vol. V, p. 38, Journal of Major

Moncrief, 12 juillet 1759; p. 39, 20 juillet 1759; p. 41, 26 juillet 1759; p. 46, 28 août 1759.

21. François de Vienne, « Journal du siège de Québec », p. 177, 24 juillet 1759. Jean-Claude Hébert (dir.), *Le Siège de Québec en 1759 par trois témoins*, p. 98, Copie d'un manuscrit de la bibliothèque de Hartwell. Jean-Félix Récher, *Journal du siège de Québec*, p. 45. Peter MacLeod, *La Vérité sur la bataille des plaines d'Abraham*, p. 70.
22. Arthur G. Doughty (dir.), *An Historical Journal of the Campaigns in North America*, vol. II, p. 45. Matthew C. Ward, « Crossing the Line? The British Army and the Application of European "Rules of War" in the Quebec Campaign », dans Phillip Buckner et John G. Reid (dir.), *Revisiting 1759: The Conquest of Canada in Historical Perspective*, p. 44-68.
23. Henri-Raymond Casgrain (dir.), *Lettres de M. de Bourlamaque*, p. 343, Montcalm à Bourlamaque, 8 août 1759.
24. Jean-Félix Récher, *Journal du siège de Québec en 1759*, p. 35, 20 août 1759.
25. Henri-Raymond Casgrain (dir.), *Journal du marquis de Montcalm*, p. 592-593, 20 août 1759.
26. Arthur G. Doughty (dir.), *The Siege of Quebec*, vol. IV, p. 58, Montcalm à Bougainville, 21 août 1759.
27. Jean-Claude Hébert (dir.), *Le Siège de Québec*, p. 90, Copie d'un manuscrit de la bibliothèque de Hartwell, 21 juillet 1759. SLHQ, *Mémoire du sieur de Ramezay*, p. 58, Extrait d'un Journal tenu à l'armée, 25 août 1759.
28. Arthur G. Doughty (dir.), *The Siege of Quebec*, vol. IV, p. 41, Vaudreuil à Bougainville, 15 août 1759. Henri-Raymond Casgrain (dir.), *Lettres du marquis de Montcalm*, p. 220, Montcalm à Lévis, 26 août 1759.
29. Arthur G. Doughty (dir.), *The Siege of Quebec*, vol. V, p. 346, Extrait d'une lettre du marquis de Vaudreuil à M. de Berryer.
30. Henri-Raymond Casgrain (dir.), *Journal du marquis de Montcalm*, p. 540, 9 juin 1759.
31. SLHQ, *Mémoire du sieur de Ramezay*, p. 58, Extrait d'un Journal tenu à l'armée, 25 août 1759.
32. BAC, MG18-M, collection Northcliffe, p. 161.
33. Charles Perry Stacey, *Québec, 1759*, p. 229 et 249.
34. Arthur G. Doughty (dir.), *An Historical Journal of the Campaigns in North America*, vol. II, p. 60.
35. Arthur G. Doughty (dir.), *The Siege of Quebec*, vol. IV, p. 198-199, Journal de Foligné.
36. François de Vienne, « Journal du siège de Québec », p. 183-184, 4 août 1759.
37. Arthur G. Doughty (dir.), *The Siege of Quebec*, vol. V, p. 293, Journal abrégé de la campagne de 1759 en Canada.
38. La rumeur de ce projet parvient à l'armée française au début d'août par l'entremise des déserteurs qui portent à 6 000 hommes les effectifs laissés dans le camp britannique prévu à l'île aux Coudres. Charles Perry Stacey, *Québec, 1759*, p. 237, Wolfe à Pitt, 2 septembre 1759. Jean-Guillaume Plantavit de La Pause,

« Les "papiers" La Pause », p. 113, Continuation du journal de campagne de 1759.

39. Charles Perry Stacey, *Québec, 1759,* p. 237, Wolfe à Pitt, 2 septembre 1759.

CHAPITRE 9 • SEPTEMBRE : EFFONDREMENT

1. « Ces mouvements ne purent être faits si secrètement, que M. de Montcalm n'en aperçut quelque chose qui le fit douter du piège, et il ne tenta rien. Les Anglais restèrent ainsi embusqués jusqu'à 9 h du matin, qu'ils se découvrirent, et l'on reconnut que M. de Montcalm avait raison. » Jean-Claude Hébert (dir.), *Le Siège de Québec en 1759 par trois témoins,* p. 114, Copie d'un manuscrit de la bibliothèque de Hartwell. Arthur G. Doughty (dir.), *The Siege of Quebec,* vol. V, p. 47, Journal of Major Moncrief, 3 septembre 1759. Henri-Raymond Casgrain (dir.), *Lettres du marquis de Montcalm,* p. 223, Montcalm à Lévis, 3 septembre 1759.
2. Jean-Guillaume Plantavit de La Pause, « Les "papiers" La Pause », p. 130, Continuation du journal de campagne de 1759.
3. Arthur G. Doughty (dir.), *An Historical Journal of the Campaigns in North America,* vol. III, p. 349, Copy of a Letter Found on the Plains of Abraham after the Battle of September 13, 1759.
4. Jean-Guillaume Plantavit de La Pause, « Les "papiers" La Pause », p. 133, Continuation du journal de campagne de 1759.
5. SLHQ, *Mémoire du sieur de Ramezay,* p. 51, Extrait d'un Journal tenu à l'armée, 1er août 1759. Arthur Doughty (dir.), *The Siege of Quebec,* vol. V, p. 343, Instruction du marquis de Vaudreuil pour le sieur Cadet, munitionnaire général des vivres, 24 juillet 1759.
6. Arthur G. Doughty (dir.), *The Siege of Quebec,* vol. IV, p. 47-48, Vaudreuil à Bougainville, 16 août 1759 ; p. 49, Montreuil à Bougainville, 17 août 1759 ; p. 199, Journal de Foligné, 25 août 1759. Arthur Doughty (dir.), *The Siege of Quebec,* vol. V, p. 344, Instruction du marquis de Vaudreuil pour le sieur Cadet, 10 août 1759. SLHQ, *Mémoire du sieur de Ramezay,* p. 56, Extrait d'un Journal tenu à l'armée, 18 août 1759. Henri-Raymond Casgrain (dir.), *Journal du marquis de Montcalm,* p. 595, 23 août 1759.
7. Dans une lettre du 12 août, Vaudreuil prévient Lévis que les vivres de France seront épuisés le 20 septembre. Le gouverneur ramène cet échéancier au 10 septembre dans une seconde missive du 26 août. Henri-Raymond Casgrain (dir.), *Lettres du marquis de Vaudreuil,* p. 83, Vaudreuil à Lévis, 12 août 1759 ; p. 91, Vaudreuil à Lévis, 26 août 1759.
8. Henri-Raymond Casgrain (dir.), *Journal du marquis de Montcalm,* p. 572 ; *Lettres du marquis de Vaudreuil,* p. 100, Vaudreuil à Lévis, 4 septembre 1759.
9. Jean-Guillaume Plantavit de La Pause, « Les "papiers" La Pause », p. 155-156, Mémoire et réflexions politiques et militaires sur la guerre du Canada depuis 1746 à 1760 ; p. 170, Campagne de 1760.

10. Henri-Raymond Casgrain (dir.), *Lettres de l'intendant Bigot,* p. 53, Bigot à Lévis, 1er septembre 1759.
11. Sophie Imbeault, *Les Tarieu de Lanaudière,* p. 25-26.
12. Arthur G. Doughty (dir.), *The Siege of Quebec,* vol. IV, p. 60, Bigot à Montcalm, 21 août 1759. Louis-Léonard Aumasson de Courville, *Mémoires sur le Canada,* p. 164.
13. Jean-Guillaume Plantavit de La Pause, « Les "papiers" La Pause », p. 126, Continuation du journal de campagne de 1759, 28 août 1759. Henri-Raymond Casgrain (dir.), *Journal du marquis de Montcalm,* p. 599, 28 août 1759.
14. Henri-Raymond Casgrain (dir.), *Lettres du marquis de Montcalm,* p. 220, Montcalm à Lévis, 26 août 1759 ; p. 224, Montcalm à Lévis, 8 septembre 1759 ; *Lettres de M. de Bourlamaque,* p. 348-349, Montcalm à Bourlamaque, 2 septembre 1759.
15. Henri-Raymond Casgrain (dir.), *Lettres du marquis de Vaudreuil,* p. 108-109, Vaudreuil à Lévis, 14 septembre 1759.
16. Arthur G. Doughty (dir.), *The Siege of Quebec,* vol. IV, p. 93, Montcalm à Bougainville, 5 septembre 1759.
17. *Ibid.,* p. 101, Vaudreuil à Bougainville, 6 septembre 1759.
18. *Ibid.,* p. 107, Montbeillard à Bougainville, 7 septembre 1759.
19. Jean-Guillaume Plantavit de La Pause, « Les "papiers" La Pause », p. 129, Continuation du journal de campagne de 1759, 2 septembre 1759 ; p. 131, 5 septembre 1759.
20. Arthur G. Doughty (dir.), *The Siege of Quebec,* vol. IV, p. 94, Montcalm à Bougainville, 5 septembre 1759 ; p. 109, Montcalm à Bougainville, 7 septembre 1759.
21. *Ibid.,* p. 113, Vaudreuil à Bougainville, 8 septembre 1759.
22. *Ibid.,* p. 107, Montcalm à Bougainville, 7 septembre 1759.
23. Un détachement britannique de 600 soldats réguliers est prévu à la garde de la pointe de Lévis, dont les batteries sont défendues par les 1 100 soldats de la Marine du lieutenant-colonel Hector Boisrond. Charles Perry Stacey, *Québec, 1759,* p. 231, Plan des opérations résultant de la réponse qui précède. BAC, MG18-M, collection Northcliffe, p. 150, 27 août 1759.
24. Henri-Raymond Casgrain (dir.), *Lettres du marquis de Montcalm,* p. 224, Montcalm à Lévis, 8 septembre 1759.
25. Selon les livres de bord des navires britanniques, la pluie s'abat sur le théâtre d'opérations de Québec les 2, 6, 8, 9, 10 et 11 septembre. Donald E. Graves, « The Anse au Foulon, 1759: Some New Theories and Some New Evidence », p. 65. Arthur G. Doughty (dir.), *The Siege of Quebec,* vol. IV, p. 114, Bigot à Bougainville, 9 septembre 1759.
26. Charles Perry Stacey, *Québec, 1759,* p. 223.
27. Arthur G. Doughty (dir.), *The Siege of Quebec,* vol. IV, p. 121, Rémigny à Bougainville, 11 septembre 1759.
28. Charles Perry Stacey, *Québec, 1759,* p. 140.
29. Henri-Raymond Casgrain (dir.), *Lettres du marquis de Vaudreuil,* p. 98, Vaudreuil à Lévis, 4 septembre 1759.

30. Henri-Raymond Casgrain (dir.), *Lettres du marquis de Montcalm*, p. 228, Montcalm à Lévis, 11 septembre 1759.
31. Arthur G. Doughty (dir.), *The Siege of Quebec*, vol. IV, p. 117, Montcalm à Bougainville, 10 septembre 1759. Guy Frégault, *La Guerre de la Conquête*, p. 346-347.
32. BAC, MG1, série F3, collection Moreau de Saint-Méry, vol XV, p. 482-483.
33. Jean-Guillaume Plantavit de La Pause, « Les "papiers" La Pause », p. 100, Continuation du journal de campagne de 1759. Anne-Joseph-Hippolyte Maurès de Malartic, *Journal des campagnes*, p. 256, 24 juillet 1759.
34. Anne-Joseph-Hippolyte Maurès de Malartic, *Journal des campagnes*, p. 254, 20 juillet 1759.
35. Henri-Raymond Casgrain (dir.), *Lettres du marquis de Montcalm*, p. 198, Montcalm à Lévis, 25 juillet 1759 ; *Journal du marquis de Montcalm*, p. 582, 24 juillet 1759. Jean-Guillaume Plantavit de La Pause, « Les "papiers" La Pause », p. 103, Continuation du journal de campagne de 1759, 25 juillet 1759. Arthur Doughty (dir.), *The Siege of Quebec*, vol. IV, Journal de Foligné, 25 juillet 1759 ; vol. V, p. 315, Relation du siège de Québec, 25 juillet 1759. Jean-Claude Hébert (dir.), *Le Siège de Québec*, p. 92, Copie d'un manuscrit de la bibliothèque de Hartwell, 24 juillet 1759. Anne-Joseph-Hippolyte Maurès de Malartic, *Journal des campagnes*, p. 257, 25 juillet 1759.
36. Jean-Guillaume Plantavit de La Pause, « Les "papiers" La Pause », p. 95-97, Itinéraire de ma route.
37. Henri-Raymond Casgrain (dir.), *Lettres du marquis de Montcalm*, p. 207, Montcalm à Lévis, 30 juillet 1759.
38. Henri-Raymond Casgrain (dir.), *Journal du marquis de Montcalm*, p. 586, 6 août 1759. Jean-Claude Panet, *Journal du siège de Québec*, p. 19, 12 août 1759.
39. Henri-Raymond Casgrain (dir.), *Journal du marquis de Montcalm*, p. 592-593, 20 août 1759.
40. *Ibid.*, p. 598, 27 août 1759 ; p. 600, 29 août 1759.
41. Jean-Guillaume Plantavit de La Pause, « Les "papiers" La Pause », p. 132, Continuation du journal de campagne de 1759, 7 septembre 1759.
42. Selon les chercheurs, Wolfe aurait choisi le 13 septembre pour exécuter sa manœuvre afin de profiter de cette « fenêtre d'opportunité ». Donald Graves a toutefois démontré qu'il s'agissait d'un hasard, le débarquement prévu la veille ayant été reporté pour permettre le rassemblement des troupes. Donald W. Olson et coll., « Perfect Tide, Ideal Moon: An Unappreciated Aspect of Wolfe's Generalship at Quebec, 1759 », p. 957-974. Donald E. Graves, « The Anse au Foulon, 1759 », p. 67.
43. Arthur G. Doughty (dir.), *The Siege of Quebec*, vol. IV, p. 126, Cadet à Bougainville, 12 septembre 1759. Anne-Joseph-Hippolyte Maurès de Malartic, *Journal des campagnes*, p. 283, 12 septembre 1759.
44. Jean-Guillaume Plantavit de La Pause, « Les "papiers" La Pause », p. 215, Consigne pour le redan Duchesnay, 1759.
45. Johnstone confirme l'existence d'un mot de passe dans son *Dialogue des morts*. LHSQ, *Mémoires de M. le chevalier de Johnstone*, p. 132. Arthur G. Doughty

(dir.), *The Siege of Quebec*, vol. IV, p. 65-66, Vaudreuil à Bougainville, 23 août 1759. Jean-Claude Hébert (dir.), *Le Siège de Québec*, p. 78, Copie d'un manuscrit de la bibliothèque de Hartwell, 3 au 5 juillet 1759.
46. Jean-Félix Récher, *Journal du siège de Québec*, p. 41, 30 août 1759.
47. Nicolas Renaud d'Avène des Méloizes, *Journal militaire*, p. 76. Arthur G. Doughty (dir.), *The Siege of Quebec*, vol. V, p. 50, Journal of Major Moncrief.
48. SLHQ, *Mémoire du sieur de Ramezay*, p. 65, Extrait d'un Journal tenu à l'armée.
49. Louis-Léonard Aumasson de Courville, *Mémoires sur le Canada*, p. 164.
50. Pierre Pouchot, *Mémoires sur la dernière guerre*, p. 129. Jean-Guillaume Plantavit de La Pause, « Les "papiers" La Pause », p. 156, Mémoire et réflexions politiques et militaires sur la guerre du Canada depuis 1746 jusqu'à 1760.
51. Selon le lieutenant britannique Gordon Skelly, « *the enemy were no longer in doubt, and now began to fire irregularly from above, into us in the boats* ». Donald E. Graves, « The Anse au Foulon, 1759 », p. 71-72.
52. BAC, MG1, série F3, collection Moreau de Saint-Méry, vol. XV, p. 400, Vaudreuil au ministre de la Marine, 5 octobre 1759.
53. En date du 12 septembre, Récher note ceci : « Mercredi, ordre donné par M. de Montcalm et ensuite révoqué par M. de Vaudreuil disant "nous verrons cela demain", au bataillon de Guyenne d'aller camper au Foulon. » Jean-Félix Récher, *Journal du siège de Québec*, p. 44, 12 septembre 1759. LHSQ, *Mémoires de M. le chevalier de Johnstone*, p. 108. Henri-Raymond Casgrain (dir.), *Journal du marquis de Montcalm*, p. 610, 23 septembre 1759.
54. Arthur G. Doughty (dir.), *The Siege of Quebec*, vol. V, p. 51, Journal of Major Moncrief, 13 septembre 1759.
55. BAnQ, Livre d'ordres de l'armée du marquis de Montcalm et du chevalier de Lévis, vol. IV, p. 142-143, campagne de 1759, du 12 au 13 septembre 1759.
56. Charles Perry Stacey, *Québec, 1759*, p. 238-246.

QUATRIÈME PARTIE • LA BATAILLE DES PLAINES D'ABRAHAM

CHAPITRE 10 • LES SOURCES

1. Henri-Raymond Casgrain (dir.), *Journal du marquis de Montcalm*, p. 609, 23 septembre 1759.
2. Henri-Raymond Casgrain (dir.), *Lettres du marquis de Montcalm*, p. 119, Montcalm à Lévis, 20 janvier 1758.
3. Fait intéressant, le copiste ayant retranscrit cette section du journal de Bougainville dans celui de Montcalm a changé Folard pour Villars. Louis-Antoine de Bougainville, *Écrits sur le Canada*, p. 294, Journal de l'expédition d'Amérique, 29 juillet 1758. Henri-Raymond Casgrain (dir.), *Journal du marquis de Montcalm*, p. 420, 29 juillet 1758.

4. Louis-Antoine de Bougainville, *Écrits sur le Canada*, p. 331.
5. Henri-Raymond Casgrain (dir.), *Lettres de M. de Bourlamaque*, p. 285, Montcalm à Bourlamaque, 9 décembre 1758.
6. Charles-Nicolas Gabriel, *Le maréchal de camp Desandrouins*, p. 192-193.
7. Louis-Antoine de Bougainville, *Écrits sur le Canada*, p. 295, Journal de l'expédition d'Amérique, 31 juillet 1758.
8. Charles-Nicolas Gabriel, *Le maréchal de camp Desandrouins*, p. 192.
9. Henri-Raymond Casgrain (dir.), *Journal du marquis de Montcalm*, p. 593, 20 août 1759.
10. Henri-Raymond Casgrain (dir.), *Lettres de M. de Bourlamaque*, p. 344, Montcalm à Bourlamaque, 19 août 1759.
11. Jean-Guillaume Plantavit de La Pause, « Les "papiers" La Pause », p. 114, Continuation du journal de campagne de 1759, 7 août 1759.
12. Henri-Raymond Casgrain (dir.), *Lettres du marquis de Montcalm*, p. 206, Montcalm à Lévis, 29 juillet 1759.
13. Jean-Guillaume Plantavit de La Pause, « Les "papiers" La Pause », p. 119, Continuation du journal de campagne de 1759, 17 août 1759.
14. *Ibid.*, p. 115.
15. Pierre Pouchot, *Mémoires sur la dernière guerre*, p. 127. Henri-Raymond Casgrain (dir.), *Relations et journaux de différentes expéditions*, p. 216-218, Relation de la campagne de M. le chevalier de La Corne à Chouagen en 1759.
16. Michel Brunet, Guy Frégault et Marcel Trudel, *Histoire du Canada par les textes*, p. 85-88.
17. Guy Frégault, *La Guerre de la Conquête*, p. 461.
18. SLHQ, *Mémoire du sieur de Ramezay*, p. 20, Copie du mémoire de M. le marquis de Vaudreuil pour servir d'instruction à M. de Ramezay, commandant à Québec, écrite au quartier général le 13 septembre 1759.
19. BAC, MG1, série F3, collection Moreau de Saint-Méry, vol. XV, p. 403-404, Vaudreuil au ministre de la Marine, 5 octobre 1759.
20. Henri-Raymond Casgrain (dir.), *Lettres du marquis de Vaudreuil*, p. 107, Vaudreuil à Lévis, 13 septembre 1759. SLHQ, *Mémoire du sieur de Ramezay*, p. 21, Vaudreuil au ministre, 21 septembre 1759.
21. Henri-Raymond Casgrain (dir.), *Lettres du chevalier de Lévis*, p. 237, Lévis à Vaudreuil, 10 octobre 1759.
22. Laurent Veyssière, « L'honneur de Montcalm (1759-1761) », dans Bertrand Fonck et Laurent Veyssière (dir.), *La Fin de la Nouvelle-France*, p. 159-160.
23. Henri-Raymond Casgrain (dir.), *Journal du marquis de Montcalm*, p. 551, 21 juin 1759.
24. Laurent Veyssière, « L'honneur de Montcalm (1759-1761) », dans Bertrand Fonck et Laurent Veyssière (dir.), *La Fin de la Nouvelle-France*, p. 161.
25. *Ibid.*, p. 160.
26. SLHQ, *Mémoire du sieur de Ramezay*, p. 66, Extrait d'un Journal tenu à l'armée.
27. L'auteur des annotations du *Journal tenu à l'armée* révèle un indice sur son

identité lorsqu'il précise qu'il a proposé un mémoire « sur les opérations relatives à la marine » à la demande de Montcalm lors des conseils de guerre précédant le siège. Charles Perry Stacey, *Québec, 1759*, p. 215. SLHQ, *Mémoire du sieur de Ramezay*, p. 31 et 35, Extrait d'un Journal tenu à l'armée.

28. Thomas Chapais doute lui aussi de l'existence du billet de Vaudreuil. Thomas Chapais, *Le Marquis de Montcalm*, p. 656.
29. Selon l'auteur du *Journal tenu à l'armée*, Bougainville est blâmé pour « s'être mis, en étendant trop ses troupes et en ne s'occupant pas plus essentiellement de Québec que des autres parties, dans l'impossibilité de les rassembler promptement ». SLHQ, *Mémoire du sieur de Ramezay*, p. 68, Extrait d'un Journal tenu à l'armée. Henri-Raymond Casgrain (dir.), *Lettres de M. de Bourlamaque*, p. 357, Bougainville à Bourlamaque, 18 septembre 1759.
30. Henri-Raymond Casgrain (dir.), *Lettres du chevalier de Lévis*, p. 244, Lévis à Belle-Isle, 1er novembre 1759 ; p. 255, Lévis à Belle-Isle, 10 novembre 1759.
31. BAC, MG4, série A1, Correspondance générale, nº 87, Montreuil au ministre de la Guerre, 19 juillet 1760. Henri-Raymond Casgrain (dir.), *Lettres du marquis de Montcalm*, p. 224, Montcalm à Lévis, 8 septembre 1759.
32. BAC, MG18-K9, vol. IV, p. 215, Malartic à Bourlamaque, 28 septembre 1759.
33. Le *Journal abrégé de la campagne de 1759 en Canada par M. M., aide de camp de M. le marquis de Montcalm*, est publié dans le recueil de l'archiviste Doughty en 1901. L'éditeur précise que sa calligraphie est la même que celle de la note dictée par Bougainville le 21 septembre 1759 au camp de Lorette. Son intitulé serait de la main du frère du colonel, ce dernier ayant fait faire une copie du document après la bataille des plaines d'Abraham ou plus vraisemblablement à son retour en France. Arthur G. Doughty (dir.), *The Siege of Quebec*, vol. V, p. 283, Journal abrégé de la campagne de 1759 en Canada.
34. Marie-Thérèse-Charlotte de Montcalm, *À nos seigneurs les lieutenant général de police et conseillers du roy en son chastelet de Paris*, p. 3.
35. Gilles Pageau (dir.), *Henri-Raymond Casgrain. Souvenances canadienne*, p. 366-372.
36. Henri-Raymond Casgrain (dir.), *Lettres de M. de Bourlamaque*, p. 125-126.
37. René de Kerallain, « La prise de Québec et la perte du Canada, d'après des publications récentes », p. 322.
38. Henri-Raymond Casgrain (dir.), *Journal du marquis de Montcalm*, p. 7-16.
39. René de Kerallain, « La prise de Québec », p. 322.
40. Henri-Raymond Casgrain, *Montcalm et Lévis*, vol. II, p. 214, 223-224, 237, 243, 245 et 251. Charles Perry Stacey, *Québec, 1759*, p. 66. Jacques Lacoursière, *Histoire populaire du Québec*, vol. I, p. 307. Gérard Filteau, *Par la bouche de mes canons ! La ville de Québec face à l'ennemi*, p. 158.
41. Thomas Chapais, *Le Marquis de Montcalm*, p. 572-575.
42. Henri-Raymond Casgrain (dir.), *Journal du marquis de Montcalm*, p. 528, 28 mai 1759 ; p. 544, 14 juin 1759 ; p. 561-562, 29 juin 1759. Pierre-Georges Roy, *Toutes petites choses du Régime français*, p. 112.
43. Johnstone a relaté son embauche par Montcalm : « Lévis fut envoyé au com-

mencement d'août pour commander à Montréal [...], mon porte-manteau était déjà parti la veille avec ses équipages lorsque M. de Montcalm vint chez lui, au moment que nous allions partir, pour le prier de me laisser avec lui à cause de la connaissance que j'avais de tous nos postes au sault de Montmorency et des projets de défense pour cette partie. » LHSQ, *Mémoires de M. le chevalier de Johnstone,* p. 97. Henri-Raymond Casgrain (dir.), *Journal du marquis de Montcalm,* p. 563, 30 juin 1759.

44. « Après dîner, M. le marquis de Montcalm m'a fait entrer dans son cabinet, où il m'a dicté un mémoire relatif à l'expédition de la pointe de Lévis. Il le remit sur-le-champ à M. le marquis de Vaudreuil. » Henri-Raymond Casgrain (dir.), *Journal du marquis de Montcalm,* p. 565, 2 juillet 1759.
45. Henri-Raymond Casgrain (dir.), *Lettres du marquis de Montcalm,* p. 178-179, Montcalm à Lévis, 8 et 9 juillet 1759.
46. Henri-Raymond Casgrain (dir.), *Lettres du marquis de Montcalm,* p. 165, Montcalm à Lévis, 25 mai 1759. Henri-Raymond Casgrain (dir.), *Lettres de M. de Bourlamaque,* p. 322, Montcalm à Bourlamaque, 2 juin 1759.
47. « M. le marquis de Montcalm a déterré une ancienne carte aux Jésuites, qui marque six brasses de fond partout dans la Traverse, note Montbeillard. Concluons que nos pilotes sont menteurs et fanfarons et que nos marins négligent bien leur métier. » Henri-Raymond Casgrain (dir.), *Journal du marquis de Montcalm,* p. 557-558, 23 juin 1759.
48. Henri-Raymond Casgrain (dir.), *Lettres de M. de Bourlamaque,* p. 336, Montcalm à Bourlamaque, 7 juillet 1759 ; p. 336, Montcalm à Bourlamaque, 16 juillet 1759 ; p. 341, Montcalm à Bourlamaque, 6 août 1759 ; p. 347, Montcalm à Bourlamaque, 2 septembre 1759.
49. Il en est de même du lieutenant général civil et criminel de la prévôté de Québec, François Daine : « Occupé sans relâche depuis l'arrivée des Anglais devant Québec jusqu'au jour de sa reddition, je n'ai pu tenir un journal exact de ce qui s'est passé, ainsi, je n'enverrai aucun détail à cet égard. » SLHQ, *Mémoire du sieur de Ramezay,* p. 27, Daine au ministre, 9 octobre 1759.
50. Henri-Raymond Casgrain (dir.), *Lettres de M. de Bourlamaque,* p. 145, Montcalm à Bourlamaque, 20 février 1757 ; *Journal des campagnes du chevalier de Lévis,* p. 205-212. Jean-Guillaume Plantavit de La Pause, « Mémoire et observations », p. 97, et « Les "mémoires" du chevalier de La Pause », p. 379, Relation de la campagne (1759).
51. BAC, MG18-K10, Lévis à Bougainville, 28 septembre 1759.
52. Henri-Raymond Casgrain (dir.), *Journal du marquis de Montcalm,* p. 591, 15 août 1759.
53. *Ibid.,* p. 528-529, 28 mai 1759 ; p. 531, 30 mai 1759 ; *Lettres de M. de Bourlamaque,* p. 151, Montcalm à Bourlamaque, 21 mai 1757 ; p. 183, Montcalm à Bourlamaque, 7 juillet 1757.
54. Henri-Raymond Casgrain (dir.), *Journal du marquis de Montcalm,* p. 527, 27 mai 1759 ; *Lettres de M. de Bourlamaque,* p. 194, Montcalm à Bourlamaque, 20 septembre 1757.

55. « M. de Lusignan me relève ce soir au camp et je vais passer mes huit jours en ville. » Henri-Raymond Casgrain (dir.), *Journal du marquis de Montcalm,* p. 577, 17 juillet 1759.
56. *Ibid.,* p. 598, 27 août 1759.

CHAPITRE 11 • LE PIÈGE DES BUTTES À NEVEU

1. Henri-Raymond Casgrain (dir.), *Journal du marquis de Montcalm,* p. 610, 23 septembre 1759.
2. LHSQ, *Mémoires de M. le chevalier de Johnstone,* p. 111.
3. La maison de Samos se serait trouvée dans les limites actuelles du cimetière Saint-Patrick.
4. Nous connaissons l'emplacement du quartier général de Vaudreuil par Récher qui signale, en date du 27 août, l'exécution de deux soldats de la Marine qui tentaient de déserter par l'un des gués de la Montmorency : « L'un a été tué d'un coup de fusil, et l'autre étant repris a eu la tête cassée au camp devant la maison de M. de Vienne qu'occupe M. de Vaudreuil. » Le gouverneur confirme cette information dans sa lettre du 17 septembre, dans laquelle il recommande à Bougainville de gagner Québec en passant par la route du Bourg-Royal, qui débouche sur la maison de Vienne « que j'occupais ». Jean-Félix Récher, *Journal du siège de Québec,* p. 39, 27 août 1759. Arthur G. Doughty (dir.), *The Siege of Quebec,* vol. IV, p. 130, Vaudreuil à Bougainville, 17 septembre 1759.
5. Montbeillard ne mentionne pas les tirs de la batterie de Samos, contrairement à Marcel qui soutient qu'elle a ouvert le feu une heure avant le jour, vers 4 h 30. Mackellar et Johnstone situent plutôt ce moment à l'aube, qui débute à 5 h 4. Nous croyons que la canonnade s'est amorcée vers 5 h 15 en tenant compte du fait qu'elle n'a pas duré longtemps et que le détachement britannique qui s'est emparé de la batterie a dû parcourir près de deux kilomètres sur le chemin Saint-Louis. Arthur Doughty (dir.), *The Siege of Quebec,* vol. V, p. 295, Journal abrégé de la campagne de 1759 en Canada, 13 septembre 1759 ; p. 51, Journal of Major Moncrief. LHSQ, *Mémoires de M. le chevalier de Johnstone,* p. 139.
6. BAC, MG1, série F3, collection Moreau de Saint-Méry, vol XV, p. 498, Bernetz à Vaudreuil, 13 septembre 1759.
7. « Le major-général [Montreuil] en fut instruit le premier par un fuyard qu'il trouva sur son chemin, rapporte La Pause en parlant de la descente de Wolfe. Il était non loin du pont près duquel était rangé le régiment de Guyenne, auquel il donna ordre de marcher du côté de l'anse des Mères [...] et de les attaquer forts ou faibles, et fut ensuite faire marcher les piquets et les grenadiers vers le même endroit et avertir M. de Montcalm qui ordonna la marche du reste de l'armée laquelle suivit le même chemin qu'avaient fait les premiers. » Jean-Guillaume Plantavit de La Pause, « Mémoire et observations », p. 96. Anne-Joseph-Hippolyte Maurès de Malartic, *Journal des campagnes,* p. 283.
8. Pierre-Georges Roy, *La Ville de Québec sous le Régime français,* vol. II, p. 346.

William J. Eccles, *Essays on New France*, p. 130. Louis-Guy Lemieux, « Bataille des plaines d'Abraham – Petite histoire d'un grand désastre », *Le Soleil*, 24 août 1997, p. B7.

9. Jean Chrétien a tenu des propos quasi identiques lors de la campagne référendaire de 1980 : « Moi aussi j'aurais voulu qu'on gagne la bataille des plaines d'Abraham, je n'étais pas là pour réveiller Montcalm pendant que Wolfe est monté pendant la nuit. » Hubert Gendron et Mark Starowicz, *Point de rupture*. Guillaume St-Pierre, « Jean Chrétien se moque du Parti québécois », *Le Journal de Montréal*, 19 mai 2016, p. 23.
10. Henri-Raymond Casgrain (dir.), *Le Journal du marquis de Montcalm*, p. 611, 23 septembre 1759.
11. Arthur G. Doughty (dir.), *The Siege of Quebec*, vol. IV, p. 127-128, Vaudreuil à Bougainville, 13 septembre 1759.
12. Henri-Raymond Casgrain (dir.), *Lettres du marquis de Vaudreuil*, p. 106-107, Vaudreuil à Lévis, 13 septembre 1759. BAC, MG1, série F3, collection Moreau de Saint-Méry, vol. XV, p. 401, Vaudreuil au ministre de la Marine, 5 octobre 1759.
13. Henri-Raymond Casgrain (dir.), *Lettres de M. de Bourlamaque*, p. 24-27, Bourlamaque à Vaudreuil, 10 août 1759.
14. Joseph-Gaspard Chaussegros de Léry, « Journal de Joseph-Gaspard Chaussegros de Léry, 1756 et 1757 », p. 244, Chaussegros de Léry à Vaudreuil, 21 septembre 1757.
15. Arthur G. Doughty (dir.), *An Historical Journal of the Campaigns in North America*, vol. II, p. 96. BAC, MG18-M, collection Northcliffe, p. 196.
16. François-Xavier Garneau, *Le Canadien*, 2 août 1837, p. 1.
17. Stephen Brumwell, *Paths of Glory*, p. 279 et 382.
18. Selon Malartic, c'est Montcalm qui aurait ordonné le départ du contingent comprenant les 250 soldats tirés des cinq bataillons. Johnstone affirme toutefois que « tous les piquets de la droite avaient déjà marché pour les hauteurs » avant l'arrivée de Montcalm chez Vaudreuil, ce que confirme l'auteur de la relation retranscrite dans le journal de Lévis. Anne-Joseph-Hippolyte Maurès de Malartic, *Journal des campagnes au Canada*, p. 284, 13 septembre 1759. Jean-Guillaume Plantavit de La Pause, « Mémoire et observations », p. 96. LHSQ, *Mémoires de M. le chevalier de Johnstone*, p. 141.
19. Jean-Guillaume Plantavit de La Pause, « Les "papiers" La Pause », p. 156, Mémoire et réflexions politiques et militaires sur la guerre du Canada depuis 1746 à 1760 ; p. 171-172, Campagne de 1760.
20. LHSQ, *Mémoires de M. le chevalier de Johnstone*, p. 141.
21. BAC, MG1, AC, C11E, vol. XXXVI, p. 32-33, Mémoire pour le sieur de Boishébert.
22. Fernand Grenier (dir.), *Papiers Contrecœur*, p. 205 et 391.
23. Anne-Joseph-Hippolyte Maurès de Malartic, *Journal des campagnes*, p. 284, 13 septembre 1759.
24. Henri-Raymond Casgrain (dir.), *Journal du marquis de Montcalm*, p. 613.

25. La garde des 18 redoutes et redans de la côte de Beauport mobilise 1 500 combattants auxquels s'ajoutent les 150 hommes de l'ouvrage à cornes, pour un total de 1 650 combattants. Henri-Raymond Casgrain (dir.), *Lettres du marquis de Montcalm*, p. 169, Montcalm à Lévis, 1er juillet 1759.
26. Charles Perry Stacey, *Québec, 1759*, p. 231, Plan des opérations résultant de la réponse qui précède, 29 août 1759.
27. Arthur G. Doughty (dir.), *The Siege of Quebec*, vol. V, p. 52-53, Journal of Major Moncrief.
28. Jean-Guillaume Plantavit de La Pause, « Mémoire et observations », p. 97, et « Les "mémoires" du chevalier de La Pause », p. 378, Relation de la campagne (1759). Arthur Doughty (dir.), *The Siege of Quebec*, vol. IV, p. 205, Journal de Foligné. BAC, MG1, série F3, collection Moreau de Saint-Méry, vol. XV, p. 414-420, Vaudreuil au ministre de la Marine, 5 octobre 1759. Henri-Raymond Casgrain (dir.), *Lettres de l'intendant Bigot*, p. 60, Bigot à Lévis, 15 septembre 1759. SLHQ, *Mémoire du sieur de Ramezay*, p. 66, Extrait d'un Journal tenu à l'armée. Henri-Raymond Casgrain (dir.), *Journal des campagnes du chevalier de Lévis*, p. 208, 13 septembre 1759.
29. Arthur G. Doughty (dir.), *An Historical Journal of the Campaigns in North America*, p. 98 et 105.
30. L'armée britannique compte près de 8 500 hommes au début de septembre. Wolfe en a cependant dépêché 1 600 à la côte du Sud pour dévaster les fermes de la région. Il a également laissé des troupes à l'île d'Orléans et à la pointe de Lévis. Selon Knox, la Navy aurait débarqué 4 828 soldats et officiers au Foulon. Townshend parle plutôt de 4 441 combattants. En se basant sur la liste d'embarquement des deux premières vagues, on obtient 400 hommes pour le 35e régiment, 290 pour les grenadiers de Louisbourg, 300 pour le 28e, 200 pour le 43e, 250 pour le 47e, 570 pour le 78e, 300 pour le 58e, 300 pour le 15e, 400 pour le troisième bataillon du 60e et 600 pour l'infanterie légère. Nous savons en outre que la troisième vague comprenant le 48e régiment et le second bataillon du 60e régiment rassemblait un millier d'hommes. Le centre britannique est donc relativement faible sur les plaines avec ses 450 soldats (43e et 47e), contre près de 800 pour le flanc gauche (78e et 58e) et 600 pour la droite (28e régiment et grenadiers de Louisbourg). Arthur G. Doughty (dir.), *An Historical Journal of the Campaigns in North America*, vol. II, p. 104. BAC, MG18-M, collection Northcliffe, p. 150-153.
31. Henri-Raymond Casgrain (dir.), *Journal du marquis de Montcalm*, p. 612, 23 septembre 1759. Arthur G. Doughty (dir.), *The Siege of Quebec*, vol. IV, p. 204-205, Journal de Foligné ; vol. V, p. 297, Journal abrégé de la campagne de 1759 en Canada, 13 septembre 1759.
32. Henri-Raymond Casgrain (dir.), *Lettres du marquis de Montcalm*, p. 188, Montcalm à Lévis, 14 juillet 1759. SLHQ, *Mémoire du sieur de Ramezay*, p. 42, Extrait d'un Journal tenu à l'armée, 14-16 juillet 1759. Henri-Raymond Casgrain (dir.), *Lettres du marquis de Montcalm*, p. 181, Montcalm à Lévis, 9 juillet 1759 ; p. 188, 14 juillet 1759.

33. Jean-Guillaume Plantavit de La Pause, « Les "papiers" La Pause », p. 110, Continuation du journal de campagne de 1759. SLHQ, *Mémoire du sieur de Ramezay,* p. 6, Relation du siège de Québec du 27 mai au 8 août 1759.
34. « À mesure que se déroula la guerre en Amérique, constate Stacey, les Anglais affichèrent une supériorité toujours grandissante sur le plan de l'artillerie. » Charles Perry Stacey, « Les forces armées anglaises en Amérique du Nord pendant la guerre de Sept Ans », p. xxviii. Henri-Raymond Casgrain (dir.), *Journal du marquis de Montcalm,* p. 599, 29 août 1759.
35. Entrevue avec Geneviève Treyvaud, archéométallurgiste de l'Université Laval, *Découverte,* Radio-Canada, émission du 11 décembre 2011.
36. Peter MacLeod, *La Vérité sur la bataille des plaines d'Abraham,* p. 231.
37. Le réservoir souterrain érigé dans les années 1930 a profondément bouleversé la partie est du site, à l'arrière des positions occupées par la gauche de Montcalm.
38. L'abbé Casgrain arpente l'ensemble du théâtre d'opérations de Québec dans le cadre de ses recherches. Il parcourt d'abord les deux rives de la rivière Montmorency jusqu'à ses gués forestiers. « On distingue encore parfaitement les épaulements élevés par M. de Repentigny [...], note le marcheur en faisant référence aux retranchements français de 1759. À l'exception de deux petites clairières ouvertes de chaque côté de la rivière, cet endroit est aussi sauvage et isolé qu'au siècle dernier. » En 1891, Casgrain s'attaque au cap Diamant, qu'il escalade à une centaine de pas à l'est de ce qui deviendra la côte Gilmour. « La falaise est restée absolument dans le même état, ombragée d'arbres et de broussailles comme au siècle passé. Je l'ai gravie avec mes jambes de soixante ans en moins de cinq minutes, la montre à la main. » L'historien Stacey marche dans les pas de l'abbé à la fin des années 1950. Il trouve l'expérience un peu plus ardue que son prédécesseur. « Il suffit de gravir soi-même la falaise juste à l'est du tunnel de chemin de fer [...] pour constater que cette entreprise est possible, certes, mais pénible. » Henri-Raymond Casgrain, *Montcalm et Lévis,* vol. II, p. 103, 231 et 236. Charles Perry Stacey, *Québec, 1759,* p. 161.
39. Jean-Guillaume Plantavit de La Pause, « Les "papiers" La Pause », p. 104, Continuation du journal de campagne de 1759, 25 juillet 1759.
40. Anne-Joseph-Hippolyte Maurès de Malartic, *Journal des campagnes,* p. 284. Henri-Raymond Casgrain (dir.), *Journal du marquis de Montcalm,* p. 612-613. BAC, MG18-M, collection Northcliffe, p. 418, Rapport de Townshend sur la bataille des plaines d'Abraham.
41. Beckles Wilson, *The Life and Letters of James Wolfe,* p. 65, Wolfe à William Sotheron, 17 avril 1746. Hilary Kemp, *The Jacobite Rebellion,* p. 145-146.

CHAPITRE 12 • LES OPTIONS

1. Serge Bernier et coll., *Québec, ville militaire (1608-2008),* p. 115-116 et 146-147.
2. Bertrand Fonck, « Sièges et fortifications dans la guerre de la Conquête », dans

Bertrand Fonck et Laurent Veyssière (dir.), *La Fin de la Nouvelle-France*, p. 239-240.

3. Henri-Raymond Casgrain (dir.), *Lettres du chevalier de Lévis*, p. 239, Lévis à Belle-Isle, 1er novembre 1759; p. 304, Lévis à Vaudreuil, 13 mai 1760. Anne-Joseph-Hippolyte Maurès de Malartic, *Journal des campagnes*, p. 324, 13-14 mai 1760; p. 369. Henri-Raymond Casgrain (dir.), *Journal des campagnes du chevalier de Lévis*, p. 279, 12 mai 1760.
4. Charles-Nicolas Gabriel, *Le Maréchal de camp Desandrouins*, p. 326-327.
5. En 1775, la garnison britannique de Québec compte 1 250 hommes, contre un millier pour les assiégeants américains. George F. G. Stanley, *L'Invasion du Canada (1775-1776)*, p. 103-107. John Ferling, *Almost a Miracle*, p. 96.
6. Adam Shortt et Arthur G. Doughty (dir.), *Documents relatifs à l'histoire constitutionnelle du Canada (1759-1791)*, p. 30-32, Rapport du général Murray concernant le gouvernement de Québec au Canada daté du 5 juin 1762. Arthur G. Doughty (dir.), *The Siege of Quebec*, vol. V, p. 55-56, Journal of Major Moncrief, 18 septembre 1759.
7. Henri-Raymond Casgrain (dir.), *Lettres et pièces militaires*, p. 138, 10 février 1759, Mémoire sur la défense de Carillon. Charles-Nicolas Gabriel, *Le Maréchal de camp Desandrouins*, p. 243.
8. Jean-Guillaume Plantavit de La Pause, « Les "papiers" La Pause », p. 117, Continuation du journal de campagne de 1759, 11 août 1759.
9. Henri-Raymond Casgrain (dir.), *Journal du marquis de Montcalm*, p. 554, 22 juin 1759.
10. Louis-Léonard Aumasson de Courville, *Mémoires sur le Canada*, p. 132. Arthur G. Doughty (dir.), *The Siege of Quebec*, vol. IV, p. 132, Bernetz à Bougainville, 17 septembre 1759. SLHQ, *Mémoire du sieur de Ramezay*, p. 6, Relation du siège de Québec du 27 mai au 8 août 1759.
11. Arthur G. Doughty (dir.), *The Siege of Quebec*, vol. IV, p. 208-209, Journal de Foligné, 17 septembre 1759.
12. *Ibid.*, vol. V, p. 234, Relation du siège de Québec; vol. V, p. 56, Journal of Major Moncrief, 18 septembre 1759. SLHQ, *Mémoire du sieur de Ramezay*, p. 26, Requête des bourgeois de Québec; p. 28, Conseil de guerre tenu par M. de Ramezay à Québec; p. 28, Daine au ministre, 9 octobre 1759.
13. Arthur G. Doughty (dir.), *The Siege of Quebec*, vol. IV, p. 129-130, La Rochebeaucourt à Bougainville, 16 septembre 1759; p. 131, La Rochebeaucourt à Bougainville, 17 septembre 1759.
14. Dans la soirée du 13 septembre, l'armée française abandonne à Beauport dix jours de vivres que Bigot dit avoir « bien eu de la peine à faire venir en charrettes, parce qu'ils ne pouvaient nous parvenir par eau qu'avec beaucoup de risques. Je ne pus faire passer à Québec de tous ces vivres qu'une cinquantaine de quarts de farine faute de voitures », précise l'intendant en expliquant que le dépôt du faubourg Saint-Roch a été pillé par les Britanniques après le combat. SLHQ, *Mémoire du sieur de Ramezay*, p. 6; p. 82, 25 octobre 1759, Bigot au ministre.

15. Henri-Raymond Casgrain (dir.), *Journal du marquis de Montcalm*, p. 606, 9 septembre 1759.
16. Lévis rappelle qu'il « n'y avait plus de ressource à attendre des charretiers du pays ni des charrettes qui avaient été données tant aux troupes qu'à l'artillerie dont les chevaux étaient entièrement ruinés ». Henri-Raymond Casgrain (dir.), *Journal des campagnes du chevalier de Lévis*, p. 206.
17. « Le 14 [septembre] au matin, nous nous assurâmes du pont de bateaux que les Français avaient jeté sur la rivière Saint-Charles, écrit un témoin britannique, puis nous prîmes possession de tous les postes, chemins, avenues et passages de quelque importance qui conduisaient à la ville. » Foligné ajoute que « les ennemis firent de grands mouvements, ils furent reconnaître le passage après avoir été jusques dans le faubourg de Saint-Roch, enfin ils vinrent sur les minuit à l'Hôpital général o[ù] étaient tous les blessés [...] ; ils postèrent une autre garde au moulin qui coupait le passage du chemin de la [Saint-Charles], une troisième garde au moulin à tan au-dessus de la côte d'Abraham où ils ont établi une redoute, dans laquelle ils avaient deux pièces de canons qui tirèrent dès le soir sur les deux vaisseaux embossés à la [Saint-Charles] ». Jean-Claude Hébert (dir.), *Le Siège de Québec*, p. 47-48, Journal de l'expédition sur le fleuve Saint-Laurent. Arthur G. Doughty (dir.), *The Siege of Quebec*, vol. IV, p. 207, Journal de Foligné.
18. Arthur G. Doughty (dir.), *The Siege of Quebec*, vol. IV, p. 201, Journal de Foligné, 4 septembre 1759.
19. *Ibid.*, vol. V, p. 55-57, Journal of Major Moncrief. François Picard, *La Batterie royale*, p. 43.
20. Jean-Félix Récher, *Journal du siège de Québec*, p. 16.
21. Henri-Raymond Casgrain (dir.), *Lettres du chevalier de Lévis*, p. 247, Lévis à Belle-Isle, 1er novembre 1759.
22. Le détachement de Joseph Marin comprend 130 guerriers, 40 soldats de la Marine et 100 miliciens. « Il ne s'en est trouvé que douze qui soient venus aux coups de fusil, écrit Desandrouins en parlant de ces derniers. Ils ont fui à la première décharge des nôtres sur l'ennemi, ont traversé un mauvais marais qui se trouvait derrière eux, et jamais il ne fut possible de les ramener. » Charles-Nicolas Gabriel, *Le Maréchal de camp Desandrouins*, p. 202-207.
23. Henri-Raymond Casgrain (dir.), *Relations et journaux de différentes expéditions*, p. 216-218, Relation de la campagne de M. le chevalier de La Corne à Chouagen en 1759.
24. « L'élite des Canadiens, qui avaient été pour conquêter la Belle Rivière [l'Ohio], est venue se faire donner, à ce que l'on dit, les étrivières devant Niagara », écrit un officier. Jean-Guillaume Plantavit de La Pause, « Les "papiers" La Pause », p. 115-116, Continuation du journal de campagne de 1759, 9 août 1759.
25. Louis-Léonard Aumasson de Courville, *Mémoires sur le Canada*, p. 152.
26. Arthur G. Doughty (dir.), *The Siege of Quebec*, vol. IV, p. 18, Hertel de Cournoyer à Bougainville, 8 août 1759 ; p. 30, Hertel de Cournoyer à Bougainville, 10 août 1759.

27. SLHQ, *Mémoire du sieur de Ramezay,* p. 51, Extrait d'un Journal tenu à l'armée, 31 juillet 1759.
28. Pour le commandant de l'armée américaine à Bunker Hill, Israel Putnam, « *give an American army a wall to fight behind and they will fight forever* ». John Ferling, *Almost a Miracle,* p. 135.
29. « Cette partie de l'armée est entièrement dégarnie de sauvages. » Arthur G. Doughty (dir.), *The Siege of Quebec,* p. 122, Roubaud à Bougainville, 11 septembre 1759. Jean-Félix Récher, *Journal du siège de Québec,* p. 43, 9 septembre 1759.
30. Jean-Félix Récher, *Journal du siège de Québec,* p. 43, 9 septembre 1759. Anne-Joseph-Hippolyte Maurès de Malartic, *Journal des campagnes,* p. 283, 11 septembre 1759.
31. Jean-Guillaume Plantavit de La Pause, « Les "papiers" La Pause », p. 116, Continuation du journal de campagne de 1759, 11 août 1759.
32. SLHQ, *Mémoire du sieur de Ramezay,* p. 67, Extrait d'un Journal tenu à l'armée.
33. « Les sauvages qui ne nous ont été d'aucune utilité pendant l'action et qui ont été piller les équipages et havresacs sont revenus, écrit Malartic en 1760, dès qu'ils nous ont vus maîtres du champ de bataille, pour enlever des chevelures. » Anne-Joseph-Hippolyte Maurès de Malartic, *Journal des campagnes,* p. 319.
34. Pour Mackellar, « *these skirmishes had indeed the good effect of using our men to the woods, and familiarizing them with the Canadians and Indians, whom they soon began to despise* ». Arthur G. Doughty (dir.), *The Siege of Quebec,* vol. V, p. 47, Journal of Major Moncrief, 3 septembre 1759. Peter E. Russell, « Redcoats in the Wilderness », p. 629-652. Stephen Brumwell, *Redcoats,* p. 230. Stephen Brumwell, *Paths of Glory,* p. 279 et 253.
35. « Les sauvages en repassant le gué [de la Montmorency] disaient qu'il n'y avait plus moyens de se battre contre les Anglais, note Johnstone, puisqu'ils ont appris à combattre comme eux. » LHSQ, *Mémoires de M. le chevalier de Johnstone,* p. 129. Jean-Guillaume Plantavit de La Pause, « Les "papiers" La Pause », p. 105-106, Continuation du journal de campagne de 1759, 26 juillet 1759.
36. Stephen Brumwell, *Redcoats,* p. 37 et 219-221.
37. Peter E. Russell, « Redcoats in the Wilderness », p. 641.
38. Russel Bouchard, *Jean-Daniel Dumas,* p. 215, Traité de la défense et de la conservation des colonies.
39. Henri-Raymond Casgrain (dir.), *Extraits des archives des ministères de la Marine et de la Guerre à Paris,* vol. I, p. 149, 20 octobre 1755, Le Mercier au ministre.
40. Arthur G. Doughty (dir.), *The Siege of Quebec,* vol. V, p. 46, Journal of Major Moncrief, 19 août 1759.
41. Charles Perry Stacey, « Les forces armées anglaises », *DBC,* vol. III, p. xxviii, Townshend à Amherst, 26 juin 1775.
42. Henri-Raymond Casgrain (dir.), *Extraits des archives des ministères de la Marine et de la Guerre à Paris,* vol. I, p. 149, 20 octobre 1755, Le Mercier au ministre.
43. « *Their irregulars, consisting of Canadians and Indians, were dispersed in flying parties upon our flanks,* écrit Mackellar, *particulary our left, where they were pretty*

numerous, and before the main body charged made some faint advances, as if they meant to attack ; but general Townshend having ordered two pickets of the 15th [regiment] to advance by turn and fire upon them, they afterwards kept only popping at a distance. » Posté au centre de la ligne, Knox rapporte que « *what galled us most was a body of Indians and other marksmen they had concealed in the corn opposite to the front of our right wing, and a coppice that stood opposite to our center, inclining towards our left ; but the colonel Hale, by brigadier Monckton's orders, advanced some platoons, alternately, from the 47e regiment, which, after a few rounds, obliged these sculkers to retire* ». Arthur G. Doughty (dir.), *The Siege of Quebec*, vol. V, p. 53, Journal of Major Moncrief. Arthur G. Doughty (dir.), *An Historical Journal of the Campaigns in North America*, p. 99.

44. SLHQ, *Mémoire du sieur de Ramezay*, p. 26, Montreuil au ministre de la Guerre, 22 septembre 1759.
45. Guy Frégault, *La Guerre de la Conquête*, p. 347-348.
46. Charles Perry Stacey, *Québec, 1759*, p. 195. William J. Eccles, « Pierre de Rigaud de Vaudreuil de Cavagnial ». André Champagne, *Histoire du Régime français*, p. 184.
47. Louis-Antoine de Bougainville, *Écrits sur le Canada*, p. 347, Note dictée par Bougainville au camp de Lorette, le 21 septembre 1759. Arthur G. Doughty (dir.), *The Siege of Quebec*, vol. IV, p. 99-100, Vaudreuil à Bougainville, 6 septembre 1759 ; p. 225, Mémoire sur la campagne de 1759 depuis le mois de mai jusqu'en septembre par M. Joannès, major de Québec, 4 septembre 1759.
48. BAC, MG1, série F3, collection Moreau de Saint-Méry, vol. XV, p. 398, Vaudreuil au ministre de la Marine, 5 octobre 1759.
49. Arthur G. Doughty (dir.), *The Siege of Quebec*, vol. IV, p. 116, Montcalm à Bougainville, 10 septembre 1759 ; p. 97, Vaudreuil à Bougainville, 5 septembre 1759.
50. Jean-Guillaume Plantavit de La Pause, « Mémoire et observations », p. 97. Henri-Raymond Casgrain (dir.), *Journal des campagnes du chevalier de Lévis*, p. 210. Jean-Guillaume Plantavit de La Pause, « Les "mémoires" du chevalier de La Pause », p. 379, Relation de la campagne (1759).
51. Arthur G. Doughty (dir.), *The Siege of Quebec*, vol. V, p. 322. Relation du siège de Québec.
52. *Ibid.*, vol. IV, p. 127-128, Vaudreuil à Bougainville, 13 septembre 1759.
53. Selon l'historien Stéphane Béraud, « les messagers sont [...] généralement tenus de déterminer eux-mêmes la localisation du destinataire de la missive qu'ils doivent transmettre ». Stéphane Béraud, *La Révolution militaire napoléonienne*, vol. I : *Les Manœuvres*, p. 233.
54. Le chevalier de La Pause regrettera que l'armée de Vaudreuil n'ait pas utilisé ce chemin pendant la retraite consécutive à la bataille des plaines d'Abraham. Jean-Guillaume Plantavit de La Pause, « Mémoire et observations », p. 98, et « Les "papiers" La Pause », p. 91, 1759 – Du 9 juillet après que les ennemis eurent débarqué au-delà du sault Montmorency.
55. « Il n'était pas encore sept heures du matin, écrit l'abbé Casgrain. En moins d'une heure et demie, un cavalier aurait franchi la vallée Saint-Charles, remonté

la route de Lorette à l'église de Sainte-Foy et remis à Bougainville l'ordre d'accourir au plus vite. » Henri-Raymond Casgrain (dir.), *Journal du marquis de Montcalm*, p. 625, Appendice.

56. Nicolas Renaud d'Avène des Méloizes, *Journal militaire 1756-1759*, p. 76.
57. Henri-Raymond Casgrain (dir.), *Lettres de M. de Bourlamaque*, p. 357, Bougainville à Bourlamaque, 18 septembre 1759. Louis-Antoine de Bougainville, *Écrits sur le Canada*, p. 347, Note dictée par Bougainville au camp de Lorette, le 21 septembre 1759.
58. LHSQ, *Mémoires de M. le chevalier de Johnstone*, p. 137.
59. BAC, MG4, série A1, Correspondance générale, n° 103, Bigot au ministre de la Guerre, 15 octobre 1759.
60. SLHQ, *Mémoire du sieur de Ramezay*, p. 26, Montreuil au ministre, 22 septembre 1759.
61. Nous trouvons également cette légende de la maîtresse de Bougainville dans l'essai de Jean-Paul de Lagrave, *Les Trois Batailles de Québec*, p. 52-53.
62. Arthur G. Doughty (dir.), *The Siege of Quebec*, vol. IV, p. 123, Thiballier à Bougainville, 11 septembre 1759 ; p. 121, Rémigny à Bougainville, 11 septembre 1759.
63. BAnQ, fonds Jean-Baptiste-Nicolas-Roch-de-Ramezay, Lettre de Rémigny à Bougainville, 13 septembre 1759.
64. René de Kerallain, *Les Français au Canada*, p. 154-155.
65. LHSQ, *Mémoires de M. le chevalier de Johnstone*, p. 138.
66. *Ibid.*, p. 137. Nicolas Renaud d'Avène des Méloizes, *Journal militaire 1756-1759*, p. 76.
67. SLHQ, *Mémoire du sieur de Ramezay*, p. 26, Montreuil au ministre de la Guerre, 22 septembre 1759. Arthur G. Doughty (dir.), *The Siege of Quebec*, vol. V, p. 54, Journal of Major Moncrief, 13 septembre 1759.
68. Henri-Raymond Casgrain (dir.), *Journal du marquis de Montcalm*, p. 569, 6 juillet 1759. Guy Frégault, *François Bigot, administrateur français*, vol. II, p. 291.
69. Henri-Raymond Casgrain (dir.), *Lettres de l'intendant Bigot*, p. 60, 15 septembre 1759.
70. Henri-Raymond Casgrain (dir.), *Lettres du marquis de Vaudreuil*, p. 108, Vaudreuil à Lévis, 13 septembre 1759.
71. William J. Eccles, « Les forces armées françaises en Amérique du Nord pendant la guerre de Sept Ans », *DBC*, vol. III, p. xxii-xxiii.
72. Le nombre de marins-artilleurs ne dépasse pas les 700 dans Québec, selon un rapport de Ramezay du 22 juin. Pour faire tirer simultanément les pièces d'un calibre de trois livres et plus, le commandant de la garnison aurait eu besoin d'au moins 1 250 hommes. Henri-Raymond Casgrain (dir.), *Journal du marquis de Montcalm*, p. 553, 22 juin 1759.
73. Arthur G. Doughty (dir.), *The Siege of Quebec*, vol. V, p. 299, Journal abrégé de la campagne de 1759 en Canada par M. M., aide de camp de M. le marquis de Montcalm, 13 septembre 1759.
74. SLHQ, *Mémoire du sieur de Ramezay*, p. 9, Mémoire de la conduite que j'ai tenue

pendant le siège de Québec, et dans la reddition de cette place. Arthur G. Doughty (dir.), *The Siege of Quebec,* vol. IV, p. 99-100, Vaudreuil à Bougainville, 6 septembre 1759 ; p. 229, Mémoire sur la campagne de 1759 depuis le mois de mai jusqu'en septembre par M. Joannès, major de Québec, 17 septembre 1759.

75. Louis-Léonard Aumasson de Courville, *Mémoires sur le Canada,* p. 166-167.
76. « Dans un champ d'action limité, écrit l'historien Kees Schulten, la supériorité numérique est moins importante que dans le cas d'un front très large qui donne la possibilité de manœuvrer. » Kees Schulten, *Waterloo (18 juin 1815). La double incertitude,* p. 55. Yves Gras, « Les guerres limitées du XVIIIe siècle », p. 30.

CINQUIÈME PARTIE • LA CHUTE

CHAPITRE 13 • LES PLAINES D'ABRAHAM

1. Henri-Raymond Casgrain (dir.), *Lettres du chevalier de Lévis,* p. 265-266, Lévis à Beauvau, 10 novembre 1759.
2. BAC, MG18-K9, vol. IV, p. 215, Malartic à Bourlamaque, 28 septembre 1759.
3. Edmond Dziembowski, *La Guerre de Sept Ans, 1756-1763,* p. 366.
4. Jean-Guillaume Plantavit de La Pause, « Mémoire et observations », p. 97.
5. Arthur G. Doughty (dir.), *The Siege of Quebec,* vol. IV, p. 205, Journal de Foligné.
6. *Ibid.,* vol. V, p. 297, Journal abrégé de la campagne de 1759 en Canada.
7. Montbeillard évoque jusqu'à 3 000 boulets et bombes lancés par les Britanniques dans la journée du 31 juillet. Vaudreuil porte ce nombre à 6 000. Henri-Raymond Casgrain (dir.), *Journal du marquis de Montcalm,* p. 584, 31 juillet 1759 ; Montcalm à Bourlamaque, p. 338-341, 1er août 1759. BAC, MG1, série F3, collection Moreau de Saint-Méry, vol. XV, p. 383, Vaudreuil au ministre de la Marine, 5 octobre 1759.
8. Relation de ce qui s'est passé au siège de Québec, et de la prise du Canada, par une religieuse de l'Hôpital général de Québec, p. 5, Jugement impartial.
9. Le Roy de Bosroger, *Principes de l'art de la guerre, développés d'après les meilleurs exemples, et appliqués tant aux opérations d'un corps d'armée, qu'à celles des détachemens particuliers,* p. 17.
10. Anne-Joseph-Hippolyte Maurès de Malartic, *Journal des campagnes,* p. 368-370.
11. Le champ de bataille écossais de Falkirk n'est guère plus manœuvrable que les plaines d'Abraham. L'historien Hilary Kemp le décrit « *with patches of marshy ground and undulations so great that it was frequently impossible for the men on either side to see the full extent of their own or their enemy's lines* ». Philippe Baby Casgrain, *Les Batailles des plaines d'Abraham et de Sainte-Foy,* p. 15. Hilary Kemp, *The Jacobite Rebellion,* p. 128. André Corvisier, *La Bataille de Malplaquet 1709. L'effondrement de la France évité,* p. 73.
12. Montcalm envoie un peloton de soldats du bataillon de La Sarre au-devant de

sa ligne de bataille au cours des instants qui précèdent le combat afin d'observer les manœuvres ennemies masquées par la fumée de la maison Borgia, qui est incendiée. Cette demeure pourrait donc difficilement être située dans l'avenue des Érables comme le suggère Doughty. Autrement, le détachement de La Sarre aurait dû passer à travers la ligne britannique pour remplir sa mission d'observation, souligne Philippe Baby Casgrain. Pour ce dernier, la maison Borgia et sa voisine, qu'il désigne comme étant la maison « Manseau », se trouvaient sur le site aujourd'hui occupé par la caserne de pompiers de la rue Saint-Jean et l'ancien îlot Irving, sur lequel on a construit un immeuble d'appartements. Nous croyons plutôt que les demeures mentionnées par Montbeillard, Marcel et Johnstone se trouvaient au sud du chemin Sainte-Foy, quelque part entre les avenues Cartier et Turnbull. Notre hypothèse est basée sur leur proximité de la gauche de la ligne principale britannique telle qu'indiquée sur les plans Jefferys et Haldimand. La localisation de ces maisons sur notre carte de la bataille est donc approximative. Philippe Baby Casgrain, *La Maison de Borgia,* p. 45-62. Philippe Baby Casgrain, *Les Batailles des plaines d'Abraham et de Sainte-Foy,* p. 48. Thomas Jefferys, *An Authentic Plan of the River St. Laurence from Sillery, to the Fall of Montmorenci, with the Operations of the Siege of Quebec: Under the Command of Vice-Adml. Saunders & Major Genl. Wolfe down to the 5, Sepr. 1759,* BAC. Frederick Haldimand, *Map of the Environs of Quebec Showing the Position of the English and French Troops,* British Library.

13. Arthur G. Doughty (dir.), *The Siege of Quebec,* vol. V, p. 254, Memoires of the Siege of Quebec. Henri-Raymond Casgrain (dir.), *Journal du marquis de Montcalm,* p. 612.
14. « Nous eûmes des nouvelles de Québec indirectes, écrit Méloizes le 18 septembre. Les lettres ne furent point publiques, mais les nouvelles du camp parlent d'une affaire générale à Québec et très chaude. Que les Anglais ont fait trois attaques : l'une à Beauport, l'autre à la basse-ville, et la troisième à Sillery ; qu'ils ont été repoussés aux deux premières avec une perte considérable, mais que la troisième leur a réussi, quoiqu'ils y aient fait une très grande perte. On dit que la nôtre est très grande aussi, que M. de Montcalm y a été blessé dangereusement, d'autres le disent mort. Enfin que nous devions avoir une seconde affaire incessamment. » Nicolas Renaud d'Avène des Méloizes, *Journal militaire 1756-1759,* p. 76.
15. Arthur G. Doughty (dir.), *The Siege of Quebec,* vol. V, p. 297, Journal abrégé de la campagne de 1759 en Canada, 13 septembre 1759.
16. Peter MacLeod, *La Vérité sur la bataille des plaines d'Abraham,* p. 235.
17. Montreuil n'évoque pas ce conseil de guerre dans ses écrits, ce qui ne signifie pas que celui-ci n'ait pas eu lieu de façon plus ou moins formelle. La mort de Senezergues et de Fontbonne, conjuguée au silence des autres lieutenants-colonels, ne permet pas de trancher la question.
18. LHSQ, *Mémoires de M. le chevalier de Johnstone,* p. 142-143.
19. Jean-Guillaume Plantavit de La Pause, « Les "papiers" La Pause », p. 98, Continuation du journal de campagne de 1759.

20. Guy Frégault, *La Guerre de la Conquête,* p. 349.
21. Henri-Raymond Casgrain (dir.), *Lettres du chevalier de Lévis,* p. 294, Lévis à Vaudreuil, 30 avril 1760. Henri-Raymond Casgrain (dir.), *Journal des campagnes du chevalier de Lévis,* p. 273, 30 avril 1760. Anne-Joseph-Hippolyte Maurès de Malartic, *Journal des campagnes,* p. 321, 29 mai 1760.
22. Ruralys, *Projet d'agrandissement du Musée national des beaux-arts du Québec,* p. 111 et 150.
23. SLHQ, *Mémoire du sieur de Ramezay,* p. 20, Copie du mémoire de M. le marquis de Vaudreuil pour servir d'instruction à M. de Ramezay, commandant à Québec, écrite au quartier général le 13 septembre 1759. Henri-Raymond Casgrain (dir.), *Lettres du marquis de Vaudreuil,* p. 108, Vaudreuil à Lévis, 13 septembre 1759. Arthur G. Doughty (dir.), *The Siege of Quebec,* vol. IV, p. 207, Journal de Foligné.
24. Jean-Claude Hébert (dir.), *Le Siège de Québec,* p. 46, Journal de l'expédition sur le fleuve Saint-Laurent.
25. Arthur G. Doughty (dir.), *The Siege of Quebec,* vol. IV, p. 205, Journal de Foligné.
26. SLHQ, *Mémoire du sieur de Ramezay,* p. 26, Montreuil au ministre, 22 septembre 1759.
27. Henri-Raymond Casgrain (dir.), *Journal du marquis de Montcalm,* p. 612.
28. Sur les cartes britanniques de l'époque, on distingue parfois les bataillons de Béarn et de Languedoc alignés en formation d'assaut au centre de la ligne de bataille. Or, rien n'indique dans les sources françaises que Montcalm ait délibérément attaqué de cette manière ; le mot « colonne » peut y désigner aussi bien une formation profonde qu'un simple regroupement d'unités. LHSQ, *Mémoires de M. le chevalier de Johnstone,* p. 143.
29. Anne-Joseph-Hippolyte Maurès de Malartic, *Journal des campagnes,* p. 318, 28 avril 1760. Stephen Brumwell, *Redcoats,* p. 249.
30. Arthur G. Doughty (dir.), *An Historical Journal of the Campaigns in North America,* vol. III, p. 339, Extract from a Letter of Colonel Williamson, 20 septembre 1759.
31. BAC, MG18-K9, vol. IV, p. 214, Malartic à Bourlamaque, au camp de la rivière Jacques-Cartier, 28 septembre 1759.
32. Gabriel Nadeau, « Les trois blessures de Montcalm », p. 638 et 643.
33. James MacPherson Le Moine, *Album canadien,* p. 30.
34. Arthur G. Doughty (dir.), *The Siege of Quebec,* vol. IV, p. 205, Journal de Foligné.
35. SLHQ, *Mémoire du sieur de Ramezay,* p. 67, Extrait d'un Journal tenu à l'armée.
36. *Ibid.,* p. 81, Bigot au ministre, 25 octobre 1759.
37. LHSQ, *Mémoires de M. le chevalier de Johnstone,* p. 144.
38. Peter MacLeod, *La Vérité sur la bataille des plaines d'Abraham,* p. 231, 235-236 et 271.
39. Henri-Raymond Casgrain (dir.), *Journal du marquis de Montcalm,* p. 613.
40. Jean-Guillaume Plantavit de La Pause, « Les "mémoires" du chevalier de La Pause », p. 379, Relation de la campagne (1759).
41. « Emporté d'abord vers Québec au milieu de fuyards, écrit Johnstone, en des-

cendant dans une trouée marécageuse, j'y trouvai un de nos canons embourbé, avec quelques canonniers qui faisaient des efforts inutiles pour le retirer. Je m'arrêtai un peu avec eux pour les encourager, mais les canonniers [l'ont] à la fin abandonné. » LHSQ, *Mémoires de M. le chevalier de Johnstone,* p. 147.

42. Beckles Wilson, *The Life and Letters of James Wolfe,* p. 511.
43. Henri-Raymond Casgrain (dir.), *Lettres du marquis de Vaudreuil,* p. 107, Vaudreuil à Lévis, 13 septembre 1759 ; *Journal des campagnes du chevalier de Lévis,* p. 210, 13 septembre 1759. BAC, MG1, AC, C11E, vol. XXXVI, p. 33, Mémoire pour le sieur de Boishébert. Relation de ce qui s'est passé au siège de Québec, et de la prise du Canada, par une religieuse de l'Hôpital général de Québec, p. 5, Jugement impartial.
44. François de Vienne, « Journal du siège de Québec », p. 200, 13 septembre 1759.
45. Arthur G. Doughty (dir.), *The Siege of Quebec,* vol. IV, p. 205, Journal de Foligné.
46. LHSQ, *Mémoires de M. le chevalier de Johnstone,* p. 143-144.
47. Henri-Raymond Casgrain (dir.), *Journal du marquis de Montcalm,* p. 614.
48. LHSQ, *Mémoires de M. le chevalier de Johnstone,* p. 148.
49. *Ibid.,* p. 148-149.
50. Arthur G. Doughty (dir.), *An Historical Journal of the Campaigns in North America,* p. 101-102.
51. Sur les 240 soldats du bataillon de Béarn ayant pris part à l'action, on dénombre 25 morts et 44 blessés. BAC, MG18-K9, vol. IV, p. 211-212, Malartic à Bourlamaque, au camp de la rivière Jacques-Cartier, 28 septembre 1759.
52. Montcalm a vraisemblablement été atteint par cette balle dans la montée menant à la statue érigée plus tard en son honneur, sur la Grande Allée. Cet emplacement correspond au début du faubourg Saint-Louis, qui offre un couvert aux fuyards. Gabriel Nadeau, « Les trois blessures de Montcalm », p. 569.
53. Murray séjournera dans la maison Arnoux après avoir pris le commandement de la garnison de Québec. Jean-Guillaume Plantavit de La Pause, « Les "papiers" La Pause », p. 127, Continuation du journal de campagne de 1759, 31 août 1759.
54. Gabriel Nadeau, « Les trois blessures de Montcalm », p. 555-572 et 626-645.
55. Louis-Léonard Aumasson de Courville, *Mémoires sur le Canada,* p. 166.
56. BAC, MG1, série F3, collection Moreau de Saint-Méry, vol. XV, p. 479-481, Conseil de guerre tenu le 13 septembre chez M. le marquis de Vaudreuil, 13 septembre 1759.
57. Henri-Raymond Casgrain (dir.), *Lettres du marquis de Vaudreuil,* p. 108, Vaudreuil à Lévis, 13 septembre 1759.
58. Que Montcalm ait reçu une lettre de Townshend sur son lit de mort ne signifie pas qu'il s'agisse d'une réponse du brigadier britannique à son court billet non daté, comme l'avance Doughty, d'autant plus que nous ignorons l'objet de la lettre de Townshend, dont l'existence nous est connue indirectement par l'entremise d'une missive de Ramezay. Peter MacLeod, *La Vérité sur la bataille des plaines d'Abraham,* p. 260. Arthur G. Doughty (dir.), *An Historical Journal of the Campaigns in North America,* vol. II, p. 108-109, Montcalm à Townshend, 13 septembre 1759.

59. SLHQ, *Mémoire du sieur de Ramezay*, p. 71, Extrait d'un Journal tenu à l'armée, 19 septembre 1759. Arthur G. Doughty (dir.), *The Siege of Quebec*, vol. IV, p. 227, Mémoire sur la campagne de 1759 depuis le mois de mai jusqu'en septembre par M. Joannès, major de Québec, 16 septembre 1759.
60. SLHQ, *Mémoire du sieur de Ramezay*, p. 21, Vaudreuil au ministre, 21 septembre 1759. BAC, MG1, série F3, collection Moreau de Saint-Méry, vol. XV, p. 414-420, Vaudreuil au ministre de la Marine, 5 octobre 1759.
61. LHSQ, *Mémoires de M. le chevalier de Johnstone*, p. 151. Henri-Raymond Casgrain (dir.), *Journal du marquis de Montcalm*, p. 615.
62. Anne-Joseph-Hippolyte Maurès de Malartic, *Journal des campagnes*, p. 287-288.

CHAPITRE 14 • LÉVIS, L'HOMME PROVIDENTIEL

1. Guy Frégault, *La Guerre de la Conquête*, p. 349.
2. Peter MacLeod, *La Vérité sur la bataille des plaines d'Abraham*, p. 351-352.
3. Roger Michalon, « Vaudreuil et Montcalm », p. 71.
4. Le récit de La Pause semble teinté par la protection que lui accorde Lévis, qui pige dans les papiers de l'aide-major pour composer son journal de campagne. Jean-Guillaume Plantavit de La Pause, « Les "papiers" La Pause », p. 155, Mémoire et réflexions politiques et militaires sur la guerre du Canada depuis 1746 jusqu'à 1760. Anne-Joseph-Hippolyte Maurès de Malartic, *Journal des campagnes*, p. 368-369.
5. *Collection de manuscrits concernant lettres, mémoires, et autres documents historiques relatifs à la Nouvelle-France*, vol. IV, p. 165, Montcalm au ministre de la Guerre, 20 juillet 1756.
6. BAC, MG1, série F3, collection Moreau de Saint-Méry, vol. XIV, p. 135-136, Vaudreuil au ministre de la Marine, 16 septembre 1757.
7. Henri-Raymond Casgrain (dir.), *Lettres du chevalier de Lévis*, p. 151-152, Lévis à Mirepoix, 4 septembre 1757.
8. *Ibid.*, p. 100-101, Lévis à d'Argenson, 26 octobre 1756.
9. Charles-Nicolas Gabriel, *Le Maréchal de camp Desandrouins*, p. 184.
10. LHSQ, *Mémoires de M. le chevalier de Johnstone*, p. 114-115.
11. Henri-Raymond Casgrain (dir.), *Lettres du marquis de Montcalm*, p. 189, Montcalm à Lévis, 14 juillet 1759.
12. SLHQ, *Mémoire du sieur de Ramezay*, p. 48-49, Extrait d'un Journal tenu à l'armée, 26 juillet 1759.
13. Henri-Raymond Casgrain (dir.), *Lettres du marquis de Montcalm*, p. 179-181, Montcalm à Lévis, 9 juillet 1759.
14. Henri-Raymond Casgrain (dir.), *Lettres du marquis de Vaudreuil*, p. 95, Vaudreuil à Lévis, 28 août 1759.
15. BAC, MG18-K9, vol. III, p. 105-112, Lévis à Bourlamaque, à l'île aux Galops, 25 août 1759.

16. Montcalm est lui aussi confronté à l'entêtement de Lévis au début du siège de Québec. « L'opiniâtreté, entre nous, du chevalier de Lévis, dont l'opinion prévaut à celle de l'armée et à la mienne, ne me déplaît que pour le bien [du service]. » Henri-Raymond Casgrain (dir.), *Lettres de M. de Bourlamaque,* p. 336, Montcalm à Bourlamaque, 7 juillet 1759.
17. Henri-Raymond Casgrain (dir.), *Lettres de M. de Bourlamaque,* p. 344, Montcalm à Bourlamaque, 19 août 1759 ; *Lettres du marquis de Montcalm,* p. 218, Montcalm à Lévis, 19 août 1759 ; p. 220, 26 août 1759 ; Henri-Raymond Casgrain (dir.), *Lettres du chevalier de Lévis,* p. 234, Lévis à Montcalm, 6 septembre 1759.
18. Montreuil minimise le rôle joué par Bourlamaque sur l'abattis de Carillon pour mieux faire valoir ses prétentions au grade de brigadier : « Cet officier, moins ancien que moi de commission et de service dans cette colonie, ayant été blessé au commencement de l'action du 8 juillet, qui dura depuis une heure après midi jusqu'à sept heures du soir, ne fut pas à même de contribuer autant que je pus le faire à cette victoire. » Dans les faits, Bourlamaque est blessé aux alentours de 16 h. BAC, MG4, série A1, Correspondance générale, n° 87, Montreuil au ministre de la Guerre, 19 juillet 1760. Henri-Raymond Casgrain (dir.), *Journal du marquis de Montcalm,* p. 400, 8 juillet 1758.
19. *Collection de manuscrits,* vol. IV, p. 203, Montcalm au ministre, 21 octobre 1758.
20. « Il est aimé, considéré et respecté dans son bataillon, où il maintient une discipline exacte ; je ne pense pas qu'il y ait de meilleurs lieutenants-colonels que lui », écrit Lévis en parlant de Senezergues dans une lettre au ministre de la Guerre à l'été de 1757. En 1759, Senezergues est promu brigadier devant le lieutenant-colonel Roquemaure, qui n'obtient ce grade que l'année suivante. Chargé du commandement des troupes de terre à Beauport, il dirige le centre du camp après le départ de Lévis pour Montréal. Un contemporain le décrit en « homme prudent et militaire, mais dont le poids n'était pas assez grand pour faire prendre à M. de Vaudreuil, et à ceux qui l'environnaient, les partis les plus sensés ». Henri-Raymond Casgrain (dir.), *Lettres du chevalier de Lévis,* p. 131-132, Lévis à Palmy, 1er septembre 1757 ; p. 200, Lévis à Belle-Isle, 12 juillet 1758. Jean-Claude Hébert (dir.), *Le Siège de Québec,* p. 106-107, Copie d'un manuscrit de la bibliothèque de Hartwell. André Doreil, « Les lettres de Doreil », p. 171, 15 novembre 1759. LHSQ, *Mémoires de M. le chevalier de Johnstone,* p. 140.
21. BAC, MG18-K9, vol. III, p. 135-138, Lévis à Bourlamaque, au camp de la Jacques-Cartier, 18 septembre 1759. Henri-Raymond Casgrain (dir.), *Journal des campagnes du chevalier de Lévis,* p. 212, 15 septembre 1759.
22. SLHQ, *Mémoire du sieur de Ramezay,* p. 26, Copie de la requête des bourgeois de Québec, présentée au commandant et officiers majors de la ville de Québec.
23. Arthur G. Doughty (dir.), *The Siege of Quebec,* vol. V, p. 269, Townshend Papers, 15 septembre 1759.
24. SLHQ, *Mémoire du sieur de Ramezay,* p. 10, Mémoire du sieur de Ramezay.

25. Henri-Raymond Casgrain (dir.), *Journal des campagnes du chevalier de Lévis*, p. 204.
26. Arthur G. Doughty (dir.), *The Siege of Quebec*, vol. IV, p. 131, Bernetz à Bougainville, 17 septembre 1759.
27. SLHQ, *Mémoire du sieur de Ramezay*, p. 12, Mémoire du sieur de Ramezay.
28. Arthur G. Doughty (dir.), *The Siege of Quebec*, vol. IV, p. 133, La Rochebeaucourt à Bougainville, 17 septembre 1759 ; p. 229, Mémoire de Joannès.
29. BAC, MG18-M, collection Northcliffe, p. 419. Arthur G. Doughty (dir.), *The Siege of Quebec*, vol. IV, p. 132, Vaudreuil à Bougainville, 17 septembre 1759.
30. William J. Eccles, « Pierre de Rigaud de Vaudreuil de Cavagnial ».
31. Charles Perry Stacey, « Les forces armées anglaises », p. xxviii.
32. L'armée française rassemble moins de 10 000 hommes avant la bataille des plaines d'Abraham, laquelle lui en fait perdre près de 650, sans compter les prisonniers. Un corps de 350 soldats est laissé dans l'enceinte de Québec également défendue par les 800 hommes de la milice bourgeoise. On dénombre enfin 800 combattants chargés de la garde des postes de la Jacques-Cartier, de la Pointe-aux-Trembles, de Saint-Augustin et de Cap-Rouge.
33. SLHQ, *Mémoire du sieur de Ramezay*, p. 13, Mémoire du sieur de Ramezay.
34. Henri-Raymond Casgrain (dir.), *Journal des campagnes du chevalier de Lévis*, p. 229, 27 octobre 1759.
35. L'historien Gérard Filteau estime que l'absence de Lévis lors de la phase terminale du siège explique les « tiraillements » qui « causèrent la catastrophe finale ». Henri-Raymond Casgrain (dir.), *Journal du marquis de Montcalm*, p. 621-622. Roger Michalon, « Vaudreuil et Montcalm », p. 91. Gérard Filteau, *Par la bouche de mes canons*, p. 135.
36. Henri-Raymond Casgrain (dir.), *Lettres de M. de Bourlamaque*, p. 344, Montcalm à Bourlamaque, 19 août 1759.
37. Henri-Raymond Casgrain (dir.), *Lettres du marquis de Vaudreuil*, p. 107, Vaudreuil à Lévis, 13 septembre 1759.
38. Henri-Raymond Casgrain (dir.), *Journal du marquis de Montcalm*, p. 621.
39. Louise Dechêne, *Le Peuple, l'État et la guerre*, p. 290.
40. Gilles Pageau (dir.), *Henri-Raymond Casgrain. Souvenances canadiennes*, p. 370.
41. Henri-Raymond Casgrain, *Montcalm peint par lui-même d'après des pièces inédites*, p. 3.
42. Lucien Brault, « Les documents de Lévis aux archives canadiennes », p. 552.
43. Arthur G. Doughty (dir.), *An Historical Journal of the Campaigns in North America*, vol. II, p. 247 et 364.
44. BAC, MG18-K10, Bourlamaque à Bougainville, 3 mai 1760.
45. Peter MacLeod, *La Vérité sur la bataille des plaines d'Abraham*, p. 231.
46. Anne-Joseph-Hippolyte Maurès de Malartic, *Journal des campagnes*, p. 317, 28 avril 1760.
47. Henri-Raymond Casgrain (dir.), *Relations et journaux de différentes expéditions*,

p. 231-232, Relation de l'expédition de Québec aux ordres de M. le chevalier de Lévis ; *Journal des campagnes du chevalier de Lévis,* p. 265, 28 avril 1760.

48. BAC, MG18-K10, Bourlamaque à Bougainville, 3 mai 1760.
49. Henri-Raymond Casgrain (dir.), *Journal des campagnes du chevalier de Lévis,* p. 269 ; *Relations et journaux,* p. 241, *Relation de l'expédition de Québec aux ordres de M. le chevalier de Lévis.*
50. « Mémoire du Canada », *Rapport de l'archiviste de la province de Québec (1924-1925),* p. 173.
51. Louis-Léonard Aumasson de Courville, *Mémoires sur le Canada,* p. 185-186.
52. *Ibid.*
53. BAC, MG18-K10, Bourlamaque à Bougainville, 23 mai 1760.
54. Jean-Guillaume Plantavit de La Pause, « Mémoire et observations », p. 123.
55. *Collection de manuscrits concernant lettres, mémoires, et autres documents historiques relatifs à la Nouvelle-France,* vol. IV, p. 279, Lévis à Vaudreuil, 8 septembre 1760.
56. Jean-Guillaume Plantavit de La Pause, « Mémoire et observations », p. 188-189.
57. BAC, MG4, série A1, Correspondance générale, n° 58, Lévis au ministre de la Guerre, 17 mai 1759.
58. Une sœur augustine va jusqu'à prétendre qu'un conseil de guerre présidé par Lévis aurait envisagé de faire sauter l'Hôpital général en 1760 afin de priver la garnison britannique des ressources de cette institution. Jean-Claude Hébert (dir.), *Le Siège de Québec en 1759 par trois témoins,* p. 28, Relation de ce qui s'est passé au siège de Québec, et de la prise du Canada, par une religieuse de l'Hôpital général de Québec. Henri-Raymond Casgrain (dir.), *Lettres du chevalier de Lévis,* p. 241, Lévis à Belle-Isle, 1er novembre 1759.
59. Henri-Raymond Casgrain (dir.), *Lettres et pièces militaires,* p. 203, Mémoire et observations sur le projet d'attaquer les postes ennemis en avant de Québec, et sur celui de surprendre la place ou de l'enlever de vive force, 18 janvier 1760. Henri-Raymond Casgrain (dir.), *Journal des campagnes du chevalier de Lévis,* p. 236. LHSQ, *Mémoires de M. le chevalier de Johnstone,* p. 158.
60. Henri-Raymond Casgrain (dir.), *Lettres du chevalier de Lévis,* p. 295, Lévis à Vaudreuil, 30 avril 1760.
61. À la fin de 1758, Montcalm lui-même avait utilisé la formule convenue de l'officier zélé prêt à être enseveli sous les ruines du Canada. BAC, MG1, série F3, collection Moreau de Saint-Méry, vol. XV, p. 224-225, Montcalm au ministre, 1er septembre 1758 ; p. 357, Vaudreuil au ministre, 28 mai 1759.

CONCLUSION

1. Selon Frégault, l'envoi des vivres de France à la rivière Batiscan aurait dû provoquer la perte de Montcalm. Guy Frégault, *La Guerre de la Conquête,* p. 340-341. Charles Perry Stacey, *Québec, 1759,* p. 51.
2. « Il vient de nous arriver au Cap-Rouge 300 quarts de farine et 500 minots de la

nouvelle récolte, écrit Montbeillard le 9 septembre. La difficulté sur ce transport est inconcevable ; l'ennemi ne nous fait pas à cet égard tout le mal qu'il pourrait nous faire. » Henri-Raymond Casgrain (dir.), *Lettres de l'intendant Bigot*, p. 52-53, Bigot à Lévis, 1er septembre 1759. Jean-Claude Hébert (dir.), *Le Siège de Québec*, p. 113, Copie d'un manuscrit de la bibliothèque de Hartwell, 2 septembre 1759. SLHQ, *Mémoire du sieur de Ramezay*, p. 62, Extrait d'un Journal tenu à l'armée, 5-7 septembre 1759. Henri-Raymond Casgrain (dir.), *Journal du marquis de Montçalm*, p. 606, 9 septembre 1759.

3. William J. Eccles, *Essays on New France*, p. 129.
4. Henri-Raymond Casgrain, *Montcalm et Lévis*, vol. II, p. 234-235.
5. William J. Eccles, *Essays on New France*, p. 129.
6. Martin L. Nicolai, « A Different Kind of Courage », p. 67.
7. Henri-Raymond Casgrain (dir.), *Lettres de la cour de Versailles*, p. 187-188, Extraits des différentes lettres écrites par le ministre à M. le marquis de Vaudreuil, 29 août 1759.
8. En 1762, l'expédition britannique contre la Martinique mobilise 13 000 combattants soutenus par une escadre de 18 vaisseaux, 17 frégates ou corvettes et 4 galiotes à bombes. La même année, l'expédition contre La Havane rassemble 15 000 hommes appuyés par une flotte de 25 vaisseaux, 10 frégates et 3 galiotes à bombes. Christian Buchet, *La Lutte pour l'espace caraïbe*, p. 406-407, 411, 536-541 et 557-558. Stephen Brumwell, *Redcoats*, p. 44-45.
9. Nous ne partageons pas l'avis de Jean-Pierre Poussou, selon qui l'échec de Wolfe devant Québec aurait entraîné l'ouverture des pourparlers de paix. Jean-Pierre Poussou, « Et si la Nouvelle-France n'avait pas été perdue ? Essai d'histoire contrefactuelle », dans Laurent Veyssière, Philippe Joutard et Didier Poton (dir.), *Vers un nouveau monde atlantique. Les traités de Paris, 1763-1783*, p. 46.
10. Ne tirant pas plus de huit à neuf pieds d'eau, ces frégates seraient armées chacune de 18 à 20 canons lourds de 24 livres, suggère Bourlamaque. François-Charles de Bourlamaque, « Mémoire sur le Canada », p. 201-205.
11. Louis-Léonard Aumasson de Courville, *Mémoires sur le Canada*, p. 167.
12. Louis-Antoine de Bougainville, *Écrits sur le Canada*, p. 189, Journal de l'expédition d'Amérique, 14 juin 1757.
13. Louis-Léonard Aumasson de Courville, *Mémoires sur le Canada*, p. 167.
14. Henri-Raymond Casgrain (dir.), *Lettres de M. de Bourlamaque*, p. 285, Montcalm à Bourlamaque, 9 décembre 1758.
15. *Ibid.*, p. 313, Montcalm à Bourlamaque, 15 mai 1759.
16. Roger Michalon, « Vaudreuil et Montcalm », p. 67.
17. APC, *La Correspondance de Montcalm*, p. 48, Montcalm à la marquise de Saint-Véran, 18 septembre 1756.
18. Henri-Raymond Casgrain (dir.), *Lettres de M. de Bourlamaque*, p. 212, Montcalm à Bourlamaque, 16 mars 1758.
19. Guy Frégault, *François Bigot, administrateur français*, vol. II, p. 153-154. William J. Eccles, « Louis-Joseph de Montcalm ».

20. APC, *La Correspondance de Montcalm,* p. 49, Montcalm à la marquise de Montcalm, 3 novembre 1756.
21. Henri-Raymond Casgrain (dir.), *Lettres de M. de Bourlamaque,* p. 295, Montcalm à Bourlamaque, 18 mars 1759.
22. APC, *La Correspondance de Montcalm,* p. 65, Montcalm à la marquise de Montcalm, 20 avril 1758. Henri-Raymond Casgrain (dir.), *Lettres de M. de Bourlamaque,* p. 305, Montcalm à Bourlamaque, 23 mars 1759.
23. *Ibid.*, p. 168, Montcalm à Bourlamaque, 16 juin 1757.
24. APC, *La Correspondance de Montcalm,* p. 80, Montcalm à la marquise de Montcalm, 16 mai 1759.
25. *Ibid.*, p. 55, Montcalm à la marquise de Montcalm, 16 avril 1757.
26. Guy Frégault, *François Bigot, administrateur français,* vol. II, p. 150-152. Guy Frégault, *La Guerre de la Conquête,* p. 175.
27. BAC, MG4, série A1, Correspondance générale, n° 40, Montcalm à Crémilles, 12 avril 1759.
28. Henri-Raymond Casgrain (dir.), *Journal du marquis de Montcalm,* p. 174, 19 mars 1757. Louise Dechêne, *Le Peuple, l'État et la guerre,* p. 293.
29. Henri-Raymond Casgrain (dir.), *Journal du marquis de Montcalm,* p. 309, 14 octobre 1757 ; *Lettres du marquis de Montcalm au chevalier de Lévis,* p. 70, Montcalm à Lévis, 24 octobre 1757 ; p. 89, Montcalm à Lévis, 4 décembre 1757 ; p. 93, Montcalm à Lévis, 16 décembre 1757.
30. Bertrand Fonck, « "Joindre au système de tactique d'Europe l'usage à faire des sauvages" : le commandement des armées françaises en Nouvelle-France », dans Laurent Veyssière et Bertrand Fonck (dir.), *La Guerre de Sept Ans en Nouvelle-France,* p. 165.
31. Henri-Raymond Casgrain (dir.), *Lettres de M. de Bourlamaque,* p. 130, Montcalm à Bourlamaque, 10 juillet 1756.
32. *Ibid.*, p. 347, Montcalm à Bourlamaque, 2 septembre 1759.
33. Arthur G. Doughty (dir.), *The Siege of Quebec,* vol. IV, p. 188, Journal de Foligné.
34. Henri-Raymond Casgrain (dir.), *Journal du marquis de Montcalm,* p. 547, 17 juin 1759. François de Vienne, « Journal du siège de Québec », p. 151, 17 juin 1759. Anne-Joseph-Hippolyte Maurès de Malartic, *Journal des campagnes,* p. 251, 13 juillet 1759.
35. Henri-Raymond Casgrain (dir.), *Lettres du marquis de Montcalm au chevalier de Lévis,* p. 226, 9 septembre 1759.
36. L'état de santé de Vaudreuil se dégrade au début de 1757, alors qu'il est cloué au lit par une « fausse pleurésie » entraînant des douleurs musculaires. Le gouverneur se remet toutefois rapidement, ne conservant qu'une « petite faiblesse à la jambe qui n'aura pas de suite », nous dit Montcalm. Vaudreuil souffre également « d'un soupçon de goutte » au printemps de 1758. Il meurt à Paris à trois mois de son 80e anniversaire, en 1778. Henri-Raymond Casgrain (dir.), *Lettres de M. de Bourlamaque,* p. 139, Montcalm à Bourlamaque, 20 février 1757 ; p. 251, 18 mai 1758 ; *Journal du marquis de Montcalm,* p. 147, 14 janvier 1757 ; p. 153, 15 février 1757. Louis-Antoine de Bougain-

ville, *Écrits sur le Canada*, p. 163, Journal de l'expédition d'Amérique, 29 janvier 1757.

37. Henri-Raymond Casgrain (dir.), *Lettres du marquis de Vaudreuil*, p. 76, Vaudreuil à Lévis, 4 août 1759.
38. Henri-Raymond Casgrain (dir.), *Lettres de M. de Bourlamaque*, p. 204, Montcalm à Bourlamaque, 3 mars 1758.

Bibliographie

Sources manuscrites

Archives du monastère des Augustines, Québec

- Annales de l'Hôtel-Dieu de Québec, 1759

Bibliothèque et Archives Canada (BAC), Ottawa

- MG1 Fonds des Colonies
  - Série F3, Collection Moreau de Saint-Méry
- MG4 Archives de la Guerre
  - Série A1, Correspondance générale
- MG18-K8 Fonds François de Lévis
- MG18-K9 Fonds François-Charles de Bourlamaque
- MG18-K10 Fonds Louis-Antoine de Bougainville
- MG18-M Collection Northcliffe

Bibliothèque et Archives nationales du Québec (BAnQ), Québec

- Livre d'ordres de l'armée du marquis de Montcalm et du chevalier de Lévis

Sources imprimées

AUBIN, Georges et Renée Blanchet (dir.), *Louis-Joseph Papineau. Lettres à divers correspondants,* vol. I, Montréal, Varia, 2006.

BIGOT, François, *Mémoire pour messire François Bigot, ci-devant intendant de justice, police, finance et marine en Canada,* Paris, P.A. Le Prieur, 1763.

BOUCHARD, Russel, *Jean-Daniel Dumas. Héros méconnu de la Nouvelle-France,* Montréal, Michel Brûlé, 2008.

BOUGAINVILLE, Louis-Antoine de, *Écrits sur le Canada,* Québec, Septentrion, 2003.

BOURLAMAQUE, François-Charles de, « Un mémoire de M. de Bourlamaque sur le Canada », *Bulletin des recherches historique,* vol. XXVI, n° 7, juillet 1920, p. 193-209, 225-240.

BRAULT, Lucien, « Les documents de Lévis aux archives canadiennes », *Revue d'histoire de l'Amérique française,* vol. IV, n° 4, mars 1951, p. 550-559.

BRUNET, Michel, Guy Frégault et Marcel Trudel, *Histoire du Canada par les textes,* Montréal, Fides, 1952.

CASGRAIN, Henri-Raymond (dir.), *Collection des manuscrits du maréchal de Lévis,* Montréal, Beauchemin & Fils, 1889-1895, 11 vol.

—, *Montcalm peint par lui-même d'après des pièces inédites,* Montréal, Société royale du Canada, 1889.

—, *Extraits des archives des ministères de la Marine et de la Guerre à Paris (1755-1760),* vol. I, Québec, Demers et Frères, 1890.

CHAUSSEGROS DE LÉRY, Joseph-Gaspard, « Journal de la campagne d'hiver, du 13 février au neuf avril 1756 », *Rapport de l'archiviste de la province de Québec (RAPQ)* (1926-1927), p. 372-394.

—, « Journal du siège du fort de Chouéguen, appartenant aux Anglais, situé dans l'Amérique septentrionale », *RAPQ* (1926-1927), p. 395-405.

—, « Journal de Joseph-Gaspard Chaussegros de Léry, 1756 et 1757 », *RAPQ* (1926-1927), p. 227-246.

Collection de manuscrits contenant lettres, mémoires, et autres documents historiques relatifs à la Nouvelle-France, Québec, Côté et Cie, 1883-1885, 4 vol.

COURVILLE, Louis-Léonard Aumasson de, *Mémoires sur le Canada depuis 1749 jusqu'à 1760 en trois parties,* Québec, Middleton et Dawson, 1873.

CRESPEL, Emmanuel, *Lettres du père Crespel et son naufrage à Anticosti en 1736,* Québec, Presses de l'Université du Québec, 2015.

DOREIL, André, « Les lettres de Doreil », *RAPQ* (1944-1945), p. 1-171.

DOUGHTY, Arthur (dir.), *The Siege of Quebec and the Battle of the Plains of Abraham,* Québec, Dussault & Proulx, 1901, 6 vol.

—, *An Historical Journal of the Campaigns in North America for the Years 1757, 1758, 1759 and 1760 by Captain John Knox,* Toronto, The Champlain Society, 1914, 3 vol.

Éloge historique de M. le marquis de Montcalm. Extrait du Mercure de France de 1760, Québec, A. Côté et Cie, 1855.

Essai sur la science de la guerre ou recueil des observations de différents auteurs, sur les moyens de la perfectionner, vol. I, La Haye, Pierre Gosse & Jean Neaulme, 1751.

FRANQUET, Louis, *Voyages et mémoires sur le Canada,* Québec, Imprimerie générale A. Côté et Cie, 1889.

GABRIEL, Charles-Nicolas, *Le Maréchal de camp Desandrouins (1729-1792),* Verdun, Renvé-Lallemant, 1887.

GASPÉ, Philippe Aubert de, *Mémoires,* Québec, N. S. Hardy, 1885.

GRELLET DE LA DEYTE, Emmanuel, *Une sœur de Montcalm, la présidente de Lunas,* Nevers, G. Vallière, 1900.

GRENIER, Fernand (dir.), *Papiers Contrecœur et autres documents concernant le conflit anglo-français sur l'Ohio de 1745 à 1756*, Québec, Presses de l'Université Laval, 1952.

HÉBERT, Jean-Claude (dir.), *Le Siège de Québec en 1759 par trois témoins*, Québec, Ministère des Affaires culturelles, 1972.

Jugement rendu souverainement et en dernier ressort, dans l'Affaire du Canada par messieurs les lieutenant général de police, lieutenant particulier et conseillers au Châtelet, et siège présidial de Paris, commissaires du Roi en cette partie, Paris, Antoine Boudet, 1763.

LA PAUSE, Jean-Guillaume Plantavit de, « Mémoire et observations sur mon voyage en Canada », *RAPQ* (1931-1932), p. 3-125.

—, « Les "mémoires" du chevalier de La Pause », *RAPQ* (1932-1933), p. 305-391.

—, « Les "papiers" La Pause », *RAPQ* (1933-1934), p. 65-231.

LE ROY DE BOSROGER, *Principes de l'art de la guerre, développés d'après les meilleurs exemples, et appliqués tant aux opérations d'un corps d'armée, qu'à celles des détachemens particuliers*, Yverdon, s.é., 1779.

Les Ursulines de Québec depuis leur établissement jusqu'à nos jours, vol. II et III, Québec, C. Darveau, 1864-1866.

LITERARY AND HISTORICAL SOCIETY OF QUEBEC, *Mémoires de M. le chevalier de Johnstone*, Québec, The Telegraph Printing, 1915.

LORTIE, Jeanne d'Arc (dir.), *Les Textes poétiques du Canada français*, vol. I, Montréal, Fides, 1987.

MALARTIC, Anne-Joseph-Hippolyte Maurès de, *Journal des campagnes au Canada de 1755 à 1760*, Dijon, L. Damidot, 1890.

MÉLOIZES, Nicolas Renaud d'Avène des, *Journal militaire 1756-1759*, Québec, s.é., 1930.

MONTCALM, Louis-Joseph de, *La Correspondance de Montcalm*, Ottawa, Archives publiques du Canada, Rapport pour l'année 1929, p. 31-103.

MONTCALM, Marie-Thérèse-Charlotte de, *À nos seigneurs les lieutenant général de police et conseillers du roy en son chastelet de Paris*, Paris, Valleyre, 1763.

PANET, Jean-Claude, *Journal du siège de Québec en 1759*, Montréal, Eusèbe Senécal, 1866.

PELLEGRIN, Gabriel, *Mémoire sur la navigation du Canada*, Ottawa, Archives publiques du Canada, 1906, p. 3-6.

POUCHOT, Pierre, *Mémoires sur la dernière guerre de l'Amérique septentrionale*, Québec, Septentrion, 2003.

RÉCHER, Jean-Félix, « Jean-Félix Récher, curé de Québec, et son journal », *Bulletin des recherches historiques* (1903), vol. IX, n° 10, p. 97-122, 129-147, 161-174, 289-307, 321-346, 353-373.

—, *Journal du siège de Québec en 1759*, Québec, Société historique de Québec, 1959.

« Relation du siège de Québec (1759) », *RAPQ* (1937-1938), p. 1-20.

ROUBAUD, Pierre, *Lettres de M. le marquis de Montcalm, gouverneur-général en Canada ; à messieurs de Berryer & de la Molé, écrites dans les années 1757, 1758 & 1759*, Londres, J. Almon, 1777.

ROY, Pierre-Georges, *Inventaire des papiers de Léry,* Québec, Archives de la province de Québec, 1939-1940, 2 vol.

SAXE, Maurice de, *Mes rêveries,* Paris, Economica, 2002.

SHORTT, Adam et Arthur G. Doughty (dir.), *Documents relatifs à l'histoire constitutionnelle du Canada (1759-1791),* Ottawa, Thomas Mulvey, 1921.

SOCIÉTÉ LITTÉRAIRE ET HISTORIQUE DE QUÉBEC, *Mémoire du sieur de Ramezay,* Québec, John Lovell, 1861.

STEVENS, Sylvester K. et Donald H. Kent, *The Papers of Colonel Henry Bouquet,* Harrisburg, Pennsylvania Historical Commission, 1940.

VIENNE, François de, « Journal du siège de Québec du 10 mai au 18 septembre 1759 », *RAPQ* (1920-1921), p. 137-240.

WEBSTER, J. Clarence (dir.), *The Journal of Jeffery Amherst,* Toronto, Ryerson Press, 1931.

WILSON, Beckles, *The Life and Letters of James Wolfe,* New York et Londres, Dodd Mead & cie / William Heinemann, 1909.

WOOD, William, *The Logs of the Conquest of Canada,* Toronto, The Champlain Society, 1909.

Cartes

HALDIMAND, Frederick, *Map of the Environs of Quebec Showing the Position of the English and French Troops,* British Library, Londres.

JEFFERYS, Thomas, *An Authentic Plan of the River St. Laurence from Sillery, to the Fall of Montmorenci, with the Operations of the Siege of Quebec : Under the Command of Vice-Adml. Saunders & Major Genl. Wolfe down to the 5, Sepr. 1759,* Bibliothèque et Archives Canada, Ottawa.

—, *Plan of the Battle Fought on the Plains of Abraham, September the 13th 1759,* British Library, Londres.

Études

À la mémoire de Montcalm. Pèlerinage franco-canadien à Notre-Dame de Vauvert (Gard) où fut baptisé Montcalm le 6 mars 1712, Souvenirs et documents, Montpellier, E. Montane, 1924.

ANDERSON, Fred, *Crucible of War: The Seven Years' War and the Fate of Empire in British North America, 1754-1766,* New York, Alfred A. Knopf, 2001.

ARCHAMBAULT, Gilles, « La question des vivres au Canada au cours de l'hiver 1757-1758 », *Revue d'histoire de l'Amérique française,* vol. XXI, n° 1, 1967, p. 16-50.

BABY CASGRAIN, Philippe, « La maison Montcalm sur les remparts à Québec », *Bulletin des recherches historiques,* vol. VIII, août 1902, p. 225-237 ; vol. VIII, septembre 1902, p. 257-267.

—, *La Maison de Borgia,* Mémoires de la société royale du Canada (1904-1905), vol. X, 1904.

—, *L'Habitation de Samos,* Ottawa, J. Hope, 1906.

—, *Les Batailles des plaines d'Abraham et de Sainte-Foy,* Québec, Daily Telegraph, 1908.

—, « La sépulture de Montcalm », *Bulletin des recherches historiques,* vol. XV, 1909, p. 242-249, 275-288.

BEAULIEU, Alain et Jean-Pierre Sawaya, « L'importance stratégique des Sept-Nations du Canada (1650-1860) », *Bulletin d'histoire politique,* vol. VIII, n°s 2-3, hiver-printemps 2000.

BEATSON, Roger Stewart, *The Plains of Abraham Notes, Original and Selected,* Gibraltar, Printed at the garrison library press, 1858.

BÉDARD, Éric, « Une paix séparée avec l'Angleterre ? Les considérations de l'abbé de Bernis en 1758 », dans Sophie Imbeault, Denis Vaugeois et Laurent Veyssière (dir.), *1763. Le traité de Paris bouleverse l'Amérique,* Québec, Septentrion, 2013, p. 98-111.

BÉRAUD, Stéphane, *La Révolution militaire napoléonienne,* vol. I : *Les Manœuvres,* Paris, Bernard Giovanangeli, 2007.

BÉRENGER, Jean et Philippe Roy, « Relations des troupes réglées (Troupes de Terre et Troupes de Marine) avec les Canadiens », dans Jean Delmas (dir.), *Conflits de société au Canada français pendant la guerre de Sept Ans et leur influence sur les opérations,* Vincennes, Armée de terre, 1978, p. 19-40.

BERGERON, Geneviève C., « Victoires au fort William-Henry (1757). Les alliés amérindiens et la guerre de Sept Ans », mémoire de maîtrise (histoire), Université Laval, Québec, 2002.

BERGERON, Gérard, *Lire François-Xavier Garneau (1809-1866). « Historien national »,* Québec, Institut québécois de recherche sur la culture, 1994.

BERNIER, Jacques, « Québec, 1759 : la commémoration des événements de 1759 », dans Laurent Veyssière (dir.), *La Nouvelle-France en héritage,* Paris, Armand Colin et Ministère de la Défense, 2013, p. 227-244.

BERNIER, Paul, *Le Cheval canadien,* Québec, Septentrion, 1992.

BERNIER, Serge et coll., *Québec, ville militaire (1608-2008),* Montréal, Art Global, 2008.

BOILY, Gaétan, « La ville de Québec dans le roman historique canadien-français du XIXe siècle », mémoire de maîtrise (littérature), Université Laval, Québec, 1974.

BOIRE, Michael, « Le marquis de Montcalm et la bataille de Québec, septembre 1759 : une réévaluation », *Revue militaire canadienne,* vol. VII, n° 2, été 2006, p. 77-84.

BOIS, Jean-Pierre, *Maurice de Saxe,* Paris, Fayard, 1992.

BONNECHOSE, Charles de, *Montcalm et le Canada français,* Paris, Hachette, 1882.

BOUCHETTE, Joseph, *Description topographique de la province du Bas Canada,* Londres, W. Faden, 1815.

BOUDREAU, Claude, *La Cartographie au Québec (1760-1840)*, Québec, Presses de l'Université Laval, 1994.

BOULANGER, Éric, *La Plume au fourreau. Culture de guerre et discours identitaire dans les textes poétiques canadiens du XVIIIe siècle*, Québec, Presses de l'Université Laval, 2014.

BOUVIER, Luc, « Histoire des drapeaux québécois : du tricolore canadien au fleurdelisé québécois », *Heraldic America* [pages.infinit.net/cerame/heraldicamerica/etudes/drapeaux.htm].

BRUMWELL, Stephen, *Redcoats: The British Soldier and War in the Americas (1755-1763)*, Cambridge, Cambridge University Press, 2002.

—, *Paths of Glory: The Life and Death of General James Wolfe*, Montréal et Kingston, McGill-Queen's University Press, 2006.

—, « "One More Card to Play": Revisiting Wolfe's Final Stratagem at Quebec », dans Douglas BRYCE, *L'Armement du Machault, une frégate française du XVIIIe siècle*, Ottawa, Parcs Canada, 1984.

BUCHET, Christian, *La Lutte pour l'espace caraïbe et la façade atlantique de l'Amérique centrale et du Sud (1672-1763)*, Paris, Librairie de l'Inde, 1991.

BUCKNER, Philip et John G. Reid (dir.), *Revisiting 1759: The Conquest of Canada in Historical Perspective*, Toronto, University of Toronto Press, 2012.

CARRIER, Roch, *Montcalm et Wolfe*, Montréal, Libre Expression, 2014.

CASGRAIN, Henri-Raymond, *Montcalm et Lévis*, Tours, A. Mame, 1899.

CHALINE, Olivier, « Rendre courage à la Marine », dans Laurent Veyssière, Philippe Joutard et Didier Poton (dir.), *Vers un nouveau monde atlantique. Les traités de Paris, 1763-1783*, Rennes, Presses universitaires de Rennes, 2016, p. 137-146.

CHAMPAGNE, André, *Histoire du Régime français*, Québec, Septentrion, 1996.

CHAPAIS, Thomas, « Montcalm et Townshend », *La Nouvelle-France*, vol. I, nº 9, septembre 1902, p. 409-418.

—, *Le Marquis de Montcalm (1712-1759)*, Québec, J. P. Garneau, 1911.

—, *Discours et Conférences*, Québec, J. P. Garneau, 1913.

CHARBONNEAU, André, *Les Fortifications de l'île aux Noix. Reflet de la stratégie défensive sur la frontière du Haut-Richelieu aux XVIIIe et XIXe siècles*, Ottawa, Parcs Canada, 1994.

CHARBONNEAU, André, Yvon Desloges et Marc Lafrance, *Québec, ville fortifiée du XVIIe au XIXe siècle*, Québec, Pélican, 1982.

CHARTRAND, René, *Québec: The Heights of Abraham 1759*, Oxford, Osprey Publishing, 1999.

CHATEAUBRIAND, François-René de, *Mémoires d'outre-tombe*, vol. I, Paris, Garnier, 1989.

COMITÉ DE SAUVEGARDE DU SITE HISTORIQUE DE LA VILLA ET DE LA REDOUTE MONTCALM, *Site de la villa et de la redoute Montcalm. Patrimoine en péril*, mémoire présenté à la Commission des biens culturels du Québec, 17 septembre 2002.

CORVISIER, André, *La Bataille de Malplaquet 1709. L'effondrement de la France évité*, Paris, Economica, 1997.

DAIGNAULT, Sylvain, *Montcalm, le bouc émissaire*, Québec, Lidec, 2009.

DECHÊNE, Louise, *Le Partage des subsistances au Canada sous le Régime français*, Montréal, Boréal, 1994.

—, *Le Peuple, l'État et la guerre au Canada sous le Régime français*, Montréal, Boréal, 2008.

DELÂGE, Denys, « Les premières nations et la guerre de la Conquête (1754-1765) », *Les Cahiers des dix*, nº 63, 2009, p. 1-67.

DE LAGRAVE, Jean-Paul, *Les Trois Batailles de Québec. Essai sur une série de trahisons*, Trois-Pistoles, Éditions Trois-Pistoles, 2007.

DESBARATS, Catherine et Allan Greer, « The Seven Years' War in Canadian History and Memory », dans Warren R. Hofstra (dir.), *Cultures in Conflict: The Seven Years' War in North America*, Lanham, Rowman & Littlefield Publishers, 2007, p. 145-178.

DESCHÊNES, Gaston, *L'Année des Anglais. La Côte-du-Sud à l'heure de la Conquête*, Québec, Septentrion, 2009.

DOUGHTY, Arthur G. (dir.), *The Probable Site of the Battle of the Plains of Abraham*, Ottawa, J. Hope & Sons, 1899.

DROUIN, Daniel, « La prise de Québec : 250 ans d'échos artistiques », dans Laurent Veyssière (dir.), *La Nouvelle-France en héritage*, Paris, Armand Colin et Ministère de la Défense, 2013, p. 383-401.

DUCHESNEAU, Alain, « Le cheminement historiographique de Guy Frégault (1936-1955) », mémoire de maîtrise (histoire), Université Laval, Québec, 1987.

DULL, Jonathan R., *La Guerre de Sept Ans. Histoire navale, politique et diplomatique*, Bécherel, Les Perséides, 2009.

DUSSIEUX, Louis, *Le Canada sous la domination française*, Paris, Jacques Lecoffre, 1862.

DZIEMBOWSKI, Edmond, *La Guerre de Sept Ans, 1756-1763*, Québec, Septentrion, 2015.

ECCLES, William J., « Les forces armées françaises en Amérique du Nord pendant la guerre de Sept Ans », *Dictionnaire biographique du Canada*, vol. III, p. xv-xxiv.

—, « Louis-Joseph de Montcalm », *Dictionnaire biographique du Canada*, vol. III, 1974.

—, « Pierre de Rigaud de Vaudreuil de Cavagnial », *Dictionnaire biographique du Canada*, vol. IV, 1980.

—, *Essays on New France*, Toronto, Oxford University Press, 1987.

FALGAIROLLE, Edmond, *Montcalm devant la postérité*, Paris, Challamel Ainé, 1886.

FAUTEUX, Ægidius, « Montcalm », *Rapports annuels de la Société historique du Canada*, vol. III, nº 1, 1924, p. 25-44.

FERLAND, Jean-Baptiste, *Cours d'histoire du Canada. Seconde partie (1663-1759)*, Québec, N. S. Hardy, 1882.

FERLING, John, *Almost A Miracle: The American Victory in the War of Independence*, Oxford University Press, 2007.

FILTEAU, Gérard, *Par la bouche de mes canons ! La ville de Québec face à l'ennemi*, Québec, Septentrion, 1990.

FONCK, Bertrand, « "Joindre au système de tactique d'Europe l'usage à faire des sauvages" : Le commandement des armées françaises en Nouvelle-France », dans Laurent Veyssière et Bertrand Fonck (dir.), *La Guerre de Sept Ans en Nouvelle-France,* Québec, Septentrion, 2012, p. 155-172.

FOURNIER, Marcel (dir.), *Combattre pour la France en Amérique. Les soldats de la guerre de Sept Ans en Nouvelle-France, 1755-1760,* Montréal, Société généalogique canadienne-française, 2009.

—, *Les Officiers des troupes de la Marine au Canada (1683-1760),* Québec, Septentrion, 2017.

FOWLER, William M., *Empires at War,* Vancouver et Toronto, Douglas & McIntyre, 2005.

FRÉGAULT, Guy, *Le Grand Marquis,* Montréal, Fides, 1952.

—, *La Guerre de la Conquête (1754-1760),* Montréal, Fides, 1955.

GAGNON, Hervé, Valérie E. Kirkman et Carmen Allison, *Histoire du Québec et du Canada,* vol. I, Montréal, Beauchemin, 2010.

GAGNON, Serge, « Idéologie et savoir historique : l'historiographie de la Nouvelle-France de Garneau à Groulx (1845-1915) », thèse de doctorat (histoire), Université Laval, Québec, 1974.

GARNEAU, François-Xavier, *Histoire du Canada,* vol. III, Québec, Fréchette et frère, 1848.

GENDRON, Hubert et Mark Starowicz, *Point de rupture,* Montréal, Radio-Canada, 2005.

GERMAIN, Jean-Claude, *Nous étions le Nouveau Monde. Le feuilleton des origines,* Montréal, Hurtubise, 2009.

GODBOUT, Jacques, *Le Sort de l'Amérique,* Montréal, Office national du film, 1996, 81 minutes.

GOSSELIN, Amédée, « La sépulture de Montcalm », *Bulletin des recherches historiques,* vol. XI, 1905, p. 149-157.

GRAS, Yves, « Les guerres limitées du XVIIIe siècle », *Revue historique des armées,* n° 1, 1970, p. 22-40.

GRAVES, Donald E., « The Anse au Foulon, 1759 : Some New Theories and Some New Evidence », *The Northern Mariner,* vol. XIV, n° 4, 2004, p. 61-72.

GROULX, Lionel, « La Guerre de la Conquête », *Revue d'histoire de l'Amérique française,* vol. IX, n° 4, mars 1956, p. 579-588.

GUÉNIN, Eugène, *Montcalm,* Paris, Augustin Challamel, 1898.

IMBEAULT, Sophie, *Les Tarieu de Lanaudière. Une famille noble après la Conquête, 1760-1791,* Québec, Septentrion, 2004.

KEMP, Hilary, *The Jacobite Rebellion,* Londres, Almark Publishing, 1975.

KERALLAIN, René de, *Les Français au Canada. La jeunesse de Bougainville et la guerre de Sept Ans,* Paris, 1896.

—, « La prise de Québec et la perte du Canada, d'après des publications récentes », *Revue Historique,* vol. XC, n° 2, 1906, p. 307-336.

LACOURSIÈRE, Jacques, *Histoire populaire du Québec,* tome I : *Des origines à 1791,* Québec, Septentrion, 1995.

LAPIERRE, Laurier, *1759, la bataille du Canada,* Montréal, Le Jour, 1992.

LAROCQUE, Robert, *Analyse ostéologique d'un crâne attribué à Montcalm,* Québec, Commission de la Capitale nationale, 2002.

LECLERC, Jean, *Les Pilotes du Saint-Laurent (1762-1960),* Québec, GID, 2004.

LEGAULT, Roch, « La bataille des plaines d'Abraham : réalité et souvenirs d'une opération amphibie », dans Alain Beaulieu (dir.), *La Nouvelle-France en temps de guerre et de paix,* Québec, GID, 2003, p. 225-249.

LÉTOURNEAU, Jocelyn, Gani Raphaël et Stéphane Lévesque, « "Tout a commencé par la défaite" : La guerre de Sept Ans dans la mémoire et la conscience historique des Québécois », dans Laurent Veyssière (dir.), *La Nouvelle-France en héritage,* Paris, Armand Colin et Ministère de la Défense, 2013, p. 311-327.

LITALIEN, Raymonde, *Québec : capitale de la Nouvelle-France 1608-1760,* Paris, Les Belles Lettres, 2008.

MacLEOD, Peter, « The Canadian against the French : The Struggle for Control of the Expedition to Oswego in 1756 », *Ontario History,* vol. LXXX, n° 2, juin 1988, p. 143-157.

—, « The French Siege of Oswego in 1756 : Inland Naval Warfare in North America », *American Neptune,* n° 49, 1989, p. 262-271.

—, *Les Iroquois et la guerre de Sept Ans,* Montréal, VLB, 2000.

—, *La Vérité sur la bataille des plaines d'Abraham,* Montréal, Éditions de l'Homme, 2008.

—, *Backs to the Wall: The Battle of Sainte-Foy and the Conquest of Canada,* Madeira Park (C.-B.), Douglas & McIntyre, 2016.

MacPHERSON LEMOINE, James, *Le Massacre au fort George. La mémoire de Montcalm vengée. Documents historiques recueillis par James Macpherson Lemoine,* Québec, J. N. Duquet, 1864.

—, « Une question d'histoire. Lettre prophétique attribuée au général Montcalm », *L'Album des familles,* janvier 1883, p. 149-153.

MARTIN, Denis, *Portraits des héros de la Nouvelle-France. Image d'un culte historique,* Montréal, Hurtubise, 1988.

MARTIN, Félix, *De Montcalm au Canada,* Tournai, Casterman, 1867.

MARTIN, Roger, « Un précieux auxiliaire du Marquis de Montcalm en Canada. Le chevalier de Bourlamaque. Ses origines : la famille "de Bourlamaque" », *Bulletin de la Société littéraire et historique de la Brie,* vol. XXXIII, 1976, p. 17-46.

MATHIEU, Jacques et Eugen Kedl, *Les Plaines d'Abraham. Le culte de l'idéal,* Québec, Septentrion, 1993.

MATHIEU, Jacques et Sophie Imbeault, *La Guerre des Canadiens, 1756-1763,* Québec, Septentrion, 2013.

McCULLOCH, Ian M., « From April Gattles and Murray Generals, Good Lord Deliver Me ! The Battle of Sillery, 28 April 1760 », dans Donald E. Graves (dir.), *More Fighting for Canada: Five Battle, 1760-1944,* Toronto, Robin Brass Studio, 2004, p. 19-70.

MICHALON, Roger, « Vaudreuil et Montcalm : les hommes, leurs relations, influence de ces relations sur la conduite de la guerre (1756-1759) », dans Jean Delmas (dir.), *Conflits de société au Canada français pendant la guerre de Sept Ans et leur influence sur les opérations,* Vincennes, Armée de terre, 1978, p. 41-154.

NADEAU, Gabriel, « Les trois blessures de Montcalm », *Le Canada français,* vol. XXVII, n° 6, février 1940, p. 555-572 ; n° 7, mars 1940, p. 626-645.

NARDIN, Pierre, *Gribeauval. Lieutenant général des armées du Roi (1715-1789),* Paris, Fondation pour les études de défense nationale, 1982.

NAULET, Frédéric, *L'Artillerie française (1665-1765). Naissance d'une arme,* Paris, Economica, 2002.

NERICH, Laurent, *La Petite Guerre et la chute de la Nouvelle-France,* Montréal, Athéna, 2009.

NICOLAI, Martin L., « A Different Kind of Courage: The French Military and the Canadian Irregular Soldier during the Seven Years' War », *Canadian Historical Review,* vol. LXX, n° 1, 1989, p. 53-75.

NOËL, Dave, « Le Saint-Laurent, pivot du système défensif de Québec (1757-1759) », *The Northern Mariner,* vol. XXI, n° 1, 2011, p. 47-58.

Œuvre des deux monuments à Montcalm à Vestric-Candiac, France, et à Québec, Canada (1910-1911), Québec, Le Soleil, 1911.

OLSON, Donald W. *et al.,* « Perfect Tide, Ideal Moon: An Unappreciated Aspect of Wolfe's Generalship at Québec, 1759 », *William and Mary Quarterly,* vol. LIX, n° 4, 2002, p. 957-974.

PARKMAN, Francis, *Montcalm and Wolfe,* Boston, Little, Brown and Co., 1884.

PELL, Robert, « Montcalm: The Ranger Cavalier », *The Bulletin of the Fort Ticonderoga Museum,* vol. IX, n° 1, 1952, p. 37-55.

PICARD, François, *La Batterie royale,* Québec, Ministère des Affaires culturelles, 1978.

PICAUD-MONNERAT, Sandrine, *La Petite Guerre au XVIIIe siècle,* Paris, Economica, 2010.

POUSSOU, Jean-Pierre, « Montcalm et la perte du Canada », *Stratégique,* vol. L, n° 2, 1991, p. 91-108.

—, « Les débats entre les historiens », dans Laurent Veyssière et Bertrand Fonck (dir.), *La Guerre de Sept Ans en Nouvelle-France,* Québec, Septentrion, 2012, p. 23-47.

—, « Et si la Nouvelle-France n'avait pas été perdue ? Essai d'histoire contrefactuelle », dans Laurent Veyssière, Philippe Joutard et Didier Poton (dir.), *Vers un nouveau monde atlantique. Les traités de Paris, 1763-1783,* Rennes, Presses universitaires de Rennes, 2016, p. 41-56.

PROULX, Gilles, « Soldat à Québec, 1748-1759 », *Revue d'histoire de l'Amérique française,* vol. XXXII, n° 4, mars 1979, p. 535-563.

—, *Entre France et Nouvelle-France,* La Prairie, Éditions Marcel Brocquet, 1984.

—, *Combattre à Ristigouche. Hommes et navires de 1760 dans la baie des Chaleurs,* Ottawa, Parcs Canada, 1999.

QUIMPER, Hélène et Daniel Drouin, *La Prise de Québec, 1759-1760 / The Taking of Québec, 1759-1760,* Québec, Commission des champs de bataille nationaux, 2009.

RAYNAL, Guillaume-Thomas, *Histoire philosophique et politique des établissements et du commerce des Européens dans les deux Indes*, vol. VIII, Genève, Jean-Léonard Pellet, 1781.

REID, Stuart, *Quebec 1759: The Battle that Won Canada*, Oxford, Osprey Publishing, 2003.

ROBITAILLE, Antoine, *Montcalm, vie et mémoire*, Québec, Publications du Québec, 2002.

ROBITAILLE, Georges, *Montcalm et ses historiens*, Montréal, Granger frères, 1936.

ROULEAU, Serge, *Interventions archéologiques 2001*, Québec, Ville de Québec, 2002.

—, « Siège de Québec de 1759 : l'efficacité du "camp retranché" », *Continuité*, n° 121, 2009, p. 54-55.

ROY, Pierre-Georges, *La Ville de Québec sous le régime français*, vol. II, Québec, gouvernement du Québec, 1930.

—, *Toutes petites choses du Régime français*, Québec, Éditions Garneau, 1944.

RURALYS, *Projet d'agrandissement du Musée national des beaux-arts du Québec*, Québec, Musée national des Beaux-Arts du Québec, 2012.

RUSSELL, Peter E., « Redcoats in the Wilderness: British Officers and Irregular Warfare in Europe and America, 1740 to 1760 », *The William and Mary Quarterly*, vol. XXXV, n° 4, octobre 1978, p. 629-652.

SAVARD, Pierre, « Les rééditions de l'*Histoire du Canada* de Françoix-Xavier Garneau devant la critique, 1913-1946 », *Revue d'histoire de l'Amérique française*, vol. XXVIII, n° 4, mars 1975, p. 539-553.

SCHULTEN, Kees, *Waterloo (18 juin 1815). La double incertitude*, Paris, Economica, 2009.

SIMARD, Sylvain, « L'image du Canada en France (1850-1914) », thèse de doctorat (histoire), Université de Bordeaux III, 1975.

SIMONEAU, Daniel, *Rapport d'intervention archéologique. Colline parlementaire (1999-2000)*, Québec, Ville de Québec, 2000.

STACEY, Charles Perry, « La guerre au Canada il y a deux siècles », *Journal de l'armée canadienne*, octobre 1956, p. 127-130.

—, « Les forces armées anglaises en Amérique du Nord pendant la guerre de Sept Ans », *Dictionnaire biographique du Canada*, vol. III, p. xxv-xxxiii.

—, *Québec, 1759. Le siège et la bataille*, Québec, Presses de l'Université Laval, 2009.

STANLEY, George F. G., *L'Invasion du Canada (1775-1776)*, traduction de Marguerite MacDonald, Québec, Société historique de Québec, 1975.

SULTE, Benjamin, *Histoire des Canadiens-français*, vol. VII, Montréal, Wilson, 1882.

SZABO, Franz A. J., « Perdre l'Amérique en Allemagne : les revers français en Europe pendant la guerre de Sept Ans », dans Bertrand Fonck et Laurent Veyssière (dir.), *La Fin de la Nouvelle-France*, Paris, Armand Colin et Ministère de la Défense, 2013, p. 39-63.

TANGUAY, Cyprien, « Le cocher de Montcalm », *Bulletin des recherches historiques*, vol. I, 1895, p. 113-119.

TERNAT, François, « Les enjeux géopolitiques intercontinentaux dans la négociation franco-britannique entre 1760 et 1763 », dans Bertrand Fonck et Laurent Veyssière (dir.), *La Chute de la Nouvelle-France,* Québec, Septentrion, 2013, p. 227-248.

TREMBLAY, Yves, *Plaines d'Abraham. Essai sur l'égo-mémoire des Québécois,* Montréal, Athéna, 2009.

VACHON, Auguste, « Pierre Roubaud : Ses activités à Londres concernant les affaires canadiennes (1764-1788) », mémoire de maîtrise (histoire), Université d'Ottawa, Ottawa, 1973.

VAUGEOIS, Denis (dir.), *Les Hurons de Lorette,* Québec, Septentrion, 1996.

VEYSSIÈRE, Laurent, « L'honneur de Montcalm (1759-1761) », dans Ber-trand Fonck et Laurent Veyssière (dir.), *La Fin de la Nouvelle-France,* Paris, Armand Colin et Ministère de la Défense, 2013, p. 154-155.

VILLIERS, Patrick, *Marine royale, corsaires et trafic dans l'Atlantique de Louis XIV à Louis XVI,* Dunkerque, Société dunkerquoise d'histoire et d'archéologie, 1991.

VOLTAIRE, François Marie Arouet, *Œuvres complètes de Voltaire avec des remarques et des notes historiques, scientifiques et littéraires,* vol. I : *Siècle de Louis XV,* Paris, Beaudoin frères, 1826.

WADDINGTON, Richard, *Louis XV et le renversement des alliances,* Paris, Firmin Didot, 1896.

—, *La Guerre de Sept Ans. Histoire diplomatique et militaire,* Paris, Firmin Didot, 1899-1914, 5 vol.

WARD, Matthew C., « Crossing the Line ? The British Army and the Application of European "Rules of War" in the Quebec Campaign », dans Phillip Buckner et John G. Reid (dir.), *Revisiting 1759: The Conquest of Canada in Historical Perspective,* Toronto, University of Toronto Press, 2012, p. 44-68.

WHITE, Richard, *Le Middle Ground. Indiens, empires et républiques dans la région des Grands Lacs, 1650-1815,* traduction de Frédéric Cotton, Toulouse, Anacharsis, 2009.

Littérature

COOPER, James Fenimore, *Le Dernier des Mohicans,* Paris, Librairie illustrée, 1873.

CORRIVEAU, Joseph-Eugène, *Le Secret des Plaines d'Abraham,* Québec, La Libre Parole, 1909.

CRÉMAZIE, Octave, *Œuvres complètes de Octave Crémazie,* Montréal, Beauchemin & Valois, 1882.

FRÉCHETTE, Louis, *La Légende d'un peuple,* Paris, La Librairie illustrée, 1887.

GASPÉ, Philippe Aubert de, *Les Anciens Canadiens,* Montréal, BQ, 1988.

GUYON, Louis, *Montcalm. Drame historique,* Montréal, Théâtre national, 1907.

ROUSSEAU, Edmond, *Le Château de Beaumanoir,* Lévis, Mercier, 1886.

ROUTHIER, Adolphe-Basile, *Montcalm et Lévis,* Québec, Imprimerie franciscaine missionnaire, 1918.

Index

B

C

D

E

F

G

H

I

J

K

L

M

N

O

P

Q

R

S

W

Table des matières

Crédits et remerciements

Cet ouvrage a été publié grâce à une subvention de la Fédération des sciences humaines, dans le cadre du Prix d'auteurs pour l'édition savante, à l'aide de fonds provenant du Conseil de recherches en sciences humaines du Canada.

Les Éditions du Boréal remercient le Conseil des arts du Canada ainsi que le gouvernement du Canada pour leur soutien financier.
Canada

Les Éditions du Boréal sont inscrites au Programme d'aide aux entreprises du livre et de l'édition spécialisée de la SODEC et bénéficient du Programme de crédit d'impôt pour l'édition de livres du gouvernement du Québec.
Québec

Couverture : Vue de la prise de Québec, le 13 septembre 1759, Laurie and Whittle, 1er novembre 1797, BAnQ, collection initiale.

L'intérieur de ce livre a été imprimé sur du papier 100 % postconsommation,
traité sans chlore, certifié ÉcoLogo
et fabriqué dans une usine fonctionnant au biogaz.

MISE EN PAGES ET TYPOGRAPHIE :
LES ÉDITIONS DU BORÉAL

ACHEVÉ D'IMPRIMER EN OCTOBRE 2018
SUR LES PRESSES DE L'IMPRIMERIE GAUVIN
À GATINEAU (QUÉBEC).